나는 대한민국 검사였다

누가 노무현을 죽였나

이인규
(前 대검찰청 중앙수사부장)

조갑제닷컴

진실을 마주해야 할 시간

우리는 여론 형성에서 사실보다 개인의 신념이나 감정이 더 크게 작용하는 사회에 살고 있다. 사실 여부보다 진영 논리가 중요하며, 거짓이라도 '대안적 사실'로 현실에 등록하면 그것이 곧 새로운 사실이 되는 세상이다. 이러한 거짓과 혼돈의 시대를 끝내고 밝고 정의로운 세상을 회복할 수 있는 방법은 무엇일까? 그것은 바로 진실이다. 진실의 힘만이 우리를 밝은 세상으로 이끌 수 있다. Veritas liberabit vos(진리가 너희를 자유케 하리라)!

2009년 5월23일 노무현(盧武鉉) 전 대통령이 타계한 지 어느덧 14년 가까운 세월이 흘렀다. 노 전 대통령의 죽음은 온 국민에게 큰 상처를 남겼다. 10년이면 강산도 변한다고 한다. 2023년 2월21일로 노 전 대통령 사건에 대한 공소시효(公訴時效)도 모두 완성되었다. 이제는 국민에게 노 전 대통령에 대한 수사의 진실을 알려야 할 때가 되었다고 생각한다.

문재인(文在寅) 전 대통령비서실장(후에 대통령)은 당시 변호인으로서 진실을 알고 있음에도 2011년 6월 자신의 회고록『운명』에서 과거에 한 말을 뒤집고, 사실을 왜곡해 검찰의 노 전 대통령 수사를 폄훼했다. 일부 민주당 정치인들은 아직도 '논두렁 시계' 등을 들먹이며 검찰이 허위 사실로 모욕을 주어 노 전 대통령을 죽음에 이르게 했다고 선동하고 있다. 이는 지지층을 결집시키기 위해 노 전 대통령의 죽음을 정치적으로 이용하고 있는 것이다.

노 전 대통령을 가혹하게 비난, 아니 저주했던 좌파 언론인들과 자신에게 수사의 불똥이 튈까 봐 그를 멀리했던 민주당 정치인들은 노 전 대통령이 극단적 선택으로 생을 마감하자 돌변했다. 언제 그랬냐는 듯 "지켜 주지 못해 미안하다"며 검찰에 모든 비난의 화살을 돌렸고, 그들이 의미를 상실했다고 손가락질했던 '노무현 정신'을 입에 올리며 앞다투어 상주(喪主) 코스프레 대열에 합류했다.

그 결과 인터넷 공간에는 노 전 대통령 관련 검찰 수사에 대한 수많은 억측과 잘못된 사실들이 마치 진실인 것처럼 떠돌고 있다. 나 자신의 개인적인 명예는 물론 검찰에 대한 국민의 신뢰를 위해서도 더 이상 거짓 앞에 침묵할 수는 없다. 국민의 알 권리, 올바른 역사의 기록을 위해서도 노 전 대통령 수사와 관련한 거짓을 바로잡고 진실을 밝혀야 한다.

나는 24년 6개월 동안 검사로 일했다. 1985년 1월 스물일곱 나이에 서울지방검찰청 검사로 출발해서 2009년 7월 쉰하나에 대검찰청 중앙수사부장으로 끝마쳤다. 검사는 나에게 천직(天職), 아니 소명(召命)이었다.

나는 검사로 근무하는 동안 국가로부터 분에 넘치는 혜택을 받았다. 법무부 검찰4·2·1과장, 범죄정보기획관, 검찰미래기획단장, 서울지검 3차장, 대검 기획조정부장, 중앙수사부장 등 주요 보직에서 일했다. 워싱턴 주미(駐美) 대사관 법무관을 지내기도 했다. 나의 경험을 정리해 남기는 것이 그렇게 받은 혜택에 조금이나마 보답하는 길이라고 생각한다.

성공한 사례, 실패한 사례, 아쉬웠던 일 모두를 가감 없이 쓰려고 노력했다. 이 책이 검찰 후배들이 검사의 길을 가는 데 조금이나마 도움이 되었으면 하는 바람이다.

이 책에 등장하는 인물들은 대부분 나와 가까운 인연을 맺은 사람들이다. 현재도 왕성하게 활동하고 있고, 중요한 직책에 있는 사람들도 많다. 또 노 전 대통령을 사랑하는 많은 분들이 있다. 그분들로 하여금 잊고 싶은 기억들을 다시 떠올리게 만드는 것 같아 송구한 마음이다. 그래서 더욱 객관적이고 불편부당하려고 노력했지만 인간인지라 한계가 있을 것이다. 미리 양해와 용서를 구한다.

그런 염려에도 불구하고 이제는 국민께 사실을 알리는 것이 더 중요하다고 생각했다. 이 글로 모든 논쟁이 끝나지는 않겠지만 조금 더 진실에 다가갈 수는 있을 것이다. 이제 진실을 마주해야 할 시간이다.

2023년 3월
李仁圭

차례

제3장   권력자의 눈엣가시

제4장   박연차 리스트

제5장   묻혀 버린 진실: "시계는 뺍시다. 쪽팔리잖아"

부록   노무현 前 대통령 수사 개요

서언

1. 노 전 대통령의 뇌물 수수 직무 관련성

2. 피아제 남녀 시계 1세트 수수

3. 미국 주택 구입 자금 명목 140만 달러 수수

4. 사업자금 명목 500만 달러 수수

5. 생활비 명목 3억 원 수수

6. 특수활동비 12억 5000만 원 횡령

7. 차용금 명목 15억 원 수수

결어

제
1
장

덕수궁 돌담길

2009년 5월 23일 그날

토요일 이른 아침. 핸드폰 벨 소리가 나를 깨웠다. 임채진(林采珍) 검찰총장의 전화였다. 이 아침에 무슨 일일까? 황급히 정신을 차리고 전화를 받았다.

"이 부장! 날세. 노 대통령이 새벽에 등산 나갔다가 절벽에서 떨어져 상태가 위중하다는 연락을 받았네."

순간 머릿속이 하얘졌다.

"어떻게 절벽에서 떨어졌습니까?"

"부산지검장으로부터 연락을 받는데, 자세한 것은 나도 모르네. 지금 사무실에서 봄세."

경호원이 있었을 텐데 절벽에서 떨어지다니, 도저히 믿기지 않았다. 옆에서 잠을 깬 아내에게 상황을 설명하고 사무실에 나가 보아야겠다고 말했다.

'최악의 상황은 없어야 할 텐데…'

한 달 전 정상문(鄭相文) 전 총무비서관이 특수활동비 횡령 혐의로 구속된 직후 4월22일 노 전 대통령이 개인적으로 운영해 오던 '사람세상' 홈페이지를 닫으면서 쓴 글의 한 구절이 머리를 스쳤다.

더 이상 노무현은 여러분이 추구하는 가치의 상징이 될 수 없습니다. 저는 이미 민주주의, 진보, 정의, 이런 말을 할 자격을 잃어버렸습니다. 저는 이미 헤어날 수 없는 수렁에 빠져 있습니다. 여러분은 이 수렁에 함께 빠져서는 안 됩니다. 여러분은 저를 버리셔야 합니다.

불길한 예감이 들었다. 근심스러운 표정을 짓고 있는 아내에게 "별일 없을 거야"라고 말하고 집을 나섰다. 사실 이 말은 나의 간절한 바람이기도 했다.

대검에 도착해 바로 총장실로 갔다. 임채진 총장은 벌써 사무실에 나와 있었다. 앉자마자 임 총장이 "아침 일찍 박용석(朴用錫) 부산지검장으로부터 보고를 받고 자세한 사고 경위를 파악하기 위해 문재인 변호사에게 전화했더니 '이 상황을 어떻게 정리해야 할지 모르겠다'고 하면서 '노 대통령이 뒷산 절벽에서 떨어졌는데 상태가 위중하다'고 했다"고 말해 주었다. "이 상황을 어떻게 정리해야 할지 모르겠다"고 한 것으로 보아 문 변호사도 노 전 대통령이 왜, 어떻게 절벽에서 떨어졌는지 모르고 있는 것 같았다.

임 총장과 함께 이 사태가 가져올 파장에 대해 걱정하고 있는 동안 오전 9시40분경 문재인 변호사가 TV에서 "노 대통령이 5시45분경 사저에서 나와 봉화산을 등산하던 중 6시40분경 바위에서 뛰어내렸다. 당시 경호관 1명이 수행하고 있었는데, 노 대통령을 발견 즉시 병원으로 이송했으나 9시30분에 사망했다. 가족들에게는 짧은 유서를 남겼다"는 간단한 성명을 발표했다.

한때 우리나라를 이끌던 전직 대통령이 자살을 하다니, 어떻게 이런 일이 생길 수 있을까?

임 총장은 문재인 변호사의 발표를 믿지 못하겠다고 했다. 불과 한 시간 전만 해도 "이 상황을 어떻게 정리해야 할지 모르겠다"고 했는데 그 사이에 무슨 조사를 해서 자살한 것으로 결론을 내릴 수 있느냐는 것이었다. 노 전 대통령이 부엉이바위에서 뛰어내리는 마지막 순간을 목격한 사람도 없었다. 임 총장의 의심은 합리적이었다.

하지만 노 전 대통령의 사인은 부검 등 조사 없이 신속하게 자살로 결론이 났다. 컴퓨터에 저장된 가족에게 남긴 짧은 유서가 그 근거였다.

임 총장에게 일단 노 전 대통령의 장례가 끝날 때까지 모든 수사를 중단하겠다고 말씀드리고 중수부장실로 돌아왔다. 수사관과 여비서도 출근해 있었다. 홍만표(洪滿杓) 수사기획관과 우병우(禹柄宇) 중수1과장 등을 불러, "노 전 대통령의 장례가 끝날 때까지, 내일(5월24일) 부산지방검찰청에서 예정된 권양숙(權良淑) 여사에 대한 소환 조사를 포함하여 모든 수사를 중단하라. 지난 4개월간 밤낮 없이 수사해 온 검사 등 직원들을 쉬게 하라"고 지시했다.

우리나라, 아니, 세계 역사를 통틀어서 전직 대통령이 수사를 받던 도중 자살한 사례는 없었다. 민주화 운동 과정에서 온갖 탄압과 고난을 극복하고 집권한 노 전 대통령이 왜 그랬을까?

노 전 대통령은 4월12일 개인 홈페이지인 '사람세상'을 통해 "박(연차) 회장이 검찰과 정부로부터 선처를 받아야 할 일이 아무것도 남지 않은 상황에서 그의 진술을 들어 볼 수 있을 때까지 포기하지 않을 것입니다. 저는 성실히 방어하고 해명할 것입니다. 일단 사실이라도 지키기 위하여 최선을 다하겠습니다"라며 법정에서 끝까지 투쟁할 것을 천명했다. 또한 4월22일 홈페이지를 닫으면서도 "이제 제가 말할 수 있는 공간은 오로지 사법 절차 하나만 남아 있는 것 같습니다"라고 밝혔다. 그 후 4월30일 검찰 조사에서도 "박연차(朴淵次) 회장으로부터 받은 100만 달러가 미국 주택 구입 자금이 아니냐?"는 검사의 질문에 "나와 내 가족이 미국에 집을 사면 조중동이 가만히 있겠습니까? 말도 되지 않는 소리입니다"라는 등 일체의 범죄 혐의를 강력히 부인했었다.

그랬던 그가 갑자기 법정 투쟁을 포기하고 극단적 선택을 한 이유는 무엇일까? 눈앞에 있던 거대한 성벽이 한순간에 허망하게 무너져 버린 느낌이었다.

나는 어떻게 검사가 되었나

어머니의 치성

검사라는 직업을 처음 알게 된 것은 어렸을 때 본 〈검사와 여선생〉이라는 영화에서였다. 초등학교 때 여자 담임선생으로부터 많은 사랑을 받은 고아 남학생이 나중에 검사가 되어 살인 누명을 쓴 담임선생의 억울함을 밝혀 준다는 줄거리다. 여러 번 리메이크될 정도로 재미있고 인기 있는 영화였다. 어린 마음에 검사라는 직업이 대단하고 멋있게 보였다.

나의 아버지는 철도공무원으로 근무하셨는데 1967년 3월에 청량리역에서 입환(入換, 차량의 분리·결합, 선로 바꾸기 등) 작업 중 사고로 돌아가셨다. 아버지의 장례는 청량리역에서 오일장으로 치러졌다. 아버지를 잃은 슬픔이 무엇인지도 모른 채 그저 어른들이 사 주시는 자장면이 좋았다. 형편이 넉넉하지 않아 평소에는 자장면을 자주 먹을 수 없었기 때문이다. 그때 나는 초등학교 4학년으로 열한 살이었고, 여동생은 아홉 살이었다. 사고로 갑자기 돌아가신 아버지의 빈자리를 느끼기에는 턱없이 어린 나이였다. 장례 도중에 아무 말도 없이 몰래 청량리역 앞에 있는 신도극장에 가서 칭기즈칸 영화를 본 철없는 어린아이였다. 상중에 어린 상주가 없어져 난리가 났다. 후일 어머님은 그때 아들인 내가 없어진 것이 남편을 여읜 것보다 더 걱정이 되었다고 말씀하셨다. 어머님은 당시 서른한 살이셨다. 요즘 같으면 결혼도 하지 않았을 나이에 홀로 되어 고되게 어린 자식 둘을 키워 내셨다.

푸른 하늘을 나는 비행기를 볼 때면 조종사가 되는 꿈을 꾸기도 했다. 조종사가 되어 하늘을 자유롭게 날아다니며 넓은 세상을 구경하고 싶었다.

공부를 곧잘 한 나는 친척 등 주위 어른들로부터 커서 판검사가 되어 어머니에게 효도하라는 말을 자주 들었다. 나는 어머니께 효도하려면 판사나 검사가 되어야 한다는 생각을 하게 되었다.

어머니는 나를 위해 매일 새벽 부엌에서 물을 떠 놓고 두 손 모아 빌면서 치성(致誠)을 드리셨다. 새벽에 화장실에 가고 싶어 깨는 바람에 우연히 어머니의 기도 모습을 보게 되었다.

'아, 어머니! 자식이 뭐라고!'

하느님은 인간을 다 돌볼 수 없어 어머니를 창조하셨다는 말이 가슴을 울린다. 공부하면서 힘들 때마다 어머니의 그 모습을 떠올렸다. 대부분의 자식들이 그러하겠지만 오늘의 나는 어머니의 정성과 희생 덕분이다.

어머니는 2017년 3월 돌아가셨다. 어머니는 언제나 나를 자랑스러워하셨지만 여러모로 나는 부족한 아들이었다. 어머니는 나에 관한 신문 기사를 모두 스크랩해서 보관하고 계셨다. 어머님이 가고 안 계신 지금 그 신문 기사 스크랩을 볼 때마다 가슴이 먹먹하다.

하늘이 무너져도 정의는 세워라

1973년 3월 경동고등학교에 입학했을 때 학교 강당 벽에 일중(一中) 김충현(金忠顯) 선생이 쓴 대형 액자가 걸려 있었다. 유명한 서예가인 김충현 선생은 경동고등학교 국어 교사로 근무했었다. 그 액자에 쓰인 글귀는 우보(牛步) 민태원(閔泰瑗)의 수필 「청춘 예찬」에 있는 한 구절이었다. 고등학교 교과서에 실릴 정도로 명문이다.

석가(釋迦)는 무엇을 위하여 설산(雪山)에서 고행(苦行)을 하였으며, 예수는 무엇을 위하여 광야(曠野)에서 방황하였으며, 공자는 무엇을 위하여 천하를 철환(轍環)하였는가? 밥을 위하여서, 옷을 위하여서, 미인(美人)을 구하기 위하여서 그리하였는가? 아니다. 그들은 커다란 이상, 곧 만천하(萬天下)의 대중(大衆)을 품에 안고, 그들에게 밝은 길을 찾아 주며, 그들을 행복스럽고 평화스러운 곳으로 인도하겠다는, 커다란 이상을 품었기 때문이다.

처음 이 글을 읽었을 때 느낀 감동이 지금도 생생하다. 서체도 독특하고 한 글자 한 글자가 힘차게 살아서 움직이는 것 같았다. 가슴이 뛰고 벅차올랐다. 시간이 날 때마다 그 글귀를 읽고 싶어 강당에 가곤 했다. 그 글귀는 가난한 현실과 힘든 청소년기를 이겨 낼 수 있는 힘을 주었다. 힘들 때 그 글귀를 읽으면 마음이 평온해지는 것을 느꼈다. 「청춘 예찬」의 그 글귀가 내 마음속에 깊숙이 자리 잡아 나를 법조인의 길로 이끈 것이다.

검사가 되겠다고 구체적으로 생각하게 된 것은 서울대학교 법과대학에 진학하면서부터다. 당시 법과대학 정면에 놓인 '정의(正義)의 종(鐘)'에는 '하늘이 무너져도 정의는 세워라'라는 문구를 새긴 팻말이 걸려 있었다. 변호사는 체질에 맞지 않을 것 같았고, 판사는 사람을 심판한다는 것이 버겁게 느껴졌다. 적극적으로 나쁜 사람들을 수사해 벌 받게 하는 검사가 마음에 들었다.

여러 사찰을 다니며 사법시험 공부를 한 적이 있었다. 가끔 법당 안에 들어가 부처님 앞에 빌었다. 그때 나의 서원(誓願)을 세웠다.

"내가 사법시험을 통과해 법조인이 되려고 하는 것은 일신의 영달을 위한 것이 아닙니다. 법조인이 되면 힘없고 어려운 사람의 편에 서서 불의를 없애고 세상의 정의를 바로 세우도록 노력하겠습니다."

하늘이 기특하게 여기셨는지 나는 사법시험을 통과했다. 하지만 나는 그 서원을 지키는 데 부족했음을 고백하지 않을 수 없다.

검사는 자유민주·자본주의의 소금

검사의 기본 임무는 대한민국의 법질서를 확립하는 것이다. 법질서 중 최상위에 있는 것이 헌법이다. 우리나라 헌법은 자유민주적 기본질서와 자본주의 시장경제 체제를 토대로 하고 있다. 결론적으로 검사의 임무는 자유민주주의와 자본주의 시장경제 체제를 지키는 것이다.

자유민주주의는 자유주의와 민주주의가 결합된 정치 원리, 정치 체제를 말한다. 인간의 존엄성을 바탕으로 개인의 자유와 권리를 보장하고, 공정한 선거를 통해 다수에 의해 선출된 대표자들이 헌법과 법률에 따라 의사 결정을 하는 체제이다.

나는 1977년 서울대학교 사회계열에 지원했다. 그 당시 법대는 사회계열에 속해 있었다. 입학시험 사회 과목에 다음과 같은 문제가 출제되었다.

'남한과 북한의 체제 경쟁에서 이기기 위해 우리가 지켜야 할 가장 중요한 것은 무엇인가?'

　주관식 단답형 문제였다. 정답은 '역사적 정통성'이었다. 고등학교 사회 교과서에 그런 설명이 있었다고 한다. 나는 '자유민주주의'라고 답했다. 많은 수험생들이 나와 같은 답을 했다. 사회 과목에 한 가지 정답만 있는 것은 아니기 때문에 '자유민주주의'도 정답으로 인정했다고 한다. 지금 그 문제에 다시 답한다 해도 나는 똑같이 '자유민주주의'라고 할 것이다.

　민주주의 체제에서 '자유'는 필수불가결한 첫 번째 요소로 그 무엇보다 중요한 것이다. 나중에 자유한국당(現 국민의힘)의 반발에 부딪혀 다시 복원시켰지만, 문재인 정권이 2018년 3월 처음 기안한 헌법 개정안은, 헌법 제4조(평화통일 조항)의 "자유민주적 기본질서에 입각한 평화적 통일정책을 수립하고 이를 추진한다"에서 '자유'를 삭제하고 '민주적 기본질서'로 변경했다. 이와는 별개로 중고등학교 역사 교과서 집필 기준에서도 '자유민주주의'를 '민주주의'로 변경했다. 이들의 속내가 궁금하다. 우리가 휴전선을 사이에 두고 대치하고 있는 북한도 '조선민주주의인민공화국'으로 민주주의를 표방하고 있다.

　조국(曺國) 전 법무부장관은 국회 인사 청문회에서 대한민국 헌법을 존중해 왔다고 밝히고 있지만 자신을 사회주의자라고 공언했다. 자유민주적 기본질서와 시장경제를 근간으로 하는 대한민국의 법무부장관이 자신을 사회주의자라고 고백한 것이다. 조 전 장관은 과거 남한사회주의노동자동맹(사노맹) 활동에 가담해 유죄 판결을 받은 사실이 있다.

　물론 우리는 자본주의의 폐해를 해소하기 위해 사회주의 정책을 많이 도입해 활용하고 있다. 그렇다고 대한민국이 사회주의 국가가 될 수는 없다. 북한도 사회주의 국가의 한 형태이다.

자본주의 시장경제는 사유재산권을 보장하고, 자유로운 계약과 경쟁을 통해 자원을 배분해 생산력을 최대로 끌어올려 시장 참가자 모두의 편익을 증가시키는 체제를 말한다. 자본주의 시장경제는 지금까지 인류가 고안해 낸 경제 시스템 중 최선의 것이다. 하지만 소득의 불균형, 빈익빈 부익부(貧益貧富益富) 현상을 초래하며 불공정한 경쟁, 정보의 비대칭, 부당 내부거래 등이 결합해 거악(巨惡)을 만들어 내기도 한다. 두 얼굴을 가진 자본주의 시장경제 체제가 공정한 룰에 의해 작동해 일탈하지 않도록 해야 한다. 검사가 '자본주의의 소금' 역할을 해야 하는 것이다.

검사들 대부분은 정의 실현에 대한 열정을 가지고 경찰이 수사하기 어려운 구조적 비리와 거악을 척결하는 원대한 꿈과 희망을 가지고 검사가 되었을 것이라고 생각한다. 단순히 경찰에서 송치(送致)한 사건을 조사해 기소(起訴)하고 법정에서 공소(公訴)를 유지하는 일만을 하기 위해 검사가 된 사람들은 많지 않을 것이다. 그래서 법률 공부를 열심히 해 사법시험을 통과하고, 사법연수원 등에서 각종 실무 지식을 습득한 것이다. 로스쿨 출신 검사도 마찬가지이다.

검사가 상대하는 거악은 정치인, 고위 공직자, 재벌 등 대기업, 거대 언론, 사이비 종교단체, 폭력조직 등 다양하다. 한마디로 '힘센 나쁜 놈들'이다. 거악의 범죄는 뇌물, 탈세, 내부자 거래 등 직접적인 피해자가 없는 경우가 대부분이다. 그러나 이들이 국민들에게 끼치는 해악은 절도·강도에 비할 바가 아니다.

거악은 대부분 상사(上司)나 지인(知人)을 통해 청탁하기도 하고, 청와대 등 정치권력을 통해 압력을 행사하기도 한다. 검사의 약점을 잡거나 모함해 수사를 좌초시키려 하기도 한다. 때로는 "경제를 모르는 검사가 무리한 수사로 멀쩡한 기업을 죽이고 국가경제를 어렵게 만든다"고 선동하기도 한다. 편파 수사, 표적 수사, 과잉 수사, 권력에 의한 청부 수사, 정치 보복 수사, 별건 수사, 먼지 털기 수사, 인디언 기우제식 수사라고 주장하면서 수사를 방해한다. 심지어는 수사 중인 검찰청 앞에서 수사를 받고 있는 사람에 대한 지지 시위를 벌이기도 한다. 이는 검찰이 거악을 수사할 때 언제나 있는 일이다. 검사에게 신분 보장은 물론 다른 공무원보다 많은 급여를 제공하는 것은 이러한 어려움을 극복하고 거악을 척결하라는 국민의 뜻이다.

나는 나쁜 놈, 그중에서도 힘센 나쁜 놈을 수사해서 처단하는 일을 하고 싶어 검사의 길을 선택했다.

서울지검 검사로 첫발

"公安 감각 없는 검사"

나는 1985년 1월 28일 서울지방검찰청 검사로 임관했다. 초임 검사는 본인의 희망과 상관없이 사법시험 및 사법연수원 성적순으로 서울에서 지방까지 임지가 결정되는 것이 관례다. 나는 형사1부[부장 최명부(崔明夫), 후에 대검 중수부장, 법무부 검찰국장 등 역임]에 배치되었다. 당시 서울지검은 덕수궁 옆에 있었다. 덕분에 나는 매일 아침 덕수궁 돌담길을 걸어 출근하는 작은 호사를 누릴 수 있었다.

내가 임관할 때 전국의 검사 숫자는 600명이 조금 넘었다. 전체 검사 중 3분의 2가 서울법대를 졸업했으며, 경기·경북 두 고등학교를 졸업한 검사만도 각 100명, 합계 200명을 넘었다. 그 외에 서울·경복·경남·부산·광주일고 등 명문 고등학교를 졸업한 검사를 모두 합하면 전체 검사의 70%가 넘었다. 대부분의 검찰 주요 보직은 이들이 장악하고 있었다.

내가 졸업한 경동고등학교 출신 현직 검사는 열 명도 되지 않았다.

이런 검찰 조직은 내게 콤플렉스를 갖게 했다. 그러나 콤플렉스를 극복하는 과정에서 나는 인간으로서 또 검사로서 성장했다. 오랜 세월이 흐른 뒤 그때 느낀 콤플렉스가 축복이었음을 깨달았다. 사람은 크든 작든 나름의 콤플렉스를 지니고 있다. 중요한 것은 콤플렉스의 극복 여부이다.

어쨌든 이런 검찰 조직에서 내가 검사로서 꿈을 펼칠 수 있는 길은 오직 능력으로 인정받는 것뿐이었다.

지금은 사라졌지만 1985년 내가 임관했을 때 서울지검에서는 매월 초 형사부(刑事部) 검사들의 지난달 사건 처리 실적 통계를 작성해 배포했다. 배포된 자료에는 검사별로 사건 배당 건수, 처리 건수, 미제(未濟) 건수, 3개월 이상 경과된 미제 건수, 구속 기간 연장 건수, 사법경찰관에 대한 교양자료 작성 건수, 변사체 직접 검시(檢屍) 숫자, 직접 구속 숫자, 무고 인지(認知)사건 숫자, 일반 인지사건 숫자 등 검사의 업무 처리와 관련된 모든 통계가 망라되어 있었다. 형사부 검사들은 매달 공개적으로 성적표를 받는 느낌이었다. 매월 초 형사부 검사들은 부장실에 모여 통계표를 놓고 회의를 했다. 어떤 부장들은 결재 과정에서 사건을 반려하면서 잘못을 지적한 부전지(附箋紙)들을 모았다가 나누어 주기도 했다. 치졸하게 보일 수 있겠지만 형사부 검사 개인은 물론 형사부장들도 실적 통계 수치를 두고 치열한 경쟁을 벌였다. 실적 통계 중에서 인지 구속 사례는 검사의 능력을 인정받는 가장 중요한 요소였다. 특히 최명부 부장은 이를 매우 중시했다.

나는 검사로 임관한 지 한 달도 되지 않아서 변호사법 위반사건을 인지해 피의자를 구속했다. 통계가 없어 알 수는 없지만 검찰 역사상 초임 검사의 가장 빠른 인지 구속 사례일지 모른다.

형사부는 경찰 송치 사건을 처리하는 부서이다. 당시 사기사건 피의자가 피해자에게 전과 기록 말소를 알아봐 주겠다고 250만 원(검사 초임 월급이 32만 원이던 시절이다)을 받았으나 피해자에게 그 돈을 반환하고 고소가 취소되어 경찰이 무혐의로 송치한 사건이 있었다. 경찰 송치 사건 기록을 읽다가, "전과(前科) 기록 말소를 알아봐 주겠다"고 돈을 받았다는 것이 눈에 띄었다. 피해자를 불러서 자초지종을 확인했다. 피해자는 전과 때문에 사회생활에 여러 가지 불편을 겪고 있었다. 피해자의 사정을 들은 피의자가 치안본부 손 모 경감을 잘 알고 있는데 그에게 부탁해 전과 기록을 말소해 주겠다고 제안했다. 피해자가 피의자에게 경비조로 250만 원을 주었는데, 일이 잘되지 않아 돌려받았다는 내용이었다. 손 경감을 소환해 조사했다. 경찰에서 자기 조직원이 연관되어 있음에도 단순 사기 사건으로 사건을 축소한 것이다.

피의자에 대한 범죄인지서와 구속영장청구서를 작성해 결재를 받기 위해 부장실로 갔다. 최명부 부장검사는 평소 말이 별로 없었으며, 눈빛이 날카롭고 차가운 인상이었다. 부하가 마음에 들면 씩 미소를 짓는 것이 전부였다. 솔직히 최 부장이 무서웠다. 나의 보고를 받은 최 부장은 한 달도 되지 않은 햇병아리 검사가 기특했던지 평소와 달리 부드러운 눈빛으로 나를 보았다. 그리고는 누구 밑에서 검찰 실무 수습을 했는지 묻고, 씩 웃으면서 수고했다고 격려해 주었다. 최 부장은 검사장으로 승진해 대검 중수부장이 되었고, 1991년 4월 나를 중수부(中搜部) 검찰연구관으로 발탁해 검찰 최고 수사기관에서 경험을 쌓을 기회를 주었다.

임관한 지 몇 달쯤 지나서 정구영 서울지검장이 신임 검사들에게 오찬을 베풀었다. 오찬 도중 정 검사장이 물었다.

"검사가 되면 좋은 게 뭔지 알아?"

형사부에 배치되어 근무하고 있던 신임 검사들은 매월 300건 가까이 사건을 처리했다. 밤늦은 야근도 모자라 주말에는 기록을 싸 들고 집에 가야만 했다. 좋은 게 있기는커녕 너무 힘들어서 검사가 된 것이 후회될 지경이었다. 우리는 아무런 대답을 못하고 그저 정 검사장을 바라볼 뿐이었다.

"밤에 자다가 잡혀갈 일이 없어."

안기부 등 정보기관원들에게 잡혀가지 않는다는 말이었다. 정 검사장의 말은 그 당시 상황이 어떠했는지 단적으로 보여 주는 것으로 엄중한 현실이 느껴졌다. 출근해 보면 검사실 책상 위에 '대통령 각하 지시사항'이라는 문서가 놓여 있는 일도 많았다. 1985년의 일인데, 그때는 국민의 자유가 보장되지 않는 암울한 군부 독재시대였다.

나는 임관한 지 1년 6개월쯤 지난 1986년 8월경 송무부(訟務部)로 배치되었다. 지금은 서울고등검찰청에서 국가를 당사자로 하는 소송을 지휘하지만, 당시는 서울지검 송무부에서 국가소송을 지휘했다.

고(故) 김근태(金槿泰) 민주화운동청년연합(민청련) 의장은 1986년 9월 대법원에서 국가보안법 위반으로 징역 5년을 선고받고 강릉교도소에서 복역 중이었다. 그는 1985년 9월4일부터 같은 달 24일까지 용산 '남영동 분실'에서 경찰 조사를 받으면서 고문 기술자 이근안(李根安) 등으로부터 전기고문, 물고문, 잠 안 재우기, 날개꺾기 등을 당했다. 이러한 사실은 1985년 12월19일 서울형사지방법원에서 열린 김 의장에 대한 국가보안법 위반사건 1차 공판에서 그의 모두(冒頭)진술로 세상에 드러났다.

김 의장의 부인 인재근(印在謹, 후에 더불어민주당 의원)은 서울민사

지방법원에 대한민국을 상대로 고문 및 고문 증거 인멸(교도관이 김근태가 가지고 있던 전기고문으로 인한 상처 딱지를 빼앗았다는 내용)을 이유로 5000만 원의 손해배상 청구 소송을 제기했다. 재판부는 원고의 신청에 따라 '김근태 의장의 국가보안법 위반사건 기록'을 증거로 채택하고 검찰이 보관하고 있는 기록을 법정에 제출하라고 명령했다.

수사 및 공판 기록을 민사소송 법정에 제출하기 위해서는 국가소송을 지휘하는 검사와 당해 형사사건의 수사검사가 모두 동의해야 한다. 김근태 사건의 수사검사는 공안부(公安部) 김○○ 검사였다. 나는 수사 및 공판 기록에 고문당한 사실이 적나라하게 드러나 있고, 고문을 입증할 수 있는 증거가 들어 있다고 하더라도 확정된 공적(公的) 기록이므로 법정에 제출하는 것이 당연하다고 판단했다. 법원으로부터 접수된 결정서의 제출 여부 '가(可)' 난에 도장을 찍어 내려보냈다. 얼마 후 김 검사로부터 자신의 사무실로 오라는 연락을 받았다. 김 검사는 사법연수원 기수로 나보다 11년 위인 선배였다. 그는 나에게 "수사 및 공판 기록을 법정에 제출하도록 승인한 것이 맞느냐"고 물었다. 그렇다고 대답했다. 김 검사는 나를 한심하다는 눈빛으로 쳐다보더니 그냥 돌아가라고 했다.

얼마 후 내가 공안 감각이 없는 검사라는 소리가 들려왔다. 나는 경찰에서 공안사건을 수사하면서 피의자를 고문했다는 것도 납득할 수 없었지만, 검사가 이를 묵인, 은폐하고 법정에 형이 확정된 수사 및 공판 기록을 제출하지 않겠다는 것은 더더욱 이해가 되지 않았다. 민사소송법 제349조에서 "당사자가 법원의 문서 제출 명령에 따르지 아니한 때에는 법원은 문서 기재에 대한 상대방의 주장을 진실한 것으로 인정할 수 있다"고 규정하고 있는 점에 비추어 더욱 그렇다.

김 검사의 거부로 형사재판 기록은 민사 법정에 제출되지 않았다.

하지만 1992년 1월 30일 서울민사지법은 "대한민국은 원고 김근태에게 4500만 원을 배상하라"고 원고 승소 판결을 했으며, 이 판결은 1994년 대법원에서 최종 확정되었다. 손바닥으로 하늘을 가릴 수는 없다. 검사는 실체적 진실을 발견하는 과정에서 적법절차를 준수해야 한다. 당연한 말이지만 검사에게는 공안 감각을 갖추는 것보다 법과 절차를 따르는 것이 먼저다.

나를 검사로 키운 건 팔할이 아내다

내가 검사를 하면서 가장 힘들었던 것 중 하나는 청탁을 물리치는 일이었다. 우리나라는 혈연(血緣), 학연(學緣), 지연(地緣)으로 얽힌 사회이다. 부탁을 하는 사람들은 절박한 마음에 아주 어렵게 용기를 내어 하는 것일 게다. 그러한 청탁을 들어주지 못하는 경우 "출세하더니 사람이 변했다"는 소리를 듣는 것은 흔히 있는 일이며, 친밀했던 관계가 소원해지기도 한다.

나의 아내는 지난(至難)한 검사의 길을 함께 걸어왔다. 나는 경희대 캠퍼스에서 아내를 보고 첫눈에 반해 3년간 교제하다 결혼했다.

아내는 열네 살 때 아버지를 여읜 '대령의 딸'이었다. 군인이셨던 아버지를 보고 자라서 그랬는지 공직자의 아내가 지켜야 할 도리에 철저하고, 불의를 보면 나보다도 참지 못했다. 무엇보다도 검소했다. 아내는 쫄면을 좋아한다. 자식들에게는 만 원이 훌쩍 넘는 피자를 아낌없이 사 주면서도 2000원짜리 쫄면을 사 먹기는 주저했다. 가족 모두 외식을 하면 자신은 언제나 가장 싼 메뉴를 시켰다. 그리 넉넉지 않은 공무원 월급으로 평생 홀시어머니까지 모시며 살림을 꾸려 나갔다. 한 번도 돈과 관련해 불평을 한 적이 없었다. 화려한 검사 부인들 모임에서 기가 죽을 법도 하건만 내색조차 하지 않았다.

1994년 연말 법무부 법무실 국제법무심의관실(國際法務審議官室)에 근무할 때였다. 주광일 법무실장 주재로 법무실 소속 검사들의 부부 동반 연말 모임을 가졌다. 갑자기 주 실장이 "검사 부인들도 고생했는데 돌아가면서 한마디씩 해 보라"고 주문했다. 전혀 예상치 못한 상황이라 아내가 몹시 걱정되었다. 심의관과 과장 부인 등 서열 순서대로 이야기했다. 아내 차례가 되었다. 오래전 일이어서 무엇이라고 이야기했는지는 정확히 기억나지 않는다. 아무튼 아내의 말이 끝나자 주 실장이 "이 검사! 내일부터 사무실에 나오지 말고 아내분을 내보내!"라고 말했다. 나는 아내가 너무 사랑스럽고 자랑스러웠다.

2008년 연말에 법무부장관 부인과 검찰총장 부인이 주재하는 전국 검사장 부인 송년 모임이 있었다. 해마다 하는 행사였다. 아내도 대검 기획조정부장 부인으로 참석했다. 임채진 검찰총장 부인이 건배 제의를 하면서 "총장님 복무 방침 다 알고 계시죠? 내가 선창하면 따라서 다 같이 외쳐 주세요"라고 말했다. 임채진 총장의 복무 방침은 '원칙과 정도(正道), 절제와 품격'이었다. 총장 부인이 "원칙!"을 외치면 다른 부인들이 "정도!"를 외치고, "절제!"를 외치면, "품격!"을 외치자는 제안이었다. 그러나 막상 총장 부인이 "원칙!"이라고 선창하자 "정도!"라고 받고, "절제!" 하자 "품격!"이라고 받은 사람은 좌중에 아내뿐이었다. 검사장 부인들 중에 총장 복무 방침을 알고 있는 사람이 아내밖에 없었던 것이다. 아내에게 "어떻게 총장 복무 방침을 알았느냐?"고 물어보니 내가 집에서 일할 때 책상에 놓인 서류에서 본 적이 있다는 것이었다.

아내는 언제나 무조건적인 내 편이다. 그러나 일에 관해서만은 늘 비판적 입장을 견지하면서 나를 깨어 있게 해 준 소중한 사람이다. 서정주 (徐廷柱) 시인의 "스물세 해 동안 나를 키운 건 팔할(八割)이 바람이다" (「자화상」)라는 시 한 구절이 생각난다.

스물네 해 동안 나를 검사로 키운 건 팔할이 아내다.

특별수사를 배우다

검사는 "왜?"라고 묻는 직업

나에게 처음으로 특별수사를 가르쳐 준 분은 정홍원(鄭烘原) 부장검사(후에 박근혜 정부 국무총리)였다.

1988년 9월1일 부산 동래·금정·해운대구를 관할하는 부산지방검찰청 동부지청이 문을 열었다. 부산동부지청은 지청장, 차장, 부장(형사1·2부 및 특별수사부) 3명, 검사 9명으로 발족했고, 나는 개청(開廳) 멤버로 부임했다.

나는 기획검사로 사건 처리 기준, 위임 전결 규정을 만드는 등 개청 작업을 도맡았다. 석 달쯤 지나 개청에 필요한 모든 작업들이 끝나고 청 운영이 자리를 잡아갈 무렵인 1988년 12월경 특별수사부 정홍원 부장은 나에게 특별수사부에서 일해 보지 않겠느냐고 물었다. 정 부장은 서울지검 특수부 등에서 대형 사건을 처리한 경험이 많은 특수통이었다. "하고 싶지만 특별수사 경험이 없다"고 대답했더니, 정 부장은 자신이 가르쳐 줄 테니 배워 가면서 하면 된다고 했다.

정홍원 부장을 만난 것은 큰 행운이었다. 특별수사를 배워 특수부 검사로서 경험을 쌓고 나의 능력을 발휘할 기회를 얻게 된 것이다. 특히 정 부장은 1991년 4월 대검찰청 중수부 수사4과장으로 근무할 때 최명부 중수부장에게 나를 중수부 검찰연구관으로 추천해 주었다.

정 부장은 꼼꼼하고 자상한 성격이었다. 1988년 당시에는 긴급구속 후 48시간 이내에 사후영장을 청구하는 경우가 일반적이어서 철야 수사가 많았다. 내가 철야 수사를 하는 경우 정 부장은 항상 밤늦게까지 자리를 지켰다. 저녁 약속이 있더라도 반드시 청사로 돌아와 수사 상황을 챙겼다. 돌아올 때는 간식거리를 사 들고 와 수사팀을 격려했다. 그는 검사, 특히 특별수사를 하는 검사는 항상 의문을 가지고 "왜?"라고 질문하는 것이 체질화되어야 한다고 가르쳤다.

정 부장으로부터 지도를 받은 공무원 수뢰사건 수사가 기억에 남는다. 뇌물 수수는 은밀히 이루어지는 경우가 대부분이어서 피의자로부터 자백을 받기가 쉽지 않다. 나는 공무원인 피의자로부터 어렵사리 상당한 액수의 수뢰 사실을 자백받았다. 정 부장에게 의기양양하게 이 사실을 보고했다. 정 부장이 나에게 되물었다.

"그런데, 이 검사라면 자백하겠어?"

정 부장은 더 큰 게 있을 수 있으니 더 조사해 보라고 했다. 그의 지적이 옳았다. 그 공무원은 자백한 것 이외에도 더 많은 뇌물을 받았다.

수사의 대부분은 증거 수집이다. 증거 수집은 범인을 찾아내 범죄 혐의를 입증하고 궁극적으로는 피의자 신문(訊問)을 통해 범죄 사실 인정, 즉 자백을 받기 위한 것이다. 수사의 종착점은 피의자의 자백이다. 어떻게 하면 범인으로부터 자백을 받을 수 있을까? 어떤 검사나 수사관은 쉽게 자백을 받는데 이들에게 특별한 기술이 있는 걸까?

묵비권을 행사하며 아무 말도 하지 않으려는 사람에게는 수사와 관련이 없는 공통적 관심사에 대한 이야기로 검사도 자기와 같은 사람이라는 점을 인식시켜 주고 경계심을 풀게 해 진술을 유도하는 것이 필요하다. 범행을 부인하는 사람에게는 "당신 입장이었다면 나라도 그렇게 했을 것이다"라고 심정적 동조를 표시하면서 자백을 이끌어 내기도 한다. 약삭빠르고 계산적인 사람에게는 수사에 협조할 경우의 이익과 그렇지 않을 경우 발생할 불이익을 비교해 설득하는 것이 효과적이다. 소심한 사람에게는 처벌을 강조하기도 하고, 기가 센 사람에게는 "여기 온 사람들 처음에는 다 그래요. 그런데 소용없어요. 괜히 힘 빼지 마세요"라고 흔들어서 마음을 약하게 만들기도 한다. 의리 등 인간관계를 중시하는 사람은 수사에 협조할 명분을 주고, 부모와 처자식 등을 거론하면서 감정에 호소해 자백을 이끌어 내기도 한다.

일반적으로 검사의 경험이 쌓여 감에 따라 자백을 받는 능력과 기술도 늘어 간다. 자백을 얻기 위해서는 방대한 증거 수집, 철저한 신문 준비가 기본이지만, 무엇보다 진실을 밝혀내겠다는 검사의 열정과 집념이 중요하다. '검사에게 사실대로 말하는 것이 유·불리를 떠나 옳은 일이며, 진실을 말하지 않고는 검사가 수사를 끝내지 않겠구나'라는 생각이 들 때 범인은 자신의 잘못을 사실대로 진술하게 된다.

그러나 범인이 자백한다고 해서 자신의 죄를 뉘우치고 있다고 단정하거나 그 내용을 맹신해서는 안 된다. 피의자가 자백하는 경우 수사를 소홀히 하기 쉬운데, 피의자는 이를 노릴 수 있다. 객관적 사실에 부합하지 않는 내용을 자백한 후 법정에서 자백을 번복하고 이를 입증함으로써 빠져나가려고 할 수도 있다. 다른 범죄나 더 큰 범죄사실을 숨기기 위해 자백하는 경우도 있다. 검사는 범인이 자백하는 순간에도 의심을 버려서는 안 된다. 검사는 스스로 납득이 될 때까지 끊임없이 "왜?"라고 물어야 한다.

칠성파 두목 구속

부산동부지청에서 특수부 검사로 수사한 사건 중 첫 번째로 기억나는 것은 '핫머니' 부동산 투기사건이다. 1987년부터 전국적으로 부동산 투기가 극성을 부리고 있었다. 해외에서 들어온 핫머니가 부동산 시장에 흘러 들어가 투기를 부추기고 있다는 언론 보도가 여러 차례 있었다. 정 부장은 나에게 이 보도가 사실인지 수사해 보라고 지시했다.

해외에서 1만 달러 이상 송금을 받으면 국세청에 통보된다. 국세청 본청으로부터 1988년 1년 동안 부산 거주자 중 해외에서 1만 달러 이상 송금받은 사람 명단을 입수해서, 10만 달러 이상 송금받은 사람들을 추려 냈다. 그중 무역 등 정상적인 국제거래를 제외하니 남은 사람이 약 100명 정도 되었다. 일본으로부터 송금받은 경우가 대부분이었다. 마지막으로 송금받은 사람 중에서 부동산을 구입한 사람들을 추려 냈다.

특별히 한 사람이 눈에 들어왔다. 일정한 주거지 없이 호텔에 거주하며 일본에서 수십억 원을 송금받아 부동산을 구입한 재일 교포 이○○이었다. 그는 송금받은 돈으로 이강환(李康桓)이라는 사람과 함께 부산과 김해 일대 부동산을 여러 차례 구입했다. 이○○은 일본 야쿠자 출신이고, 이강환은 부산의 최대 폭력조직인 칠성파 두목으로 확인됐다. 야쿠자 출신 재일 교포와 부산 최대 폭력조직 두목이 함께 해외에서 돈을 들여와 부동산 투기를 했고, 부동산 투기 과정에서 담당 공무원에게 뇌물을 준 사실을 밝혀냈다.

이강환을 구속하기로 마음먹고 그를 소환했다. 함께 일하는 수사관들에게도 구속영장을 청구하겠다는 생각을 알려 주지 않았다. 그에게 출석요구서를 보냈더니 검찰 여기저기서 소환 이유를 물었다. 부동산 거래로 물어볼 일이 있는데 별일 아니라고 답했다.

사전에 영장을 발부받아 그를 체포하려고 했으면 잡기가 만만치 않았을 것이다. 많은 체포 인력이 필요하고, 상당한 시간이 걸렸을 것이다.

소환 당일 3층에 있는 내 사무실에서 창밖으로 그가 검찰청에 들어오는 것을 내려다보고 있자니, 정확히 약속된 시간에 검은색 벤츠 2대가 출입 현관 앞에 섰다. 검은 양복을 입은 건장한 사내들이 차에서 내려 도열했다. 마지막으로 차에서 이강환이 내렸다. 이강환은 허리를 90도로 숙여 인사하는 부하들을 뒤로하고 검찰청으로 들어왔다. 나는 그 모습을 지켜보며 속으로 '이 회장! 오늘 집에 가기 힘들 거야'라고 말했다.

이강환은 날카로운 눈매를 가졌지만 크지 않은 체구에 소아마비를 앓아 한 팔을 잘 쓰지 못했다. 그가 폭력조직의 두목이 될 수 있었던 것은 뛰어난 머리와 잔인한 보스 기질 덕분이었다. 이강환은 순순히 범죄사실을 시인했다. 조사를 마친 후 법원에 뇌물 공여와 부동산 투기 혐의로 구속영장을 청구했다. 이강환은 구속될 것을 예상하지 못했던 것 같았다. 구속영장이 발부되자 당황하는 기색이 역력했다. 구속영장을 집행해서 이강환을 부산구치소로 호송하는 일이 문제였다. 밖에는 이강환의 부하 8, 9명이 기다리고 있었다. 해운대경찰서 수사과장에게 상황을 설명했더니 경찰관 다섯 명과 봉고차를 보내 주었다. 경찰관들이 검사실에서 이강환에게 수갑을 채우고 구속영장을 소지한 참여 계장과 함께 그를 밖으로 데리고 나갔다. 이강환의 부하들이 수갑을 찬 이강환을 보더니 경찰관들의 앞을 가로막으며 봉고차에 태우지 못하도록 했다. 그들이 달려드니 경찰관 다섯 명이 어찌할 바를 모르고 쩔쩔맸다. 위험한 상황이었다. 그때였다. 이강환이 부하들에게 큰소리로 말했다.

"폭력이 아니라 뇌물이야. 금방 나와. 가만히들 있어!"

부하들이 길을 비켜 주었다. 이강환이 스스로 경찰 봉고차 안으로 들어갔다. 강제로 집행한 것이 아니라 자기가 구속영장을 들고 자발적으로 구치소로 들어간 것이다. 이강환이 폭력 범죄가 아닌 뇌물 공여 같은 화이트칼라 범죄로 구속된 것은 처음이었다.

1989년 4월 하순경 이강환과 재일교포 이○○ 등을 뇌물 공여, 국토이용관리법 위반 등으로 구속 기소했다. 이 사건 수사 결과는 〈동아일보〉 등 서울 중앙지에도 크게 보도되었다.

이강환은 1988년 가을 경주에서 부산, 경남의 폭력배 1000여 명을 모아 '화랑신우회'를 결성했다. 설립 목적은 '반공(反共)과 전과자 갱생'이었으나 실제로는 어용 단체로 활동했다. 이강환은 1988년 11월14일경 일본 오사카에서 야쿠자 가네야마구미(金山組)의 가네야마 고사부로(金山耕三郎, 한국명 김재학) 회장과 의형제를 맺었다. 의형제 결연식은 일명 '사카스키(주배·酒盃)' 등 야쿠자 전통 의식으로 치렀는데, 국내 보스급 조폭 20여 명이 참석했다. 이강환의 배후에는 국가안전기획부가 있었다. 이강환이 구속되자 안기부 부산지부에서 관심을 표시하고, 향후 처리 방향 등에 대해 묻기도 했다.

정홍원 특수부장은 구속된 이강환을 활용해 부산 폭력조직의 계보를 파악하고 그들의 범죄를 수사하라고 지시했다. 나는 검찰 수사에 협조하도록 이강환을 설득했다. 그는 수사에 협조할 뜻을 밝혔다. 특수부에서 함께 근무하는 민유태(閔有台) 검사가 이강환으로부터 부산 폭력조직의 계보를 구체적으로 파악했다.

이강환이 폭력조직의 두목으로서 검찰 수사에 협조하기 위해서는 명분이 필요했다. 나에게 자신의 부하들을 불러 이야기를 할 수 있게 해 달라고 했다. 이강환의 부하들을 내 사무실로 불러 모았다. 그는 부하들에게 "검찰에 협조하고 싶지 않은데, 저쪽 애들이 검찰에 정보를 주는 바람에 내가 구속되었다. 우리만 당하고 있을 수 없지 않느냐. 내키지 않지만 검찰을 통해서 손을 좀 보아야겠다"고 했다. 이강환의 부하들은 가만두지 않겠다고 씩씩댔다. 이강환은 흥분한 부하들에게 "우리도 다칠 수 있으니, 검사님에게 협조해서 저쪽을 손보자"고 다독였다. 영리한 사람이다. 이강환의 부하들이 부산 조직폭력배의 범죄와 비리에 대한 정보를 수집해 제공한 덕분에 수사는 순풍에 돛 단 듯이 순조롭게 진행되었다.

부산 폭력조직 수사 중에서 기억에 남는 사건이 있다. 마약 밀매 및 폭력 혐의로 구속된 조직폭력배 문○○ 사건이다.

문○○는 다른 전과 없이 폭력 전과만 열 차례가 넘었으며 보호감호(保護監護) 처분도 두 차례나 받았고 가출소 기간 중에 있었다. 그는 서면(西面)에서 얼음 장사를 하면서 부하들과 함께 필로폰을 밀매하고, 영역을 침범한 다른 필로폰 밀매자의 어깨뼈를 단칼에 자르는 등 폭력을 행사한 혐의를 받고 있었다. 그는 키가 180센티미터가 넘는 건장한 체격을 가진 무서운 칼잡이였다. 나는 그를 구속 기소했고, 1심에서 징역 6년에 보호감호 7년이 선고됐다.

1심 판결 후 문○○가 나를 만나고 싶다는 연락이 왔다. 그는 나에게 언제 다시 밖으로 나올지 모르니 아들을 만나게 해 달라고 부탁했다. 그의 아들은 내 아들과 같은 여섯 살이었다. 그의 친지에게 아들을 검사실로 데리고 오라고 했다. 검사실에서 아들과 만나게 해 줄 생각이었다. 어린 아들에게 포승줄에 묶인 아버지를 보게 할 수는 없었다. 교도관에게 그의 포승줄을 풀어 주라고 지시했다. 교도관들은 문○○가 폭력 전과가 많아 위험할 뿐 아니라 또다시 징역 6년에 보호감호 7년을 선고받아 도망갈 수도 있다고 반대했다. 내 생각은 달랐다. 그가 무서운 조직폭력배이기는 하지만 구질구질한 사람은 아니니, 어린 아들 앞에서 도망가는 추태를 보이지는 않을 것이다. 나는 교도관들에게 "내가 책임지겠다"고 약속하고 포승줄을 풀어 주고 검사실 밖에서 지키도록 했다. 문○○는 검사실로 들어오는 어린 아들을 두 팔로 껴안으며 "△△야!" 소리치며 꺼이꺼이 한참을 울었다. 어린 아들은 영문도 모른 채 아버지를 따라 같이 울었다. 위험한 범죄자로만 보였던 그도 여느 사람과 크게 다르지 않은 사람이라는 생각이 들었다.

문○○는 대법원에서 징역 6년, 보호감호 7년이 확정되어 13년 후인 2002년경 출소했다.

이강환은 1989년 가을경 1심에서 집행유예 판결을 받고 석방되어, 인사를 하겠다며 검사실로 나를 찾아왔다. 골드체인 목걸이에 다이아몬드가 박힌 시계, 다이아몬드 박힌 버클의 혁대를 차고 나타났다. "이 회장 같은 거물이 유치하게 번쩍거리는 물건들을 차고 다니느냐?"고 농담을 건넸더니 이강환은 웃으며 "검사님 같은 분은 이런 걸 안 차도 다 알아주지만, 저는 이런 거라도 해야 대접을 받습니다"라고 말했다.

"우리 같은 사람들 너무 미워하지 마십시오. 나이트클럽 등 술집에는 매일 행패를 부리는 취객들이 생깁니다. 그때마다 경찰을 부르면 손님 다 떨어져 술집 망합니다. 우리 같은 사람들이 나서면 바로 해결됩니다. 경찰이 할 수 없는 일을 저희가 하는 것입니다."

흥미로운 주장으로 묘한 설득력이 없지 않았다.

부산 칠성파를 모티브로 한 영화 〈친구〉(2001)가 천만에 가까운 관객을 동원하는 큰 인기를 누렸다. 나도 재미있게 보았지만, 폭력조직을 너무 미화했다. 영화는 영화일 뿐이다. 현실의 조직폭력 세계는 의리도 없고 낭만도 없다. 돈과 이권을 둘러싼 잔인하고 냉혹한 싸움만이 있을 뿐이다. 싸움을 잘하는 사람이 아니라 수단 방법을 가리지 않고 더 많은 돈을 쥐여 줄 수 있는 사람이 폭력조직의 보스가 되는 세상이다.

노태우 대통령으로부터 표창

두 번째로 기억에 남는 사건은 조직폭력배 서면파의 기업형 불법 사행성 오락실사건이다.

서면파 두목 정○○은 서면 번화가에서 대형 나이트클럽을 운영하고 있었다. 그가 관광호텔 오락실 슬롯머신과 유사한 불법 오락기를 제조해 사행성 오락실 3~4개를 불법으로 운영하고 있다는 첩보를 입수했다. 정상적으로 제조된 오락기에는 서울에 있는 사단법인 유기구제조협회에서 발행한 플라스틱으로 된 검사필증이 붙어 있다. 수사관과 함께 정○○이 운영하는 사행성 오락실에 가서 은밀히 오락기에 붙어 있는 검사필증을 떼어 와 서울로 보내 위조임을 확인했다.

어려운 수사는 아니었다. 문제는 보안 유지였다. 불법 사행성 오락실 배후에는 경찰, 검찰, 구청 등 단속 기관 공무원들이 있었기 때문이다. 부산은 바닥이 좁은 곳이다. 수사를 한다는 사실이 밖으로 새어 나가면 오락실 영업을 중단하고 잠적할 것이다. 수사팀은 나와 참여 계장, 파견 경찰관 세 명 등 다섯 명에 불과했다. 정○○의 신병을 확보하는 동시에 오락실 영업에 관한 장부를 압수해야 하는데 보안 유지 때문에 추가로 수사 팀을 보강하기도 어려웠다.

정○○이 비행기 편으로 서울에서 김해로 도착하는 날을 디데이로 잡았다. 참여 계장과 경찰관 두 명이 공항 활주로 비행기 트랩에서 내리는 정○○과 부하 한 명을 체포해 공항 밖에 있는 다른 사람들이 눈치채지 못하게 해운대 한국콘도로 데려갔다. 나는 파견 경찰관 한 명과 서면에 있는 정○○의 나이트클럽 건물 옥상의 사무실로 갔다. 사무실은 폭력조직 서면파의 본부로 많은 폭력배들이 드나들었다. 만일을 대비해 파견 경찰관으로 하여금 소속 경찰서로부터 권총을 지급받아 소지하도록 했다. 파견 경찰관이 권총으로 폭력배들을 제압하고 있는 동안 나는 사무실에 있던 캐비닛 등을 수색해서 관련 장부를 압수했다.

정○○이 운영한 불법 오락실은 열한 개였다. 단독으로 운영한 것이 아니라 부산 유지 10여 명으로부터 자금을 모아 오락실을 열고 영업해 온 것으로 드러났다. 정○○을 포함해 투자자들, 오락기 불법 제조업자를 구속해 기소했다.

사무실 압수 수색에서 확보한 비밀 장부에는 3개월 동안 오락실을 운영하면서 검찰, 경찰, 언론, 안기부, 기무사, 동래구청 등 관련 공무원 수백 명에게 떡값 명목으로 뇌물을 제공한 사실이 기재되어 있었다. 개별적인 액수는 작았지만 모두 합쳐 보니 1억 원이 넘었다. 동업자들이 있어 정산을 위해 적어 놓은 것이었다. 액수도 크지 않고 관련자가 너무 많아 이를 형사 처벌하는 것은 적절하지 않다고 판단했다. 부산지검장에게 보고하고, 관계 기관에 통보해 징계 조치를 하는 것으로 정리했다. 이 사건 후 검찰, 경찰, 안기부 등 부산 권력기관은 물론 언론도 나의 일거수일투족을 주시했다. 나는 공식적인 자리가 아니고는 술자리나 골프 모임에 나가

1990년 '범죄와의 전쟁'을 선포한 노태우 대통령(왼쪽)으로부터 수사 유공 표창을 받았다.

지 않는 등 처신을 더욱 조심했다.

내가 부산동부지청에서 한 특별수사는 공개된 정보를 분석해 단서를 발견하고 성공적으로 수사를 끝낸, 특별수사의 정석을 보여 주는 모범적인 사례였다. 특히 1989년 부산 폭력조직 서면파의 기업형 불법 사행성 오락실사건은 대검 중수부가 발간하는 검찰 우수 수사사례집에 실려 전국 검사들에게 배포되었다.

나는 1990년 12월경 청와대에서 위와 같은 수사 실적을 올린 공적으로 노태우 대통령으로부터 수사 유공 대통령 표창을 받았다. 그때 청와대에서 보내 준, 노태우 대통령이 손수 내 가슴에 표장을 달아 주는 장면을 찍은 사진을 지금까지 간직하고 있다.

기자가 내민 봉투

1991년 4월4일 대검찰청은 '공직 및 사회지도층 비리 특별수사부'를 발족했다. 특별수사부 본부는 중수부였다. 수사 인력을 보강하기 위해 중수부 4개 과에 검찰연구관을 한 명씩 배치하기로 했다. 나는 대검찰청 중수부 수사3과 검찰연구관으로 발탁되었다.

내가 맡은 첫 번째 중수부 공직 비리사건은 공기업인 한국통신(KT) 부사장의 뇌물 수수사건이었다. 한국통신 황○○ 부사장이 1987년부터 1990년까지 삼성반도체통신, 금성정보통신 등으로부터 전자교환기를 납품받으면서 약 9000만 원 상당의 뇌물을 수수한 것이다. 황 부사장을 구속 기소하고, 뇌물을 제공한 삼성반도체통신과 금성정보통신의 임원을 벌금형으로 구약식(求略式) 기소했다. 특별할 것도 없는 사건이었다.

기소한 지 두 달쯤 지나서, 대검에 출입하고 있던 〈중앙일보〉 김○○ 기자가 찾아 왔다. 법조 데스크인 이○○ 기자가 점심 식사를 하자는 것이었다. 출입 기자와 식사를 하는 것은 흔히 있는 일이어서 흔쾌히 수락했다. 대검찰청 건너편 건물에 있는 한식집에서 김 기자와 초면인 이 모 기자를 만났다. 식사 도중 김 기자가 자리를 비웠다. 이 기자가 안쪽 주머니에서 봉투 하나를 꺼냈다. "회장님께서 전해 드리라고 했다"는 것이다. 순간, 두 달 전에 구약식으로 기소한 삼성반도체통신 임원 뇌물 공여사건이 기억났다. 출입 기자를 통해 뇌물을 전달하려고 하다니, 당황스럽고 놀라웠다. 왜 돈을 주려고 하는지 묻지 않았다. 그저 이 기자가 난처하지 않도록 "내가 어떻게 이런 것을 받을 수 있겠습니까?"라고 정중히 거절했다. 이 기자도 쑥스러웠던지 더 이상 권하지 않고 봉투를 도로 집어넣었다.

그때 중앙일보가 삼성의 로비 창구 역할을 하고 있는 것을 알게 되었으며 그 후 2005년 7월21일 〈조선일보〉의 '안기부 미림팀 도청사건' 보도로 그 실체가 드러났다. 미림팀은 1991년 9월경부터 1997년 11월경까지 국가안전기획부(국가정보원의 전신)가 운영하던 도청팀이다. 미림팀의 도청은 정치인, 고위공무원, 재벌 기업인, 언론사주 등을 대상으로 광범위하게 이루어졌으며, 도청 대상 연인원은 5000명이 넘는 것으로 알려져 있다. 미림팀 도청 내용 중에는 홍석현 중앙일보 사장과 이학수 삼성그룹 비서실장이 '정치인과 공무원들에게 어떻게 돈을 줄 것인지'에 관해 대화를 나눈 내용이 들어 있었다. 돈을 전달하려고 했던 사람 중에는 검찰 고위 간부도 있었다.

중수부 수사3과는 88올림픽 후 전국을 휩쓸고 있던 부동산 투기를 단속하는 업무를 담당하고 있었다. 검찰은 부동산 투기에 효율적으로 대처하기 위해 대통령 지시로 범(汎)정부적인 부동산투기대책위원회를 구성했다. 중수부장이 위원장을 맡고 경제기획원 정책기획국장, 건설교통부 주택토지국장, 국세청 직세국장, 경찰청 수사국장, 서울시 토지국장, 주택국장 등이 위원으로 참여했다. 나는 대책위원회 담당 검사였다. 회의는 분기마다 개최되었다. 토지 거래 허가제, 토지 초과이득세, 주택 소유 상한제 등 강력한 투기 대책이 시행되었고, 토지 및 주택에 대한 전국적인 전산망이 완성된 것도 이 시기였다. 검찰 주도 하에 부동산 투기 사범에 대한 강력한 단속도 이루어졌다. 다행히 부동산 투기는 잦아들었고, 부동산 가격이 안정을 찾아 갔다.

대한민국 최고의 수사검사라 할 수 있는 중수부 과장들로부터 수사를 배우고, 각종 수사 경험을 쌓았다. 특히 국정 현안과 관련해 검찰이 어떠한 역할을 해야 하는지 알게 되었다. 이로써 수사검사로서 긍지와 자부

미국 코넬 대학교 로스쿨에 유학 중 로스쿨 계간지(1993년 3월)에 실린, 강의실에서 필자(왼쪽)와 국제법 데이비드 위프먼(David Wippman) 교수가 이야기를 나누는 장면.

심을 갖게 되었다. 오만하게 비칠지 모르지만 앞으로 어떠한 수사도 해낼 수 있다는 자신감도 생겼다.

1992년 7월 중수부 근무 중 미국 코넬 대학교 로스쿨로 석사(LL.M) 학위를 받기 위해 유학을 떠났다. 유학을 마친 후에는 지금까지 걸어온 길과는 달리 기획 검사의 길을 걷게 되었다. 그때부터 2002년 8월 서울지검 형사9부장으로 부임할 때까지 법무부 국제법무심의관실 검사(2년), 워싱턴 주미 대사관 법무관(2년 6개월), 법무부 검찰국 검찰4과장(2년), 2과장(1년), 1과장(6개월)으로 근무하면서 거의 10년 동안 수사에서 멀어져 법무부와 검찰의 행정 업무를 하게 되었다. 그러나 거악(巨惡)을 척결하겠다는 열망은 가슴속에서 식지 않았다.

검사가 갖추어야 할 덕목

검사는 고난과 형극의 길

검사의 자세가 어떠해야 하는지는 검사 취임 시 하는 「검사의 선서」에
잘 나타나 있다.

나는 이 순간 국가와 국민의 부름을 받고 영광스러운 대한민국 검사의
직에 나섭니다. 공익의 대표자로서 정의와 인권을 바로 세우고 범죄로
부터 내 이웃과 공동체를 지키라는 막중한 사명을 부여받은 것입니다.
나는 불의의 어둠을 걷어내는 용기 있는 검사, 힘없고 소외된 사람들
을 돌보는 따뜻한 검사, 오로지 진실만을 따라가는 공평한 검사, 스스
로에게 더 엄격한 검사로서 처음부터 끝까지 혼신의 힘을 다해 국민을
섬기고 국가에 봉사할 것을 나의 명예를 걸고 굳게 다짐합니다.

검사는 수사의 칼을 차고 폼을 재거나 대접이나 받는 직업이 아니다. 검사의 길은 하늘이 무너져도 정의를 세우겠다는 소명의식을 가지고 걸어 가야 하는 형극의 길이요 고난의 길이다.

후배들이 나에게 검사직을 수행하는 데 도움이 될 만한 말을 해 달라 고 하면 무엇이라고 대답할까?

첫째, 수기청렴(修己淸廉)하라.
둘째, 법과 원칙에 따라 수사하라.
셋째, 직을 걸고 수사하라.
넷째, 내부의 적을 조심하라.
마지막으로, 교만하지 말라.

첫째, '수기청렴'은 내가 조어한 단어이다. '수기'는 유교의 사서삼경 중 하나인 『대학』에 나오는 '수기치인(修己治人)'에서 따왔다. 수기는 자신의 인격적 완성을 위한 공부를 의미한다. 인격적 완성을 위해 많은 덕목이 요구되지만, 다른 사람의 허물을 다루는 검사에게는 특히 청렴이 중요하 다는 뜻이다. 검사가 청렴하지 못하면 자기 하나의 망신으로 끝나지 않는 다. 스폰서 검사, 샤넬백 검사, 떡값 검사, 벤츠 검사, 성상납 검사, 혼외 자 검사, 오렌지 검사 등 검찰 조직에 불명예를 안긴 사례를 기억하라. 검 사가 마당발이라고 불리는 것은 자랑이 아니라 수치다. 검찰 개혁의 명분 중 가장 심각하고 할 말 없게 만드는 것은 검찰의 부패이다.

2003년 9월경 원주지청장 때의 일이다. 부임한 지 얼마 안 된 토요일 이었다. 날씨가 좋아 2층 지청장실에서 창밖을 내다보고 있었다. 열두 시 조금 지나서 검사들이 차를 타고 나가는 것이 보였다. 아직 퇴근 시간인

한 시가 되지 않았는데 기관장에게 보고도 없이 어디를 가는 것일까? 부속실 직원에게 "검사들에게 연락해 내가 찾는다고 하라"고 지시했다. 돌아온 검사들에게 어디 가느냐고 물었더니 관내 골프장에 골프 치러 간다는 대답이었다. 그 골프장의 회원권을 가지고 있느냐고 물었다. 회원권은 없으며 골프장 임원에게 부킹을 부탁했다고 했다. 철없는 대답에 화가 났다. 속초지청에서 관내 호텔 등 숙박업소와 골프장에 예약을 부탁한 일로 망신당한 게 그 바로 얼마 전이었다. 또 이런 일을 벌이다니 한심하기 짝이 없었다. 따끔하게 주의를 주었다.

"검사는 다른 사람의 잘못을 단죄하는 직업이다. 깨끗하지 못한 손으로 남을 어떻게 단죄할 수 있겠는가? 책잡힐 행동을 해서는 안 된다. 골프를 치지 말라는 것이 아니라, 자신의 회원권으로 예약해서 자기 돈으로 치라는 뜻이다. 그리고 공무원의 기본은 자리를 지키는 것이다. 출퇴근 시간을 엄수하고, 특별한 사유 없이 자리를 뜨는 일이 없도록 하라."

그 뒤로는 그런 일이 없었다.

한 달쯤 뒤 10월 하순경 원주지청 사무과장이 관내 성우스키리조트에서 겨울 시즌 동안 스키장을 자유롭게 이용할 수 있는 무기명 시즌패스 8개를 보내왔다고 보고했다. 그동안 해마다 관례적으로 직원들과 그 가족들이 무기명 시즌패스를 이용해 왔다는 것이었다. 사무과장에게 지시했다.

"이런 것을 받으면 성우에서 법을 위반했을 때 검찰이 어떻게 엄정하게 처리할 수 있겠습니까? 관내 기강을 확립해야 할 우리가 이런 것을 받으면 다른 기관들도 똑같이 할 것입니다. 모두 돌려주십시오. 그리고 나는 직원들의 복리 후생을 제외하고는 업무추진비를 사용하지 않을 것입니다. 직원들의 사기를 위해 절약한 돈으로 시즌패스를 구입해 나누어 주십시오."

부패는 작은 것에서 시작한다. '편의 제공'이나 '의례적 인사'가 부패로 발전하는 것이다. 처음 뇌물을 받았을 때 들었던 '이래도 되나?' 하는 꺼림칙한 생각이 점점 무뎌져 당연한 것으로 바뀌고, 그러다 안 주면 괘씸해지고, 끝내는 적극적으로 뇌물을 요구하게 되는 것이다. 사정(司正)기관인 검찰이 청렴해야 관내(管內) 기강이 바로 선다.

그 무렵 서울고등검찰청 간부가 근무 시간에 원주지청 6급 직원을 데리고 원주 시내 부동산을 매입하는 등 부동산 투기를 하고 다닌다는 이야기가 들려왔다. 즉시 진상을 파악하여 읍참마속의 심정으로 서울고검 송무2과장을 구속하고, 이를 도와준 원주지청 직원의 사표를 받았다. 이러한 사실이 알려지자 원주 관가(官家)에 조심하고 긴장하는 분위기가 역력했다.

김대중(金大中) 대통령은 1998년 4월 법무부 업무보고에서 "검찰이 바로 서야 나라가 바로 선다"고 훈시했다. 역대 대통령의 말씀 중 가장 기억에 남는다.

둘째, 법과 원칙에 따른 수사는 검사가 당연히 지켜야 할 기본이다. 검사는 자신이 '수사하는 사람(investigator)'이기 전에 '법률가(lawyer)'임을 명심해야 한다. 적법절차(due process of law)의 원칙을 철저하게 지켜야 한다. "열 명의 범인을 놓치더라도 한 명의 억울한 사람이 있어서는 안 된다"는 윌리엄 블랙스톤(William Blackstone) 경의 말을 잊지 말아야 한다.

실체적 진실 발견을 위해 애쓰는 검사들은 때로 선을 넘고 싶은 유혹을 느낀다. 악에 대한 증오에 사로잡혀 수단과 방법을 가리지 않고 싶은 충동을 느낀다. 그러나 그런 유혹을 단호히 뿌리쳐야 한다. 법과 원칙에 따른 수사는 수사의 염결성(廉潔性)을 지키고 나아가 검사 자신을 보호해 준다.

홍○○ 검사 사건을 기억하라. 2002년 10월26일 서울지검 3차장 산하 강력부(強力部)에서 수사받던 피의자가 폭행을 당해 숨지는 사건이 발생했다. 이 일로 주임검사인 홍○○ 검사와 수사관들은 구속 기소되어 실형을 선고받았고, 법무부장관과 검찰총장이 물러나는 등 검찰은 엄청난 상처를 입었다.

검사가 처리해야 할 사건은 점점 늘어날 뿐 아니라 복잡해지고 있다. 범죄 수법도 갈수록 교묘해지고 지능화, 첨단화되어 간다. 범죄자들도 무슨 권리나 되는 양 태연히 거짓말을 해 댄다. 거기에다 변호사까지 신문에 참여해 범죄자를 거든다. 자신의 죄를 뉘우치지 않고 애먹이는 범죄자들에게 화내는 검사들을 많이 본다. 검사가 범죄자들이 저지른 짓에 분노하는 것은 당연하다. 하지만 범죄자의 진술 거부권 및 변호인 선임권은 헌법적 권리이다. 자신의 잘못을 숨기기 위해 거짓말을 하는 것은 인간의 속성이다. 죄를 뉘우치지 않고 거짓말을 하면 확실한 증거를 수집해 보다 무거운 책임을 물으면 된다. 어찌 보면 범죄자들은 검사의 '고객'이고 검사는 범죄자들 덕분에 먹고사는 것이다.

셋째, 직을 걸고 수사하라는 것은 검사가 된 이상 사회정의를 실현하기 위해 직을 걸고 수사하겠다는 굳센 기개가 있어야 한다는 뜻이다. 외압에 굴하지 않고 성역 없이 수사해 거악을 단죄하는 검사를 상상해 보라. 가슴이 설레지 않는가. 이는 "목숨을 걸고 둔다"는 바둑기사 조치훈의 말과 같은 맥락이다. 조치훈 명인은 바둑을 둘 때 매 판마다 목숨을 걸 정도로 치열하게 둔다고 한다. 검사도 그래야 한다. 큰 수사든 작은 수사든 중요하지 않은 사건은 없다. 매 사건마다 신명(身命)을 바친다는 마음으로 최선을 다해야 한다.

'혹시 나도?'

넷째, 내부의 적을 조심하라는 말은 일본의 유명한 특수부 검사 가와이 신타로(河井信太郎)의 『검찰독본(檢察讀本)』에도 언급된 내용이다. 『검찰독본』은 특별수사 실무 지침서이다. 총론에서 검사의 마음가짐, 수사의 단서, 수사의 준비, 수사의 실행, 검사 개인에 대한 공격과 반박 등에 관한 내용을 담고 있다.

내부의 적은 상대하기가 매우 어렵다. 생각이 많은 상사가 납득할 수 없는 수사 지휘를 하고, 쓸데없이 엉뚱한 트집을 잡으면서 수사를 방해하기도 한다. 그럴듯한 명분을 둘러대지만 속이 뻔히 들여다보인다. 뾰족한 해결책도 없다. 인내심을 가지고 원칙과 정도(正道)에 따라 적절히 대처하는 수밖에 없다.

정치적으로 편향된 사람들이 '내부자 고발'이라는 미명 아래 터무니없는 주장과 모함으로 문제를 일으키기도 한다. 자체적으로 고치기 어려운 검찰의 잘못을 시정한다는 것이 명분이다. 하지만 실제로는 정권과 코드를 맞춰 외부 세력과 결탁해 검찰 조직을 파괴하고 검찰의 정치적 중립성을 훼손하고 있는 것이다.

검사 개개인은 자기가 최고라는 생각으로 다른 사람을 인정하거나 칭찬하는 데 인색하다. 자신만의 도그마에 빠져 상사나 동료를 오해하는 경우도 많이 보았다. 경쟁으로 인한 시기심도 많다. 이런 성향을 지닌 검사들이 수사 내용을 알지도 못하면서 다른 사람의 수사나 결정에 대해 쉽게 비판하거나 함부로 말하는 사례가 적지 않다. 이런 말이 외부로 흘러나가고 언론에 보도됨으로써 불필요한 오해가 생기고 수사에 지장을 초래하기도 한다. 절대로 있어서는 안 될 일이다. 도대체 수사에 참여하지 않은 사람들이 어떻게 수사 내용을 알고 이에 대해 비판한다는 말인가? 언론에서도 검찰 출신 변호사에게 현재 진행되고 있는 검찰 수사에 대해 한마디 해달라고 요청하는 경우가 종종 있다. 이 때도 가급적 언급을 자제해야 한다. 본의 아니게 검찰의 수사를 방해하고 후배에게 피해를 줄 수 있다. 수사 과정과 내용을 정확하게 알지 못하는 사람이 함부로 이야기해서는 안 된다.

마지막이 가장 어렵다. 검사가 특별수사로 이름을 얻게 되면 자기도 모르게 교만해지기 쉽다. '국민검사, 스타 검사, 재벌의 저승사자, 검찰의 레전드, 올해의 검사, 드림팀'이라는 말을 들으면 자신도 모르게 우쭐하는 마음이 생길 수 있다. 세상이 만만하게 보이고 누구라도 잡아넣을 수 있다는 착각에 빠지기도 한다. 검사들은 직업상 범죄자들을 다루다 보니 말이 거칠고 함부로 하는 경향이 있다. 이는 스스로의 인격을 훼손할 뿐 아니라 쓸데없이 적을 만들 수도 있으므로 삼가야 한다. '벼는 익을수록 고개를 숙인다'는 속담을 명심하라. 수사검사가 실패하지 않으려면 반드시 갖추어야 할 덕목이다.

하지만 검사도 인간인지라—

'혹시, 나도?'

국제업무 경험

1997년 2월 워싱턴 소재 주미(駐美) 한국 대사관 법무협력관으로 부임해 1999년 6월까지 근무하고, 그해 7월부터 2001년 6월까지 국제형사업무를 담당하는 법무부 검찰국 검찰4과장으로 근무했다. 앞서 1994년 3월부터 1996년 2월까지 법무부 국제법무심의관실 검사로 근무한 2년을 포함하면 거의 6년 6개월 동안 국제업무에 종사한 셈이다.

주미 대사관 법무협력관으로 근무할 때에는 외교관들뿐만 아니라 정부의 모든 부처에서 파견 나온 주재관들과 함께 일했다. 매주 월요일 아침 대사 주재로 간부회의가 열리는데, 각 부처별로 현안에 대한 보고를 듣고 있으면 작은 국무회의 같다는 인상을 받았다. 이러한 경험은 나에게 검찰 시각에서 벗어나 넓고 다양한 관점에서 현상을 바라보고 문제를 해결할 수 있는 능력을 길러 주었다.

한미 범죄인인도조약

한미(韓美) 범죄인인도조약 체결은 법무부가 1990년대 초부터 추진해온 중요한 과제였다. 과거 미국은 범죄를 저지르고 해외로 도피하는 우리나라 국민의 숫자가 가장 많은 나라였다. 1998년 6월경 미국으로 도피한 우리 국민은 약 150명 정도로 집계되었으나 실제 숫자는 이보다 훨씬 많을 것으로 추정되었다. 그럼에도 범죄인인도조약이 체결되지 않아 미국으로 도피한 범죄자들을 국내로 강제 송환할 마땅한 수단이 없었다.

미국은 1996년 10월 범죄인인도조약 문안에 합의하고서도 우리나라 인권 문제 등을 이유로 서명 절차를 진행하지 않고 있었다. 나도 주미 대사관 법무관 자격으로 여러 차례 미국 국무부 코리아 데스크와 법무부 국제형사과를 방문해 우리나라의 인권 개선 현황을 설명하고 범죄인인도조약 체결 절차를 진행하자고 요청하였으나, 그들은 검토해 보겠다고 할 뿐 특별한 반응을 보이지 않고 있었다.

1998년 2월 25일 김대중 대통령이 취임하자 미국 측의 입장이 바뀌었다. 1998년 4월경 미국 국무부에서 같은 해 6월 김 대통령의 미국 국빈방문 시 범죄인인도조약에 서명하자고 연락이 왔다. 한미 범죄인인도조약이 결실을 보게 되다니 정말 뛸 듯이 기뻤다. 한미 범죄인인도조약 체결은 다른 선진국들과의 조약 체결에도 긍정적인 영향을 줄 것이다. 외교 전문(電文)으로 이 사실을 본국에 보고했다.

그 직후 법무부 채정석(蔡晶錫) 검찰4과장이 전화로 "박상천(朴相千) 법무부장관이 6월 김대중 대통령 미국 국빈방문에 동행해 범죄인인도조약에 서명하고 재닛 리노 미 법무부장관과 회담하기를 원하니 이를 추진하라"고 연락해 왔다. 범죄인인도조약의 서명은 미국 백악관에서 양국 대통령과 관련 고위공무원들이 참석한 가운데 양국 대표가 서명하기로 되어 있었다. 그런데 정치인 출신인 박 장관이 조약에 우리나라 대표로 서명하고 싶은 것이었다.

리노 장관과의 회담은 특별한 문제가 없었다. 그러나 외국과의 조약 체결은 외교통상부 소관으로 조약 서명은 외교부장관의 권한이다. 다만, 외교부장관이 정치 및 외교 상황에 따라 주무 장관에게 조약 서명을 위임한 사례도 여러 차례 있었다. 박 장관이 한미 범죄인인도조약에 서명하기 위해서는 외교부장관의 양해를 얻어 내야 하는 것이다.

유명환(柳明桓) 정무공사와 이수혁(李秀赫) 정무참사관에게 "박상천 법무부장관께서 범죄인인도조약에 서명하기를 원하는데, 어떻게 생각하느냐?"고 물었다. 외교부로서도 미국과의 범죄인인도조약 체결은 중요한 행사이기 때문에 박정수(朴定洙) 외교부장관도 양보하지 않을 것이라고 말했다. 나는 간단한 문제가 아님을 알았다. 채정석 과장에게 연락해 그간 있었던 일을 설명하고 "박상천 장관께서 박정수 외교부장관에게 직접 부탁해 양보를 받으시도록 해 달라"고 요청했다.

다음 날 새벽에 미국 버지니아 맥클린에 있는 집에서 자던 중 전화를 받았다. 박상천 장관의 전화였다. "나 법무부장관입니다"라는 말에 깜짝 놀라 정신을 차리고 "네, 장관님. 이인규 법무협력관입니다"라고 대답했다. 개인적으로 집에서 장관의 전화를 받은 것은 난생처음이었다. 그 소리를 듣고 잠에서 깬 아내가 재빠르게 마실 물을 가져다주었다. 박 장관은 "내가 한미 범죄인인도조약을 서명하는 것이 괜찮습니까?"라고 물었다. 조약에 자신이 서명하고 싶은데 이에 대한 주위 시선과 평가를 걱정하는 것이었다.

"조약 서명은 보통 외교부장관이 해 왔으나 주무 장관이 한 사례도 적지 않습니다. 특히 한미 범죄인인도조약은 역사적으로도 중요한 조약이므로 주무 장관인 장관님께서 하시는 것도 의미가 있을 것 같습니다."

"내가 어떻게 하면 되겠습니까?"

"한미 범죄인인도조약은 오랫동안 법무부가 주도해서 추진해 왔습니다. 조약 체결 후 범죄인 인도가 효율적으로 이루어지기 위해서는 주무 장관인 법무부장관들이 조약에 직접 서명하는 것이 의미가 있을 것입니다. 박정수 외교부장관께 이런 점을 잘 설명하셔서 서명을 양보받으십시오. 그 후 외교 전문으로 '범죄인인도조약 체결 시 우리 측 대표로 법무부장관이 서명할 것이니, 미국 측도 법무부장관이 서명할 수 있도록 추진하라'고 지시하면 될 것입니다."

며칠 뒤 외교부로부터 그와 같은 내용의 전문이 내려왔다. 양국 간 협의 끝에 우리 측은 박상천 법무부장관이, 미국 측은 올브라이트 국무부장관이 서명하는 것으로 결정되었다.

1998년 6월9일 백악관에서 한미 범죄인인도조약 서명식이 거행되었다. 박상천 장관과 올브라이트 장관이 책상에 나란히 앉아 서명할 때 박 장관 뒤에는 김대중 대통령이, 올브라이트 장관 뒤에는 클린턴 대통령이 서서 서명하는 장면을 지켜보고 있었으며, 우리나라 박정수 외교부장관, 이홍구(李洪九) 주미 대사 등 고위 관계자, 미국 대통령비서실장, 외교담당비서관 등 고위 관계자가 도열해 서 있는 역사적인 장면이었다. 그해 12월 초순경 백악관에서 나에게 한미 범죄인인도조약 서명식 참석자가 모두 나온 와이드앵글로 찍은 사진을 보내왔다. 이를 액자에 넣어 박 장관께 보내 드렸다. 박 장관은 "가보로 간직해야겠다. 고맙다"는 전화를 해 왔다.

박상천 장관은 1998년 6월 워싱턴 방문 당시 음식이 입에 맞지 않아

한미 범죄인인도조약 체결 이듬해인 1999년 2월 미국 워싱턴에서 개최된 제1회 反부패 세계포럼에 박상천 법무부장관(오른쪽)을 모시고 참석했다.

식사를 제대로 하지 못했다. 점심과 저녁은 공식 행사로 선택의 여지가 없었다. 아침 식사도 제대로 하지 못해 힘들어 하셨다. 동행한 신승남(愼承男) 검찰국장이 나에게 한식을 준비해 보라고 했다. 한국 식당에 배달 주문도 되지 않던 때라 어쩔 수 없이 아내에게 부탁해 조식을 만들어 호텔에 가져다 드렸다. 하는 김에 신 국장 몫까지 2인분을 준비했는데 박 장관이 맛있게 다 드시는 바람에 신 국장은 맛도 보지 못했다. 이것이 〈한겨레〉 이순혁 기자가 나의 처신에 대해 비판하면서 쓴, 내가 "워싱턴 법무협력관 시절 호텔로 박 장관에게 국까지 준비해 아침 식사를 가져다주었다"는 내용의 전말이다. 남편 때문에 고생한 아내에게 다시 한 번 미안하고 고맙다는 말을 전한다.

이듬해 1999년 2월경 박 장관은 앨 고어 미국 부통령이 주도한 제1회 반부패 세계포럼(Global Forum on Fighting Corruption, 격년으로 개

최) 참석차 워싱턴을 다시 방문하여, 2003년 제3회 포럼을 서울에 유치했다.

한미 SOFA 개정 협상

한미 SOFA의 정식 명칭은 '대한민국과 아메리카합중국 간의 상호방위조약 제4조에 의한 시설과 구역 및 대한민국에서의 합중국 군대의 지위에 관한 협정'이다. 약칭 '주한미군 지위협정'이라고도 부른다. 1966년 7월9일 체결되어 1967년 2월9일 발효했으며, 1991년 2월1일 한 차례 개정이 이루어졌다.

그런데 1992년 윤금이(尹今伊) 살해사건, 1995년 충무로 지하철 난동사건 등 계속된 미군 범죄로 한미 SOFA의 형사재판권 조항을 개정해야 한다는 여론이 높아졌다. 당시 한미 SOFA에 따르면 범죄를 저지른 미군의 신병은 우리나라 대법원에서 유죄가 확정될 때까지 미국 측에 있었으며, 우리는 유죄가 확정된 후에야 비로소 신병을 인도받아 형을 집행했다. 이에 미국 측에 강력히 요청해 1995년 11월30일 새로운 개정 협상이 시작됐으나 1996년 9월10일 7차 협상 후 미국 측의 일방적 선언으로 협상이 중단된 상태였다.

그 후 2000년 2월9일 이태원 미군전용클럽 여종업원 살해사건을 계기로 국민 여론이 악화되자 한미 양국은 2000년 8월2일 8차 개정 협상을 재개했다. 다만, 지난 일곱 차례 협상 내용은 없었던 것으로 하고 새로 협상을 시작하기로 했다.

한미 SOFA 개정 협상은 형사재판권, 노무, 환경 등 여러 분야에서 진행되었는데 핵심은 형사재판권 문제였다. 법무부 검찰4과장이었던 나는 검찰4과 소속 백기봉 검사와 함께 형사재판권 협상에 우리 측 대표로 참가했다. 형사재판권 협상의 목표는 한미 SOFA를 일본, 독일이 미국과 체결한 SOFA와 같은 수준으로 개정하는 것이었다.

서울과 워싱턴을 오가며 협상이 진행되었다. 세계 최강대국 미국과 협상을 하는 것은 쉬운 일이 아니다. 더욱이 이번 협상에서는 우리 측이 미국에 양보하거나 이익을 줄 내용이 거의 없었다. 미국 측은 "한국은 일본, 독일과 근무 여건이 다르다. 예측하기 어려운 북한과의 군사적 대치로 위험한 지역일 뿐 아니라 생활 여건 상 미군에게 인기 있는 근무지가 아니다. 이러한 고려 없이 한미 SOFA를 일본·독일 SOFA와 단순히 비교하는 것은 무리"라고 주장했다. 우리 측이 입장을 굽히지 않자 미국 측 대표는 "한국 측이 요구하는 조건으로는 미군을 한국에 주둔시킬 수 없다. 청와대에 직접 얘기하겠다"고 협상 중단을 선언하기도 했다. 힘으로 밀어붙이려는 것이었다. 로렌스 소머스 미 재무부장관의 "미국은 지금까지 존재했던 가장 나이스한 제국주의 국가다"라는 말이 떠올랐다. 나는 "미군 철수 문제는 이번 협상의 대상이 아니고, 청와대에 얘기하든지 말든지 당신 마음대로 하라"고 응수했다.

우여곡절 끝에 어렵게 미국 측과 살인, 강간 등 12개 중대범죄를 저지른 미군에 대해 '유죄가 확정된 후'가 아니라 '기소 시' 신병을 인도받고, 우리 수사기관이 살인죄와 강간죄를 범한 미군을 현행범으로 체포한 경우에는 계속 신병을 확보한 상태에서 수사와 재판을 진행하기로 합의했다. 미국과 독일, 일본 사이에 체결된 SOFA와 비슷한 수준의 합의였다. 그때 개정된 한미 SOFA는 2001년 1월28일 발효해 지금까지 23년째 시행되고 있다.

2001년 1월경 국회 외교통상위원회 위원장인 한나라당 박명환(朴明煥) 의원이 외교통상부 송민순(宋旻淳) 북미국장과 북미3과장, 나, 실무를 담당한 백기봉(白奇峯) 검사에게 만찬을 베풀었다. 국회 외통위원장으로부터 SOFA 협상을 잘했다는 칭찬을 듣고 저녁을 대접받다니 뿌듯하고 즐거운 추억이 되었다.

국제뇌물방지 "일본법 부적합" 평가

'국제상거래에 있어서 외국 공무원에 대한 뇌물방지법(국제뇌물방지법)'은 '경제협력개발기구(OECD) 뇌물방지협약'을 이행하기 위해 제정, 공포된 법률이다. 국제뇌물방지법과 관련해 일본 법무성과 사이에 있었던 일화가 생각난다.

OECD 뇌물방지협약은 외국 공무원에 대한 뇌물 제공자의 형사처벌, 법인의 책임 명문화, 뇌물을 주고 얻은 이익의 몰수와 추징 등을 주요 내용으로 하고 있다. 이 협약은 미국 등 선진국 기업들이 개발도상국에 투자하려고 해도 개발도상국에 만연한 뇌물 관행에 부딪혀 투자가 무산되는 일이 자주 발생하자 미국의 주도로 추진되었다. 1997년 말 OECD 회원국은 'OECD 뇌물방지협약'을 체결하고 1999년 2월 발효시켰다. 우리나라는 1998년 12월28일 '국제뇌물방지법'을 제정해 2000년 1월1일부터 시행했다.

OECD 이사회는 뇌물방지 작업반(Working Group on Bribery, WGB)을 구성해, 1단계로 회원국의 국내 입법이 OECD 뇌물방지협약을 제대로 반영하고 있는지 평가하기로 했다. 평가는 그때그때마다 2개 회원국이 1개 평가조가 되어 돌아가면서 전체 회원국의 법률을 차례차례 심사하는 방식으로 진행되었다. 우리나라는 미국과 한 조가 되어 일본법을 심사하기로 결정되었다. 이는 일본과 우리나라와의 경쟁 관계, 우리나라의 일본법에 대한 전문성을 고려한 미국의 전략이었다.

2001년 5월 하순경 외교통상부에서 검찰4과장인 나에게 연락이 왔다. 5월31일~6월1일 양일간 프랑스 파리 OECD 뇌물작업반에서 일본법의 OECD 뇌물방지협약 이행 여부를 평가하는 패널 회의가 있는데 전문가로 참석해 달라는 요청이었다. 모든 비용은 외교통상부에서 부담하겠다고 했다.

회의 준비를 위해 일본의 외국공무원뇌물방지법을 입수했다. 분석해 보니 범죄자들이 빠져나갈 구멍이 너무 많았다. 일본법은 OECD 뇌물방지협약 내용을 자기 방식으로 해석해 만들었는데 복잡하고 현란했다. 결점을 숨기기 위해 솜씨를 부린 것이다. 법률을 만드는 데 꽤나 고생했겠다는 생각이 들었다.

파리로 출국하기 직전 외교통상부에서 대책회의를 가졌다. 미국 측에서 일본법에 대한 철저한 검토를 요청하고 있으며, 우리나라도 같은 입장이라고 했다. 나는 일본의 외국공무원뇌물방지법은 허점이 너무 많아 OECD 뇌물방지협약을 제대로 이행한 것으로 평가하기 어렵다는 견해를 밝혔다. 외교통상부는 파리 OECD 회의에서 일본법에 대해 가차 없이 비판해 달라고 주문했다. 평가회의에서 일본 측을 꼼짝 못 하게 하기 위해 구체적인 예를 들어 가며 철저히 준비했다.

2001년 5월30일 외교통상부 대표와 함께 프랑스 파리로 출국했다. 다음 날 파리 OECD 본부에서 일본의 외국공무원뇌물방지법 평가를 위한 소그룹회의가 열렸다. 미국 대표 2명, 나를 포함한 우리나라 대표 2명이 평가를 위한 패널로 참석했고, 일본법을 방어하기 위해 법무성에서 온 검사 2명, 외무성 직원 1명 등 3명이 참석했다. 일본 대표는 법무성에서 온 검사로 법학박사 학위를 가지고 있었다. 나는 일본법이 외국 공무원에게 뇌물을 준 사람을 처벌하지 못하는 사례를 지적했다. 일본은 제대로 된 반박을 하지 못했다. 나중에는 일본 헌법 때문에 OECD 뇌물방지협약 이행을 위한 법률을 이렇게 만들 수밖에 없었다고 변명했다.

나는 일본 대표에게 "일본 헌법은 우리나라 헌법과 크게 차이가 없는 것으로 알고 있다. 일본 헌법의 어느 조항 때문에 법률을 이렇게 만들었는지 설명해 달라"고 했다. 일본 대표가 무슨 말인지 알 수 없게 복잡하게 설명을 했다. 내가 일본어를 읽을 수 있으니 일본 헌법 조문을 가져와서 구체적으로 설명해 달라고 했다. 일본 대표의 얼굴이 붉어졌다. 마지못해 일본 헌법을 가져와 조문을 보여 주었다. 일본 헌법 제98조로 "헌법은 국가의 최고 법규로 이에 반하는 법률, 명령, 조칙 및 국무에 관한 기타 행위의 전부 또는 일부는 효력이 없다"는 내용이었다. 일본 헌법 하에서 국제조약이 국내법으로서 효력을 가지기 위해서는 법률을 제정해야 하며, 국제조약을 이행하기 위해 만든 법률이 헌법에 위배되면 효력이 없다는 설명이었다. 국제법과 국내법의 관계를 원론적으로 설명하고 있는 것에 불과한 것이다.

이것이 OECD 뇌물방지협약의 내용을 그대로 법률로 만들 경우 일본 헌법에 위반된다는 주장의 논거가 될 수는 없었다. "우리나라 헌법에도 유사한 내용이 있지만 OECD 뇌물방지협약을 이행하는 데 아무런 장애가 되지 않는다"고 반박했다. 일본 대표는 얼굴이 붉으락푸르락 흥분을 감추지 못했다. 안경을 머리 위로 벗었다 썼다 하면서 당황해 했다. 미국 대표는 한마디 말도 없이 재미있다는 듯 이 장면을 즐기고 있었다. 결국 일본 대표는 만족스러운 설명을 하지 못한 채 회의가 끝났다.

회의를 마친 후 외교통상부에서 온 직원과 함께 이렇게 일본을 공격해도 되는지 본부의 훈령을 받기로 했다. 외교통상부에서 미국 대표와 협력해서 일본법에 대한 평가를 철저히 하라고 다시 훈령을 보내왔다.

다음 날 오전에 미국 대표를 만났다. 미국 대표는 나에게 전날 활약이 대단했다고 너스레를 떨며, 오후 마크 피스 의장이 주재하는 뇌물작업반 전체회의에서도 어제와 똑같이 해 줄 것을 부탁했다. 마크 피스는 스위스 바젤 대학교 형법 교수로 반(反)부패 분야 전문가다.

2001년 6월1일 오후 2시부터 마크 피스 의장 주재로 뇌물작업반 전체회의가 열렸다. 일본 대표에게 발언할 기회를 주었다. 일본 대표가 어제와 같은 주장을 되풀이했다. 의장이 일본법을 평가한 미국과 우리나라 대표의 의견을 물었다. 미국 대표가 나에게 눈짓을 보냈다. 나는 "일본의 외국공무원뇌물방지법에 빠져나갈 구멍(loophole)이 있어 OECD 뇌물방지협약을 제대로 이행한 것으로 볼 수 없으며, 일본 헌법을 이유로 그렇게 할 수밖에 없다는 주장을 받아들이기 어렵다"고 말했다. 미국 대표도 같은 의견이라고 거들었다. 마크 피스 의장이 일본 대표에게 다시 발언 기회를 주었다.

일본 대표의 발언에 대해 나는 소그룹회의에서 한 것과 똑같이 문제점을 지적했다. 일본 대표는 당황해서 전날과 같이 안경을 머리 위로 벗었다 썼다 하면서 제대로 된 방어를 하지 못했다. 마크 피스 의장은 일본에 외국공무원뇌물방지법을 OECD 뇌물방지협약에 맞추어 개정할 것을 권고했다. 일본 법무성으로서는 치욕이었을 것이다.

2001년 6월3일 귀국하는 길에 파리 공항에서 우연히 일본 대표를 만났다. 인사를 건넸더니 그는 "많이 배웠다"면서 "다음번 대한민국의 국제뇌물방지법 평가 때 다시 만나자"고 뼈 있는 말을 했다. 나도 웃으면서 그때 보자고 했다. 우리는 법률을 제대로 만들었기 때문에 걱정할 필요가 없었다.

자금세탁법 제정

자금세탁(資金洗濯·money laundering)이란 마약, 인신매매, 무기 거래, 밀수, 뇌물, 성매매, 공금 횡령 등 범죄나 불법 활동으로 획득한 자금을 정당한 경제활동으로부터 얻은 것처럼 보이도록 출처나 소유관계를 은폐하는 것을 말한다. 간단히 말해서 돈의 출처를 감추는 것이다.

범죄로부터 우리 사회를 보호하기 위해서는 범죄자를 처벌하는 것만으로는 부족하고 범죄자들이 범죄로 얻은 수익의 몰수가 반드시 필요하다. 대부분의 범죄는 경제적 이득과 연관되어 있기 때문에 범죄 예방을 위해 범죄 수익의 환수가 요구되는 것이다. 특히 마피아, 야쿠자 등 범죄조직에 효율적으로 대처하기 위해서는 그들이 범죄로 얻은 이익을 몰수하는 것이 필수다. 전(全) 세계 범죄조직들도 자신들의 범죄 수익을 지키기 위해 자금세탁에 몰두해 왔으며, 그 수법은 점점 정교해지고 있다.

국제 마약조직, 테러조직에 의한 자금세탁 우려가 증폭됨에 따라 미국, 영국 등 G7 국가는 1989년 프랑스 파리 OECD 산하에 자금세탁방지기구(Financial Action Task Force on Money Laundering, FATF)를 설립했다. FATF 회원이 되기 위해서는 마약범죄 등 중요한 범죄로 생긴 이익을 세탁하는 행위를 범죄로 규정해 처벌해야 하고, 금융기관이 비정상적 또는 의심스러운 금융 거래를 보고하도록 의무화해야 한다. 다시 말해서 자금세탁 행위를 처벌하는 법률과 금융기관으로부터 불법 또는 의심스러운 금융거래를 보고받는 기구인 금융정보원(Financial Intelligence Unit, FIU)을 가지고 있어야 한다.

우리나라는 1996년 12월12일 OECD에 가입했지만 자금세탁 방지 체제를 갖추지 못해 FATF에 옵저버 국가로 참가하고 있었다. 법무부는

1997년 자금세탁법의 제정을 추진한 적이 있었다. 그러나 당시 법무부가 국회에 제출한 법률안은 자금세탁 처벌의 대상이 되는 범죄가 마약, 인신 매매, 뇌물, 특정경제범죄 가중처벌 등에 관한 법률 위반, 정치자금법 위반 등 7개 중요 범죄에 국한되어 실효성이 거의 없었다. 게다가 대상 범죄에 정치자금법 위반이 들어가는 바람에 국회의원들의 비협조로 국회 문턱을 넘지 못했다.

1999년 8월28일 용인 법무연수원에서 제1회 한일(韓日) 검찰축구대회가 열렸다. 일본 법무성의 제안으로 2002년 한일 월드컵 공동 개최를 기념하기 위해 2년마다 양국에서 번갈아 가며 축구대회를 개최하기로 한 것이다. 일본 검찰은 법무성 마쓰오 구니히로(松尾邦弘, 후에 일본 검사총장) 형사국장을 단장으로 검사를 포함해 직원 30명을 파견했다. 형사국장은 우리의 법무부 검찰국장에 해당하는 직책이다. 나는 검찰4과장으로 대회 개최의 실무 책임자였다. 대회 기간 동안 마쓰오 형사국장을 수행했는데, 그때 마쓰오 국장이 나에게 일본에서 자금세탁방지법을 만들었다고 자랑했다. 한국에 오기 열흘 전인 8월18일 '조직적 범죄의 처벌 및 범죄수익의 규제 등에 관한 법률'이 공포되었다는 것이다.

나는 검찰4과 담당 검사에게 일본을 포함해 주요 국가의 자금세탁 방지 제도를 파악해 보고하라고 지시했다. 보고를 받고, 우리나라도 자금세탁 방지 체제를 신속히 구축해야 한다는 결론을 내렸다.

재정경제부와 협의해 공동으로 자금세탁방지법과 자금세탁 방지 기구를 만들기로 하고, 이를 위해 법안을 만들어 2000년 9월 정기국회에 제출하기로 합의했다. 자금세탁 행위를 처벌할 '범죄수익 은닉의 규제 및 처벌 등에 관한 법률'은 법무부 소관 법령으로, 자금세탁 방지 기구인 금융정보분석원(FIU)의 설립을 골자로 하는 '특정금융거래정보의 보고 및 이용 등에 관한 법률'은 재정경제부 소관 법령으로 추진하기로 했다. 금융정보분석원은 재정경제부 산하 기관으로 하고 2급 상당의 원장을 재정경제부 공무원으로 임명하되, 실제로 금융거래 정보 분석을 담당하는 분석실장은 검사가 맡기로 했다.

2000년 4월 재정경제부와 법무부가 공동으로 '금융정보분석원 구축 기획단'을 구성했다. 재정경제부에 기획단 사무실을 마련하고 재정경제부 김규복(金圭復) 국장이 단장을 맡았다. 법무부는 최정진(崔柾辰) 검사 등 직원 세 명을 기획단에 파견해 법률안을 만드는 작업을 진행했다. 검찰4과는 최정진 검사로부터 수시로 보고받고 법안의 추진 방향과 구체적 내용에 법무부의 의견을 반영했다.

2000년 8월 초순경 '범죄수익 은닉의 규제 및 처벌 등에 관한 법률(안)'과 '특정금융거래정보의 보고 및 이용 등에 관한 법률(안)'이 마련되었다. 범죄수익은닉규제법은 자금세탁 행위의 전제(前提) 범죄로 국제법상 일반적으로 자금세탁 행위를 처벌하는 범죄, 범죄조직이 수익을 얻기 위해 저지르는 범죄, 공무원 뇌물 범죄, 다중(多衆)의 피해가 예상되는 범죄, 피해 액수가 큰 범죄 중에서 130여 개를 선정했다. 과거 법률안의 전제 범죄가 7개인 것에 비해 크게 확대된 것으로, 자금세탁 행위를 실질적으로 처벌할 수 있게 된 것이다. 국회 통과가 수월하도록 정치자금법 위반은 전제 범죄에 포함시키지 않았다. 불법 정치자금의 세탁행위를 처벌하지 않을 뿐이지, 새로 도입되는 자금세탁행위 방지 시스템에 의해 정치자금법 위반 범죄를 적발해 내는 데는 전혀 문제가 없었다. 또한 정치자금법 위반을 자금세탁 행위 처벌 대상으로 규정한 입법례도 발견하지 못했다. 그러나 참여연대 등 시민단체와 언론이 "우리나라에서 '정치인의 부패'가 가장 큰 문제인데 자금세탁법안에 정치자금법 위반을 포함시키지 않은 것은 잘못"이라고 강력히 반대하는 바람에, 정치자금법 위반 포함 문제가 뜨거운 감자가 되었다. 법무부 내부에서도 이견이 있었지만 결국 원안대로 정치자금법 위반을 뺀 법안을 국회에 제출했다.

국회 법제사법위원회에서 여러 차례 법안 심사 소위원회를 개최했다. 법안 심사 소위원회 위원장은 함승희(咸承熙) 의원이었다. 함 의원과는 서울지검 초임 때 함께 근무한 인연이 있었다. 강원도 양양이 고향인 그는 내가 양양을 관할하는 속초지청 검사로 발령나자 "내 고향을 잘 부탁한다"며 격려해 주기도 했다. 그는 특수부 검사 출신으로서 법안 제정에 적극적이었다. 재정경제부에서는 김진표(金振杓) 차관(現 국회의장)과 김규복 국장이 법안 심사에 참석했다. 함께 법안의 조문 하나하나를 공들여 심사하고 보완해 나갔다. 함 의원의 열정적인 참여와 도움으로 법안의 부족한 점이 많이 보완됐다.

2001년 3월2일 국회에서 공청회가 개최됐다. 나는 공청회에 토론자로 출석해 주제 발표를 한 후 의원들의 질의에 답변했다. 마지막 단계에서 조순형(趙舜衡), 천정배(千正培) 의원이 정치자금법 위반을 전제 범죄로 넣어야 한다고 강력하게 주장하는 바람에 법안 통과가 또 한 번 난관에 부딪혔다. 결국 수사기관의 남용을 막는 장치를 삽입한 후 정치자금법 위반이 전제 범죄에 추가됐다.

2001년 9월27일 2개 법안이 국회를 통과했다. 드디어 우리나라에 자금세탁 방지 제도가 생긴 것이다. 경제의 투명성을 높이고 범죄를 예방하기 위한 기본 토대를 마련한 역사적 사건이었다. 이로써 은행 등 금융기관은 1000만 원 이상의 현금 거래(currency transaction report)와 자금 세탁이 의심되는 거래(suspicious transaction report)에 대해 금융정보분석원에 보고해야 하며, 특정한 범죄로 생긴 범죄 수익의 출처를 숨기기 위해 자금세탁을 하는 경우 처벌할 수 있는 법체계를 갖추게 되었다.

특정금융거래정보의 보고 및 이용 등에 관한 법률과 범죄수익 은닉의 규제 및 처벌 등에 관한 법률을 만들어 우리나라 자금세탁 방지 체제를 구축한 것은 검사로서 근무하는 동안 가장 보람 있고 자랑스러운 일 중의 하나다. 우리나라는 2006년 8월경 FATF의 준회원 자격을 얻은 데 이어, 2009년 10월14일 정회원으로 가입했다.

'兵風'과 정치검찰

청와대 외풍 막아 준 송정호 장관

2002년 7월11일 김정길(金正吉) 장관이 제53대 법무부장관으로 취임했다. 김 장관은 김대중 대통령의 고향인 전남 신안 출신으로, 앞서 1999년 6월8일부터 2001년 5월20일까지 제49대 법무부장관을 지낸 경력이 있었다. 1987년 민주화 이후 같은 정권에서 법무부장관으로 두 번 기용된 사람은 없었다. 야당인 한나라당은 김 장관을 다시 법무부장관으로 재기용한 것에 대해 "병풍(兵風) 공작 수사를 위한 것"이라고 전례 없이 강하게 비난했다.

전임 송정호(宋正鎬) 장관은 검찰에 의해 김 대통령의 두 아들이 금품 수수 혐의로 구속된 후 청와대 압력으로 사임했다.

2002년 5월18일 서울지방검찰청 특수2부에서 김 대통령의 삼남 김홍걸(金弘傑)이 체육복권 사업자 선정과 관련해 타이거풀스 등으로부터 15

억 원 상당의 금품을 수수한 혐의로 구속되고, 같은 해 6월21일 대검 중수부에서 차남 김홍업(金弘業)이 삼성, 현대 등으로부터 청탁을 받고 22억 원 상당의 금품을 수수한 혐의로 연이어 구속되는 참담한 일이 발생했다. 김홍걸은 김 대통령과 이희호(李姬鎬) 여사 사이에 난 자식으로 김 대통령의 사랑을 독차지하면서 자랐다고 한다. 언론에서 김홍걸의 구속으로 김 대통령 내외가 크게 상심하고 있다고 보도했다. 이런 상황에서 송 장관은 2002년 6월 청와대로부터 김 대통령의 둘째 아들 김홍업은 불구속 수사하도록 지휘권을 발동하라는 요청을 받았다고 한다. 김 대통령과의 관계 등 인간적 고뇌가 그를 힘들게 했을 것이다. 그럼에도 송 장관은 청와대의 요청을 거절하고, 검찰이 원칙대로 수사할 수 있도록 방패막이가 되어 주었다.

송 장관이 호가호위하던 청와대 참모들의 모함을 받아 사임하게 되었다는 이야기가 들려왔다. 그분의 퇴임사에 얽힌 에피소드가 기억난다. 나는 법무부 검찰국 검찰1과장으로서 검찰의 인사, 예산, 조직을 담당하는 실무 책임자였다. 장관 퇴임사는 보통 검찰1과에서 초안을 작성해 가져다 드린다. 그러면 퇴임하는 장관이 수정해 완성하는 것이 관례였다. 송 장관에게 검찰1과에서 작성한 퇴임사 초안을 드리려고 하였으나, 그는 미리 작성해 놓아 필요 없다고 하셨다.

김진환(金振煥) 검찰국장이 나를 불러 송 장관이 쓴 퇴임사를 읽어보았느냐고 물었다. 본인이 직접 쓰셨다는데 보지는 못했다고 대답했더니 김 국장이 송 장관이 쓴 퇴임사를 보여 주었다. 당신의 평소 인품이 그대로 담긴 퇴임사였다. 청와대에 대한 비판이 직설적이고 강렬했다. 그대로 나갈 경우 큰 문제가 될 것이 분명했다. 김 국장이 "송 장관께 말씀드려 내용을 순화할 수 있도록 해 보라"고 지시했다.

송 장관의 퇴임사는 김 대통령에 대한 직접적인 언급 없이 주위에 있는 간신배 무리를 공격하는 것이었다. 한참 고민하다가 법무부장관실로 가서 송 장관께 조심스럽게 말씀드렸다.

"장관님께서 쓰신 퇴임사가 외부에 발표되면 김대중 대통령께서 많이 힘들어지실 것입니다. 대통령께서 얼마나 마음이 아프시겠습니까? 그리고 남아 있는 저희의 입장도 매우 어려워질 것 같습니다."

송 장관은 나의 충정을 이해한다며, 어떻게 고치면 되겠느냐고 물었다.

"장관님께서 직접 쓰신 퇴임사를 저희가 어떻게 고칠 수 있겠습니까? 퇴임사를 하실 때 제일 강한 두 문단만 읽지 않으시면 어떻겠습니까?"

송 장관은 "그렇게 하겠다"고 했다. 가슴속에서 끓어오르는 분노를 참고, 공직자로서 바른 자세를 보여 준 것이다.

송 장관이 읽지 않은 두 문단의 요지는 "청와대에서 사리사욕에 물든 간신들이 국정을 어지럽히고 있다. 대통령의 눈과 귀를 어둡게 하는 간신들을 처단하는 것이 검찰이 해야 할 일이다"라는 것이었다. 당시 대통령 비서실장은 박지원(朴智元)이었다.

송 장관은 전형적인 외유내강의 공직자였다. 온유하지만 강직하고 고매한 인품을 지닌 검사의 표상이라고 생각한다. 그런 분을 본 적이 없다. 나는 그분을 충심으로 존경한다. 그분이 퇴임사에서 남긴 "전사이, 가도난[戰死易, 假道難. 싸워서 죽기는 쉬워도 길을 내주기는 어렵다. 임진왜란 때 동래부사 송상현이 왜군(倭軍)에 한 말]"은 검사가 어떻게 처신해야 하는지 교훈을 주는 말로 지금도 내 기억 속에 생생하다.

"전국 특수부장 유임" 지침의 이면

후임 김정길 장관은 2002년 8월 하반기 검사 인사에서 "지속적이고 효율적인 부정부패 수사를 위해 전국의 특수부장을 유임시키라"고 지침을 주었다. 특수부 라인을 그대로 두라는 것은 인사를 최소한으로 하겠다는 의미였다. 보통 정권 말기에 인사를 대대적으로 단행해 그동안 고생한 사람들에 대해 인사로 보답하던 과거 관행과는 달랐다.

'지속적이고 효율적인 부정부패 수사'라는 명분을 내세웠지만 속내는 달랐다. 당시 서울지검 특수1부 박영관(朴榮琯) 부장은 이회창(李會昌) 한나라당 대통령 후보의 두 아들에 대한 병역 비리 수사를 진행하고 있었다. 여당인 새천년민주당은 제16대 대통령 선거운동 과정에서 이회창 후보 아들에 대한 병역 비리 수사를 이용하려고 했다.

2002년 5월21일 〈오마이뉴스〉에서 병무 브로커 김대업(金大業)의 주장을 인용해 "1997년 7월경 김길부(金吉夫) 전 병무청장과 당시 신한국당 관계자들이 이회창 대통령 후보의 아들 이정연(李正淵)에 관한 병무 비리 은폐를 위한 대책회의가 있었다"고 보도했다. 한나라당은 김대업의 전과 기록을 공개하면서 은폐 대책회의와 병역 비리 의혹을 부인하고 검찰에 김대업을 고소했다. 2002년 7월31일 김대업은 직접 기자회견을 해서 이회창 후보 아들의 병역 비리 의혹을 폭로하고, 서울지검에 한나라당 관계자들을 명예훼손 혐의로 맞고소했다.

김대업의 명예훼손 고소사건은 8월2일 특수1부에 배당되었다. 대통령 선거를 앞둔 민감한 시기였으며, 김대업은 병무 브로커로서 실형 전과를 포함해 여러 차례 전과가 있었다. 그 배후와 동기도 석연치 않았고, 의혹의 근거가 된 녹음테이프 조작 가능성 등 의심스러운 점이 많았다. 김 장관의 지침에도 불구하고 박영관 특수1부장을 유임시키는 것은 바람직하지 않다고 생각했다. 검찰이 불필요한 오해를 받을 수 있는 것이다.

박영관 부장은 김대중 대통령과 같은 전남 신안 출신이다. 김대중 정권 출범 직후인 1998년 3월경 공안사건을 담당하는 법무부 검찰국 검찰3과장으로 임명되었다. 1999년 6월14일 검찰2과장으로 영전했고, 2000년 2월17일 드디어 '검찰의 황태자'라는 검찰1과장으로 발탁되었다. 2001년 6월7일에는 서울지검 특수1부장으로 영전했다. 검찰 호남 인맥의 핵심 중 한 사람이었다. 뿐만 아니라 박 부장은 2001년 6월경부터 2002년 2월경까지 사기죄로 복역 중인 김대업을 검찰청으로 불러 수사보조요원으로 병역 비리 수사에 활용했다. 김대업이 병무 비리 수법 등을 잘 알고 있어 수사에 아무리 필요하다고 해도 이러한 수사 방법은 정도(正道)가 아니었다. 김대업은 병역 비리 수사를 보조하면서 수사관 행세를 하기도 했고, 검사실 컴퓨터를 이용해 인터넷 동호회 게시판에 글을 올리기도 했다.

그런 박 부장이 대통령 선거라는 민감한 시기에 한나라당 대통령 후보 아들의 병역 비리 의혹을 수사하는 것은 공정성을 의심받기에 충분했다.

이러한 상황에 대해 장윤석(張倫碩) 검찰국장과 상의했다. 장 국장도 나와 같은 생각이었다. 박 부장에게 전화를 걸었다.

"선배님이 계속해서 병역 비리 수사를 하는 것은 정치적으로 논란거리가 될 뿐 아니라 선배님에게도 좋지 않으니 이번 인사에서 옮기는 것이 어떻겠습니까?"

박 특수1부장과는 법무부에서 같이 근무한 인연도 있고 한동네에 살고 있어 평소 가깝게 지내는 사이였다. 박 부장은 "나도 수사에 지쳐 지방에서 좀 쉬었으면 좋겠다"고 대답했다.

"내일 아침 일찍 기자실에 가서, 이번 인사에서 떠나게 되었다고 말씀해 주십시오. 그러면 선배님에 대한 인사가 기정사실화될 것이고, 이번 인사에서 고향 근처에 있는 큰 규모의 지청장으로 갈 수 있도록 하겠습니다."

나의 제안에 박 부장이 그렇게 하겠다고 하여 이 사실을 장 국장에게 보고하였다. 그런데 다음 날 새벽 박 부장이 전화를 걸어 왔다.

"이 과장, 미안하게 되었는데, 윗사람하고 상의해 보았더니 너 혼자 살겠다는 것이냐고 핀잔만 들었다."

어처구니가 없었다.

"제가 선배님께 기자실에 가서 이동 사실을 말해 달라고 했지 윗분들과 상의해서 하라고 했습니까?"

"미안하다. 없던 일로 하자."

경솔했다는 후회가 들었지만 어쩔 수 없었다. 장 국장에게 이 사실을 보고했다.

2002년 8월21일, 검찰 인사를 발표하기로 한 날 아침 신문에, 민주당 이해찬(李海瓚) 의원이 기자들에게 "약 3개월 전 검찰 관계자가 '국회에서 먼저 이회창 후보 아들에 대한 병역 비리를 거론해 주면 검찰에서 이에 대한 수사에 착수하겠다'고 말했다"고 한 말이 보도되어 법무부와 검찰이 발칵 뒤집혔다. 한나라당은 문제의 인물로 병역 비리를 수사하고 있는 박영관 특수1부장을 지목하며 "민주당과 사기꾼 김대업, 그리고 정치검찰 박영관이 치밀하게 짜고 진행한 정치공작임이 명확하게 드러났다. 박영관 부장검사를 구속 수사해야 한다"고 거세게 항의했다. 나는 김 장관에게 "사태가 어떻게 전개될지 모르니 인사 발표를 하루만 늦추자"고 건의했다. 김 장관은 그럴 필요가 있느냐며 예정대로 발표하라고 지시했다. 이에 김각영(金珏泳) 차관에게 자초지종을 보고하고 장관님을 설득해 달라고 부탁드렸다. 김 차관은 나와 함께 장관실로 가 김 장관을 설득했다. 결국 김 장관이 실무진의 건의를 수용, 인사 발표를 하루 연기하기로 하고 전국 검찰청에 그 사실을 공지했다.

그런데 김 장관은 밤 아홉 시가 넘어 법무부 청사에 다시 돌아와 인사를 발표하라고 지시했다. 퇴근 후 누구를 만났는지 짐작이 갔다. 나는 "이미 전국 검찰에 내일 발표하겠다고 고지했는데 한밤중에 인사를 발표하는 것은 오히려 이상하게 보인다"고 말씀드렸다. 김 장관은 역정을 내며 "무조건 지금 발표하라"고 명령했다. 어쩔 수 없이 밤 열 시가 넘어 팩스로 전국 검찰청에 인사 내용을 보냈다. 결국 박영관 특수1부장은 유임되었고, 김대업이 제기한 이회창 후보의 아들에 대한 병역 비리 의혹을 수사했다.

역사에 큰 오점 남긴 '병풍' 수사

2002년 10월25일 서울지검 정현태(鄭現太) 3차장검사는 김대업이 제기한 이회창 한나라당 대통령 후보 아들의 병역 비리 의혹에 대해 이를 사실로 인정할 근거와 증거가 없다고 수사 결과를 발표했다. 수사의 출발점이 된 1·2차 녹음테이프에 대한 감정 결과, "성문(聲紋) 분석을 했으나 판독 불능이며, 편집 가능성이 있는 것"으로 나타났다. 또한 김대업은 1999년 3~4월경 녹음테이프에 이회창 후보 아들 이정연에 관한 병역 비리 진술을 옮겨 담았다고 주장했는데, 그 녹음테이프는 1999년 5월12일과 2001년 10월10일 태국에서 제작된 것으로 밝혀졌다. 이러한 객관적 증거가 결정적이었다. 전과자가 제기한 근거 없는 의혹을 해소하기 위해 엄청난 수사력을 낭비한 것이다.

더욱이 병풍 의혹에 대해 무혐의로 결론을 내리면서도 한나라당과 김대업 간 맞고소·고발 사건에 대해 판단을 유보했으며, 김대업의 사법처리도 추후 결정하기로 했다. 이회창 후보 아들의 병역 비리 의혹에 무엇인가 있는 것처럼 어정쩡한 태도를 보인 것이다. 특히 발표 과정에서 "이정연이 당시 체중을 고의로 감량한 증거는 없지만 병무청 직원 등과 접촉하면서 체중으로 병역 면제를 받기 위해 노력했을 가능성은 있는 것으로 보인다"고 밝힌 것은 문제였다. 증거는 없는데 가능성은 있다? 수사 결과 '혐의 없음'으로 결론을 내리면서 "가능성이 있다"는 말을 왜 하는가? 이는 검찰이 예단(豫斷)을 가지고 수사했다는 의심을 사기에 충분했다.

수사 결과가 발표된 후에도 한나라당은 '병풍 공작'의 배후를 밝혀야 한다고 추가 수사를 요구하고 나섰고, 민주당은 특검제 도입과 '1000만인 서명운동' 재개 방침을 밝히는 등 정치권의 공방은 수그러들지 않았다. 병역 비리 의혹 수사는 검찰에 또다시 '정치검찰'이라는 불명예를 남겼다.

김대업의 허위 병역 비리 의혹 제기 및 KBS, MBC 등 언론의 대대적 보도로 이회창 한나라당 후보는 지지율이 10% 이상 추락해 2002년 12월 19일 제16대 대통령 선거에서 약 2.3%(57만 여표) 차이로 낙선했다. 김대업의 의혹 제기는 허위 사실로 국민의 정당한 투표권 행사를 크게 침해한 사건이었다. 김대업의 배후는 밝혀지지 않았으나 이 사건은 대한민국 민주주의를 크게 후퇴시켰다.

김대업은 16대 대선이 끝난 후인 2003년 1월25일 무고죄 및 명예훼손죄로 구속 기소되었고, 11월18일 서울형사지법에서 징역 2년을 선고받고, 최종적으로 대법원에서 확정되었다. 출소 후에도 토지 사기, 불법 오락실 운영, 강원랜드 공사 관련 사기 등으로 여러 차례 구속되어 처벌받았다.

박영관 특수1부장은 본인의 검사 경력은 물론 대한민국 역사에도 커다란 오점을 남겼다. 그때 박 부장을 교체하고 다른 검사로 하여금 불편부당하게 수사하게 했으면 어떻게 되었을까? 검찰 수사에 대한 공정성 시비는 막을 수 있었고, 대통령 선거가 김대업의 허위 주장에 영향을 받는 일도 줄일 수 있었을 것이다.

검찰1과장에서 쫓겨나다

2002년 8월 중순경 오후, 8월 하반기 검사 인사의 마무리 작업을 하기 위해 반포에 있는 메리어트호텔 비즈니스룸에서 김학재(金鶴在) 대검찰청 차장검사를 만났다.

최종적으로 검사 인사에 관한 대검의 의견을 반영하는 작업을 끝내고 서류를 정리한 후 일어서려고 할 때였다. 김 차장이 "이 과장은 어떻게 할 거야?"라고 물었다. 전혀 예상하지 못한 질문이었다.

나는 검찰1과장으로 부임한 지 6개월밖에 되지 않아서 인사 대상이 아니었다. 검찰1과장은 법무부장관의 핵심 참모로 검찰 인사와 예산을 다루고, 웬만한 검사장보다 권한이 많다고 해서 '검찰의 황태자'라고 불린다. 그런 검찰1과장의 거취 문제를 법무부장관이나 검찰국장이 아닌 대검 차장으로부터 듣게 된 것이다. 김정길 장관과 협의를 마친 것이 틀림없었다. 김 차장은 전남 해남 출신이며 김대중 정권 민정수석을 지낸 검찰의 실세로 김 장관의 측근이었다. 순간 며칠 전 박영관 서울지검 특수1부장을 교체하려고 했던 일이 머리를 스치고 지나갔다.

"윗분들의 의견에 따르겠습니다."

"이 과장도 넣어 짜 와."

당혹스러웠지만 어쩔 수 없었다. 돌아와 장윤석 검찰국장에게 이를 보고했다. 장 국장은 아무 말이 없었다.

나는 김정길 장관 등 수뇌부가 원하는 바가 무엇인지 잘 알고 있었다. 당시 검찰2과장은 소병철(蘇秉哲) 검사(現 더불어민주당 의원)였다. 소 과장은 전남 순천 출신으로 사법연수원 15기 중 호남의 대표 주자였다. 1999년 8월 내 뒤를 이어 워싱턴 주미 대사관 법무협력관으로 파견되었다. 해외 유학, 국제업무 경험이 없는 소 부장이 워싱턴 주미 법무협력관으로 파견된 것은 매우 이례적이었다. 그는 2002년 2월 미국 법무협력관을 마치고 나의 후임으로 검찰2과장에 임명되었다.

나를 서울지검 형사9부장으로, 소병철 검찰2과장을 검찰1과장으로 전보시키는 인사안을 만들어 김 장관에게 보고했다. 인사안은 그대로 통과되었다. 나는 6개월 만에 검찰1과장에서 쫓겨난 것이다.

'財界 저승사자' 형사9부장

오늘 나의 이 발자국이

2002년 8월26일 서울지검 2차장 산하 형사9부장으로 부임했다. 당시 형사9부에는 차동언(車東彦) 부부장검사, 이석환(李錫煥) 검사, 양호산(梁鎬山) 검사, 한동훈(韓東勳) 검사, 말석으로 이시원 검사가 배치되어 있었다. 차동언 부부장은 1990년 9월경부터 1991년 3월경까지 서울지검 동부지청에서 함께 근무한 적이 있었으나 다른 검사들은 초면이었다. 차동언 부부장은 동부지청이 초임이었는데 당시 인지(認知) 수사를 하고 있던 나를 자주 찾아와 수사에 대해 이것저것 묻곤 했다. 영리하고 의욕이 넘치는 검사였다. 한동훈 검사(사법연수원 27기)와 이시원 검사(28기)는 군법무관을 마친 초임검사들이었다. 악의 무리와 싸우기 위해 이제 막 강호에 첫발을 내디딘 '소년 검객'들이다.

이시원 검사는 임관한 지 몇 달이 채 되지 않았다. 이 검사를 보면 17

년 전 서울지검 초임 검사 시절 나의 모습이 떠올랐다. 검사로서의 자세도 반듯하고 업무에 대한 열정이 넘쳤다. 그는 항상 웃는 얼굴로 주위 사람을 기분 좋게 했다. 초임 시절 나의 부장님들이 해 주셨던 것처럼 나도 그의 결재가 올라오면 공소장, 불기소장은 물론 수사 기록도 꼼꼼히 들여다보고 하나라도 더 가르쳐 주려고 노력했다.

나도 그러했듯이 이들도 부장인 나를 보고 검사로 성장해 나갈 것이다. 내가 부장들로부터 배운 것을 이들에게 제대로 전수해 줄 수 있을까? 어깨가 무거워졌다. 서산대사 작품으로 알려진 「답설(踏雪)」이라는 시가 생각났다.

> 눈 덮인 길을 걸어갈 때
> 함부로 어지럽게 걷지 말라
> 오늘 내가 밟고 가는 이 발자국은
> 뒷사람의 이정표가 될 것이니.
> (踏雪野中去, 不須胡亂行. 今日我行跡, 遂作後人程.)

서울지검에 형사9부가 신설된 것은 불과 1년 전인 2001년 6월이었다. 국제통화기금(IMF) 관리 체제 여파로 각종 금융사건, 특히 주식시장에서 주가 조작 등 여러 가지 증권 관련 범죄들이 급증했다. 종래 금융감독원 고발 사건은 3차장 산하에 있는 특수1부를 비롯한 특별수사 부서에서 처리해 왔다. 그러나 사건이 증가해 특별수사부에서 이를 모두 소화하지 못하게 되자, 형사9부를 만들어 금감원 고발 사건 중 비교적 경미한 사건을 넘겨받아 처리하고 있었다.

주가 조작이나 내부자 거래는 경제적 이득을 노리고 저지르는 재산범죄이다. 이러한 경제범죄를 막기 위해서는 범법자를 구속하는 등 처벌하는 것만으로는 부족하며, 그들이 취한 범죄 수익을 박탈하는 것이 필요하다. 그런데 금감원 고발 사건을 보면 대부분 주가 조작 등의 실제 범죄가 발생하고 1년 이상이 흐른 뒤에 고발이 이루어지는 것이 보통이었다. 그 후 수사가 개시되어 범법자를 처벌하는 데 또 6개월 이상이 소요되고, 심한 경우 여러 해가 걸리는 경우도 있었다.

특히 특수부가 다른 사건으로 바쁜 경우 1년 이상 아무런 조치 없이 금융감독원 고발 사건을 방치하는 경우도 있었고, 그 후 수사 여력이 없다는 이유로 다시 형사9부에 재배당하는 경우도 빈번했다. 이러는 동안 주가 조작의 대상이 된 해당 기업은 또 다른 기업 사냥꾼의 먹이가 되거나 파산 지경에 이르고, 투자자들의 피해도 점점 커져 회복할 수 없게 된다. 범죄자들은 증거를 인멸하고 해외로 도피하는 것은 물론 범죄 수익을 은닉해 이를 몰수하는 것이 거의 불가능하게 된다. 특히 금감원 고발 사건이 검사 캐비닛에서 잠자고 있는 동안 피고발인 등 수사 대상자들은 수단과 방법을 가리지 않고 로비를 시도하는 등 검찰 내부에서 비리가 발생할 우려도 적지 않았다.

이런 문제를 해결하기 위해 박영관 특수1부장에게, 특수부는 큰 사건이 있을 때마다 수사 인력이 부족해 금융감독원 고발 사건을 제때 처리하지 못하기 일쑤이니, 형사9부가 금감원과 긴밀한 협력 체제를 구축, 전담해 처리하면 어떨지 의견을 물었다. 그러나 박 부장은 "특수부가 늘 바쁘지는 않다"며 이관을 거절했다.

형사9부 독자적으로라도 업무를 개선하기 위해 검사들과 의논해 봐도 뾰족한 수는 보이지 않았다. 결국 검찰이 '죽은 사건'을 처리하는 데 인력을 쏟아붓고 있는 것이다. 이런 사건을 처리하는 것도 의미가 없지는 않지만, 우수한 검사 인력을 보다 효율적으로 운용할 필요가 절실했다. 그래서 검사들에게 "사자의 능력을 지닌 우리가 하이에나처럼 죽은 고기나 먹을 수는 없지 않으냐? 고발 사건만 처리하지 말고 주식시장 등 금융시장에 긍정적인 효과를 줄 수 있는 사건을 찾아내 수사하라"고 독려했다. 검사들은 나의 기대에 부응해 속칭 '따끈따끈한' 사건들을 인지 수사하기 시작했다. 나도 검사들이 소신 있게 수사할 수 있도록 방패막이가 되어주었고, 검찰1과에 부탁해 수사비 등 지원을 아끼지 않았다.

한동훈 검사는 2002년 9월경, 언론과 방송에서 "추가 상승 여력이 있다"고 매수를 추천하는 방법으로 코스닥 기업인 하이퍼통신의 주가 조작을 도와주고 2억 원을 수수한 대신증권 애널리스트 정○○를 구속했다. 정○○는 2000년 국내 최고 수익률 애널리스트로 선정되기도 했는데, 증권업계 파워맨이라고 할 수 있는 애널리스트가 주가조작으로 구속된 것은 처음이었다.

한동훈 검사는 임관된 지 1년 몇 개월밖에 되지 않은 햇병아리 검사였다. 머리가 좋아 일찍 사법시험에 합격했고, 영민하고 자신감이 넘친다는 인상이었다. 특히 논리적이며 사안의 본질을 꿰뚫어보는 통찰력이 탁월했다. 검사 등 공직자에게 '소년 등과', '초년 출세'는 결코 좋은 일이 아니다. 머리가 좋아 일찍 출세한 사람들은 "내가 최고"라는 교만이 있는 경우가 많다. 시기를 받아서 적도 많이 생기기 마련이다. 그러나 그는 달랐다. 검사로서 자세도 바르고 다른 검사들과도 잘 어울렸다. 기회가 주어져 경험이 쌓이면 크게 성장해서 검찰의 동량지재(棟梁之材)가 될 것이라고 생각했다.

명동 사채업자사건

형사9부를 금융범죄를 수사하는 특별수사부로 확실하게 각인시킨 것은 명동 사채업자 반○○사건이었다.

2002년 10월 중순경 차동언 부부장이 명동 사채시장에 가장납입(假裝納入) 자금을 빌려주는 '큰손'이 있다는 첩보를 보고했다. '가장납입'이란 주식회사를 설립할 때 필요한 자본금을 실제로 마련하지 않고 사채업자 등에게 빌려서 이를 자본금으로 납입한 것처럼 가장하고, 회사 설립 등기를 마친 후 바로 인출하여 빌려준 사람에게 변제하는 것을 말한다. 주식회사의 기초는 자본금이다. 가장납입은 외견상 자본금이 있는 것처럼 보이지만 실제로는 깡통인 주식회사를 만드는 것으로 상법상 주식회사의 '자본충실의 원칙'을 부정하는 범죄이다. 시장 참여자들은 거래 대상 주식회사의 자본이 충실할 것이라는 믿음을 가지고 거래하는데 이러한 신뢰를 송두리째 깨뜨리는 범죄인 것이다. 이렇게 만들어진 깡통 회사는 입찰 담합 비리, 신용카드 할인, 딱지어음 사기 등 2차 범죄에 활용되기도 한다.

지금은 강남에 밀려 많이 퇴색했지만 명동은 당시 대한민국 사채시장의 명실상부한 중심지였다. 명동 사채시장은 주가조작범, 기업 사냥꾼 등이 필요한 자금을 조달하는 곳이다. 사채시장의 불법행위 수사를 통해서 금융·증권계 비리에 대한 단서도 확보할 수 있다. 월척을 낚을 수 있는 좋은 첩보라고 판단하고, 차 부부장에게 신속하게 수사하라고 지시했다.

차 부부장은 수사 경험도 많고 능력도 뛰어난 검사다. 그는 명동에서 '오일공사'라는 상호로 사채업을 하는 반○○의 사무실을 수색해 가장납입 자금, 주가 조작 자금 대여 등이 기재된 장부와 현금과 자기앞수표 등 187억 5000만 원을 압수했다. 그 후 수사를 확대해 가장납입을 도와준 사채업자 12명을 추가로 적발했다.

반○○ 등 사채업자가 가장납입 자금을 제공한 기업은 1만 337개로 가장납입 자금 합계는 1조 8000억 원에 달했다. 2001년 한 해 동안 서울에서 설립된 주식회사 숫자는 1만 6595개였다. 절반 이상이 가장납입으로 설립된 것이다. 레이디가구, 지피에스 등 상장 기업과 프리챌, 카리스소프트, 유니씨앤티, 세림아이텍 등 코스닥 등록 기업이 유상증자를 하면서 반○○으로부터 924억 원을 빌려 가장납입을 한 것으로 드러났다. 반○○은 델타정보통신 주가 조작에 자금 73억 원을 제공하는 등 주가 조작에도 직접 가담했다. 빌려준 자금 73억 원을 회수하기 위해 담보로 잡은 140만 주를 작전 세력과 짜고 매매한 것으로 밝혀졌다. 주식시장에서 가장납입한 회사의 재무제표를 믿고 주식을 거래한 투자자들은 졸지에 엄청난 피해를 입게 되었다. 상장회사에 대한 금융 당국의 관리가 제대로 이루어지지 않고 있었던 것이다.

가장납입 자금을 빌려준 사채업자에게는 빌려준 돈을 회수하는 것이 가장 중요한 문제이다. 그래서 가장납입 자금을 빌리는 사람에게 직접 돈을 주지 않는다. 사채업자가 은행에 가서 자본금을 납입하고 납입증명서를 발급받는다. 사채업자로부터 납입증명서를 건네받은 의뢰인이 회사 설립 등기를 마치면, 사채업자는 가지고 있던 회사 통장에서 직접 자금을 인출해 가는 것이다. 반○○도 이러한 방법을 사용했으며, 이는 은행 내부자의 도움 없이는 불가능했다.

심지어 이런 일도 있었다. 반○○이 세림아이텍에 가장납입 자금 60억 원을 빌려주었다. 세림아이텍의 채권자인 와이즈기술금융이 2002년 7월21일 아침 은행이 열리기도 전에 은행에 도착해 가장납입 자금 60억 원을 가압류하려고 했다. 하지만 은행에서 반○○에게 이 사실을 알려

주어 가장납입한 자금을 인출해 가게 함으로써 가압류를 무산시켰다.

이렇게 사채업자 반○○의 범행을 도와준 은행 지점장 3명을 입건하고 그중 1명을 구속했다. 이 사건으로 검찰은 사채업자 반○○ 등 7명을 구속하고 61명을 불구속 입건하는 등 합계 68명을 형사처벌했다.

서울지검 형사9부는 사채시장은 물론 금융권과 증권가에서 경계 대상 1호로 주목받기 시작했다. 형사9부는 많은 금융범죄 첩보를 확보하게 되었고, 이를 활용해 한때 코스닥 시장을 주름잡던 유명 벤처기업인 프리챌, 디에이블, 소프트뱅크코리아 등의 대표를 구속 기소하는 성과를 거두었다. 이러한 수사 성과는 연일 언론에 크게 보도되었으며 서울지검 형사9부는 금융 특별수사 부서로 확실하게 자리매김하게 되었다. 자본금 가장납입사건 수사와 관련, 2002년 12월 말 전윤철(田允喆) 경제부총리 겸 재정경제부장관은 국가 경제질서를 바로잡는 데 기여했다며 차동언 부부장과 이석환, 한동훈 검사 등에게 표창장을 수여하기도 했다.

새롬기술의 몰락

이러한 사이비 벤처기업 수사에서 정점을 찍은 것은 2002년 11월경 새롬기술 오○○ 대표의 증권거래법 위반사건이었다. 이 사건의 주임검사는 이석환 검사였다. 그는 전형적인 외유내강형의 검사였다. 겉으로는 부드러웠으나 강단과 끈기가 있었다. 조직에 대한 충성심이 강하고 검사로서의 자긍심도 대단했다. 어떠한 수사도 믿고 맡길 수 있는 검사였다.

새롬기술은 2000년 초에 미국 기업인 다이얼패드와 공동으로 인터넷을 통해 무료로 국제전화를 할 수 있는 기술을 개발했다고 선전해 코스닥 시장에서 수천억 원의 자금을 끌어모은 기업이었다. 지금은 인터넷을 통해 무료로 해외 통화를 하는 것이 특별한 기술은 아니다. 당시에도 이 기술의 독창성에 대해 논란이 있었지만 시장의 반응은 폭발적이었다. 2000년 1월 삼성과의 제휴 발표는 새롬기술의 주가 상승에 기름을 부었다. 1999년 8월11일 코스닥 시장에 상장된 새롬기술은 상장된 지 7개월 만에 액면가 기준 560배 상승했다. 2000년 2월 새롬기술은 3738억 원의 유상증자에 성공했고, 2000년 3월 시가 총액 3조 원으로 현대자동차를 넘어섰다. 닷컴 버블로 폭발적인 호황을 누리고 있던 코스닥의 황제주였다. 새롬기술 대표 오○○는 일약 성공한 벤처기업인의 상징이 되었다.

그러나 인터넷을 통한 무료 국제전화 기술은 별것이 아니었으며, 2000년 2월 유상증자 시 재무제표를 허위로 작성해 공표했고, 허위 공시를 은폐하기 위해 자회사인 STI의 자금 145억 원을 동원해 다이얼패드 지분을 비싸게 매수해 회사에 손해를 끼치기도 했다. 다이얼패드는 2001년 11월6일 오○○ 등이 참석한 임원회의 결정으로 파산했다. 다이얼패드 부실과 파산 사실이 외부에 알려지기 전에 새롬기술 임원진은 새롬기술 주식 240여만 주를 시장에 내다 팔아 112억여 원의 손실을 회피하기도 했다. 모럴 해저드의 전형이었다.

이석환 검사는 2002년 11월29일 오○○ 대표를 증권거래법 위반으로 구속 기소했다. 결국 새롬기술은 가진 기술은 없고 자본금만 많은 기업이 되었으며, 기업 사냥꾼의 표적이 되어 여러 차례 주인이 바뀌다가 흔적 없이 사라졌다.

형사9부가 뛰어난 성과를 보이면서 언론에서도 특수부보다 형사9부를 더 주목했다. "서울지검 형사9부는 수사 중", "서울지검 형사9부의 신화"라고 칭찬하는 기사도 많이 등장하고, 검사들도 형사9부를 가장 근무하고 싶은 부서 중 하나로 선호하게 되었다. 형사9부의 업무가 크게 늘어 검사장의 승인을 받아 인원을 늘렸다. 서울지검 형사부 부장 중에는 자신이 데리고 있는 검사 중 뛰어난 검사를 형사9부에서 근무할 수 있게 해 달라고 부탁하는 사람도 있었다. 추가로 영입된 검사가 유일준(柳一準·후에 청와대 공직기강비서관), 이동열(李東烈) 검사 등이었다.

유일준 검사를 처음 본 것은 1998년 말경 내가 주미 대사관 법무협력관으로 근무할 때였다. 그는 노스캐롤라이나주 듀크대 로스쿨에서 연수 중이었는데 가끔 워싱턴으로 와서 내 일을 도와주곤 했다. 온화한 성품으로 검사로서의 자세도 훌륭하고 무엇보다도 각종 보고서 작성 등 기획 능력이 출중했다. 그와 다시 근무할 기회를 가지게 된 것이다.

이동열 검사는 다른 형사부 부장의 적극적인 추천으로 선발했는데 수사 능력이 아주 탁월했다. 후술할 이남기 공정거래위원장 수사에서 그가 보여 준 활약이 지금도 기억에 생생하다.

불법 對北 송금사건

북한으로 간 현대의 4억 5000만 달러

불법 대북(對北) 송금사건은 2000년 6월 김대중 대통령이 김정일(金正日)과 회담하기 위해 평양을 방문하기 직전 정몽헌(鄭夢憲) 회장이 이끄는 현대그룹이 산업은행에서 4900억 원을 대출받아 국가정보원 직원의 도움으로 북한 정권의 마카오 비밀 계좌 등으로 4억 5000만 달러를 송금한 사건이다.

김 대통령과 김정일은 2000년 6월29일 평양에서 향후 남북관계에 대해 여러 가지 합의 사항을 발표했다. 이 일로 김 대통령은 그해 12월10일 노벨평화상을 받는 영예를 누리게 된다. 영영 묻힐 수도 있었던 사건이 수면 위로 불거진 전말은 다음과 같다.

김대중 대통령 임기 마지막 해에 접어든 2002년 3월25일, 미국 의회 조사국의 래리 닉시 연구원은 "2000년 6월 남북 정상회담의 대가로 북한에 4억 달러가 제공되었으며, 위 돈이 북한의 무기 구매에 사용됐다"는 내용의 보고서를 제출했다.

이미 증권가에는 "현대 측에서 정부의 요청에 따라 북한에 준 것이기 때문에 변제를 거부한다"는 루머가 퍼져 있었다. 엄낙용(嚴洛鎔) 산업은행 총재가 2002년 9월25일 국정감사에서 한나라당 엄호성(嚴虎聲) 의원의 질의에 "김충식 현대상선 사장이 '우리가 쓴 돈이 아니다. 정부가 대신 갚아야 한다'고 말했다"고 답변했는데, 이는 2000년 6월 남북회담 직전에 4억 5000만 달러가 북한으로 송금된 사실을 암시하는 첫 발언이었다. 이에 2000년 6월 남북정상회담과 관련한 불법 대북송금 문제가 공식적으로 수면 위로 떠오르게 되었다.

그러나 엄 총재의 발언 다음 날, 대출 당시 산업은행 총재였던 이근영(李瑾榮) 금감위원장이 "현대그룹에 대출해 준 4900억 원은 현대 운영자금으로 쓰였다"고 주장하고, 일주일쯤 지나 10월3일 정몽헌 현대그룹 회장도 대북 송금 사실을 부인했다. 10월14일 감사원이 산업은행에 대한 감사에 착수했으나, 제16대 대통령 선거 기간이어서 조사가 제대로 진행되지 못했다.

10월 중순경 한 시민단체가 서울지검에 정몽헌 회장, 박지원 대통령비서실장(전 문화관광부장관) 등 10여 명을 상대로 "공모하여 2000년 6월 남북 정상회담 직전 회담 대가로 4억 5000만 달러를 불법 송금하였다"는 고발장을 제출했다.

이 사건은 전형적인 정치적 사건으로 피고발인들의 신분과 범죄사실 등을 고려할 때 일반 수사부서에서 처리하기는 부적절하고 공안부나 특수부에서 처리하는 것이 마땅해 보였다. 하지만 당시 김진환 서울지검장은 아무런 설명 없이 이 사건을 형사9부에 배당했다. 이 상황이 의미하는 바를 알 수 없어 박영수(朴英洙) 2차장에게 물어보았다. 그는 특별한 이유는 설명하지 않고 "상부의 결정이니 일단 가지고 있으라"고 지시했다.

비록 임기가 얼마 남지 않았지만 대통령과 관련된 정치적 성격의 사건이다. 이를 공안부나 특수부에 배당할 경우 수사 의지가 너무 강해 보일 수 있어 형사부에 배당하되, 그중에서 당시 인지 수사를 왕성하게 벌이고 있던 형사9부에 배당함으로써 수사 의지가 없다는 비난을 피하려는 것이 아닌가 짐작했다.

2002년 12월19일 제16대 대통령 선거에서 민주당의 노무현 후보가 대통령에 당선되었다. 야당이지만 다수당인 한나라당은 2003년 1월8일, 2000년 6월의 남북 정상회담 관련 불법 대북 송금 문제를 조사할 특별검사 임명과 국정조사를 요구하는 등 공세를 펴기 시작했다.

2003년 1월18일 대통령직인수위원회에서 법무부 현안 보고가 있었다. 심상명(沈相明) 법무부장관이 노무현 당선인에게 불법 대북 송금사건을 포함한 검찰의 주요 사건 수사 상황을 보고했다. 노 당선인은 법무부의 보고를 받고 "국민적 의혹이 있는 사건에 대해 검찰이 특검을 받을 각오로 엄정 수사하라"고 주문했다. 이 사실은 언론에도 짤막하게 보도되었다.

1월20일경 김각영 검찰총장이 직접 나에게 전화를 걸어, 불법 대북 송금사건 수사에 착수하라고 지시했다. 검찰총장이 일선 수사부장에게 직접 전화로 수사 지시를 하는 것은 흔한 일이 아니다. 그만큼 이 사건을 중요하게 생각하고 있으며, 수사를 철저하고 엄정하게 하라는 명령이었다. 유창종(柳昌宗) 검사장과 박영수 2차장에게 이 사실을 보고한 후, 부 검사회의를 소집해 검찰총장의 지시 사항을 전달했다.

이 사건은 규모나 성격에 비추어 우리 부 검사 전체가 투입되어야 했다. 향후 수사에서 검사들이 각기 할 역할을 분담시켜 주었다. 산업은행과 현대그룹에 관련 자료 제출을 요구하는 한편, 언론 보도와 국회 속기록 등 사건과 관련한 정보들을 수집하라고 지시했다.

수사 착수 직후, 신분을 밝히기 어렵지만 대북 송금 과정을 알고 있는 사람으로부터 이에 관한 구체적인 정보를 입수했다. 북한으로 송금된 액수, 송금 시기, 송금 방법에 관한 것들이었다. 정보 제공자의 신분에 비추어 신빙성이 있다고 판단했다. 쉽게 수사가 풀릴 것이라는 기대가 생겼다. 이를 토대로 수사 방향과 대상을 설정하기 위해 불법 대북 송금이 이루어진 과정을 시나리오로 작성해 검사들에게 나누어 주었다. 내가 작성한 시나리오는 나중에 송두환(宋斗煥) 특별검사가 조사해 발표한 결과와 거의 일치할 만큼 정확했다.

1월23일, 지금까지 수집한 자료를 토대로 정몽헌 현대그룹 회장, 박지원 대통령비서실장, 한광옥(韓光玉) 전 비서실장, 임동원(林東源) 국정원장, 이기호(李起浩) 경제수석, 이근영 금감위원장 등 12명에 대해 출국금지 조치를 했다. 보안에 각별히 신경을 썼음에도 바로 언론에 노출되어 대서특필되었다.

출국금지 사실이 보도된 후, 임기를 한 달 남긴 김대중 대통령은 "이 사건은 사법적으로 처리하는 것이 적절하지 않다"는 견해를 표명했다. 대통령은 기자회견에서 자신은 "대북 송금 사실을 사전에 알지 못했다"고 했다.

김정일이 평양으로 김대중 대통령을 초청해 만난 이유가 무엇일까? 4억 5000만 달러라는 큰돈을 주지 않았더라도 평양 회담이 성사되었을까? 이런 상식적인 질문에 대한 답은 자명(自明)하다. 김 대통령의 사전에 알지 못했다는 주장은 법률적 책임을 피하기 위한 변명에 불과하다고 생각했다. 그리고 사건 당사자인 김대중 정권은 수사에 반대할 것이라고 예상했기 때문에 크게 신경 쓰지 않았다.

노무현 당선인 "검찰 말고 국회에서"

그런데 얼마 지나지 않아서 노무현 당선인까지 기존의 입장을 바꾸어 "이 문제는 국회에서 논의해 결정하는 것이 좋겠다"는 의견을 밝히자 검찰 수뇌부의 기류가 바뀌기 시작했다. 언론에 수사 유보 이야기가 슬슬 보도되기 시작했다. 일부 언론은 '서울지검 고위 관계자'의 말을 인용해 "(전현직 대통령의) 대북 송금 얘기가 나오기 전과 후는 검찰 수사 방향에서 하늘과 땅 차이다. 이미 출금 조치를 내리고 관련 자료 제출을 요구한 상태지만, 대북 송금이 사실로 확인되고 있는 만큼 계속 수사 여부는 원점에서 생각해야 한다. 법률, 정치, 국제적 문제 등 여러 상황을 종합해 검토해야 한다"고 보도했다. "정치적 사건인 만큼 정부 당국의 책임자가 직접 소명하고 사과하는 등 정치적으로 해결하는 것이 바람직하다. 수사를 한다 해도 얼마나 성과를 거둘지 불확실하다. 정치권에 휘둘릴 경우 검찰만 상처를 입을 가능성이 큰 만큼 수사 착수에 반대하는 의견이 많다"는 '대검 관계자'의 발언 등 보도도 이어졌다.

북한은 실정법상 반(反)국가단체로 엄연히 우리의 적(敵)이다. 법과 절차를 따르지 않은 대북 송금 사실이 확인되었으면 철저히 수사해서 누가 어떤 목적으로 무슨 돈을 얼마나 어떻게 송금했는지 등 시시비비를 가려야 마땅하다. 수사도 해 보지 않고 '수사 성과가 없거나 정치권에 휘둘려 검찰만 상처를 입을 것'을 걱정하는 것은 말이 되지 않는다. 무엇이라 변명해도 '수사 유보'는 형사소송법 어디에도 없는 정치적 결정에 불과하다.

이를 합리화하자니 말도 되지 않는 궤변을 늘어놓게 되는 것이다. 한숨이 절로 나왔다.

나는 유창종 서울지검장과 박영수 2차장에게 수사 유보의 부당함을 강력하게 주장했다.

첫째, 이 사건은 적법한 절차에 의하지 아니하고 북한에 수천억 원을 불법적으로 제공한 엄청난 사건으로 검찰이 수사하지 않을 명분이 없다.

둘째, 실제로 수사에 착수해 관련자들을 출금한 지 며칠 되지 않아서 현직 및 차기 대통령이 반대한다는 이유로 수사를 유보할 경우 권력자의 눈치나 보는 정치검찰이라는 비난을 받을 것이다.

셋째, 수사가 쉽지는 않겠지만 지금까지 수집된 증거 및 자료에 비추어 성공할 자신이 있다.

유 검사장과 박 차장은 특별한 반응을 보이지 않았다.

검찰총장이 전국 검사장들에게 이 문제에 관한 의견을 구한다는 소문이 돌았다. 수사 유보 수순에 돌입한 것이다. 눈치 빠른 검사장들이 총장의 의중을 읽고 그에 맞추어 대답할 것이 뻔했다. 그러나 일선 검사들의 의견은 달랐다. 형사9부 검사들도 "수사 유보는 명분도 없고 말도 안 된다"고 강력히 반대했다.

불법 대북 송금사건은 대통령이 관여된 국기문란(國紀紊亂)사건이다. 나는 도저히 물러설 수가 없었다. 상부에 수사 유보에 대한 반대 의견을 더욱 강하게 개진했다.

2월 3일 검찰총장실에서 법무부 간부들과 이 문제에 관해 회의를 하자는 연락이 왔다. 오후 2시 총장실에 김각영 검찰총장, 김학재 대검 차장, 유창종 서울지검장, 박영수 서울지검 2차장 그리고 나, 법무부에서 소병철 검찰1과장, 최찬묵(崔燦默) 검찰2과장, 이춘성(李春盛) 공보관 등 모두 8명이 모였다. 장윤석 검찰국장이 참석하지 않고, 소관 부서인 검찰3과장 대신 소병철 검찰1과장이 참석한 내막은 알 수 없다.

내가 먼저 수사 유보 시 문제점을 조목조목 들어 가며 수사 강행 의견을 피력했다. 이춘성 공보관이 "오늘 심상명 법무부장관이 법조 1진 기자들과 점심 회식 자리에서 불법 대북 송금사건 수사 문제에 대한 의견을 들었는데, 기자들 대부분이 사건의 성격상 수사를 유보하는 것이 좋다는 의견이었다. 검찰이 수사 유보 결정을 해도 언론에서 크게 비난할 것 같지는 않다"고 말했다. 내가 반박했다.

"기자들과 회식 자리에서 한 말이 무슨 의미가 있느냐? 만약 수사 유보 결정을 할 경우 검찰이 권력자의 입맛에 맞추어 정치적 결정을 했다는 엄청난 비난에 직면하게 될 것이다."

김학재 차장이 나서서 "일선 검사장들 의견도 수사를 유보하는 것이 좋겠다는 것이 대부분"이라며 수사를 유보하는 쪽으로 의견을 정리하려고 했다. 내가 다시 나서려고 하니 옆에 앉아 있던 박 차장이 손가락으로 내 다리를 찌르면서 "할 만큼 했으니 가만히 있으라"는 신호를 보냈다. 나는 마지막으로 김 총장에게 말했다.

"검찰이 수사 유보 결정을 해야 한다면, 스스로 하는 것은 모양새가 좋지 않으니 장관님께 지휘권 발동을 해서 수사 유보 지시를 해 달라고 건의해 주십시오."

나의 제안에, 김 총장도 전혀 예상하지 못했던지 순간 답을 하지 못했다. 이때 소병철 과장이 "장관님께서 수사지휘권 발동은 하지 않겠다고 하셨습니다"라고 말했다. 법무부에서 수사지휘권 발동에 관한 논의가 실제로 있었는지, 심상명 장관이 진짜 그런 말을 했는지 의심이 들었지만, 더 이상 묻지 않았다.

검찰의 수사 유보 결정이 옳은 일이라면 법무부장관이 수사지휘권을 발동하지 못할 이유가 없다. 장관의 말은 결국 자기 손에는 구정물 묻히기 싫으니 검찰이 수사 유보 결정에 대한 모든 비난과 책임을 감수하라는 뜻이었다. 김 총장은 불과 며칠 전 나에게 직접 전화를 걸어 수사 지시를 한 것이 마음에 걸렸는지 자신의 의견을 적극적으로 밝히지는 않았다. 결국 김학재 차장이 "유보하는 것으로 결론을 내자. 발표 내용은 내가 정리하겠다"고 해 회의를 마쳤다.

회의는 수사 유보 결론을 먼저 정해 놓고 수사팀의 반발을 무마하기 위해 연 형식적인 회의였다. 김 차장이 정리한 대검의 발표 내용은 다음과 같았다.

남북 경제협력 사업은 헌법의 평화통일 정책의 일환으로 추진되고 있어 먼저 국민의 대표기관인 국회에서 논의되는 것이 순서라고 생각된다. 현재 정치권에서 진상 규명을 위한 노력이 진행 중이므로, 검찰 수사를 유보하고 국회의 논의를 우선하는 것이 남북관계의 지속적 발전과 국가이익을 위해 타당하다고 판단했다. 검찰 수사는 사법처리를 전제로 한 절차이고, 이 사건의 사법처리 시 향후 남북관계에 미칠 영향이나 국익을 고려하지 않을 수 없는 실정이다.

노무현 대통령 당선인이 썼다고 해도 믿을 정도로 그가 언론에서 밝힌 생각을 그대로 옮긴 것 같았다.

이 사건 대북 송금이 남북 경제협력 사업이라는 근거는 무엇인가? 남북 협력 사업이면 실정법을 위반해서 북한에 불법적으로 돈을 송금해도 된다는 말인가? 4억 5000만 달러라는 엄청난 돈의 출처는 어디인가? 현대그룹은 무엇을 바라고 4억 5000만 달러를 제공했는가? 남북 경제협력 사업의 문제점을 왜 국회에서 먼저 논의해야 되는가? 이 사건의 사법처리가 향후 남북관계와 국가이익에 좋지 않은 영향을 미칠 수 있다면 수사를 해서는 안 된다는 말인가? 검찰의 주인은 국민인가 정권인가? 차라리 "새로 취임할 대통령의 뜻에 따라 수사 유보 결정을 한다"는 것이 솔직하고 떳떳한 태도가 아닌가 생각했다.

검찰 수사 유보해 놓고 특검 임명

예상했던 대로 언론은 불법 대북 송금사건 수사 유보 결정을 한 검찰에 맹비난을 퍼부었다. 이틀 연속하여 1면 톱기사로 "검찰이 밥그릇 챙기기에 급급해 권력자의 눈치를 보고 수사 유보라는 정치적 결정을 했으며, 새 정부 출범과 더불어 이러한 정치검찰에 대한 개혁이 최우선 과제로 대두되었다"는 식의 기사를 내보냈다. 조중동뿐만 아니라 한겨레·경향 등 모든 언론이 이유만 다를 뿐 검찰의 결정이 잘못되었다고 비난했다. 한나라당은 검찰의 수사 유보 결정을 "반국가적이고 반역사적인 국민 배신 행위"라고 비난 성명을 발표했다. 참여연대도 "구시대적인 통치권 행사 논리를 앞세워 진상 규명을 막는 것은 비난받아 마땅하며, 변칙적인 불법 송금 사실을 정당화하려는 것은 납득할 수 없다"고 가세했다. 경제정의실천연합(경실련) 역시 "검찰의 수사 유보 결정은 준사법기관으로서 본연의 역할을 스스로 포기한 행위"라고 비판했다.

정치권도 가만있지 않았다. 2월12일 국회 대(對)정부질문에서 한나라당 이주영(李柱榮) 의원은 "형사소송법에 검사는 범죄 혐의가 있다고 생각되면 수사해야 한다고 규정하고 있는데, 수사 유보의 근거는 무엇인가?"라고 지적하면서 "수사 유보 결정은 직무유기"라고 검찰을 직격했다. 검찰 출신인 민주당 법제사법위원회 간사 함승희 의원조차 2월19일 법사위에서 "불법 대북 송금사건 수사 유보는 검찰총장 탄핵 사유"라고 비난했다. 민주당 조순형 의원은 〈뉴스메이커〉와의 인터뷰에서 "불법 대북 송금사건은 검찰이 수사해야 한다. 진상 규명을 한 후 국가이익과 남북관계를 참고해서 어떻게 할지를 판단하는 것이지, 처음부터 국회에서 논의하는 것은 잘못이며 검찰의 직무 유기이다. 특검은 검찰이 제대로 수사를 못 했을 때 하는 예외적 조치이다"라고 입장을 밝혔다.

이상한 것은, 수사 유보 결정을 한 검찰도 문제지만, 그렇게 할 것을 주문한 새로운 권력자에게도 잘못이 있는데 언론에서 이에 대한 언급이 거의 없다는 점이었다. 언론의 이런 태도를 이해하기 힘들었다.

김각영 검찰총장, 김학재 대검 차장 등 검찰 지휘부도 예상치 못한 사태에 적지 않게 당황한 눈치였다. 특히 임기 보장 문제가 걸려 있는 김 총장은 더욱 신경이 쓰였을 것으로 짐작된다.

당시 새 정부 출범에 맞추어 언론에서 검찰 개혁에 관해 많은 보도가 있었다. 서울지검 평검사들도 모임을 만들어 검찰 수사의 독립성, 정치적 중립성 확보 방안을 마련해 대검에 건의하기도 했다. 평검사 모임에서조차 검찰 지휘부의 불법 대북 송금사건 수사 유보 결정의 부당성을 성토하는 검사들이 많았다.

나는 비록 수사 유보 결정에 강력하게 반대했지만 그래도 검찰에 큰 죄를 지은 것 같아 선후배 검사들의 얼굴을 쳐다보기 힘들었다. 나로 인해 검찰이 국민의 지탄을 받는 것 같아 마음이 무거웠다. 검찰이 이런 비판을 받을 수밖에 없게 된 현실이 너무도 답답하고 괴로웠다. 형사9부 검사들도 사기가 떨어지고 모두 허탈감에 빠져 있었다.

수사 유보 결정 이튿날인 2003년 2월4일 한나라당은 불법 대북 송금 사건 수사를 위한 특별검사 임명을 위한 법안을 발의했고, 법안은 제16대 노무현 대통령이 취임한 이튿날인 2월26일 국회를 통과했다.

그다음 날 나는 박영수 2차장에게 제안했다.

"정부 조직인 검찰의 대북 송금 수사를 막더니, 특검 수사를 도입하는 것은 말이 안 됩니다. 대통령께서 특검 임명 법안에 거부권을 행사하고 검찰이 수사하도록 지시를 내려 달라고 건의합시다."

박 차장은 나의 의견에 동의했다. 유창종 검사장도 같은 생각이었다. 우선 검찰에서 수사하고, 수사가 미진하다고 판단되면 그때 특별검사를 임명해 추가 수사를 하는 것이 순리이다.

자칫 잘못하면 서울지검의 건의는 정치권과 검찰 수뇌부에 대한 불만으로 비칠 수도 있었다. 하지만 헌법과 법률이 정한 검찰 수사 없이 바로 특별검사를 임명해 수사하는 선례를 만드는 것은 막아야 했다.

대검에 건의했지만, 서울지검의 의견은 받아들여지지 않았다. 이로써 검찰은 또다시 많은 상처를 입었다.

오늘의 북핵 위기, 누가 불렀나

불법 대북 송금사건에 대해 노무현 정권이 어떤 생각을 가지고 있었는지는 문재인 전 대통령의 저서 『운명』(2011)에 명확하게 드러나 있다 (227~231쪽).

대북 송금이 실정법에 위반된다고 하더라도, 남북관계를 풀기 위한 특단의 대책으로 행해졌을 것임은 의문의 여지가 없다. 그리고 그에 따라 사상 최초로 남북 정상회담이 이루어졌고, 역사적 6·15 합의를 이 끌어낼 수 있었다. 크게 보면 얼마든지 정당성을 인정할 수 있는 일이 었다. (…)

노무현 대통령은 최종적으로 특검 수용을 결정했는데, 가장 중요하게 생각한 것은 무엇보다 그 수사로 인해 남북관계 근간이 손상돼선 안 된다는 것이었다. 그리고 그 점에서 특검이 검찰 수사보다 낫다고 판 단한 것이다. 다행히 당시 신망 받는 분들로 집행부가 구성된 대한변 협은 기대했던 대로 특검의 목적에서 벗어나지 않고 남북관계에 미칠 파장을 충분히 고려하면서 수사를 할 훌륭한 분을 특별검사로 추천해 주었다. 송두환 특검은 송금의 절차적 위법성 부분에만 한정해서 수사 를 했고, 언론 접촉도 대단히 신중하게 했다. 수사의 파장을 최소화할 수 있었고 남북관계에도 타격을 주지 않았다. 그 일로 고생한 분들에 겐 미안했지만, 형이 확정되는 대로 곧바로 사면 조치를 취했다. 나름 대로 최선의 선택을 했다고 생각한다.

불법 대북 송금사건은 정몽헌 현대그룹 회장을 자살에 이르게 한 불 행한 사건이다. 불법 대북 송금을 기획하고 주도한 사람은 누구이며 어떤 사람들이 관여했는지, 북한 김정일에게 건넨 돈은 얼마이며 왜 주었는지, 제공한 돈의 출처는 어디이며, 어떠한 방법으로 송금이 이루어졌는지, 현 대그룹은 무엇을 바라고 돈을 주었는지, 불법 대북 송금과 관련해 집권 세력에 건네진 돈은 없는지 등 사건의 진실을 밝히는 것이 무엇보다도 중 요하다(정몽헌 회장이 이익치를 통해 박지원에게 150억 원 상당의 양도성 예금증서를 교부한 혐의는 대법원에서 최종적으로 무죄가 확정되었다. 하 지만 이와 별개로 정몽헌 회장이 3000만 달러를 해외에 송금한 사실에 대해 수사가 진행 중이었으나, 2003년 8월에 정 회장이 자살하는 바람에 수사가 중단되었다). 밝혀야 할 과제가 하나둘이 아니다. 그런데 이 사건 수사가 단지 송금 과정이 실정법을 위반한 부분에 대한 수사로 그쳐야 한다는 것은 문제가 아닐 수 없었다.

불법 대북 송금사건 수사는 진상 규명이 우선이며, 무엇보다도 성역 없는 조사가 전제되어야 한다. 진상이 밝혀진 후에 남북관계 등 정치적 고려를 하는 것이 순서이다. 정치적 고려로 수사 대상과 범위를 임의로 재단하는 것은 수사의 순수성을 훼손하며, 그렇게 얻어진 수사 결과는 정당성을 인정받기 어렵다. 문재인 전 대통령의 책 내용은 송두환 특별검사의 수사가 당시 집권 세력의 입맛대로 짜인 각본에 따른 수사였다고 자인하는 것이나 다름없다.

문 전 대통령은 남북관계 발전이라는 목적을 위해서는 법과 절차를 지키지 않아도 괜찮다는 식으로 서술했는데, 법률가 출신인 문 전 대통령이 이러한 생각을 하다니 놀랍다. 법치주의 국가에서는 대통령이라고 하더라도 법과 절차를 따라야 하며, 목적이 정당하다고 하여 수단까지 정당화되지는 않는다.

북한은 실정법상 엄연히 우리의 적이고 반국가단체이다. 북한이 같은 민족으로서 통일을 이루기 위해 협력해야 할 대상이라고 하더라도, 통일을 위한 협의 과정에서 대한민국 법률은 철저하게 지켜야 한다. 논의 내용과 진행 경과도 가능한 한 투명하게 공개되어야 한다. 필요하다면 주권자인 국민의 동의도 구해야 한다. 그렇게 해야만 정권 교체와 관계없이 일관된 통일정책을 수립, 시행할 수 있다.

대북 송금사건 특별검사 송두환 변호사는 문재인 당시 민정수석의 사법시험 동기로 민주사회를위한변호사모임(민변) 회장을 지냈고, 문 수석도 민변 출신이다. 후에 2007년 3월, 노무현 대통령은 송 변호사를 헌법재판관으로 임명했다. 2021년 8월31일 문재인 대통령은 송 변호사를 제9대 국가인권위원회 위원장으로 임명했다.

미 의회 조사국 래리 닉시 연구원은 2002년 보고서에 이어 2012년 11월28일 「한미 관계 의회 이슈」라는 제목의 보고서에서 이렇게 밝혔다.

김대중-노무현 정부는 1999년부터 2006년 6월까지 북한 김정일에게 비밀리에 10억 달러를 제공했다. 북한은 당시 극비리에 추진하던 고농축 우라늄 프로그램의 물질과 장비를 구입하는 데 그 돈을 사용했다. 당시 CIA 평가와 전임 빌 클린턴 행정부 관리들의 증언에 따르면 북한은 1999년부터 농축 우라늄 기술을 사들이기 시작했으며, 2000~2001년 사이에 구매를 빠르게 늘려 갔다.

1999~2008년 사이에 남한의 북한에 대한 경제 지원은 70억 달러에 달하는데, 여기에는 29억 달러의 현금이 포함되어 있었다. 북한에 현금을 지원한 것은 매우 위험했다. 실제로 북한은 1998~2008년 사이에 핵과 미사일 프로그램을 위해 해외에서 15억 달러 상당의 장비, 원료를 구입한 것으로 드러났다. 이에 들어간 15억 달러는 남한에서 보낸 것으로 조사됐다.

닉시 보고서가 나왔을 때 우리 정치인들은 무엇을 했는가? 북핵 사태와 관련해 국회 청문회 한번 열지 않았다.

북한은 2005년 2월10일 핵무기 보유를 선언한 후 2006년 10월 제1차 핵실험에 이어 2017년 9월까지 여섯 차례나 핵실험을 했다. 북한은 미국,

일본, 우리나라 등 국제사회에 자신들을 핵무기 보유 국가로 인정해 주고 제재를 풀어 달라고 요구하고 있다. 최근에는 핵무기 보유를 법제화하고, 핵무기로 선제공격을 할 수 있다며 우리를 위협하고 있다.

노무현 대통령은 "북한이 핵무장을 하려고 하는 것에 일리가 있다"고 북한에 동조했다. 문재인 대통령은 "김정은이 북한의 경제 발전을 위해 핵무기를 포기할 확고한 의지가 있다"고 김정은을 옹호했다.

오늘의 북핵 위기는 일차적으로 김대중·노무현·문재인 전 대통령들을 포함한 민주당의 책임이 크다고 생각한다. 하지만 민주당에만 책임을 물을 수는 없다. 그동안 보수 정치인들은 무엇을 했는가? 당리당략(黨利黨略)에 급급해 국가와 국민의 안전을 도외시한 정치인 모두의 책임이다.

16代 大選 불법 자금 수사

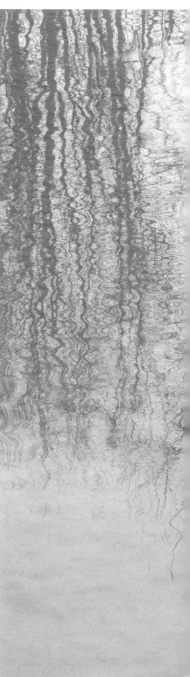

SK 부당 내부거래

주식 스와프(교환) 보도와 이면계약 고발

재벌을 포함한 대기업 오너들의 가장 큰 관심사는 어떻게 하면 자식들에게 경영권을 물려줄 수 있는가이다. 자식들에게 부(富)를 물려주기 위해 수단과 방법을 가리지 않는다. 증여세와 상속세 등 제대로 된 세금을 내지 않고 각종 편법과 불법을 통해 부를 대물림하기도 한다.

기업가 자신들이 만들었고, 그들의 소유라고 생각하는 기업은 그들만의 힘으로 이루어진 것이 아니다. 자본주의 시장경제 시스템 자체는 물론, 해당 기업에 투자한 많은 사람들, 땀 흘려 노력한 노동자들, 기업이 생산한 제품을 소비해 준 많은 국민, 그리고 기업에 대해 많은 지원을 제공한 국가가 있었기 때문에 가능했다. 21세기에는 사람의 아이디어가 기업의 성장 발전에 가장 핵심적인 역할을 한다. 혁신도 사람의 아이디어의 결과물이다. 경영자의 아이디어도 중요하지만 노동자의 아이디어도 중요하다. 경영자와 노동자는 상생(相生)관계에 있는 것이다. 경영자가 노동자들을 먹여 살린다는 인식은 잘못된 것이다. 많은 사람들의 생계가 달려 있는 기업은 어느 개인 한 사람의 소유가 아니다. 더욱이 기업 오너라는 사람들이 그 기업의 모든 지분을 소유하고 있는 것도 아니다. 이들이 소유한 지분은 일부에 불과한 경우가 대부분이다.

자신이 이룩한 기업을 자식들에게 물려주지 말라는 이야기가 아니다. 제대로 된 세금을 내고 법 절차를 지켜서 물려주라는 것이다. 소유경영보다 전문경영이 기업 발전에 유리하다고 주장하는 것도 아니다. 책임 있는 기업 경영에 안정된 지분 보유가 필요하다는 주장도 일리가 있다. 그러나 장기적으로 볼 때 안정된 지분을 가져야만 경영권을 유지할 수 있다면 그런 사람들은 경영을 하지 않는 것이 옳다. 내 자식이 뒤를 이어 자신이 이룩한 기업을 경영하는 것을 꿈꾸는 것이 잘못되었다는 것이 아니다. 자식들의 능력이 뛰어나다면 굳이 무리하게 안정적인 지분을 확보할 필요가 없다. 부모가 적법하게 물려준 지분만으로도 다른 사람들과의 경쟁에서 유리한 고지에 설 것이고 부모의 뒤를 이어 경영권을 유지할 수 있을 것이다. 그러나 자식들이 그러한 능력이 없다면 이를 포기하게 하는 것이 그 기업을 위해서도 본인들을 위해서도 좋을 것이다. 삼성의 최고경영자가 반드시 이씨여야 하고 현대의 최고경영자가 정씨여야 할 필연적인 이유는 없지 않은가? 능력만 뛰어나다면 김씨, 박씨도 삼성, 현대의 실질적인 최고경영자가 될 수 있어야 한다. 그래야만 능력 있는 젊은이들이 자신의 미래를 꿈꾸며 불철주야 열심히 공부하고 일하지 않겠는가? 이것이 대한민국의 경제가 도약할 수 있는 길이요, 진정한 자본주의 시장경제다.

재벌의 부당 내부거래를 통한 편법적이고 불법적인 부의 세습은 국민의 주머니에서 재물을 훔치는 도적질이며, 우리 자본주의 체제를 위협하는 범죄이다. 검찰은 이러한 범죄를 엄벌해 자유롭고 공정한 시장경제 질서를 근간으로 하는 자본주의 체제를 수호할 책임이 있다.

2002년 12월13일 오후 2시경, 형사9부 사무실에서 평소와 다름없이 YTN 방송을 틀어 놓고 근무하는 중이었다. YTN에서 "최태원(崔泰源) SK그룹 회장이 그룹 지배권을 강화하기 위해 자신이 보유하고 있던 워커힐 주식과 SK C&C가 보유하고 있던 SK주식회사 주식을 교환했으며, 그 과정에서 수백억 원의 이득을 보았다"는 의혹을 보도했다. 보도를 접하는 순간 무엇인가 이상하다는 생각이 들었다. 즉시 차동언(車東彦) 부부장을 호출했다. 차 부부장에게 조금 전 YTN 보도 내용을 대략 설명해 주고, YTN 사회부에 접촉해 보도의 근거가 된 자료를 입수해 보라고 지시했다.

잠시 후 차 부부장이 돌아와, YTN 사회부장에게 자료 제공을 요청했으나 거절당했다고 보고했다. 그 후 YTN은 더 이상 같은 내용의 방송을 내보내지 않았다. 차 부부장에게 기업 공시 자료 등을 통해 보도 내용을 파악해 보고하라고 지시했다. 이것이 SK 부당 내부거래사건 수사의 시작이었다.

이틀쯤 지나서 차 부부장이 활달한 걸음으로 보고서를 들고 집무실로 들어왔다. 상기된 얼굴에 약간 흥분된 목소리로 보고를 시작했다.

SK주식회사는 SK그룹 내에서 지주회사와 같은 역할을 담당하고 있다. SK주식회사는 SK텔레콤의 25.6퍼센트, SK글로벌의 37.86퍼센트, SKC의 47.66퍼센트, SK해운의 35.47퍼센트, SK제약의 66퍼센트, SK엔론의 50퍼센트 등의 지분을 보유하고 있었다.

최태원 회장은 SK C&C의 주식 49퍼센트를, SK C&C는 SK주식회사 주식 10.83퍼센트를 보유하고 있었다. 최 회장은 SK C&C를 통해 SK 그룹을 지배하고 있었다. [나중에 수사에서 밝혀진 일이지만, 이와는 별개로 최 회장은 SK글로벌을 통해 해외에 SK주식회사 주식 1000만 주(7.86%)를 파킹해 놓고 있었다.]

그런데 2002년 4월1일부터 실시될 '출자총액 제한제'에 의하면 SK C&C가 보유하고 있는 SK주식회사 주식 중 SK C&C 자산의 20퍼센트를 넘는 부분에 대해서는 의결권을 행사할 수 없게 된다. 이 경우 SK C&C의 SK주식회사에 대한 의결권 행사 주식은 2퍼센트대로 낮아지게 되어 최 회장의 SK그룹에 대한 지배권이 위태롭게 될 상황이었다.

이에 최 회장은 출자총액 제한제가 실시되기 5일 전인 2002년 3월 26일 자신이 보유하고 있던 비상장 워커힐호텔 주식 325만 6000주(40.7%)와 SK C&C가 보유하고 있던 SK주식회사 주식 646만 3911주(5.08%)를 맞교환해 SK주식회사의 최대 주주가 됨으로써 SK그룹에 대한 지배권을 유지할 수 있게 되었다.

교환 비율은 상장회사인 SK주식회사 주식은 교환 전날 종가로 하고, 비상장회사인 워커힐호텔 주식은 상속 및 증여세법을 적용했다. 그런데 양쪽 주식 모두에 대해 똑같이 상속 및 증여세법을 적용해 평가했다면 대략 SK주식회사 주식 1주에 워커힐호텔 주식 1.5주로 교환되어야 함에도, 실제로는 거꾸로 워커힐호텔 주식 1주에 SK주식회사 주식 2주라는 비율로 교환되었다. 이렇게 주식을 맞교환하는 과정에서 최 회장이 적어도 수백억 원의 이익을 보았다.

최태원 회장이 SK그룹에 대한 지배권을 유지하기 위해 계열사인 SK C&C가 보유하고 있던 SK주식회사의 지분을 인수하는 것은 충분히 이해할 수 있었다. 그러나 정당한 대가를 지불해야 한다. 그 거래가 정당했는지 살펴보기로 하자.

첫째, SK주식회사 주식은 언제나 현금화할 수 있는 상장 주식이었고, 워커힐호텔 주식은 거래가 잘 되지 않는 비상장 주식이었다.

둘째, SK주식회사 주식은 그룹 지배권에 관련이 있는 주식이지만 워커힐호텔 주식은 SK그룹 지배권과는 아무런 관련이 없는 주식이었다. 경영권 프리미엄 측면에서 비교가 안 된다.

셋째, 워커힐호텔 주식은 100퍼센트 최태원 회장이 보유하고 있기 때문에 SK C&C가 취득한 워커힐호텔 40.7퍼센트만으로는 경영권을 행사할 수 없었다.

넷째, SK C&C는 워커힐호텔 주식을 취득할 아무런 이유가 없었으며, 그 취득은 오로지 최 회장의 지배권 확보를 위한 거래였다.

마지막으로, 앞서 본 바와 같이 교환 비율도 서로 상이한 기준을 적용하는 등 공정하지 못했다. SK C&C가 보유하고 있던 SK주식회사 주식 지분 5.08퍼센트를 인수하기 위해서는 SK주식회사 주식의 SK그룹에 대한 경영권 프리미엄을 고려할 때 워커힐호텔 주식 40.7퍼센트가 아니라 호텔을 통째로 주어도 부족했다.

새로운 수법이지만, 결국 비상장 주식을 이용해 불법적인 방법으로 막대한 이익을 얻은 것이라는 결론에 도달했다. 차 부부장에게 보다 심층적으로 법률 검토를 하도록 지시하는 한편, 은밀하게 이 분야에 정통한 변호사 등 전문가들에게 자문했다. 역시 결론은 형법상 배임죄에 해당한다는 것이었다.

차 부부장에게 SK 부당 내부거래에 관한 모든 자료를 수집하도록 지시했다. 착실하게 수사를 준비하되, 철저하게 보안을 유지할 것을 당부했다.

2003년 1월8일 참여연대가 서울지검에 최태원 회장, 손길승(孫吉丞) 회장을 상대로 "SK증권이 SK글로벌과 짜고 JP모건사와 이면계약을 체결해, SK증권이 부담해야 할 손해배상금을 SK글로벌 자회사로 하여금 대신 부담하게 하여 약 1112억 원 상당의 손해를 입게 했다"는 내용의 고발장을 제출했다. 이 사건의 내막은 다음과 같다.

SK증권은 파생금융상품인 총수익 스와프(total return swap, TRS)를 통해 JP모건으로부터 차입한 자금으로 태국 바트화와 인도네시아 루피화 등과 관련된 채권에 투자해 왔다. 1997년 말 외환 위기가 발생해 태국 바트화와 인도네시아 루피화가 폭락하자 약 3억 5600만 달러의 손해가 발생했다. 1999년 9월경 SK증권은 JP모건과 위 3억 5600만 달러의 손해를 누가 부담해야 하는지에 대한 소송을 진행하고 있었다. SK증권이 위 손해를 모두 부담해야 할 경우 파산할 수도 있었다.

그 소송 과정에서 SK증권이 JP모건에 3억 2000만 달러를 지급하되, JP모건은 그중 1억 7000만 달러로 SK증권의 유상증자에 참여하기로 하는 화해계약을 체결했다. 다만 이때, 드러나지 않게 SK글로벌 미국 및 싱가포르 해외 법인이 3년 후 JP모건이 유상증자로 취득한 SK증권 주식 2400여 만 주를 주당 4.09달러에 매입해 주기로 하는 이면계약(풋옵션)을 체결했다.

2002년 10월경 풋옵션 이행기가 도래했는데, SK증권 1주당 거래 가격은 1달러에 불과했다. 차액 7200만 달러를 어떻게 마련할 것인지가 문제였다. 최태원 회장 등은 JP모건과의 이면계약을 이행하기 위해 SK캐피탈로 하여금 위 SK증권 주식 2400여만 주를 시가인 369억 원에 매수하도록 하고, 은밀하게 SK글로벌 해외 법인으로 하여금 차액인

1112억 원을 대신 지급하게 함으로써 SK증권의 손해배상 책임과는 아무런 관련이 없는 SK글로벌 해외법인에 손해를 끼친 것이다.

어떻게 입수했는지 참여연대가 이면계약서를 첨부해 고발장을 제출한 것이다. 위와 같은 행위는 SK글로벌의 투자자들을 속이고 손해를 끼친 것으로 명백히 배임죄에 해당하는 행위였다. SK글로벌은 상장회사로 주주들의 입장에서는 도저히 묵과할 수 없는 행위였다.

검찰총장, 수사 착수 승인

참여연대의 고발은 최태원 회장의 지배권 강화를 위한 주식 스와프 부당 내부거래사건 수사를 용이하게 해 주었다. 우선, 최 회장에게 책임을 물을 수 있는 혐의사실이 늘어났다. 게다가 검찰은 참여연대 고발 사건을 수사하는 과정에서 최 회장의 주식 스와프 부당 내부거래사건을 노출시키지 않고 관련 증거를 수집하는 등 은밀하게 수사해 나갈 수 있게 되었다.

검찰이 불법 대북 송금사건 수사 유보로 엄청난 비난을 받고 있던 2003년 2월 초순경 검사들을 내 사무실에 불러 모았다. 부부장 차동언 검사와 이석환·양호산·한동훈·이시원 검사 등이 참석했다. 최태원 회장의 부당 내부거래 행위는 아주 심각한 범죄로서 반드시 수사해 처벌하는 것이 마땅하다고 내 생각을 밝힌 다음, SK그룹을 수사하는 데 대한 의견을 물었다. 차 부부장은 정권 교체기로 새로운 대통령이 곧 취임하는 때에 재벌 수사와 같은 대형 수사를 벌이는 것이 적절한지 모르겠다는 신중한 의견이었다. 이석환 검사는 수사하는 데는 찬성하나 경제에 미칠 영향에 대해 걱정했다. 양호산·한동훈·이시원 검사는 특별한 의견 표명 없이 내 결정에 따르겠다고 했다. 다들 걱정이 가득한 얼굴들이었다.

"불법 대북 송금사건 수사로 미루어졌던 SK 수사는 지금이 아니면 하기 어렵다. 우리는 그동안 기업 수사를 많이 해서 SK와 같은 재벌 수사도 충분히 해낼 수 있다. 내가 책임질 테니 SK그룹을 수사하자."

검사들을 설득했다. 더 이상 다른 의견은 없었다.

차 부부장에게 위에 보고할 SK그룹 수사계획서를 작성할 것을 지시했다. 각 검사들에게 압수 수색에 필요한 조사를 신속하게 진행하되, 우리의 의도가 노출되지 않도록 주의할 것을 단단히 당부했다. SK 수사의 성패는 압수 수색을 통해 불법적인 의도, 즉 고의를 입증할 내부 서류 등 증거를 확보하는 데 달려 있었다.

2003년 2월11일 오후에 박영수(朴英洙) 2차장에게 SK그룹에 대한 수사 계획을 보고했다. 먼저 SK그룹 최 회장 등이 저지른 비리의 내용을 설명한 다음 구체적 수사 계획을 보고했다. "SK그룹에 대한 이 사건 수사는 대다수 국민으로부터 많은 지지를 받을 것"이라고 강조했다.

박 차장은 SK그룹을 수사하겠다는 보고에 크게 놀랐으나 수사 계획을 꼼꼼히 읽어 본 후, 함께 검사장에게 보고하러 가자고 말했다.

박 차장과 함께 유창종(柳昌宗) 서울지검장실로 갔다. 박 차장이 유 검사장에게 "이 부장이 보고할 것이 있다고 합니다"라고 운을 뗐다. 나는 유 검사장에게 SK그룹 최 회장의 부당 내부거래 내용과 그 심각성을 설명하고 수사 계획을 보고했다. 박 차장에게 보고한 것과 같은 내용이었다. 유 검사장은 참여연대가 고발한 SK증권 이면계약에 대해서는 보고를 받고 인지하고 있었으나, 최 회장의 SK주식회사 주식 스와프 관련 부당 내부거래는 처음 보고받는 내용이었다.

유 검사장은 직전 대검 중수부장으로 수사에 일가견이 있는 사람이다. 검찰이 독자적으로 재벌 비리를 수사하려는데 특수부가 아닌 형사부에서 하다니, 상상하기조차 어려운 일이었다. 그러나 그는 별말 없이 곧바로 수사를 승인해 주면서, 검찰총장에게 직접 보고하고 승인받으라고 지시했다.

검사장실을 나서면서 박 차장이 웃으며 "총장께 잘 말씀드리라"고 했다. 1차 관문은 통과했다. 서울지검 수사 라인은 한마음이 된 것이다. 이튿날 2월 12일 오후 총장실과 차장실에 연락해서 보고 시간을 잡았다.

먼저 김학재(金鶴在) 대검 차장실로 갔다. 김 차장이 반갑게 맞아 주었다. 왜 왔는지 알고 있는 눈치였다. 박영수 차장이 귀띔해 주었을 것이라고 짐작했다. 김 차장과 박 차장은 가까운 사이로 직전에 청와대에서 민정수석과 사정(司正)비서관으로 함께 근무했었다. 김 차장에게 SK그룹 최태원 회장의 부당 내부거래 범죄 내용과 사안의 중대성에 대해 설명하고, 수사 필요성과 수사 계획을 보고했다. 그는 나에게 수사에 성공할 자신이 있느냐고 물었다. "책임지고 해내겠다"고 대답했더니 "그렇다면 한번 해보라"고 했다. 나는 다시 한 번 "최선을 다하겠다"고 예를 차리고 밖으로 나왔다.

바로 옆에 있는 검찰총장실로 갔다. 김각영(金珏泳) 총장에게 SK 수사 계획을 자세히 보고했다. 김 총장의 승낙을 얻기 위해 "SK 수사는 노무현(盧武鉉) 새 정권이 추진하고 있는 재벌 개혁과 궤를 같이한다"고 안심시키는 말을 해 주었다. 압수 수색 대상에는 최태원, 손길승 회장실도 들어 있었다. 검찰 역사상 이렇게 대규모로 재벌의 심장인 구조조정추진본부 사무실은 물론 회장 사무실까지 수색한 전례가 없었다.

"차장은 무엇이라고 하던가?"

김 총장이 근심 어린 표정으로 물었다.

"차장께서는 흔쾌히 승낙해 주셨습니다."

김 총장이 김학재 차장을 호출했다. 김 차장이 총장실로 들어오자 의견을 물었다. 김 차장이 "이 부장이 자신있다고 하는데 한번 맡겨 보시죠"라고 말하니 그제야 김 총장도 승인해 주었다. SK그룹 수사의 마지막 관문도 통과한 것이다.

돌아오는 길에 김종빈(金鍾彬, 후에 검찰총장) 중수부장실에 들렀다. 검찰총장에게 승인받은 SK그룹 수사 계획을 보고하고 대검의 수사 지원을 요청했다.

서울지검으로 돌아와 검사장과 차장에게 총장 승인 사실을 보고한 후 검사들에게도 그 사실을 알려 주었다. 최태원 회장, 김창근(金昌根) 구조조정추진본부장 등 관련자 10여 명에 대해 출국 금지 조치를 취하고, 압수수색영장 준비와 임무 분담 등 본격적인 수사에 돌입했다.

SK 수사에 직을 걸다

SK그룹 압수 수색

대부분의 수사가 그렇듯이 SK그룹 수사의 핵심도 압수 수색에 있었다.

기업 범죄는 회사 차원에서 범죄가 이루어져 죄의식이 희박하다. 실무자나 임원들이 회사 대표나 대주주를 위해 총대를 메는 등 조직범죄의 성격을 띤다. 불법을 적극적으로 지시한 회사 대표나 대주주를 처벌하지 않으면 기업 범죄 수사의 원래 목적을 달성할 수 없다. 주인은 마름에게 적당히 보상해 주고, 마름이 주인의 죄를 뒤집어쓰고 처벌을 받는 어처구니없는 상황도 종종 벌어진다. 불법을 저지른 회사 대표나 대주주 등 실제로 책임을 져야 할 사람에게 책임을 묻기 위해서는 무엇보다도 증거 확보가 중요하다.

기업 공시 자료 등을 통해 부당 내부거래 행위의 불법성 등 객관적 사실관계를 입증할 수 있는 자료는 거의 확보되었다. 최태원 회장에 대해 직접 책임을 추궁하기 위한 증거가 필요했다. 수사 대상 범죄인 부당 내부거래 행위가 최 회장에게 불법적인 이득을 주기 위한 것이었으며, 최 회장도 사전에 이를 알고 있었다는 점을 입증할 자료가 반드시 필요했다. 사전에 보고를 받지 못했다거나, 임직원들이 아무런 문제가 없다고 보고해 적법한 것으로 믿었다고 변명하면서 책임을 회피할 수 있기 때문이다. 최악의 경우 최 회장은 빠져나가고 관련 임원이 총대를 메고 처벌받는 웃기는 상황이 연출될 수도 있다.

SK그룹 수사의 압수 수색 대상은 종로구 서린동 SK빌딩에 있는 최태원·손길승 회장실 및 구조조정추진본부 사무실, 종로구 신문로에 있는 SK글로벌 재무지원실, 중구 남대문로 SK 남산빌딩에 있는 SK C&C 재무본부, 여의도에 있는 SK증권 본사 등 네 곳이었다. 각 대상 장소별로 검사 2명씩을 출동시켜 현장을 지휘하게 했다. 네 곳을 압수 수색하는 데 60~70명의 인원이 필요했다. 형사9부 소속 직원 19명 전원에 2차장 산하 각 형사부에서 2명씩 20명을 차출하고, 총무부 소속 현장수사지원반 8명, 3차장 산하 컴퓨터수사부 직원 13명, 대검 특별수사지원과 및 컴퓨터수사과 직원 4명 등을 파견받기로 했다. 차량 지원은 대검, 서울고검, 서울지검에서 콤비 버스 3대 및 승용차 6대를 차출했다. 특히 서린동에 있는 SK그룹 구조조정추진본부 사무실 압수 수색에만 31명을 투입해 이석환·한동훈 검사와 컴퓨터수사부에서 차출된 염동신(廉東信) 검사가 현장 지휘하게 했다.

압수 수색 대상은 최태원 일가의 주식 및 재산 관리에 관한 문건, SK그룹 지배구조 검토 문건, 2002년 3월26일자 SK주식회사 주식 스와프 거래에 관한 문건, 출자총액 제한제 실시에 대비한 각종 문건, SK증권이 JP모건과 맺은 옵션 계약 관련 문건, (주)워커힐의 주가 산정 및 주식 매도 감정 평가에 관한 문건, 그 밖에 SK 비자금 관련 장부, 이 사건 수사와 관련된 컴퓨터 저장장치 및 서버에 들어 있는 내용 등이었다.

검사들이 사전에 압수 수색 현장에 나가서 건물 구조 등 상황을 파악하도록 했다. 현장 점검 결과 압수 수색의 핵심인 서린동 SK 구조조정추진본부 사무실은 전자 출입 카드 없이는 엘리베이터조차 탈 수 없어 사실상 접근이 불가능했다. 그래서 당일 이석환·한동훈 2명의 검사가 구조조정추진본부 민○○ 전무와 만나자고 해 먼저 들어간 다음, 사무실 밖에서 대기하고 있는 직원들을 진입시켜 압수 수색을 실시하기로 했다. 압수 수색영장은 디데이 전날인 2월16일 일요일에 청구해 최대한 보안을 유지하기로 했다.

압수 수색 당일인 2월17일 오전 9시에 김창근 SK그룹 구조조정추진본부장(사장)을 내 사무실로 소환했다. 김 본부장은 SK그룹의 핵심 브레인이었다. 그를 조사한다는 이유로 내 사무실에서 데리고 있음으로써 압수 수색이 차질 없이 진행되도록 하기 위한 것이었다.

김창근 사장을 소환했더니 여기저기에서 소환 이유를 물었다. "참여연대가 고발한 SK그룹의 이면계약 사건에 관해 물어볼 것이 있어서 소환했다"고 둘러대고, "특별한 것은 아니고 조사를 마치면 돌려보낼 것"이라고 안심시켰다.

압수수색영장은 검찰이 청구한 그대로 발부되었다. 주사위는 던져졌다. SK 수사가 실패할 경우 나의 검사 생활도 어려워질 것이다. SK 수사에 직을 걸었다.

실체 드러낸 분식회계 문건

2월17일 오전 8시 내 사무실에서 검사회의를 소집했다. 형사9부 소속 차동언 부부장, 이석환·양호산·한동훈·이시원 검사, 그리고 다른 부에서 차출한 염동신·구태언(具泰彦)·정중택(鄭重澤)·최득신(崔得信) 검사 등이 참석했다. 다시 한 번 수사 내용을 설명하고, 모든 서류와 증거들을 샅샅이 확인하기 전에는 압수 대상 사무실에서 나오지 말라고 지시했다. 특히 내가 사무실에서 기다리고 있을 테니 수시로 현장 압수 수색 진행 상황을 보고하라고 지시했다. 압수 수색에 참여하는 직원들은 당일 오전 9시30분경 서울지검 청사 15층 대회의실에 모여 이석환 검사 등으로부터 압수 수색 관련 유의사항을 전달받고 즉시 준비된 차량에 탑승해 출발했다.

나는 9시에 사무실에서 김창근 SK그룹 구조조정추진본부장을 맞이하고 있었다. 김 본부장은 1950년생으로 나보다 여덟 살 많았으며, 용산고등학교와 연세대 경영학과를 졸업했다. 1974년 SK케미칼 신입사원으로 입사해 평생을 SK에서 일해 온 사람이다. 그는 약속한 시간에 정확히 출석했다. 첫인사를 나누며 보니 조용한 목소리에 부드러운 인상이었다. 사무실 회의 책상 내 옆자리를 권했다. 검사들이 보고할 때 앉는 방식으로 서로 45도 방향으로 비스듬히 앉았다. 차를 마시면서 사건과 관련이 없는 이야기를 나누었다. 그는 의아하다는 표정을 지었지만 사태의 심각성을 눈치채지 못하고 있었다. 보안은 성공했다는 판단이 들었다.

약 1시간쯤 지나자, 진동으로 된 그의 핸드폰이 계속 울리기 시작했다. 그는 핸드폰을 받지 못하고 난감한 표정을 짓고 있었다. 잠시 후, 이상한 낌새를 눈치챘는지 자신을 소환한 이유를 물었다. 잠시 망설였지만,

사실대로 말해 주었다.

"SK그룹에 대한 압수 수색을 실시하기 위해 수사팀을 보냈는데, 아마 지금쯤이면 현장에 도착해 압수 수색을 막 시작했을 겁니다."

김 본부장은 당황한 기색이 역력했으나 더 이상 아무 말도 하지 못했다. 그의 전화가 계속해 울렸으나 그는 전화를 받지 않았다. 아니, 받지 못했다.

한동훈 검사로부터 전화가 왔다. 구조조정추진본부 사무실에 무사히 진입해 압수 수색을 실시하고 있다는 보고였다. 구조조정추진본부 조○○ 상무가 관리하던 비밀 금전관리 수첩을 파기하는 현장을 적발해 수첩을 압수했으며, 수첩 일부는 파기되었으나 근거가 되는 메모 자료를 확보했기 때문에 큰 문제는 없다고 했다. 우리가 찾는 최 회장 보고 문건은 없느냐고 물었더니 아직 찾지 못했다고 했다. 철저히 확인하라고 다시 한 번 지시하고 전화를 끊었다. 옆에서 나의 대화를 듣고 있던 김 본부장이 사태의 심각성을 인식하고 깊은 한숨을 내쉬었다.

"한국에서 기업 하기 참 힘듭니다."

"왜 그렇습니까?"

짐짓 모른 체하고 그를 빤히 쳐다보며 물었더니 아무런 대답을 하지 않았다.

사무실에서 김 본부장과 함께 점심 식사를 했다. 식사를 끝낼 때까지도 우리가 찾는 문건을 확보했다는 보고는 오지 않았다. 내색하지 않았지만 나도 내심 초조해지기 시작했다. 그 문건을 확보하지 못하면 앞으로의 수사가 상당히 어려워질 것이기 때문이었다.

오후 두 시쯤 한동훈 검사로부터 전화가 왔다. 최 회장실에서 우리가 찾는 문건을 찾았다는 보고였다. 최 회장이 SK주식회사 주식 스와프 거래가 문제를 일으킬 수 있다는 보고를 받은 문건을 확보한 것이다. 그리고 우리가 전혀 알지 못했던 분식회계(粉飾會計·기업이 고의로 자산이나 이익 등을 크게 부풀리고 부채를 적게 계산해 재무 상태나 경영 성과, 재무 상태의 변동을 고의로 조작하는 회계)에 관한 문건을 발견했다고 보고했다. SK글로벌의 4조 원대 분식회계에 관한 자료였다.

SK글로벌은 상장회사다. 상장회사가 4조 원대 회계 분식을 하다니 보통 사건이 아니었다. 이 사실이 외부에 알려질 경우 경제에 미칠 파장을 가늠하기 어려웠다. 이는 최 회장의 개인 문제에서 SK그룹 전체의 문제로 수사의 성격이 바뀐다는 것을 의미했다.

나는 한동훈 검사의 보고에 마음이 가벼워졌다. 하늘이 검찰을 돕고 있다고 생각했다. 수사의 7부 능선을 넘은 것이다. 끝까지 압수 수색을 철저히 하라고 지시했다.

잠시 후 다시 한 검사가 "손길승 회장 집무실에 큰 금고가 있는데 아무리 열어 달라고 해도 열쇠가 없다고 열어 주지 않는다"고 보고했다. "다시 한 번 설득해 보고 그래도 열어 주지 않으면 열쇠공을 부르고, 그것도 여의치 않으면 용접공이라도 불러 금고를 열라"고 지시했다.

잠시 후, 직원의 도움으로 금고를 열었으며 그 안에서 손으로 쓴 9000억 원짜리 차용증서와 편지 2통을 발견했다는 보고를 받았다. 9000억 원이나 되는 차용증서라니, 귀를 의심하지 않을 수 없었다. 옆에서 이 상황을 모두 지켜보고 있던 김 본부장은 낙담한 기색이 역력했다. 조금 전 "한국에서 기업 하기 힘들다"고 불만 섞인 목소리로 푸념하던 모습은 온데간데없었다.

저녁 여섯 시가 거의 다 되어 모든 압수 수색이 종료되었다. 수사팀이 하나둘씩 복귀했다. 압수 수색은 대성공이었다. 김 본부장에게 "오늘 수

고가 많았다, 돌아가도 좋다"고 했다. 그는 아무런 조사도 하지 않고 돌려보내는 것이 이상했던지 어리둥절한 표정을 지었다. 나중에 다시 출석을 통보하겠다고 했더니 그제야 "언제든지 다시 소환하면 출석하겠다"고 약속하고 돌아갔다. 김 본부장도 생전 처음 경험한 하루였을 것이다. 그러나 이것이 대한민국을 뒤흔들 수사의 시작이었음은 꿈에도 생각하지 못했을 것이다.

저녁 일곱 시경, 압수 수색 나갔던 검사들이 사무실에 다시 모였다. 압수 수색 결과를 대략 보고받고, 오늘 밤 안으로 압수물을 검토해 아침까지 보고하라고 지시했다. 정말 고생이 많았는데 진짜 싸움은 지금부터이니 긴장을 늦추지 말라고 독려했다.

유창종 검사장과 박영수 2차장에게 구두(口頭)로 압수 수색을 성공리에 마쳤다고 간단하게 내용을 보고하고, 구체적인 결과는 내일 아침 보고하겠다고 했다. 그들도 나의 보고에 안도하며, 향후 수사를 차질 없이 진행하라고 격려해 주었다.

구조본 비자금 장부 등 확보

언론에서 검찰의 SK그룹 압수 수색을 대대적으로 보도하기 시작했다. 다음 날 아침부터 여러 가지 분석 기사를 내보냈다. 정치권도 민감한 반응을 보였다. 노무현 대통령 당선인 측은 "우리도 검찰의 수사 사실을 사전에 전혀 몰랐다. 이번 수사는 새 정부의 재벌 개혁 정책과는 아무런 관련이 없다. 파장이 걱정스럽다"고 선을 그었고, 한나라당은 대변인 논평을 통해 "재벌의 불법행위는 처벌되어야 하지만 시기와 형평성 면에서 새 정부의 재벌 길들이기가 시작된 것이 아니냐는 우려를 낳고 있다. 가뜩이나 경기가 위축된 시점에서 대기업에 대한 강도 높은 수사는 경제 신인도(信認度)에 상당한 타격을 줄 것이다. 수천억 원을 빼돌린 현대에 대해서는 수사 유보 결정을 내린 검찰이 이번엔 강도 높은 수사를 한다면 공정성을 의심받지 않을 수 없다"고 비판했다. 언론과 정치권의 반응을 보면서, SK 수사를 보다 신속하고 철저하게 하기로 마음먹었다.

다음 날 압수 수색 결과를 정리했다.

첫째, SK증권의 이면계약과 관련해서는 계약서 원본과 계약 내용에 대한 법률 검토 의견을 압수하고, 이면계약이 최태원, 손길승 회장 등의 승인 하에 구조조정추진본부의 주도로 이루어졌음을 입증하는 자료를 확보했다.

둘째, 최 회장의 SK주식회사 주식 교환 거래 역시 구조조정추진본부의 주도로 이루어졌고, 최 회장이 교환 과정에서 직접 보고를 받아 그 거래의 문제점을 잘 알고 있었으며, 교환 거래 시 주식 평가가 최 회장에게 유리하게 이루어졌음을 뒷받침할 수 있는 자료를 확보했다.

셋째, 상장회사인 SK글로벌이 4조 7000억 원대의 손실을 숨기고 이를 분식회계 처리한 'SK글로벌 연말 결산 방안'을 압수했다. SK글로벌의 2001년도 분식 규모와 방법 및 2002년도 분식 방안을 정리한 것이었다.

그 밖에 손길승 회장 사무실 금고에서 '김도기' 명의의 1997년 12월 11일자 9000억 원짜리 차용증서와 편지 2통["손 회장으로부터 돈을 받아 1998년 6월물 선물(先物)에 투자해 손해를 많이 보았는데, 지금은 손해를 보고 있지만 앞으로는 지수를 50 이상으로 상승시켜 손해를 만회하겠다"는 내용과, "선물 투자는 손 회장의 반대에 불구하고 자신의 강압에 의하여 이루어진 것으로 자신이 책임지겠다"는 내용]을 압수했고, SK글로벌이 국내 관계 당국에 신고 없이 해외에 SK주식회사 주식 1000만 주를 차명으로 파킹해 놓고 있으며, 해외 현지 법인을 통해 SK텔레콤 주식 미국예탁증권(American Depositary Receipt, ADR) 약 2300만 주, SK글로벌 자사주 2800만 주를 취득해 보유하고 있고, 5억 1000만 달러를 차입, 역외(域外) 펀드(기업 또는 금융회사의 유가증권 매매 차익에 대해 과세하지 않거나 엄격한 규제가 없는 지역에 설립하는 펀드)에 송금해 금융자산에 투자하고 있는 내용의 자료 등을 확보했다.

그 밖에도 SK 구조조정추진본부 사무실에서 비자금을 만들어 사용하던 장부를 압수했다. 2002년 1월부터 2003년 2월까지의 사용 내역이 기재되어 있었다. 매월 SK주식회사, SK텔레콤, SK글로벌, SK증권 등 계열사로부터 2억 원 가량을 갹출해 사용한 것이었다. 압수 수색 당시 조○○ 상무가 파기하던 것을 압수했다고 했다. SK 구조조정추진본부의 위상과 역할을 알 수 있는 내용이었다. 매월 상납받은 돈 2억 원 중 절반은 최 회장의 큰집에 생활비로 보내고, 나머지는 최 회장과 손 회장이 경조사비와 로비 자금으로 사용하고 있었다. 이남기(李南基) 공정거래위원장 2만 달러, 손영래(孫永來) 국세청장 1000만 원 및 1만 달러, 남양주시장 5000만 원 등이 기재되어 있었다. 특이한 것으로 최 회장이 2002년 8월12일 유명한 김○○ 목사에게 2500만 원을 주었다는 내용도 있었다.

이 장부는 구조조정추진본부 비자금 사용 내역을 기재한 것이지, SK그룹 전체의 비자금 장부는 아니었다. 눈에 띄는 것은 그룹 계열사로부터 비자금을 상납받아, 최 회장의 큰집에 매월 1억 원가량을 생활비로 지급했다는 점이었다. 자기 돈이 아닌 그룹 계열사로부터 비자금을 상납받아 주었다? 어처구니없는 일이었다. SK그룹이 자기 개인 재산이란 말인가? 우리나라 대기업을 수사하다 보면 대주주 개인 소유의 주택에서 일하는 집사·기사·정원사·가사 도우미를 회사 직원으로 등재해 월급을 주고, 나아가 개인 주택 신축 및 관리 비용을 회사 공금으로 지급하는 경우가 많이 발견된다. 있는 사람들이 더하다고, 부끄러운 일이 아닐 수 없다.

또한 압수 수색에서 '비상시 행동대응 절차 및 보안강화 계획(안)'이 발견되었다. "검찰이 구조조정추진본부 1층에 도착하여 압수수색영장을 제시하고 출입을 시도할 경우에도 영장의 효력을 무시하고 경비 인력을 증원시켜 물리적으로 출입을 저지하여 지연시키고, 1층 근무자는 그사이 비상벨을 작동시켜 구조조정추진본부의 직원으로 하여금 개인 PC와 기밀 문서를 휴대하여 대피하도록 유도하며, 비상시 중앙승강기의 운행 층을 제한하고, 33층 구조조정추진본부 슬라이딩 도어를 잠그는 조치를 취한다"는 등의 내용을 담고 있다. 우리나라 굴지의 대기업이 마치 범죄 집단처럼 행동하다니 기가 막혔다.

이러한 사실들을 정리해 유창종 검사장과 박영수 차장에게 보고하고, 대검에도 보고했다.

최태원 회장 구속

예고 없이 찾아온 손길승 회장

2003년 2월18일부터 SK그룹에 대한 본격적인 수사가 시작되었다. 압수된 자료를 토대로 SK그룹 관계자들을 소환 조사해 사건의 실체를 밝혀 나갔다.

18일 오후에 김앤장 소속 이종왕(李鍾旺) 변호사가 찾아왔다. 그는 사법연수원 7기로 노 대통령과 동기다. 나에게 "누가 타깃이냐?"고 단도직입적으로 물었다. 최태원 회장인지 손길승 회장인지 묻는 것으로 보였다.

당시 SK 수사는 최 회장의 변칙 증여를 주된 대상으로 하고 있었으며, 이득을 취득한 최 회장을 대신해 손 회장에 책임을 묻는 것은 이치에 맞지 않는다. 잠시 생각하다가 솔직하게 "최 회장"이라고 대답해 주었다. 손 회장은 나중에 수사 결과 비리가 드러나면 그때 가서 책임을 추궁하면 될 것으로 생각했다. 이 변호사는 더 이상 묻지 않고 "알겠다"고 하고 돌아갔다.

2월19일 이른 아침, 동아일보 기자로부터 제보를 받았다. SK그룹에서 비자금 관련 장부를 종로구 삼청동에 있는 SK 인력개발원(선혜원)으로 옮겨 놓았으며, 오늘 오전에 이를 파기하려고 한다는 내용이었다. 즉시 압수수색영장을 발부받아 10시경 수사관 10여 명을 SK 인력개발원으로 보냈다. 제보 내용대로 장부를 소각하고 있는 현장을 확인하고 1톤 트럭 한 대 분량의 장부를 압수했다. 주식회사 아상과 주식회사 스마트전자의 회계장부가 대부분이었다.

주식회사 아상과 주식회사 스마트전자의 대표이사는 최태원 회장의 먼 친척으로 알려진 김○○이었다. 스마트전자는 폐업한 것으로 보였으며, 아상은 1978년 선경목재로 출발하여 1988년 이후에는 실질적인 휴면 상태에 들어갔다가 1994년 계열에서 분리되었다. 그런데 왜 SK는 아상과 스마트전자의 회계장부를 소각하려고 했을까?

SK 인력개발원에서 압수한 아상과 스마트전자의 회계장부는 너무 방대해 검찰의 인력만으로 짧은 시간 안에 분석하는 것이 사실상 불가능했다. 금융감독원에 요청해서 직원 8명을 파견받아 수사 인력을 보강했다. 파견 직원들의 신원 파악도 제대로 되지 않아 걱정이 되었다. 차동언 부부장에게 회계 분석 전담 업무를 맡겨 이들을 철저히 관리하도록 했다.

이 회계 분석에서 주식회사 아상의 실체가 일부 드러났다. 아상은 SK해운과 SK글로벌이 비자금을 조성하기 위해 이용한 일종의 페이퍼컴퍼니였다. SK글로벌에서 아상의 모든 장부와 서류를 관리하면서 여러 가지 수법으로 SK글로벌과 SK해운의 자금을 아상으로 빼돌려 비자금을 조성한 것이다. 손길승 회장실에서 압수한 차용증서의 9000억 원도 아상을 통해 빼돌린 SK해운의 자금으로 보였다. SK해운의 대표이사가 손 회장이었다. 회사 자금 9000억 원을 빼돌려 위험한 주가지수 선물에 투자한 것이다.

손 회장으로부터 선물 투자를 위탁받은 차용증서의 명의인 '김도기'는 어떤 사람일까? 아무리 생각해 보아도 증권 전문가 중 '김도기'라는 이름은 떠오르지 않았다. 후에 중수부 수사 결과 9000억 원 차용증의 실제 작성자는 '김○○'이라는 인물로 확인되었다. 그는 증권사에 근무한 적이 있는, 신(神)기가 있는 도(道)를 닦는 사람이었다. 그래서 스스로를 '도기'라고 한 것이다. 손길승 회장의 수첩을 보면 손 회장은 자주 그를 만난 것으로 확인되는데, 도대체 무엇을 했을까? 전경련 회장이기도 한 사람이 기업 자금 9000억 원을 빼돌려 자칭 도인(道人)이라는 사람에게 선물 투자를 맡기다니, 대명천지에 기가 막힐 노릇이었다.

그 후 더욱 황당한 일이 벌어진다. 근 10년 후인 2013년 1월31일 서울중앙지방법원에서 최태원 회장이 기업 자금 450여억 원을 횡령해 증권 투자를 한 혐의로 징역 4년을 선고받고 법정 구속되는데, 그때 주식 투자를 맡긴 사람이 그 김○○이었다. 어떻게 이런 일이 일어날 수 있을까? 이 사람들이 합리적 사고를 하는 기업인이 맞는가?

그 무렵 부속실 여직원이 "손길승 회장이란 사람이 찾아왔다"고 보고했다. 수사 대상 피의자가 아무런 사전 통보 없이 갑자기 찾아온 것이다. 내심 당황했지만, 안으로 들여보내라고 했다. 사무실 소파에서 그와 마주 앉았다.

피의자 등 사건 주요 관계인과의 첫 대면은 매우 중요하다. 처음 만나 눈을 마주치는 순간 기선을 제압할 수도 있고, 상대방이 어떤 사람인지, 수사가 쉽게 풀릴 것인지 길고 힘든 싸움이 될 것인지를 파악할 수 있다.

손 회장은 부리부리한 두 눈에 건장한 체격이었다. 환갑이 넘은 얼굴에서는 온갖 풍상을 겪은 노회함이 묻어났다. 온몸에서 강한 기운이 느껴졌다.

"부른 적도 없는데 어쩐 일이십니까?"

차갑게 물었더니, "SK그룹의 어려운 사정을 말씀드리려고 왔다"고 했다.

"SK그룹의 사정이 좋지 않아 이번 수사로 인해 그룹이 부도 위기에 처할 수 있으며, 이 경우 IMF 사태에서 완전히 회복하지 못한 우리 경제는 제2의 IMF 사태를 맞게 될 수 있습니다."

그의 하소연은 어떻게 들으면 어려운 경제를 구실로 겁박하는 것처럼도 들렸다. 기분이 상했다. 나는 잘라 말했다.

"기업들은 수사를 받을 때마다 언제나 경제가 어렵다는 핑계를 대고 빠져나가려고 하는 경향이 있습니다. 제2의 IMF 사태 운운하는데, 너무 과장이 심한 것 아닙니까? 경제가 어렵다고 해서 범죄를 용서한다면 우리나라의 미래는 없습니다. 더욱이 SK그룹이 저지른 범죄는 너무 엄청나서 어떤 변명으로도 용납되기 어렵습니다. 이렇게 약속도 없이 불쑥 찾아오는 것은 예의가 아니니 돌아가십시오."

손 회장은 나의 매몰찬 반응에 낙담해서 돌아갔다.

왜 손길승 회장이 약속도 없이 불쑥 찾아왔을까? 사정이 다급하고, 해결책이 보이지 않기 때문이었을 것이다. 과거에는 청와대나 정치권, 검찰 고위층에 줄을 대서 사건을 해결하거나, 최소한 수사의 목적이나 방향을 파악해서 대처할 수 있었다. 그러나 이번에는 달랐을 것이다. 무엇보다, 검찰에 모든 증거를 압수당했다. 빠져나갈 방법이 보이지 않았을 것이다. 더욱이 청와대는 정권 교체기여서 이번 수사에 대해 전혀 알지 못하고 있었다. 아직 정권을 인수받지 못한 노무현 당선인 측도 개입하기 어려왔을 테고 검찰 수뇌부로부터도 시원한 대답을 듣지 못했을 것이다. 과거에 경험해 보지 못한 답답함과 두려움을 느꼈을 것이다.

최태원 "Why me?"

최태원 회장의 신병을 처리할 때까지 매일 밤을 새우다시피 하며 수사를 진행했다. 수사는 순조로웠다. 거의 모든 증거가 확보된 상황이라 특별한 문제는 없었다.

다만, SK글로벌의 4조 7000억 원대 분식회계를 처리하는 것이 문제였다. SK글로벌은 상장회사다. 수사가 진행되는 동안에도 실시간으로 주식이 거래되고 있었다. 수사 사실이 성급하게 알려지면 SK글로벌 주식 거래가 중단되고 주식시장이 패닉에 빠질 우려가 있었다. 분식이 드러나 국내외 할 것 없이 은행 등 금융기관들이 SK에 대한 대출 등 여신을 회수하면 SK그룹 경영에 심각한 타격을 입을 것이었다. 우선 SK글로벌의 분식 규모부터 신속하게 조사하되, 금융 당국에 대처할 시간을 주기 위해 SK글로벌의 회계 분식은 최 회장의 영장 청구 사실에 포함시키지 않고, 마지막 기소 때 포함하기로 방침을 정했다.

2003년 2월21일 오전 최태원 회장과 김창근 본부장을 소환했다. 사실상 구속영장 청구를 위한 소환 조사였다. 검찰총장도 SK글로벌 분식 처리 문제 이외에 이들을 구속하는 것에 대해서는 이의가 없었다. 최 회장과 김 본부장도 구속될 것으로 예상하고 출석했을 것이다.

신속하게 소환한 것은, 모든 증거가 확보되기도 했지만 새 정부 출범 전에 신병 처리를 하기 위해서였다. 새 정권이 출범한 뒤 생길 변수에 대한 대비였다.

김 본부장은 바로 검사실로 보내 조사를 시작하고, 최 회장은 내 사무실로 불러 차 한 잔을 대접했다. 최 회장과는 일면식도 없었다. 그는 처음 인사를 나눌 때를 제외하고는 나를 똑바로 쳐다보지 않았다. 내성적이고 수줍은 성격이라고 들었는데 그 말이 맞는 것 같았다. 노회하고 기가 센 손 회장과는 달랐다. 손 회장에게 많이 치이겠구나 생각했다.

"할 말 없습니까?"

"1998년 부친인 최종현(崔鍾賢) 회장이 타계해 제가 SK그룹 회장으로 취임할 때부터 SK는 두 가지 난제가 있었습니다. 첫째는 SK글로벌의 분식 해소 문제이고, 둘째는 취약한 지배구조 문제였습니다. 그런데 결국 이 문제들이 말썽을 일으키네요."

이번 수사의 핵심인 두 문제를 솔직하게 인정하는 말에서, 앞으로 조사가 순조롭게 진행될 것을 직감했다. 그러나 최 회장은 "Why me?"라고 물었다. 최 회장이 아직 자신의 잘못을 뉘우치지 않고 있다고 생각했다. 나는 아무런 대답을 하지 않았다.

최태원 회장 조사는 이석환 검사에게 맡겼다. 조사는 예상대로 순조롭게 진행되었다. 최태원·김창근 두 사람 모두 SK증권 이면계약과 SK주식회사 주식 스와프 거래의 불법성을 시인했고, 구속전피의자심문(영장실질심사)도 포기했다.

저녁 무렵 조사를 마치고 서울지방법원에 두 사람에 대한 영장을 청구했다. 영장 범죄사실은 세 가지였다.

첫째, 1999년 10월경 SK증권과 JP모건 사이에 태국 바트화와 인도네시아 루피화 파생상품 거래로 발생한 손해배상 문제에 관해 화해계약을 체결하고, 화해계약 이행 과정에서 아무런 관련이 없는 SK글로벌 해외 법인 2곳에 1112억 원을 부담시켜서 그 법인들에 손해를 끼친 것이다.

둘째, 2002년 3월26일경, 같은 해 4월1일부터 시행되는 출자총액 제한 제도를 회피하기 위해 적법한 이사회 의결 없이 최 회장에게 유리하게 상이한 평가 기준을 적용해 최 회장이 보유하고 있는 워커힐 주식 325만 주와 계열사인 SK C&C가 보유하고 있는 SK주식회사 주식 646만 주를 교환함으로써(대략 워커힐 주식 1주에 SK주식회사 주식 2주의 비율로 교환되었으나, 거꾸로 워커힐 주식 1.5주에 SK주식회사 주식 1주의 비율로 교환하는 것이 적정함) SK C&C에 700억 원대의 손해를 끼친 것이다.

셋째, 2002년 3월29일 위 주식 교환거래에 대한 최 회장의 양도소득세를 납부하기 위해 재무상태가 극히 부실한 SK글로벌로 하여금 매입할 아무런 이유가 없는 최 회장의 비상장 워커힐 주식 60만 주를 243억 원의 고가로 매입하게 해 손해를 끼친 것이다.

SK글로벌의 분식회계 범죄사실은 영장 범죄사실에는 포함시키지 않고, 외부에 공개되지 않는 '영장을 필요로 하는 이유'에만 적시했다. 앞에서 밝힌 바와 같이, 금융 당국 등 경제 부처에 대처할 시간을 주는 것이 필요하다고 판단했기 때문이다. '영장을 필요로 하는 이유'에 적시한 것은 분식회계 수사 사실을 기정사실화해 되돌릴 수 없게 하기 위함이었다. 뒤에서 설명하겠지만 SK그룹은 수단과 방법을 가리지 않고 SK글로벌 회계 분식을 덮기 위한 로비를 시도했다.

예상대로 두 사람에 대한 구속영장은 모두 발부되었다. 검찰은 두 사람의 신병을 확보함으로써 수사의 동력을 확보했고, 향후 수사를 차질 없이 진행할 수 있게 되었다.

최 회장이 구속되자 SK 사태를 분석하는 각종 기사가 쏟아져나왔다. 검찰이 재벌을 길들이려는 새로운 권력의 의중을 읽고 알아서 긴 것이라는 둥, 교체와 유임의 기로에 서 있는 김각영 총장의 승부수라는 둥, 김대중 대통령이 대북 송금 의혹을 덮기 위해 SK를 희생양으로 삼은 것이라는 둥, 새 정부의 검찰 개혁에 맞서 검찰이 외과수술을 당하기보다는 자체 치유책의 하나로 노무현 당선인의 재벌 개혁에 동참함으로써 조직을 보호하기 위한 것이라는 둥, 갖가지 추측성 보도가 이어졌다. 그중 가장 눈길을 끈 것은 "검찰을 개혁 대상으로 몰아붙이는 새로운 권력에 대해, 검찰 스스로의 판단으로 성역 없는 수사를 할 수 있으며 자체 능력으로 충분히 개혁을 이룰 수 있다는 의지의 표현이자 재벌, 정치권, 전직 대통령까지 누구든 수사의 대상이 될 수 있음을 보여 줌으로써 검찰의 힘을 시위하기 위한 것"이라는 분석이었다.

그때까지 재벌의 부당 내부거래는 주로 회사법, 세법, 공정거래법의 문제로 다루어졌다. 금융감독원, 국세청, 공정거래위원회에서 전담해 처리해 왔고, 검찰은 이 기관의 고발이 있을 경우 수사하는 게 관례였다. 대기업 총수의 부당 내부거래에 대해 이러한 기관들의 고발 없이 검찰이 직접 수사에 착수한 것은 사실상 SK가 최초라고 할 수 있다. 이러한 이유로 "검찰이 대기업의 부당 내부거래를 단죄하는 것은 배임죄를 확대해석하는 것이다. 기업의 경영 판단에 따른 행위를 처벌하려는 것으로, 기업 활동을 위축시켜 경제에 악영향을 줄 수 있으므로 자제해야 한다"는 비판이 제기되기도 한다.

그러나 회사법은 상장회사의 부당 내부거래 행위에 대해 이의를 제기할 수 있는 당사자를 '이사, 감사 등 회사의 기관이나 일정한 주식 수를 보유한 주주'로 제한하고 있을 뿐 아니라, 비상장회사의 경우는 이마저도 기대하기 어렵게 되어 있다. 세법은 과세 관청이 이득에 대해 과세하는 것을 주된 목적으로 하고 있기 때문에 부당 내부거래를 무효화시키는 등 근원적 해결책으로는 적합하지 않다. 공정거래법은 대기업집단 간의 경쟁을 제한하는 '부당 지원행위'나 기업 결합이 있었는지 여부를 주로 문제삼기 때문에 총수 일가를 위한 부당 내부거래를 규제하지 못하는 것이 현실이다. 따라서 검찰이 재벌이나 대기업의 부당 내부거래 행위를 배임죄로 처벌하는 것은 우리나라 경제 현실상 불가피하다고 생각한다.

SK 수사를 통해 검찰이 국세청, 금융감독원, 공정거래위원회의 고발을 받아 뒤처리하는 게 아니라 선제적으로 재벌이나 대기업의 부당 내부거래 행위를 적발해 처벌할 수 있음을 보여 주었다. 같은 잘못을 저지른 재벌들은 SK 수사로 긴장한 모습이 역력했다.

필사적인 수사 방해

집권 세력 통해 수사 연기 압력

SK그룹은 SK글로벌의 분식회계에 대한 수사를 방해하기 위해 여러 경로로 압력을 행사해 왔다.

SK그룹은 "SK글로벌의 회계 분식이 드러날 경우 국내 및 해외 금융권에서 여신 회수에 나설 것이고, SK그룹은 연쇄 부도 사태를 피할 수 없게 될 것이다. 이는 국내 대다수 기업의 신인도 상실로 이루어져 급작스런 수출입 거래 단절 및 채권자들의 해외 금융 회수 조치로 이어질 것이므로 국가경제가 제2의 IMF 사태를 맞이할 수 있다"고 압박하면서 수사와 기소를 늦추어 달라고 요청했다. 그러면서 "SK글로벌의 분식 문제를 해결하는 방안으로 SK글로벌과 SK주식회사를 합병한 후 2년 내 보유 자산 및 SK텔레콤 주식을 매각해 차입금을 완전 상환하겠다"고 밝혔다.

SK글로벌이 부도나면 제2의 IMF 사태가 온다는 주장은 우리나라 경제 규모에 비추어 과장된 주장이다. 더욱이 SK글로벌 분식을 해결하기 위해 상장회사로 SK그룹 중 가장 알짜인 SK주식회사와 합병한다는 것은 그 자체가 배임행위로 말도 안 되는 주장이었다. SK텔레콤은 SK그룹 계열사 중 캐시카우(cash cow)인 알짜 회사이다. 그런 SK텔레콤 주식을 매각하겠다니, 진실성도 없고 일단 시간을 벌려는 작전에 불과했다.

SK그룹은 수사 초기에 변호인을 통해서 "만약 검찰이 자신들의 요구를 들어줄 경우 피의사실을 전폭적으로 수용하고, 영장 청구 시 구속전 피의자심문도 신청하지 않고 사과 성명을 발표하겠다"고 전해 왔다. 말이 안 되는 조건부 제안이었다. 이미 압수 수색에서 모든 증거를 확보했기 때문에 SK 측이 수사에 협조하든 말든 전혀 문제될 것이 없었다.

최태원 회장 등에 대한 영장이 청구되자 SK그룹은 그제야 검찰의 엄정 수사 의지를 확인하고, 영장실질심사를 포기하고 사과 성명도 발표했다. 낮은 자세로 여론의 동정을 얻어 보려는 심산이었다.

2003년 2월20일경 김각영 총장이 SK글로벌 분식회계 수사 문제에 대해 의논하자고 유창종 서울지검장, 박영수 2차장과 나를 총장실로 불렀다. 총장실로 가기 전에 유 검사장과 박 차장에게 SK 측 요구가 말이 안 되는 이유를 설명하고, SK글로벌 분식회계 수사 연기는 불가능하니 총장을 잘 설득해 달라고 부탁했다.

그날 오후 총장실에서 네 사람이 마주 앉았다. 불법 대북 송금사건 논의를 위해 만난 지 불과 보름 남짓밖에 지나지 않았다. 불편했던 그때의 기억이 생생했다. 김 총장은 불법 대북 송금사건을 수사해야 한다는 나의 주장을 받아들이지 않고 수사를 유보하는 결정을 했다.

김 총장은 SK그룹이 변호인을 통해서 한 요구사항과 같은 취지로 말하면서, "수사와 기소를 늦추는 것이 어떠냐?"고 했다. 누가 부탁을 해서 저런 말을 하는 것일까? 단지 SK 측의 부탁만으로 이런 자리를 마련하지는 않았을 것이다. 언론에서 이상수(李相洙) 민주당 사무총장이 검찰총장에게 전화했다고 하더니, 혹시 이 문제 때문이었나? 아무튼 새로운 집권 세력의 부탁을 받았을 가능성이 가장 크다고 생각했다. 나는 강력하게 반대의견을 피력했다.

"SK 측의 요구는 수사와 기소를 늦추어 달라는 것이 아니라 사실상 수사를 하지 말아 달라는 것과 마찬가지입니다. 지난 10년간 분식액이 지속적으로 증가해 왔고, 그 액수도 4조 7000억 원에 이르러 해결이 거의 불가능하다고 판단됩니다. SK글로벌의 부도가 예상되는 상황에서 이 사태에 책임이 있는 최태원 회장 일가 및 주요 임직원들은 주식을 처분하고 재산을 은닉하는 등 이익을 취하고, 이러한 사실을 모르는 선량한 투자자들만 피해를 입을 수 있습니다. SK글로벌의 분식회계에 대한 수사를 늦추는 것은 부당합니다."

도와줄 것으로 기대했던 유 검사장과 박 차장은 특별한 언급 없이 듣고만 있었다. 김 총장이 다시 요구했다.

"나도 그런 것을 모르는 것이 아니나, 가뜩이나 경제가 어려운 상황에서 검찰 수사로 경제가 파탄 날까 걱정이 되어서 하는 말이니 다시 검토하라."

나는 거듭 반대했다.

"형사9부 소속 검사나 직원뿐 아니라 금감원 파견 직원들도 SK글로벌의 분식회계 사실을 알고 있어서 보안 유지도 불가능합니다. 나중에 검찰이 SK 측의 로비로 분식회계 수사를 연기했다는 사실이 알려지면 검찰 수사의 엄정성과 공정성에 치명적인 손상을 입을 것입니다. SK 수사는 하지 않은 것만 못하게 될 수 있습니다. 총장님, 지난번 대북 송금사건 유보 결정으로 검찰이 입은 상처를 생각해 보십시오."

그렇게까지 이야기하며 강력하게 반대하니 김 총장도 더 이상 아무 말 하지 못했다. 어쩔 수 없었던지, "더 검토해 보라"면서 회의를 끝냈다.

SK글로벌 분식회계 수사를 막기 위한 SK그룹의 로비는 최태원 회장 이 구속된 후에도 집요하게 계속되었다. 검사들이 "변호인들이 이번 인사 에서 SK 수사팀이 날아갈 수도 있다고 협박성 발언을 한다"는 보고를 했 다. 나는 화가 나서 "어떤 변호사가 그따위 말을 지껄이고 다니느냐?"고 물었더니 사법연수원 15기 김 모 변호사라고 했다. "그런 일은 없을 테니 걱정 말고 수사에 전념하라"고 검사들을 안심시켰다.

거대한 분노가 나를 사로잡았다. 정말 양아치 같은 자들이었다. 조폭 들이 검사를 협박했다는 말은 들어 봤어도 변호인들이 검사들을 겁박했 다는 말은 듣도 보도 못했다. 재벌의 힘이 막강할 것으로 예상했지만 수 사검사를 겁박하기까지 할 줄은 몰랐다.

'그래 어떻게 되는지 한번 해보자. 어쭙잖은 협박이 통할 것 같은가? 그렇게 생각했다면 큰 오산이다.'

김각영 총장 "내가 사표 쓸게"

2003년 3월5일경 유창종 검사장이 나를 검사장실로 호출했다. 자신 이 펜으로 직접 작성한 메모지 몇 장을 건네주었다. 일단 SK글로벌 분식 회계 조사를 금융감독원에 넘기고, 금융감독원으로부터 다시 고발을 받 아 수사하는 방안을 검토하는 내용이었다.

나는 평소 유 검사장을 존경해 왔다. 그는 강직한 검사다. 그는 김 총장의 대전고등학교 후배였다. 이러한 타협 방안을 제시하다니, 그도 어쩔 수 없었나 보다.

"검사장님, SK글로벌 회계 분식에 관한 수사는 이미 마무리가 되었습니다. 그런데 이를 금융감독원에 넘기는 것은 아무런 명분도 없습니다. SK글로벌은 상장회사입니다. 이 시간에도 증권거래소에서 주식이 거래되고 있습니다. 분식회계 사실을 숨길 수도 없으며 숨겨서도 안 된다는 것을 잘 알고 계시지 않습니까?"

간곡히 말씀드렸더니 그도 더 이상 강요하지 않았다. 나는 유 검사장이 준 메모지를 들고 밖으로 나왔다.

김 총장에게는 내가 거절해서 어렵겠다고 보고했을 것이다. 김 총장이 김진표(金振杓) 부총리, 이근영(李瑾榮) 금융감독위원장을 만났다더니, SK글로벌 분식회계 문제를 논의하기 위해서였던 모양이다.

같은 날 오후 늦게 김 총장이 나를 총장실로 호출했다. 유 검사장과 박 차장에게 그 사실을 보고했더니 혼자 다녀오라고 했다.

검찰총장실에서 김각영 총장과 마주 앉았다. 나는 김 총장에게 미리 작성해 놓은 수사 결과 발표문을 건네주면서, 3월10일 SK글로벌 분식회계 사실을 포함해 최 회장 등을 기소하고 수사 결과를 발표하겠다고 보고했다.

"일단 금융감독원에 SK글로벌 분식회계 조사를 이첩하고 다시 고발을 받아 처리할 수는 없나?"

"이미 수사가 다 끝나서 그것은 불가능하며, SK 측의 설명은 과장되었고, SK글로벌 분식회계 사실이 공개된다고 해서 SK글로벌이 부도 처리될 수는 있어도 우리 경제 전체가 위기에 처하는 일은 없을 것입니다. 또 이미 2월27일 〈한국일보〉에서 'SK글로벌이 1조 4000억 원 회계 분식을 했다'고 보도했고, 조사를 받은 SK글로벌 직원 10여 명, 금감원 파견 회계사 8명, 수사팀 등 최소 50명 이상이 이 사실을 알고 있는데 SK글로벌 분식회계 수사를 연기하는 것은 불가능합니다. 수사를 유보할 경우 '재벌의 압력에 굴복하고 재벌을 비호했다'는 등의 비난이 쏟아질 것입니다."

말을 듣고 있던 김 총장이 갑자기 화를 내며 소리쳤다.

"그러면 내가 사표 쓸게!"

나는 깜짝 놀라 그를 쳐다보았다. 검찰총장이 사표를 쓰겠다니, 도대체 누가 압력을 행사하고 있는 것일까?

"총장님이 무슨 잘못을 했다고 사표를 쓰십니까? 만약 SK글로벌 회계 분석을 기소하지 않고 금융감독원에 넘기면 저는 물론 총장님도 주식 투자자들로부터 소송을 당해 막대한 손해배상 책임을 질 수도 있습니다. 평생 손해배상을 해 주며 살 수도 있습니다. 하고 싶어도 할 수가 없습니다."

김 총장은 어쩔 수 없었던지 낙담한 목소리로 말했다.

"수사 발표를 하루만 연기하지."

왜 그러는지, 왜 하루만인지 알 수 없지만, 큰 문제가 없다고 판단되어 "그렇게 하겠다"고 대답하고 총장실을 나왔다.

총장이 사표를 쓰겠다는 말까지 하다니, 앞날이 걱정되었다. 돌아와 유 검사장에게 김 총장과의 대화 내용을 전하고, 당초 예정보다 하루 늦은 3월11일에 수사 결과를 발표하겠다고 보고했다. 그러나 김 총장의 사표 운운 얘기는 하지 않았다.

"대선 때 137억 냈다"

민주당 "검찰을 단두대로"

예상은 했지만, SK 수사에 대한 노무현 정부의 평가는 부정적이었다. 정권 교체기라는 미묘한 시기에 자신들의 허락 없이 이루어졌다는 것과, 가뜩이나 경제가 어려운 시기에 대형 수사를 해서 '참여정부' 출발에 부담을 주었다는 것이었다.

새 정권의 칭찬을 받기 위해 한 수사는 아니었지만, 기분이 좋지는 않았다. 검사는 중대한 범죄 혐의가 있으면 언제라도 수사를 해야 하는 것이지, 때를 가려서는 안 된다고 생각한다. 수사 이외의 다른 고려를 하기 시작하면 권력자의 구미에 맞추게 되는 등 순수성을 잃게 될 우려가 크다. 경제가 좋지 않을 때는 "가뜩이나 경제가 어려운데 수사를 해서 부담을 준다"고 하고, 경제가 좋을 때는 "잘나가고 있는데 수사로 재를 뿌린다"고 비난한다. 그러면 수사는 도대체 언제 하라는 말인가? 수사로 인해 경제가 좋지 않은 영향을 입는다면 그것은 그렇게 만든 사람들의 책임이지, 이를 수사한 검사의 책임은 아니다. 우리 정치와 검찰의 현주소를 보는 것 같아 씁쓸했다.

김각영 총장에게 다녀온 직후인 3월7일, 여당인 민주당의 이상수 사무총장이 "SK 수사는 개혁 대상인 검찰이 새로 탄생한 정권에 저항하기 위한 것"이라고 하면서 "더 반항하기 전에 검찰을 단두대에 보내야 한다"고 말했다는 보도가 나왔다. 거칠고 자극적인 표현에 검찰의 자존심은 여지없이 구겨졌다. 끓어오르는 분노를 참을 수 없었다. 집권당 사무총장이 "검찰을 단두대에 보내야 한다"는 원색적인 언사까지 내뱉다니.

이상수 사무총장은 SK 수사와 관련해 김각영 검찰총장에게 전화한 적이 있었다. 그때 무슨 말이 오갔기에 김 총장은 SK 분식회계 수사를 미룰 수 없다고 한 나에게 "그러면 내가 사표 쓸게!"라고까지 했을까?

뒤에 밝혀진 일이지만, 李 사무총장은 지난 대선 때 SK그룹으로부터 현금 25억 원을 받았다. 그런데 검찰이 SK그룹을 수사하니 마음 한구석이 찜찜했을 것이다. 이 사무총장은 SK의 부탁을 받고 검찰총장에게 압력을 행사해 검찰의 SK 분식회계 수사를 막으려고 했다. 김진표 재정경제부장관과 이근영 금융감독위원장까지 나섰으나 결국 SK 분식회계 수사를 막지 못했다. 이 사무총장은 자신들이 정권을 잡았는데도 말을 듣지 않는 검찰에 분노를 느꼈을 것이고, 괘씸했을 것이다. 그래서 "검찰이 새 정권에 대항하기 위해 SK 수사를 벌였다. 이런 검찰은 단두대에 보내야 한다"고까지 한 것이다.

어이가 없었다. SK 분식회계 수사를 유보해 달라는 요구를 들어주지 않은 것이 정권에 대항한 것이라고? 李 사무총장 혼자만의 생각은 아닐 것이다. 노무현 대통령도 취임 직후 "정권이 바뀌면 조사 권한을 가진 기관이 열심히 조사하더라. 정권의 의도와 얼마나 맞닿아 있는지 모르나, 나는 그런 의도가 없다. 이번에도 그런 조짐이 있는 것 같은데 나는 그럴 생각이 없다. 관계가 없다. 청와대 눈치 보지 말고 차근차근 꾸준히 법대로 집행해 주길 바란다"고 검찰의 SK 수사를 '새 정권에 대한 눈치 보기'로 규정하며 우회적으로 불만을 드러냈었다.

나중에 밝혀졌듯이 노 대통령도 SK와 금전적으로 얽혀 있었다. 청와대 총무비서관 최도술(崔導術)은 노 대통령 당선 직후 불법적으로 SK그룹으로부터 12억 원 상당의 양도성예금증서(CD)를 받았다. 그중 5억 원을 노 대통령이 생수회사 '장수천'을 경영하면서 개인적으로 진 빚을 변제하는 데 사용했다. 그래서 노 대통령은 검찰의 SK 수사를 더욱 불편하게 느꼈을 것이다.

검찰이 국민으로부터 전폭적인 신뢰를 받지 못하고 있는 것이 사실이라 치자. 정치인들은 검찰보다 나은가? 검찰이 신뢰를 받지 못하는 것은 출세에 눈멀어 검찰의 정치적 중립을 지키지 못한 소위 정치검사들의 책임이 크다. 하지만 편향되게 검찰 인사를 하고 검찰권을 정권의 이해관계에 맞추어 이용한 정치권의 책임은 없나? 검찰의 정치적 중립, 수사의 독립성을 해친 정치인들이 정작 자신들에 대한 반성은 없이 검찰 개혁을 외치고 있다. 불법 대북 송금사건에 대한 검찰 수사를 막고 특검을 진행한 것도 정치권 아니었나.

SK 측의 부탁으로 검찰 수사에 압력을 행사하고, 뜻대로 되지 않자 이성을 잃은 듯한 반응을 보이는 이상수 민주당 사무총장 등 정치권의 행태를 곰곰 생각해 보니, 아무래도 SK로부터 검은돈을 받는 등 '커넥션'이 있을 것이라는 합리적 의심을 떨칠 수 없었다. SK 비자금과 관련된 정치권 수사가 필요하다는 확신이 생겼다.

"한나라 100억, 민주 25억, 노 당선 축하 12억"

이상수 사무총장의 발언이 보도된 다음 날 3월8일, 출근하자마자 바로 박영수 2차장실로 갔다.

"어제 이상수 민주당 사무총장이 '검찰을 단두대에 보내야 한다'고 한 기사 보셨습니까? SK 분식회계 수사를 못하게 하도록 압력을 행사한 것도 모자라 저렇게까지 험하게 나오는 것으로 보아 SK그룹과 검은 돈으로 얽혀 있는 것이 틀림없습니다. SK그룹은 상당한 비자금을 조성했으며, 그 돈이 정치권으로 흘러 들어갔을 것입니다. 이 기회에 정치권 수사를 하는 것이 어떻습니까?"

조심스럽게 말했더니, 수사 경험 풍부한 박 차장은 나의 의도를 꿰뚫어보고서도 짐짓 "어떻게 하려고 하느냐?"고 되물었다.

"현재 최태원 회장은 SK그룹 경영권에 심각한 위협을 받고 있습니다. 수사를 받고 있는 최 회장에게 정치권 수사에 협조해 달라고 요구하면 거절하지 못할 것입니다."

구속되어 있는 최 회장을 설득해 정치권에 제공한 뇌물, 정치자금을 밝히는 수사를 하겠다는 말이었다.

뇌물이나 정치자금 수수는 은밀히 이루어지고 현금으로 주고받아 물증을 남기지 않는 것이 보통이다. 계좌 추적만으로는 정치권의 금품 수수 비리를 밝히는 데 한계가 있다. 또 계좌 추적은 많은 시간이 소요되고 보안 유지도 어렵다. 이러한 수사에는 SK그룹의 협조가 절대적으로 필요하다.

박 차장은 검사장과 상의해 보라고 했다. 차장실을 나와 바로 유창종 검사장실로 갔다.

"SK그룹 비자금이 정치권으로 흘러 들어갔을 것이 확실합니다. 이 기회에 최태원 회장을 설득해 정치권 수사를 해 보겠습니다."

유 검사장은 김영삼(金泳三) 정권 시절 정덕진 슬롯머신 비리를 수사해 '6공의 황태자' 박철언(朴哲彦) 의원을 구속하는 등 비슷한 수사 경험이 있었다. 그는 나의 의도를 바로 간파하고, "한번 해보라"고 흔쾌히 승낙해 주었다.

다시 박 차장에게 들러 유 검사장도 승낙했다고 보고한 후 사무실로 돌아왔다.

이제부터가 시작이다. 검사장 승낙까지 받았는데 망설일 이유가 없었다. 바로 구속 중인 최태원 회장을 불렀다. 최 회장을 내 책상 왼쪽에 앉히고, 교도관더러는 밖으로 나가서 기다리라고 했다.

최 회장의 눈을 똑바로 쳐다보며 단도직입적으로 말했다.

"내가 최 회장에 대해 계속해서 수사할 경우 최 회장은 SK그룹의 경영권을 잃을 수도 있지요?"

"그렇습니다."

최 회장이 놀란 눈으로 나를 쳐다보며 긴장한 목소리로 대답했다.

당시 영국계 소버린자산운용그룹이 최 회장이 구속된 틈을 타서 지주회사 격인 SK주식회사 주식 14.99퍼센트를 매집해, 2대 주주가 되어 경영권을 위협하고 있었다. 1대 주주와의 보유 주식 수 차이도 얼마 되지 않았다. 경영권 분쟁으로 SK주식회사 주가는 급등했으며 불안한 상황이었다.

"최 회장에 대한 수사는 더 이상 확대하지 않을 테니, SK그룹에서 여야를 막론하고 정치권에 제공한 불법 정치 자금 내역을 밝혀 줄 수 있겠습니까?"

최 회장은 내 말뜻을 대번에 알아들었다. 잠시 생각하더니, "그렇게 하겠다"고 대답했다.

"그런데 정치자금은 손길승 회장과 김창근 구조조정추진본부장이 상의해 처리했고 저는 사후에 보고만 받았습니다. 자세한 것은 김 본부장에게 물어보면 됩니다."

최 회장의 말을 액면 그대로 믿지는 않았지만, 그 즉시 구치소에 있는 김창근 본부장을 내 사무실로 불렀다. 김 본부장은 최 회장이 먼저 와서 나와 함께 있는 것을 보고 의아해 하는 눈치였다. 역시 따라온 교도관은 밖에서 기다리도록 했다.

"나와 나눈 얘기를 김 본부장에게 말해 주세요."

"김 본부장과 이야기를 좀 할 수 있도록 둘만 있게 해 주실 수 있습니까?"

"그렇게 할 수는 없습니다. 내가 보는 앞에서 하세요."

그들은 소파로 가서 탁자를 사이에 두고 마주 앉았다. 나는 책상에 앉아서 그들의 대화를 지켜보고 있었다. 약 15분쯤 걸린 것 같다. 처음에는 김 본부장이 안 된다고 부정적인 의사를 표시하는 것처럼 보였다. 그러나 최 회장이 뭐라고 했는지 잘 들리지 않았지만 설득이 된 모양이다. 최 회장이 나에게 "이야기가 잘 되었다. 협조하도록 하겠다"고 말했다.

최 회장을 먼저 구치소로 돌려보내고 이번에는 김 본부장과 마주 앉았다. 그를 만난 것은 지난번 압수 수색 때 하루 종일 함께 보낸 후 두 번째다. "잘 지냈느냐"고 인사했더니 웃으면서 "덕분에 이렇게 잘 지내고 있다"고 했다. 그 말에 나도 웃었다.

"최 회장한테 이야기 들었습니까?"

"협조하겠으니 약속은 꼭 지켜 주십시오."

"그런 걱정은 하지 마세요. 내가 한 말은 지킵니다. 다만, 김 본부장이 나에게 한 이야기가 사실이 아니거나, 전부 이야기하지 않고 일부만 말하거나, 숨긴 사실이 확인되는 경우 약속은 깨집니다. 그러니 여야를 막론하고 정치권에 준 돈을 사실대로 말하세요."

우선 대충 그의 이야기를 들어 볼 생각이었다.

김창근 본부장이 지난 김대중 정부 시절 여야 정치권에 준 정치자금 이야기를 털어놓기 시작했다. 정치인 개인에게 준 것도 이야기했지만, 가장 중요한 것은 16대 대선 과정에서 한나라당에 100억 원, 민주당에 25억 원, 대통령 선거 직후 노무현 대통령 당선인 측에 12억 원을 제공했다는 내용이었다. 그의 이야기에 잠깐 충격을 받았다. 100억, 25억, 12억 원이라니, 예상을 뛰어넘는 거액이었다. 더욱이 노 대통령의 당선이 확정된 후 취임하기 전에 그 측근에게 12억 원을 주었다니 놀라웠다. 정치자금이 아니라 뇌물이 될 수도 있는 사안이다. 형법 제129조 2항은 "공무원이 될 자가 그 담당할 직무에 관하여 청탁을 받고 뇌물을 수수한 후 공무원이 된 때"에는 3년 이하의 징역 또는 7년 이하의 자격정지에 처하도록 정하고, 특정범죄 가중처벌 등에 관한 법률 제2조 1항 1호는 수뢰액이 1억 원 이상인 경우 무기징역 또는 10년 이상의 징역에 처함과 동시에 수뢰액의 2~5배의 벌금을 병과(並科)하도록 하고 있다. 만약 노 대통령이 관여한 사실이 드러난다면 파장이 상상하기조차 어려울 것이라는 직감이 들었다.

그 돈이 정말 선거에 쓰였는지, 아니면 정치인들의 주머니로 들어갔는지는 알 수 없지만, 선거를 구실로 돈 잔치를 벌인 것이다. 국가 운영을 맡은 사람들이 겉으로는 깨끗한 척하면서 뒤로는 재벌로부터 정치자금 명목으로 부정한 돈을 받고 있었다. 재벌로부터 검은돈을 받은 대통령이 재벌을 개혁하겠다고 한다. 구린내가 진동하는 손으로 검찰을 단두대에 보내겠다고 한다.

최태원 회장에게 수사 협조를 요청하고 김창근 본부장으로부터 진술을 듣기까지 몇 시간이 채 걸리지 않았다. 한나라당과 민주당에 준 정치자금 액수가 상당히 차이 났으나, 노 대통령 당선인 측에 준 12억 원까지 밝힌 것으로 보아 김 본부장은 사실대로 진술했을 것이다. 이것저것 생각할 겨를 없이 바로 털어놓은 것으로 믿을 수 있다고 판단했다.

김 본부장을 검찰청 구치감으로 돌려보내고, 박영수 차장에게 최 회장이 협조하겠다고 한 사실과 김 본부장으로부터 들은 내용을 보고했다. 박 차장은 짧은 시간에 엄청난 내용의 진술을 받은 것에 먼저 놀라워했다. 오전에 SK 관련 정치권 수사를 하겠다고 보고하고 불과 몇 시간도 안 된 당일 오후에 그 결과를 내놓은 것이다.

"어떻게 할 건데?"

"구체적으로 진술조서를 받겠습니다."

"문서로 남기면 부담이 될 수 있으니, 들어만 보지."

속으로 '수사하지 않을 거면 진술은 무엇하러 듣나?' 생각했지만, 일단 "그렇게 하겠다"고 대답했다.

유창종 검사장에게도 같은 취지로 보고했다. 유 검사장 역시 크게 놀랐다. 충격을 받은 듯했다. "일단 김 본부장으로부터 구체적으로 진술조서를 받겠다"고 했더니 "그렇게 하라"고 승낙해 주었다.

사무실로 돌아와, 검찰청 구치감에 있는 김창근 본부장을 다시 사무실로 불렀다. 상부에 보고했다고 알려 주고, 저녁 여섯 시가 다 되었기 때문에 오늘은 늦었으니 자세한 것은 내일 이야기하자고 하고 돌려보냈다.

"삼성은 300억, LG는 200억"

이튿날 3월9일은 노무현 대통령과 평검사와의 대화가 있는 날이었다. 아침에 출근해 한동훈 검사에게 소형 녹음기를 구해 가지고 오라고 지시했다.

소형 녹음기는 수사관들이 현장에서 가장 많이 쓰는 유용한 수사 도구이다. 1998년경 워싱턴 주미 대사관에서 법무관으로 근무할 때 FBI를 방문해 수사관에게 "가장 많이 사용하는 수사 도구가 무엇이냐?"고 물었더니 그가 안주머니에서 소형 녹음기를 꺼내 보여 준 적이 있었다.

잠시 후 한 검사가 아주 작은 일제 전자녹음기를 가지고 들어왔다. 한 검사를 내보낸 후 작동해 보니 성능이 아주 좋았다. 책상에 놓인 대법전 사이에 녹음기를 넣어 두었다. 김창근 본부장을 소환하고, 그가 내 사무실로 들어오기 직전에 녹음기를 작동시켰다.

김 본부장이 들어왔다. 교도관은 이번에도 밖에 나가서 기다리도록 했다. 내가 먼저 말을 걸었다.

"오늘 오후에 대통령과 평검사들 사이에 토론이 있는 걸 알고 있습니까?"

그도 알고 있다고 했다.

"생중계로 국민이 보는 앞에서 대통령이 평검사들과 대화를 하겠다는 것을 도저히 이해하기 어렵네요. 누구 발상인지 걱정입니다."

"토론을 하다 보면 어떤 방향으로 튈지 모르는데 너무 위험한 것 같습니다."

김 본부장도 동감했다. 그런 이야기를 시작으로, 어제 한 이야기를 자세하게 해 달라고 요청했다. 내가 물으면 김 본부장이 답변하는 형식으로 이야기를 진행했다. 중간에 이해되지 않는 부분이 있으면 보충해서 물었다.

16대 대통령 선거와 관련해 제공한 정치자금에 대해 김창근 본부장은 다음과 같은 취지로 진술했다.

(한나라당 제공 경위)

2002년 10월경 한나라당 재정위원장인 최돈웅(崔燉雄) 국회의원이 나(김창근)를 찾아왔다. 최 의원과는 안면만 있을 뿐 친한 사이가 아니었다. 그런데 그는 마치 이회창(李會昌) 한나라당 후보가 대통령이 다 된 것처럼 거들먹거리면서 "선거자금이 부족해서 그런데 좀 도와주어야겠다. 할당을 했는데 삼성은 300억 원, LG는 200억 원이다. SK는 100억 원은 내야지 않겠나?"라며 선거자금을 요구했다. 그의 태도는 마치 당연히 받아야 할 돈을 받는 것처럼 뻔뻔스러웠다. 별로 친하지도 않은 사람이 다짜고짜 찾아와 돈을 달라고 해서 상당히 불쾌했지만 어쩔 수 없이 그 사실을 손길승 회장에게 보고했다. 손 회장도 이야기를 듣더니 불쾌하지만 어쩔 수 없지 않느냐고 하면서 돈을 마련해 주라고 지시했다.

정치권에 정치자금을 제공하는 일은 손 회장과 내가 처리하고 나서 최태원 회장에게 사후 보고했다. 사후에 보고한 이유는 최종현 회장이 타계한 후 손 회장이 이 일을 맡게 되었으며, 최 회장을 보호하기 위한 것도 있었다.

최돈웅 의원에게 전화를 걸어 "말씀한 대로 해 드리겠다"고 했더니 자신에게 직접 가져다 달라고 했다. 현금 100억 원을 갑자기 구할 수 없어서 10억~15억 원씩 7~8차례에 나누어 전달했다. 최 의원에게 전화를 걸어 만날 시간과 장소를 약속하고 마련된 현금을 쇼핑백 여러 개에 나누어 담아 승용차 트렁크에 싣고 가서 직접 전달했다. 전달 장소는 언제나 최 의원이 사는 용산구 동부이촌동 아파트 지하 주차장이었다.

(민주당 제공 경위)

같은 해(2002년) 12월 초순경 민주당 이상수 사무총장으로부터 전화가 왔다. 이 사무총장은 여러 차례 만난 적이 있었다. "선거 막바지에 자금이 턱없이 부족하다. 15억 원만 해 줄 수 없느냐?"고 했다. "SK그룹에서 제공할 수 있는 정치자금은 이미 민주당이 싹 쓸어 가서 여력이 없다"고 했더니 "정말 힘이 들어 그러는 것이니 도와달라"고 했다. 할 수 없이 이 사실을 손길승 회장에게 보고했고, 도와주라고 해서 12월6일 현금으로 15억 원을 마련해 이 사무총장에게 직접 전달했다.

그 후 노무현 민주당 후보가 정몽준 국민통합21 후보와 단일화 효과로 지지율이 급상승했다. 그래서 대통령 선거일 직전인 12월17일 10억 원을 추가로 이 사무총장에게 전달했다.

한나라당과 민주당에 제공한 정치자금이 크게 차이 나는 이유는, 김대중 정권 시절 기업이 합법적으로 제공할 수 있는 정치자금은 모조리 민주당이 가져가서 한나라당에는 거의 정치자금을 주지 못했기 때문에 미안해서 많이 주게 된 것이다.

(노무현 당선인 부산 캠프 제공 경위)

같은 해(2002년) 12월19일 대통령 선거에서 노무현 후보가 대통령으로 당선된 후 며칠쯤 지나서 손 회장이 "노무현 당선인 부산 캠프 사람을 만났는데, 선거 비용을 많이 쓰는 바람에 빚을 졌다고 도와달라고 한다. 12억 원을 마련하라"고 지시했다. 지시대로 액면 1억 원짜리 양도성예금증서(CD) 12장, 12억 원 상당을 마련해 12월25일 플라자호텔 일식집 고토부키에서 노 후보의 부산 캠프에서 온 사람을 만나 전달했다. 돈을 받은 사람은 50대 남자로 촌티가 나는 사람이었다. 얼굴은 기억하지만 이름은 모른다.

"이름도 모르는 사람에게 어떻게 12억 원을 줄 수가 있느냐?" 물었더니, "손 회장이 약속 시간과 장소를 알려 주어 플라자호텔 '고토부키'로 가서 그곳으로 찾아온 사람에게 돈을 전달했다"고 했다. 나는 직감적으로 김창근 본부장 혼자 간 것이 아니라 손길승 회장도 동행했다고 짐작하고 더 이상 캐묻지 않았다. 노무현 후보 부산 캠프에서 온 이 50대 남자의 신원은 후에 밝혀진다.

김 본부장의 진술은 2시간 정도 걸린 것으로 기억된다. 진술을 마친 후 그가 물었다.

"앞으로 어떻게 하려고 하십니까?"

내가 대답을 하지 않자 "보험용으로 하려는 것 아닙니까?"라고 재차 물었다. 나는 빙긋이 웃고는 "너무 걱정하지 말라"고 했다. 그는 더 이상 묻지 못하고 불안한 표정을 감추지 못했다.

자신의 진술이 불법 대선자금 수사의 단초가 되었음을 그가 알기까지는 그리 오래 걸리지 않았다.

노무현 "검찰 수뇌부 신뢰 않는다"

2003년 3월9일 대통령과 평검사와의 대화는 좋지 않은 결말로 막을 내렸다. "이쯤 되면 막 가자는 거지요?"라는 대통령 발언으로 지금도 회자되는 그 자리다.

예상했던 대로였다. 검사들은 노 대통령에게 검찰 수사의 정치적 중립을 위해 공정한 인사를 보장하라고 요구했고, 노 대통령은 검사 인사권은 대통령의 고유 권한이라고 하면서 자신들도 민주화 투쟁을 통해 정권을 잡았듯이 검찰도 권력과의 투쟁을 통해 독립을 쟁취하라고 목소리를 높였다. 끝내는 노 대통령이 자신을 공격하는 평검사들에게 화가 나 온 국민 앞에서 검찰 수뇌부를 신뢰하지 않는다고까지 말하는 사태가 벌어졌다.

이날 대통령과 평검사와의 대화에서 이석환 검사의 발언은 기대 이상이었다. 이 검사는 "SK 수사팀 중 1명을 대통령과 평검사와의 대화에 참석시켜 달라"는 검찰 대화준비모임의 요청에 참석을 자청했다.

"SK 수사에 참여하고 있는 검사인데, SK 수사를 진행하는 과정에서 외부 압력이 있었습니다. 심지어는 수사검사들에게 '날아갈 수도 있다'고 협박하는 사람도 있었습니다. 여당 사무총장도 검찰에 전화를 걸어 압력을 행사하고, 정부 각료도 검찰 수사에 간섭하려고 했습니다. 새 정부에서는 검찰 수사의 독립성을 해칠 수 있는 이러한 일들이 일어나지 않도록 해 주셨으면 합니다."

이 검사가 침착하게 말하자 노 대통령은 "검찰의 수사에 압력을 행사하려는 것이 아니라, 정부의 어려운 입장을 전달하려고 했던 게 아닌가 생각한다"고 비켜 갔다.

평검사들이 온 국민이 지켜보는 가운데 대통령에게 당당하게 이야기한다는 것은 쉬운 일이 아니다. 더구나 대통령은 자신들의 인사권자이다. 이날 검사들은 인사상 불이익을 감수하면서 자신들의 소신을 말한 것이다.

검사와의 대화 다음 날 오전에 청와대 문재인(文在寅) 민정수석으로부터 전화가 왔다. 문 수석과는 일면식도 없는 사이였다.

"어제 검사와의 대화에서 이석환 검사가 SK 수사 시 외압이 있었다고 하는데, 어떻게 된 겁니까?"

SK 수사와 관련해서 여당인 민주당 이상수 사무총장이 검찰총장에게 전화를 걸고, 김진표 부총리와 이근영 금감위원장이 검찰총장을 만났다는 것이 이미 언론에 보도되었는데 민정수석이 이를 모른다는 것이 말이 되는가? 여당 사무총장이나 정부 각료는 검찰총장에게 전화를 걸거나 만나서 수사에 대하여 이러쿵저러쿵 간섭해도 된다는 말인가? 나는 내심 당황스러웠다. 구체적으로 이야기하기도 그렇고 해서 "어제 대통령께서 말씀하신 대로, 검찰 수사에 대해 정부의 입장을 전하려는 것을 검사들이 과하게 받아들인 것 같다"고 대답했다. 문 수석은 더 이상 묻지 않았으며 다시 연락도 없었다.

김각영 검찰총장은 3월9일 검사와의 대화 도중 노무현 대통령의 불신임 발언을 듣고 그날 오후 사표를 제출했다. 다음 날인 3월10일 청와대는 마치 기다리고 있었다는 듯이 김 총장의 사표를 수리하고, 송광수(宋光洙) 대구고검장을 검찰총장 후보자로 내정했다고 발표했다. 2년의 임기가 보장된 김각영 총장을 내보내기로 마음먹고 준비하고 있었던 것이다.

SK 수사 결과 발표

고름이 살이 될 수 없는 법

검찰 수뇌부는 공백 상태였으나, 예정대로 2003년 3월11일 오전 10시 SK그룹 수사 결과를 발표하고 최태원 회장, 김창근 본부장 2명을 구속 기소, 손길승 회장 등 9명을 불구속 기소했다. 2월17일 SK그룹을 압수 수색한 후 불과 3주 남짓 만에 전광석화처럼 수사를 끝낸 것이다.

기소 범죄사실은 SK글로벌의 1조 5500억 원 상당 분식회계, SK증권의 JP모건 관련 이면계약으로 인한 1112억 원 손해 전가(轉嫁), 최태원 회장 의 SK주식회사 주식 교환거래와 관련한 700억 원 상당 부당이득 취득 등 부당 내부거래가 모두 포함되었다. 분식 액수가 당초 4조 7000억 원에서 1 조 5500억 원으로 감소한 이유는, 해외 현지 법인의 분식 액수 3조 4000 억 원을 본사 투자 유가증권에 대한 지분법(持分法)상 손실(피투자 회사 에 당기순손실이 발생할 경우 투자 회사의 지분율만큼 손실로 인식하는 금액)로 보았기 때문이다. 이는 해외 현지 법인의 분식 액수를 그대로 국내 모회사인 SK글로벌의 분식으로 간주할 수 없으며, 지분법을 적용해 2500억 원의 투자 손실로 계산하는 것이 타당하다는 법률 검토에 따른 것이었다. 그러나 경제적으로는 SK글로벌이 국내에 1조 3000억 원, 해외에 3조 4000억 원의 손실을 숨긴 것이며 금융시장에서도 이를 잘 알고 있었다.

수사 결과를 발표하면서 금융감독원에 1999년부터 2000년까지의 SK글로벌 분식회계, 주식회사 아상 관련 SK해운의 분식회계 및 외부감사인 영화회계법인에 대한 조사를 의뢰했다.

SK 수사는 검찰 역사상 최초의 살아 있는 재벌에 대한 수사였으며, 재벌 오너의 편법 증여, 부당 내부거래를 수사해 처벌함과 동시에, 대기업의 국내 최대 규모 분식회계를 적발한 것이었다. 기업 회계의 투명성을 높이고 장기적으로 우리나라 기업과 국가의 신인도를 제고하는 계기가 되었다. 뿐만 아니라 주주가 아닌 대주주의 이익을 우선시하는 재벌의 경영 행태를 바꾸는 전환점이 되었다.

SK 수사 직후 두산그룹은 경영권 승계를 위해 재벌 일가에게 편법적으로 저가 발행했던 신주인수권부사채(新株引受權附社債·BW: 발행 기업의 주식을 매입할 수 있는 권리를 부여한 사채) 150억 원 상당을 무상 소각했고, 집단소송제 도입을 반대해 오던 전경련이 태도를 바꾸어 이를 수용하는 등 자발적인 재벌 개혁 분위기가 조성되기도 했다.

불철주야 혼신의 노력을 다해 수사한 뛰어난 검사들이 없었더라면 SK 수사는 성공할 수 없었을 것이다. 검사들은 나의 지시가 없어도 스스로 찾아내 일하는 등 기대 이상으로 잘해 주었다. 오랫동안 수사 업무에서 떠나 있어 부족한 점이 많았던 나를 믿고 따라 준 검사들에게 모든 공을 돌리고 싶다. 차동언·이석환·유일준·이동열·양호산·한동훈·이시원

2003년 3월 SK글로벌 분식회계사건 수사 직후 유창종 서울지검장, 박영수 2차장과 SK 수사팀 만찬. 앞줄 왼쪽부터 박 차장, 유 검사장, 이석환 검사, 뒷줄 왼쪽부터 이동열, 유일준 검사, 필자, 차동언 부부장, 한동훈, 양호산, 이시원 검사.

검사들이 고맙고 자랑스럽다. 나는 덕이 부족하고 성격도 까다로워 함께 근무하기 편한 사람은 아니다. 나의 끊임없는 요구와 질책에 불평 한마디 없이 잘 따라 준 검사들이 진심으로 고마웠다.

　수사 결과가 발표되자 주식시장은 큰 충격에 빠졌다. 수사 결과 발표 후 며칠 동안 거의 대부분의 종목이 하락했다. 이에 SK 수사에 대해 정부 고위 관료, 재벌, 대기업을 중심으로 비난하는 목소리가 높았다. 가뜩이나 경제가 어려운데 수사를 벌여 더욱 경제를 어렵게 해 새로 출범하는 정부에 부담을 주었다는 비난이었다.

　고름이 살이 될 수는 없는 법이다. SK 수사가 당장은 우리 경제에 부담을 줄 수 있으나, 장기적으로는 우리 기업의 회계 관행과 지배구조가 개선되어 기업 투명성이 확보되고 국가 신인도를 높일 것이다. 우리 경제가 SK 수사로 겪고 있는 어려움은 일시적인 것이며, 건전하게 발전하기 위해 감내해야 할 고통이다. 그대로 놔두었다면 SK그룹은 암 덩어리가 자라듯이 우리 경제에 더 큰 부담이 되었을 것이다.

SK글로벌 분식의 주된 내용은 자산 과대계상(자산의 가치를 부풀려 회계장부에 기록하는 것)이 아닌, 은행 부채를 단순 누락시킨 것으로 금융비용 부담의 증가로 분식액은 시간이 갈수록 커질 수밖에 없는 구조였다. 실제로 1999년 말 3조 5000억 원이던 SK글로벌 분식 규모가 2001년 말 4조 7000억 원으로 불과 2년 사이에 무려 1조 2000억 원이 증가했다. 자본금 4900억 원에 불과한 SK글로벌은 사실상 깡통회사나 다름없었다. 압수된 자료에서 확인되었듯이 SK그룹은 SK글로벌의 분식 사실이 노출될 것을 염려해 SK주식회사와 합병하여 우량 계열사로 분식을 이전하는 극단적인 방법을 검토하는 등 심각한 상황에 처해 있었다. 분식 규모의 증가 속도에 비추어 이를 방치할 경우 SK그룹 자체의 생존이 위태로워짐은 물론 '제2의 대우사태'를 초래해 국가경제에 더 큰 위험 요인으로 작용했을 것이다.

나는 검사로서 할 일을 했을 뿐이다. 수사 내용이 잘못된 것이 아니라면, 수사로 인한 경제적 어려움과 고통은 반드시 지불해야 할 비용이며 이에 대처하고 해결할 책임은 경제 부처와 경제인들에게 있다.

1998년에 있었던 에피소드이다. 우리나라 검찰의 특수부장이 일본의 도쿄지검 특수부를 방문했다. 그가 일본 검사들에게 "당신들은 수사를 하면서 경제 상황을 얼마나 고려하느냐?"고 묻자 그들이 의아하다는 듯이 "검사가 왜 경제 상황을 고려하나? 검사는 수사만 열심히 하면 된다"고 되물어 무안했다고 한다.

SK 수사는 재벌 개혁의 전형

〈월스트리트저널〉은 2003년 3월경 '한국과 태국을 우려한다'라는 칼럼(Hugo Restall 기고)에서 대한민국의 경제 상황을 긍정적으로 평가했다.

노무현 대통령은 강력한 재벌 개혁을 추진할 것으로 예상됐고, 검찰의 SK그룹 수사가 이를 확인시켜 주었다. 재벌과 구 정치인들 간의 연결에 대한 응징적 성격의 재벌 박해나 마녀사냥이 아니라면, 이러한 노선은 비록 단기적인 고통은 있겠지만 앞으로 한국의 지속적인 성장을 가능하게 할 것이다. (…) 재벌그룹의 경영진들은 소액주주를 상대할 때 더 이상 그들이 법 위에 있지 못함을 깨달아 가고 있다. 또한 노무현 대통령이 금융기관 민영화 계획을 엄격히 추진해 나간다면, 1997년 외환위기 극복 과정에서 불거진 모럴 해저드도 점차 사라질 것이다.

미국 〈블룸버그 통신〉도 SK 수사가 한국 시장의 투명성 제고에 기여할 것이라고 논평했다. 〈뉴욕타임스〉도 "한국 재벌은 여전히 심각한 문제점을 안고 있다는 사실이 증명됐다. 정부가 개혁을 계속 추진해야 한다"고 보도했다. 한국 주식에 중점 투자하는 미국 IIA 펀드의 헨리 세거먼 사장은 "재벌의 대주주를 겨냥한 범죄 수사가 본격적으로 진행될수록 한국 증시는 장기적으로 더 높이 상승할 것"이라고 긍정적으로 분석했다.

일부 언론은 "재정경제부 내에서는 SK 수사가 국제 금융시장에서 시장 투명성 제고를 위한 우리 정부의 조치로 긍정적으로 평가될 수 있다는 시각이 우세하다"고 보도하기도 했다. 한마디로 '드러난 환부'보다 '환부를 도려내려는 노력'이 국제 금융시장에서 긍정적인 평가를 받을 수 있다는 분석이다.

김창근 본부장도 2003년 3월 하순경 나에게 "SK 수사로 우리나라 기업의 지배구조와 회계는 10년 이상 발전했다"고 말한 적이 있다.

국민 여론도 SK 수사에 대해 긍정적이었다. 2003년 3월25일 실시된 여론조사(〈일간스포츠〉·fn리서치&컨설팅 공동)에서 SK 수사에 대하여 "편법 경영에 철퇴를 가해 잘했다"(일반인 64.8%, 교수 60.3%)는 의견이 "표적 수사다"(일반인 24%, 교수 24.3%)라는 의견을 크게 앞질렀으며, SK 수사가 끼친 영향에 대해서도 "기업 투명성을 높여 장기적 이익이다"(일반인 66.5%, 교수 73.1%)라는 의견이 "경제 위축이 우려된다"(일반인 33.5%, 교수 26.9%)는 의견보다 많이 우세했다.

그러나 노무현 대통령을 비롯한 집권 세력의 SK 수사에 대한 평가는 부정적이었다. 노 대통령은 2003년 3월14일 불법 대북 송금사건 특별검사법 관련 기자회견에서 한 기자가 "특검이 시작되면 현대의 위장된 자금에 대한 수사가 불가피하다. 현재 SK 수사로 인해 경제가 불안한데 이 부분에 대한 견해를 밝혀 달라"고 하자 이렇게 답했다.

깊이 생각했다. SK 문제로 기업 투명성 및 신뢰도에 사회 불안이 있는 것은 사실이나, 특검에서 조사하는 것은 기업 투명성 및 분식회계가 아니고 자금을 어떻게 조성했느냐 하는 것이므로 특검이 그 한계를 잘 지켜 줄 것으로 생각한다. 시장의 투명성을 세계적 기준으로 확보해 나가야 한다. 다만, 이는 금융감독위원회의 감독 기능 또는 시장 감시 기능을 통한 지속적인 과제이다. 한꺼번에 할 경우 우리 경제에 감당하기 어려운 부담이 되므로 속도 조절을 해서 계획을 세워 체계 있게 순차적, 점진적으로 추진해 나가야 한다.

SK 수사에 대한 불만을 우회적으로 드러냈을 뿐만 아니라, 특별검사에게도 수사의 가이드라인을 제시한 것이다.

SK 수사로 위기의식을 가지고 있는 재벌이나 대기업 총수들이 동병상련의 심정으로 "제2의 IMF 사태가 올 수 있다"는 등 과장된 이야기를 퍼뜨리는 것은 이해할 수 있다. SK 부실에 대해 감독 책임을 지고 있는 경제 부처 수장들이 사태에 제대로 대처하지 못하였을 때 돌아올 책임을 면하기 위해 검찰 수사를 비난하는 것도 웃어넘길 수 있다. 그러나 재벌 개혁을 주요 국정 과제로 천명한 노무현 정권이 SK 수사를 부정적으로 평가하는 것은 이해하기 어렵다. SK 수사야말로 재벌 개혁의 전형이었기 때문이다.

수사 결과 발표 직후 SK그룹에 돈을 빌려준 국내외 금융권은 SK글로벌의 회계 분식을 어떻게 처리할 것인지 논의하기 시작했다. 삼일회계법인에서 SK글로벌에 대한 실사를 벌였다. 실사 결과 SK글로벌 청산 시 기업 가치는 3조 8702억 원으로 전체 채권의 25.9퍼센트였으며, 금융 지원을 통해 정상화할 경우 기업 가치는 6조 5773억 원으로 전체 채권의 49.7 퍼센트였다. 이를 근거로 SK그룹과 국내외 채권단이 채무 재조정 협상을 벌였다. 2003년 6월17일 국내 채권단과 협상이 타결된 데 이어, 7월30일 해외 채권단과의 협상도 타결되었다. 협상 결과, SK주식회사가 SK글로벌에 대한 채권 8500억 원을 출자 전환하고, 채권단은 2조 4000억 원을 출자 전환함으로써 SK글로벌을 정상화시켰다. 최 회장은 SK그룹에 대한 경영권을 유지할 수 있게 되었다. 아이러니하게도 최 회장은 검찰 수사를 통해 특별한 개인적 손해 없이 골칫거리였던 SK글로벌 분식 문제를 해결한 것이다.

그런데 삼일회계법인의 SK글로벌에 대한 실사 결과에 대해 짚고 넘어갈 것이 있다. 실사 과정에서 SK글로벌, SK해운, 주식회사 아상 등 SK그룹이 빼돌린 돈으로 매수한 주식·증권 등 각종 해외 재산에 대한 평가가 빠짐없이 제대로 이루어졌는가, 회수 가능성이 없다고 손실 처리된 금액 중 실제로 누군가의 주머니로 흘러간 돈은 없는가 하는 점이다.

SK 사건 이후 재계는 검찰을 새로운 눈으로 바라보기 시작했다. SK 사건 수사 후 삼성·SK·LG·현대·한화 등 재벌들은 검찰 수사에 대비하기 위해 법무실을 새로 만들거나 강화하고, 책임자에 검사 출신을 기용하는 일이 크게 늘었다.

나는 언론의 스포트라이트를 받는 검사가 되었다. 〈주간동아〉(2003년 3월6일 제374호)는 「금융특수부는 지금 "수사중"」이라는 제목으로 3개 면에 걸쳐 나에 대한 기획기사를 내보내기도 했다. '재계의 저승사자', '원칙과 소신에 충실한 검사'라는 수식어가 따라붙었다. 2003년 서울지검 출입기자단에서 '올해의 주임검사'로 선정되었다며 크리스털로 된 기념패를 보내 주었다. 개인적으로는 이 상이 어떤 다른 상보다 영광스러웠다. 그러나 언론에서 더 열심히 하라는 취지에서 주는 것일 뿐 이러한 환호와 칭찬은 오래가지 않는다. 내가 아차 실수하는 순간 더 큰 비난과 질책으로 바뀌는 것이 세상의 이치임을 잘 알고 있다. 언론의 비정하고 매몰찬 속성이다. 이래서 언론을 불가근불가원(不可近不可遠)이라고 하는 것일 게다.

SK 수사와 관련해 조순형 민주당 의원과의 에피소드가 생각난다. 조

2003년 올해의 주임검사

이 인 규

위 사람은 2003년도 내일신문 주관
서울지검 출입기자단이 뽑은 올해의 주임
검사에 선정되었기에 이 상패를 드립니다.

2003년 12월 31일

내 일 신 문 사
사장 장명국

서울지검 형사9부장과 후에 초대 금융조사부장으로 굵직한 사건들을 수사하며 '재계의 저승사자'라는 별명을 얻고, 서울지검 출입기자단의 '2003년 올해의 주임검사'에 선정되었다.

의원은 주로 국회 구내식당을 이용하며, 외부에서 식사를 하는 경우에도 저렴한 대중식당을 이용하는 등 청렴한 분으로 유명하다. SK 수사 당시 김창근 본부장이 "조 의원은 법률에 따른 후원금도 거절하는 분"이라고 진술했을 정도다.

조 의원은 법사위 회의장에서 자주 뵌 적이 있으나 개인적인 친분은 없었다. 그런데 2003년 10월 중순경 서울고등검찰청에 대한 국정감사장에서 조 의원이 특정 사건에 대한 검찰 수사가 미진하다고 지적하면서, 갑자기 "SK 사건을 수사한 이인규 검사, 어디 있느냐"고 나를 지목해 일으켜 세웠다. 나는 원주지청장으로 국정감사장에 출석해 있었다. 조 의원은 "이 검사에게 그 사건 수사를 맡겼으면 벌써 제대로 됐을 것"이라고 했다. 평소 존경해 온 국회의원에게 국정감사장에서 칭찬을 받다니, 검사로서 평생 잊을 수 없는 크나큰 영광이었다.

초대 서울지검 금융조사부장

송광수 총장 후보자에게 대선자금 보고

2003년 3월13일, 서영제(徐永濟) 청주지검 검사장이 서울지검장으로
취임했다.

서울지검장은 검찰에서 검찰총장 다음으로 중요한 자리이다. 우리나
라의 수도인 서울을 관할하는 검찰청으로 정치·경제·사회적으로 중요한
사건 대부분을 처리한다. 서영제 검사장이 서울지검장에 임명될 것이라고
예상한 사람은 거의 없었다.

13일 오전에 취임식에 참석했다. 취임사를 듣고 피식 웃음이 나왔다.
서 검사장은 "앞으로 검찰의 운영 방향은 열린 검찰, 참여 검찰이 되어야
한다"고 포부를 밝혔다. 이어서 "경제 분야에 대한 검찰권의 행사는 어떻
게 하면 우리의 경제 발전과 국제경쟁력 강화에 도움이 되는지를 고려해
결정해야 하며, 범죄 혐의가 있는지 없는지에 집착하지 말고 국가 발전을

고려한 종합적 사고를 해야 한다. 국가를 망하게 하는 기소나 국민에게 박수 받지 못하는 수사는 할 수 없다"고 했다. 명시적으로 거론하지는 않았지만 SK 수사를 두고 한 말이었다. 서 검사장의 취임사는 노무현 정권과 소위 '코드'를 맞춘 것이다.

　서 검사장의 취임사는 재벌 수사를 하지 않겠다는 것으로 받아들여졌다. 이로 인해 검찰은 참여연대 등 시민단체는 물론 언론으로부터 많은 비난을 들어야 했다. 참여연대는 "법과 원칙에 입각해 수사를 지휘해야 할 검찰의 수뇌부가 상황논리에 휘말려 자의적으로 수사를 유보한다고 밝힌 데 대해 분노하지 않을 수 없다. 삼성SDS, 한화, 두산 등 산적한 재벌 관련 비리를 수사하는 것이 어떻게 국가경제를 망하게 하는 것인가? 서 서울지검장의 발언은 검찰 스스로를 부정하는 발언이다"라고 강도 높게 비난했다. 〈월스트리트저널〉 등 대부분의 외국 언론도 "한국 경제가 3위 재벌인 SK그룹의 분식회계를 적발한 검찰 수사로 단기적인 어려움을 겪을 수 있으나 이는 일시적 시련에 불과하며 지속적인 개혁을 추진한다면 더욱 강하게 부상할 수 있다"고 평가하고 있었다. 당시 미 연방준비제도이사회(FRB) 이사장 후보로 거론되던 웰스파고 은행 손성원 부행장은 "SK 수사를 계기로 투명성을 높여야 하며, 개혁 속도 조절은 역효과를 가져와 신용등급에 악영향을 끼칠 수 있다"고 경고하기도 했다.

　'열린 검찰, 참여 검찰'이 도대체 무슨 뜻인가? 권력자의 입맛에 따라 김대중 '국민의 정부' 시절에는 '국민의 검찰', 노무현 '참여정부'에서는 '참여 검찰'이란 말인가? 앞으로 정권이 바뀌면 또 무슨 검찰이라고 할 것인가? 서울지검장으로 발탁해 준 데 대한 보은이라고 해도 너무 낯간지러웠다. 또한 무슨 근거로 SK 수사를 '국가를 망하게 하는 수사'라고 비난하는가?

서 검사장은 후에 2013년 11월8일 〈조선일보〉에 기고한 '노무현 시절 수사 비화'에서 강금실 장관과의 첫 만남을 이야기하면서 다음과 같이 밝히고 있다.

검찰의 그릇된 관행 중 가장 잘못된 것은 인사 문제다. 이를테면, 사건을 정치적으로 처리한 공로를 인정받아 승진하거나 출세 보직으로 옮긴 경우가 적지 않았다. 사건을 집권층의 입맛에 들도록 해결한 공로라고나 해야 할까? 그것이 '정치적 감각'이라는 것이었다. 하지만 그로 인해 결국 검찰의 권위가 땅바닥에 떨어지고 국민들로부터 신뢰를 잃기 마련이었다는 점에서 잘못된 관행이요 인사였다. 검찰이 청와대의 눈치를 살핀다고 해서 정치검찰이라고 비난을 받는 것도 그런 때문이었다. (…) 내(서영제)가 2003년 3월13일 서울지검장에 임명되고 나서 가장 보여 주고 싶었던 것도 정치적으로 흔들리지 않는 검찰의 의연한 모습이었다. 안방에서 귀여움을 받는 애완견이 아니라 황야에서 부르짖는 늑대의 근성을 되찾아야 한다고 생각했다.

취임사 내용과 달라도 너무 다르다. 같은 사람이 쓴 것인지 의심이 들 정도다.

서 검사장 밑에서 앞으로 정치권 수사 등 SK 후속 수사를 어떻게 해야 할지 걱정이 되었다. 취임사 내용에 비추어, 그에게 SK 불법 대선자금에 대해 보고하면 수사를 그르칠 것 같다는 생각이 들었다. 주말을 보내고 송광수(宋光洙) 검찰총장 후보자께 상의드려야겠다고 생각했다.

송광수 후보자는 법무부 검찰2과장 시절 검찰국장으로 모신 인연이 있다. 내가 검사로 근무하는 동안 직접 모신 상사 중 가장 뛰어난 분이었다. 검찰국장으로 모시면서 혼도 많이 났지만 많이 배웠다. 그분으로부터 배운 것은 업무만이 아니었다. 검사로서의 기개, 검사로서 지녀야 할 자세와 덕목에 대해서도 많은 것을 배웠다. 검찰2과장으로 그분을 모시게 된 것은 큰 행운이었다.

송 후보자의 훌륭한 점들 중 하나는 인사 평가에 있어서 객관적이고 냉정하다는 점이다. 구체적으로 거명하기는 곤란하지만 고등학교 후배일지라도 예외가 없었다. 어느 조직이나 인사가 중요하지만 검찰에서 인사의 공정성은 무엇보다도 중요하다. 검사 인사가 공정성을 잃으면 수사의 공정성에도 악영향을 끼치게 된다. 검사들은 특히 권한 욕구, 출세 욕구가 강한 사람들인데 인사가 공정하지 않다고 생각하면 정치권 등 외부에 청탁하게 되고, 검사의 인사 청탁을 들어준 외부 세력은 자신들에게 유리한 방향으로 수사에 영향력을 행사하려 할 것이며, 청탁한 검사가 그 외부 세력의 부탁을 거절하기는 쉽지 않을 것이기 때문이다.

송광수 후보자는 3월14일부터 서울고검 13층에 마련된 집무실에 출근해서 청문회 준비에 들어갔다. 검찰총장 청문회는 송 후보자가 처음이었기 때문에 검찰도 상당히 긴장하며 준비에 여념이 없었다.

3월17일 오전 송 후보자 비서실에 후보자를 찾아뵙고 보고드릴 사항이 있는데 언제 가능한지 물어보았다. 비서관이 연락해 주겠다고 했다. 잠시 후 연락이 와 오후 3시가 괜찮다고 해서 시간에 맞춰 SK 수사 보고서를 가지고 후보자 사무실로 올라갔다. 불법 대선자금에 대한 것은 보고서에 넣지 않았다.

비서관이 인터폰으로 "서울지검 이인규(李仁圭) 부장이 찾아왔다"고 말씀드렸다. 검찰국장 송광수와 검찰총장 후보자 송광수는 전혀 다르게 느껴졌다. 그분은 변한 게 없었겠지만 나는 매우 어렵게 느껴졌다.

송 후보자는 자리에서 일어나 반갑게 나를 맞아 주었다. 총장 지명을 축하드린다고 말씀드린 후 SK 수사 결과에 대해 간략히 보고드렸다. 보고를 받고 난 후 송 후보자가 물었다.

"그런데 왜 이렇게 시끄러운 거야?"

서영제 서울지검장의 "경제를 망치는 수사는 하지 않겠다"는 취임사에 대한 참여연대 등 시민단체의 비난, 언론의 비판적 보도를 두고 이야기하는 듯했다. 송 후보자의 성품에 비추어 정권의 비위를 맞추는 듯한 서 검사장의 취임사를 좋게 생각할 리가 없었다. 검찰총장 후보자는 매일 아침 대변인, 범죄정보기획관, 수사기획관 등으로부터 검찰 관련 언론 보도, 검찰 수사 진행 상황, 검찰 관련 동향 등을 보고받기 때문에 돌아가는 사정을 잘 알고 있었을 것이다.

나를 빤히 보고 있는 송 후보자에게 SK그룹의 대선 관련 정치자금 제공 이야기를 조심스럽게 꺼냈다.

"SK그룹에서 지난 대선 때 한나라당에 100억 원, 민주당에 25억 원, 선거가 끝난 뒤 노무현 대통령 부산 캠프 인사에게 12억 원을 주었다고 합니다."

송 후보자가 깜짝 놀라며 자세히 말해 보라고 했다. 진술을 받게 된 경위, 진술받은 선거자금 제공 내용, 손길승 회장실에서 압수된 9000억 원짜리 차용증서 등에 관해 자세히 보고했다. 보고를 받고 난 송 후보자는 "누가 이 사실을 알고 있느냐?"고 물었다.

"제가 김창근 본부장의 진술을 직접 녹음했고 문서로는 작성하지 않았습니다. 유창종 전임 서울지검장과 박영수 2차장에게 구두로 보고했으며, 서영제 검사장에게는 아직 보고하지 않았습니다."

"별도 지시가 있을 때까지 더 이상 다른 사람에게 보고하지 마시오."

송 후보자는 나의 보고에 대해 걱정하거나 불편한 기색이 전혀 없었다. 그의 태도에 적지 않게 안심이 되었다.

2003년 3월28일 국회 법사위에서 송광수 검찰총장 후보자 인사청문회가 열렸다. 송 후보자는 예상대로 특별한 문제 없이 청문회를 통과하고 검찰총장에 임명되었다.

공정위원장 제3자 뇌물사건

2003년 4월1일, 연기되었던 검찰 중간간부 인사가 있었다. 인사 직후 송광수 총장이 전화를 주었다. 서울지검 형사9부를, 형사부를 관할하는 2차장 산하에서 특별수사부 등을 관할하는 3차장 산하로 옮기고 명칭도 금융조사부로 바꿀 것이라고 했다.

형사9부는 특수부보다 활발한 인지(認知)수사를 벌인 데다가 SK 수사 등 재벌기업 사건을 차질 없이 처리했다. 이미 법조계 및 언론에서 형사9부는 사실상 증권·금융범죄를 수사하는 금융특수부로 인정을 받고 있었다. 법무부는 물론 대검찰청 수뇌부도 형사9부를 더 이상 경찰 송치 사건 처리를 주된 업무로 하는 2차장 산하에 두는 게 적절하지 않다고 판단한 것이다. 나 개인으로서는 더없는 영광이었다. 형사부가 인지수사를 너무 잘해 특별수사를 전문으로 하는 부서로 바뀐 것은 검찰 역사상 전무후무한 일이다.

그런데 이름이 마음에 들지 않았다. 이름을 바꾸는 차에 금융'조사'부보다는 금융'수사'부가 낫다고 생각했다. 2차장 산하에 고소사건을 처리하는 조사부가 있기도 해서 이와 구별되게 이름을 짓는 것이 좋다고 생각했다. 송 총장에게 이러한 뜻을 말씀드렸다. 송 총장은 "금융수사부라는 명칭은 너무 강해 특수부에서 반대할 것이고, 약칭하면 '금수부'가 되는데 어감도 좋지 않다"며 반대했다. 그렇게 해서 금융조사부가 탄생했다.

금융조사부장 시절 중요 사건으로는 이남기 공정거래위원장에 대한 제3자 뇌물수수사건이 기억에 남는다. 이 위원장의 범죄 혐의는 앞서 SK그룹 김창근 본부장을 조사하는 과정에서 포착한 것이다.

2002년 3월경 이남기 위원장이 최태원 회장에게 먼저 연락해 르네상스호텔에서 점심을 같이 했다. 그때 이 위원장이 최 회장에게 "북한산 승가사에서 경기도 용인에 법륜사라는 절을 짓고 있으니 10억 원만 시주해 달라"고 부탁했다. 최 회장은 고려대학교 선배일 뿐 별다른 친분이 없는 공정거래위원장이 10억 원을 시주해 달라는 부탁에 불쾌감을 느꼈다. 그래서 "SK가 승가사에 시주하면 다른 종교단체에도 돈을 주어야 하는 상황이 되므로 곤란하다"고 완곡하게 거절했다.
그 후 2002년 5월경 정보통신부가 주관하는 KT 민영화를 위한 정부 보유 주식 공개 매각에서 SK텔레콤이 KT 주식 9.55퍼센트와 교환사채(EB) 1.79퍼센트를 취득했다. 공정거래위원회는 이를 문제삼고 "기업결합 심사를 통해 SK텔레콤의 KT 지배 가능성과 통신시장 경쟁 제한 가능성이 있는 경우 주식매각명령을 포함해 강력한 행정조치를 취하겠다"며 조사를 개시했다. 2002년 7월경 조사 과정에서 이 위원장이 나(김창근)를 불러 "교환사채 1.79퍼센트만 매각하면 기업결합 심사를 하지 않겠다"고 하면서 승가사에 10억 원을 시주해 달라고 요구했다.

어쩔 수 없이 KT 교환사채 1.79퍼센트를 매각하고 승가사에 10억 원을 기부했다. 그 후 SK텔레콤의 KT 주식 취득에 대한 기업결합 심사는 중단되었다.

SK텔레콤은 KT 민영화를 위해 정보통신부가 주관하는 정부 보유의 KT 주식 공개 매각에 응찰해 정부로부터 KT 주식을 취득한 것뿐이다. 그럼에도 정부로부터 취득한 교환사채 1.79퍼센트를 다시 매각해 손해를 보았을 뿐 아니라, 북한산 승가사에 원하지 않는 10억 원까지 기부하게 되었다.

공무원(공정거래위원장)이 직무(기업결합 심사)에 관해 부정한 청탁(기업으로부터 기업결합 심사를 하지 말거나 유리하게 처분해 달라는 부탁)을 받고 제3자(북한산 승가사)에게 뇌물을 교부하게 한 제3자 뇌물수수죄를 구성하는 범죄였다.

제3자 뇌물수수죄에 관한 일본 최고재판소 판례는 있었으나, 우리나라 대법원 판례는 없었다. 공정거래위원장이 뇌물죄로 처벌된 사례도 없었다. 즉시 이동열(李東烈) 검사를 불러 이러한 내용을 전달하고 김 본부장의 진술에 대해 수사할 것을 지시했다. 이 검사는 최 회장 등 관련 참고인을 모두 조사하고 증거자료를 수집했다.

이남기 공정거래위원장은 검찰의 수사가 시작되자 2003년 3월 하순경 사직했다. 10억 원 상당의 제3자 뇌물수수는 특정범죄 가중처벌 등에 관한 법률이 적용되어 10년 이상의 징역 또는 무기징역에 처할 수 있다. 2003년 4월17일 이 위원장을 소환 조사한 후 서울지법으로부터 특가법 위반(뇌물)으로 구속영장을 발부받아 구속했다. 제3자 뇌물수수죄를 적용한 첫 번째 사례였고 공정거래위원장이 뇌물수수죄로 구속된 것도 처음이었다.

이 위원장은 구속 기소되어 1심에서 자수 감경 및 작량(酌量) 감경으로 징역 2년 6월에 집행유예 3년을 선고받고 석방되었으며, 위 판결은 2006년 6월 대법원에서 확정되었다.

노무현과 최도술

"최도술 맞네!"

2003년 4월 하순경 주말 오전, 송광수 총장이 갑자기 전화를 해 "차나 한잔 하자"고 했다. SK그룹이 제공한 대선자금 수사에 관한 말씀을 하시려는 것이라고 생각했다.

저녁 8시경 압구정동 현대아파트 총장 자택 근처에 있는 허름한 카페에서 그를 만났다. 약속 시각 10분 전임에도 송 총장이 미리 와 기다리고 있었다. 모자를 눌러 쓰고 있어서 낯선 모습이었다. "총장님께서 모자를 쓰신 것은 처음 뵙습니다"라고 말씀드렸더니, 다른 사람들이 알아볼까 봐일부러 모자를 썼다고 하셨다.

"요새도 여전히 활약이 대단하다"고 칭찬해 주시면서, SK그룹이 제공했다는 대선자금 건은 어떻게 하는 것이 좋겠느냐고 물었다. 아직 결심이서지 않은 중립적인 물음이었다. 조심스럽게 대답했다.

"저도 고민을 많이 했지만, 수사를 할 수밖에 없다는 생각입니다."

"왜 수사를 할 수밖에 없나?"

"세상에 비밀은 없습니다. 언젠가는 검찰이 SK그룹이 제공한 대선자금에 대한 진술을 확보하고도 수사하지 않았다는 사실이 드러나게 될 것입니다. 이 경우 검찰은 엄청난 비난에 직면하게 될 것입니다."

"만약 수사를 할 경우 어떤 문제점이 예상되나?"

질문의 취지가 무엇인지, 정치권에 미칠 영향과 후폭풍을 걱정하는 것인지, 아니면 순수하게 말 그대로 수사 상 예상되는 문제점을 따지는 것인지, 그 순간 정확히 알기 어려웠다.

"여야 고위 인사뿐만 아니라 현직 대통령도 관련되었기 때문에 정치권에 엄청난 파장을 미칠 것은 확실하나, 사태가 어떻게 전개될지는 예상하기 어렵습니다. SK그룹의 대선자금 수사는 큰 문제가 없을 것입니다. 다만, 그 이후 삼성·LG·현대 등의 불법 대선자금도 수사하라는 압력이 커질 것이며 이를 수사하지 않을 경우 SK그룹 대선자금 수사는 의미가 축소될 것입니다."

"삼성이나 LG, 현대에 대해서는 아무런 수사 단서가 없는데 수사가 가능하겠나?"

"한나라당 최돈웅 의원이 SK그룹 김창근 본부장에게 돈을 요구할 때 '삼성은 300억 원, LG는 200억 원을 내기로 했는데 SK도 100억 원은 내야 하지 않겠느냐'고 했습니다. 삼성 등 다른 그룹도 돈을 준 것은 틀림없는데, 이를 밝히는 것은 쉽지 않을 것입니다."

송 총장은 잠시 생각에 잠기더니, 다음에 다시 연락하겠다면서 보안을 철저히 하라고 당부하고 자리를 떴다. 수사하겠다는 명확한 언질은 없었지만 눈빛에서 결기를 느낄 수 있었다.

송 총장과 만나고 돌아온 후, SK그룹 대선자금 수사에 대비해 김창근 본부장의 진술을 보다 구체화하고 이를 뒷받침할 증거들을 수집하기로 마음먹었다. 보안을 지키기 위해 모든 조사는 내가 직접 했다. 김 본부장을 소환해 구체적으로 물었다. 지난번과 같은 방법으로 녹음했다. 김 본부장은 한나라당 최돈웅 의원에게 100억 원을, 민주당 이상수 사무총장에게 25억 원을 각 전달한 경위에 대해서는 상세하게 진술했다.

하지만 김 본부장은 12억 원 상당의 양도성예금증서를 받아 간 사람에 대해서는 자꾸 진술을 흐리며 말하기를 꺼렸다. 김 본부장이 말한 인상착의, 전달 경위 및 당시 노 대통령의 부산 선거 캠프 구성 등에 비추어 돈을 받아 간 사람은 노 대통령의 부산상고 1년 후배인 민주당 부산시 지구당 회계책임자 최도술로 보였다. 인터넷에서 최도술의 사진을 출력해 김 본부장에게 보여 주었다. 12억 원을 전달해 준 사람이 맞느냐고 묻는 순간, 김 본부장의 눈동자가 흔들리는 것을 놓치지 않았다.

"이 사람 맞네!"

최도술의 사진을 출력한 종이에 돈을 전달한 일시와 장소, 액수를 적은 다음 서명하고 무인(拇印)하라고 요구했다. 그는 잠시 머뭇거리더니 체념했는지 사진 밑에 돈을 전달한 일시와 장소, 액수 등 전달 사실을 적은 후 서명하고 지장을 찍었다.

"무엇에 쓰려고 이렇게 하십니까? 설마 수사를 하시려는 것은 아니지요? 보험용으로 하시는 것으로 알겠습니다."

나는 아무런 대답을 하지 않았다.

압수한 손길승 회장 수첩에서 "2002년 12월25일 플라자호텔 일식당 고토부키"라고 기재된 부분을 복사해 두었다. 고토부키 예약부에서 2002년 12월25일 손 회장이 예약한 사실도 확인했다.

김 본부장의 진술을 뒷받침하기 위해 한동훈 검사에게 김 본부장의 휴대폰 통화 내역을 조회하도록 지시했다. 부장인 내가 직접 통화 내역 조회 신청을 하면 눈에 띌 것이 걱정되었기 때문이다. 한 검사에게 이를 지시할 때 사건에 대해 설명해 주고, 송광수 총장의 보안 엄수 지시를 전달했다.

김 본부장의 통화 내역 중에서 그가 돈을 전달했다고 진술한 시기에 반복적으로 통화한 상대방 전화번호를 확인했다. 수신, 발신 지역을 확인해 본 결과 그의 진술과 일치했다. 그러나 상대방 휴대폰의 명의자는 최돈웅 의원이 아니었다. 차명폰이나 대포폰인 것이다. 그 휴대폰의 통화 내역을 다시 확인해 본 결과 통화 상대방은 대부분 최돈웅 의원의 보좌관 등 그의 지인(知人)들이었다. 휴대폰 명의자는 최 의원의 먼 친척으로 확인되었다.

민주당 측에 선거자금을 전달한 과정도 조사했다. 김 본부장의 진술은 모두 사실로 확인되었다.

나의 중수부 합류, 강금실 장관이 반대

약 한 달쯤 지나 2003년 5월 하순경 다시 송 총장으로부터 저녁에 만나자는 연락이 왔다. 약속 장소는 압구정동 현대아파트 근처, 지난번 만났던 곳과는 다른 레스토랑이었다. 이번엔 내가 먼저 도착해 기다리고 있었더니 송 총장이 모자를 눌러 쓰고 나타났다. 사람들 눈이 많으니 밖으로 나가자고 하셔서 함께 압구정동 근처 골목을 걸었다.

송 총장이 지난번과 같이 SK 대선자금 수사를 어떻게 하는 것이 좋을지 물었다.

"SK 대선자금 수사는 하지 않을 수 없으며, 하는 것이 옳다고 생각합니다. 지금까지 확보한 자료와 증거에 비추어 SK와 관련된 수사는 틀림없이 잘될 것입니다. 다만 SK그룹 수사 후 삼성·LG·현대차 등 다른 그룹으로 수사를 확대해야 하는 부담이 남는데, 그 수사의 성공 여부는 장담할 수 없습니다. 사건의 성격과 내용에 비추어 서울지검보다는 대검 중수부에서 수사하는 것이 좋을 것 같습니다. 총장님의 결단이 필요한 사항이라고 생각합니다."

송 총장은 나의 말을 잠자코 듣기만 했다. 그저 내 의견을 듣기 위해서가 아니라 수사하겠다는 결단을 다지기 위해 만나자고 한 것으로 느껴졌다. 송 총장은 다시 연락하겠다고 하면서 보안을 잘 지키라고 거듭 당부하고 헤어졌다.

며칠 지나지 않아서 송 총장으로부터 전화를 받았다. 모든 자료를 대검 중수부에 넘기라는 지시였다. 내가 생산한 첩보와 자료이고 SK그룹에 대해서는 누구보다도 잘 알고 있으므로 수사에 참여할 수 있도록 해 달라고 말하고 싶었지만 참았다.

송 총장의 지시가 있은 직후 안대희(安大熙) 중수부장으로부터 전화가 왔다. SK 대선자금 수사와 관련된 자료를 남기춘(南基春) 중수부 1과장에게 넘기라고 했다. 한동훈 검사에게 중수부에 넘겨줄 SK의 대선자금 제공 관련 자료를 준비하도록 지시했다.

2003년 6월 초순경 대검 중수부 1과장실에서 남기춘 과장을 만났다. 남 과장은 사법연수원 1기 아래로 평소 아끼는 후배였다. 남 과장에게 첩보 입수 경위 등 사건에 대해 자세히 설명한 후 김창근 본부장과 최태원 회장의 진술이 담긴 CD 5장, 이 진술을 정리한 것, 손길승 회장실에서 압수한 9000억 원짜리 차용증서, 인터넷에서 출력한 최도술 총무비서관의 사진 밑에 김 본부장이 자필로 대통령 선거 직후 플라자호텔 일식당에서 최 비서관에게 1억 원짜리 양도성예금증서 12장을 제공한 사실을 기재하고 서명한 후 무인한 것, 그리고 최도술과 최돈웅의 약력·주소 등 인적사항, 통화 내역 조회 등 SK의 대선자금 제공 관련 자료 일체를 넘겨주었다. 조사할 사항을 정리한 내용도 넘겨주었다.

자료를 넘겨주고 돌아오면서 허탈한 마음이 들었다. 검사로서 이름을 날리고 싶은 공명심 때문에 수사를 시작한 것은 아니었지만, SK 불법 대선자금 수사를 내 손으로 끝내고 싶었는데 섭섭한 마음이 드는 것은 어쩔 수 없었다. '필요하면 언제든 부르겠지' 하며 나 자신을 위로했다.

두 달여 지나 8월 하순경 검찰 인사에서 원주지청장으로 발령이 났다. 인사 발표 직전에 송광수 총장께서 전화를 했다. 원주지청장으로 발령이 나지만 바로 대검 중수부에 와서 SK 대선자금 수사를 하게 될 것이니 준비하고 있으라고 했다. 그 후 안대희 중수부장도 같은 내용으로 전화를 했다.

원주지청이 소속되어 있는 춘천지방검찰청 임채진(林采珍) 검사장에게 부임 신고를 했다. 임 검사장에게 "원주지청장으로 부임했다가 바로 대검 중수부에 가서 일해야 할 것 같습니다"라고 보고했다. 임 검사장이 "무슨 일이냐?"고 묻기에 "총장님께서 말씀하셨는데 자세한 내용은 알지 못합니다"라고 대답했다. 임 검사장도 더 이상 묻지 않았다.

내가 중수부에서 근무하기 위해서는 검찰총장으로부터 직무대리 발령이 있어야 한다. 그런데 원주지청장 부임 후 이틀이 지났는데도 대검으로부터 아무런 연락이 없었다. 그러다 안대희 중수부장으로부터 연락이 왔다. 중수부 근무가 어렵게 되었다는 이야기였다. 이유를 물었더니 "SK

측, 특히 김창근 구조조정추진본부장이 '이인규 검사가 수사팀에 합류하면 수사에 협조하지 않겠다'고 하면서 극렬하게 반대해서 어쩔 수 없이 수사에서 제외시키기로 하였으니 양해해 달라"는 것이었다.

SK에서 자신들의 약점을 속속들이 알고 있는 나를 거부하는 것은 이해할 수 있다. 그렇다고 검사에게 아무런 문제가 없는데 피의자가 반대한다고 하여 수사검사를 바꾼다는 것이 말이 되는가? 검찰이 수사 대상에게 물어보고 수사검사를 정한다는 말인가? 내가 중수부에서 수사할 수 있게 해 달라고 부탁한 것도 아니다. 자기들이 필요해서 나를 쓰겠다고 한 것이다. 그러고는 말도 안 되는 이유로 나를 오지 말라고 하니 어이가 없었다.

어떻게 된 일인지 정확하게 알고 싶어서 법무부 검찰1과에 알아보았다. 강금실(康錦實) 장관이 "장관이 지청장으로 발령한 사람을 바로 대검으로 데려다 쓰면 장관이 한 인사는 무엇이 되느냐"며 강하게 반대했다는 것이었다. 그제야 이해가 되었다. 안대희 중수부장은 장관 이야기를 하기가 거북해 다른 핑계를 댄 것이다.

불법 대선자금 수사, 정치권으로

대검 중앙수사부는 대검찰청에 대한 국정감사가 끝난 다음 날인 2003년 10월7일 "한나라당 최돈웅 의원에 대해 10월10일 출석할 것을, 최도술 전 총무비서관에 대해 10월13일 출석할 것을, 국민참여통합신당(가칭) 이상수 의원에 대해 10월14일 출석할 것을 각각 통보하였다"고 발표했다. SK 불법 대선자금 수사가 시작된 것이다.

노무현 대통령은 2003년 10월10일 기자회견을 열어 자신의 오랜 친구

이자 정치적 동지인 최도술 전 총무비서관(소환 전에 사임)의 비리에 대해 대(對)국민 사과와 동시에, 재신임을 묻겠다는 폭탄 선언을 했다.

> 최도술은 약 20년 동안 가까이 저를 도와주었고, 최근까지 저를 보좌해 왔습니다. 검찰 수사 결과 사실이 다 밝혀지겠지만, 그 혐의에 대해 제가 모른다고 할 수 없습니다. 그에게 잘못이 있다면 제가 책임지겠습니다. 우선 이와 같은 불미스런 일이 생긴 것에 대해 국민에게 깊이 사죄하고 아울러 책임을 지려고 합니다. 수사가 끝나면 그 결과가 무엇이든 간에 이 문제를 포함해서 그동안 축적된 국민들의 불신에 대해 재신임을 묻겠습니다.

평소 스타일대로 승부사의 진면목을 여지없이 보여 준 것이다.

그런데 최 전 비서관이 SK로부터 12억 원 상당의 양도성예금증서를 받았는데 왜 노 대통령이 재신임을 묻겠다고 했을까?

최도술은 노 대통령의 부산상고 1년 후배로 노 대통령의 정치자금을 관리해 온 오랜 동지다. 이러한 인연으로 노무현 정권 출범과 동시에 대통령실 총무비서관으로 임명되었다. 최도술은 검찰 조사와 재판 중 법정에서 다음과 같은 취지로 진술했다.

> 충북 옥천에 있는 생수 제조회사 장수천의 실소유자는 노무현 대통령이었다. 노 대통령은 장수천을 운영하면서 공장 기계화를 위해 리스회사로부터 약 30억 원을 빌리게 되었다. 이때 형 노건평(盧健平), 진영중학교 동창으로 고향 친구인 선○○, 그리고 오○○ 등 3인 공동 소유인 시가 20억 원 상당의 김해 진영 상가를 담보로 제공했다. 그러나

장수천은 영업이 부진했고, IMF 외환위기가 겹치는 바람에 빚만 잔뜩 진 채 망하게 되었다. 이 때문에 2001년 진영 상가는 경매에 부쳐져 다른 사람의 손에 넘어갔다. 이후 선○○, 오○○는 노 대통령에게 지속적으로 손해를 보전해 달라고 요구했다. 노 대통령이 2002년 4월27일 민주당 대통령 후보가 된 뒤에는 선거자금이 많이 들어올 것이 아니냐면서 더욱 심하게 독촉했다. 노 대통령은 대통령 선거 과정에서 장수천 빚 문제가 쟁점이 될까 봐 매우 걱정했다.

장수천 채무 7억 5000만 원은 노 대통령의 개인 채무이며, 노 대통령은 선거와 관련된 자금이라는 것을 알면서도 자신의 채무 변제에 쓰라고 지시했다. 2002년 7월경 부산시장 선거에 사용하고 남은 민주당 선거자금 중 2억 5000만 원을, 2003년 1월경 SK로부터 받은 CD를 바꾼 돈 중 5억 원을 선○○ 등에게 주었다.

노 대통령이 재신임까지 묻겠다고 나온 것은 SK로부터 받은 불법 자금이 자신의 장수천 개인 채무 변제에 사용되었기 때문으로 보인다. 물론 재신임을 묻겠다는 약속은 지켜지지 않았다.

이상수 의원은 "SK로부터 받은 자금은 모두 영수증 처리했고 선거관리위원회에도 신고했다"면서 "검찰이 야당과 균형을 맞추기 위해 억지로 나를 소환했다"고 비난했다. 그러나 SK그룹으로부터 받을 수 있는 법정 선거자금은 이미 한도를 채웠기 때문에 민주당이 추가로 받은 25억 원은 불법이었다. 야당인 한나라당은 "SK로부터 불법적인 돈을 받은 사실이 없다"고 강력히 부인하면서 검찰의 수사는 야당 탄압이라고 반발했다. 당사자인 최돈웅 의원은 10월9일 기자회견을 열어 "SK로부터 돈 한 푼 받은 사실이 없고, SK에 아는 사람도 없다. 명확한 이유나 구체적인 증거 없이 출석하라고 하는 것은 검찰권 남용이다. 이는 야당 탄압으로 당 차원에서 대처할 것"이라며 소환에 응하지 않을 것임을 분명히 했다. 예나 지금이나, 보수나 진보나, 정치인들의 행태는 어쩌면 저리도 똑같은지 쓴웃음이 나온다.

그러나 최도술 전 비서관이 10월13일 출석해 조사를 받은 후 구속영장이 청구되고, 10월14일 이상수 의원이 출석해 조사받자, 최돈웅 의원도 어쩔 수 없이 10월15일 자진 출석했다. 최돈웅 의원은 몇 차례 조사에도 범죄사실을 강력히 부인하다가 결국 10월21일 SK로부터 100억 원을 받았다고 모든 범죄사실을 시인했다.

이로써 대검 중수부에 넘겨준 SK 대선자금 범죄 첩보는 모두 처리되었다. 최도술 전 비서관은 10월16일 바로 구속되었으나, 이상수·최돈웅 의원은 불체포 특권으로 인해 정기국회가 끝난 뒤인 2004년 1월 구속영장이 청구되어 구속되었다.

그럼에도 정치권은 반성하는 빛을 보이지 않았다. 한나라당은 대통령 측근 비리 특검을 도입하겠다고 검찰을 압박하면서, 최도술 이외의 노무현 대통령 측근에 대한 추가 수사를 강력하게 요구했다. 새천년민주당에서 분당해 새로 출범한 국민참여통합신당(가칭)은 SK그룹으로부터 받은 100억 원 이외에 한나라당이 다른 기업으로부터 추가로 검은돈을 받은 것이 없는지 수사하라고 공세의 고삐를 늦추지 않았다. 여야가 각자의 잘못을 반성하기보다는 자기만 살아남아 보겠다고 진흙탕 싸움을 벌이느라 정신이 없었다. 국민은 안중에도 없었다.

언론에서 "정치권이 SK로부터만 불법 정치자금을 받았겠느냐"는 이야기가 나오기 시작했다. 검찰이 수사 확대를 결단해야 할 시점이 점점

다가오고 있었다.

당시 중수부는 삼성·LG 등 다른 재벌에 대해서도 여러 가지 방법을 동원해 불법 대선자금 제공 사실을 밝히라고 압박했지만 별다른 성과를 거두지 못하고 있었다. 이들 재벌의 불법 대선자금 제공에 관해서는 아무런 증거나 자료도 없었다. 삼성·LG 등 거대 재벌이 스스로 불법 자금 제공 사실을 털어놓을 리 만무했다. 특단의 조치가 필요했다.

삼성의 '마름' 이학수

다른 대기업으로 수사 확대

2003년 10월 하순경 안대희 중수부장으로부터 전화가 왔다.

"SK 대선자금 수사를 다른 대기업으로 확대하려고 한다. 이 수사는 이 청장이 시작한 수사이니 수사팀에 합류해 기업 수사를 담당해 달라. 수사팀에 전권(全權)을 줄 터이니 이 청장이 마음에 드는 사람들로 구성하라. 대검 중앙수사부로 직무대리 발령을 내겠다."

이번에는 강금실 장관이 순순히 직무대리 발령을 승인해 주었을까?

30일 미만의 직무대리 발령은 검찰총장이 직권으로 할 수 있으나, 근무지가 아닌 다른 곳에서 30일 이상 근무하게 하려면 법무부장관의 승인을 받아야 한다. 뒤에 들은 이야기지만 강 장관은 국회 출석 중에 홍석조(洪錫肇) 검찰국장으로부터 송광수 검찰총장이 나를 직무대리로 중수부에 근무하게 하려 한다는 보고를 받고 "지방에서 기관장으로 근무하는 사람을 대검으로 불러올리는 이유가 무엇이냐? 왜 자꾸 장관의 인사권을 침해하느냐"면서 홍 국장을 호되게 나무랐다고 한다. 홍 국장도 어쩔 수 없이 대검찰청에 승인이 어렵겠다고 통보했다. 화가 난 송 총장이 "이인규 청장을 중앙수사부에 직무대리 발령해 29일을 근무하게 한 후, 하루 원주지청으로 돌려보냈다가 다시 직무대리 발령을 해서 29일을 근무하게 하는 방식으로 데려다 쓰겠다"고 강하게 반발하자, 강 장관이 마지못해 승인을 해 주었다고 한다.

안대희 중수부장의 주문은 삼성·LG 등을 압박해 불법 대선자금 제공 사실을 밝히라는 것이었다. 안 중수부장이 "불법 대선자금을 제공한 사실을 밝힐 경우 총수에 대해 책임을 묻지 않고, 관련자도 불구속 수사할 것이며, 최대한 가볍게 처벌하겠다"고 공표했음에도 신통한 반응을 얻지 못하고 있었다.

이미 SK 관련 불법 대선자금 수사는 끝났다. 다른 재벌의 불법 대선자금을 밝힐 시간이 많지 않았다. 국민과 언론도 오래 기다려 주지 않을 것이다. 관련 첩보나 단서도 거의 없었다. 있다면 최돈웅 의원이 SK 측에 대선자금을 요구하면서 했다는 "삼성은 300억, LG는 200억을 내기로 했는데 SK는 100억은 내야 하지 않겠는가?"라는 진술 정도였다.

그렇지만 SK 수사를 통해서 볼 때 삼성·LG도 정치권에 불법 대선자금을 제공했으리라는 추정은 자연스러웠고, 그밖에 현대차·롯데·한화 등 다른 대기업들도 불법 대선자금을 제공했을 것이라는 합리적 의심이 드는 상황이었다. 어떻게 진술을 받아 낼 것인가만 남은 것이다. 평소와 같은 수사로는 짧은 시간 내에 이를 밝히는 것이 불가능했다.

대검찰청은 2003년 11월3일 불법 대선자금 수사를 삼성·LG·현대차 등 다른 재벌로 확대하고, 원주지청장인 나를 중앙수사부 직무대리로 발

불법 대선자금 수사팀에 필자가 합류한 것을 다룬 〈중앙일보〉 2003년 11월5일자 '김상택 만화세상'. SK글로벌 분식회계사건으로 일찌감치 처벌받은 최태원 SK그룹 회장이 필자의 수사팀 합류를 보도하는 TV 뉴스와 덜덜 떠는 다른 대기업들을 번갈아 보며 여유를 부린다는 설정이다.

령해 기업 수사를 맡긴다고 발표했다. 모든 언론에서 내가 SK 분식회계 수사검사로 최태원 회장을 구속시킨 것에 주목하면서, 수사 대상인 삼성·LG·현대차 등도 긴장하고 있다고 보도했다.

　나의 수사팀 합류가 이틀 연속 만평으로 나가기도 했다. 〈중앙일보〉 김상택 화백의 만평이었다. 11월4일자 가판에 '천군만마'라는 제목으로, 내가 대검에 도착해 차에서 내리자 안대희 중수부장이 뛰어나오며 맞는 모습을 그렸다. 그러나 무슨 사정이 있었는지 아침 최종판에서는 만평이 교체되었다. 연이어 11월5일 '매 먼저 맞은 자의 여유'라는 제목으로, 최태원 회장이 부하 직원과 함께 전날 가판에 실렸다가 교체된 만평의 그 장면을 TV 보도로 보면서 "날 구속시켰던 애지?" 하며 삼성·LG·현대차·롯데 등 다른 그룹을 돌아보고 웃고 있는 모습을 그려 내보냈다. 나를 대선자금 수사팀에 합류시킨 사실만으로도 삼성·LG 등 대기업을 압박하기에 충분한 효과를 거두고 있었다.

11월3일 대검찰청 중앙수사부로 출근했다. 1991년 대검찰청이 덕수궁 옆에 있을 때 중수부에 근무한 적이 있고 이번이 두 번째 근무였다. 서울지검 금융조사부에서 근무하고 있는 유일준·김옥민(金玉珉)·한동훈 검사와 수사관 2명, 금융감독원에서 파견된 김진성 검사역 등을 차출해 기업수사팀을 꾸렸다. 한동훈 검사는 천안지청으로 발령이 났으나 SK 수사와 재판 마무리를 위해 계속 서울지검 금융조사부에 남아 근무하고 있었다. 김진성 검사역은 기업회계 분석에 출중한 능력을 보유한 자원이었다. 그는 파견 직원이었음에도 검찰청에 누구보다 일찍 출근하고 늦게 퇴근했으며 주말도 없이 일했다. "소신껏 일할 수 있어 금융감독원에서 일하는 것보다 검찰청에서 일하는 것이 더 즐겁고 보람이 있다"고 했다.

삼성·LG·현대차 등은 모두 기업 승계와 관련해 부당 내부거래를 한 약점이 있었다.

특히 삼성은 에버랜드 전환사채를 저가(低價) 발행한 일이 시민단체 등으로부터 고발되어 서울지검 특수2부에서 수사 중에 있었고, 삼성SDS 신주인수권부사채 저가 발행에 대한 증여세 부과 처분에 불복해 행정소송 중에 있었다.

LG그룹은 지주회사 체제로 지배구조를 바꾸고 구씨와 허씨 일가 사이에 지분을 정리해 그룹을 분리하기로 했다. 이에 필요한 자금을 마련하기 위해 LG그룹 대주주들이 상장 예정인 계열사의 비상장 주식을 싸게 인수한 다음 상장 후 비싼 가격에 되파는 형태의 내부거래를 자주 하고 있었다.

현대차는 현대자동차그룹을 정의선(鄭義宣)에게 물려주기 위해 정몽구(鄭夢九)·정의선 부자 소유 회사에 일감을 몰아주어 편법적으로 부(富)를 이전하고, 계열사 간의 이해하기 어려운 지원 등 불법이 의심되는 내부거래가 많이 있었다.

이러한 것들은 이미 대부분 서울지검 형사9부장 시절에 기업 공시 내용 등 공개 정보를 분석해 얻은 내용들이었다. 송광수 총장과 안대희 중수부장에게 이러한 문제점들을 활용하여 삼성·LG·현대차를 압박해 불법 대선자금 제공 사실을 밝혀 보겠다고 보고했다.

당시 삼성·LG·현대차의 변호는 김앤장에서 맡고 있었고 책임 변호사는 이종왕 변호사였다. 이 변호사가 3개 재벌을 동시에 변호하는 것은 이상했지만 수사하는 데는 편리한 점도 있었다. 검찰이 삼성·LG·현대차 3개 그룹을 따로따로 상대하기에는 인력도 부족하고 시간도 없었는데, 3개 그룹 중 한 그룹만 입을 열게 만들면 다른 그룹은 따라올 것이다. 이종왕 변호사가 세 그룹을 함께 변호하는 상황에서 그중 한 그룹만 처벌받는다면 그 그룹으로부터 "왜 우리만 처벌받느냐, 저기를 보호하기 위해 우리를 희생시키는 것 아니냐"는 항의를 받을 것이다. 따라서 李 변호사 입장에서는 철벽 수비를 통해 모두를 보호하거나, 그것이 어려우면 모든 의뢰인들에게 "수사에 협조하고 실속을 챙기는 것이 유리하다"고 설득할 것이기 때문이다. 무엇보다 삼성·LG·현대차 등은 자신들이 저지른 잘못을 잘 알고 있었다. 검찰 수사 상황을 보아 가며 수사에 협조하려고 할 가능성이 많다고 생각했다. 지킬 것이 많은 사람들은 겁이 많은 법이다.

그러나 검찰에도 약점이 있었다. 시간이 많지 않다는 것이다.

우선 상대방이 어떤 생각을 하고 있는지 파악하는 것이 필요했다. 이종왕 변호사를 대검찰청 내 사무실로 불러 "이번 대선자금 수사는 정경유착의 고리를 끊어 우리나라 정치 개혁을 이루는 계기가 될 것이니 수사에 협조해 달라"고 부탁했다. 이 변호사는 "협조하고 싶은데 준 것이 없다고 하니 어떻게 하면 좋겠느냐?"고 나의 반응을 살폈다. 어느 정도 예상한 바였다.

"준 것이 없다는 말은 못 들은 것으로 하겠습니다. 수사에 협조하지 않을 경우 SK처럼 그동안 수집된 자료를 근거로 편법 증여 등 승계 과정에서 있었던 부당 내부거래에 대해 수사를 할 것입니다. 그렇게 되면 기업은 물론 오너 가족도 크게 다칠 것이니 의뢰인들을 잘 설득해 주십시오."

이 변호사가 웃으면서 "다시 이야기해 볼 터이니 너무 겁주지 말라" 하고 돌아갔다.

노무현과 삼성그룹

우선 반드시 수사 협조를 받아 내야 할 삼성그룹에 검찰의 수사 의지를 직접 전달하는 것이 필요하다고 판단했다. 상부에 보고하고 2003년 11월 중순경 르네상스호텔 객실에서 이학수(李鶴洙) 삼성그룹 부회장을 만났다. 삼성그룹 측에서 다른 한 사람이 배석했는데 누구였는지 기억나지 않는다. 이 부회장과 형식적인 인사를 나누었다. 인사할 때도 무표정한 얼굴로 웃음기가 없었으며, 호감을 주는 인상은 아니었다.

이학수 부회장은 어떤 사람이며, 어떻게 삼성의 2인자가 되었을까?

李 부회장은 노무현 대통령과 부산상고 선후배 사이다. 노 대통령이 초선 의원 시절부터 가깝게 지냈다고 한다. 김대중(金大中) 정부 시절 노 대통령이 새정치국민회의 동남지역발전특별위원회(동남특위) 위원장으로 활동할 때 삼성자동차 처리 문제를 다루면서 삼성 측 파트너인 이 부회장과 더욱 돈독한 관계로 발전한 것으로 알려져 있었다.

2002년 3월경 참여연대가 '소액주주운동'의 일환으로 삼성전자 주총에 참여해, 이학수 부회장이 삼성에버랜드 사건 등에 관여되어 있다는 이유로 그의 삼성전자 이사 선임을 반대했다. 참여연대의 대표는 장하성(張夏成) 교수였고, 주총 사회자가 이 부회장이었다. 노무현 대통령 선거 캠프인 금강캠프의 상황실장으로 활동했던 윤석규(尹錫奎) 열린우리당 원내기획실장은 "삼성전자 주총 다음 날 금강캠프에 출근했을 때 이광재(李光宰) 씨가 '장하성 교수 빨갱이 아니냐, 삼성을 세계적인 기업으로 키운 이학수 부회장의 이사 선임을 왜 반대하는 것이냐'라고 장 교수를 격하게 비난했다"고 언론에 기고한 적이 있다. 윤 실장은 기고에서 또 "노무현 대통령이 민주당 대통령 후보로 확정된 후인 2002년 5월경 이광재 씨는 삼성경제연구소에서 출간한 『국가전략의 대전환』이라는 책을 들고 다니며 노무현 후보의 대선 공약에 반영하자고 했다"고 밝혔다.

노 대통령의 인수위가 삼성경제연구소로부터 많은 정책 자료를 받고 자문을 받았다는 것은 널리 알려진 얘기다. 인수위에서 2개월의 활동 결과를 정리한 국정 운영 백서를 노 대통령에게 전달했는데, 이와는 별개로 삼성경제연구소에서 작성한 국정 운영 관련 자료도 노 대통령에게 제공되었다고 한다. 노 대통령은 2003년 3월 초대 내각에 진대제(陳大濟) 삼성전자 사장을 정보통신부장관으로 임명했고, 2005년 2월 이건희(李健熙) 삼성 회장의 큰처남인 홍석현(洪錫炫) 중앙일보 회장을 주미 대사에 임명했다. 노 대통령이 홍 회장을 유엔 사무총장으로 만들려고 했다는 것은 정치권에서 널리 알려진 얘기다. 한마디로 노무현 정권과 삼성그룹은 밀착되어 있었으며, 그 중심에 이학수 부회장이 있었다. 앞에서 언급한 '안기부 미림팀 도청사건'에서 그 실체가 드러났듯이, 이학수 당시 삼성그룹 비서실장은 중앙일보 홍석현 사장과 만나 정치 자금 제공과 검찰 등 고위공무원에 대한 로비 문제를 의논했다.

개인적으로 2007년 봄경 워커힐호텔 부부 동반 모임에서 이학수 부회장 때문에 황희철(黃希哲) 검사장과 언쟁을 벌인 적이 있다. 이야기를 나누던 도중 황 검사장이 뜬금없이 "李 부회장이 같은 아시아선수촌아파트 주민이어서 만난 적이 있는데, 우리 애들에게도 잘해 주고 인상도 좋고 매우 훌륭한 분"이라고 말했다. 검사가 이학수 부회장을 훌륭한 사람이라고 하는 것이 귀에 거슬렸다. 삼성에버랜드사건, 미림팀 도청사건 등을 거론하면서 "검사가 어떻게 그런 사람을 훌륭하다고 할 수 있느냐"고 말다툼한 것이 기억난다.

이 부회장이 검찰을 보는 시각이 어떠했을지는 짐작이 간다. 만만하고 우습게 보였을 것이다. 불법 대선자금 수사도 정권이 교체되면 으레 한 번씩 있는 푸닥거리 정도로 여기고, 검찰을 적당히 주무를 수 있다고 생각했을 것이다.

그러나 세상은 변하고 있었다. 대한민국은 더 이상 삼성의 나라가 아니고 그래서도 안 되었다. 나는 그에게 힘주어 말했다.

"정경유착은 대한민국 정치 발전을 위해 반드시 끝내야 합니다. 이번 불법 대선자금 수사는 정경유착의 고리를 끊어 낼 절호의 기회입니다. 국민들도 검찰 수사에 거는 기대가 매우 크다는 것을 잘 알고 계실 것입니다. 대한민국의 대표 기업인 삼성그룹에서 수사에 협조해 어두운 과거와 단절하고 정치 개혁에 동참해 국민의 기대에 부응해 주시길 부탁드립니다. 수사에 협조하면 총수를 처벌하지 않는 등 최대한 선처하겠습니다."

이 부회장은 무표정한 얼굴로 "수사에 협조하고 싶으나 삼성에서는 대선과 관련해 불법 선거자금을 제공한 사실이 없다"고 대답했다. 나는 그를 똑바로 쳐다보며 말했다.

"삼성이 국가경제에 기여하는 바가 엄청남에도 국민들로부터 존경을 받지 못하는 이유가 무엇인지 아십니까? 수사에 협조하지 않을 경우 지금까지는 겪어 보지 못한 많은 어려움이 있을 것입니다."

아무런 대답이 없었다. 쉽지 않은 싸움이다.

"조만간 다시 뵙겠습니다. 나중에 후회하는 일이 없도록 잘 판단하십시오."

나오면서 호텔 프런트에서 방값을 계산하는데 60여만 원이 나왔다. 불과 한 시간 정도 사용했는데 60만 원이라니 너무 아까웠다. 보안 때문에 호텔에서 만나자고 했는데 검찰청으로 부를걸, 후회가 됐다.

돌아와 송광수 검찰총장과 안대희 중수부장에게 "삼성은 아직 수사에 협조할 준비가 되지 않은 것 같다"고 보고했다.

이학수 부회장과의 재회

이학수 부회장을 다시 만난 것은 2006년 9월 하순경 서울중앙지검 3차장 때였다.

그 당시 3차장 산하 금융조세조사부 이원석 검사(후에 검찰총장)가 삼성 이건희 회장에 대한 삼성에버랜드 전환사채 저가발행 사건을 수사 중이었다. 이원석 검사는 2003년 11월경 16대 대선 불법 자금 수사 때 처음 보았는데, 외유내강의 성격으로 정의감이 투철하고 소신과 강단이 있으며, 치밀하고 꼼꼼하게 수사하는 등 수사 능력이 탁월했다.

2006년 5월 하순경 기자 브리핑에서 "삼성 에버랜드 사건과 관련하여 이학수 부회장을 소환해서 조사할 예정"이라고 밝혔다. 기자들이 "이건희 회장을 소환할 계획이 있느냐"고 물었다. 나는 직답 대신 "주인이 바뀌는 일인데 머슴이나 마름이 주인 동의 없이 할 수 있겠느냐"고 반문했다. 이 말이 언론에 크게 보도됐다.

같은 해 9월28일 이학수 삼성그룹 부회장을 소환했다. 소환 조사하겠다고 한 것이 5월경이었는데 삼성 측의 비협조로 시일이 많이 걸렸다.

갑자기 그를 만나고 싶어져 이원석 검사실로 갔다. 인사를 나눈 후 장난기가 발동하여 물었다.

"지난 불법 대선자금 수사 때 나의 말대로 순순히 수사에 협조하셨으면 삼성도 좋고 부회장님도 고생 안 하시고 검찰도 애를 덜 먹었을 것 아닙니까?"

이 부회장이 약간 망설이다가 대답했다.

"아랫사람이 무엇을 할 수 있겠습니까?"

이건희 회장의 승낙이 없어서 못 했다는 뜻이었다. 그의 말은 에버랜드 전환사채 발행 역시 이 회장의 결정으로 이루어졌다는 것을 의미했다. 나는 "아! 그러셨군요" 하고 웃었다. 역시 그는 마름에 불과하다.

LG와 '차떼기당' 한나라

"딴 기업이 협조하면 우리도…"

삼성은 이미 에버랜드 전환사채 저가발행사건으로 서울지검 특수2부에서 조사를 받고 있어서 새로 압박할 수단도 마땅치 않았다. 이학수 부회장의 태도에서 느낄 수 있듯이 검찰 수사에 어느 정도 내력(耐力)이 생겼고, 다른 혐의로 수사를 받고 있는 삼성에 대해 불법 대선자금 수사에 협조하면 선처해 주겠다는 얘기를 꺼내는 것도 조심스러운 상황이었다.

우선 삼성 다음으로 규모가 큰 LG그룹을 주된 수사 대상으로 삼아 수사를 진행하기로 했다.

LG그룹은 2003년 하반기 LG카드 사태로 신용 위기에 몰려 있었다. LG카드 사태는 2000년 IMF 위기 극복을 위한 정부 정책을 따르기 위해 카드 발급을 무작정 늘린 데 기인한다. 김대중 정부는 신용 확대를 통해서 경기를 부양하는 정책을 추진했다. 문제는 직업, 은행 평균 잔고, 재산, 수입 등을 고려하지 않은 것을 넘어, 백수에서 고등학생에 이르기까지 길거리에서 무분별하게 카드를 발급해 준 것이다. 2002년 중반부터 카드 연체가 늘더니 2003년에는 신용불량자와 개인파산이 급증해 LG카드가 부도 위기에 몰렸다. LG카드 사태로 자금난에 처해 있는 LG그룹이 공략하기가 쉽다고 판단했다.

LG그룹은 2000년 7월 구씨와 허씨 일가의 계열 분리를 단행하고, 지주회사 체제로 전환하겠다고 선언했다. 지주회사 체제로 전환하려면 많은 자금이 소요된다. 자(子)회사가 상장회사인 경우 지분 30퍼센트 이상, 비상장회사인 경우 50퍼센트 이상을 보유해야 한다. 또한 지주회사의 부채비율은 100퍼센트를 넘지 않아야 한다. 참여연대 등 시민단체는 "LG그룹이 지주회사 설립에 필요한 자금을 조달하기 위해 비상장 주식에 대한 부당 내부거래로 대주주들에게 엄청난 이익을 주었다"고 비난하고 있었다.

LG그룹의 부당 내부거래는 2003년 12월26일자 〈신동아〉의 'LG그룹 오너들의 놀라운 재테크'라는 분석 기사에 잘 나타나 있다. 나는 LG가 항복하면 삼성·현대차 등 다른 그룹들도 자연히 무너질 것이라고 예측했다.

검사 출신으로 LG그룹 법무실에서 근무하는 이종상(李鍾常) 변호사가 나를 찾아왔다. 검찰 후배인 이종상 변호사는 나를 염탐하러 왔겠지만, 나도 그가 찾아온 것이 싫지 않았다. 이종왕 변호사를 통해 압박하는 것보다 이종상 변호사를 통하는 것이 더 효과적일 수 있기 때문이었다.

이종상 변호사를 반갑게 맞았다.

"LG그룹이 지주회사 체제로 전환하는 과정에서 여러 차례 비상장 주식을 가지고 장난친 것을 잘 알고 있다. 현재 참여연대와 소송 중에 있는 LG석유화학 주식 저가매도사건도 그중 하나 아니냐. LG카드 사태로 어려운 상황에서 검찰 수사까지 받게 되면 상당히 타격이 심할 거야."

내 말에 이 변호사는 바짝 긴장했다.

"왜 겁을 주십니까? 그런 일은 없도록 해야죠."

"LG에서 지난 대선 때 한나라당에 200억 준 거 다 알고 있어. 한나라당과 민주당에 준 정치자금에 대해 숨김없이 밝히라고 해. 시간이 많지 않아. 협조하지 않으면 지주회사 설립, 계열 분리와 관련해서 저질렀던 부당 내부거래에 대해 모두 수사할 거야. 압수 수색 등 강제 수사에 들어가면 돌이킬 수 없어. 그러면 SK처럼 구씨와 허씨 일가가 처벌을 받는 것은 물론, 기업은 기업대로 어려워지고, 결국에는 불법 정치자금 준 것까지 다 밝히게 될 거야. LG로서는 게도 놓치고 구럭도 잃는 결과가 되는 거지."

이 변호사의 표정이 심각해졌다.

"윗분들에게 검찰의 입장을 잘 전달하겠습니다."

이종상 변호사가 돌아가고 그다음 날 이종왕 변호사가 찾아왔다. 어제 내 말이 효과가 있었던 것이다.

"LG는 삼성 등 다른 대기업 등이 수사에 협조할 경우 자신들도 수사에 협조하겠다는 입장입니다."

나는 짐짓 모르는 체 반문했다.

"왜 다른 그룹과 연관을 지으려고 합니까? 자신이 한 것만 얘기하면 되지요."

"다 알면서 왜 그러십니까? 제가 현재 삼성·LG·현대차 등을 변호하고 있는데, 잘 조율해서 동시에 검찰 수사에 협조하게 하려고 하니 조금만 기다려 주십시오."

나는 내색은 하지 않았지만 속으로 '수사 협조에 상당한 진전이 있구나' 하고 생각했다.

이종왕 변호사가 돌아간 뒤 송광수 총장과 안대희 중수부장에게 "조만간 좋은 결과가 있을 것으로 보인다"고 보고했다. 그동안 수사 진행 상황에 답답해하던 두 사람은 안도하는 모습이었다.

며칠 뒤 안대희 중수부장이 편지가 들어 있는 봉투를 건네주면서 이종왕 변호사에게 전달해 주라고 지시했다. 무슨 내용일까 궁금했지만 묻지 않았다. 안 중수부장이 먼저 밝히지 않는데 편지 내용을 묻는 것이 예의에 어긋난다고 생각했다. 이 변호사에게 전화를 걸어 "안대희 중수부장이 주신 서신이 있는데 어떻게 전해 드릴까요?"라고 물었다. 다음 날 점심 때 이태원 소재 캐피탈호텔 일식당에서 이 변호사를 만나 안 중수부장의 편지를 건네주었다. 이 변호사는 그 자리에서 편지를 개봉하여 읽어보았다. 편지를 읽고 난 이 변호사는 이미 편지 내용을 알고 있었다는 듯이 특별한 반응을 보이지는 않았다. 그래서 나도 편지 내용을 이미 알고 있는 것처럼 행동했다. 식사를 하면서 딴 얘기만 하다가 헤어졌다.

안 중수부장에게 편지를 전달했다고 보고했다. 편지 내용은 안 중수부장이 외부에 공언한 대로 "대선자금 수사에 협조할 경우, 총수에 대한 책임을 묻지 않고, 관련자들도 불구속 수사할 것이며, 최대한 가볍게 처벌하겠다"는 내용일 것이라고 짐작했다. 검찰이 수사 대상자에게 문서로 약속을 하는 것은 드문 일이다. 당시 검찰은 불법 대선자금을 밝혀내야 할 특수한 상황이었다. 무엇보다도 시간에 쫓기고 있었다. 이 변호사도 삼성·LG 등 의뢰인을 설득하려면 확실한 보증이 필요했을 것이라고 생각했다.

LG 이어 현대차도 100억 시인

일주일이 지나갔다. 삼성·LG 등으로부터는 아무런 움직임이 없었다.

기다리고만 있을 수 없었다. 검찰의 수사 의지를 보여 주어야 할 순간이다. 그러나 삼성이나 LG그룹의 구조조정본부를 바로 압수 수색할 수는 없었다. 잘못하다간 정치권을 상대로 한 수사가 재벌 수사로 번져 걷잡을 수 없게 될 것이었다. 지금 검찰의 목표는 부패한 정치권이고, 이 수사를 위해서는 삼성·LG·현대차 등 재벌의 협조가 필요했다.

그래서 LG홈쇼핑을 압수 수색하기로 했다.

LG홈쇼핑은 구본무 회장과 허창수 회장의 내부거래 대상이 된 회사이다. 1999년 4월경 구본무 회장 등 구씨 일가 11명은 LG정보통신으로부터 비상장 주식인 LG홈쇼핑 주식 101만 6000주(전체 지분의 25.4%)를 주당 6000원에 인수하고, 그 무렵 허창수 회장 등 허씨 일가 역시 LG캐피탈로부터 LG홈쇼핑 주식 62만 9000주(전체의 15.7%)를 주당 6000원에 인수했다. LG홈쇼핑 주가는 2000년 1월 코스닥 상장 후 15만 원까지 급등했다. 구본무·허창수 등 구씨·허씨 일가는 6개월의 보호예수 기간이 경과된 2000년 7월부터 주식을 팔아 거의 2000억 원에 달하는 이익을 보았다. 계열 분리 과정에서 구씨와 허씨 일가의 지분관계 정리 방법 등을 들여다볼 수 있는 창구가 LG홈쇼핑이었고, LG그룹을 강하게 압박할 수 있었다.

2003년 11월19일 LG홈쇼핑에 대해 압수 수색을 실시했다. 허씨 일가인 T 상무 사무실에서 흥미로운 서류를 압수했다. T 상무가 직접 작성한 문서인데, 구씨 및 허씨 일가의 LG그룹 지분 정리 과정에서 허씨 일가의 전략을 담고 있는 서류였다. 구씨와 허씨가 어떻게 LG그룹을 분할해 나누어야 하는지 등 계열 분리 방법에 대한 허씨 일가의 생각을 알 수 있는 자료였다.

압수 수색 다음 날 아침 LG그룹 이종상 변호사가 다시 찾아왔다. 조금만 기다리시면 되는데 왜 압수 수색을 했느냐고 근심 어린 목소리로 말했다.

"수사에 협조하지 않아도 좋다. 더 이상 기다릴 수 없다. 지주회사 체제로 전환하는 과정에서 벌어진 LG그룹의 부당 내부거래 등에 대해 수사하겠다. 일단 수사에 착수하면 돌이킬 수 없을 것이다. 불법 대선자금 수사와 동시에 재벌 비리 수사를 할 것이다."

강한 어조로 말하니 그는 심각한 표정으로 돌아갔다.

그 후 이종왕 변호사가 전화를 했다.

"수사에 협조하려고 하는데 압수 수색까지 할 필요는 없지 않았습니까."

"마냥 기다릴 수는 없습니다."

"LG에서는 수사에 협조하기로 했고, 삼성 등 다른 그룹의 입장을 확인하고 있습니다. LG는 수사에 협조했는데 다른 그룹에서 수사에 협조하지 않으면 LG만 입장이 어려워질 수 있습니다. 마치 불 꺼진 무대에서 다 같이 옷을 벗기로 했는데 막상 불이 들어온 뒤에 혼자만 벗은 것이 될까 봐 걱정하고 있습니다."

"LG가 수사에 협조하면 삼성 등 다른 그룹도 협조하지 않을 수 없습니다. 쓸데없는 걱정을 하고 있는 것 같습니다."

"조율 중이니 조금만 참고 기다려 주십시오."

이종왕 변호사와 전화를 끝낸 후 송광수 총장과 안대희 중수부장에게 통화 내용을 설명하며 "조만간 좋은 결과가 있을 것 같다"고 보고했다.

2003년 11월25일 삼성전기를 압수 수색하였다. 얼마 지나지 않아 이종왕 변호사가 찾아왔다.

"LG와 삼성이 수사에 협조하기로 했습니다. LG는 현금 150억 원, 삼성은 무기명채권 160억 원(시가로 할인할 경우 150억 원)을 한나라당에 대선자금으로 주었다고 합니다."

나는 속으로 'LG는 200억 원인데 50억 원을 줄였고, 삼성은 300억 원인데 LG와 균형을 맞추기 위해 160억 원 상당의 무기명채권을 주었다고 거짓말을 하는구나' 하고 생각했지만 아무 말 하지 않았다.

"여당인 민주당에는 얼마를 주었답니까?"

"김대중 정권 시절 민주당에서 정치자금법상 줄 수 있는 한도까지 정치자금을 싹쓸이해 갔기 때문에, 한나라당에는 거의 정치자금을 주지 못했습니다. 그래서 민주당에는 더 이상 주지 않았다고 합니다."

SK와 같은 주장이었다. 그렇다고 한 푼도 주지 않았을까? SK그룹도 이상수 사무총장에게 25억 원을, 노 대통령의 측근인 최도술에게 12억 원 상당의 CD를 주었는데 말이다. 역시 현직 대통령이 무섭긴 무서운 모양이라고 생각했다. 야당에만 돈을 주었다고 하는 것이 마음에 걸렸지만, 이는 차차 수사해 가면서 밝히면 된다.

이 변호사가 돌아간 뒤 그런 내용을 송광수 총장과 안대희 중수부장에게 보고하였다. 두 사람 모두 매우 흡족해하면서 기뻐했다. 대선자금 수사에 새로운 돌파구가 열린 것이다.

그 직후 LG와 삼성의 뒤를 이어 현대자동차그룹도 한나라당에 대선자금으로 100억 원을 제공했다고 자복했다. 현대차그룹은 "2002년 11월 중순경 경부고속도로 만남의 광장 휴게소에서 이회창(李會昌) 후보 법률특보 서정우(徐廷友) 변호사에게 스타렉스 자동차에 한 번에 50억 원씩 실어 이틀에 걸쳐 100억 원을 넘겨주었다"고 진술했다.

안대희 중수부장은 삼성은 남기춘 중수1과장에게, 현대자동차는 유재만(柳在晚) 중수2과장에게 넘겨주고, 나는 LG부터 조사하라고 지시했다.

노무현 "한나라의 10% 넘으면 사퇴한다"

2003년 11월 말경, LG그룹 구조조정본부에서 주요 주주의 재산을 관리하고 그룹 재무를 맡고 있는 이동렬 부장을 소환했다. 사안의 중요성을 고려해 내가 이 부장을 직접 조사했다. 그는 시원시원한 성격으로 관련 사실들을 있는 그대로 상세하게 진술하였다. 그의 진술 요지는 다음과 같다.

2002년 11월 초순경 최돈웅 의원이 강유식(姜庾植) 구조조정본부장을 찾아와 대통령 선거운동 과정에 돈이 많이 들어간다며 선거자금을 요구했다. 당시 한나라당 이회창 후보가 차기 대통령이 될 것이라는 전망이 우세한 상황이어서 요구를 거절하기 어려웠다. 강 본부장이 이회창 후보 측에 접촉해 돌아가는 상황을 파악했다. 그 결과 최 의원보다는 이회창 후보의 법률특보인 서정우 변호사를 통해서 정치자금을 제공하는 것이 낫다고 판단했다. 그 무렵 강 본부장이 서 변호사를 만나 150억 원을 주기로 하고 전달 방법 등을 논의했다.

11월22일경 강 본부장의 지시를 받고, 구조조정본부에서 보관하고 있던 현금 중 150억 원을 종이 박스 1개에 2억 4000만 원씩, 박스 63개(마지막 박스 1개는 1억 2000만 원)에 나누어 담았다. 직원들로 하여금 이를 2.5톤 탑차에 싣게 한 다음, 내(이동렬)가 직접 차를 몰고 경부고속도로 만남의광장 주차장으로 갔다. 밤 8시40분경 그곳에서 서 변호사를 만나 자동차 키를 건네주었다. 서 변호사가 직접 탑차를 몰고 갔으며, 며칠 후 서 변호사로부터 연락을 받고 만남의광장 같은 장소에서 탑차를 돌려받았다.

150억 원은 엄청나게 큰돈이었고, 전달 방법도 첩보 영화에나 나옴 직한 것이었다. 판사 출신으로 이회창 후보의 경기고등학교 후배인 서정우 변호사가 현금 150억 원이 실린 2.5톤 탑차를 직접 몰고 갔다니 상상할 수 없는 일이었다. 한나라당이 소위 '차떼기 정당'으로 전락하는 순간이었다. 이 사실이 밝혀진 후 한나라당은 '차떼기당'이라는 오명을 벗고 불법 대선자금에 대한 추징금을 마련하기 위해 여의도 당사를 팔고 천막 당사로 옮겼다.

이동렬 부장에 대한 조사를 마친 다음 날 오전에 강유식 구조조정본부장을 소환했다. 그는 점잖은 신사 같은 이미지였다. 강 본부장에게 이 부장을 조사한 내용을 다시 확인하고, 유일준 검사와 한동훈 검사에게 강 본부장의 조사를 맡겼다. 조사를 마친 다음 이 부장, 강 본부장에 대한 진술조서를 중수1과로 넘겨주었다. 기업수사팀장인 내가 기업들이 불법 대선자금을 제공한 사실을 밝혀내면, 나머지는 중수1과와 중수2과에서 처리했다.

2003년 12월9일 서정우 변호사에 대해 구속영장이 발부되었다. 서 변호사는 16대 대선 불법 선거 자금으로, LG로부터 150억 원을, 삼성으로부터 160억 원 상당의 무기명 채권을, 현대자동차로부터 100억 원을, 각 수수했다. 서 변호사의 구속으로 불법 대선 자금 수사는 새로운 전기(轉機)를 맞이했다. 중수부에 직무대리로 파견되어 근무한 지 약 한 달 만이었다. 한 달이라는 짧은 기간 동안 송광수 검찰총장과 안대희 중수부장의 기대에 부응한 것이다.

그러나 여당에 건넸을 정치자금은 제대로 밝히지 못했다는 자책이 들었다. LG·삼성·현대자동차그룹은 야당인 한나라당에 제공한 불법 자금은 부담 없이 밝히면서 민주당에, 결국 노무현 대통령 측에 제공한 불법 자금에 대해서는 잘 진술하지 않으려고 했다. 추후 수사 과정에서 삼성 등이 민주당에 제공한 정치자금이 밝혀지기는 했지만 그 액수는 많지 않았다. 현직 대통령을 비롯한 집권 세력이 두려워 사실대로 진술하지 않은 것이라 생각됐다.

이와 관련해 노무현 대통령은 2003년 12월14일 기자회견에서 "민주당의 불법 대선자금 규모가 한나라당의 10분의 1이 넘으면 대통령직을 사퇴하겠다"고 선언했다. SK 대선자금 수사 때는 재신임을 묻겠다고 하더니, 이제는 사퇴하겠다는 것이다. 이 발언에는 몇 가지 의도가 있어 보인다.

첫째, 수수한 액수의 비교를 통해 자신이 야당보다 도덕적으로 우위에 있음을 강조함으로써 불법 대선자금 수수가 대통령 당선 효력 문제로까지 확산되는 것을 막기 위한 것으로 보인다.

둘째, 수사 대상 기업에 자신에게 제공한 자금에 대해 함구할 것을 은근히 압박하고, 검찰에 가이드라인을 제시하고 있다.

마지막으로, 대통령직 사퇴를 거론함으로써 최도술 전 비서관의 SK 금품 수수와 관련해 재신임을 묻겠다던 과거 자신의 약속을 백지화하려는 의도로 판단된다.

노 대통령의 탁월한 정치적 수완에 감탄하지 않을 수 없었다.

그러나 대통령이 진행 중인 검찰 수사에 대해, 그것도 자신이 관련된 불법 대선자금 수사에 대해 이런 말을 한 것은 매우 부적절했다. 수십 억 원이 넘는 불법 자금이 자신의 대통령 선거운동을 위해 사용되었다면 우선 겸허하게 반성부터 하는 것이 도리이다. 야당 후보가 불법 선거자금을 훨씬 더 많이 받았으니 자신은 괜찮다는 식의 태도는 정당화될 수 없다. 경쟁자인 한나라당 후보는 낙선했고 노 대통령은 당선되었다. 당선된 측의 선거 부정은 대통령 당선을 무효화시킬 수도 있는 것이다.

삼성그룹 대선자금 수사를 맡은 남기춘 중수1과장은 삼성이 거짓말을 한 사실을 밝혀냈다. 채권을 추적해, 한나라당에 준 무기명채권이 160억 원 상당이 아니라 300억 원 상당이며, 이와 별도로 현금 40억 원도 건네주었다는 사실을 밝혀냈다. 민주당 안희정(安熙正)에게 무기명채권 15억 원과 현금 15억 원 등 합계 30억 원을 제공한 사실도 드러났다. 삼성그룹은 삼성증권 직원 최 모·김 모 등을 통해 이 무기명채권들을 매입했다. 삼성그룹이 대선 기간 동안 매입한 무기명채권은 약 800억 원 상당이었다. 남 과장은 나머지 무기명채권의 사용처도 밝히고, 사용하지 않았으면 남은 무기명채권을 제출하라고 요구했다. 삼성은 나머지는 사용하지 않고 그대로 보관하고 있다고 주장하면서도 실물을 제출하지 못했다. 무기명채권을 매입한 삼성증권 직원 2명은 해외로 도주한 상태였다.

남 과장은 이학수 부회장을 구속하자고 주장했다. 삼성이 거짓말을 했기 때문에 약속을 지킬 필요가 없다는 이유였다. 그러나 논의 끝에 李 부회장은 당초 약속대로 불구속 기소하는 것으로 결정되었고, 해외로 도피한 삼성증권 직원 2명은 내사 중지 처분했다.

대선 기간 중 삼성에서 매입한 무기명채권 800억 원 중 약 450억 원 상당을 정말로 사용하지 않고 가지고 있다면 왜 제출하지 못할까? 삼성이 나머지 무기명채권도 사용했으면서 용처를 밝히지 못하는 것이라면, 그 대상은 하나밖에 없었다. 수사팀 내부에서 노무현 대통령 당선 축하금일지 모른다는 말이 흘러나왔다. 삼성에서 노 대통령 측에 건네준 채권을 회수하려고 하였으나 이미 사용되어 채권 회수에 시간이 많이 걸리는 바람에 제출하지 못하고 있는 것이 아닌지 의심하고 있었다.

롯데 "청와대 부속실장에게 돈 줬다"

검찰 수사력 얕잡아본 롯데

LG·삼성·현대자동차그룹의 불법 대선자금을 밝히는 일이 정리되었다. 안대희 중수부장은 마음의 여유를 찾았고, 수사 결과에 대해 자신감이 생겼다.

안 중수부장과 함께 수사한 것은 이번이 처음이었지만 서로 호흡이 잘 맞았다. 계속해서 롯데와 한화그룹에 대한 수사를 나에게 맡겼다. 이번에는 롯데·한화 등 불법 자금을 제공한 쪽은 물론 받은 정치인들도 직접 수사하라고 지시했다. 이원곤(李源坤) 검사와 신호철(申昊撤) 검사가 수사팀에 보강됐다.

2003년 불법 대선자금 수사 당시 신격호(辛格浩) 회장은 이미 80세를 넘겨 그룹 승계 문제가 재계(財界)의 관심사로 떠오르고 있었다. 롯데그룹은 상장된 회사가 많지 않았고, 상장된 경우도 주식 거래량 부족으로 상장 폐지를 막기 위해 월말에 자전(自轉)거래를 하는 사례가 잦았다. 그룹 경영을 폐쇄적으로 해 오고 있었던 것이다.

롯데그룹 역시 다른 재벌과 비슷한 내부거래 사례가 많았다. 기업 공시 내용을 통해 롯데그룹 계열사들이 신격호 회장으로부터 비상장 주식을 고가(高價)에 매입해 주는 의심스러운 거래를 반복하고 있는 것을 파악할 수 있었다. 비상장 주식을 辛 회장으로부터 매수한 계열사들은 투자 목적, 사업 확장, 경영상 필요에 의해 주식을 매입한 것이라고 하였으나 이는 구실에 불과했다. 이는 현금 유동성이 필요한 신 회장을 위해 유동성이 없는 비상장 주식을 매입해 주기 위한 거래로 분석됐다. 한마디로 오로지 신 회장을 위해서 롯데그룹 계열사들이 필요도 없는 비상장 주식을 고가에 매입해 준 것이다.

신 회장은 비상장 계열사 주식을 팔아서 마련한 수천억 원을 어디에 쓰려고 하는 것일까?

롯데호텔에 대한 회계 분석으로, 그룹 경영전략본부에서 롯데호텔을 통해 수십억 원의 비자금을 조성한 것을 확인했다. 금융감독원 김진성 검사역의 보고를 받으면서 다시 한 번 그의 실력에 감탄했다. 검찰에 저런 실력을 가진 사람이 있었으면 좋겠다는 생각이 들었다. 그 후 2004년 말경 내가 범죄정보기획관으로 근무할 때 그를 계약직 검찰사무관으로 특채했다. 그는 범죄정보기획관실에 근무하면서 기업 관련 공개 정보를 분석해 많은 범죄 첩보를 생산하였고, 2006년 현대 비자금사건 등 중수부 수사에 참여하여 크게 활약하였다.

그밖에 롯데건설 본사에서 하청업체로부터 공사비 일부를 되돌려 받는 수법으로 비자금을 조성해 사용했다는 첩보를 입수했다.

2003년 12월6일 소공동 롯데호텔에 있는 신격호 회장실과 롯데그룹 경영전략본부, 잠실에 있는 롯데건설을 압수 수색했다. 압수 수색 결과 롯데호텔의 비자금은 신 회장의 여동생 생활비로 지급되는 등 친인척 관리 및 경조사에 사용된 것으로 확인되었다. 롯데건설의 비자금은 그룹 본부와는 별도로 매년 수십억 원씩 조성되어 건설 현장에서 사용된 것으로 확인되었다. SK그룹도 구조조정본부에서 비자금을 조성해 오너 친인척에게 나누어 주었는데 롯데그룹도 마찬가지였다. 오너 일가들에게 생활비를 주려면 개인 돈으로 줄 것이지 기업 돈을 횡령해 조성한 비자금으로 주다니, 우리나라 재벌의 부도덕성에 말문이 막힌다.

2003년 12월 중순경 불법 대선자금 수사에 협조할 것을 설득하기 위해 검사들과 함께 소공동에 있는 롯데그룹 경영전략본부를 방문했다. 당시 경영전략본부장은 신 회장의 가까운 인척인 신동인(辛東仁)이었다. 그는 롯데쇼핑 사장이기도 했다.

신동인 본부장이 경영전략본부 회의실에서 나와 검사들을 맞아 주었다. 그의 얼굴을 보는 순간 낯이 익었다. 신 본부장도 나를 아는 눈치였다. 나는 순간 당황했다. 어디선가 만난 것 같은데 기억이 나지 않았다. 아무리 생각해도 떠오르지 않았다.

신 본부장에게 롯데그룹의 문제점과 비자금 조성 등 그동안의 수사 결과에 대해 설명해 주고, "삼성 등 다른 기업도 수사에 협조했다. 대선자금 수사에 협조하지 않을 경우 롯데그룹이 많이 힘들어질 것"이라고 말해 주었다. 신 본부장은 "수사에는 적극 협조할 생각이나, 대선과 관련하여 불법적인 돈을 준 적은 없다"고 했다. 의례적인 말이지만 불쾌했다. 혹시 나와의 안면이 있다는 것이 작용하고 있는 것은 아닐까 생각하니 더욱 기분이 나빠졌다. "일단 수사가 시작되면 돌이키기 어려우니 잘 생각해 보라"고 했다.

돌아와 신 본부장을 어디서 만났는지 곰곰이 생각해 보았다. 정확하지는 않지만 8~9년 전 법무부에 근무할 당시 상사(上司)가 주선한 모임에서 본 것 같았다. 내가 직접 연결해 만난 것도 아니고 그 후 인간관계를 맺어 온 것도 아니었지만 그 사실 자체로 매우 꺼림칙했다. 단 한 번의 만남이 이렇게 마음에 부담이 되다니, 검사의 처신이 얼마나 어려운지 새삼 깨달았다. 그렇다고 사건을 다른 사람에게 넘길 수도 없는 노릇이었다. 더 독하게 마음먹기로 했다.

롯데그룹에서는 SK 사건을 수사할 때 서울지검장이었던 유창종 변호사와 나의 연수원 동기이자 대학 동창인 임준호(林俊浩) 변호사를 변호인으로 선임했다. 유 변호사는 SK 수사를 통해 검찰의 불법 대선자금 수사를 꿰뚫고 있는 사람이다. 롯데에서 절묘하게 변호사들을 선임한 것이다.

유 변호사와 임 변호사가 함께 내 사무실로 찾아왔다.

"알고 계시듯이 삼성·LG·현대차·SK 등은 대선자금 준 것을 다 밝히고 수사에 협조했습니다. 롯데도 대선자금을 주지 않았겠습니까. 잘 설득해서 사실대로 밝혀 주십시오."

나의 요구에 유 변호사는 롯데그룹 측을 설득해 보겠다며 조금만 시간을 달라고 하고 돌아갔다.

그 후 2004년 1월 초순경 유 변호사가 다시 나를 찾아왔다.

"신동인 본부장이 한나라당 신경식(辛卿植) 의원에게 10억 원을 준 것 외에는 지난 대선에 정치자금을 준 적이 없다고 합니다."

"검사장님이라면 그 말을 믿으시겠습니까?"

나는 롯데의 설명을 받아들일 수 없다고 잘라 말했다. 유 변호사는 더 설득해 보겠다며 돌아갔다.

며칠 뒤 유 변호사에게서 다시 연락이 왔다. 계속 설득해 보았는데 더이상 없다고 한다. 자신의 판단으로는 사실인 것 같다고 했다. 신 본부장이 변호사들을 믿고 나를 시험하고 있는 것이었다. 유 변호사에게 "만약 신 본부장이 거짓말을 한 사실이 밝혀지면 신병 처리도 검토할 테니, 신 본부장에게 이 사실을 정확히 전달해 주십시오"라고 부탁했다. 일단 신 본부장을 소환해 조사하면서 추가 범죄사실을 밝혀 보기로 했다.

2004년 1월 중순경 신동인 본부장을 소환 조사했다. 유일준 검사가 조사를 맡았다. 신 본부장은 기존의 주장을 반복했다.

"신경식 한나라당 의원과는 같은 영산 신씨로 종친회에서 가끔 만나 친분을 맺어 왔으며, 2002년 12월 초순경 16대 대통령 선거에 써 달라고 10억 원을 주었습니다. 그밖에 16대 대선과 관련해 정치자금을 준 적이 없습니다. 제가 거짓말을 한 것이 밝혀질 경우 현재까지 밝혀진 롯데 비자금에 대해 책임을 지는 것은 물론 어떠한 처벌도 달게 받겠습니다."

그는 검찰의 수사 능력을 너무 얕잡아보았다.

2004년 1월28일 한나라당 신경식 의원을 소환했다. 내 사무실에서 차를 한잔 대접했다. 부드러운 인상을 지닌 사람이었다. 그는 신 본부장으로부터 10억 원을 받은 사실을 순순히 시인했다. 다만, 10억 원의 사용처에 대해 6억 5000만 원은 현역 의원이 아닌 당 관계자에게 전달했고, 나머지 3억 5000만 원은 지구당에 지원했다고 주장했다. 그리고 이번 일로 처벌을 받고 나오면 다시는 정치를 하지 않겠다고 말했다.

나는 그가 처벌을 적게 받기 위해 의례적으로 하는 말이라고 생각했다. 하지만 그는 자기 말을 실천했다. 그 후 국회의원에 다시 출마한 적이 없다. 대한민국헌정회 회장을 지낸 것 이외에 특별히 정치 일선에서 활동한 적도 없었다.

2008년 10월 말경 신 전 의원이 인사말과 함께 자신이 출간한 『7부 능선엔 적이 없다』라는 제목의 회고록 한 권을 보내왔다. 많은 시일이 흐른 뒤여서 깜짝 놀랐다. 자신을 구속한 검사에게 자신의 회고록을 보내주다니. 내가 단죄한 사람들은 대부분 나를 원망하고 우연히 마주쳤을 때 악수를 청하는 손도 뿌리치고 외면하는 것이 보통인데…. 신 전 의원의 마음이 느껴져 가슴이 따뜻했다.

영장 재청구 끝에 부속실장 구속

신경식 의원을 조사한 후 다음 날인 2004년 1월29일 구속했다. 그가 구속된 후 새로 이원곤 검사에게 조사를 맡기면서 당부했다.

"지금까지의 수사 경험에 비추어 볼 때, 기업에서 정치자금을 주었다고 밝힐 때는 미안해서 그런지 액수를 줄여서 말하는 것이 보통이다. 롯데에서 신경식 의원에게 10억 원만 주었을 리 만무하니, 롯데로부터 받은 10억 원의 사용처를 조사하면서 추가 범죄사실을 밝혀내 보라."

이원곤 검사는 처음 보았을 때 적극적이고 자신감이 넘치며 반듯하다는 인상을 받았다. 그와 일해 본 적은 없었지만 '자기 몫은 충분히 하겠구나' 하고 생각했다.

며칠 뒤 이 검사는 신경식 의원이 신동인 경영전략본부장으로부터 이미 인정한 10억 원 외에 5억 원을 추가로 받았다고 보고했다. 신동인 본부장이 거짓말을 한 것이 밝혀졌다. 그를 압박할 새로운 카드가 생긴 것이다.

2월17일 오전에 신 본부장을 다시 소환했다. 그는 임준호 변호사를 대동하고 출석했다. 이원곤 검사가 새로 밝혀진 사실을 가지고 "거짓말을 했다"고 신 본부장을 압박하면서 설득하려고 했으나 잘 되지 않았다.

그날 밤늦게 이 검사로부터 "신 본부장이 완강히 버티며 수사에 협조할 기색이 보이지 않는다"는 보고를 받았다. 내 사무실로 데려오라고 지시했다. 신 본부장과 마주 앉았다. "수사에 협조하지 않으면 집에 못 갈 수도 있다"고 차갑게 말했다. 그는 나에게 자신의 입장을 설명하려고 했으나 나는 그의 말을 냉정히 잘랐다. 그는 당황한 표정이 역력했다.

"기회를 주었는데도 협조하지 않으니, 약속대로 당신이 책임지고 들어가면 되겠네요."

이 검사를 불러 "신 본부장을 데려가 지금까지 조사한 내용을 토대로 구속하라"고 지시했다. 신 본부장의 눈동자가 흔들리는 것을 느꼈다. 상당히 겁먹은 표정이었다. 이 검사의 뒤를 따라 나가는 그에게 "그럼 고생하시라"고 차갑게 말했다.

약 한 시간쯤 지나서 임준호 변호사가 내 방으로 찾아왔다. 신 본부장이 수사에 협조하겠다고 했다는 것이다. 임 변호사를 통해 신 본부장이 추가로 밝힌 내용은 다음과 같았다.

제16대 대통령선거와 관련해서 노무현 대통령의 부산상고 선배인 민주당 신상우(辛相佑) 전 국회부의장에게 1억 5000만 원을, 노 대통령 후보 정무팀장 안희정에게 5억 원을 제공했다. 그리고 노 대통령 취임 후인 2003년 8월경 청와대 여택수(呂澤壽) 부속실장에게 3억 원을 주었다. 신격호 회장은 선거자금 제공에 관여하지 않았고, 사후에 보고를 받았다.

청와대 여택수 부속실장에게 3억 원을 주었다는 대목에서 약간 흥분이 되었다. 새로운 돌파구가 열린 것이다. 하지만 순간 의심스러운 생각이 들었다. 지금까지 수사 결과에 비추어 볼 때 한나라당이나 민주당에도 적어도 수십억 원의 대선자금을 주었을 것으로 추정된다. 이러한 사실은 숨기고, 훨씬 파괴력이 있는 "노 대통령 취임 후 청와대 부속실장에게 3억 원을 주었다"는 말을 하는 이유가 무엇일까? 혹시 다른 정치자금 교부에는 신격호 회장이 직접 관여되어 있기 때문에 말을 하지 못하는 것은 아닐까?

여하튼 신 본부장의 추가 진술은 대선자금 수사에 크게 도움이 되는 것이었고, 수사에 협조하지 않는다는 이유로 롯데그룹 경영전략본부장만 구속하는 것이 모양새가 좋을 리 없었다. 나는 이원곤 검사를 불러 신 본부장이 추가로 밝힌 내용을 전해 주고, 신 본부장의 진술을 꼼꼼하게 조사하라고 지시했다. 자정 넘어까지 조사를 마친 후 귀가시켰다.

아침에 안대희 중수부장에게 수사 내용을 보고했다. 안 중수부장은 여택수 부속실장에 대해 관심을 가지면서도, "신격호 회장이 직접 관여되어 있기 때문에 말을 못 하는 부분이 있는 것 아니냐?"고 물었다.

"저도 그런 의심을 하고 있는데, 현재 신 회장이 해외에 있고 롯데 측에서 완강히 버티고 있어 뾰족한 수가 없습니다."

안희정은 이미 중수1과에 구속되어 있어 남기춘 중수1과장에게 넘기기로 하고, 나는 바로 여택수 부속실장과 신상우 전 국회부의장을 소환 조사한 후, 여택수는 범죄사실이 확인되면 구속영장을 청구하겠다고 보고했다.

당시 야당인 한나라당과 일부 언론에서는 불법 대선자금 수사가 편파적이라며 검찰을 비난하고 있었다. 검찰이 편파적인 것은 아니었다. 수사를 받는 기업인들이 야당인 한나라당 쪽에 제공한 정치자금에 대해서는 어렵지 않게 진술하는 데 반해, 여당인 민주당 쪽에 제공한 자금에 대해서는 잘 밝히지 않고 있을 뿐이었다. 청와대 여택수 부속실장의 금품수수 행위를 밝혀서 처벌하는 것은 이러한 비난으로부터 검찰 수사의 공정성을 방어할 수 있는 효과가 있었다.

여택수 부속실장과 관련한 신동인 본부장의 진술은 이랬다.

2003년 1월경 노무현 대통령이 당선인 시절 롯데호텔을 방문한 적이 있는데 그때 당선인을 수행한 여택수를 알게 되었다. 그 후 여택수는 청와대에 들어가 부속실장으로 지근거리에서 대통령을 보좌하는 업무를 맡았다. 여택수는 청와대에 근무하는 동안 여러 차례 혼자서 롯데호텔로 놀러 온 적이 있어 서로 가까워졌다. 2003년 8월경 롯데호텔 회장실에서 여택수에게 한국 정치 발전에 사용해 달라면서 현금 3억 원이 들어 있는 여행용 캐리어 가방을 건네주었다.

2004년 3월3일 여택수 청와대 부속실장을 소환했다. 검찰은 4·15 총선이 다가와 일단 대선자금 수사를 중단해야 했는데, 여택수에 대한 신병처리를 하고 중간 수사 결과를 발표할 계획이었다.

여 실장은 가방을 메고 일상복 차림으로 출석했다. 30대 초반으로 마치 대학생 같은 앳된 모습이었다. 신동인 본부장으로부터 3억 원을 받은 사실과 그 돈을 민주당 고위층에 전달한 사실을 모두 시인했다. 계속된 수사에서 롯데로부터 받은 돈은 2003년 11월11일 열린우리당을 창당하면서 여의도 당사를 얻는 데 임대보증금으로 사용한 사실이 드러났다. 열린우리당은 창당발기문에서 "정경유착의 고리를 끊고 부정부패를 척결하겠다"고 했는데 당사(黨舍)를 얻는 데 롯데의 부정한 돈이 들어간 것으로 밝혀진 것이다.

열린우리당이 발칵 뒤집혔다. 열린우리당은 부정한 돈으로 임차한 여의도 당사에서 업무를 볼 수 없다며 2004년 3월7일 당사를 여의도에서 영등포로 옮긴다고 발표했다. 한나라당이 사무실을 천막 당사로 옮긴 것을 따라 하는 것이었다.

여택수 부속실장은 구속전피의자심문(구속영장 실질심사)도 포기했다. 나는 현직 청와대 부속실장이 재벌 회장실에서 3억 원이라는 불법 자금을 받은 것으로 사안이 중대하고 구속전피의자심문도 포기했기 때문에 영장은 당연히 발부될 것으로 생각했다. 그날 저녁 당직판사에게 영장을 청구했다.

그날 영장 당직은 초임 판사였다. 자정이 넘어 영장이 기각되었다. 이원곤 검사가 피곤한 얼굴로 들어와 영장이 기각되었다고 보고했다. 정치 자금 3억 원 수수행위는 사안이 중하지 않고, 범행 사실을 모두 시인하고 있어 도주 및 증거 인멸 우려가 없다는 이유였다. 납득하기 어려웠다.

이 검사와 함께 검사실에서 대기하고 있던 여택수에게 가서 "영장이 기각되었으니 돌아가도 좋다"고 했다. 그도 영장이 기각될 것을 전혀 예상하지 못하고 있었던 눈치였다. 어리둥절한 표정으로 우리에게 연신 고맙다고 인사하고 돌아갔다. 나는 이 검사의 어깨를 두드려 주면서 수고했으니 들어가 쉬라고 하고 퇴근했다.

대검찰청 밖에는 카메라 기자를 포함해서 기자들이 많이 기다리고 있었다. 나에게 영장 재청구 여부에 대해 물었다. 대답하지 않고 "밤늦게 고생하신다. 이젠 돌아가 쉬시라"고만 말하고 주차장으로 걸어 내려갔다. 그때 송광수 총장으로부터 전화가 왔다. 전화를 받아 "영장이 기각되었다"고 말씀드렸다.

"이 부장! 테레비에 나왔는데 바바리코트가 멋있다. 내일 보자."

멋있는 분이라고 생각했다. 이런 분을 상사로 모시고 있다는 것이 행복했다.

다음 날 아침 안대희 중수부장과 함께 총장실로 올라갔다. 송 총장에게 영장 기각 사유를 보고했다. 송 총장이 강금실 법무부장관으로부터 전화를 받았는데, 여택수 부속실장은 청와대 권양숙(權良淑) 여사가 아끼는 사람이라면서 영장 재청구를 하지 않았으면 좋겠다고 한다며 내 의견을 물었다.

"현직 청와대 비서관이 재벌 회장실에서 3억 원을 받은 것으로 사안이 중대하여 재청구를 하는 것이 옳다고 생각하며, 재청구를 하지 않으면 봐주기 수사를 했다고 비난받을 것이고, 대선자금 수사 전체에 흠이 생길 수도 있습니다."

송 총장은 내 말에 동의하고 재청구하라고 지시했다.

2004년 3월6일 주말에 여택수 부속실장을 재소환해 그가 신동인 본부장에게 여러 차례 전화를 해 "3억 원이 아니라 2억 원을 준 것으로 진술해 달라"고 부탁해 증거 인멸을 시도한 사실을 강조하는 등 구속 필요성에 대해 보강수사를 한 후 사전구속영장을 청구했다.

3월8일 여 실장에 대한 구속영장 실질심사가 있었다. 영장담당판사는 이충상(李忠相) 부장판사였다. 이 부장은 전북 전주 출신으로 강직한 성품의 소유자였다. 밤늦게 영장이 발부되었다. 당연한 결과였다. 다음 날 〈동아일보〉 사회면에 '부속실장 구속에 권양숙 여사가 대성통곡'이라는 기사가 크게 났다.

나는 검찰에서 퇴직한 후 법무법인 바른에서 일하게 되었는데, 여택수

부속실장에 대해 구속영장을 발부한 이충상 부장판사가 먼저 퇴직해 그곳에서 변호사로 일하고 있었다. 이 변호사가 나에게 여택수 영장 발부에 얽힌 뒷얘기를 들려준 적이 있는데, 재청구된 구속영장을 심사할 때 법원행정처 차장이 영장을 기각해 달라고 하도 간곡하게 부탁해서 거절하느라고 애를 먹었다고 했다. 그 후 이 변호사는 법무법인 바른을 그만두고 경북대학교 법학전문대학원(로스쿨) 교수로 갔다.

2019년 10월9일 서울중앙지방법원 명재권(明在權) 부장판사가 조국(曺國) 법무부장관 동생의 영장을 기각하는 일이 있었다. 이충상 교수는 영장 기각을 비난하고 검찰의 영장 재청구를 촉구하면서 "여택수 영장 재청구 때도 법원행정처 고위 법관이 '오죽하면 이렇게까지 말하겠느냐'고 강하게 기각을 요구했다. 하지만 사안의 중대성과 롯데쇼핑 관계자에게 3억 원이 아니라 2억 원을 준 것으로 진술해 달라고 부탁한 증거 인멸의 시도 등에 비추어 구속함이 마땅하기 때문에 영장을 발부했다. 당시(2004년) 청와대 민정수석이었던 문재인 대통령이 직접 또는 타인을 시켜 법원행정처 고위 법관에게 강하게 부탁했을 가능성이 상당히 있다. 그런 부탁이 없었으면 백 퍼센트 영장이 발부되었을 텐데 압력으로 영장을 기각하게 했으면 왕수석(문재인)이 직권남용죄의 범인이다"라고 밝히기도 했다.

이 교수는 바르고 강직한 사람이다. 이런 사람이 불의(不義)로부터 우리 사회를 지키는 것이다.

한화·대한항공, 회장이 직접 줬다

김승연, 통첩 하루 만에 팩스로 시인

2003년 12월 중순경 한화그룹에 대한 수사에 착수했다.

김승연(金升淵) 회장은 1981년 아버지 김종희(金鍾喜) 회장이 갑자기 사망하면서 29세에 회장이 되었다. 그 후 20년간 그룹을 경영하면서 대한생명 인수에 성공하는 등 한화그룹의 자산을 20배 이상 키워 냈다. 한화그룹의 요직 대부분은 김 회장이 졸업한 경기고등학교 출신이 장악하고 있었다.

임직원들을 접촉해 보면 김 회장에 대해 무조건적인 충성을 요구받고 있다는 느낌이 들었다. 2007년 김 회장의 차남이 술집 종업원들과 시비가 붙어 폭행을 당하자 김 회장이 조직폭력배를 동원해 보복하는 폭력사건이 일어났다. 이때 한화그룹 홍보실에서 배포한 자료의 제목은 '김 회장의 인간적인 면모'였다. A4 용지 열 장 분량의 자료 마지막 부분에 "김승연 회장의 부정(父情)은 이 시대 사라진 아버지의 사랑을 다시 일으켜 세우는 일화가 아닌가 생각된다"고 적고 있었다. 국민의 분노는 아랑곳하지 않고 김 회장의 심기만 살피고 있는 것이다. 한화그룹 임직원들이 여론을 파악하지 못했을 리 없다. 여기에 한화그룹의 문제가 있는 것이다.

2011년 서울서부지방검찰청에서 김승연 회장의 부당 내부거래사건을 수사했다. 당시 한화그룹 본부에 대한 압수 수색에서 "CM(Chairman의 약자, 김승연 회장을 지칭)은 신의 경지이고 절대적 충성의 대상이며, 본부 조직은 CM의 보좌 기구에 불과하다"는 내용이 들어 있는 문서가 발견되었다고 한다.

김승연 회장은 회장에 취임한 후 동생과 경영권 분쟁을 겪었다. 기업 승계 과정에서 다른 재벌과 유사하게 비상장 주식을 이용한 부당 내부거래가 있었던 것으로 파악됐다. 또한 대한생명 인수를 위해 분식회계 등 불법을 저질렀다는 고발 사건도 있었다.

2003년 12월 하순경 최○○ 구조조정본부장을 소환했다. 최 본부장은 경기고등학교를 나온 엘리트로 김승연 회장의 고등학교 선배였다. 내 사무실로 들어오는 그와 순간 눈을 마주쳤다. 긴장한 모습이었다. 뛰어난 두뇌와 기획력으로 김 회장을 보좌하는 자리에 올랐으나 버티는 뚝심은 없어 보였다. 전형적인 참모 스타일이다. 수사를 받아 본 경험도 없는 사람이다. 강하게 밀어붙이기로 마음먹었다.

인사를 나누고 자리에 마주 앉았다. 거두절미하고 "대선자금 수사에 협조하지 않으면 김승연 회장은 물론 한화그룹이 낭패를 볼 수도 있다"고 거칠게 말했다. 그의 눈빛이 흔들리고 있었다.

"삼성·SK·LG·현대차그룹도 처음에는 버티다가 결국 모두 협조를 했어요. 그러니 괜한 힘 쓰지 말고 수사에 협조합시다."

나의 설득에 최 본부장은 대선자금을 준 것이 없다고 했으나 말에 힘이 없었다. 그에게 수사에 협조할 명분을 만들어 줄 필요가 있었다. 김 회장이 관련된 부당 내부거래를 구체적으로 거론했다. 그리고 계열사 분식회계 등 대한생명 헐값 인수 과정의 문제점도 지적했다. 그의 표정이 심각해졌다.

"어떻게 하는 것이 김 회장을 위하는 것인지 잘 생각해 보세요."

그를 돌려보내며, 그리 오래 걸리지 않을 것임을 직감했다.

2004년 1월 6일 중구 장교동에 있는 한화그룹 본사 구조조정본부장실과 여의도 63빌딩에 있는 한화생명 김승연 회장실을 압수 수색했다. 며칠 뒤 최 본부장이 사무실로 오겠다고 했다.

최 본부장은 한나라당에 최돈웅 의원을 통해 30억 원을, 민주당에 이상수 사무총장을 통해 10억 원을 대선자금으로 제공했고, 그와는 별개로 한화건설 사장이 민주당 이재정(李在禎) 의원에게 10억 원을, 한화개발 플라자호텔 김 사장이 서청원(徐淸源) 한나라당 전 대표에게 10억 원을 제공했다고 털어놓았다. 그리고 대선자금 제공을 결정한 것은 김연배(金然培) 부회장이며, 김승연 회장은 당시 해외에 체류하고 있어서 사후에 보고를 받았다고 말했다. 모든 사실을 있는 대로 털어놓지는 않았겠지만 그만하면 성의는 보인 것으로 판단되었다.

"만약 지금 진술한 내용에 조금이라도 거짓이 있을 경우 곤란한 일이 생길 수도 있습니다."

그는 알겠다고 했으나 불안한 표정이 역력했다. 자기 속내를 숨기지 못하는 사람이다.

최 본부장 조사는 한동훈 검사에게 맡겼다. 조사를 마친 후 한나라당 불법 정치자금 30억 원 수수 부분은 한나라당 쪽을 수사하고 있는 남기춘 중수1과장에게, 민주당 불법 정치자금 10억 원 수수 부분은 민주당 쪽을 수사하고 있는 유재만 중수2과장에게 넘겨주었다. 서청원 의원과 이재정 의원은 내가 직접 수사하기로 했다.

서청원 한나라당 전 대표최고위원은 보스 기질이 있는 정치인이었다. 본인은 정작 동작구 상도동에 있는 작은 아파트에 살면서도 후배 정치인들에게는 수시로 100만~200만 원씩 용돈을 주는 등 상당히 후했던 것으로 알려져 있다.

플라자호텔 김 사장은 검찰에서 "조선일보 기자 출신인 서청원 의원과는 같은 언론인 출신으로 가깝게 지내 왔다. 2002년 11월경 플라자호텔에서 한나라당 대표최고위원인 서 의원을 만나 한화그룹의 대한생명 인수 건에 대해 잘 부탁한다는 취지로 1000만 원짜리 무기명채권 100장 10억 원 상당을 건네 주었다"고 진술했다. 채권 100장을 추적해 보니 서 의원의 사위가 사용한 것으로 확인되었다.

2004년 1월26일 월요일 오전 10시 서청원 의원을 소환했다. 서 의원은 한나라당 국회의원 10여 명을 데리고 나왔다. 위풍당당한 모습이었다. 내 사무실에 한나라당 의원들 10여 명도 함께 따라 들어왔다. 그들은 나를 노무현 정권의 충견이라도 되는 것처럼 노려보았다. 서 의원과의 관계 때문에 그리 행동한 것이겠지만 볼썽사나웠다. 국회의원이란 사람들이 무슨 조폭도 아니고 한심해 보였다. 그런 허세에 굴할 검사가 어디 있겠는가? 따라온 의원들에게 "조사를 시작해야 하니 돌아가 달라"고 요구했다.

의원들이 돌아가고 서 의원과 마주 앉았다. 그의 몸에서 강한 기운이 느껴졌다. 제압하려면 시간이 좀 걸리겠구나 생각했다.

서 의원 조사는 한동훈 검사가 맡았다. 한 검사가 "서 의원에게 채권 추적 결과를 들이밀었는데도 부인한다"고 보고했다. "서 의원을 긴급체포하고 무기명채권 10억 원을 제공한 플라자호텔 김 사장과 대질하라"고 지시했다.

대질이 이루어졌다. 한 검사가 "서 의원이 범행을 부인하면서 김 사장에게 '야, 니가 언제 돈을 주었냐? 그날 니 사무실에는 가지도 않았고 호텔 스위트룸에서 니네 회장 만났잖아'라고 하더라"고 보고했다.

'돈을 준 것이 플라자호텔 김 사장이 아니라 김승연 회장이구나! 서 의원이 한화에서 김 회장을 불지는 못할 것으로 판단해서 저렇게 극구 부인하고 있구나.'

플라자호텔 김 사장을 내 사무실로 데려오라고 했다. 김 사장을 세워놓고 눈을 쏘아보면서 큰소리로 말했다.

"당신이 아니라 김승연 회장이 직접 서청원 대표에게 돈을 주었구만. 검찰을 가지고 장난을 쳐요? 그렇게 검찰이 우습게 보입니까?"

그는 고개를 숙이고 한마디도 하지 못했다.

"최 본부장 아이디어지요? 김승연 회장 보호하려고 정말 애쓰네요."

김 사장은 고개를 숙이며 연신 죄송하다고 했다. 끝났다. 한 검사를 불렀다.

"김 사장이 아니라 김 회장이 서 의원에게 직접 준 것이니 그렇게 다시 조사하라."

"현재 김승연 회장이 해외에 있고, 서청원 의원을 긴급체포해서 체포시한 48시간이 얼마 남지 않았습니다. 일단 김 사장이 준 것으로 해서 구속영장을 청구하고, 구속한 후 다시 조사하는 것이 어떻겠습니까?"

"서청원 의원이 저렇게 완강하게 버티는데, 원칙대로 하는 게 맞아. 잘못하면 구속영장이 기각될 수도 있어. 김 회장이 돈을 주었다는 진술서는 내가 받을 테니 걱정 말게."

그렇게 지시한 후 최 본부장에게 연락을 해서 내 사무실로 즉시 오라고 했다. 자정이 지난 시간이었다.

최 본부장이 내 눈치를 보면서 사무실로 들어왔다. 다짜고짜 소리쳤다.

"검찰 데리고 장난쳐요? 검찰이 그렇게 우습게 보입니까?"

그는 얼어붙은 채 내 앞에 서 있었다. 상황을 파악한 눈치였다. 김 회장 지금 어디 있느냐고 물으니, 미국에 있는데 연락이 되지 않는다고 했다.

"영장 청구 시한이 얼마 남지 않았으니, 오늘 중으로 김 회장에게 연락해서 '2002년 11월 플라자호텔 스위트룸에서 서청원 의원에게 10억 원 상당 무기명채권을 주었다'는 진술서를 작성해서 팩스로 보내고 원본은 페덱스나 DHL로 보내게 하세요. 만약 내일까지 진술서가 도착하지 않으면 불미스러운 일이 생길 수도 있으니 알아서 하세요."

최 본부장은 아무 말도 못 하고 "회장님께 연락을 취해 보겠다"고 하고 돌아갔다. 이미 주도권은 검찰이 쥐었다. 김 회장은 시한에 맞추어 진술서를 보내올 것이다.

예상은 틀리지 않았다. 다음 날 저녁 때쯤 김승연 회장이 팩스로 진술서를 보내왔다. 자필로 또박또박 쓴 진술서였다.

김승연 회장이 범행을 시인하는 진술서를 보내왔음에도 서청원 의원은 계속해서 범행을 부인했다. 자신의 사위가 김 회장이 준 무기명채권을 사용한 것이 밝혀진 터였다. 장인으로서 사위에게 면목이 없어 그러는 것이 아닌가 생각도 해 보았다. 그러나 서 의원의 행동은 사위를 더 힘들게 할 뿐이었다. 장인이 저러는데 사위는 뭐라고 하겠는가?

서청원 의원에 대한 구속영장을 청구해 2004년 1월28일 구속했다. 김승연 회장은 대선자금 수사가 일단락된 후 귀국해서 조사받고 불구속 기소됐다.

이재정, 정치 관두겠다더니

2004년 1월26일 이재정 의원을 소환했다. 내 사무실에서 이 의원을 맞았다.

이 의원은 검찰이 소환한 이유를 이미 알고 있는 것처럼 보였다. 그는 "정치가 맞지 않는 것 같다. 처벌을 받고 나면 성공회대로 돌아가겠다"고 말했다. 선처를 해 달라는 취지로 받아들였다. "수사에 협조해 달라"고 부탁한 후 검사실로 보냈다. 이재정 의원 수사는 이원곤 검사가 맡았다.

한화건설 김○○ 사장은 다음과 같이 진술했다.

나는 성공회 신자로, 신부이며 성공회대학 총장까지 지낸 이재정 의원과 가깝게 지내 왔다. 2002년 11월 하순경 평소 가깝게 지내던 이재정 의원으로부터 "현재 민주당 선거자금이 많이 부족한데 좀 도와달라"는 부탁을 받았다. 나는 한화그룹 김연배 부회장과 상의한 후 2002년 12월 이재정 의원에게 대선자금으로 양도성예금증서 1억 원짜리 10장 10억 원 상당을 전달했다.

이재정 의원은 "김○○ 한화건설 사장으로부터 10억 원 상당의 양도성예금증서를 받아 이상수 사무총장에게 전달한 것은 사실이나, 자신이 먼저 요구하지도 않았고, 양도성예금증서 10장을 받을 때 봉투에 들어 있었기 때문에 액수를 알지 못했다"고 주장했다. 자신의 책임을 조금이라도 줄이고자 하는 것이겠지만, 성직자이고 성공회대 총장까지 지낸 분의 처신으로는 당당하지 못했다. 성직자라면 불법적인 돈을 받아서는 더더욱 안 됐다.

다음 날 영장을 발부받아 이재정 의원을 구속했다. 구속영장이 발부되자 이 의원은 자신의 죄과를 인정하면서 "국민께 죄송하고 참회한다"는 성명서를 발표했다. 과연 진심으로 반성한 것이었을까?

이재정 의원은 얼마 지나지 않아서 집행유예로 석방되었고, 2004년 10월 민주평화통일자문위원회 수석부의장을 역임한 데 이어 2006년 12월 통일부장관에 취임해 노무현 정권이 끝날 때까지 재임했다. 2010년 1월 유시민(柳時敏)·천호선(千皓宣)·이병완(李炳浣) 등과 함께 국민참여당을 창당하고 초대 대표를 역임했으며, 2014년 7월부터 2022년 6월까지 선출직인 경기도교육감을 지냈다. "정치가 맞지 않는다. 처벌받고 나면 대학으로 돌아가겠다"던 말이 무색하다.

'각자도생' 대한항공

롯데그룹과 한화그룹에 대한 수사가 일단락되자 안대희 중수부장은 나에게 다시 대한항공그룹과 두산그룹, 동부그룹의 불법 대선자금 수사를 맡겼다.

대한항공그룹의 재무제표, 기업 공시 내용 등 공개 정보를 분석해 대한항공의 항공유 구입 과정에 의심스러운 점이 있음을 발견했다. 2004년 2월 초순경 대한항공 본사에 대한 압수 수색을 통해 대한항공이 해외에서 항공유를 구입하면서 매입을 과다계상하여 수십억 원 상당의 비자금을 조성한 혐의를 포착했다. 대한항공 이○○ 사장을 불러 비자금 조성 여부 및 사용처에 대해 추궁했으나, 윗선에서 한 일로 자신은 모른다는 취지로 답변했다. 심○○ 부회장을 불러 물어보았더니 "회장실에서 직접 핸들링했기 때문에 알지 못한다"고 했다. 대한항공은 다른 재벌들과 달랐다. 다른 재벌 임직원들은 회장에게 불똥이 튈까 봐 자신이 총대를 메고 허위 진술까지 서슴지 않는데 대한항공 임직원들은 그렇지 않았다.

2004년 2월 중순경 조양호(趙亮鎬) 회장을 비공개 소환했다. 조 회장은 자신의 지시로 항공유 해외 매입 과정에서 비자금을 조성한 사실을 인정했으나, 회사를 위해 사용했으며 정치권에 대선자금을 준 사실은 없다고 한다는 보고를 받았다. 그를 내 사무실로 데려오라고 지시했다. 조양호 회장과 마주 앉았다. 조 회장은 나를 똑바로 쳐다보지 못했다.

"수사에 협조하지 않는다는 보고를 받았는데, 지난 대선 때 정치권에 제공한 자금에 대해 사실대로 진술하면 처벌을 최소화하겠습니다. 삼성 등 다른 기업들도 모두 수사에 협조했습니다. 협조하지 않으면 불미스러운 일이 생길 수도 있습니다."

조 회장의 반응을 보니 검찰의 뜻은 충분히 전달된 것으로 보였다. 그를 일단 돌려보냈다.

며칠 뒤 대한항공 측은 변호인을 통해 "조 회장이 직접 2002년 11월 하순경 중구에 있는 대한항공 본사 지하주차장에서 한나라당 김영일 의원에게 현금 10억 원을, 이회창 후보의 법률특보인 서정우 변호사에게 현금 10억 원을 각 대선자금으로 제공했고, 민주당에는 심○○ 부회장이 2002년 3월부터 12월 초까지 여러 차례에 걸쳐 정대철 의원에게 6억여 원을 주었다"고 밝혔다.

2004년 2월19일 조양호 회장과 심○○ 부회장을 재소환해서 조사를 마쳤다. 김영일 의원과 서정우 변호사에게 나누어 정치자금을 제공한 이유를 물었더니 "서정우 변호사가 이회창 후보와 가까워 그것이 더 효과적일 것 같아 그렇게 했다"고 진술했다.

조사한 내용을 남기춘 1과장과 유재만 2과장에게 넘겨주어 김영일 의원, 서정우 변호사, 정대철 의원에 대해 추가 기소하도록 조치했다. 그리고 2004년 4월26일 조양호 회장과 심○○ 부회장을 불구속 기소했다.

2004년 3월 초순경 두산그룹 구조조정본부장을 소환했다. 대선자금 수사의 중간 수사 결과 발표를 앞둔 시점이었다. 이미 구속된 한나라당 이재현(李載賢) 재정국장에게 후원금으로 2억 원을 준 것을 확인하고 중수1과로 넘겼다.

동부그룹 부당 내부거래

김준기 회장의 이상한 주식 거래

김준기(金俊起) 동부그룹 회장은 자수성가한 1세대 기업인이다. 부모로부터 기업을 물려받은 것이 아니라 고려대학교 재학 중 건설회사를 설립해 성공한 기업인이다. 이에 대한 자부심이 대단한 것으로 알려져 있다. 또한 경기고등학교, 고려대학교 출신으로 화려한 인맥을 가지고 있다.

김준기 회장의 부친 김진만(金振晩)은 박정희(朴正熙) 정권 때 공화당 소속 의원으로 국회부의장을 지냈다. 김 회장은 정치권과도 가까운 관계를 맺어 왔으며, 1997년 이회창 신한국당 총재에게 정치자금 30억 원을 제공해 검찰 수사를 받고 기소되기도 했다.

김 회장의 동생은 열린우리당 김택기(金宅起) 의원이었다. 동부그룹의 대선자금 제공에 대한 첩보는 없었으나 그가 이번 대선에도 정치권에, 특히 민주당 쪽에 상당한 선거자금을 주었을 것이라는 의심이 드는 것은 어쩔 수 없었다.

동부그룹의 기업 공시 사항, 언론 보도 등 공개 정보에 대한 분석을 통해 김준기 회장의 범죄 혐의점을 찾아낼 수 있었다.

1997년 4월경 동부건설은 충북 음성에 27홀 골프장을 건설하고 있던 원림개발주식회사(자본금 1억 원, 액면가 1만 원, 발행 주식 총수 1만 주)를, 토지 대금 및 골프장 허가권을 포함해 155억 원에 인수했다. 2001년 6월20일경 동부건설은 원림개발에 100억 원을 추가 출자하고 회사명을 동부월드주식회사(자본금 101억 원, 액면가 1만 원, 발행 주식 총수 101만 주)로 변경했다. 동부월드는 동부건설의 보증으로 금융기관에서 돈을 빌려 골프장 공사를 진행했는데, 2002년 12월31일 기준으로 동부건설 보증으로 차입한 돈은 약 458억 5000만 원이었다. 요약하면 동부월드에 자본금 등으로 약 255억 원이 들어갔고, 그 외에도 동부건설의 보증 아래 약 458억 5000만 원 상당을 빌려 골프장 공사비로 사용했다. 동부월드에 합계 약 713억 원이 들어간 것이다.

골프장 사업은 토지 매입, 골프장 건설 인허가, 건설공사, 회원권 분양 등 영업 개시까지 오랜 시일이 걸린다. 금융비용 등 초기투자 비용이 많이 들어가 본격적인 영업을 시작하기 전에는 자본잠식이 발생할 수밖에 없는 특성이 있다. 2003년 5월 경 동부그룹은 동부월드에 대한 자산 평가를 실시해, 동부월드가 완전히 자본잠식 상태에 빠졌다는 결과를 내놨다.

그러나 자산평가 시 감정평가사들에게 토지 평가액의 상한을 사전에 제시하고 거기에 맞추어 감정평가 결과를 내도록 요구했다. 골프장 허가권에 대한 평가가 누락되어 있었고, 건설 비용 투입으로 발생한 지가(地價) 상승은 고려하지 않았다. 또한 골프장이 완성될 경우 1구좌당 4억 원씩 400여 장의 회원권을 발행할 예정이었는데, 동부제강 등 계열사 등이 이를 선(先)매수해 주기로 하는 계획이 마련되어 있었다. 동부그룹 내부적으로는 동부월드가 243억 원의 순이익을 거둘 것으로 예상하고 있었다.

그럼에도 동부월드의 자본이 완전히 잠식되었다는 이유로 2003년 6월23일 김준기 회장과 동부제강·동부전자·동부한농·동부화재·동부증권·동부생명 등 6개 계열사가 동부건설로부터 동부월드 액면가 1만 원짜리 주식 101만 주를 주당 1원씩 총 101만 원에 인수하는 계약을 체결했다. 수백억 원의 이익이 발생할 것으로 예상되는 골프장을 단돈 백만 원에 삼킨 것이다. 김준기 회장은 그중 25.5퍼센트를 취득해 최대 주주로서 사실상 동부월드의 주인이 되었다.

동부그룹은 동부건설과 동부화재가 사실상 지주회사 역할을 하고 있었다. 따라서 동부건설과 동부화재의 대주주는 동부그룹 전체를 지배하게 된다. 김준기 회장은 1998년 12월4일 동부건설에 자신이 보유하고 있던 비상장 주식인 동부고속 주식 59만 6885주를 상속세 및 증여세법상 평가 가격인 주당 약 2만 8000원, 합계 약 167억 원에 매도했다. 동부건설은 김 회장으로부터 비상장 주식인 동부고속 주식을 매수함으로써 167억 원의 현금 유동성을 포기했을 뿐 아니라 매매 가격도 2000년 2월1일 동부건설과 동부고속의 합병 시 평가액보다 훨씬 높았다. 이 거래로 김준기 회장은 막대한 이득을 취했다.

동부건설은 2000년 2월1일 동부고속과의 합병 과정에서 합병으로 인한 신주와 합병에 반대하는 주주 등으로부터 매수한 주식 등 자기 주식 763만 3825주(취득 가액 약 475억 원, 주당 6224원, 총 주식의 35.1퍼센트)를 보유하게 되었다. 그해 12월5일 김 회장은 동부건설의 주가가 저평가되어 하락할 대로 하락한 상태에서 동부건설이 보유하고 있던 동부건설 자사주 763만 3825주를 전일 종가(前日終價)인 주당 2270원, 합계 173억 원에 매수했다. 주당 2270원은 최근 수년간 동부건설의 최저가였다. 763만 주는 동부건설 전체 주식의 약 35.1퍼센트에 해당하며, 타인에게 매도할 경우 경영권 프리미엄을 받을 수 있는 양이었다. 김 회장은 동부건설에 계약금 17억 3000만 원만 주고 나머지 잔금은 은행 당좌대출 이율인 연 11퍼센트(당시 IMF 사태 직후로 이자율이 매우 높았다)를 붙여 추후에 주기로 했다. 외상으로 매입한 것이다.

그 후 더욱 기막힌 일이 벌어진다. 동부건설은 1995년부터 1999년까지 시가 기준 0.8~5.8퍼센트의 배당을 실시하다가, 김 회장이 이 건 자사주(自社株)를 취득한 후로 2000년 19.6퍼센트, 2002년 20.7퍼센트, 2003년 13.9퍼센트의 고배당을 실시했다(2001년에는 주당 750원의 고배당을 하기로 공시까지 했으나, 증권선물위원회에서 결산 시 일시환입의 부당성을 지적해 당기순이익이 당초 1039억 원에서 187억 원으로 감소하자 배당 취소). 전체 상장기업 576개 기업 중 배당률 1위였다. 김 회장은 총 144억 원을 배당받아 잔금을 지급할 수 있었다.

계약금으로 지급된 17억 3000만 원도 동부건설 임직원의 명의로 반복적으로 세탁된 자금으로 그 출처도 매우 의심스러웠다. 이사회 회의록에 서명 날인한 것으로 되어있는 일부 이사들은 이사회가 개최된 사실이 없으며, 이사회 회의록에 날인한 사실도 없고, 매매계약서를 본 적도 없다고 진술했다. 그리고 매매 가격을 경영권 프리미엄 없이 전일 종가로 하기로 한 점, 계약금만 받고 외상으로 매각한 점, 주식 양이 35퍼센트가 넘는다는 것을 알았다면 반대했을 것이라고 진술했다. 김 회장이 동부그룹을 설립하고 총수로서 경영권을 행사해 왔다고 하더라도 동부그룹의 지배권이 바뀔 수도 있는 주식 거래를 이렇게 처리하다니 어처구니가 없었다.

2004년 2월6일 강남구 대치동 소재 동부금융센터에 있는 동부건설을 압수 수색했다. 압수 수색 결과, 2003년 6월23일 동부건설과 김준기 회장 등 사이에 있었던 동부월드 주식 거래 승인을 위한 동부건설 이사회는 열린 적이 없음에도 마치 열린 것처럼 이사회 회의록이 위조되어 있었고, '2003년 5월28일자 동부월드 지배구조 검토'에 의하면 김 회장은 그 거래가 불법이라는 사실을 알고 있었음에도 감행한 것이 확인되었다.

2004년 2월 중순경 김준기 회장을 소환했다. 조사는 이원곤 검사가 맡았다.

저녁 늦게 이 검사로부터 "김 회장이 범행을 완강히 부인하고, 정치권에 대선자금을 준 적도 없다고 진술한다"는 보고를 받았다. 그때는 삼성·LG·현대차·SK·롯데·한화·대한항공 등의 대선자금 수사 윤곽이 어느 정도 완성된 상태였기 때문에 김 회장의 협조가 꼭 필요한 상황도 아니었다. 더욱이 김 회장의 범행은 그 죄질이 극히 불량했다.

"왜 저만 미워하십니까"

조사실로 내려가 김 회장을 만났다. 김 회장은 "동부월드는 자본이 완전 잠식되어 어쩔 수 없이 주당 1원에 인수했고, 동부건설 자사주 거래는 동부건설의 부채 비율을 낮추기 위해 어쩔 수 없이 한 거래이며, 자신이 이미 동부건설을 지배하고 있기 때문에 경영권 프리미엄을 계산할 필요가 없다"고 항변하고 있었다.

"검사인 저도 101만 원 정도는 있으니 동부월드를 저에게 파시지 그랬어요? 조금 더 쳐 드릴 수도 있고. 신용이 괜찮아 17억 정도는 융통할 수 있는데, 동부건설 자사주를 저에게 파셨으면 제가 동부그룹 회장이 되었을지도 모르겠네요."

김 회장은 아무 말도 하지 못했다. 이 검사에게 조사를 마치라고 지시하고 조사실을 나오려는 순간, 김 회장이 나에게 "왜 저만 미워하십니까!"라고 소리쳤다. 평생 그렇게 큰 목소리는 처음 들어 보았다. 나는 고개를 돌려 그를 쳐다보았다. 그날 처음으로 만난 김 회장이 내게 소리치는 것이 어이가 없었다. 그는 매우 흥분되어 있었다. 내 말에 화가 많이 난 모양이었다.

'내가 왜 회장님을 미워하겠습니까? 회장님의 범행이 미울 뿐이지.'

다음 날 아침 안대희 중수부장과 송광수 총장에게 김 회장 조사 결과를 보고하고, 사안도 매우 중하고 죄질도 좋지 않아 구속 수사하겠다고 했다. 송 총장은 난감해했다. 대선자금 수사에서 재벌 총수를 구속한 사례도 없고, 정치인의 불법 선거자금을 수사하다가 갑자기 재벌 총수를 기업 비리로 구속할 경우 수사 초점이 흐려질 수 있고, 기업 수사로 확대된다는 인상을 주는 것도 부담스럽다고 했다.

김준기 회장의 범행은 사안도 중하고 죄질도 극히 불량했다. 더욱이 범행을 부인하고 있었다. 아무런 사정 변경 없이 그를 불구속 수사하는 것은 말이 되지 않았다. 김 회장의 변호인에게 "원상회복을 시키지 않으면 구속 수사를 할 수밖에 없다"고 통보했다. 김 회장은 동부건설에 자신이 취득한 동부월드 주식과 동부건설 자사주를 돌려주는 원상회복 조치를 취했다.

2004년 5월14일 김준기 회장을 특정경제범죄 가중처벌 등에 관한 법률 위반(배임)으로 불구속 기소했다. 사건은 2009년 대법원에서 징역 3년에 집행유예 5년으로 확정되었다.

횡령·배임 액수가 수백억, 수천억 원에 달하는 범죄를 저지른 대기업 회장들에 대해 징역 3년에 집행유예 5년을 선고하는 경우가 적지 않았다. 징역 3년에 집행유예 5년 판결은 법률상 집행유예를 선고할 수 있는 상한에 해당한다. "국가경제에 기여했다"는 이유로 사실상 면죄부를 주는 것이다. 자본주의 시장경제에서 기업을 경영하는 목적은 돈을 벌기 위함이지 국가경제에 기여하기 위해서는 아닐 것이다. 아무리 기업의 사회적 책임을 강조하더라도 기업의 목적은 이익 창출이다. 국가경제에 대한 기여는 자신을 위해 돈을 버는 과정에서 발생하는 부수적인 결과에 불과하다. 법원의 논리라면 우리나라 대기업 오너 중 교도소에 갈 사람이 몇이나 될까? 이러한 판결을 받은 사례는 2005년 SK 최태원 회장, 손길승 회장(분식회계사건 등), 2007년 두산 박용성(朴容晟) 회장, 2008년 현대 정몽구 회장, 한라 정몽원(鄭夢元) 회장, 2009년 삼성 이건희 회장, 동부 김준기 회장, 2014년 한화 김승연 회장, LIG 구자원(具滋元) 회장 등 거론하기조차 민망하다.

판사의 양형(量刑)이 지나치게 낮거나 들쑥날쑥해 판결의 신뢰성에 대하여 비판이 제기되어 왔다. 이에 2007년 4월27일 대법원은 양형위원회를 설치해, 선고형을 정하고 집행유예 여부를 결정할 때 참조할 양형 기준을 만들어 오고 있다. 대법원 양형위원회는 2009년 7월 1일 횡령·배임 이득액이 300억 원 이상이면 기본 징역 5년에서 8년을 선고해야 하며, 감경하더라도 징역 4년에서 7년, 가중될 경우 징역 7년에서 11년까지 선고할 수 있는 양형 기준을 마련했다.

대법원 양형 기준이 마련된 후 횡령·배임 범죄에 대한 처벌은 엄격해졌다. 대법원 양형위원회 발표 자료에 의하면 양형 기준 준수율 평균이 90퍼센트 이상으로, 표면상 점차 개선되고 있는 것처럼 보인다. 그러나 폭력·교통·절도 등 생활형 범죄에 대한 양형 기준 준수율은 95퍼센트 이상으로 높은 반면, 증권·금융 범죄나 횡령·배임, 뇌물 등 화이트칼라 범죄에 대한 양형 기준 준수율은 80퍼센트 수준에 못 미쳐, 아직도 법관의 양형에 문제가 많다는 지적을 받고 있다. '유전무죄(有錢無罪) 무전유죄(無錢有罪)'라는 말이 사라지는 것은 언제일까?

정치자금 투명성에 마중물

최도술·안희정 두둔한 노무현 궤변

2004년 3월8일 대검 중앙수사부는 불법 대선자금 중간 수사 결과를 발표했다. 4월15일 제17대 국회의원 총선거가 실시될 예정이어서 대선자금의 사용처 등 나머지 수사는 총선 후로 보류하기로 했다. 불법 대선자금 액수는 한나라당 823억 원, 노무현 후보 캠프 114억 원이었다.

불법 대선자금 액수가 한나라당보다 훨씬 적은 것에 힘을 얻었는지, 노무현 대통령은 3월11일 특별기자회견을 열어 자신의 불법 대선자금 수수에 대한 적극적인 변호에 나섰다.

"(변칙으로 회계 처리를 한 것을 빼고, 진정한 불법 대선자금만 계산해 보면) 우리의 불법 대선자금이 한나라당의 10분의 1을 넘지 않는다. 문제는 넘느냐, 넘지 않느냐가 본질이 아니다. 그것이 현저히 넘어가서 말에 대한 책임을 져야 할 수준이라면 책임을 지겠다.

(…) 최도술, 안희정은 15~20년 가까이 함께했던 아주 가까운 사람들이며 아직도 그들에 대한 신뢰를 거두기 어렵고, 그들이 보관했던 돈의 용도에 대해 선의를 믿고 있다. 치부나 축재를 위한 돈이 아니라 대통령으로서 최소한 체면치레는 앞으로 더 필요하지 않겠느냐는 생각으로 알아서 관리했던 돈으로 생각한다."

노 대통령은 안희정이 불법으로 받은 자금 중 2억 원 가량을 자신(안희정)의 아파트 구입에 사용했다는 수사 결과 발표에 대해서도 사실과 다르다고 반박하면서 적극 두둔했다.

"(안희정이) 새 아파트로 이사하면서 일시적으로 자금을 융통해 지급한 것은 사실이지만, 그 돈은 옛날 아파트를 팔아 다시 채워 놓았다고 한다. 법적으로 보면 유용에 해당하지만 착복의 고의가 있었다고 보지 않는다.

(…) 최도술, 안희정의 잘못은 나의 손발로서 한 것이므로 책임을 져야 한다. 처벌은 그들이 받더라도, 정치적 비난은 나에게 하라."

그러면서 자신의 진퇴 문제는 "다가올 총선 결과를 존중해서 정치적 결단을 하겠다"고 했다. 변호사 출신답게 교묘한 언사로 자신의 잘못을 희석하고 정당화시켜 나갔다.

최도술·안희정 등의 범죄는 노무현 대통령의 지시 또는 공모에 의한 것이거나 적어도 대통령이 알거나 묵인 하에 그를 위해 이루어진 것이다. 그런데 노 대통령은 이들의 범죄가 자신과는 아무런 관련이 없는 듯이 이야기하고 있었다. 소위 '유체이탈 화법'이다. 또한 수십억 원을 수수한 것이 치부나 축재를 위한 것이 아니라 대통령으로서 최소한 체면치레를 위한 것이라고 궤변을 늘어놓고 있다. 도대체 대통령의 체면치레를 위해 수십억 원을 받는 것이 정당화될 수 있다는 말인가?

노 대통령(당시 후보)의 측근 이광재가 2002년 11월9일 강남 리츠칼튼호텔 일식당에서 식사를 마치고 나오면서 썬앤문 문병욱(文炳旭) 회장으로부터 1억 원을 받을 때 노 대통령은 바로 앞에서 가고 있었으며, 수행비서 여택수가 2002년 12월 초순경 김해관광호텔 2층에서 문병욱 회장으로부터 3000만 원을 받을 때도 노 대통령은 함께 있었다.

　특히 최도술은 2004년 1월15일 서울지방법원 공판 법정에서 "장수천에 빚보증을 서 손해를 본 선○○, 오○○에게 돈을 갚아 줄 것을 노 대통령이 내게 지시했고, 나는 채무 변제 후 이를 노 대통령에게 보고했다. 선 씨 등이 대선 때 사고 칠까 우려돼 대통령이 갚아 주라고 한 것이며, 선 씨와 오 씨에게 제공된 돈은 부산시장 선거 때 민주당이 쓰고 남은 선거자금 2억 5000만 원, 이○○에게 받은 10억 원 중 5억 원이었다"고 밝혔다. 최도술의 진술에 의하면 '노무현 대통령과 최도술이 공모해 민주당 정치자금 2억 5000만 원을 횡령하고, 10억 원 상당의 불법 정치자금을 받아서 7억 5000만 원의 개인 채무 변제에 사용한 것'으로, 이는 횡령죄 및 정치자금법 위반에 해당한다. 정치자금법은 정치자금을 개인 채무의 변제 등 사적(私的)으로 사용하는 것을 금하고 있다.

　노 대통령은 위 기자회견에서 "한나라당이 저 많은 돈을 모을 때 이회창 후보가 다 몰랐다. 다 알 수 없었을 것이라고 생각한다"고 말했다. 표면적으로는 이 후보를 두둔하는 것처럼 보이지만, 자신도 불법 선거자금에 대해 일일이 다 알지 못한다는 것을 은연중에 나타내고 있는 것이다. 불법 대선자금 수수에 대한 법적 책임을 피하기 위해 고도로 계산된 발언으로 보였다.

　또한 노 대통령은 위 기자회견을 통해 한나라당과 자신의 불법 정치자금이 크게 차이 나는 점을 강조하면서 자신의 잘못을 희석시켰다. 노 대통령의 논리는 한나라당은 똥 묻은 개, 물로 말하면 4급수요, 민주당과 자신은 겨 묻은 개, 물로 말하면 2급수, 3급수라는 것이다. 그러나 똥이 든 겨든 더러운 것이 묻은 사람이 대통령이 되는 것은 곤란하다. 헌법과 법률에 위배되고 정의에 반하기 때문이다. 한나라당은 선거에 패했고, 노무현 후보는 선거에서 승리해 대통령 신분이 되었다. 대선 과정에서의 불법 정치자금 수수는 대통령 당선의 효력을 무효화할 수 있는 중대한 범죄이다.

2004년 5월21일 불법 대선자금 최종 수사 결과를 발표했다. 3월8일 중간 수사 결과 발표와 내용이 크게 달라진 것은 없었다. 한나라당의 불법 대선자금은 823억 원이었고, 민주당은 119억 원이었다. 기소된 인원은 한나라당 8명(구속 6명), 노 대통령 진영 13명(구속 6명)이었다.

노 대통령은 자신이 받은 불법 정치자금이 한나라당 이회창 후보가 받은 불법 정치자금의 10분의 1이 넘을 경우 사임하겠다고 선언했으나, 자신들의 계산 방식은 다르다고 하면서 약속을 지키지 않았다. 한나라당은 여의도 당사를 팔고 천안에 있는 연수원을 국가에 헌납함으로써 불법 대선자금 823억 원을 해결했다. 새천년민주당은 국가에 변제하겠다고 약속했으나 열린우리당 분당 사태, 총선 패배 등으로 흐지부지되었다.

불법 대선자금 수사가 드디어 대단원의 막을 내렸다. 송광수 총장과 안대희 중수부장은 '송짱', '안짱'으로 불리며 사랑을 받았고, 특히 안 중수부장은 '국민검사'로 추앙받기도 했다.

대선자금 수사 결과 발표 후 회식 자리에서 안 중수부장이 나에게 고마움을 표시하며 "불법 대선자금 수사는 당신이 북 치고 장구 치고 다 한 것 아니냐"고 말한 적이 있다. 2003년 2월 SK 부당 내부거래 사건에서 비롯된 불법 대선자금 수사를 내 손으로 끝마친 것이다.

최대 수혜자는 노무현

불법 대선자금 수사를 통해 검찰은 정치적 중립성 및 수사의 독립성을 지킬 수 있는 토대를 구축했다. 평검사와의 대화에서 노무현 대통령이 말한 것처럼 '인사권을 가진 대통령으로부터 검찰 수사의 독립성을 지킬 수 있는' 힘을 어느 정도 가지게 된 것이다.

문재인 전 대통령 비서실장은 2011년 회고록 『운명』에서 "노 대통령과 나는 검찰 개혁의 출발선을 검찰의 정치적 중립으로 봤다. 즉 '정치검찰'로부터 벗어나는 게 개혁의 핵심이라고 본 것이다. 사실 이 목표는 제도의 문제라기보다는 정치권력이 검찰을 정권의 목적에 활용하려는 욕망을 스스로 절제하고, 검찰 스스로 정권의 눈치 보기에서 벗어나는 '문화의 문제'로 봤다. 그래서 대선자금 수사에서 우리 쪽의 생살을 도려내는 듯한 아픔을 겪으면서도 검찰 수사의 독립성과 중립을 보장해 줬다. 그렇게 마련된 검찰의 중립성과 독립성을 앞으로 검찰 스스로 잘 지켜나가길 원했다"(238쪽)고 적고 있다.

노무현 정권을 계승했다는 문재인 정권은 검찰의 정치적 중립성과 수사의 독립성을 보장해 주었는가? 조국 법무부장관 사건, 울산시장 선거 개입사건, 윤석열(尹錫悅) 검찰총장 징계사건 등을 보라. "우리 쪽 생살을 도려내는 아픔을 겪으면서도 검찰의 정치적 중립성과 수사의 독립성을 보장해 주었다"는 말에 실소를 금할 수 없다. 노무현 대통령 자신이 불법 정치자금 수수 혐의를 받고 있는데 무슨 간섭을 할 수 있겠는가? 노 대통령이 검찰 수사에 간섭하려고 했다면, 검찰의 엄청난 저항에 부딪쳐 파국을 맞이했을 것이다. 대통령의 절대권력을 고려하면 이판사판 검찰 수사에 개입할 수도 있었을 것이다. 그런데도 노무현 정권이 그렇게 하지 않은 이유는 무엇일까? 결국 불법 대선자금 수사를 이용해 내 생살을 도려내 주고 정적(政敵)의 목을 칠 요량이 아니었을까? 실제로 불법 대선자금 수사는 노무현 대통령보다는 야당인 한나라당에 더 큰 타격을 주었다.

2004년 4월15일 제17대 총선에서 열린우리당이 50.83퍼센트를 얻어 156석으로 원내 제1당이 되었다. '차떼기당'이라는 오명을 덮어쓴 한나라당은 40.46퍼센트로 121석을 얻는 데 그쳤다. 이로써 노무현 정권은 안정적인 국정 운영의 기반을 마련했다. 대법관 출신으로 국민에게 대쪽 이미지로 알려졌던 이회창 후보는 부패한 정치인으로 낙인찍혀 재기불능이 되었다.

돼지저금통 등 깨끗한 정치를 표방한 노 대통령도 구시대 정치인과 크게 다르지 않다는 사실이 드러나고, 대통령비서관 최도술·여택수 등이 검은돈을 받은 혐의로 구속되는 등 대통령으로서 권위에 상처를 입었다. 노 대통령 자신도 불법 대선자금 수사로 검찰에 약점을 잡힌 셈이 되었다. 자신의 비리로 인해 검찰에 이래라저래라하지 못하는 신세가 되었다. 영(令)이 안 서게 된 것이다.

하지만 이는 정적을 죽이기 위해 나의 팔다리를 하나쯤 내어준 것에 불과했다. 바둑으로 치면 「위기십결(圍棋十訣)」 중 '사소취대(捨小取大)'에 해당한다. 검찰의 불법 대선자금 수사라는 전장(戰場)에서 살아남은 최후의 승자는 노무현 대통령이었다.

군사정권은 불법적으로 탈취한 정권을 유지하기 위해 막대한 불법 자금을 조성해 뿌렸다. 불법 자금은 기업인들로부터 나온 것이며, 자연스럽게 정권과 경제인이 공생하는 관계로 발전했다. 이것이 우리나라 정경유착의 시발점이었다.

1987년 직선제 개헌으로 군사정권이 종식된 후에도 정경유착 현상은 사라지지 않았다. 직선제 하의 대통령 선거는 세(勢) 과시를 위한 군중 동원, 매표를 위한 무차별 금품 살포 등에 막대한 자금을 필요로 했다. 노태우 전 대통령이 2011년 8월 회고록에서 밝힌 내용이다.

1992년 14대 대통령 선거에서 김영삼 당시 민자당 후보의 요청에 따라 금진호(琴震鎬) 전 상공부장관과 이원조(李源祚) 의원을 통해 2000억 원을 모아 주었고, 선거 막판에 내(노태우)가 직접 1000억 원을 제공하는 등 합계 3000억 원을 김영삼 후보 선거자금으로 지원했다. 내가 당선된 1987년 13대 대선에서는 전두환 당시 대통령이 지원한 1400억 원과 당에서 모은 500억 원 등 합계 2000억 원의 선거자금을 썼다. 이러한 자금의 대부분은 기업인들로부터 나온 것이다.

1997년 제15대 대통령 선거에서는 한나라당이 국세청을 동원해 삼성·현대 등 24개 기업으로부터 166억 7000만원을 거두어 사용한 사실(세풍사건)이 드러나 임채주(林采柱) 국세청장, 이석희(李碩熙) 국세청 차장, 한나라당 이회창 후보의 동생 이회성(李會晟), 배재욱(裵在昱) 전 대통령실 사정비서관 등이 구속되어 처벌받았다.

이와 같이 우리나라 대통령 선거는 정경유착의 토양 아래 치러졌으며, 불법 대선자금 관행은 우리나라 부정부패의 뿌리였다고 할 수 있었다.

불법 대선자금 수사로 대한민국 고질병인 정경유착의 고리를 끊는 계기를 마련했다. 수백억, 수십억 원 단위의 정치자금을 주고받는 불법적인 관행은 자취를 감추었다. 재계는 더 이상 정치자금을 달라는 요구에 시달리지 않게 되었다.

그 수사를 계기로 2004년 3월 국회에 정치개혁특별위원회가 구성되었다. 오세훈(吳世勳) 의원은 총선 불출마를 선언하고 특위 간사를 맡아 정치개혁 3법(정당법·공직선거법·정치자금법) 개정을 주도했다. 정당법을 개정해 각종 비리의 온상이었던 지구당을 폐지하고 중앙당 후원회를 없앴다. 공직선거법을 개정하여 선거가 끝난 후 선거비용을 정산하여 국고에서 보전해 주도록 했다. 정치자금법을 개정해 법인이나 단체의 정치헌금을 금지했다. 개인의 정치헌금도 1년에 500만 원(선거가 있는 해는 1000만 원)으로 제한했다. 정치자금의 모금, 집행, 사후 검사 등 전 과정에서 명확한 절차를 마련해 정치자금의 투명성을 높였다.

불법 대선자금 수사는 큰 성과를 거두었지만 부족한 점도 없지 않았다.

불법 대선자금으로 혜택을 본 사람은 노무현 대통령과 이회창 한나라당 대통령 후보였다. 그런데 이들에 대한 사법처리가 이루어지지 않았다. 수사 결과 발표에서 노 대통령의 불법 정치자금 수수에 대한 기자의 질문에 안대희 중수부장은 "검찰 나름대로의 결론을 가지고 있지만, 대통령에 대해서는 헌법상 규정이 있으니 이 문제는 더 언급하지 않겠습니다"라고 답변했다.

안대희 중수부장은 불법 대선자금 수사가 끝난 직후 회식 자리에서 이런 말을 한 적이 있다.

"불법 대선자금 수사와 관련해 노무현 대통령의 처벌 여부는 대통령직을 마친 후 그의 대통령직 수행에 대한 국민의 평가에 달려 있다."

그러나 노 대통령은 재직 중 내란·외환죄를 제외하고는 기소당하지 않는 특권을 가지고 있으므로 어쩔 수 없다 하더라도, 이회창 후보는 기소해야 했다. 불법 자금 수수 액수가 더 많은 이 후보의 불기소는 노 대통령을 의식한 것으로, 이 후보를 불기소하는 순간 노 대통령의 처벌은 물 건너간 셈이다.

앞서 1995년 전두환·노태우 전 대통령 비자금 수사가 김영삼 대통령의 뜻에 따라 진행된 것과 달리, 이번 불법 대선자금 수사는 검찰이 주도했다. 야당뿐 아니라 현직 대통령의 대선자금까지 수사하는 것이어서 기업의 협조를 얻어 내는 데 어려움이 많았다. 시간에 쫓기고 있는 상황에서 LG·삼성·현대차 등으로부터 협조를 받기 위해 어쩔 수 없이 수사 과정에서 그들의 아킬레스건이라고 할 수 있는 부당 내부거래 행위를 지렛대로 활용할 수밖에 없었다.

재벌의 부당 내부거래는 정치권의 비리 못지않게 중대한 사안이다. 어쩌면 재벌은 임기가 정해져 있는 정치권력보다 더 무서운 권력이다. 그들의 범죄도 처벌을 받아야 마땅하다.

그러나 재벌의 부당 내부거래 등 비리를 당시 단죄하지 않았더라도 면죄부를 준 것은 아니다. 비리가 없어지는 것도 아니다. 기업 공시 내용, 재무제표, 회계장부 등이 그대로 남아 있는 한 재벌의 비리는 언젠가 다시 수면 위로 떠오른다.

그 후 상당한 시일이 걸렸지만 현대차·삼성·한화·롯데 등의 편법 증여 및 상속을 위한 부당 내부거래에 대해서는 검찰의 수사와 기소가 이루어졌다.

대검 중앙수사부는 2006년 5월16일 정몽구 회장이 연대보증 책임을 지고 있는 현대우주항공 등이 부도 위기에 몰리자 현대차·기아차 등 계열사로 하여금 4000억 원을 불법 지원하게 하고 1034억 원의 비자금을 조성한 혐의로 정 회장을 구속 기소하고, 아들인 정의선 부회장을 불구속 기소했다.

삼성 비자금사건 조준웅(趙俊雄) 특별검사는 2008년 4월17일, 에버랜드 전환사채 및 삼성SDS 신주인수권부사채의 저가 발행 혐의와 임직원 명의의 1199개 차명계좌를 이용한 주식 거래로 5643억 원의 이익을 취득해서 1128억 원의 조세를 포탈한 혐의로 이건희 삼성그룹 회장을 불구속 기소했다.

서울서부지검은 2011년 1월31일 기업 승계 과정에서 한화그룹 계열사에 3000억 원 상당을 불법으로 지원하고, 누나 등 친인척에게 계열사가 보유한 한화S&C 및 동일석유 주식 약 1000억 원 상당을 싼값에 넘겨준 혐의로 김승연 회장을 불구속 기소했다.

서울중앙지검 특수1부는 2016년 10월19일 롯데그룹 총수 일가를, 2005년부터 2015년까지 계열사의 고문이나 이사로 등재해 놓고 약 500억 원 상당의 급여를 불법으로 지급하고, 서○○·신○○ 등에게 롯데시네마 운영권을 싼값에 넘겨주어 롯데쇼핑에 778억 원의 손해를 끼친 혐의 등으로 신격호 롯데그룹 회장, 아들인 신동빈(辛東彬)·신동주(辛東主) 등 총수 일가를 모두 불구속 기소했다.

진실은 드러나는 법이며, 사필귀정(事必歸正)이다.

권력자의 눈엣가시

'검찰총장의 칼' 대검 中搜部

역대 大選 단골 공약 "중수부 폐지"

검찰이 의도한 바는 아니었지만, 중앙수사부의 불법 대선자금 수사를 통해 검찰은 강력한 힘을 가진 권력기관이 되었다. 안대희(安大熙) 중수 부장이 여의도 정치를 주무른다는 말까지 나올 정도였다.

중앙수사부는 1981년 4월24일 검찰청 사무기구에 관한 규정 개정으로 대검찰청 직제에 편성되었다. 1973년부터 대검찰청에 '특별수사부'라는 이름으로 직접 수사 기능을 가진 조직이 있었으나 정식 기구는 아니었다. 그 특별수사부가 중앙수사부의 전신(前身)인 셈이다.

중앙수사부는 "검찰총장이 명하는 범죄사건의 수사, 검찰총장이 정하는 수사업무의 기획 및 조정에 관한 사항, 공무원, 공공단체 및 국영기업체의 직원, 변호사 그 밖에 법률사무에 종사하는 자의 범죄사건에 대한 지휘·감독에 관한 사항" 등을 분장 사무로 하고 있다. 여러 가지 중요한 역할을 하고 있지만 가장 중요한 기능은 검찰총장의 하명(下命) 사건을 처리하는 것이다. 말하자면 '검찰총장의 칼'이다.

노무현(盧武鉉) 정권은 불법 대선자금 수사가 끝난 뒤에도 검찰을 향해 "선출되지 않은 권력이 국민으로부터 선출된 권력을 통제하려고 한다"고 비난하면서 다양한 방법으로 검찰 권력을 견제하고 약화시키기 위해 끊임없이 시도했다. 정치적 입장에 따라 방법은 달랐지만 검찰을 통제하려 하는 것은 여야가 따로 없었다. 검찰과 정치권의 갈등은 더욱 깊어져 갔다.

2004년 6월14일 검찰 중견 간부 전입 신고식 훈시에서 송광수(宋光洙) 총장은 일갈했다.

"이 시점에서 왜 중수부 폐지론이 나오는지 이해할 수 없다. 중수부 폐지는 지난 1년간의 대선자금 수사에 불만을 품은 세력이 검찰의 힘을 무력화하려는 것이다. 중수부가 수사를 잘못하는 경우 스스로 내 목을 치겠다."

청와대는 "검찰총장의 공개적 과격 언행, 매우 부적절하다"는 노무현 대통령의 발언을 전하면서 경고하고 나섰다.

"송광수 총장이 무슨 정보를 가지고 한 말인지 몰라도, 청와대의 의도를 나름대로의 잣대로만 해석하고 공개석상에서 거친 표현까지 동원해 반발하는 것은 분명 잘못된 것이다. 대검 중수부 폐지는 역대 정권의 인수위 때마다 나온 이야기다. 부패방지위원회 산하에 고위공직자비리수사처가 생기면 대검 중수부 기능은 자연히 약화될 수밖에 없다."

검찰의 저항을 사전에 차단하려는 것이었다. 노 대통령에게 중앙수사부는 눈엣가시였다. 불법 대선자금 수사로 결과적으로는 이득을 보았지만, 한편으로는 검찰에 약점을 잡힌 느낌이 들었을 것이다. 이런 이유로 중앙수사부의 폐지를 강하게 추진하려고 한 것이다.

대통령이 검찰총장을 공개적으로 질책하자 언론은 "송 총장이 물러나는 경우 검란(檢亂)이 일어날 수도 있다"고 보도했다. 이 사태는 강금실(康錦實) 장관이 중수부 폐지 등 검찰 개혁은 검찰 내부 의견을 수렴해 추진하겠다고 발표함으로써 일단락됐다. 검찰의 반발이 만만치 않다고 판단했을 것이다.

이처럼 참여정부의 중앙수사부 폐지 시도는 성공하지 못했다. 송 총장의 강한 저항은 불법 대선자금 수사로 높아진 국민의 검찰에 대한 신뢰 덕분에 가능했을 것이다. 송 총장은 정치권의 부당한 요구로부터 중수부를 지켜냈다.

노무현 대통령의 중수부 폐지 의지는 생각보다 집요했다.

1년여 지난 2005년 11월24일, 노 대통령의 사법시험 동기로 '8인회' 멤버인 정상명(鄭相明) 대검 차장이 검찰총장으로 취임했다. 전임 김종빈(金鍾彬) 검찰총장(송광수 총장의 후임)이 강정구(姜禎求) 교수 국가보안법 위반사건 수사에 대한 천정배(千正培) 법무부장관의 지휘권 발동으로 사퇴하자 그 뒤를 이은 것이다. 나는 대검 미래기획단장으로 근무하면서 정상명 총장 인사청문회 준비단장을 맡아 청문회를 차질 없이 치렀다.

정상명 총장이 취임한 직후인 12월9일경 중국 선전(深圳)에서 3박 4일간 '아·태 검찰총장회의'가 개최되었다. 중국 인민검찰원장이 정상명 총장을 초대했고, 정 총장은 나에게 함께 가자고 했다.

12월12일경 정 총장을 비롯한 대표단은 선전에서 회의를 마치고 귀국을 위해 홍콩에 있는 호텔로 숙소를 옮겼다. 저녁 식사 후 잠자리에 들려는데 정 총장이 "맥주나 한잔 하자"고 자신의 방으로 불렀다. 응접실에서 그와 마주 앉았다. 정 총장은 이런저런 이야기를 하다가 불쑥 중수부 폐지 문제를 거론했다.

"이 단장, 중수부를 없애면 어때?"

직감적으로 '대통령으로부터 중수부 폐지를 검토하라는 지시를 받았구나'라고 생각했다. 나는 주저 없이 답변했다.

"중수부, 폐지할 수 있습니다. 그 대신 검찰에 대한 인사권을 달라고 하십시오."

정 총장은 내가 그런 대답을 하리라고는 전혀 예상하지 못한 눈치였다. 정 총장을 똑바로 쳐다보며 계속 말을 이어 갔다.

"중수부는 검찰총장의 칼입니다. 검찰총장의 힘은 중수부로부터 나온다고 해도 과언이 아닙니다. 검찰총장은 법무부장관의 검사 인사에 대해 협의할 뿐이지 인사권이 없습니다. 중수부가 없다면 검찰총장의 힘은 많이 약화될 것입니다. 검찰총장의 힘이 약화되면 검찰의 정치적 중립과 수사의 독립성을 지켜낼 수 없습니다. 특히 서울중앙지검장 중에는 머리가 커져 청와대와 직거래하면서 총장의 말을 잘 듣지 않는 사람이 있을 수 있습니다. 인사권이 없는 총장은 이를 통제할 별다른 수단도 없고 허수아비가 될 수도 있습니다. 중수부를 폐지하는 대신 인사권을 달라고 하십시오."

정 총장이 나를 빤히 쳐다보았다. 내 말을 이해했다는 듯이 웃으면서 말했다.

"내가 있을 때는 중수부 안 없애."

나는 안도의 한숨을 내쉬었다.

내가 이날 중수부를 폐지하면 생길 수 있다고 예로 든 일들이 문재인(文在寅) 정권에서 실제로 벌어졌다. 문재인 대통령의 경희대학교 후배인

이성윤(李盛潤), 박범계(朴範界) 법무부장관의 고교 후배인 이정수(李正洙) 서울중앙지검장이 청와대를 등에 업고 추미애(秋美愛), 박범계 법무부장관 편에 붙어 정권의 입맛대로 사건을 처리하지 않았는가. 이성윤 지검장은 채널A 사건, 국회의원 최강욱 업무방해사건 등과 관련하여 윤석열(尹錫悅) 검찰총장의 수사 지휘를 거부하고 항명하였다. 검찰 역사상 유례가 없는 일이었다.

巨惡의 전성시대

중수부 폐지를 추진한 검찰총장은 이명박(李明博) 정부 때의 한상대(韓相大)였다. 그는 이명박 대통령의 고려대학교 후배였다.

2012년 11월 검찰은 부장검사의 뇌물 수수, 서울동부지검 검사의 피의자와의 성추문 등 검찰 내부의 잇따른 비리로 국민들로부터 엄청난 비난과 질책을 받고 있었다. 한상대 총장은 이러한 상황을 타개하기 위해 검찰 개혁을 추진하겠다고 했으며, 그 방안의 하나로 중수부 폐지를 제시했다. 중수부를 희생양 삼아 검찰이 처한 위기를 타개함과 동시에, 중수부 폐지에 한목소리를 내던 박근혜(朴槿惠)·문재인 등 새로 등장할 권력의 비위를 맞추기 위한 것으로 보였다.

한 총장 자신도 고려대학교 후배인 SK 최태원(崔泰源) 회장 구형 문제로 곤혹스러운 처지였다. 최 회장은 회삿돈 450여억 원을 횡령한 혐의로 기소되어 재판을 받고 있었다. 한 총장은 수사팀이 최 회장에 대해 징역 7년을 구형하겠다고 보고하자 수사팀의 반대에도 불구하고 징역 4년으로 구형을 낮출 것을 지시했다는 의혹을 받고 있었다. 징역 4년은 대법원 양형위원회가 정한 300억 원 이상의 횡령죄에 대해 선고할 수 있는 가장 낮은 형량이었다. 최 회장은 2003년 SK사건에서 유사 범죄로 징역 3년에 집행유예 5년을 선고받은 동종(同種) 전과가 있는 데다가, 뉘우치지 않고 범죄 일체를 부인하고 있었다. 이에 대해 수사팀이 강력히 반발하는 등 검찰 안팎이 시끄러웠다.

한 총장의 중수부 폐지 방안에 최재경(崔在卿) 중수부장이 강력히 반발하자, 한 총장은 최 중수부장에 대한 감찰을 지시하고 이를 언론에 공개했다. 당시 서울고검 김광준(金光浚) 부장검사가 5조 원대 다단계판매 사기를 벌이고 중국으로 도피한 조희팔(曺喜八)로부터 뇌물을 받은 혐의로 구속되었는데 최 중수부장이 친구인 김 부장에게 문자로 언론 대응법을 자문해 주었다는 것을 꼬투리 잡은 것이다. 이에 최 중수부장은 "서울대 동기인 김 부장이 억울하다고 해서 개인적으로 조언한 것이며 총장께도 보고한 사안으로 잘못한 것이 없다"고 공개적으로 반발했다. 검찰총장이 자신의 핵심 참모인 중수부장에 대해 감찰을 지시하고 이를 공개한 것은 사상 초유의 일이었다. 검찰 조직은 말 그대로 쑥대밭이 됐다. 검찰 조직 내부에서 최 중수부장에 대한 신망은 한 총장과 비교할 바가 아니었다. 대검찰청 부장들도 최 중수부장에 동조해, 한 총장의 이해할 수 없는 처사에 등을 돌렸다.

결국 한상대 총장은 검찰개혁안을 발표조차 하지 못한 채 12월3일 "떠나는 사람은 말이 없다"는 변을 뒤로하고 사퇴했다.

박근혜 대통령 후보가 당선되자 2013년 1월 법무부와 대검찰청은 대통령직인수위원회에 박 당선인의 공약 사항인 중앙수사부 폐지에 관한 의견을 제출했다. 선거 공약대로 중수부를 폐지하는 안과, 직접 수사 기능을 없애고 존치하는 안을 제시했다. 직접 수사 기능이 없는 중수부는 명칭만 살려 두는 것으로 사실상 중수부를 폐지하는 것과 마찬가지였다. 인수위는 연내에 중수부를 폐지하기로 결정했다.

중앙수사부의 명판을 내린 것은 '혼외자 스캔들'로 낙마한 채동욱(蔡東旭) 검찰총장이다. 채 총장은 특수통으로 중수부 수사기획관을 지냈다. 채 총장이 수사기획관으로 근무할 때 중수부장이 후에 특별검사로 박근혜 전 대통령을 수사하게 되는 박영수(朴英洙) 변호사였다. 채동욱 총장은 2013년 4월23일 중앙수사부의 명판을 떼는 행사를 치렀다. 그때 전직 중수부장으로 유일하게 박영수 변호사가 참석했다.

중수부 폐지는 최고 사정기관으로서 검찰의 시대가 막을 내렸다는 것을 의미한다. 부패한 정치인, 기업인, 고위공직자 등 거악(巨惡)들이 두려움 없이 편하게 발 뻗고 잘 수 있는 세상이 되었다.

2012년 대통령 선거에서 보수 측 박근혜 후보, 진보 측 문재인 후보 모두 중앙수사부 폐지를 대통령 선거 공약으로 내세운 이유는 무엇일까? 중수부는 거악을 수사하는 조직이다. 일반 국민은 수사하지 않는다. 보수나 진보나 할 것 없이 정치권력에 도전하는 검찰이 못마땅한 것이다.

중수부는 전두환(全斗煥)·노태우(盧泰愚) 전 대통령들을 단죄했고, 16대 대선 불법자금 수사 등 국민의 이목을 집중시킨 주요 사건들을 수사했으며, 수많은 국회의원 등 정치인을 법정에 세워 처벌했다. 노무현 전 대통령도 뇌물 수수 혐의로 중수부 수사를 받던 중 극단적인 선택을 했다. 중수부가 없어지지 않았더라면 이명박·박근혜 전 대통령들도 중수부에서 조사받았을 것이다. 권력자들에게 중수부는 눈엣가시다. '선출되지 않은 권력'이 '선출된 권력'에 대드는 것을 참을 수 없는 것이다. 이것이 중수부가 폐지된 이유이다.

조직의 규모, 수사 경험과 역량 등에 비추어 고위공직자범죄수사처(공수처)가 대검 중수부를 대체하기엔 부족해 보인다. 소규모 조직인 공수처가 검찰이 수십 년 동안 힘써 온 수사의 독립성을 쟁취하는 것은 사실상 불가능하다. 문재인 정권의 검찰을 보라. 윤석열 검찰총장이 조국(曺國) 법무부장관 수사, 청와대 울산시장 선거 개입 의혹사건 수사 등 문재인 정권에 칼날을 들이대자 검찰총장의 손발을 자르는 인사를 하고, 임기가 보장된 검찰총장을 내쫓기 위한 징계 절차를 개시했다. 이 수사에 참여했던 검사들은 한직(閑職)이나 지방으로 좌천됐다. 문재인 정권에 대한 수사는 지지부진하거나 표류, 아니 좌초되었다. 거대 조직인 검찰도 이러한데 공수처가 수사의 독립성을 지킬 수 있다는 것은 글자 그대로 희망사항이요 연목구어(緣木求魚)다.

공수처든 검찰청이든, 앞으로 국민들은 부패한 거물들이 수사받기 위해 출석하는 모습을 보기 어렵게 됐다. 대한민국에 거악들의 전성시대가 도래한 것이다.

수도 서울의 특별수사 책임자

사개추, 검찰 압박

김종빈 검찰총장은 2005년 5월 대검찰청에 '검찰미래기획단'을 설치하고 나를 초대 단장으로 임명했다. 검찰미래기획단은 검찰의 미래 청사진과 중장기 발전 계획을 수립하기 위한 것이다. 하지만 검찰미래기획단에는 보다 시급한 현안이 있었다. 2004년 12월15일 구성된 '사법제도개혁추진위원회(사개추)'에 대처하는 일이었다.

노무현 대통령은 불법 대선자금 수사 후 대법원 구성의 다양성 등 대법원을 개혁하기 위한 기존의 '사법개혁위원회'를 해체하고, 사법제도개혁추진위원회(공동위원장 한명숙 국무총리, 한승헌 변호사)를 구성했다. 사개추는 압수, 수색, 검증 및 인신 구속에 있어서 검사의 수사 권한을 줄이고 공판 중심주의를 강화하는 방향으로 형사소송법 개정을 추진했다. 사개추는 18명의 장관급 위원들로 구성되었고, 위원회에 올릴 안건을 사전에 검토·조정하기 위해 차관급 실무위원회를 두었다. 그러나 김선수(후에 대법관) 청와대 사법개혁비서관이 단장을 맡고 있는 실무추진단에서 안건 내용을 결정하여 상정하면 특별한 이유가 없는 한 그대로 통과되었다. 실무추진단이 사실상 핵심 역할을 했다.

실무추진단은 판사, 검사, 변호사, 법학 교수 등으로 구성되었는데, 김 단장이 뽑은 법학 교수(서울대 신동운, 연세대 박상기, 경희대 서보학), 변호사(민변 정미화) 등은 물론 법원도 검찰에 우호적이지 않았다. 법원은 자신들의 권한을 확대하기 위해 사개추를 이용하려고 했다. 이러한 이유로 사개추 논의에 검찰의 입장은 거의 반영되지 못했다. 토의는 형식적이고 결론은 사전에 정해 놓은 것이라는 의심이 들었다.

2005년 10월경 실무위원회 위원인 이준보 대검 기획조정부장에게 "사개추 논의에 검찰 입장이 거의 반영되지 않고 있는 심각한 상황이다. 김선수 단장을 만나 '더 이상 논의 과정이 의미가 없으니 검찰은 사개추에서 탈퇴하겠다'고 강하게 나가자"고 제안했다. 이 부장도 사태의 심각성을 인지하고 내 말에 동의했다.

2005년 10월 중순경 밤늦게 역삼동 소재 르네상스호텔 멤버십 바에서 이 부장과 함께 김 단장을 만났다. 그는 전작(前酌)이 있었던 것처럼 보였다. 내가 김 단장에게 "표결만 하면 4 대 1, 9 대 1로 검찰의 의견이 전혀 반영되지 않고 있다. 이렇게 할 거면 검찰은 왜 불렀느냐. 앞으로 검찰은 사개추 논의 과정에 더 이상 참여하지 않겠다"고 말했다. 그는 전혀 예상하지 못했던 것 같았다. 갑자기 "부장검사가 청와대 비서관을 겁박하는 겁니까?"라고 화를 내며 유리 물컵으로 탁자를 내리쳐 유리가 사방으로 튀었다. 아무리 화가 난다고 해도 청와대 비서관이 유리컵을 깨다니. 내가 지지 않고 "내가 틀린 말을 했습니까? 청와대 마음대로 하고 있지 않습니까? 더 이상 들러리 서지 않겠으니 알아서 하시라"고 응수했다. 분위기가 험악해지자 옆에 있던 이 부장이 끼어들어 중재에 나섰다. 김 단장도 자신의 행동이 지나쳤다고 생각되었는지 더 이상 화를 내지 않았다. 사개추 논의의 상당 부분은 검찰과 관련된 것인데 만약 검찰이 논의 과정에서 이탈한다면 큰 차질을 빚게 될 것이었다. 이 사건 후 실무추진단의 분위기에 변화가 있었다. 검찰이 반대하는 안건을 무리하게 밀어붙이는 일은 더 이상 없었다.

그 후 2005년 말경 검찰의 입장이 어느 정도 반영된 형사소송법 개정안이 만들어졌다.

서울중앙지검 3차장

2005년 11월24일 정상명(鄭相明) 검찰총장이 취임하고, 해가 바뀌어 2006년 2월경 정 총장 취임 후 첫 번째 대규모 인사가 있었다. 희망 보직을 1지망에서 3지망까지 적어 내라고 했다. 나는 1지망으로 서울중앙지검 3차장을 희망하고 2, 3지망은 적어 내지 않았다. 1지망인 3차장검사로 보내 달라는 강력한 의사표시였다.

서울지검 1·2·3차장은 차장급 보직 중에서 가장 중요하고 선호하는 보직으로, 특별한 하자가 없는 한 검사장 승진이 유력한 자리다. 1차장은 일반 형사사건, 2차장은 공안사건을, 3차장은 특별수사를 각각 담당한다. 그중에서 3차장은 청와대도 관심을 가질 정도로 중요한 보직이다.

검사는 직급이 올라갈수록 직접 수사할 수 있는 기회가 줄어든다. 다시 한 번 수사로써 국가와 국민에게 봉사하고 싶었다. 그래서 서울지검 3차장을 지망한 것이다. 오만한 생각일지 모르겠지만 그동안의 경력과 수사로 검찰에 기여한 바를 고려할 때 내가 서울지검 3차장을 희망한다면 인사권자도 이를 무시할 수 없다고 생각했다.

박영수 중수부장이 갑자기 미래기획단 사무실로 나를 만나러 왔다. "인사가 얼마 남지 않았는데 총장께 너의 인사에 관해 말씀드린 적이 있느냐?"고 물었다. 없다고 했더니, 총장께서 기다리고 계신 것 같으니 가보라고 했다. 3차장으로 가려면 '충성 맹세'를 하라는 뜻으로 받아들였다.

바로 총장실로 올라갔다. 정상명 총장에게 그동안의 특별수사 경험을 토대로 서울지검 3차장으로 일하고 싶다고 말씀드렸다.

"이 단장은 고집이 세다는 평이 있는데?"

"제가 고집이 세다고 하는 분이 있다면 그것은 제가 업무를 추진하는 데 집요한 점을 말하는 것 같습니다. 만약 제가 불합리한 고집을 피웠다면 어떻게 법무부 검찰 1·2·4과장을 다 거칠 수 있었겠습니까? 3차장으로 근무하면서 총장님의 뜻을 잘 받들도록 하겠습니다."

정 총장은 만족한 듯 웃었다.

2006년 2월 중순경 서울지검 3차장으로 발령이 났다. 부임하기 전에 정상명 총장이 나를 호출했다. "현재 서울지검 3차장 산하에서 황우석(黃禹錫) 가짜줄기세포사건과 윤상림 법조비리사건을 수사 중에 있는데 차질 없이 처리하라"고 지시했다. 어떻게 하라는 구체적 지시는 없었다. 황우석 사건은 국민적인 관심사였으며, 윤상림은 이해찬(李海瓚) 총리와 자주 어울리며 내기 골프를 치는 등 가까운 사이라고 알려진 거물 법조 브로커였다.

2006년 2월 20일 3차장으로 부임했다. 서울지검 금융조사부장에서 원주지청장으로 발령 난 지 2년 6개월 만에 다시 서울지검으로 돌아온 것이다. 그동안 있었던 많은 일들을 생각하니 감회가 새로웠다.

검사와 기자

3차장 산하의 특별수사 사건은 언제나 언론의 취재 대상이 된다. 따라서 3차장의 주요 역할 중 하나가 기자를 상대하는 일이다. 수사 보안을 유지하면서도 적절한 브리핑을 통해 언론의 오보를 막고, 지나친 경쟁으로 인한 추측·과장 보도나 앞선 보도로 수사에 지장을 초래하지 않도록 하는 것도 3차장이 해야 할 일이다.

3차장은 보통 오후 2시경 차장실에서 기자 브리핑을 한다. 3차장실은 15평 정도 크기로 작지 않았으나 브리핑에 참석하는 서울지검 출입 기자가 보통 스무 명을 넘었기 때문에 브리핑을 할 때면 도떼기시장이 된다. 기자들의 쏟아지는 질문을 적절히 통제하고 검찰의 의도대로 언론을 이끄는 것은 디테일을 요구하며, 힘든 작업이다. 어떻게 보면 3차장의 일 중 가장 중요하다고도 할 수 있다.

3차장 부임 후 첫 기자 브리핑이 생각난다. "부임한 지 얼마 안 되었기 때문에 사건 이야기는 차차 하기로 하자"고 기자들의 질문을 막아 놓았다. 그리고는 명품 이야기를 했다.

"수출로 먹고사는 우리나라가 선진국이 되기 위해서는 비싸게 팔리는 명품을 만들어야 한다. 명품과 보통 물건의 차이는 디테일에 있다. 디테일이 뛰어난 물건이 명품으로 인정받고 비싼 가격에 팔리는 것이다. 검찰 수사도 마찬가지다. 대충대충 해서는 항상 사고가 생긴다. 디테일에 충실한 수사를 해야만 실수가 없다. 특별수사를 하는 검사들도 치밀하지 못하면 성공하기 어렵다. 앞으로 디테일에 충실한 명품 수사를 하도록 하겠다."

무언가 거창한 말을 꺼낼 것으로 기대한 기자들은 '무슨 소리를 하는 거야?' 하는 표정이 역력했다. 그러나 내가 한 말은 수사의 기본이다. 작은 단서 하나를 놓쳐서 수사를 망치거나, 수사 목적을 달성하고서도 작은 부분 하나를 제대로 처리하지 못하는 바람에 불필요한 오해와 비난을 받는 일이 비일비재하다.

　서울지검 3차장과 기자 사이에는 언제나 미묘한 긴장이 흐른다. 기자들은 수사 내용에 관한 조그만 힌트라도 얻어 내기 위해 무례할 정도로 질문을 한다. 3차장은 수사 내용이 노출되지 않도록 주의하면서 기자들이 오보를 내거나 엉뚱한 방향으로 튀지 않도록 잘 유도해야 한다.

　어느 날 〈경향신문〉에서 "검찰이 유명 IT 기업 대표에 대해 압수 수색을 할 예정"이라고 크게 보도했다. 법원에서 발부한 압수수색영장을 보고 쓴 기사였다. 문제는 압수수색영장이 집행되지도 않았는데 이를 보도했다는 것이다. 압수 수색 대상자에게 검찰의 압수 수색이 곧 있을 예정이니 증거를 인멸하라고 알려 주는 것이나 다름없었다. 부적절한 기사로 정당한 수사를 방해한 것이다. 다시는 이러한 일이 일어나지 않도록 〈경향신문〉에 제재를 가할 필요가 있다고 판단했다. 그래서 그 기사를 쓴 조○○ 기자에게 당분간 나의 브리핑에 들어오지 말 것을 요청했다. 그런데도 그는 요청을 무시하고 브리핑에 들어왔다. 정중하게 내 사무실에서 나가 달라고 요구했으나 조 기자는 거부했다.

　나는 다른 기자들에게 "조 기자가 있는 한 브리핑을 할 수 없다"고 했다. 다른 기자들이 항의하면서 브리핑을 하라고 요구했다. 나는 조 기자를 사무실 밖으로 내보내기 위해 검찰 수사관들을 불렀다. 분위기가 험악해졌다. 검찰 수사관들이 내 사무실로 들어왔다. 〈세계일보〉 김귀수 기자가 "이러면 안 된다. 모두들 나가자"고 해서 기자들이 다 나간 덕에 상황은 충돌 없이 종료되었다. 그 후 언론사 법조팀장들이 압수수색영장

2006년 3월15일. 서울지검 검사·수사관 300여 명을 대상으로 '박원순 변호사 초청 인권 강연'을 개최. 박 변호사(왼쪽)를 안내해 강당에 입장하는 필자.

사전 보도는 하지 않는 것으로 합의를 했다. 〈경향신문〉은 상당 기간 조 기자 대신 다른 기자를 브리핑에 참석시키는 것으로 하고, 나는 브리핑을 재개했다.

김귀수 기자가 아니었으면 그날 검찰 역사상 최초로 출입 기자를 강제 로 끌어내는 사태가 벌어졌을 것이다. 나중에 그날 상황이 악화되는 것을 막아 준 김 기자에게 고맙다고 감사를 표했다. 김 기자는 그 후 KBS로 자리를 옮겼다.

3차장으로 부임한 지 한 달쯤 지난 2006년 3월15일 진보적인 민변에 서 검찰을 어떻게 바라보고 있는지 알아보고 검찰의 부족한 점을 개선해 나가기 위해 초청 강연을 기획했다. 강사로는 검찰 선배이자 민변 소속인 박원순 변호사를 초청했다. 그날 강연은 서울지검 전체 검사 및 수사관 300여 명이 참석하여 성황리에 마쳤다.

2006년 4월경, 대검찰청 중앙수사부에서 현대자동차그룹 비자금사건에 대한 수사를 진행하고 있을 때였다. 당시 중수부 수사기획관은 나와 사법연수원 동기인 채동욱 검사였다. 중앙일보사 경제 주간지 〈이코노미스트〉는 2006년 4월25일자(834호) 커버스토리로 '재계(財界)의 저승사자 사시 24회 동기들'이라는 제목 하에 나와 채동욱 검사를 비교하는 기사를 실었다. 사시 24회 동기 검사 두 명이 '재계의 저승사자'로 선의의 경쟁을 펴고 있다는 내용이었다. 서울중앙지검 3차장인 나는 '자본주의 망치는 기업인 단죄'라고 소제목을 달았고, 수사기획관인 채동욱 검사는 『열린사회와 그 적들』 저자를 존경'이라는 소제목을 달았다. 『열린사회와 그 적들』은 오스트리아 철학자 칼 포퍼가 쓴 책이다. 플라톤, 헤겔, 마르크스 등과 같이 이상사회나 사회정의 같은 추상적인 선을 실현하려고 하지 말고, 가난·문맹·폭력 등 구체적인 악을 제거하기 위해 노력하라는 주장을 담고 있다. 〈이코노미스트〉는 겉표지에 나와 채 검사가 마주 보고 있는 얼굴 사진을 크게 실었다. 나를 다룬 기사와 잡지는 많이 있었지만 잡지 표지에 사진이 나온 것은 그때가 처음이었다.

황우석 가짜줄기세포사건

〈PD수첩〉과 YTN의 폭로전

황우석 교수는 서울대학교 수의과대학 교수로 1999년 2월12일 젖소 '영롱이'를 체세포 복제 방법으로 복제에 성공했다고 발표해 언론의 주목을 받기 시작했다. 그가 세계적인 과학자로 각광 받게 된 것은 2004년 2월12일 미국 과학지 〈사이언스〉 논문이 계기였다. 서울대 의대 문신용(文信容) 교수와 함께 세계 최초로 사람의 난자를 이용해 체세포를 복제한 배아줄기세포를 만들었다는 내용의 논문을 발표한 것이다.

인간 복제의 금기를 깬 황우석 교수의 발표에 전 세계 과학계가 커다란 관심을 보였다. 황 교수의 연구는 난치병 치료에 획기적인 '세포치료' 가능성을 보여 주는 동시에, 필연적으로 난자 사용과 인간 복제 등 윤리적인 문제도 야기했다.

황 교수는 계속해서 2005년 5월20일 〈사이언스〉에 줄기세포 복제 전문가인 미국 피츠버그大 새튼 박사와 공동으로 '환자 맞춤형 줄기세포' 논문을 발표했다. 2004년의 논문이 금기를 깬 것으로 세계의 주목을 받았다면, 임상적으로는 2005년의 논문이 의미가 크다. 이론상 환자 본인의 체세포를 복제한 줄기세포를 사용했을 때 면역거부반응이 훨씬 적을 것이기 때문이다.

황 교수는 이 두 논문 발표로 세계적인 명사가 되었다. 2004년 4월19일 미국 〈타임〉지는 황 교수를 '세계에서 가장 영향력 있는 100인'으로 선정했다.

그는 순수한 과학자라기보다는 아주 강력한 팬덤을 확보한, 정치감각이 뛰어난 스타였다. 2004년 3월25일 연세대학교 공학관 대강당에서 황 교수는 '생명 복제 기술의 미래'라는 제목으로 특강을 했다. 강연 도중 "〈슈퍼맨〉의 크리스토퍼 리브가 골프를 치고, 클론의 강원래가 춤출 수 있게 될 것이다"라고 말해 청중의 환호를 받았다. 전신이 마비된 영화배우, 하반신이 마비된 가수가 다시 일어나 골프를 치고 춤을 춘다니, 기적이 따로 없었다.

설사 황 교수가 환자 맞춤용 체세포 복제 줄기세포 배양에 성공했다고 하더라도, 그 줄기세포를 이용하여 환자를 치료하는 것은 전혀 다른 문제이다. 줄기세포를 배양하는 과정에서 염색체 이상이 발생할 수도 있고, 줄기세포가 어떤 장기(臟器)의 세포로 발전할지는 아무도 모르며, 아직까지 이를 통제할 수 있는 방법에 대한 연구는 초보 단계에 머물고 있다. 더욱이 줄기세포가 암세포로 발전할 가능성도 작지 않다. 멀고 먼 미래의 이야기인 것이다. 그런데 하반신 마비 등 중증 장애를 가진 사람들에게 가까운 장래에 장애가 완전히 치료되어 정상적인 삶을 살 수 있다는 헛된 희망을 심어 주었다. 이는 매일매일 참을 수 없는 고통과 싸우고 있는 환자들에게는 악마의 속삭임과 다름없었다.

황 교수는 파스퇴르의 말을 인용하여 "과학에는 국경이 없으나 과학자에게는 조국이 있다"며, "해외 스카우트 제의를 거부하고 국내에 남아 연구를 계속하겠다"고 선언하여 대중을 열광시켰다.

여야를 막론하고 황 교수에 대한 러브콜이 이어졌고, 비례대표 국회의원으로 영입하려는 제의까지 했다. 장애인들에게 황 교수는 예수와 같은 구세주였으며, 일반 국민들에게는 대한민국 역사를 바꿀 자랑스러운 한국인이었다. 대한민국이 '황우석의 나라'라고 해도 과언이 아닐 정도의 신드롬이었다.

황우석 교수의 몰락은 2005년 11월22일 MBC 〈PD수첩〉이 '황우석 신화의 난자 매매 의혹'을 방영하면서 촉발되었다. 〈PD수첩〉 방영 직후 황 교수는 연구원 2명의 난자를 사용한 것과 미즈메디병원으로부터 난자를 공급받으면서 난자 제공자에게 돈을 지급한 사실을 시인하고 모든 직책에서 사퇴했다.

그러나 "세계적인 과학자를 모함해 오명을 쓰게 했다"는 동정 여론이 형성되기 시작했다. 황 교수의 팬카페 '아이러브황우석'을 중심으로 〈PD수첩〉 보이콧 운동이 일어났다. 네티즌들이 광고주들에게 압력을 행사해 〈PD수첩〉은 광고 없이 방영되었고, 모(某) 연예인을 비롯해 많은 여성들이 황 교수의 줄기세포 연구에 난자를 기증하겠다는 서약에 동참했다.

12월1일 〈PD수첩〉은 "본래 취재 목적은 단순히 난자 제공의 비윤리성만이 아니라 〈사이언스〉에 게재된 논문의 진실성이었다"며 취재 일지를 공개하고 기자회견을 했다. MBC는 〈뉴스데스크〉를 통해 5개의 배아줄기세포 중 2개가 환자의 DNA와 일치하지 않았다고 보도했다. 〈PD수첩〉은 '환자맞춤형 줄기세포' 논문의 진실성에 대한 보도를 계속하겠다고 발표했다.

그러나 12월4일 YTN은 "〈PD수첩〉이 취재 과정에서, 피츠버그大에서 연구 중인 김선종 미즈메디병원 소속 연구원을 회유, 협박했다"고 폭로했다. 취재팀이 "우리는 황우석, 강○○ 교수를 조용히 끌어 앉히려고 여기 왔다. 황 교수와 강 교수를 죽이러 왔다. 이 목적만 달성되면 다른 사람은 다치게 하고 싶지 않다. 황 교수는 구속될 것이고, 연구논문은 거짓으로 판명되어 취소될 것"이라고 했다는 것이다. 이 보도 직후 MBC는 대(對)국민 사과 방송을 하고, 담당 CP 최승호(崔承浩)와 PD 한학수(韓鶴洙)를 윤리위원회에 회부하고 〈PD수첩〉 방영을 중단하기로 결정했다. 황 교수 논문의 진실성 여부는 과학계에 맡기겠다고 발표했다.

12월5일 생물학연구정보센터(BRIC) 인터넷 사이트를 통해 젊은 과학자들이 2005년 〈사이언스〉 논문의 바탕이 된 데이터가 조작됐다는 의혹을 제기했다. 황 교수 논문의 진실성이 세계적인 관심사로 떠올랐다.

12월15일 서울대학교는 조사위원회를 구성해 황 교수의 줄기세포 연구에 제기된 각종 의혹에 대한 조사에 착수했다. 12월22일에는 황 교수가 2005년 〈사이언스〉 논문 관련 줄기세포의 바꿔치기 의혹을 제기하며 김선종 연구원에 대한 수사를 검찰에 의뢰했다.

12월23일 서울대 조사위원회는 2005년 〈사이언스〉 논문이 의도적으로 조작되었다는 중간 조사 결과를 발표한 데 이어, 2006년 1월10일 "황 교수가 주장하는 인간 체세포 복제 배아줄기세포는 존재하지 않는다"는 최종 조사 결과를 발표했다. 이에 황 교수의 각종 의혹을 둘러싸고 MBC와 YTN 등 방송사끼리 대립하고 국론마저 분열되는 양상을 보이기 시작했다.

2006년 1월11일 검찰은 홍만표 특수3부장을 주임검사로 하여 검사 9명, 수사관 및 수사지원팀 등 총 63명으로 구성된 특별수사팀을 조직해 수사에 착수했다. 황우석 교수 사건은 국민적, 아니 세계적 관심사인 만 큰 정상명 총장도 신경을 쓰지 않을 수 없었을 것이다. 그래서 내가 3차장으로 부임하기 직전 나에게 각별한 주의를 당부한 것이다.

논문 조작, 연구비 편취·횡령…

3차장으로 부임한 직후 홍만표 부장으로부터 수사 진행 상황을 보고 받았다. 전문적인 과학용어들이 많아 이해하기 어려웠다. 줄기세포에 관한 간단한 서적 두 권을 따로 공부하고 나서야 수사 내용이 이해되었다.

황우석 교수를 지지하는 사람들은 수십 명씩 돌아가며 서울지검 앞에서 시위를 벌였다. 밤에는 촛불시위까지 벌였다. 추위 속에서도 촛불을 켜고 시위를 하는 사람들을 보면 두렵게 느껴질 정도였다. 검사들과 저녁식사를 마치고 들어올 때 나의 얼굴을 알아본 황 교수 지지자가 "황 교수의 억울함을 밝혀 국가에 기여할 수 있는 기회를 달라"고 간청하기도 했다. 언론에는 '황빠'라는 신조어도 등장했다. 한갓 팬덤 현상이라고 치부하기에는 설명할 수 없는 무엇이 있었다. 황 교수가 마치 자신들의 교주(敎主)라도 되는 것 같았다. 난치병 환자를 가족으로 둔 사람들이 황 교수의 연구에 희망을 걸고 저리 행동하는 것일까? 그러나 시위자들 중에는 그런 사람들만 있는 것이 아니었다. 황 교수를 보호하는 것이 애국인 것으로 진심으로 믿고 행동하는 것처럼 느껴졌다.

2006년 5월12일 수사 결과를 발표했다. 내가 수사 결과를 발표하는 장면이 전국에 TV로 생중계되었다. '줄기세포 논문 조작사건 수사 결과'라는 제목으로 144페이지 책자를 만들어 배포했다.

2005년 〈사이언스〉 논문에 발표된 체세포 복제 방식에 의한 환자맞춤형 줄기세포는 모두 가짜였다. 김선종 연구원이 미즈메디연구소에서 몰래 가져와 섞어 심은 수정란 줄기세포로 확인되었다. 처음부터 환자맞춤형 줄기세포는 존재하지 않았다. 이는 황 교수의 신뢰를 얻기 위한 김선종 연구원의 단독 범행으로 밝혀졌다.

2004년 〈사이언스〉 논문에 기재된 줄기세포가 체세포 복제에 의한 것인지 처녀생식에 의한 것인지는 확인할 수 없으며, 향후 학계에서 규명해야 할 사안으로 판단했다.

2004년 논문에서 황 교수는 유전자지문 분석 결과, 면역염색 사진, 테라토마 DNA와 테라토마 사진을 모두 조작한 것으로 드러났다. 2005년 논문에서도 줄기세포 확립 현황, 면역염색검사, 핵형검사, 배아체 형성, 테라토마 형성, 면역적합성검사, 유전자지문 분석 결과 등을 전부 조작한 것으로 확인되었다. 한마디로 실제로 존재하지도 않는 '체세포 복제 방식에 의한 환자 맞춤형 줄기세포'를 만들었다고 거짓말을 한 것이다.

황 교수는 연구비 횡령 사실을 감추고, 비자금을 만들기 위해 차명계좌까지 이용했다. 금융정보분석원에 고액 현금 거래로 통보되는 것을 막기 위해 하루에도 몇 군데씩 은행을 옮겨 가며 현금을 쪼개서 인출하거나 입금하는 등 자금세탁을 했다. 비리 기업인 등 일반 범죄자들이 하는 수법 그대로였다.

수사 결과 발표와 함께 황우석 교수 등 관련자들을 기소했다.

황 교수는 "2004년 및 2005년 〈사이언스〉 논문 데이터를 조작하였고, 위 논문 내용을 진실한 것처럼 기망하여 SK·농협으로부터 각 10억 원, 합계 20억 원을 편취하였고, 허위 세금계산서 등을 이용하여 연구비 8억 3400만 원을 횡령하였으며, 난자 제공 대가로 25회에 걸쳐 불임시술비 3800만 원을 지원"한 혐의로 기소했다.

김선종 연구원은 미즈메디 수정란 줄기세포가 들어 있는 배양접시에 서울대 연구실 배반포 내부세포괴를 넣는 방법으로 섞어 심어 서울대 줄기세포연구소 업무를 방해한 혐의로 기소했다.

아울러 서울대 수의과대학 이○○ 교수는 연구비 약 3억 원을, 서울대 강○○ 교수는 연구비 1억 1200만 원을, 한양대 윤○○ 교수는 연구비 5814만 원을 각 빼돌린 혐의로 기소했다.

사안이 중함에도 황 교수에 대해 구속영장을 청구하지는 않았다. 논문 조작을 형사 처벌한 전례가 없고, 향후 과학계에 끼칠 영향을 고려해 고심 끝에 내린 결론이었다.

황우석 연구팀의 논문 조작과 김선종의 줄기세포 섞어심기가 결합해 전 국민을 혼란에 빠트렸다. 국민의 희망과 기대가 일시에 무너졌다는 점에서 '과학 분야의 성수대교 붕괴사건'이라고 할 수 있었다. 우리나라 과학계 전반에 연구윤리 및 진실성이 결여되어 있었고, 연구 자료 관리도 부실하다는 사실이 드러났다. 단골 메뉴로 등장하는 연구비 횡령 등이 여전하다는 것도 확인되었다.

논문의 공동저자 등재도 원칙 없이 이루어지고 있었다. 2004년 및 2005년 〈사이언스〉 논문의 공동저자 등록은 황 교수가 혼자서 결정했다. 논문 발표에 앞서 공동저자들과 논의가 전혀 없었으며, 연구에 참여하지 않은 사람들을 저자로 등록한 경우도 있었다. 2004년 논문에 도움을 준 사람이 공동저자에서 빠진 것에 대해 항의하자 2005년 논문에 공동저자로 등록시켜 주기도 했다.

하지만 MBC 등 언론도 연구 결과와 진실에 대한 진지한 성찰보다는 일방적인 시각에서 선정적으로 보도함으로써 국민을 분열시키고 사태를 더욱 악화시켰다는 비난에서 자유롭지 못하다.

기소 후 3년이 훨씬 지난 2009년 10월26일 서울중앙지법에서 1심 선고가 있었다. 황 교수는 SK·농협으로부터 20억 원을 편취한 혐의에 대해서는 무죄를 선고받았으나 나머지 혐의에 대해 모두 유죄가 인정되어 징역 2년에 집행유예 3년을 선고받았고, 김선종 연구원은 업무방해 혐의가 유죄로 인정되어 징역 2년에 집행유예 3년을 선고받았다. 연구비 편취로 기소된 이○○ 교수는 벌금 3000만 원, 강○○ 교수는 벌금 1000만 원, 윤○○ 교수는 벌금 700만 원이 각 선고되었다. 황우석 교수는 1심 판결에 불복해 항소했고, 최종적으로 2014년 2월27일 대법원에서 징역 1년 6월에 집행유예 2년으로 확정되었다. 이와 함께 황 교수는 서울대 교수직에서 파면되었다.

검찰의 수사 결과 발표 후 황 교수 지지자들이 크게 반발했다. 서울중앙지검 앞 시위는 한동안 계속됐지만 그리 오래가지 못했다. 거의 국론 분열까지 야기한 황우석 교수의 환자맞춤형 줄기세포 광풍은 잦아들었다.

법조 브로커에 놀아난 판·검사들

희대의 법조 브로커 윤상림

윤상림 사건은 2005년 10월경 서울중앙지검 특수2부가 "윤상림이 현대건설로부터 9억 원을 갈취했다"는 첩보를 입수함으로써 시작되었다. 윤상림이 2003년 5월경 경찰청 특수수사과의 내사(內査)를 받고 있던 현대건설에 접근해 "새로운 제보로 수사를 확대시키겠다"고 협박하고 수사 무마 명목으로 9억 원을 받았다는 첩보였다.

윤상림은 전남 보성이 고향으로 주로 여당인 열린우리당 및 호남 출신 인사들과 친분관계를 맺고 있었다. 당시 야당인 한나라당은 다른 야3당과 합세해 윤상림과 청와대의 연루 의혹을 제기하면서 국정조사 실시 요구 등 정치공세를 벌이고 있었다.

2005년 10월19일 특수2부는 강원랜드에 대한 압수 수색을 실시해 윤상림이 사용한 수표 980여 매 93억 원 상당을 압수하고 수표 추적을 실시했다. 이 과정에서 판사·검사, 경찰 인사들과 관련된 범죄들이 드러났다.

3차장으로 부임해 김경수 특수2부장으로부터 윤상림 사건 수사 진행 상황을 보고받고, 당황하지 않을 수 없었다. 윤상림이 대검 차장을 지낸 김학재(金鶴在) 변호사로부터 3차례에 걸쳐 1억 3500만 원을 받았는데, 이는 윤상림이 여러 차례에 걸쳐 김 변호사에게 수임료 합계 5억 원 상당의 사건들을 소개해 준 대가로 보인다는 것이었다. 황희철(黃希哲) 법무부 정책홍보관리실장(검사장급)도 2002년 평택지청장으로 근무할 때 윤상림으로부터 300만 원을 받았다는 것이다. 윤상림이 황 지청장과 검사들에게 저녁을 사 주면서 화장실에서 황 청장에게 100만 원권 수표 3장 300만 원 상당을 건네주었으며, 청장 부속실 여직원이 그 수표로 컴퓨터를 사서 황 청장에게 가져다주었다는 것이었다.

김학재 변호사는 검찰4과장으로 근무할 때 검찰국장으로 직접 모신 적이 있고, 천정배 법무부장관과는 목포고등학교 동창이었다. 황희철 실장은 나와 경동고등학교, 서울법대 동기동창으로 함께 친목 모임도 하는 막역한 친구다. 난감하기 짝이 없었다. 이러한 사실을 김경수 부장도 잘 알고 있을 것이다. "황희철 실장은 현직 신분이니 보안 유지를 철저히 하고 신중히 수사하라"고 지시했다.

며칠쯤 지나서 김경수 부장이 다시 보고를 했다. 윤상림이 황 실장에게 직접 수표를 준 적이 없다고 진술을 번복했다는 것이다. 황 실장의 처남에게 100만 원권 수표 3장을 주고 10만 원권 수표 30장과 교환한 적이 있는데 그 수표가 건네진 것으로 추측된다고 했다는 것이다. 내가 황희철 실장과 막역한 사이라는 것을 알고 윤상림이 진술을 번복한 것이라는 의심이 들었지만 아무런 말을 하지 않았다. 김 부장에게 "진짜 그런 일이 있는지 수표 추적을 철저히 해 보라"고 지시했다. 김 부장은 그러겠다고 대답했지만 나의 마음을 읽고 있는 것 같았다.

2006년 3월13일 〈한국일보〉에서 "황희철 실장이 2002년 평택지청장 시절 윤상림으로부터 300만 원을 받았다"고 특종 보도했다. 수사 내용을 알고 있는 누군가가 언론에 제보한 것이라고 생각됐다. 임채진(林采珍) 검사장이 "어떻게 대응하는 것이 좋겠는가?"라며 내 의견을 물었다.

"사실대로 밝히겠습니다. 정직이 최선의 방책입니다."

임 검사장도 동의했다. 진술을 번복한 상황을 포함해서 지금까지의 수사 내용을 있는 그대로 언론에 설명했다. 보도를 접한 천정배 장관은 격노했다. 사전에 이에 대한 보고를 제대로 받지 못했던 것 같았다.

다음 날인 3월14일, 금품 수수 의혹을 받는 사람을 법무부 참모로 둘 수 없다며 황희철 정책홍보관리실장과 박한철(朴漢徹) 대구고검 차장을 맞바꾸는 인사를 단행했다.

그 후 김경수 부장이 "윤상림과 황 검사장 처남이 수표를 교환한 흔적은 발견할 수 없다"고 보고했다. 그러나 윤상림이 황 검사장에게 수표를 준 적이 없다는 입장을 고수하는 한 황 검사장을 처벌하기는 불가능하다. 결국 황 검사장에 대해 무혐의 내사 종결하기로 결론 내렸다.

김학재 변호사는 윤상림에게 1억 3500만 원을 준 것 외에, 2년 전에도 사건을 소개한 사람 서너 명에게 150만~200만 원씩 제공한 사실이 있었다. 이 혐의사실을 모두 인지해 2006년 4월21일 서울지법에 김 변호사를 변호사법 위반으로 기소했다.

김 변호사는 기소 전에는 거의 매일 나에게 전화를 걸어 하소연을 하더니 기소 후에는 대검찰청에 나, 김경수 부장, 이상욱 검사, 담당 수사관을 상대로 조서를 허위로 작성했다는 말도 되지 않는 내용의 진정서와 고소장을 제출했다. 대검 차장까지 지내신 분이 후배를 상대로, 그것도 담당 수사관까지 포함해서 진정서와 고소장을 제출하다니 씁쓸하기 짝이 없었다.

김 변호사는 2006년 11월30일 1심, 2007년 6월8일 항소심에서 윤상림 부분에 대해서는 무죄, 나머지 소개료 제공 부분에 대해서는 벌금 300만 원이 선고되었다. 검찰이 상고하지 않아 그대로 확정됐다.

윤상림은 2005년 12월부터 2006년 4월까지 재판 청탁, 검경 수사 무마 명목 알선수재, 경찰 간부 승진 인사 청탁 명목 알선수재, 갈취, 사기 등 총 59건의 범죄사실로 기소했다. 윤상림은 2007년 1월18일 서울중앙지법에서 징역 7년에 추징금 12억 원을 선고받았다. 피고인과 검찰 모두 항소해 2007년 11월2일 서울고법에서 징역 8년에 추징금 12억 원을 선고받고 확정되었다. 법조 브로커에 대해 8년이라는 중형이 내려진 사례는 그때까지 없었던 것으로 기억된다.

2006년 5월경 천정배 법무부장관이 나와 3차장 산하 부장들과 함께 오찬을 한 적이 있다. 오찬에서 천 장관은 윤상림 사건을 가리키며 "내가 변호사를 오래 했지만 한 사람의 생(生)을 통째로 털어 수사하는 경우는 처음 본다"고 말했다. 천 장관이 윤상림 수사에 대해 부정적인 생각을 가지고 있다는 것을 알았다. 주로 여당과 호남 출신 사람들이 다치는 것에 대한 불만으로 느껴졌다.

그러나 윤상림은 일반적인 법조 브로커가 아니다. 로비 대상이나 활동 무대가 여느 브로커와는 차원이 다를 뿐 아니라 협박도 서슴지 않는 등 범행의 질이 좋지 않았다. 그리고 윤상림 수사는 그가 강원랜드에서 사용한 980여 매 93억 원 상당의 수표를 추적해 진행한 것이지, 그의 '인생을 턴' 것이 아니다.

윤상림의 범죄는 그의 잘못만은 아니라고 생각한다. 법조 비리가 발생할 토양을 제공한 것은 법원, 검찰, 변호사, 경찰 등 법조 및 주변인들이다. 판·검사들이 윤상림 같은 브로커와 어울려 회식을 하고, 변호사들이 사건을 소개받고 소개비를 주는 등의 일은 참으로 부끄러운 일이다. 그와 어울렸던 판사, 검사, 변호사, 경찰 간부들의 책임도 크다.

제 살 도려내기도 검사의 숙명

2006년 5월경 특수1부 박민식(朴敏植) 검사가, 구속되어 재판을 받고 있던 법조 브로커 김홍수가 "판·검사, 경찰관을 상대로 금품 제공 로비를 했다"는 첩보를 입수했다.

김홍수는 검찰과 법원에 부탁해 기소중지 사건을 잘 처리해 주겠다는 명목으로 1억 5000여만 원을 수수한 혐의로 2005년 12월 서울중앙지법에서 징역 1년 6월을 선고받고 항소했다. 2006년 6월15일에도 비슷한 명목으로 2400만 원을 수수한 혐의로 징역 1년을 추가로 선고받아 항소해, 서울고법에서 두 사건이 병합 처리되어 재판 중이었다. 금품 제공 대상자 중에는 조관행(趙寬行) 서울고법 부장판사 등 판사 6명, 김○○ 서울중앙지검 검사, 전직 부장검사 출신 변호사 2명, 민○○ 서대문경찰서장 등 경찰관 2명이 포함되어 있었다.

윤상림 법조 비리사건 수사가 거의 끝나 가는 중에 또 다른 법조 비리 사건을 수사한다는 것에 마음이 내키지 않았다. 하지만 현직 판사와 검사가 연루된 사건의 수사를 미룰 경우 더 큰 문제가 생길 것이 분명했다. 박민식 검사에게 "현직 판·검사가 관계된 사건이니 정식으로 진정서를 제출받아 수사에 착수하라"고 지시했다.

김홍수가 진정서를 제출함에 따라 이를 박 검사에게 배당했다. 박 검사는 즉시 수사에 착수해 김홍수를 소환 조사하고 법원으로부터 김홍수가 수감된 방실 등에 대한 압수수색영장을 발부받았다. 구치소 감방에서는 김홍수가 조관행 부장에게 보내려고 작성한 편지 등을, 김홍수의 자택에서는 금전 거래 관계 등이 적혀 있는 다이어리를 압수했다.

김현웅(金賢雄) 특수1부장과 박 검사가 며칠 뒤 그동안의 수사 진행 상황을 보고했다.

우선 법관들에 대한 금품 제공 내역을 보면, 조관행 서울고법 부장에게 각종 재판에 대한 청탁 명목으로 현금 1억여 원, 고가의 수입 카펫과 식탁, 수십 차례 향응을 제공하고, 대법원 재판연구관 김○○에게는 다른 재판부에 대한 청탁 명목으로 1000만 원 및 세 차례 향응을 제공하고, 기타 법관 4명에게는 300만~500만 원 및 향응을 제공했다는 것이었다.

검사들에 대한 금품 제공 내역을 보면, 3차장 산하 마약·조직범죄수사부 소속 김○○ 검사에게 2005년 1월과 3월 김 검사 자신이 수사 중인 김홍수에 대한 변호사법 위반 내사 사건의 선처 명목으로 2차례에 걸쳐 1000만 원을 제공하고, 박○○ 전 부장검사에게는 형사사건 청탁 명목으로 8차례에 걸쳐 1400만 원을 제공하고, 송○○ 전 부장검사에게는 같은 명목으로 2차례에 걸쳐 800만 원을 제공했다는 것이었다.

경찰관에 대한 금품 제공 내역을 보면, 민○○ 서대문경찰서장(사시 26회)에게 수사 사건 청탁 명목으로 3000만 원을 제공하고, 이○○ 관악경찰서 수사과장에게 같은 명목으로 2000만 원을 교부했다는 내용이었다.

일개 브로커가 차관급인 고등법원 부장판사를 포함해 현직 판사들과 검사들에게 직접 금품을 제공했다는 것으로, 믿기 어려울 정도로 충격적인 내용이었다.

김현웅 특수1부장과 박민식 검사와 의논해 우선 검사와 경찰관에 대한 수사를 먼저 하고, 판사들에 대한 수사는 뒤에 하기로 했다. 노출되지 않도록 보안을 유지하고, 계좌 추적을 철저히 해 증거를 확보하라고 지시했다. 검사와 경찰관 수사를 위해 김홍수 관련 계좌 추적을 하는 과정에서 자연스럽게 판사들에 대한 금융 자료도 확보할 수 있을 것이었다. 이렇게 하면 법원이 눈치채지 못할 것이라고 예상했다.

법원은 검사와 경찰관 수사를 위한 계좌 추적에 대해서 아무런 의심 없이 영장을 발부해 주었다. 김홍수의 계좌를 추적하는 과정에서 김홍수 계좌에서 발행된 수표들이 조관행 부장판사나 그의 처 계좌에서 발견되기도 하고, 그 과정에서 판사들이 인사 이동 시 변호사들로부터 받은 전별금(餞別金)도 확인할 수 있었다. 김홍수가 김○○ 검사에게 준 수표 1000만 원은 김○○ 검사실 직원이 사용한 것으로 확인되었다. 김홍수 진술의 신빙성은 상당 부분 확인되었다. 사실 아무리 간이 큰 브로커라고 하더라도 판·검사들에게 돈을 주지 않았는데 주었다고 할 수 있는 사람은 거의 없을 것이다.

김○○ 검사는 3차장 산하 마약·조직범죄수사부 소속으로 내 직속 부하다. 계좌 추적 결과를 보고받은 뒤 김 검사를 내 사무실로 불렀다. 김 검사가 창백한 얼굴로 사무실로 들어왔다. 내가 부른 이유를 눈치채고 있는 것 같았다. 김홍수로부터 1000만 원을 받은 것이 사실이냐고 물었더니 고개를 숙인 채 아무런 대답을 하지 못했다. 김홍수 계좌에서 발행된 수표가 자네 사무실 직원이 사용한 것으로 나오는데 어떻게 된 일이냐고 재차 물었다. 김 검사는 주저주저하더니, 수사비가 부족해 김홍수로부터 1000만 원을 받아 직원 격려금으로 사용했다고 대답했다. 순간 "검사가 그런 바보 같은 짓을 했느냐!"고 소리치고 싶은 것을 꾹 참았다. 변명이라도 듣고 싶어 불렀는데 순순히 시인하는 말을 듣고, 괜히 불렀다는 생각을 했다.

힘없이 앉아 있는 김 검사를 바라보다 아무 말 없이 돌려보냈다. 너무 가슴이 아팠다. 그러나 어쩔 수 없었다. 다른 사람의 잘못을 다루는 검사가 부정한 금품을 받는 것은 어떠한 이유로도 용납될 수 없다. 부하를 단죄하는 것도 검사인 내 숙명이다.

김현웅 특수1부장, 박민식 검사와 함께 임채진 검사장에게 김○○ 검사에 대한 수사 결과를 보고했다.

"어떻게 하면 좋겠소?"

김 부장, 박 검사 모두 구속영장을 청구하겠다고 했다. 정의를 다루는 일을 하는 사법공무원의 부패는 다른 공무원의 부패보다 엄격히 처벌해야 한다. 다른 공무원들이 아무리 부패했다고 하더라도 사법 절차에 관여하는 판사, 검사, 경찰관만 청렴하다면 국가 기강은 무너지지 않는다. 김○○ 검사의 경우 액수 및 범행 동기에 비추어 참작할 바가 있으나, 브로커로부터 자기가 수사하고 있는 사건에 대해 금품을 받은 것으로 변명의 여지가 없다. 향후 판사, 경찰관들을 엄격히 처벌하기 위해서도 우리 내부를 엄정히 처리할 수밖에 없었다.

임 검사장도 수사팀의 의견에 동의했다. 다만, 신병 처리는 조관행 서울고법 부장판사 등 판사들에 대한 수사를 끝낸 후 동시에 처리하기로 했다. 김 검사는 대검 및 법무부와 협의해 일단 비(非)수사 부서로 보직을 변경하기로 했다.

현직 고법부장 구속

그동안의 수사 결과를 토대로 법원에 조관행 부장판사에 대한 계좌추적영장을 청구했다. 법원은 검찰의 요청대로 영장을 발부해 주지 않았다. 김홍수가 금품을 제공했다고 진술하는 시점으로부터 앞뒤 1개월이나 2개월 동안만 추적할 수 있는 영장만 발부하고 나머지는 기각했다.

말도 안 되는 일이었다. 조 부장판사가 김홍수로부터 수표를 받아 2개월 이상 지난 뒤에 본인 계좌에 넣을 수도 있는 것 아닌가. 이는 조 부장판사의 계좌는 보지 말라는 이야기나 마찬가지였다. 법원행정처를 통해 강력히 항의했으나 소용이 없었다.

법원에서 이 사건 수사에 대해 "브로커 진술에만 의존해 무리한 수사를 한다"느니, "뚜렷한 증거도 없이 법원을 흠집 내기 하고 있다"는 등의 이야기를 한다는 말이 들려왔다. 현직 고법부장에 대한 수사라 쉽지 않을 것이라고 생각은 했지만, 법원의 저항은 상상을 초월했다. 법원의 고위간부가 나에게 "앞으로 변호사 안 할 거냐?"고 겁을 주기도 했다.

이대로 물러설 수 없다. 김홍수가 조 부장판사 등을 접대한 고급 술집도 조사했다. 술집 마담과 종업원 등을 조사해 조 부장판사와 함께 접대를 받은 조 부장의 동기(연수원 22기) 판사들은 물론 함께 근무한 판사들(동층회, 같은 층에 근무해 붙여진 이름)까지 확인했다. 향응의 액수와 내용도 철저히 구체적으로 조사했다. 조 부장판사의 계좌에서 판사 출신 변호사들이 전별금으로 준 수표도 발견됐다. 1999년 대전 법조 비리사건을 계기로 검찰의 전별금 관행은 거의 사라졌지만, 법원에는 전별금 관행이 아직도 남아 있었다.

제한적인 계좌 추적으로도 김홍수 계좌에서 발행된 수표 등이 1억 원 가까이 조 부장판사의 계좌나 그의 처 등 관련 계좌에서 발견되었다. 법률 전문가인 조 부장판사가 어떻게 브로커인 김홍수로부터 받은 수표를 자신과 처의 계좌에 넣을 생각을 했을까? 아마 판사인 자신의 계좌를 수사기관이 감히 들여다볼 것이라고는 상상조차 하지 못했던 것 같다. 아파트 CCTV 기록 장치에서 조 부장판사의 처가 도우미와 함께 김홍수로부터 받은 카펫 등을 옮기는 장면도 확보했다. 수입 가구점을 조사해 김홍수가 조 부장판사에게 수입 식탁과 의자를 사 준 사실도 확인했다.

2006년 6월10일경 조 부장판사를 소환했다. 차관급에 해당하는 현직 고법부장이 검찰에 금품 수수 혐의로 소환된 것은 역사상 처음 있는 일이었다. 조 부장판사는 억울함을 주장하며 사표 제출을 거부하고 현직 판사 신분으로 소환에 응했다. 과거에는 판사가 검찰에 소환되면 법원행정처에 사표를 제출해 수리되고 나서 출석에 응하는 것이 보통이었다. 조 부장판사는 물론 법원 고위층도 검찰 수사를 인정하지 않고 있는 것이었다.

조 부장판사는 검찰 출신 김○○ 변호사와 함께 출석했다. 김현웅 특수부장은 조 부장판사가 출석했다고 보고하면서 함께 온 김 변호사로부터 "조관행 부장판사는 이용훈(李容勳) 대법원장이 아끼는 사람으로 이 대법원장이 변호사 시절 전별금을 준 사실도 있다"는 이야기를 들었다고 보고했다. 의도를 정확히 알 수는 없지만 '대법원장이 아끼는 인물이므로 선처를 부탁한다'는 취지로 받아들였다.

예상대로 조 부장판사는 범죄사실을 모두 부인했다.

"김홍수로부터 받은 돈, 카펫과 식탁은 대가 없이 호의로 준 것이며,

카펫은 김홍수 주장처럼 수천만 원이나 되는 비싼 것도 아니다."

범죄사실이 많아 여러 차례 불러서 조사했다. 그때마다 그는 범행을 대부분 부인했다.

2006년 7월17일 오전 조관행 부장판사와 김홍수를 대질하기로 했다. 그런데 예상치 못한 사태가 발생했다. 대질을 시작하려는 순간 갑자기 김홍수가 "지금까지 한 진술은 모두 사실이 아니다. 판사나 검사에게 돈을 준 사실이 없다"면서, 검찰에서 한 기존의 진술을 번복한 것이다. 김현웅 특수1부장이 이 사실을 보고하는데 당황한 기색이 역력했다. 나도 적지 않게 당황했으나 겉으로는 나타내지 않았다. 김 부장에게 일단 대질조사를 중단하고 조 부장판사를 돌려보낸 후, 박민식 검사와 함께 내 사무실로 오라고 지시했다.

잠시 후 내 사무실에서 김현웅 부장, 박민식 검사와 마주했다.

"이런 사태를 전혀 예상하지 못했나?"

김 부장과 박 검사는 아무런 말이 없었다.

"김홍수가 진술을 번복한 이유가 무엇이라고 생각하지?"

"김홍수가 현재 서울고등법원에서 변호사법 위반 등으로 재판을 받고 있는데, 자신의 행위로 항소심에서 형량이 높아질 것을 걱정하는 말을 자주 했으며, 주위에서 계속 회유와 협박을 하는 것 같습니다."

그런 낌새를 알았으면 대비를 해야지, 뭣들 하고 있었느냐고 야단치고 싶었지만 참았다.

"사태를 수습하는 것이 우선이니 김홍수를 잘 다독여 보게."

이 사실을 임채진 검사장에게 보고했다. 임 검사장도 당황한 기색이 역력했다.

"우선 언론에 사실대로 발표하겠습니다."

"사실대로 이야기해도 괜찮을까?"

"숨길 수도 없고, 숨기면 더욱 사태가 악화될 뿐입니다. 제가 알아서 잘 대처하겠으니 너무 걱정하지 마십시오."

오후 기자 브리핑에서, 김홍수가 대질 과정에서 진술을 번복했다고 알려 주었다.

"김홍수가 1심에서 변호사법 위반으로 징역 2년 6월을 선고받고 항소해 현재 고등법원에서 재판을 받고 있는데, 주변에서 김홍수에 대해 형량이 높아질 것이라고 겁을 주고 회유를 해서 벌어진 사태로 보입니다. 최근 김홍수의 변호인들이 모두 사임한 것도 김홍수의 진술 번복에 영향을 미쳤을 수 있습니다. 그러나 김홍수의 진술에만 의존해서 수사를 하는 것이 아니므로 수사는 차질 없이 계속해서 진행할 것입니다."

하지만 언론은 일제히 "검찰이 김홍수의 진술 번복으로 조관행 부장판사 등 수사에 난항을 겪고 있다"고 보도했다. 일부 언론은 이런 분석 기사까지 냈다.

검찰이 제 살을 도려내겠다는 각오로 시작한 법조 비리 수사가 조관행 고법부장이 혐의를 완강히 부인하는 데다가 브로커인 김홍수도 진술을 번복하는 등 난관에 봉착했다. 노무현 정권 들어 시행된 일련의 사법 개혁 조치와 관련한 판·검사의 해묵은 갈등까지 불거지고 있는 상황이다. 법원은 음모론을 제기하면서 '어딜 감히' 검사가 판사를 수사하느냐고 불쾌감을 표시하고 있고, 검찰은 사법 개혁 과정에서 검찰을 희생양으로 만든 법원에 대해 엄정하게 수사하라고 요구하고 있어 법원과 검찰 간에 명예가 걸린 전쟁으로 치닫고 있다. 두 기관이 조직의 명예를 걸고 벌이는 승부에서 검찰이 승리하면 이인규 3차장도 살겠지만, 패배할 경우 법원의 반발은 물론 모든 책임이 그의 몫으로 돌아올 가능성도 배제할 수 없다. 사법연수원 동기 중 선두를 달려온 이인규 3차장이 검사장 승진을 앞두고 최대 위기를 맞았다.

내가 법원과의 전쟁에서 선봉에 서게 된 것이다. 죽을 각오로 전진하는 것 외에 다른 길은 없었다. 법원을 넘지 못하면 나는 물론 검찰이 회복할 수 없는 상처를 입게 될 터였다. 절체절명의 위기였다.

저녁 늦게 김현웅 특수1부장을 포함해 조 부장판사 수사에 관여한 검사들을 사무실로 불렀다. 김 부장에게는 미안한 일이지만 내가 직접 검사들로부터 조관행 범죄사실에 대해 하나하나 수사 내용과 증거관계를 확인하고, 부족한 점을 어떻게 보완할 것인지 지시했다.

"갑자기 김홍수가 진술을 바꾼 데는 반드시 이유가 있을 것이다. 김홍수는 구치소에 수감되어 있는 사람이다. 김홍수의 구치소 면담 기록, 같은 감방에 있는 재소자 등을 조사해 최근 김홍수에게 무슨 일이 있었는지 철저히 확인하고, 김홍수를 압박만 할 것이 아니라 잘 구슬려서 진술을 번복한 진짜 이유가 무엇인지 밝히라."

회의는 새벽 3시경 끝났다.

김홍수는 진술 번복 후 검찰 소환에도 응하지 않았다. 김홍수가 계속해서 소환에 응하지 않을 경우, 체포영장을 발부받아 강제 구인하여 수사하라고 지시했다.

그 와중에 수사검사인 박민식 검사가 8월 정기 인사에 맞추어 사표를 제출하겠다는 의사를 밝혔다. 정계(政界) 진출을 위해 부산에서 개업하겠다는 것이었다. 설득해 보았으나 검찰을 떠나겠다는 의지를 꺾지 않았다.

나는 박 검사의 무책임함에 화가 났다. 사건 수사를 벌여 놓은 장본인이 수사가 난관에 봉착해 있는데 사표라니 이건 도리가 아니라고 생각했다.

8월 정기 인사가 얼마 남지 않아 걱정이 되었지만 어쩔 수 없었다. 위기의 연속이었다.

며칠 지나지 않아서 김홍수가 진술을 번복한 이유가 밝혀졌다. 김홍수와 조관행 부장판사의 대질이 있기 전날 김홍수의 처가 구치소에서 김홍수를 면회하면서, "조 부장판사가 연락을 해 서울중앙지방검찰청 앞에 있는 카페에서 만났는데, 잘 부탁한다면서 2000만 원을 주었다"고 말한 사실을 확인했다.

김홍수의 처를 소환해 조사하니 대질조사가 있기 얼마 전에 조 부장판사로부터 2000만 원을 받은 사실을 순순히 인정했다. 김홍수도 이 사실을 인정했다. 그리고 조 부장판사에게 금품과 향응을 제공한 것이 사실이라고 진술을 재번복했다. 조 부장판사와 김홍수의 처가 만났다는 카페의 직원을 조사해, "내용물은 알 수 없지만 조 부장판사가 김홍수의 처에게 조그만 쇼핑백을 건네주는 것을 보았다"는 진술도 확보했다. 현직 고법부장이 자신에게 유리하도록 증인을 회유하기 위해 증인의 처에게 2000만 원을 준 것이다. 우리 형법에는 증인이나 피해자를 회유한 것에 대해 딱 떨어지는 처벌 규정이 마땅히 없으나 미국에서는 최대 20년의 징역형에 처해질 수 있는 증인회유죄(witness tampering) 또는 사법방해죄(obstruction of justice)에 해당하는 중죄(felony)이다. 더욱이 현직 고위 법관이 돈으로 증인을 회유하려고 했다니 엄청난 일이 아닐 수 없었다.

조 부장판사를 다시 소환했다. 사실상 영장을 청구하기 전 마지막 조사였다. 조사를 시작하기 전에 법원행정처 심의관이 검찰을 방문해 조 부장판사를 만나서 사표를 받아 가지고 돌아갔다. 사표를 거부하던 조 부장판사도 더 이상 버티기 어렵다고 판단한 모양이었다. "증인을 회유할 의도는 없었다"면서, 김홍수의 처에게 2000만 원을 준 사실은 인정했다. 그러나 혐의사실은 여전히 부인했다. 자신과 처의 계좌에서 김홍수 계좌에서 발행된 수표가 수도 없이 발견되는 상황에서 그의 변명은 설득력이 없었다.

2006년 8월6일 서울중앙지법에 조관행 부장판사, 김○○ 검사, 민○○ 총경에 대해 동시에 사전구속영장을 청구했다.

이틀 뒤 영장실질심사가 있었다. 영장전담 이상주 부장판사가 심사를 맡았다. 오전에는 김○○ 검사와 민○○ 총경에 대한 심사가 있었다. 실질심사에서 김 검사는 범죄 혐의를 시인했으나, 민 총경은 김홍수의 진술 번복에 영향을 받았는지 검찰에서의 자백을 번복하고 범죄 혐의를 완전 부인했다. 이들에 대한 심리는 오래 걸리지 않았다.

조 부장판사에 대한 영장실질심사는 오후 2시에 시작되었다. 검찰과 조 부장판사 간의 공방이 치열해 밤 9시가 다 되어 끝났다.

밤 11시가 되었는데도 이상주 부장은 결론을 내리지 않고 있었다. 구속영장을 청구하면서 수사 기록 일체를 보냈기 때문에 사건의 실체를 파악했을 것이었다. 그런데도 조 부장판사에 대한 영장을 발부하지 않고 있었다. 법조 출입 기자들로부터 "법원 분위기가 심상치 않다"는 연락을 받았다.

그동안 수사 과정에서 이 사건에 대해 법원의 입장을 전달해 온 법원행정처 이광범(李光範) 사법정책실장에게 전화를 걸었다. 이광범 실장은 이용훈 대법원장의 비서실장을 지냈으며 나와는 서울법대 동기였다.

"만약 법원이 조 부장판사에 대한 영장을 기각하는 경우, 수사 과정에서 밝혀진 전별금을 받은 판사들에 대한 수사는 물론, 조 부장판사와 함께 향응을 받은 판사들에 대해서도 모조리 조사하겠다."

"법원행정처도 이 사건이 조속히 마무리되기를 희망하는데, 영장담당 판사가 하는 일이라 속만 태우고 있다."

나는 "우리 입장을 전달했으니 알아서 하라"고 말하고 전화를 끊었다.

자정이 다 된 11시50분경 조 부장판사, 김○○ 검사, 민○○ 총경에 대한 구속영장이 모두 발부되었다. 밤이 늦었지만 임채진 검사장에게 구속영장 발부 사실을 보고했다. 내 인생에 그날처럼 길게 느껴진 하루는 없었다.

법원의 제 식구 감싸기

고등법원 부장판사, 검사, 경찰 총경이 법조 브로커에게 금품을 받은 혐의로 동시에 구속된 것은 국민에게 큰 충격이었다. 특히 고법부장이라는 고위 법관이 재판 청탁과 관련한 금품 수수로 구속된 것은 대한민국 역사상 처음 있는 일이었다.

조 부장판사가 구속되자 법원도 큰 충격을 받았다. 내부의 반발도 만만치 않았다. 고양지원 정○○ 부장판사는 8월10일 법원 내부통신망에 '영장 관련 유감'이라는 제목으로 글을 올려 법원행정처, 영장담당판사, 검찰을 싸잡아 비난했다. "불구속 수사 원칙에 위배해 도망 및 증거 인멸 염려가 없는 조 부장판사에 대해 구속영장을 발부한 것은 여론에 영합한 잘못"이라는 요지로 강력히 비난했다.

"증거 인멸 염려는 증인의 살해나 외부로부터의 위증 강제 가능성에 국한돼야 한다. 피의자가 부인한다고 구속함으로써 유리한 증거를 수집,

법원에 제출할 기회마저 박탈하는 것은 헌법상 피의자에게 보장된 기본권을 침해하는 교각살우(矯角殺牛)의 우를 범하는 것이다. 자살하고 싶은 심정 운운의 얘기가 나오는데 이는 검찰 조사에 심각한 문제가 있다는 방증이다. 불구속 수사 원칙과 관련한 반성, 그 관철을 얘기한 지 10년 이상 지났지만 법원은 아직도 여론 운운하며 현실과 타협해 안주하고 있다. 이것은 불구속 수사 원칙에 대한 강고한 의지를 갖춘 사람보다 검찰과의 관계에 문제되지 않은 사람을 영장담당판사로 지정한 법원행정 책임자의 잘못이다."

정○○ 부장은 사건의 실체를 제대로 알지 못한 것으로 보인다. 법관 우월주의에 빠져 법관의 처신이 어떠해야 하는지 제대로 성찰하지 못했다고 생각한다.

조관행 부장판사는 금품을 제공한 김홍수를 회유하기 위해 그의 처에게 2000만 원을 주었다. 김홍수는 이 사건의 핵심 증인이다. 증인을 회유해 증거 인멸을 시도한 것이다. 조 부장판사의 증거 인멸 염려에 대해서는 이 이상의 증거가 필요 없다. 김홍수도 검찰 조사에서는 물론 법정에서도 "조 부장판사의 변호인들이 진술을 번복할 것을 회유했다"고 증언했다. 그는 2006년 10월9일 서울중앙지법에서 조 부장판사 재판의 증인으로 출석해 적나라하게 구체적으로 증언했다.

"지난 7월 조 전 부장이 나를 위해 선임해 준 김 모 변호사가 찾아왔다. '조 전 부장에 대해 잘 말해 주면 법원이 도와줄 것이다. 대법원장과 항소심 재판부에 검찰의 회유와 협박으로 진술을 번복하였다는 내용의 탄원서를 쓰라'고 종용했고, '조 전 부장이 현직에 있어야 도와줄 수 있다. 사건 판단은 검찰이 아니라 법원이 하는 것이다'라고 회유했다. 또한 조 부장판사가 구속된 후에도 찾아와 '조관행 부장이 구속되고 사표를 냈다고 힘이 없다고 생각하지 마라. 야간 조사로 정신이 어지러운 상태에서 잘못 진술했다고 하면 대법원 판례에 의해 증거능력이 인정되지 않으니 그렇게 하라'고 회유했다."

조 부장판사는 법조 브로커 김홍수로부터 재판 청탁과 관련해 현금 5000만 원과 수천만 원 상당의 카펫 및 수입 가구를 수수한 혐의를 받고 있었다. 조 부장판사와 그의 처의 계좌에서 김홍수 계좌에서 나온 수표 등이 1억 원 가까이 발견되었다. 그 밖에 룸살롱 등 고급 술집에서 김홍수로부터 받은 향응은 부지기수다. 법관은 민주주의의 최후 보루이다. 법관이 부패하면 국민은 재판을 신뢰하지 않게 된다. 국민이 재판 결과에 대해 신뢰하지 못한다면 우리 사회는 아노미 상태에 빠지게 된다. 결국 대한민국은 자력(自力)구제가 판치는 '만인의 만인에 대한 투쟁 상태'로 파국을 맞게 될 것이다. 법관에 대해서는 범죄는 물론 사소한 잘못도 용납되어서는 안 된다. 성직자보다 더 높은 도덕성이 요구된다. 법관의 부정은 다른 어떤 공무원의 잘못보다 엄격히 중형으로 다스려야 한다.

이용훈 대법원장은 2006년 8월16일 전국법원장회의에서 이 사건에 대해 대국민 사과를 했다. 정상명(鄭相明) 검찰총장도 2006년 8월23일 이 사건에 대한 중간 수사 결과가 발표된 후 대국민 사과를 하고 법조 비리 재발 방지 대책을 발표했다. 이로써 김홍수 법조 비리사건 수사는 소기의 성과를 거두었다. 이제는 마무리하는 일만 남았다.

2006년 8월17일 김○○ 검사, 민○○ 총경을 각 뇌물수수죄로 구속 기소했다. 같은 달 23일 조관행 부장판사를 알선수재죄로 구속 기소하고, 김○○ 재판연구관, 박○○ 전 부장검사, 송○○ 전 부장검사를 각 알선수재죄로, 이○○ 관악경찰서 수사과장을 뇌물수수죄로 각 불구속 기소했다. 법원의 입장을 고려해 수수 액수가 500만 원 이하로 대가성이 뚜렷하지 않은 판사 4명에 대해서는 법원행정처에 비위 사실로 통보했다.

김○○ 검사는 1심에서 징역 1년을 선고받고 항소해 2심에서 징역 10월에 집행유예 2년을 선고받았다. 민○○ 총경은 1심에서 징역 2년 6월을 선고받았다.

조관행 부장판사는 2006년 12월22일 1심에서 500만 원, 이란산 카펫과 1000만 원 상당 이탈리아제 식탁과 의자를 받은 혐의에 대해서만 유죄가 인정되어 징역 1년을 선고받았다. 나머지 수천만 원을 받은 혐의에 대해서는 무죄가 선고되었다. 항소심 재판부는 1심에서 유죄로 인정한 500만 원 부분에 대해서도 무죄를 선고하고 카펫, 식탁과 의자를 받은 부분만 유죄로 인정했으나 징역 1년의 형량은 그대로 유지했다. 사안의 경중을 따져 볼 때 김○○ 검사의 형량에 비교해 너무 가벼운 처벌이었다.

조관행 사건 재판부는 "김홍수는 사기죄로 여러 차례 처벌받은 전력이 있을 뿐 아니라, 여러 차례 진술을 번복하는 등 진술의 일관성·합리성·신뢰성이 없으며, 검찰에서 김홍수에 대해서는 추가 기소를 하지 않고 있고, 김홍수에 대한 항소심 검찰 구형을 이례적으로 낮게 해 준 점에 비추어 김홍수가 처벌을 면하기 위해 허위 진술을 했을 가능성을 배제하기 어렵다"는 이유로 김홍수의 진술을 배척했다. 그러나 김○○ 검사와 민○○ 총경의 재판에서는 이와 반대로 김홍수의 진술에 대해 신빙성을 인정했다.

김○○ 재판연구관에 대해서는 1심부터 무죄가 선고되었다. 법원이 제 식구 감싸기를 했다는 비난을 면하기 어려웠다.

김홍수는 2006년 10월27일 항소심인 서울고법에서 징역 3년을 선고받았다. 검찰의 낮은 구형에도 불구하고 1심보다 6개월 형량이 늘어났다. 이른바 괘씸죄가 적용된 것이다.

조관행 고법 부장판사 법조 비리 수사 후 경향신문사 주간지 〈뉴스메이커〉는 2006년 8월22일자(688호)에서 '법조 비리 수사 사령탑 이인규는 누구?'라는 타이틀로 나에 관한 기획기사를 실었다. '무소의 뿔처럼 비리를 향해 돌진하다. 대형 법조 비리 수사로 돌아올 수 없는 강을 건넌 이인규 검사 이야기'라는 헤드라인으로 "항상 소신을 갖고 돌진하는 그는 이번에도 뒤돌아보지 않고 사법 비리 척결을 위해 돌진하고 있다"고 극찬했다. 검사 생활 최대 위기를 넘어선 것이다.

2006년 12월 하순경 안대희 대법관과 저녁 식사를 한 적이 있다. 이런저런 이야기를 하다가 안 대법관이 반농담조로 "이 차장은 법원 공적(公敵) 1호야"라고 말했다. 그냥 웃어넘겼다.

나는 검사로서 판사의 비리를 수사해서 단죄한 것뿐이다. 사법부를 무시하거나 손을 본다는 생각은 추호도 없었다. 할 일을 한 것뿐이다. 다시 그런 일이 주어진다고 하더라도 똑같이 할 것이다. 그것이 검사다.

노무현·이명박 대통령과의 인연

나를 검사장 승진시킨 노 대통령

2006년 12월 하순경 노무현 대통령으로부터 홍조근정훈장을 받았다. 대통령이 직접 수여한 것은 아니지만, 국가가 나의 20년 검사 봉직에 대해 높이 평가하고 있다는 의미로 영광스러운 일이 아닐 수 없었다.

2007년 2월 검사 인사 시기가 되었다. 나 역시 검사장 승진 인사를 앞두고 있었다. 검사장 승진은 군대로 치면 별을 다는 것이다. 차관급인 검사장 승진 인사는 대통령의 권한이다. 법무부장관이 검찰총장과 협의해 인사안을 만들지만 청와대에서 비토하는 경우 검사장으로 승진하기 어렵다. 나는 승진을 기대하고 있었지만 수사하는 과정에서 정권에 밉보인 일이 많아 내심 초조했다.

검사장 인사 발표가 임박한 2007년 2월 하순경 김성호(金成浩) 법무부장관으로부터 전화를 받았다. 검사장 승진이 결정되었으니 부산, 대구,

광주, 대전고등검찰청 차장 중 가고 싶은 곳을 고르라는 것이었다. 지방고검 차장 자리는 초임 검사장들이 가는 보직이었다. 검사장 승진만 시켜주어도 감사한데 가고 싶은 임지(任地)를 고르라니 귀가 의심스러울 지경이었다.

"검사장으로 승진시켜 주신 것만으로 큰 은혜를 입었는데 임지까지 배려해 주셔서 너무 감사합니다. 대전고검 차장으로 가고 싶습니다."

"규모가 큰 부산이나 대구 고검 차장이 낫지 않겠나?"

"집사람이 건강이 좋지 않아 서울에서 가까운 대전에서 근무하고 싶습니다."

대전은 서울역에서 KTX를 타면 1시간이 채 걸리지 않는다.

"알겠네. 다시 한 번 축하하네."

나는 법무부에서 검찰 인사 업무 실무를 총괄하는 검찰1과장으로 근무한 경험이 있기 때문에 인사 프로세스를 잘 알고 있다. 법무장관이 직접 당사자에게 검사장 승진을 통보하는 일은 있을 수 있어도 승진 대상자로 하여금 임지를 고르라고 하는 것은 매우 이례적이다. 나는 김성호 장관을 잘 알지만 직접 모신 인연도 없고 개인적인 친분도 없었다. 청와대의 지시가 있지 않으면 김 장관이 나에게 임지를 고르라고까지 하지 않았을 것이다. 민정수석은 법무부장관에게 지시할 위치에 있지 못하다. 그렇다면 노무현 대통령이 나의 검사장 승진에 관심을 가지고 배려를 한 것이라는 결론에 도달한다.

그런데 왜? 그 이유는 알 수 없었다. SK 수사, 불법 대선자금 수사 등으로 정권을 힘들게 했음에도 나를 검사로서 객관적으로 평가해 준 것 아닌가 한다. 노 대통령에 대해 진심으로 감사하게 생각했다.

2007년 3월2일 대전고검 차장검사로 부임했다. 덩그렇게 큰 사무실에 찾아오는 사람도 거의 없어 적막강산이나 다름없었다. 보고를 위해 수시로 드나드는 검사들, 긴급한 상사의 호출, 취재를 위해 시도 때도 없이 찾아오거나 전화를 거는 기자들도 없었다. 갑자기 시간이 정지된 느낌이었다.

수시로 나를 찾던 검찰청 내부 전화도 울리지 않았다. 처음에는 고장 난 것이 아닌지 수화기를 들어 신호음을 확인하기도 했다. 그런 내 모습에 웃음이 나왔다. 세상에서 가장 불행한 사람이 잊혀진 사람이라는데, 내가 잊혀진 것이 아닌가 하는 생각이 들기도 했다.

지난 20여 년 동안은 보람되기는 하지만 개인적인 생활이 거의 없다고 할 정도로 바쁜 나날이었다. 그동안 읽지 못한 책도 읽고, 퇴근 후에는 서예도 배웠다. 건강을 위해 매일 점심시간을 이용해 국선도도 했다. 내 검사 생활 중 가장 여유로운 시절이었다. 1년 동안 대전에서 안식년을 보낸 것이다.

大檢 기획조정부장

이명박 정부 출범 직후인 2008월 2월 하순경 인사를 앞두고 임채진 검찰총장으로부터 전화를 받았다.

"함께 근무해 보지 않겠나?"

"총장님을 가까이 모실 수 있다면 저로서는 영광입니다."

대검찰청 기획조정부장으로 쓰려는 것으로 생각했다.

대검 기획조정부장은 검찰 행정과 살림살이를 책임지는 자리로 '검찰총장의 비서실장'이라고 할 수 있다. 대외적으로 드러나는 일을 하지는 않지만 검찰 내부적으로는 주요한 보직이다.

2008년 3월 대검 기획조정부장으로 부임했다. 기획조정부장으로 근

대검 기획조정부장으로 있던 2008년 10월, 검찰 창립 60주년 기념행사 때 기조부장실에서 명예검사들과 함께. 왼쪽부터 정우성 배우, 이보영 배우, 필자, 박선영 아나운서, 이서진 배우.

무하면서 기억에 남는 일로는 '대검찰청 창설 60주년 기념행사'와 'KBS 정연주(鄭淵珠) 사장 배임사건'이 있다.

2008년은 1948년 8월2일 '검찰청법'에 따라 출범한 대검찰청이 60주년을 맞는 해였다. 출범 당시 검찰 조직은 대검찰청 아래 2개 고등검찰청, 9개 지방검찰청, 34개 지청으로 구성되었고, 검사는 163명에 불과했다. 오늘날 검찰은 대검찰청 아래 6개 고등검찰청, 18개 지방검찰청, 42개 지청에 2292명(정원)의 검사가 일하는 조직으로 성장했다. 검찰청 창설 60주년 기념행사를 의미 있고 성대하게 치르기로 했다. 사람으로 치면 환갑 잔치다.

10월31일, 역대 검찰총장들을 모두 초청한 가운데 대검찰청에서 '검찰 미래 비전' 선포식을 거행했다. 국민 앞에 '청렴한 검찰, 공정한 검찰, 실력 있는 검찰, 인권 존중 검찰'이 되겠다는 약속을 했다. 중앙수사부를 포함, 대검찰청을 일반인에게 개방해 내부 시설을 볼 수 있게 했으며, 배우 정우성·이서진·이보영 씨, 아나운서 박선영 씨 등 4명을 초청해 명예검사(홍보대사)로 위촉했다. 대검찰청 강당에서 주민, 검찰 가족, 기자 등 500여 명이 참석한 가운데 성대하게 음악회도 개최했다. 성황리에 60주년 기념행사를 마쳤다.

12월30일 임채진 총장의 복무 방침인 '원칙과 정도(正道), 절제와 품격'에 걸맞은 수사를 위해 『검찰수사 실무전범』을 작성해 전국 검찰에 배포했다. 전범 발간은 임 총장이 취임 때부터 강조한 중요 사업이었다. 검찰 스스로 검찰권의 내재적 한계를 성찰하고 이를 준수함으로써 적극적으로 인권을 보장하는 것을 목적으로 만든 것이다. 『검찰수사 실무전범』은 1·2권으로 나뉘어 있으며, 1권(859쪽)은 '수사 일반'에 대해서, 2권(526쪽)은 '압수 수색'에 대해서 기술하고 있다. 검찰 수사와 관련된 쟁점을 망라하고 국내외 판례, 학계 이론 및 관련 법령을 집대성했다. 검찰 역사상 처음 있는 방대한 작업이었으며, 10여 년이 지난 지금도 수사검사들에게 많은 참고가 되는 역작으로 평가된다. 감수(監修)를 맡은 이완규(李完揆) 검찰연구관(현 법제처장)이 아니었다면 『검찰수사 실무전범』은 빛을 보지 못했을 것이다. 서울대 법학박사인 이 연구관은 검찰의 보배 같은 존재였다. 임 총장이 『검찰수사 실무전범』 1·2권을 받아들고 파안대소하면서 기뻐하시던 모습이 눈에 선하다.

다음은 KBS 정연주 사장 배임사건에 관한 이야기다.

정연주 사장은 한겨레신문 출신으로 노무현 정부가 출범한 뒤 2003년 4월25일 KBS 사장에 취임했고 2006년 11월 연임에 성공했다. 정 사장은 야당인 한나라당으로부터 "공영 방송인 KBS가 방송 윤리를 저버리고 편파 방송을 했다"며 비난받아 왔다.

2008년 2월 이명박 정부가 출범하자 한나라당·자유선진당 등으로부터 "편파 방송을 일삼은 정연주 사장을 해임하라"는 요구가 터져 나왔다.

그 무렵 대학 친구인 신재민(申載旻) 문화체육부 차관이 나에게 "정 사장을 해임하기 위해 수사하는 것에 대해 어떻게 생각하느냐"고 물었다. 나는 이렇게 조언해 주었다.

"정 사장을 해임하기 위해 검찰을 동원하는 것은 하지하책이다. 정치적으로 민감한 사안에 검찰을 동원할 경우 정당한 정책 집행도 부당하다고 오히려 역공을 받을 수 있다. 정 사장 재임 당시 KBS가 공영방송으로서 중립을 지키지 못했다는 것은 온 국민이 알고 있다. 청와대가 정 사장을 꼭 바꾸어야겠다는 생각이면, 검찰을 개입시키지 말고 법적인 절차를 거쳐 그를 그냥 해임하라. 물론 야당은 이에 대해 부당하다고 비난할 것이고, 정 사장도 소송을 제기해 해임의 부당함을 다툴 것이다. 하지만 소송은 오랜 시간이 걸릴 것이며, 만약 정 사장이 소송에 이긴다고 해도 다시 KBS에 복귀하는 일은 없을 것이다. 정 사장에게 임기를 채우지 못한 기간의 급여에 상당하는 손해배상을 해 주면 된다."

감사원은 KBS에 대한 특별감사를 실시해 2008년 8월5일 KBS 이사회에 정 사장의 해임을 권고했다. 8월8일 KBS 이사회가 정 사장 해임을 의결하자, 8월11일 이명박 대통령은 정 사장을 해임했다.

감사원 특별감사에 앞서 2008년 5월14일, 조세 소송을 담당했던 전직 KBS 직원이 정 사장을 배임죄로 검찰에 고발했다. "정 사장이 2005년 12월 서울고법에서 재판 중인 법인세 및 부가가치세 취소소송에서 향후 2448억 원의 승소가 거의 확실함에도 국세청으로부터 556억 원을 환급받고 소송을 취하함으로써 KBS에 1892억 원 상당의 손해를 끼쳤다"는 것이다. 2006년 KBS 사장 연임을 위해 KBS의 재정 상태를 좋게 할 목적으로 법원의 조정 권고를 받아들였다는 것이다.

2008년 8월 초순경 검찰총장실에서 임채진 검찰총장 주재로 정 사장 배임사건 처리를 의논하기 위해 회의를 개최했다. 나와 권재진(權在珍) 차장검사, 박용석(朴用錫) 중앙수사부장, 박한철 공안부장 등 대검 고위 간부들이 참석했다. 서울중앙지검에서는 명동성(明東星) 검사장, 최교일(崔敎一) 1차장검사, 형사부 박은석(朴銀錫) 부장 등이 참석했다.

수사를 담당한 박은석 부장이 정 사장 배임사건에 대한 수사 결과를 보고하고, 정 사장을 배임죄로 기소하겠다는 의견을 개진했다. 나는 박 부장의 보고 내용을 들어 보니 문제가 많아 기소가 어렵겠다고 판단했다. 박한철 공안부장도 기소가 어렵겠다는 취지의 견해를 밝혔다. 반면 다른 대검 간부들은 기소해야 한다는 의견이었다.

나는 박은석 부장에게 몇 가지 질문을 했다.

"첫째, KBS의 승소가 확실시되었다고 판단했는데, 재판의 승패 여부를 어떻게 확실히 알 수 있는가? 둘째, KBS의 재정 상황을 고려할 때 막강한 권한을 가진 국세청을 상대로 언제 끝날지 모르는 소송을 계속 진행하는 것보다 556억 원이라도 환급받고 화해하는 것이 KBS 측에 이익이 된다고 '경영 판단'을 한 것일 수 있지 않은가? 셋째, 재판장의 조정 권고를 받아들여 556억 원을 받고 소송을 취하한 것인데, 그렇다면 재판장이 배임죄의 공범이란 말인가? 넷째, KBS가 1892억 원의 손해를 보았다는 피의사실 내용에 따르면 국세청은 정 사장의 배임행위로 1892억 원의 이익을 보았다는 결론에 이르게 되는데, 국가 재정에 기여한 정 사장에 대해 표창장은 주지 못할망정 기소한다는 것이 우스꽝스럽지 않은가?"

이에 대해 박 부장은 제대로 된 답변을 하지 못했다. 나는 박 부장에게 조언했다.

"어려운 입장이라는 것은 이해하지만, 이러한 사건 처리는 평생 꼬리표처럼 검사를 따라다니는 것이다. 신중하게 결정해야 된다."

임채진 총장은 이명박 대통령과 가까운 사이라고 알고 있는 내가 정부 방침에 반하는 의견을 피력하는 것을 보고 예상치 못했다는 표정이었다.

검사는 범죄를 다루는 법률가이지, 정책 목표를 세우고 여러 가지 수단을 동원해 이를 달성하는 것을 책무로 하는 행정공무원이 아니다. 검찰은 범죄 혐의를 밝혀서 혐의자를 법정에 세우고 유죄를 입증하는 역할을 하는 준사법기관이다. 아무리 피의자가 나쁜 사람이라고 해도 범죄가 되지 않는 행위를 기소하는 우를 범해서는 안 된다. 이것이 헌법이 규정하고 있는 죄형법정주의 원칙이다. 정권의 입장에서 보면 중요한 정책과 관련된 사안에서 자신들의 입장을 따라 주지 않는 검찰에 섭섭한 감정이 들 수 있다. 그러나 검찰이 정치적 중립을 지키고 올바른 결정을 하는 것은 궁극적으로 정권에도 도움이 된다는 것은 역사가 증명한다.

이날 회의는 구체적 결론을 내리지 못하고 끝났다.

박은석 부장은 2008년 8월20일 서울중앙지법에 정연주 사장을 특정경제범죄 가중처벌 등에 관한 법률 위반(배임)으로 기소했다. 그러나 정 사장은 2009년 8월18일 1심에서 무죄를 선고받은 데 이어, 2010년 10월28일 2심에서도 무죄를 선고받고, 2012년 1월12일 대법원에서 최종적으로 무죄가 확정되었다. 정연주 KBS 사장 배임사건은 검찰의 오점으로 기록될 것이다.

이명박은 백수 때 두 번 만나

이인규는 1997년경 미국 워싱턴 주미 대사관 법무관으로 근무할 때 워싱턴에 연수를 온 이명박을 만나 각별한 친분을 쌓았고, 2008년 2월 이명박이 대통령이 된 후 그 인연을 계기로 초고속 승진을 해 별다른 특별수사 경험도 없음에도 중앙수사부장이 되었으며, 이명박 정권의 사주로 정치보복 수사를 벌여 노무현 전 대통령을 죽음으로 내몰았다.

인터넷에는 이명박 대통령과 나와의 관계와 관련해 나를 폄훼하는 글들이 많이 떠다니고 있다. 그 진실을 밝히고자 한다.

내가 이명박 대통령을 처음 만난 것은 주미 대사관 법무협력관으로 근무하고 있던 1998년 가을경으로 기억된다. 1998년 2월경 그는 종로구 국회의원직을 사퇴하고 서울시장 후보 경선을 준비하던 중, 1998년 4월경 서울고법에서 앞선 1996년 제15대 국회의원 선거에서 법정 선거비용을 초과해 지출했다는 혐의로 벌금 400만 원을 선고받자 서울시장 후보 경선을 포기하고 조지워싱턴 대학교에 연수를 와서 워싱턴 DC에 체류하고 있었다.

1998년 가을경 워싱턴 주미 대사관에 국회로부터 파견 나온 정순영(鄭順泳) 입법관이 "이명박 의원이 운동이나 한번 하자는데 어떠냐?"고 물어왔다. '샐러리맨 신화'로 유명한 인물이 궁금하기도 해서 제안을 받아들였다.

메릴랜드 퀸스타운에 있는 골프장에서 정순영 입법관, 다른 부처 주재관과 함께 이명박 전 의원을 만나 골프를 쳤다. 정치적으로 시련을 겪고 있는 시기였음에도 그는 매우 자신만만하고 활기찼다. 승부욕도 강했다.

그날 1달러짜리 내기를 했는데 퍼팅이 프로처럼 신중했다. 결국 그가 몇 달러 딴 것으로 기억한다.

내기에서 이긴 이 전 의원이 버지니아 맥클린에 있는 타치바나 일식당에서 저녁을 샀다. 식사를 하면서 그가 이런 말들을 한 것이 기억난다.

검찰이 토착 비리를 단속할 때 고급 외제차 타는 사람, 해외여행 많이 다니는 사람, 명품을 많이 구입한 사람들을 우선 수사 대상으로 한다는 이야기를 들었다. 이것은 잘못된 것이다. 우리나라는 수출을 해서 먹고산다. 해외에 많이 나가서 선진 문물도 보고, 고급 외제차 등 명품도 써 봐야 일류 물건을 만들 수 있다. 골프장, 고급 술집에 자주 드나드는 사람도 단속한다고 들었다. 골프장은 캐디, 풀 뽑는 아주머니들의 일터이고, 술집에는 여종업원, 웨이터 등이 일한다. 이들은 하루 벌어 하루 먹고사는 어려운 사람들이다. 아가씨들 머리 손질해 주는 미장원, 안주를 공급하는 사람들도 다 술집으로 먹고 산다. 함부로 단속할 것이 아니다.

현실경제를 나름대로 정확하게 파악한 견해로, 실용주의자라는 인상이 강하게 들었다. "이상주(李尙柱) 검사가 사위인데 선배로서 잘 지도해 달라"는 부탁도 빠뜨리지 않았다.

그 후 워싱턴에서 이 전 의원을 다시 본 것은 김상협 매일경제 워싱턴 특파원 집에서였다. 김 특파원의 부인이 서울대 수학과 출신으로 우리 애들에게 수학을 가르쳐 주고 있었는데 그날은 김 특파원 부부 아이의 돌이어서 인사차 방문한 것이었다. 그곳에서 여러 사람과 함께 있는 이 전 의원을 보았으며 동석은 하지 않고 의례적인 인사만 나누었다. 워싱턴에서 이명박 대통령을 만난 것은 이것이 전부였다.

이명박 대통령을 다시 만난 것은 거의 10년이 흘러 그분이 대통령이 된 뒤 2008년 5월경 과천 법무부에서 열린 대통령 업무보고 자리에서다. 나는 대검 기획조정부장으로 검찰총장을 모시고 업무보고에 참석했다. 매년 법무부장관이 대통령에게 업무보고를 하는데 대검에서는 검찰총장과 기획조정부장이 배석하는 것이 관행이다.

법무부장관의 2008년도 업무보고가 끝난 후 토론이 있었다. 나는 사전에 정해진 순서대로 준비한 내용을 이야기했다. 검찰이 국민에 대한 소통을 강화해야 한다는 취지였다. 다른 사람이 말할 때는 가만히 듣고 있던 李 대통령이 내 이야기에는 "좋은 점을 지적했다. 검찰이 저런 자세로 변화해야 한다"고 칭찬했다.

업무보고가 끝난 후 이 대통령이 참석한 간부들과 돌아가면서 악수를 나누는데, 다른 참석자들과는 아무 말 없이 악수만 나누었으나 내 차례가 되어서는 나의 어깨를 툭 치며 웃으면서 "잘 있었어?" 하고 손을 잡았다. 나는 당황해서 "네"라고 짧게 대답하였다. 그 자리에 있던 김경한(金慶漢) 법무부장관, 임채진 검찰총장, 그리고 법무부 간부들의 시선이 모두 나에게로 쏠리는 것을 느꼈다. 대통령의 정치적 제스처라고 생각했지만 그런 행동이 싫지는 않았고 솔직히 기분이 좋았다.

그 후 2009년 1월 하순경 청와대에서 있었던 법무부 업무보고에서 李 대통령을 본 것이 마지막이었다. 그때는 사적(私的)인 인사는 없었다.

이명박 정부에서 나에 대한 인사가 두 번 있었다. 2008년 3월 인사에서 대검 기획조정부장, 2009년 1월 인사에서 대검 중앙수사부장에 각 보임되었다. 기획조정부장에 보임된 경위는 앞에서 말한 대로고, 이 대통령과는 아무런 관련이 없다.

노무현 수사의 서막

大檢 중수부장

2008년 10월 초순경 임채진 검찰총장과 함께 검찰 간 업무협력을 위해 우크라이나와 러시아를 방문했다.

우크라이나 일정을 마치고 러시아로 출발하기 전에 키이우(키예프) 공항 근처 민속촌에서 환송연이 있었다. 양국(兩國) 간부들 사이에 많은 술잔이 오고 갔다. 보드카를 마셔서 모두 상당히 취한 상태였다. 임 총장이 갑자기 일어나 통역관에게 자신이 하는 말을 통역하라고 했다.

"대검찰청에는 중앙수사부가 있는데 대한민국의 특별수사를 책임지고 있는 중요한 부서다."

그리고 나를 가리키며 "다음 중앙수사부장은 저 사람이다"라고 했다.

나는 깜짝 놀랐다. 林 총장이 그런 말을 할 줄은 전혀 예상하지 못했다. 그 자리에는 최윤수(崔允壽) 대검 마약과장, 검찰연구관, 대검 통역관 등 검찰 직원들도 함께 있었다. 최 과장 등에게 "총장께서 술김에 하신 말씀이니 다른 곳에 옮기는 일이 없도록 하라"고 주의를 환기했다.

보통 2월에 하던 인사가 2009년에는 1월로 앞당겨졌다. 임 총장이 나에게 "법무부장관과의 인사 협의를 위해 서울중앙지검장, 법무부 검찰국장, 대검 중앙수사부장·공안부장 등 '검찰 빅 4'에 대한 인사안을 작성해 가져오라"고 지시했다. 인사 대상인 나도 포함한 인사안을 작성하는 것이어서 난감했지만 어쩔 수 없었다.

검사장 인사는 우선 중요 보직인 '빅 4'를 결정하고 나머지 검사장 자리를 정한다. 당시 서울중앙지검장은 사법연수원 10기인 명동성 검사장이 맡고 있었고, 검찰국장·중수부장·공안부장은 모두 연수원 13기로 보임되어 있었다. 따라서 1월 인사에서는 서울중앙지검장은 11기나 12기, 검찰국장·중수부장·공안부장은 우리 14기로 보임하는 것이 순서였다. 나는 법무부 검찰 1·2·4과장을 모두 거쳤고 현재는 검찰행정을 맡고 있는 대검 기획조정부장이다. 전임 검찰국장 문성우, 현재 검찰국장 차동민(車東旻)도 모두 기획조정부장 출신이다. 내가 법무부 검찰국장으로 임명된다고 하여 이를 이상한 인사라고 생각하는 사람은 없을 것이었다.

하지만 임 검찰총장은 나를 대검 중앙수사부장으로 쓰고 싶다는 속내를 비쳤다. 중수부장은 검사로서 직접 수사를 할 수 있는 마지막 보직으로, 특별수사를 한 검사라면 누구나 꿈꾸는 영광스러운 자리이다. 나는 고민 끝에 나를 중수부장에 보임하는 안을 1안으로, 검찰국장에 보임하는 안을 2안으로 작성해 임 총장에게 가지고 갔다.

"검찰국장에 못 가도 섭섭하지 않겠나?"

"윗분들의 뜻에 따르겠습니다."

인사 발표 전, 임채진 총장은 "중수부장으로 갈 것이니 준비하라"고 귀띔을 해 주었다.

2009년 1월13일 대검찰청 중앙수사부장으로 부임했다. 1991년 검찰연구관으로 근무했던 부서에 18년 만에 최고 책임자로 돌아온 것이다. 김대웅(金大雄) 중수3과장한테 혼나면서 배우던 것이 엊그제 같은데 벌써 18년이 지났다.

18년 전 중수부에는 4개 과가 있었고 각 과에 검찰연구관이 1명씩 배치되어 있었다. 검찰연구관을 뽑을 때 각 중수부 과장들로 하여금 2명씩 후보를 추천하도록 했는데, 김대웅 중수3과장이 추천한 사람은 내가 아니었고 자신의 광주일고 후배인 소병철(蘇秉哲) 검사를 원했다. 그런데 최명부(崔明夫) 중수부장이 정홍원(鄭烘原) 4과장이 추천한 나를 발탁해 중수3과에 배치한 것이었다.

김대웅 과장은 성격이 불같았다. 반면에 글씨는 깨알같이 작고 치밀하고 꼼꼼한 사람이었다. 검찰연구관으로 부임한 지 얼마 안 돼서 김 과장에게 수사 계획(안)을 보고하는데, 그가 마음에 들지 않는다며 결재판을 바닥에 집어던졌다. 바닥에 흩어진 서류들을 주섬주섬 집어 들고 다시 작성해 오겠다고 말하고 내 사무실로 돌아왔다. 창밖을 내다보니 화창한 봄날에 덕수궁 잔디밭에서 청춘 남녀들이 데이트를 즐기고 있었다. 나도 모르게 눈물이 났다. 이를 악물었다. 김 과장의 마음에 들기 위해 더 열심히 노력했다. 김 과장도 그런 나를 인정하고 더 많이 가르쳐 주려고 하였으며, 나를 동생처럼 아껴 주었다. 그런 경험들이 오늘 나를 여기까지 오게 한 것이다. 그때 일을 생각하니 만감이 교차했다.

박연차 게이트를 인계받다

중앙수사부장 인사 발표 직후 박정식(朴正植) 중수2과장으로부터 박연차(朴淵次) 태광실업 회장의 정·관계 불법 로비사건 수사 진행 상황을 보고받았다. 박 과장은 박연차 사건의 주임검사였다.

박정식 과장이 박연차 회장의 불법 로비와 관련해 보고한 내용은 다음과 같았다.

노무현 대통령에게 2008년 2월22일경 아들 노건호 등의 사업자금 명목으로 500만 달러, 2006년 9월27일 노 대통령 회갑 선물로 2억 원 상당의 명품 피아제 남녀 시계 1세트를 각 제공했고, 박관용(朴寬用) 전 국회의장에게 정치자금 2억 원, 김원기(金元基) 전 국회의장에게 정치자금 10만 달러, 이광재(李光宰) 전 도지사에게 정치자금 5만 달러, 정상문(鄭相文) 전 비서관에게 정치자금 3억 원 등을 각 제공했다.

그리고 얼마 전 2008년 12월 언론에 보도된 내용으로 "노무현 대통령 퇴임 직후인 2008년 3월20일경 박연차 회장이 노 전 대통령에게 차용증을 받고 15억 원을 빌려주었다"는 내용도 있었다.

박 과장은 박연차 회장의 진술을 확보한 후, 노 전 대통령의 500만 달러 수수 사실을 확인하기 위해 홍콩 사법당국에 관련 계좌에 대한 형사사법공조 요청을 했다고 했다.

박정식 과장의 보고에 매우 놀랐다. 박연차 회장의 불법 로비에 대한 수사가 진행 중이라고 짐작은 하고 있었지만 노무현 전 대통령까지 연루

되었을 것이라고는 상상하지 못했다. 노 전 대통령은 나를 검사장으로 승진시켜 준 사람이고 퇴임한 지 채 1년이 되지 않았다. 전임 대통령을 수사해야 한다니 마음이 답답해졌다. 호랑이 등에 올라탄 것이다.

노무현 전 대통령에 대한 수사는 국세청의 박연차 회장 탈세 고발 사건에서 시작되었다.

한상률(韓相律) 국세청장은 2008년 7월30일 서울지방국세청 조사4국을 동원해 김해에 있는 박연차 회장의 태광실업과 정산개발에 대한 세무조사에 돌입했다. 태광실업을 관할하는 부산지방국세청이 아닌 '국세청의 중수부'라고 할 수 있는 서울지방국세청 조사4국이 동원된 것은 이 사건이 단순한 세무조사가 아니라는 것을 의미한다. 박 회장에 대한 세무조사가 시작된 시점은 이명박 정권이 광우병 위험 미국산 쇠고기 수입 문제로 위기에 처한 시기였다. 2008년 10월경에는 노 전 대통령의 형 노건평이 경영하는 정원토건으로 세무조사를 확대했다.

국세청은 세무조사 과정에서 박연차 회장과 노무현 전 대통령 간의 부동산 거래 사실과, 노 전 대통령이 재임 시 박 회장으로부터 2006년 9월경 회갑 선물로 시가 2억 원 상당의 피아제 남녀 시계 1쌍을 받고, 퇴임 직후인 2008년 3월15일경 차용증을 작성해 주고 15억 원을 빌린 사실 등을 파악했다. 또한 박 회장으로부터 금품을 받은 것으로 추정되는 여야 정치인 30여 명의 금품 수수 명단을 작성했다. 박 회장의 계좌에서 용처 불명의 큰돈이 현금으로 인출된 시기와 여비서 다이어리와 일정표에 기재되어 있는 박 회장이 만난 사람들을 비교해 만들었다. 그리고 청와대에 이러한 내용을 보고한 후 2008년 11월25일 대검찰청에 박연차 회장을 홍콩 법인을 통해 290억 원의 세금을 포탈한 혐의로 고발하고, 그동안 수집하고 작성한 모든 자료를 넘겨주었다.

박연차 회장에 대한 세무조사가 청와대의 지시인지 국세청의 자체 판단에 의한 것인지는 확실하지 않다. 하지만 청와대는 적어도 박연차 회장에 대한 고발 사건이 노무현 전 대통령 등 정치인들의 금품 수수사건으로 확대되리라는 사실은 알고 있었을 것이다.

대검찰청 중앙수사부는 국세청 고발 사건에 대한 수사에 착수해 2008년 12월12일 박연차 회장을 '홍콩 법인을 통해 소득세 241억 원을, 차명계좌를 이용한 주식 거래로 양도소득세 47억 원을 각 포탈하고, 농협으로부터 비료 원료 회사인 휴켐스를 인수하는 과정에서 정대근(鄭大根) 농협 회장에게 뇌물 20억 원을 제공한 혐의'로 구속했다.

이와 별개로 세종증권 매각 비리를 수사해 2008년 12월4일 노무현 전 대통령의 형 노건평을 알선수재죄로 구속했다. 2006년 2월 하순경 세종캐피탈 사장 홍기욱으로부터 정대근 농협 회장에게 청탁해 농협에서 세종증권을 인수하도록 도와달라는 부탁을 받고 수고비 명목으로 29억 6300만 원을 수수한 혐의였다.

전임 박용석 중수부장은 검찰 인사를 앞두고 2008년 12월22일 세종 증권 매각 비리 수사 결과를 발표하고, 박연차 회장과 노건평을 구속 기소했다. 전임 수사팀은 국세청으로부터 넘겨받은 자료를 토대로 박 회장을 추궁해 노 전 대통령 등 5명에 대한 금품 제공 사실을 받아 낸 후, 추가 불법 로비 수사는 후임팀에 넘겼다.

노 전 대통령에게 사업자금으로 500만 달러를 제공한 사실을 밝혀내게 된 단서는 국세청이 검찰에 보낸 자료 중 '송금지시서'였다. 송금지시서는 박 회장의 홍콩 JS Global Investment Ltd. 계좌에서 Tanado 계좌로 500만 달러를 송금하라는 내용이었다. 검찰이 박 회장에게 "아들 박

○○에게 송금한 것이 아니냐"고 추궁하자 박 회장이 "노 대통령 아들 노건호 등의 사업자금으로 넘겨준 것"이라고 실토한 것이라고 한다.

전직 대통령의 재임 중 금품 수수 비리를 발견하고서도 이를 수사하지 않는다면 검사로서 직무유기다. 나는 전임 수사팀으로부터 노 전 대통령의 시가 2억 원 상당 명품 시계 수수와 사업자금 500만 달러 수수 사실을 인계받고 계속해서 수사를 해 나갔다.

2008년 9월경, 정확한 장소는 기억나지 않지만 신재민(申載旼) 문화체육부 차관이 "이 검사장이 중수부장이 되면 우리도 안 봐줄 거 아냐"라고 해서 웃은 적이 있다. 임채진 검찰총장은 물론 이명박 정권도 내가 어떤 사람인지 잘 알고 있었다. 나는 강성 원칙주의자다. 거악(巨惡)에 대해 타협하는 법이 없었다. 언론에서 '재계의 저승사자'라고 불릴 만큼 기업인들은 나를 경계하고 있다. 박연차 회장도 새로 중앙수사부장으로 부임한 나에 대해 염려하고 있을 것이다. 임채진 총장도 이명박 정권도 박연차 회장의 불법 로비에 대한 철저한 수사를 위해 나를 중수부장에 임명한 것이라는 생각이 들었다.

박정식 과장으로부터 인계받은 내용이 많이 부족하다는 생각이 들었다. 박연차 회장이 금품을 제공했다고 한 사람들의 면면을 보면 인위적으로 맞추었다는 느낌을 지울 수 없고 숫자도 너무 적었다. 국세청이 검찰에 넘겨준 금품 수수 추정 명단은 30명이 넘었다. 박 회장이 적당히 진술해 주고 간을 보고 있는 것은 아닐까? 수사가 이렇게 진행되어서는 안 된다. 나는 수사를 원점에서 다시 시작하기로 마음먹었다.

제
4
장

박연차 리스트

©cho euihwan

노무현 스폰서 박연차

박연차(朴淵次) 회장은 경남 밀양 출신으로 초등학교밖에 나오지 않았지만 성공에 대한 강한 집념과 남다른 노력으로 태광실업이라는 대기업을 키워 냈다. 태광실업은 나이키에 고급 운동화를 납품하는 기업으로 전 세계 나이키 운동화의 12~15퍼센트를 생산해 납품해 왔다. 특히 나이키 운동화 중 고급 제품은 대부분 태광실업에서 납품했다.

박 회장은 1994년 베트남, 1995년 중국으로 신발공장을 확장하면서 사업을 키워 나갔다. 삼성전자가 베트남에 진출하기 전에 박 회장이 세운 태광비나실업주식회사는 베트남 수출 기업 중 1위였다. 베트남 정부로부터 국빈 대접을 받기도 했다. 그는 자수성가한 성공한 기업인이었다.

그는 조(兆) 단위에 이르는 부를 쌓았음에도 부산 기업인들로부터 인정받지 못했다. 부산상공회의소 임원이 되어 활동도 해 보고 돈도 많이 기부해 봤지만 소용이 없었다. 기업인들이 골프를 자주 치는 것을 보고 그들과 어울리기 위해 골프를 배웠다. 늦게 골프를 배웠음에도 부산 통도

사 골프클럽 챔피언이 될 정도로 집념이 강했다. 이렇게 골프를 치면서 어울려도 부산 기업인들은 그를 인정해 주지 않았다. 우연히 조폭들과 어울리게 되었다. 그들은 달랐다. 돈을 쓰면 쓴 만큼 박 회장을 확실하게 대접했다. 조폭들과 어울려 해외로 놀러 다니면서 우연히 코카인에 손을 대게 되었다. 그러다가 1989년 해운대 한국콘도 마약사건으로 구속되기도 했다.

태광실업은 나이키에 운동화를 납품하는 것이 사업의 대부분이기 때문에 국세청 이외에는 특별히 신경을 쓸 기관도 없었다. 그럼에도 박 회장은 정치인, 검사, 경찰관 등과 자주 어울리며 기꺼이 그들의 스폰서가 되었다. 손이 커서 뿌린 촌지 액수도 다른 사람들보다 몇 배나 되었다. 부산 관가에서 '마음씨 좋은 성공한 기업가'로 알려지게 되었고, 부산 기업인들도 그를 함부로 할 수 없게 되었다. 더욱이 2002년 12월 박 회장이 물심양면으로 도와준 정치인 노무현(盧武鉉)이 대통령에 당선되었다. 그 후 박 회장은 공무원들의 눈치를 보고 접대하는 '을'에서 대통령의 후원자로서 공무원들로부터 청탁을 받는 '갑'으로 입장이 바뀌었다.

박 회장은 나이키에 신발을 납품하는 것 외에 다른 수입원이 없다는 것을 늘 불안하게 생각했다. 나이키가 신발을 사 주지 않으면 하루아침에 망하는 것이다. 그래서 다른 기업에 의존하지 않는 확실한 수입원을 가지는 것이 소원이었다. 노무현 정권을 배경으로 박 회장은 농협으로부터 비료 원료를 생산하는 휴켐스를 인수하고, 베트남 정부로부터 화력발전 사업 허가를 받아 내는 데 성공함으로써 소원을 이루었다.

1989년 겨울 부산동부지청 특수부에서 근무할 때 코카인 투약 혐의로 구속된 박 회장을 본 적이 있었다. 함께 특수부에 근무하는 민유태(閔有台) 검사가 박 회장을 마약법 위반으로 구속했다. 해운대 한국콘도에서 태양호텔 사장과 함께 코카인을 흡입한 혐의였다. 그때 대검 중앙수사부 과장이 서울에서 직접 내려와 검사실에서 박 회장을 면회하고 돌아가기도 했다. 어떤 관계이기에 중수부 과장이 부산까지 내려와 마약사건으로 구속된 사람을 만나고 돌아가는가? 나로서는 놀라운 일이었다.

검찰 내부에도 박 회장과 가까운 사람이 많이 있었다. 내가 알고 있는 사람도 상당수였다. 부산 고·지검에서 근무한 검찰 고위 간부들 중에는 박 회장과 친한 사람들이 꽤 있을 것이며, 박 회장도 이들에게 기대를 걸고 있을 것이다. 이런 박 회장을 설득해 사건 전모를 밝힌다는 것은 쉬운 일이 아니다. 잘못하다가는 박 회장에게 끌려다녀 "박 회장이 주임검사"라는 소리를 들을 수도 있다. 우선 그를 꼼짝 못 하게 할 자료들을 확보하는 것이 무엇보다 중요했다. 뇌물 수수사건인 만큼 공여자인 박 회장의 입에만 의존할 수 없었다. 계좌, 서류, 장부 등 객관적인 증거가 필요했다.

'600만 달러' 첫 윤곽

'강골' 우병우 발탁

새로 수사팀을 구성해야 했다. 검사도 인간인지라 수사 과정에서 피의자에게 정이 들기 마련이다. 기존 수사팀이 박 회장을 엄정하게 수사하기는 어려울 것이다. 더욱이 기존 수사팀은 박 회장으로부터 노 전 대통령을 포함한 5명에 대한 금품 제공 진술을 받았다. 일단 진술을 받은 상태에서 이를 뒤집고 새로 추가 진술을 받아 낸다는 것은 현실적으로 어렵다. 수사 능력이 출중한 검사들 중에서 나와 호흡이 잘 맞을 사람으로 새로 수사팀을 구성하기로 했다.

나는 검찰1과장으로 근무하면서 사법연수원 19기를 소규모 지청장으로 배치하는 인사를 해 봐서 연수원 19기에 대해서는 속속들이 알고 있다. 동기들이 들으면 섭섭할 수도 있겠지만 우병우(禹柄宇) 검사는 19기 중 수사 능력이 가장 뛰어난 사람이다. 청렴하고 강직하며, 서울법대 4학년 때 사법시험에 합격하는 등 머리가 좋다. 다만, 직선적인 성격으로 거침없이 말을 해서 상사들 중에는 그와 함께 근무하는 것을 부담스럽게 생각하는 사람들도 더러 있었다. 프라이드가 강하고 능력이 뛰어나서 벌어지는 일이다.

나는 워싱턴 주미 대사관 법무협력관으로 근무할 때인 1997년 봄경 조지워싱턴 대학교에 유학온 우 검사를 처음 만났다. 자세도 바르고 조직에 대한 충성심도 강해 보였으며, 쾌활하고 적극적인 성격이었다. 그 뒤에도 그를 눈여겨보아 왔다. 이번 수사에 적격이라고 생각했다. 정동기(鄭東基) 민정수석이 2004년 대구지검장일 때 우병우 검사가 대구지검 특수부장으로 근무한 사실이 신경 쓰였지만 큰 문제는 없을 것으로 판단했다.

우병우 검사는 서울중앙지검 금융조세조사부장으로 근무하고 있었다. 전화를 걸어 "나와 함께 일할 생각이 있느냐?"고 물었다. 그는 기쁜 목소리로 "불러 주시면 영광입니다"라고 흔쾌히 승낙했다.

"중수1과장 박경호(朴炅晧)가 동기인데 그 후임으로 오는 것이 괜찮겠나?"

프라이드가 강한 그를 염려해서 한 말이었다. 그는 바로 대답했다.

"문제없습니다. 최선을 다하겠습니다."

이렇게 해서 노무현 전 대통령을 수사할 주임검사가 우병우 검사로 결정되었다. 당시 법무부는 우 검사를 법무부 정책기획단장으로 기용하려고 했으나 나의 반대로 뜻을 접었다. 그때 우 검사를 법무부에 가도록 놓아두었더라면 어떻게 되었을까?

중수2과장은, 1과장인 우병우 과장이 경북 영주 출신이므로 연수원 20기나 21기 검사 중 호남 출신을 뽑아 균형을 맞추기로 했다. 이석환(李錫煥, 21기) 광주지검 해남지청장을 쓰기로 했다. 그는 2003년 내가 서울지검 형사9부장일 때 SK 사건을 같이 수사했고, 2006년 서울지검 3차 장검사 때 특수1부에서 각종 힘든 수사를 잘해 냈다. 수사 능력은 충분히 검증되었고 성품도 좋아 나이 어린 우병우 과장과 한 팀이 되는 데도 문제가 없을 것이었다.

이동열(李東烈, 22기) 첨단범죄수사과장은 2003년 내가 서울지검 금융조사부장으로 근무할 때 함께 일한 인연이 있었다. 그는 SK사건 수사 후반에 투입되어 이남기(李南基) 공정거래위원장을 구속하는 등 공무원 관련 사건을 깔끔하게 처리했다. 업무의 연속성을 위해 유임시키기로 했다.

언론을 상대할 수사기획관은 법무부 대변인 홍만표(洪滿杓, 17기) 검사를 기용하기로 마음먹었다. 홍 검사는 내가 서울중앙지검 3차장검사로 근무할 때 특수3부장으로 황우석(黃禹錫) 사건을 깔끔하게 처리했다. 그때 꼼꼼하고 치밀하게 수사를 한다는 인상을 받았다. 수사 경험이 많을 뿐 아니라 부드러운 성품으로 기자들과 원만한 관계를 유지할 것이라 판단했다.

임채진(林采珍) 총장에게 중앙수사부 인사안을 보고했다. 홍만표 수사기획관, 이석환 2과장, 이동열 첨단범죄수사과장은 임 총장과도 함께 근무한 인연이 있기 때문에 문제가 없을 것이라고 생각했다. 다만, 우병우 중수1과장에 대해서는 총장이 견해를 달리할 수도 있어서 그의 1과장 합류를 관철시키기 위해 단단히 준비했다. 임 총장은 나의 인사안에 대해 "자네가 쓸 사람들이니 그렇게 하라"고 흔쾌히 승낙해 주었다.

2009년 1월19일경 검찰 차장 및 부장검사 인사가 있었다. 새로 중수부 수사 라인이 구성되었다. 이들이 부임하자마자 각 과장들에게 "특별한 이유가 없는 한 기존의 검사들을 모두 내보내고, 수사 능력이 뛰어난 검사를 새로 선발하라"고 지시했다. 1월 말까지 검사 15명가량을 선발해 새로운 수사팀이 완성되었다.

사업자금 500만 달러, 미국 주택 구입 100만 달러

우병우 과장에게 "박연차 회장이 검찰에 적당히 협조하는 척하면서 간을 보고 있는데, 박 회장이 주임검사라는 소리를 들어서는 안 된다. 전임 수사팀으로부터 인계받은 내용은 무시하고, 박 회장에 대한 수사를 원점에서 다시 시작하라"고 지시했다. 특별수사 경험이 많은 우 과장은 내 말뜻을 금방 이해했다. 전임 팀에서 넘겨받은 수사 기록 및 자료를 새로운 시각으로 재검토하고, 기업 공시 자료, 계좌 추적 내용, 검찰 범죄 정보, 언론 보도 등을 총망라해 종합적인 수사 계획을 세우라고 지시했다.

우 과장은 지시한 지 일주일도 되지 않아서 2009년 2월3일 16장짜리 보고서를 올렸다. 박연차 회장을 압박할 새로운 범죄 혐의사실이 총망라되어 있었으며 향후 수사 계획까지 들어 있었다. 그 짧은 기간에 이렇게 만들어 내다니 무척 마음에 들었다. 능력을 익히 알고 있었지만 기대를 훨씬 뛰어넘었다. 이 정도면 박 회장을 항복시키는 것은 시간문제였다. 우 과장을 격려하고 중수1과에 수사비를 넉넉하게 지원했다.

박연차 회장의 태광실업과 정산개발에 대해 추가 압수 수색을 실시하고 계좌 추적도 확대했다. 베트남에 있는 직원들도 소환해 조사했다.

2009년 2월11일, 박 회장이 노무현 전 대통령 조카사위 연철호에게 500만 달러를 송금한 홍콩 JS Global UBS은행 계좌, APC홍콩신한은행 계좌 등의 거래 내역을 입수했다. 거래 내역을 확인하는 과정에서 박 회장이 중국, 베트남, 캄보디아에서 사업을 하면서 고위공무원들에게 금품을 제공한 사실도 확인됐다. 그런데 거래 내역 중 의심스러운 것이 있었다. 2007년 9월22일 '임웡(Yim Y. Wong)'이라는 명의인(名義人)에게 40만 달러가 송금됐는데, 박 회장은 누군지 기억나지 않는다고 진술했다. 석연치 않았지만 수신인이 중국 사람으로 추정되어 일단 사건과 직접 관련이 없는 것으로 생각하고 넘어갔다[노 전 대통령의 검찰 소환일에 도착한 미국 금융범죄단속네트워크(Financial Crimes Enforcement Network, FinCEN. 우리나라 금융정보분석원에 해당)의 회신 내용에 따르면 '임웡'은 노 전 대통령 딸 노정연에게 미국 주택을 판 사람으로 밝혀졌다. 뒤에서 자세히 얘기하겠다].

"박연차 회장이 이명박(李明博) 대통령의 친구인 천신일(千信一) 세중나모 회장에 대한 미련을 못 버리고 입을 열지 않고 있는 것으로 보인다"는 보고를 받았다. 어리석은 사람이다.

박연차 회장의 변호는 로고스와 김앤장 소속 변호사들 3명이 맡고 있었다. 박 회장은 박영수(朴英洙) 변호사를 변호인으로 추가 선임했다. 박영수 변호사와 나는 여러 차례 함께 근무한 인연이 있는 가까운 사이였다. 검찰도 피의자를 직접 상대하기보다는 상호 이해가 빠른 변호인과 대화하는 것이 불필요한 오해를 줄일 수도 있고 속에 있는 이야기를 할 수 있어 편리한 경우가 종종 있다.

2009년 2월 중순경 박영수 변호사가 나를 찾아왔다. 박 변호사는 내가 어떤 사람인지 잘 알고 있고 이번 사건 수사의 성격도 잘 이해하고 있었다. 박 회장을 보호하기 위해 어떻게 검찰의 수사에 협조할 것인지 방안을 고민하고 있을 것이었다. 나는 수사 진행 중인 박 회장의 혐의 내용을 구체적으로 설명하면서, 중형을 면하기 어려울 것이라고 말했다. 전직 중수부장 출신인 박 변호사는 검찰의 의중을 금방 알아차렸다. 아니, 오기 전에 이미 알고 있었다는 표현이 더 정확할 것이다. 구구절절 말할 필요도 없었다. 박 변호사는 다시 오겠다며 돌아갔다. 이제 기다리면 연락이 올 것이다.

2009년 2월19일 〈조선일보〉가 "박연차 회장이 노무현 전 대통령의 측근 L씨, 정계 원로 P씨와 K씨, 친분이 두터운 기업인 C씨에게 수억 원을 전달했다"고 보도했다. 박 회장의 불법 로비 수사에 대한 첫 번째 보도였다. 전임 수사팀으로부터 수사 내용을 취재한 것으로 추측되었다. 보안 유지는 수사의 생명이다. 수사팀이 모두 바뀌는 바람에 보안 유지가 더욱 힘들었다. 우병우 과장에게 수사 속도를 높일 것을 주문했다.

우 과장이 "박연차 회장이 2월21일 검사실에서 박영수 변호사, 정산개발 정승영(鄭承榮) 사장 등을 면담했으며 그 후 입을 열기 시작했다"고 보고했다. 다음 날 우 과장은 박 회장으로부터 정치인, 공무원, 검찰공무원, 공기업 임원, 언론인, 외국 공무원, 나이키 임직원 등 60여 명에게 금품을 주었다는 진술을 청취했다고 보고했다. 조서는 작성되지 않았다.

2009년 2월23일 오후 박영수 변호사가 다시 찾아왔다. 박 회장이 정·관계 인사 및 언론인에게 금품을 제공한 내역을 정리한 명단이 들어 있다며 서류 봉투를 내밀었다. 명단에는 박 회장이 금품을 제공한 60여 명의 성명, 일시 및 장소, 액수, 명목 등이 손글씨로 적혀 있었다. 누가 명단을 작성했냐고 물었더니 "이○○ 변호사가 박 회장의 말을 듣고 직접 작성한 것"이라고 했다. "검토해 보고 연락을 드리겠다"고 말하자, 박영수 변호사가 잠시 내 표정을 살피다가 말했다.

"조심스러워서 명단에는 적지 않는데, 박 회장이 2007년 6월경 노무현 대통령에게 아들 노건호의 미국 주택 구입 자금으로 100만 달러를 주었다고 한다."

나는 그 말을 듣고 깜짝 놀랐다. 노 대통령이 사업자금으로 받은 500만 달러 이외에 추가로 수수한 내용이 나온 것이다. 명목도 미국에서 주택을 구입하는 데 쓰라고 주었다니 충격적이었다. 박 변호사는 "수사에 적극 협조하겠으니 박 회장에 대해 선처해 달라"고 부탁하고 돌아갔다.

우병우 과장을 호출해 박 회장의 금품 제공 명단을 건네주었다. 어떻게 생각하느냐고 물었다.

"옆에서 지켜보았는데 박 회장이 정승영 사장, 최규성(崔圭晟) 전무 등과 의논하면서 기억을 더듬어 작성한 것으로 믿을 수 있을 것 같습니다."

이어 박 변호사로부터 전해들은 미국 주택 구입 자금 100만 달러에 대해 말해 주자 우 과장도 크게 놀라는 눈치였다. 우 과장에게 그동안 검찰 수사로 확인된 금품 수수자들과 변호사가 제출한 명단을 합쳐서 새로운 명단을 만들라고 지시했다. 다만, 수사 대상이 너무 많으면 곤란하니 1만 달러(약 1000만 원) 이상 받은 사람으로 한정하기로 했다. 임 총장에게 "박 회장이 노 대통령에게 아들 노건호의 미국 주택 구입 자금으로 100만 달러를 주었다고 한다"는 내용을 보고했다. 임 총장은 "보안 유지를 확실히 하고, 철저하게 수사하라"고 지시했다.

며칠 뒤 우 과장이 100여 명의 금품 수수 명단을 완성해서 보고했다. 수수 금액을 1만 달러 이상으로 한정했는데도 100여 명이나 되다니, 앞으로 수사할 일이 걱정되었다. 박 회장 한 사람이 100여 명에게 금품을 제공한 것에 대해 진술해야 하는 어려운 상황이었다.

박 회장이 금품을 제공했다는 사람 100여 명 중에는 외국 국가원수를 포함해 외국 공무원 17명이 들어 있었다. 외국 공무원에 대한 뇌물 공여는 매우 민감한 사안이었다. 수사하기도 어렵고, 자칫 잘못하다가는 외교 문제로 비화할 수도 있었다. 수사를 한다고 해도 형사사법공조가 제대로 이루어진다는 보장도 없었다. 외국 공무원들은 우리나라 정치인과 공무원 등을 처리한 다음 추후에 수사 여부를 검토하기로 했다.

"노건평과 이상득의 밀약"

"4월은 잔인한 달"

금품을 받은 수사 대상이 100여 명이나 되었기 때문에, 금품 수수자의 신분, 수수 액수, 뇌물인지 정치자금인지 명목 등을 고려해 우선 수사 대상 40여 명을 선정했다. 그 40여 명을 중수1과, 중수2과, 첨단범죄수사과에 나누어 배당하고 소환 순서 및 시기 등을 조율해 수사 계획을 수립했다. 최대한 신속하게 수사를 진행하라고 지시했다. 노무현 전 대통령은 이명박 대통령의 친구인 천신일 세중나모 회장을 처리한 후 맨 마지막에 하기로 했다.

박연차 회장의 진술을 토대로 계좌 추적 등 증거를 확보하고, 참고인 등 주변 조사를 마친 후 2009년 3월 중순경부터 금품 수수자들에 대한 사법처리에 들어갔다.

국회의원 보궐선거에서 불법 선거자금 5억 원을 받은 이 모 전 해양수산개발원장(열린우리당)을 3월19일에, 불법 정치자금 10억 원을 받은 송 모 전 김해시장(한나라당)을 20일에 각 구속했다.

언론에서 벌써 노 전 대통령의 이름이 거론되기 시작했다. 3월19일 〈동아일보〉는 "노무현 전 대통령이 퇴임 후 박연차 회장으로부터 50억 원을 받은 정황을 검찰이 파악했다"고 보도했다. 다음 날에는 50억 원이 태광실업의 홍콩 법인 APC사 계좌에서 미국 거주 지인(知人)이 관리하는 계좌로 송금됐다고 보다 구체적으로 보도했다. 사실과 조금 다른 내용의 보도였다. 홍만표 수사기획관이 "노 전 대통령에 대한 수사를 하고 있지 않다. 앞서 나가지 말라"고 기자들을 진정시켰다.

3월20일 방배동에 있는 '함지박'에서 대검 출입 기자들과 오찬을 가졌다. 수사 이야기는 하지 않았다. 봄이 되었는데도 날씨가 추워 "호지무화초, 춘래불사춘(胡地無花草, 春來不似春)" 시구 이야기를 하다가 T. S. 엘리엇의 난해한 시 「황무지」 중 "4월은 가장 잔인한 달 / 차라리 겨울이 따뜻했다"를 인용했다. 전임 대통령 수사를 앞두고 답답한 마음에 날씨가 화제가 되자 한 말이었다. 말이 씨가 된다는데, 쓸데없는 말을 한 것 같아 두고두고 많이 후회했다.

3월21일 이명박 정부 초대 홍보기획비서관이었던 추부길(秋富吉)을, 태광실업에 대한 세무조사 무마 청탁 명목으로 2억 원을 받은 혐의로 구속했다.

같은 날 민주당 이광재(李光宰) 의원을 소환했다. 이 의원은 검찰 수사를 여러 번 받아서 조사받는 노하우가 쌓인 것 같았다. 금품 수수를 완강히 부인했다. 금품 수수 사실이 베트남 태광 장부에 기재되어 있을 뿐 아니라, 베트남 하노이 공항에서 박 회장으로부터 받은 5만 달러를 가지고 나오다가 세관에 걸려서 박 회장이 해결해 주기까지 했는데도 잡아떼는 것이었다. 일단 귀가시켰다가 다음 날 보강 조사를 한 후 불법 정치자금 2억 2000만 원 상당을 받은 혐의로 사전구속영장을 청구했다. 3월26일 이 의원은 법원 영장실질심사를 받으며 의원직을 사퇴하겠다고 배수의 진을 치고 불구속으로 해 달라고 요청했으나 소용이 없었다. 구속영장이 발부되어 그를 구속했다.

3월22일에는 경남도지사 재보궐선거 당시 불법 정치자금 8억 원을 받은 장 모 전 행정자치부 2차관을 구속했다.

같은 날 박 회장으로부터 1억 원 상당의 상품권을 뇌물로 받은 박정규(朴正圭) 전 민정수석을 집 앞에서 긴급체포해 조사한 후 다음 날 23일 구속했다. 박정규 전 수석은 검찰 출신으로 나와도 잘 아는 사이였다. 나는 1987년 6월부터 1988년 8월까지 춘천지검 속초지청 검사로 재직했는데 박 전 수석이 나보다 2년 앞서 속초지청에 근무했다. 그는 속초지청을 떠난 후에도 자주 속초 관내에 놀러 왔다. 구속될 당시는 김앤장 소속 변호사였다. 일요일 아침 집 앞에서 기다리고 있다가 골프 약속을 나가는 박 전 수석을 체포했다. 조사를 시작하기 전에 조사실로 그를 찾아가서, "이렇게 모시게 되어 유감스럽다"고 안타까운 마음을 표시했다. 김앤장에서 근무하는 검찰 선후배들로부터 "너무하는 것 아니냐. 소환을 해도 될 것을 굳이 긴급체포까지 할 이유가 있느냐"는 소리가 들려왔다.

박 전 수석이 받은 1억 원 상당의 상품권을 실제로 사용한 사람은 그의 처였다. 상품권을 받은 지 수년 후에 백화점에서 보석 등을 사는 데 사용한 것이다. 만약 박 전 수석을 소환할 경우 사전에 처와 짜고 "처에게 박 회장으로부터 받은 상품권을 돌려주라고 하였는데 돌려주지 않고 있다가 마음대로 써 버린 것이다. 나는 돌려준 줄 알고 있었다"고 범행을 부인하면 처벌이 어려워질 수 있다. 실제로 박 전 수석은 검찰 조사에서 그와 비슷한 주장을 했다. 즉시 박 전 수석의 처를 소환 조사했다. 박 전 수석이 거짓 진술한 내용을 아직 모르는 처는 사실 그대로 진술했다. 검찰의 판단이 옳았다.

김앤장에 긴급체포할 수밖에 없었던 이유를 설명해 주었더니 "수사가 어려워지는 게 무슨 대수냐"는 반응들이었다. 절차가 문제가 아니라 김앤장에 근무하는 변호사를 구속한 것 자체가 못마땅한 것이었다. 김앤장의 권위에 흠이 생겼다는 것이다. 한때는 검사였던 사람들인데 서글픈 생각이 들었다.

3월27일 한나라당 박진(朴振) 의원을 불법 정치자금 4000만 원을 받은 혐의로 소환해 조사했고, 29일에는 서갑원(徐甲源) 의원을 불법 정치자금 5000만 원을 받은 혐의로 소환해 조사했다.

열흘 동안 전광석화처럼 6명을 구속하고, 현직 의원 3명에 대한 조사를 마쳤다.

"BBK 도와주면 노무현 패밀리 보호"

추부길 전 홍보기획비서관은 박연차 회장으로부터 세무조사 무마 청탁 로비를 받게 된 경위를 설명하는 과정에서 흥미로운 진술을 했다.

"2007년 12월 말경 BBK사건의 특별검사 임명과 관련해 노무현 대통령의 형 노건평과 이명박 당선인의 형 이상득(李相得)이 밀약을 맺었다."

BBK는 1999년 4월 김경준(金景俊)이 설립한 투자자문회사이다. BBK 사건은 이 회사 최대 주주인 김경준이 회사 명의로 2001년 4월27일 코스닥 등록 법인인 옵셔널벤처스를 인수한 후 허위로 외국인 투자설을 흘려서 주가를 조작하고, 2001년 12월 옵셔널벤처스 자금 380억 원을 가지고 미국으로 도망가는 바람에 옵셔널벤처스의 주가가 폭락해 5000여 명의 피해자에게 1000억 원대 손해를 입게 한 사건이다. 그런데 이명박 대통령의 큰형 이상은과 처남 김재정이 소유한 DAS가 BBK에 190억 원을 투자한 사실이 밝혀졌다. 이에 2007년 제17대 대통령 선거 과정에서 BBK의 실소유주가 누구인지, 이명박 한나라당 후보가 옵셔널벤처스 주가 조작에 가담했는지 여부가 큰 쟁점이 되었다.

2007년 12월7일 서울중앙지검은 BBK사건을 김경준의 단독 범행으로 결론짓고 이명박 후보를 무혐의 처분했다. 그러나 그 뒤에도 이 후보가 스스로 BBK를 설립했다고 밝히는 장면이 담긴 동영상이 나오는 등 논란은 가라앉지 않았다. 결국 이 후보는 대통령 선거 직전에 특검 도입을 수용한다고 발표할 수밖에 없었다.

2007년 12월19일 선거에서 이명박 후보가 당선된 후, 27일 '한나라당 대통령 후보 이명박의 주가 조작 등 범죄 혐의의 진상 규명을 위한 특별 검사 임명 등에 관한 법률'이 국회를 통과했다.

추부길 전 비서관이 말한 밀약 요지는 이렇다.

특검법이 통과된 후 2007년 12월 말 노건평과 이상득 의원이 김해에서 만나, 노무현 대통령이 이명박 당선인이 원하는 사람을 BBK사건의 특별검사로 임명해 주면, 이 당선인은 취임 후 노 대통령의 패밀리를 보호해 주기로 약속을 했다. 나(추부길)는 그 약속 자리에 함께 있었다. 이러한 약속에 따라 노건평은 세무조사를 받고 있는 박연차 회장을 돕기 위해 자신을 통해 이 의원에게 "박 회장도 우리 패밀리니 약속대로 다치지 않게 해 달라"고 부탁했으나 거절당했다.

임채진 총장에게 그와 같은 사실을 보고하고, 범죄 수사로 다룰 내용이 아니어서 별도로 진술서를 받아 보관하도록 했다.

임기 만료를 앞둔 2008년 1월7일 노무현 대통령은 서울지방법원장 출신 정호영(鄭鎬瑛) 변호사를 특별검사로 임명했다. 정호영 특별검사는 삼청동에 있는 음식점에서 이명박 대통령 당선인을 1회 조사한 후, 이명박 대통령 취임 나흘 전인 2월21일 이 당선인에 대해 검찰 수사 결과와 같이 무혐의 처분을 내리고 수사를 종결했다.

정호영 특별검사는 문재인 정권 출범 후인 2017년 12월7일, 특검 수사 당시 DAS에서 비자금으로 의심되는 수상한 자금 흐름과 계좌 내역을 확인하고도 이를 검찰에 인계하지 않았다는 이유로 참여연대와 민변으로부터 직무유기죄로 고발당했다. 이에 정 특별검사는 "특검 수사 대상이 아닌 DAS 여직원의 120억 원 횡령 사실을 발견한 것으로, 수사 권한이 없어 이를 수사 기록에 편철해 검찰에 넘겼다"고 주장했다. 2018년 2월 서울중앙지검은 DAS 자금 120억 원을 여직원이 횡령한 것으로 결론을 내리고 정호영 특별검사를 무혐의 처분했다. 하지만 특검 수사 결과 발표 시 그러한 사실을 누락하였고, 검찰에 10만 장이 넘는 수사 기록을 넘기면서 이를 구체적으로 알리지 않은 것은 이해하기 어려운 처사였다.

칼끝은 노무현에게

피아제 시계

2009년 3월30일 〈동아일보〉는 "노무현 대통령 퇴임 이틀 전인 2008년 2월 말 박연차 회장의 홍콩 APC 계좌에서 노 대통령 아들 노건호의 계좌로 500만 달러가 입금되어 친인척 투자용으로 사용됐다"고 보도했다. 다음 날에는 노건호 계좌가 아니라 조카사위 연철호에게 건네졌다는 보도가 이어졌다. 보도 내용은 모두 사실이었다. 수사 내용이 알려진 것이었다.

언론의 사실 확인에 아니라고 거짓말할 수는 없었다. 홍만표 수사기획관은 "수사 중이어서 확인해 줄 수 없다"고 했고, 언론은 이를 사실을 인정한 것으로 받아들였다. 이제 언론의 관심은 언제 노 전 대통령을 조사할 것인가로 집중됐다. 수사 진행이 검찰의 계획대로 흘러가지 않게 된 것이다. 검찰의 당초 계획은 모든 수사를 다 마친 후에 마지막으로 노 전 대통령 수사를 하려고 했던 것인데 스텝이 꼬인 것이다.

임채진 검찰총장은 〈동아일보〉 보도의 배후에 검찰 수사를 방해하는 세력이 있다고 믿었다. 검찰 수사가 잘못되는 것을 바라는 누군가가 〈동아일보〉에 제보했다는 것이었다. 누가 제보했는지 찾아내라고 지시했다. 찾아내기도 어렵겠지만, 찾아낸들 무슨 소용이 있겠는가? 이미 엎질러진 물이었다.

더 이상 노 전 대통령에 대한 수사를 미룰 수 없었다. 노 전 대통령에 대해서는 보안을 우려해 박 회장의 진술을 받은 것을 제외하고 특별하게 수사를 진행시키지 않고 있었다. 검찰이 갑자기 바빠졌다.

박연차 회장은 노 전 대통령에게 다음과 같이 금품을 제공했다고 진술했다.

첫째, 청와대 경비 명목으로 3억 원을 준 경위에 대해.

2006년 8월경 정상문(鄭相文) 비서관이 전화로 "청와대 살림살이에 필요한데 3억 원만 줄 수 있느냐"고 요청해서 이를 승낙했다. 그 직후 정산개발 정승영(鄭承榮) 사장으로 하여금 서울역 공영주차장에서 정 비서관을 만나 현금 3억 원이 들어 있는 가방 2개를 전달하게 했다. 3억 원은 청와대 살림살이에 보태라고 대가 없이 준 것이지 빌려준 것이 아니다.

둘째, 회갑 선물로 피아제 남녀 명품 시계 1세트를 준 경위에 대해.

2006년 9월 하순경 노 대통령의 회갑을 맞이하여 노 대통령의 형 노건평을 통해 노 대통령 부부에게 스위스 피아제 남녀 시계 1세트를 전달했다. 위 피아제 남녀 시계 1세트는 부산에 있는 고급 시계 판매점 명보사에서 2억 550만 원에 구입한 것이다. 청와대 회갑 모임에서 돌아온 노건평이 노 대통령 부부의 감사인사를 전해 주었다.

2007년 봄경 청와대 관저 만찬에서 노 대통령으로부터도 직접 감사인사를 받았다. 식사 도중 노 대통령이 왼손을 치켜들고 "박 회장! 지난번 보낸 시계가 번쩍번쩍 좋은 시계입디다. 군대가 쳐들어올까 무섭습니다"라고 웃으면서 말했다.

노 대통령 내외, 100만 달러 요구

셋째, 미국 주택 구입 자금 명목으로 100만 달러를 준 경위에 대해.

2007년 봄경 청와대 대통령 관저에서 노 대통령의 초대로 대통령 부부와 정상문 총무비서관 등 4명이 저녁 식사를 했다. 식사 도중 권양숙(權良淑) 여사가 "아들 노건호가 미국 샌프란시스코에서 유학 중인데 낡은 아파트에 월세로 산다. 대통령의 아들이 세를 얻어 사는 것도 뭣한데 아래층에 사는 사람의 항의 때문에 아이들이 제대로 뛰어다니지도 못한다. 집을 사 주려면 10억 원 정도 든다는데 걱정이다"라는 취지로 말했다. 청와대 관저로 나(박연차)를 초대해 저녁 식사를 대접하는 이유가 미국에 유학 중인 아들을 위해 집을 사는 데 도와달라고 하기 위해서라고 생각했다. 그래서 권양숙에게 "제가 해 드리겠습니다. 10억이면 되겠습니까?"라고 말했다. 이 말을 들은 권양숙은 "그래도 되나요? 정말 고맙습니다"라고 했고, 이때 노 대통령은 옆에서 우리의 대화를 들으면서 겸연쩍게 웃으며 몇 차례 고개를 끄덕였다.

2007년 6월 하순경 노 대통령이 전화로 "미국에 건호 집을 사 줘야 하는데 100만 달러만 도와주면 고맙겠다. 정 비서관과 상의해서 처리해 달라"는 취지로 말했다. 직후 정 비서관이 전화로 "어른께 얘기 들었는데, 도와주신다니 고맙습니다. 6월30일 출국 예정이니 날짜를 꼭 지켜 달라"고 했다.

시간이 촉박해 정산개발 정승영 사장이 직원 130여 명을 동원해 김해 시내 은행 등에서 100만 달러를 환전했다. 130명을 동원한 이유는 1인당 1만 달러 이상을 환전할 경우 국세청, 금융정보분석원 등에 통보되기 때문에 이를 피하기 위한 것이었다. 정승영이 6월29일 오후 청와대에 가서 정 비서관에게 100만 달러가 든 가방을 전달했다.

500만 달러는 대가 없이 준 돈

넷째, 사업자금 명목으로 500만 달러를 건네준 경위에 대해.

노 대통령 퇴임 후 그가 평소 생각해 왔던 김해 화포천 환경사업 등에 50억 원을 지원하기로 하고 그 방법 등에 대해 정 비서관, 강금원 창신섬유 회장 등과 논의를 해 왔다.

2007년 8월 하순경 신라호텔 중식당에서 정승영과 함께 정 비서관, 강금원(姜錦遠) 회장을 만나 노 대통령이 퇴임한 후 환경사업을 하기 위한 재단을 설립하는 문제를 논의했다. 강 회장이 "내(강금원)가 50억 원을 낼 터이니 박 회장도 50억 원을 내서 100억 원으로 재단을 설립해 퇴임 후 노 대통령의 환경사업을 돕자"고 제안하기에 "재단 설립에는 찬성하나 공식적으로 드러나게 지원하는 것은 곤란하니 홍콩에 있는 500만 달러를 가져가라"고 했더니 강 회장이 "부정한 돈은 싫다"고 거절해 모임이 무산되었다.

(나는) 2006년 9월경부터 베트남에서 화력발전 사업 허가를 받기 위해 많은 노력을 기울였으나 환경 문제 등으로 사업 제안이 두 번씩이나 거부당하는 등 베트남 정부의 허가를 받지 못하고 있었다. 2007년 11월14~16일 베트남 공산당 서기장 농득마인이 우리나라를 방문한다는 사실을 알고, 정 비서관 등 여러 경로를 통해 한·베트남 정상회담 자료에 태광실업의 베트남 화력발전 사업 진출 건을 추가하게 했다.

2007년 11월14일 저녁 청와대 영빈관에서 있었던 농득마인 베트남 서기장 환영 만찬에 참석했는데 만찬 직전 정 비서관으로부터 "대통령께 태광실업의 베트남 화력발전 사업 건을 보고했다"는 말을 들었으며, 만찬 도중 노 대통령에게 다가가 귓속말로 "베트남에서 화력발전 사업을 할 수 있도록 당서기장에게 잘 말씀해 주십시오. 지난번 약속은 꼭 지키겠습니다"라고 부탁했다.

다음 날인 11월15일 저녁 신라호텔 영빈관에서 내(박연차)가 주최하는 농득마인 서기장 일행에 대한 환영 만찬이 있었다. 만찬 전에 농득마인 서기장이 묵고 있는 신라호텔 2229호에서 그로부터 "대통령이 당신을 절친한 친구라고 하면서, 태광실업의 화력발전소 사업을 잘 도와달라고 부탁하더라"라는 취지의 말을 들었다. 그 후 2008년 2월경 베트남 총리로부터 "태광이 남딘성에 화력발전소를 건설하는 것을 지원해 주겠다"는 약속을 받았다.

2007년 12월 초순경 노 대통령이 전화로 "우리 애들이 사업을 한다고 하는데 지난번 도와주기로 한 거 지금 도와줄 수 있겠습니까?"라고 물어서 그렇게 하겠다고 했다. 그 직후 정 비서관으로부터 "애들을 보낼 터이니 도와달라"는 전화를 받았다.

그 후 노 대통령의 조카사위인 연철호가 친구 정○○과 함께 "정 비서관이 가 보라고 해서 왔다"면서 찾아왔다. 노건호가 같이 오지 않은 것이 이상했지만, 최규성 전무에게 그들이 가져온 사업 계획을 검토해 보라고 지시했다. 최 전무가 사업 계획에 문제가 많다고 보고하여, 일단 그들을 돌려보냈다.

2008년 1월 초순경 베트남으로 노건호, 연철호, 정○○이 다시 찾아와 사업 이야기를 하면서 50억 원 정도가 필요하다고 했다. "최규성 전무와 이야기하라"고 했는데, 그 후 최 전무로부터 "애들이 하려는 사업이 그리 탐탁지 않다"는 이야기를 들었다.

2월 중순경 최규성 전무가 "노건호 등이 사업 자금을 송금해 달라고 하는데 어떻게 할까요?"라고 묻기에 "어차피 주기로 한 돈인데 따지지 말고 송금해 주라"고 지시했으며, 같은 달 22일 홍콩 JS Global UBS 은행 계좌에서 HSBC Tanado Investment Ltd. 계좌로 500만 달러를 이체했다. 노건호 등과 사업 내용, 투자 금액, 이윤 분배, 투자 회수 방법을 정하는 등 투자계약을 맺은 사실은 없으며, 노 대통령의 부탁을 받고 노건호 등의 사업자금으로 500만 달러를 대가 없이 준 것이다.

3월 중순경 정산CC에서 박정규(朴正圭) 전 민정수석과 골프를 친 후 저녁 늦게 봉하마을 사저에 놀러 가 노 전 대통령을 만났는데 "우리 애들을 도와줘서 고맙다"는 인사를 받았다.

다섯째, 차용금 명목으로 15억 원을 준 경위에 대해.

봉하마을 사저에서 술 대접을 받은 지 얼마 안 돼서 2008년 3월17일 경 정산개발 정승영 사장으로부터. 정 전 비서관이 찾아와 "봉하마을 사저 건축에 돈이 많이 들어갔다"면서 "노 전 대통령이 15억 원을 빌려 달라고 한다"는 말을 듣고 "또 뭐가 그렇게 필요하노? 참 체면 없는 사람 아이가. 그거는 정확하게 차용증 받고 빌려주라"고 지시했다.

같은 달 20일 정 비서관으로부터 노 전 대통령의 차용증을 받고 15억 원을 송금했다. 차용증에는 '이자 연 7%, 변제기는 2009년 3월19일'로 되어 있으나 원금과 이자를 받은 적은 없다.

권양숙과 주변에 책임을 돌리다

'사람세상'에 언론 플레이

정상문 전 총무비서관은 1972년 노무현 전 대통령이 김해 장유암(長遊庵)에서 고시 공부하던 시절에 인연을 맺은 동갑내기 친구이다. 중학교밖에 졸업하지 못했으나 7급 공무원 시험에 합격해 서울시 3급 감사담당관까지 오른 입지전적인 인물이다. 최도술(崔導術) 전 총무비서관이 노 대통령 당선 직후인 2002년 12월 하순경 SK그룹 손길승(孫吉丞) 회장으로부터 12억 원 상당의 양도성예금증서를 받은 혐의로 검찰 수사를 받자 그 후임으로 노 대통령 총무비서관에 임명되었다.

2009년 4월7일 오전 10시 정 전 비서관을 중앙수사부로 소환했다. 정 전 비서관은 박연차 회장으로부터 2004년 12월경 1억 원 상당 상품권을, 2006년 8월경 현금 3억 원을, 정대근(鄭大根) 농협 회장으로부터 3000만 원을 각 수수하고, 노 전 대통령이 박 회장으로부터 미국 주택 구입 자금으로 100만 달러를, 아들 노건호 등의 사업자금으로 500만 달러를 받는 데 관여한 혐의를 받고 있었다.

정 전 비서관은 오전 조사에서 박 회장으로부터 1억 원 상당 상품권을 받은 사실은 부인했으나, 박 회장으로부터 3억 원을, 정대근 회장으로부터 3000만 원을 받은 사실은 인정했다. 그리고 박 회장으로부터 100만 달러를 받아 권양숙 여사에게 전달한 사실은 인정했으나, 미국 주택 구입 자금이 아니라 생활비로 빌린 것이며, 조카사위 연철호를 박 회장에게 소개시켜 준 사실은 있으나 투자 자금 500만 달러를 받는 데 직접 관여한 사실은 없다고 주장했다.

정 전 비서관은 노 전 대통령의 범죄 혐의에 직·간접적으로 관여되어 있는 핵심 인물이었다. 박 회장에게 노 대통령의 지시사항을 전달하기도 했고, 박 회장으로부터 돈을 받아 전달하기도 했다. 노 전 대통령 수사를 위해서는 그의 신병 확보가 반드시 필요했다. 역으로 노 전 대통령의 입장에서 생각해 보면 무슨 수를 써서라도 정 전 비서관의 구속은 막아야 했다.

그런데 예기치 못한 일이 일어났다.

정 전 비서관을 소환한 4월7일 오후 3시28분경 노무현 전 대통령은 공식 홈페이지인 '사람세상'에 '사과드립니다'라는 제목으로 다음과 같은 글을 올렸다.

저와 제 주변의 돈 문제로 국민 여러분의 마음을 불편하게 해 드리고 있습니다. 더욱이 지금껏 저를 신뢰하고 지지를 표해 주신 분들께는 더욱 면목이 없습니다. 깊이 사과드립니다.

그리고 혹시나 싶어 미리 사실을 밝힙니다. 지금 정상문 전 비서관이 박연차 회장으로부터 돈을 받은 혐의로 조사를 받고 있습니다. 그런데 혹시 정 비서관이 자신이 한 일로 진술하지는 않았는지 걱정입니다. 그 혐의는 정 비서관의 것이 아니고 저희들의 것입니다. 저의 집에서 부탁하고 그 돈을 받아서 사용한 것입니다. 미처 갚지 못한 빚이 남아 있었기 때문입니다.

더 상세한 이야기는 검찰 조사에 응하여 진술할 것입니다. 그리고 법적 평가를 받게 될 것입니다. 거듭 사과드립니다.

조카사위 연철호가 박연차 회장으로부터 받은 돈에 관하여도 해명을 드립니다. 역시 송구스럽습니다. 저는 퇴임 후 이 사실을 알았습니다. 그러나 특별한 조치를 하지는 않았습니다. 특별히 호의적인 동기가 개입한 것으로 보였습니다만, 성격상 투자이고, 저의 직무가 끝난 후의 일이었기 때문입니다. 사업을 설명하고 투자를 받았고, 실제로 사업에 투자가 이루어졌던 것으로 알고 있습니다. 조사 과정에서 사실대로 밝혀지기를 바랄 뿐입니다.

요약하면, 정 전 비서관이 박 회장으로부터 받은 돈은 자신들이 받은 것이며, 박 회장에게 부탁을 한 것은 권양숙 여사와 조카사위 연철호이고 자신은 나중에 알았다며 자신의 범행을 부인하는 내용이다. 정 전 비서관의 구속을 막고, 처 권양숙 여사와 조카사위 연철호를 방패막이로 법적인 책임을 면하려고 한 것이다.

"노 대통령이 요구해서 미국 주택 구입 자금으로 100만 달러를 주었다"는 박 회장의 진술을 배제하더라도, 적어도 '사람세상' 홈페이지에 위글을 올릴 당시 노 전 대통령은 100만 달러가 빚을 갚기 위한 것이 아니라 미국 주택 구입 자금이라는 사실을 알고 있었다.

이는 딸 노정연(盧靜姸)의 진술과 문재인(文在寅) 전 대통령비서실장의 인터뷰에 의해서도 명백히 확인된다.

노정연은 검찰 조사에서 노 전 대통령이 "2009년 3월경 미국 주택 구입 사실을 알았다"고 진술했다.

문재인 전 실장은 2009년 6월1일 노 전 대통령 장례식을 마친 직후 〈한겨레〉와 인터뷰한 적이 있다. 그 인터뷰에서 100만 달러와 관련해 "노 전 대통령은 2009년 2~3월경 권양숙, 정상문 총무비서관으로부터 위 돈이 미국에 집 사는 데 쓰인 것을 알고 충격이 굉장히 크셨다"는 취지로 말했다.

임채진 총장은 2009년 3월 하순경 나에게 "노 전 대통령이 전직 검찰 총장을 만나 검찰 수사에 대해 자문하면서, '500만 달러는 어떻게든 설명을 해 보겠는데, 100만 달러는 창피해서 어떻게 해야 할지 모르겠다'고 했다"는 말을 전해 주었다. 언론에서 100만 달러에 대해 보도하기 전인데 노 전 대통령은 "박 회장이 검찰에서 100만 달러에 대해 진술하였다"는 사실을 어떻게 알았을까? 뒤에서 설명하겠지만 노 전 대통령은 박 회장의 변호인을 통해 검찰 수사 내용을 파악하고 있었다.

그럼에도 불구하고 노 전 대통령은 4월7일 '사람세상'에 "저의 집에서 부탁하고 그 돈을 받아서 사용한 것입니다. 미처 갚지 못한 빚이 남아 있기 때문입니다"라고 써서 온 국민을 상대로 거짓말을 한 것이다.

왜 미국 주택 구입 자금을 미처 갚지 못한 빚이 있어 빌린 것이라고 거짓말했을까? 노정연이 경연희라는 인물로부터 뉴저지 허드슨카운티 허드슨클럽 435호를 매수하고 이를 공증까지 했으나 소유자 명의를 아직 이전하지 않은 상태였고, 박 회장이 검찰에서 40만 달러를 송금해 준 '임웡'이 누구이며 왜 송금했는지 묵비하고 있는 사실을 잘 알고 있었다. 또한 임웡에 대한 송금은 해외에서 이루어졌기 때문에 들킬 염려가 적었기 때문이다. 다시 말해서, 미국 주택 구입 사실을 들킬 염려가 없었기 때문에 "미처 갚지 못한 빚이 있어 빌렸다"고 주장한 것이라고 판단된다.

박연차 회장으로부터 500만 달러를 받는 데는 아들 노건호가 주도적으로 개입했고 500만 달러 중 노건호의 몫이 가장 크다. 노 대통령이 개입하지 않았다면, 박 회장이 잘 알지도 못하는 대통령 조카사위 연철호에게 500만 달러라는 큰돈을 투자하는 호의를 베푼다는 것은 말이 되지 않는다. 그럼에도 "조카사위(연철호)가 투자를 받은 것"이라고 거짓말을 했다. 노 전 대통령은 후에 검찰 조사에서 이에 대해 "노건호와 연철호에게 속아 노건호가 개입된 줄 몰랐다"고 변명했다.

이것이 사실일까? "노 대통령의 요구로 500만 달러를 주었고 감사 인사까지 받았다"는 박 회장의 진술은 차치하고서라도, 노건호가 박 회장으로부터 받은 돈으로 노 전 대통령의 인맥 관리 프로그램 '노하우 2000'을 업그레이드하는 작업을 하였고, 작업을 마친 후 노 전 대통령 앞에서 시연까지 한 사실에 비추어 노 전 대통령의 변명을 믿기 어렵다.

박 회장이 500만 달러를 송금한 계좌는 연철호가 개설한 것이다. 외견상 500만 달러를 받은 것은 연철호이다. 노건호, 연철호 등은 노건호의 개입 사실을 감추기 위해 사전에 입을 맞추고 서류들을 없앴으며, 컴퓨터 기록을 삭제하고 하드디스크를 다른 곳에 은닉하는 등 증거를 완전히 인멸했다. 이러한 사실을 알고 있는 노 전 대통령은 검찰이 노건호의 개입 사실을 밝혀내지 못할 것이라고 판단하고 위와 같이 거짓말을 한 것으로 보인다.

6월1일 〈한겨레〉 인터뷰에서 문재인 전 실장은 4월7일자 '사람세상' 발표와 관련해 "검찰에서 수사 중인 정상문 비서관의 금품 수수 혐의가 정상문 비서관의 것이 아니라 권양숙 여사가 받은 것이라고 밝힘으로써 정

비서관이 억울하게 처벌받지 않도록 하기 위한 것"이라고 말했다. 이해할 수 없는 설명이다. 그런 의도라면 의견서를 작성해 변호인을 통해 제출하면 될 일이지 전 국민이 보라고 공식 홈페이지에 올릴 이유가 전혀 없다. 그 내용도 사실과 상당히 거리가 있는 것으로, 자신에게 유리하게 여론을 조성하기 위한 것이라고밖에 볼 수 없다. 박 회장으로부터 600만 달러를 받은 사실은 증거가 명백해 부인하기 어렵기 때문에 이러한 사실을 인정함으로써 솔직하게 진실을 말하고 있다는 인상을 주는 한편, 자신은 몰랐다고 발뺌함으로써 법적인 책임을 지지 않기 위함이다. 구차하지만 모든 책임을 처 등 가족에게 돌리고 자신은 가족을 제대로 관리하지 못했을 뿐이라는 '프레임'을 만든 것이다. 많은 사람들이 아직도 '권양숙 여사 등 가족이 박연차 회장으로부터 돈을 받아 노 전 대통령이 자살했다'고 생각하는 것을 보면 이러한 전략이 어느 정도 성공을 거둔 셈이다. 하지만 노 전 대통령의 발표 내용은 "노 대통령이 요구해 600만 달러를 주었고, 그중 100만 달러는 미국 주택 구입 자금이었다"는 박 회장의 진술과 정면으로 배치될 뿐 아니라 검찰이 수집한 증거와도 맞지 않았다.

수사 보도는 노무현이 자초

노 전 대통령의 '사람세상' 발표로 모든 국민이 수사 내용을 알게 되고 언론의 취재 경쟁도 더 뜨거워졌다. 노 전 대통령과 검찰 사이에 여론 전쟁이 시작된 것이다.

기자들이 노 전 대통령 발표 내용의 사실 확인을 요청해 왔다. 거짓말은 할 수 없어서 "수사 중이기 때문에 확인해 줄 수 없다"고 앵무새처럼 답변했다. 그럴수록 기자들은 확인을 구한 내용을 사실인 것으로 받아들였다. 전직 대통령이 연관된 사건에서 확인을 구한 내용이 사실이 아닌 경우에는 "사실이 아니다"라고 잘라 대답할 것이기 때문이다.

노 전 대통령 사건이 본격 수사 전부터 보도된 데 검찰에 아무런 책임이 없다고 할 수는 없다. 그러나 노 전 대통령이 계속해서 '사람세상'을 통해 사실이 아닌 내용을 언급하면서 자신의 입장을 밝히는 바람에, 오보 방지와 국민의 알 권리를 위해 검찰도 어쩔 수 없이 구체적인 수사 내용을 언급하게 된 측면이 있다는 점을 지적해 두고 싶다.

다만, 피의사실공표죄에 대해서는 짚고 넘어갈 부분이 있다. 세계에서 수사기관의 피의사실 공표를 범죄로 규정하고 있는 국가는 우리나라뿐이다. 미국, 일본 등 선진국에서는 피의사실 공표를 처벌하지 않고 있다. 국민적 관심사가 된 사건이나 공인(公人·public figure)의 경우 개인의 인격권 보호보다 국민의 알 권리와 언론의 자유가 더 중요하기 때문이다.

예를 들어 법무부장관이 뇌물 수수와 직권남용죄를 저질러 검찰의 수사를 받는다고 가정해 보자. 현재 법무부 공보준칙대로 피의사실 공표가 금지되고 1심 첫 재판까지 공소장이 공개되지 않는다면, 법무부장관이 구속되어 기소되는 일이 생겨도 국민은 왜 장관이 구속되어 재판을 받는지 알지 못하는 어처구니없는 상황이 벌어진다. 우리나라 같은 민주주의 국가에서 이런 일이 가당키나 한 일인가? 또한 검찰이 법무부장관의 범죄를 은폐하더라도 외부에서 이를 알기 어려울 것이다. 수사기관의 잘못을 막기 위해서도 국가 공권력인 수사권이 어떻게 행사되는지 국민의 감시를 받아야 한다. 따라서 언론이 공적(公的)인 인물에 대한 수사에 관해 취재해 보도하는 것은 당연하다. 이러한 이유로 현행 피의사실공표죄에 위헌 소지가 있다고 주장하는 법학자들도 있다. 아직까지 검사가 피의사실공표죄로 처벌된 사례가 단 한 건도 없는 것은 이와 무관하지 않다.

정상문 전 비서관은 노 전 대통령의 사과문 게시 후 본인이 받았다고 인정한 3억 원이 "권양숙 여사의 부탁으로 빌린 것이며 권 여사에게 전달했다"고 진술을 바꿨다. "2006년 8월경 '생활비가 부족하니 박 회장에게 3억 원을 빌려 보라'는 권 여사의 부탁을 받고 박 회장에게 '청와대 살림살이에 필요한데 3억 원만 해 줄 수 있느냐'고 요청해서 그 무렵 서울역 공영주차장에서 박 회장이 보낸 정산개발 정승영 사장으로부터 현금 3억 원이 들어 있는 가방 2개를 받아 권 여사에게 전달했다"고 진술했다.

2009년 4월9일 정상문 전 비서관에 대해 청구된 구속영장이 기각되었다. 대통령 총무비서관이 박 회장으로부터 1억 원 상당의 상품권을 수수하고, 3억 원을 받아다가 대통령 부인에게 전달하고, 대통령이 박 회장으로부터 미국 주택 구입 자금 명목으로 100만 달러와 아들의 투자 자금 명목으로 500만 달러를 받을 때 중간에서 심부름을 했고, 농협 정대근 회장으로부터 뇌물 3000만 원을 수수한 혐의였음에도 구속영장을 기각한 것이다. 더욱이 정 전 비서관은 노 전 대통령과 입을 맞추어 가며 범행을 부인하고 있어 증거 인멸 우려도 있었다. 납득하기 어려웠다. 영장을 기각한 법관은 김형두(金炯枓) 영장담당판사였다. 뒤에서 보듯이 김 판사는 노 전 대통령이 극단적 선택을 한 후 검찰이 수사를 재개하면서 청구한 천신일 세중나모여행 회장에 대한 구속영장 청구도 기각해 검찰 수사에 치명적인 타격을 주었다.

노 전 대통령이 '사람세상'을 통해 입장을 밝힌 뒤여서 혹시나 걱정은 했지만, 정말로 구속영장이 기각될 줄은 예상하지 못했다. 정 전 비서관 신병 확보에 실패해 수사에 차질이 생긴 것이다. 언론은 정 전 비서관 영장 기각 사실을 전하면서 "거침없이 진행되던 검찰 수사가 암초를 만나 난항이 예상된다"고 분석했다.

노무현 전 대통령에 대한 수사를 위해서는 정상문 전 비서관의 신병 확보가 필수였다. 구속영장 기각으로 검찰 수사는 큰 타격을 입었지만 수사팀은 크게 당황하지 않았다. 수사팀은 몇몇 사람들이 정 전 비서관을 만나기 위해 청와대를 자주 드나들었고, 청와대 방문 직후 그들 명의로 상가를 구입하고 금융기관에 현금을 예치한 사실을 조사 중이었다. 그 자금의 출처가 석연치 않았다. 출처를 밝히는 것은 시간문제였다.

정 전 비서관은 구속영장이 재청구되기 전인 4월19일 검찰 조사에서 3억 원에 대해 진술을 또 바꾸었다. 자신이 관리하고 있던 출처 불명의 돈을 설명하는 과정에서, "그중에 박 회장으로부터 받은 3억 원이 포함되어 있으며, 권양숙 여사에게 3억 원을 전달한 것이 아니라 내가 보관하고 있었다"고 진술을 바꾸었다.

노무현, 여론에 뭇매

지지 세력이 더 가혹

노무현 전 대통령의 2009년 4월7일 '사람세상' 발표에 혹독한 비난이 쏟아지기 시작했다. 노 전 대통령이 정치를 하면서 "반칙과 특권이 없는 사람 세상"을 주창해 왔기 때문에 국민들의 분노는 더욱 컸다. 더욱이 처인 권양숙 여사가 한 것이지 자신은 몰랐다는 변명은 비겁하게 비쳤다. 노 전 대통령의 이름을 패러디한 '뇌물현', '노짱'이 아닌 '돈짱', '노사모(노무현을 사랑하는 사람들의 모임)'가 아니라 '뇌사모(뇌물을 사랑하는 사람들의 모임)'와 같은 신조어들이 인터넷을 통해 급속도로 퍼졌다. 언론에 노 대통령 부부가 박 회장으로부터 아들 노건호의 미국 주택 구입 자금으로 100만 달러를 받았다고 보도된 후, 어떤 정치인은 외국 TV 드라마 제목에 빗대어 노 전 대통령을 '600만 불의 사나이'라고 비꼬았다.

조선·중앙·동아일보는 사실관계에 기초하여 노 전 대통령의 태도를 비판하면서 검찰의 엄정한 수사를 촉구하는 비교적 점잖은 사설을 내보냈다. 오히려 혹독하게 비판을 한 언론은 〈세계일보〉·〈한겨레〉·〈경향신문〉 등이었다.

〈세계일보〉는 4월8일자에 '노무현 전 대통령이 끝내 몸통이었다니'라는 제목의 사설을 내보냈다. 사설은 "치가 떨리고 분통이 터진다. 나라가 어쩌다 이 지경이 되었나 하고 생각하니 억장이 무너진다. 일국의 대통령이 부정부패의 원흉이었다니 차마 믿기지 않는다. 그런 대통령을 지도자로 믿고 산 국민이 불쌍하고 억울하다. 국가적 수치에 다름 아니다"라고 시작했다.

이어 "우리는 그의 결백 주장을 믿었다. 노 전 대통령만은 그 추악한 부정부패 행각의 대열에 가담하지 않았기를 간절히 바랐기 때문이다"면서 "그런데 그가 모든 범죄의 몸통으로 드러났다. 비록 부인이 했다고 하지만 부부는 일심동체라는 우리 사회의 윤리에 비춰볼 때 그것은 노 전 대통령의 범죄요, 비리일 수밖에 없다. 그의 수치와 치욕은 이제 국민의 수치와 오욕이 되고 말았다. 국민 모두를 욕되게 한 역사의 대죄인이 되었다"고 못박고 노 전 대통령의 사과에 진실성이 없다고 평가했다.

〈세계일보〉는 또 "여죄도 밝혀야 한다"며 "대우건설 남상국 사장의 죽음 등에 대해서도 파헤쳐야 할 것이다. 그의 정책 전반에 대해서도 재검토해야 할 것이다. 봉하마을도 조성 경위를 철저히 조사하고 불법이 있었다면 국가가 환수해야 할 것이다"라고 결론지었다.

같은 날 〈한겨레〉도 '노 전 대통령, 국민 가슴에 대못 박았다'라는 제목의 사설로 노 전 대통령을 강도 높게 비판했다. 노 전 대통령의 범죄 시인(是認)이 "오히려 국민을 참담한 심정에 빠뜨렸다. 무모할 정도로 저돌적이었지만 청렴성만큼은 믿고 싶어 했던 사람들의 가슴에 대못을 박았다"면서 "그의 고백은 한 오라기의 진정성도 인정받을 수 없으며 기만당한 국민의 분노만 자극할 뿐"이라고 일축했다. 노 전 대통령이 "확인되거나 확인될 가능성이 있는 것만" 털어놓았기에 "앞으로 무슨 말을 해도 신뢰를 받기 힘들다"고 퇴로를 차단하면서, 이제 더 지킬 것도 없으니 "떳떳하게 진실을 고백함으로써 국민의 자존심만이라도 살려" 줄 것을 주문했다. 온갖 추문의 근원이었던 '노무현재단' 설립 자금에 대해서도 "검찰에 나가서 밝힐 게 아니다. 지금 낱낱이 소명해야 한다"고 강조했다.

〈한겨레〉는 다음 날인 4월9일에도 '검찰에 앞서 국민에게 고해성사하라'라는 제목의 사설로 거듭 강하게 압박했다. "노 전 대통령이 보이는 태도는 구차하고 비겁하기 짝이 없다. 검찰이 발표하기 전에 앞질러 '자백'과 '사과'를 했지만 그 내용은 오히려 '면피용'에 가깝다. 노 전 대통령이 진실을 털어놓을 대상은 검찰이 아니라 국민이다. 국민에게 자신이 저지른 잘못을 남김없이 고해성사하고 석고대죄해야 한다"면서, "검찰 출석으로 국민의 동정심을 자극할 수 있다고 여긴다면 큰 오산"이라고 못박았다.

〈경향신문〉도 4월8일자 '노무현 전 대통령의 고백, 국민은 참담하다'라는 사설에서, 〈한겨레〉와 마찬가지로 "노 전 대통령의 고백은 분노, 배신을 넘어 참담함을 자아낸다"고 개탄했다. 특히 "이권 개입이나 인사 청탁을 하다 걸리면 패가망신시키겠다"(당선인 시절 발언), "별볼일없는 시골 노인에게 머리 조아리지 마라"(형 노건평 의혹 관련), "언론이 깜도 안 되는 것을 갖고 소설을 쓴다"(측근과 신○○ 교수 스캔들 관련), "무슨 사건에서 비자금이 나오고 정관계 로비라는 말이 나온 게 한두 번이 아니었지만 다행히 결과는 아무것도 없었다"(2007년 신년 기자회견) 등 과거 노 전 대통령의 발언까지 들먹이며 훨씬 강도 높게 비판했다. "이미 드러난 참여정부의 권력형 비리 정황도 충격적이다. 형님, 조카사위, 가신과 측근도 모자라 자신까지 수사를 받아야 하는 참담한 상황"이라고 비판하면서 "검찰 조사에 성실히 임하여 한 치 의혹도 없이 진상을 밝히고 이에 대해 당당하게 책임을 져야 한다"고 촉구하고, "혹여 이번 고백이 측근 세력을 비호하기 위한 정치적 고려여선 안 된다"고 엄중 경고했다.

노 전 대통령 지지 세력이었던 이른바 진보 언론이 더 가혹하게 비판했다. 믿고 지지했던 사람에 대한 배신감이 컸기 때문일 것이다.

부메랑 된 남상국 자살

2004년 3월11일 노무현 대통령은 TV로 생중계되는 기자회견을 통해 측근 비리에 대한 입장을 밝히면서 "이번 (대우건설) 남상국(南相國) 사장, (형 노건평에게) 청탁했다는 이유로 해서 제가 민정과 인사에 지시해서 직접 청와대의 인사사항은 아니나 영향을 행사할 수 있는 데까지 행사해서 연임되지 않도록 하라고 지시하고 뒤에 확인까지 했다. 대우건설 사장처럼 좋은 학교 나오시고 크게 성공하신 분들이 시골에 있는 별 볼 일 없는 사람에게 가 머리 조아리고 돈 주고 그런 일 이제는 없었으면 좋겠다"고 말했다.

노 대통령의 형 노건평은 대우건설 남상국 사장으로부터 인사 청탁을 받고 3000만 원을 받은 혐의로 기소되었다. 남 사장은 경기고등학교와 서울대학교를 졸업했다. 1998년 대우그룹 부도 후 대우건설의 사장으로 취임해 적자에 허덕이던 대우건설을 흑자로 전환시키고 워크아웃도 졸업하는 등 정상화시켰으며 연임을 앞두고 있었다. 기자회견은 TV로 생중계되어 온 국민이 지켜보고 있었다. TV로 기자회견을 지켜보던 남 사장은 그 길로 차를 타고 한강으로 가 투신자살했다. 남 사장 자살사건은 다음 날인 2004년 3월12일 국회에서 노 대통령에 대한 탄핵소추안이 통과되는 데 상당한 영향을 끼쳤다.

노 전 대통령은 생전에 남 사장의 죽음에 대해 유족에게 직접 사과한 적이 없다. 다만, 사후(死後) 1주기를 맞아 발간된 자서전 『운명이다』(2010)에서 "감정이 격해서 남상국 사장의 실명을 거론한 것은 실수였고 잘못이었다. 그분의 죽음에 대해 정말 안타깝고 미안하다"는 취지로 말한 것으로 전해진 게 전부이다.

노무현 대통령 퇴임 후인 2008년 12월경 남상국 사장의 유족은 서울 중앙지검에 노 전 대통령을 명예훼손죄로 고소했다. 남 사장이 노건평에게 연임을 청탁하면서 돈을 준 것이 아니라, 노건평이 사장 연임을 도와주겠다며 남 사장에게 공사 수주와 금품을 요구해 어쩔 수 없이 돈을 건넸다는 이유였다(노 전 대통령 사망으로 '공소권 없음'으로 종결).

남상국 사장 자살사건은 노 전 대통령에게는 평생 기억하고 싶지 않은 일이었을 것이다. 그런데 〈한겨레〉, 〈경향신문〉이 남 사장 자살사건을 다시 불러냈다. 노 전 대통령 자신도 뒤로는 똑같은 비리를 저질렀음에도 그런 발언으로 사람을 죽음으로 내몰았느냐고, 위선을 날카롭게 꼬집은 것이다.

진보 언론의 비난은 여기서 그치지 않았다. 더 잔인하게 계속 몰아붙였다.

"노무현 당신이 죽어야"

가족 소환 조사

노무현 전 대통령의 '사람세상' 글에 비판적 여론이 들끓던 4월9일 무렵, KBS에서 "박연차 회장이 2007년 6월경 노무현 대통령의 요구로 아들 노건호의 미국 주택 구입 자금 100만 달러를 제공했다"고 보도했다. 미국 주택 구입 자금이라는 100만 달러는 사업자금 500만 달러보다 액수는 적었지만 더 충격적이었다. 노 전 대통령의 도덕성이 완전히 추락하는 순간이었다.

검찰은 이에 관한 확인을 구하는 언론에 "확인해 줄 수 없다"고밖에 할 수 없었고, 언론은 이번에도 이것을 사실로 받아들였다.

4월9일 〈중앙일보〉는 미국에서 노 전 대통령 아들 노건호를 인터뷰하고 "2007년 12월과 2008년 2월경 노건호가 노 대통령 조카사위 연철호와 함께 베트남에 가서 박연차 회장을 두 차례 만났다"고 보도했다. 노건호는 인터뷰에서 "박 회장에게 사업을 배우고자 방문한 것이며, 연철호가 받은 500만 달러 중 한 푼도 사용한 적이 없다"고 했으나, 언론은 방문 사실에 주목해 500만 달러와 노건호를 연결지어 보도하기 시작했다.

4월10일 연철호를 체포하고 사무실을 압수수색했다. 연철호는 처음에는 자신이 정상문 비서관의 소개로 박 회장을 찾아가 사업을 설명하고 투자 받은 것이며, 노 대통령과 노건호는 관여한 바가 없다고 주장했다. 노건호 등과 사전에 입을 맞춘 것이다. 왜 정 비서관이 박 회장을 소개해 줬는지, 어떻게 500만 달러라는 큰돈을 투자받게 되었는지에 대해서는 제대로 설명하지 못했다. 그러나 수사팀이 압수된 컴퓨터에서 삭제된 파일을 복구해 노건호가 처음부터 개입했고 가장 많은 지분을 가지고 있는 사실을 확인하자 연철호는 "처음부터 노건호와 의논해서 박 회장에게 투자를 받은 것"이라고 시인했다. 하지만 노 대통령은 개입하지 않았다고 계속 주장했다.

4월11일에는 권양숙 여사를 부산지검으로 불러 조사했다. 서울로 소환할 수도 있었지만, 권 여사는 주범도 아니고 어떻게 답변할지 충분히 예상되었기 때문에 전직 대통령 부인의 예우를 생각해 부산에서 조사한 것이다.

권양숙 여사의 검찰 조사에는 문재인 전 비서실장이 변호인으로 참석했다. 이주형(李朱亨) 검사가 권 여사를 조사했는데, 권 여사가 막무가내로 행동하는 바람에 문 변호사에게 "전직 대통령 부인이 저렇게 하셔도 되느냐"고 항의하는 해프닝이 있었다는 보고를 받았다(이주형 검사는 문재인 정권이 들어선 후 인사상 불이익을 받고 검찰을 떠났다).

권 여사는 노 전 대통령이 4월7일 '사람세상'에서 밝힌 대로 "3억 원은 생활비로, 100만 달러는 갚지 못한 빚이 있어서 정상문 총무비서관을 통해 박 회장으로부터 빌린 것이고, 500만 달러에 대해서는 모르는 일이며 관여한 바 없다"는 취지로 진술했다. 100만 달러에 대해서는 빚을 갚는 데 썼다고 주장하면서도 어떤 채무인지, 채권자는 누구인지, 왜 원화가 아닌 달러로 받았는지, 왜 미국으로 출국 전날에 급하게 받았는지는 제대로 답변하지 못했다. 2007년 봄경 청와대 관저에서 노 대통령, 정상문 비서관과 함께 박연차 회장과 만찬을 한 사실은 인정하면서도, 박 회장에게 아들 노건호의 미국 주택 구입 자금을 요구하거나 구입하는 문제를 의논한 사실은 없다고 부인했다.

4월12일, 전날 귀국한 노건호를 불러 조사한 후 20일까지 여러 차례 추가 조사했다. 딸 노정연과 사위 곽상언(郭相彦) 변호사도 소환해 조사했다.

노건호는 처음에는 500만 달러 수수 사실을 완강히 부인하였으나 그 증거가 드러나자 "연철호와 함께 정상문 비서관의 소개로 박연차 회장을 만나 사업을 설명하고 투자를 받은 것이며, 노 대통령은 관여한 바 없다"고 거듭 주장했다. 그러나 자신이 "대통령의 아들이 아니었다면 박 회장의 투자를 받기 어려웠을 것"이라고 인정했다. 이러한 주장은 박 회장과 태광실업 최규성 전무의 진술과는 달랐다. 박 회장은 노 대통령의 요구로 당초 노 대통령에게 약속했던 50억 원을 500만 달러로 쳐서 노건호 등에게 대가 없이 준 것이며 투자 자금이 아니라고 진술했다. 최규성 전무도 '대통령과 박 회장 사이에 무슨 얘기가 있구나'라고 짐작했으며, 노 대통령이 개입하지 않았으면 박 회장이 사업 경험도 없는 노건호 등에게 500만 달러라는 거액을 줄 이유가 없다고 진술했다. 계약서도 작성한 바 없으며 투자 대상, 지분과 이익 배분, 투자 기간, 투자 회수 방법 등도 정한 바 없었다.

500만 달러 중 상당 부분을 노건호가 사용했으며, 500만 달러를 투자하기 위해 만든 법인인 엘리쉬앤파트너즈의 최대 지분을 노건호가 보유하고 있다는 사실이 밝혀졌다. 특히 노건호가 만든 소프트웨어 개발 회사 '오르고스'에서 노 전 대통령이 특허권을 가지고 있던 '노하우 2000' 인맥 관리 프로그램의 업그레이드 작업 비용으로 500만 달러 중 일부가 사용된 사실이 드러났다. 업그레이드 작업은 노 대통령이 청와대에서 사용하던 노트북 컴퓨터를 오르고스 사무실로 보내 그 노트북 안에 저장되어 있는 '노하우 2000' 프로그램을 다운받아 진행했으며, 작업을 마친 후 봉하마을 노 전 대통령 사저에서 시연한 것도 확인했다. 노건호가 개입된 사실을 숨기기 위해 컴퓨터에 저장되어 있던 이메일 등을 삭제하고 하드디스크를 숨기는 등 증거를 인멸했으며, 투자를 받은 것처럼 꾸미기 위해 사후(事後)에 거짓 투자계약서를 만들어 검찰에 제출하기도 했다.

노무현, 법적 투쟁 선언

노무현 전 대통령은 2009년 4월12일 '사람세상'에 '해명과 방어가 필요한 것 같습니다'는 제목으로 또다시 글을 올려 끝까지 법적으로 투쟁하겠다고 선언했다.

하도 민망한 일이라 변명할 엄두도 내지 못했습니다. 그런데 언론들이 근거 없는 이야기를 너무 많이 해 놓아서 사건의 본질이 엉뚱한 방향으로 굴러가고 있는 것 같습니다. 소재는 주로 검찰에서 나오는 것으로 보입니다. 사실과 다른 이야기들이 이미 기정사실로 보도가 되니 해명과 방어가 필요할 것 같습니다.

"아내가 한 일이다. 나는 몰랐다" 이렇게 말한다는 것이 참 부끄럽고 구차합니다. 그래서 이렇게 민망스러운 이야기하지 말고 내가 그냥 지고 가자. 사람들과 의논도 해 보았습니다. 결국 사실대로 가기로 했습니다. 도덕적 책임을 지고 비난을 받는 것과 범죄를 저지르는 것은 전혀 차원이 다른 일이라는 것입니다. (…) 그래서 참 구차하고 민망스러운 일이지만, 몰랐던 일은 몰랐다고 말하기로 했습니다.

"몰랐다니 말이 돼?" 이런 의문을 가지는 것은 상식에 맞는 일입니다. 그러나 중요한 것은 증거입니다. 그래서 저는 기대를 가지고 있었습니다. 그런데 보도를 보니 박 회장이 내가 아는 사실과 다른 이야기를 했다고 합니다. 보도가 사실이 아니길 바랍니다. 보도가 사실이라면 저는 박 회장이 사실과 다른 이야기를 하지 않을 수 없는 무슨 특별한 사정을 밝혀야 하는 부담을 져야 할 것입니다. 참 쉽지 않은 일입니다. 그러나 저는 최선을 다할 것입니다.

저는 박 회장이 검찰과 정부로부터 선처를 받아야 할 일이 아무것도 남지 않은 상황에서 그의 진술을 들어 볼 수 있을 때까지 포기하지 않을 것입니다. 그동안 계속 부끄럽고 민망스럽고 구차스러울 것입니다. 그래도 저는 성실히 방어하고 해명을 할 것입니다. 어떤 노력을 하더라도 제가 당당해질 수는 없을 것이지만, 일단 사실이라도 지키기 위하여 최선을 다하겠습니다.

자신이 개입했다고 보는 것이 "상식에 맞는 일"이라고 하면서도 "증거를 대 보라"는 것이었다. 취임 초 평검사와의 대화에서 "이쯤 되면 막가자는 거지요"라고 한 말이 생각났다.

뇌물사건은 돈을 받는 장면을 촬영하거나 돈을 요구하는 통화 내용을 녹취한 자료 같은 직접증거가 없는 것이 보통이다. 대부분 정황증거만 있을 뿐이다. 따라서 대부분 뇌물사건이 그러하듯 이 사건에서도 공여자 박연차 회장의 진술이 중요하다. 박 회장의 진술을 잘 탄핵(허점을 파고듦)하면 무죄도 받을 수 있다. 노 전 대통령은 법정에서 "박 회장이 검찰에 약점을 잡혀 거짓말하고 있다. 전직 대통령인 내 말을 믿겠느냐, 아니면 장사꾼인 박 회장의 말을 믿겠느냐?"고 몰아붙여 무죄를 받을 심산인 것이다.

그러나 이는 헛된 희망이고 착각이다. 노 전 대통령은 권양숙 여사가 100만 달러, 조카사위 연철호가 500만 달러 받은 것을 시인했다. 대통령이 개입하지 않고서는 처나 조카사위에게 그렇게 큰돈을 줄 리 만무하다. 박 회장은 "대통령이 요구해서 주었다"고 일관되게 진술하고 있는 데 반하여, 노 전 대통령의 진술은 상식에 비추어 믿기 어렵고 계속해서 바뀌는 등 일관성도 없었다. 그 밖에도 노 전 대통령에게 불리한 증거가 많다. 검찰이 손을 놓고 있을 리 만무하니 뒤집기 지극히 어려운 상황이었다. 그런데도 법조인 출신이 법정에서 이길 수 있다고 생각하다니, 이해하기 어려웠다.

"지도자답게 산화하라"

언론도 4월12일 글에 매우 비판적이었다. 특히 진보 언론들이 혹독한 비판을 쏟아 냈다.

〈미디어오늘〉 박상주 논설위원은 4월14일자 '노무현 전 대통령께'라는 시평에서 노 전 대통령의 태도를 사정없이 가혹하게 비판했다.

노무현 전 대통령님,

여사님과 아드님, 형님, 조카사위 등 가족은 물론 측근들까지 줄줄이 검찰의 소환을 받거나 구속됐고, 님께서도 벼랑 끝으로 몰리고 있는 듯합니다. (…) 억울해서 못 참겠다고요? 지금 '노무현 패밀리' 때문에 국민들이 받고 있는 분노와 스트레스, 충격을 생각해 보셨습니까? 속된 말로 국민들이 열 받아 있는 상황에서 일국의 대통령을 지낸 분이 검찰과 티격태격, 갑론을박 다투면서 자신의 무고함을 주장해야겠습니까? 시시콜콜 따지는 건 법정에서 하면 될 일 아닙니까? (…) 국민들 앞에 석고대죄하십시오. 다 까발리고, 다 털어놓으시고, 용서를 구하십시오. 죽을 때 죽더라도 하찮은 하이에나 떼에 물려 죽지 마시고, 지도자답게 산화하십시오. 당신이 죽어야 이 땅에 민주주의와 사회정의가 부활합니다.

"지도자답게 산화하라", "당신이 죽어야 이 땅에 민주주의와 사회정의가 부활한다"는 말은 무슨 말인가? 노 전 대통령의 자진(自盡)을 강요하고 있다고 하면 지나친 해석일까? 한때 자신들이 지지했던 사람에 대해 어쩌면 이렇게 잔혹할 수 있는지, 인간에 대한 회의마저 들었다.

〈한겨레〉도 4월15일자 '밝혀야 할 수백만 달러의 대가'라는 제목의 사설에서 노 전 대통령을 나무랐다.

권양숙 씨가 13억 원가량을 받았고 조카사위 연철호는 아들 노건호와 함께 500만 달러를 받았다. 아무런 대가 없이 주고받기에는 큰돈이다. 노 전 대통령의 개입을 의심하는 것은 당연하다. (…) 박 회장이 선의의 도움만 주는 '패밀리의 일원'인 양 내세우는 것도 상식에 맞지 않다.

박 회장은 이익을 좇기 마련인 기업인이다. 그가 거액의 대가로 어떠한 특혜를 누렸는지 묻는 것은 당연하다. 그러잖아도 박 회장은 노 전 대통령 재임 기간 여러 분야에서 사업을 확장했다고 한다. 그런 일에 노 전 대통령의 관여가 있었다면 대가관계를 의심하지 않을 수 없다.

재임 때는 돈 받은 사실을 몰랐다며 법률적 책임이 없음을 주장하는 것과는 별도로 노 전 대통령이 마땅히 국민 앞에 해명해야 할 대목이다. (…)

결국 노 전 대통령의 말을 믿지 못하겠으니 국민 앞에 이실직고하라는 말이다.

이대근 〈경향신문〉 정치·국제 에디터는 4월16일 '굿바이 노무현'이라는 칼럼에서 노 전 대통령을 더욱 신랄하게 비판했다.

(…) 노무현 패밀리가 한 일이다. 그런데 노 전 대통령은 범죄와 도덕적 결함의 차이, 남편과 아내의 차이, 알았다와 몰랐다의 차이를 구별하는 데 필사적이다. 그러나 그런다고 달라지지 않는다. 참여정부의 실정(失政)으로 서민들이 가난해지는 동안 노무현 패밀리는 부자가 되었다는 사실은 변하지 않는다. (…) 민주화운동을 배경으로 집권한 그는 민주화운동의 인적·정신적 자산을 다 소진했다. (…) 민주주의든 진보든 개혁이든 노무현이 함부로 쓰다 버리는 바람에 흘러간 유행가처럼 되었다. (…) 노무현 정권의 재앙은 5년의 실패를 넘어서 다음 5년은 물론 또 다음 5년에도 영향을 미칠 것이다. 노무현 당선은 재앙의 시작이었다. 이제 그가 역사에 기여할 수 있는 일이란 자신이 뿌린 환멸의 씨앗을 모두 거두어 장엄한 낙조 속으로 사라지는 것이다.

이는 "노무현 당신 패밀리가 한 일로 민주화 세력이 재기가 불가능할 정도로 상처를 받았으니, '알았느니 몰랐느니' 더 이상 쓸데없는 소리 하지 말고 사라지라"는 저주였다. 마지막 문장 "자신이 뿌린 환멸의 씨앗을 모두 거두어 장엄한 낙조 속으로 사라지라"는 것은 무슨 의미일까?

칼럼 중 '대통령 패밀리끼리는 건드리지 않기로 하자고 했다던가', '우리 쪽 패밀리에는 박연차도 포함시켜 달라'라고 강조한 부분이 눈에 들어왔다. 이대근 칼럼니스트는 '봉하대군 노건평'과 '영일대군 이상득' 밀약에 관해 알고 있었던 것이 틀림없다. 세상에 비밀은 없다.

노무현과 강금원

"면목 없는 사람 노무현"

그 며칠 전 2009년 4월9일, 대전지검은 노무현 전 대통령의 후원자인 강금원 충주 시그너스컨트리클럽 회장을, 회사 돈 266억 원을 횡령하고 세금 16억 원을 포탈한 혐의로 구속했다. 위 돈 중 일부인 70억 원이 노 전 대통령 사저가 있는 봉하마을 주변 환경 조성 및 개선 사업을 위해 만든 주식회사 봉화의 설립 자금으로 사용되었다.

임채진 총장은 박연차 회장이 구속되어 있고 노 전 대통령에 대한 수사가 예정되어 있는 상황에서 건강이 좋지 않은 강금원 회장까지 구속하는 것을 부담스러워 했다. 검찰이 지나치다는 비난을 들을까 봐 염려한 것이다.

임 총장의 지시를 받고, 대전지검 안창호(安昌浩) 검사장에게 강 회장을 불구속 수사하는 것이 좋겠다는 의견을 전달했다. 그러나 안 검사장은 대검에서 대전지검의 수사를 시기해서 그러는 것으로 생각하는 듯했다. "검찰 전체 차원에서 불구속 수사가 바람직하기 때문에 그런 것"이라고 설명해도 듣지 않았다. "강 회장의 범행 내용이 중해서 구속 사안에 해당하고, 증거 인멸 우려가 크다"며 자신의 고집을 꺾지 않았다.

결국 임 총장의 승낙을 받아 강 회장을 구속했다. 나중에 노 전 대통령에 대한 수사가 언론에 보도되자 안 검사장은 자신이 오해했다며 미안하다고 전화를 했다.

노 전 대통령은 2009년 4월17일 또다시 '사람세상'에 '강금원이라는 사람'이라는 제목으로 글을 올렸다.

강(금원) 회장이 구속되기 전의 일이다. 내가 물어보았다. "강 회장은 리스트 없어요?" "내가 돈을 준 사람은 다 백수들입니다. 나는 공무원이나 정치인에게는 돈을 주지 않았습니다." "그 많은 돈을 왜 주었어요?" "사고 치지 말라고 준 거지요. 그 사람들 대통령 주변에서 일하다가 놀고 있는데 먹고살 것이 없으면 사고 치기 쉽잖아요. 사고 치지 말고 뭐라도 해 보라고 도와준 것이지요."
할 말이 없다. 미안하다. 나의 수족 노릇을 하던 사람들이 나로 인하여 줄줄이 감옥에 들어갔다 나와서 백수가 되었는데, 나는 아무 대책도 세워 줄 수가 없었다. 옆에서 보기가 딱했던 모양이다. 강 회장이 나서서 그 사람들을 도왔다. (…)
강 회장은 "지난 5년 동안 저는 사업을 한 치도 늘리지 않았어요. 이것저것 해 보자는 사람이야 오죽 많았겠어요? 그래도 그렇게 하면 내가 대통령 주변 사람을 도와줄 수 없기 때문에 일체 아무것도 하지 않았어요"라고 말했다. 강 회장이 입버릇처럼 해 오던 이야기다. "회사 일은 괜찮겠어요?" "아무 일도 없어요. 지난번 들어갔다 나오고서 직원들에게 모든 일을 법대로 하라고 지시했어요. 그리고 모든 일을 변호사와 회계사의 자문을 받아 처리했어요. 그리고 세무조사도 다 받았어요." 그래서 안심했는데 다시 덜컥 구속이 되어 버렸다. 털어도 먼지가 나지 않게 사업을 한다는 것이 말처럼 쉬운 일은 아닌 모양이다. 어떻든 강 회장은 '모진 놈' 옆에 있다가 벼락을 맞은 것이다. 이번이 두 번째다. 미안한 마음 이루 말할 수가 없다.

퇴임이 다가오자 강 회장은 퇴임 후 사업을 이야기했다. 처음에는 생각이 조금 달랐다. 강 회장의 생각에는 노무현이 중심에 있었고, 나의 생각에는 생태마을이 중심에 있었다. 결국 생태마을을 먼저 하기로 하고 재단은 퇴임 후 하기로 하였다. 그렇게 해서 주식회사 봉화가 생겼다. 이름이 무엇이든 우리가 생각한 것은 공익적인 사업이었다. 70억이라고 하니 참 크게 보인다. (…) 그런데 퇴임 후 내 주변 사람들에 대한 각종 조사가 시작되고 박 회장에 대한 세무조사도 시작되니 아무 일도 시작할 수 없었다. 사람들을 모을 수 없게 되었으니 재단은 표류하고 있다. 나는 사람들에게 가급적 우리 집에 오지 말라고 한다. 그러지 않아도 사업하는 사람들은 오겠다는 사람도 없었다. 사업을 안 하는 사람이라도 별반 다르지 않았다. 어디 취직이라도 할 생각을 가지고 있는 사람은 봉하마을에 오기 어려울 것이다. 이런 봉하에 강 회장은 매주 하루씩 다녀갔다.

그런 강 회장이 구속되었다. 아는 사람들은 그의 건강을 걱정한다. 제발 제때에 늦지 않게 치료를 받고 건강하게 다시 볼 수 있기를 바란다. 면목 없는 사람 노무현.

강금원이야말로 국정 농단자

자신으로 인해 두 번씩이나 구속된 강 회장에게 미안함을 표시하고 그를 위로하기 위한 것이라면, 구속된 강 회장에게 개인적으로 편지를 보내면 될 일이다. 그런데 누구나 읽을 수 있는 홈페이지에 보란 듯이 올렸다. 자신의 주변에 대해 검찰이 전방위적으로 가혹하게 수사를 벌인다는 것을 강조함으로써 여론을 유리하게 이끌려는 의도가 아니면 무엇일까?

노 전 대통령은 강 회장과의 대화 내용을 밝히면서, "주식회사 봉화의 설립 자금으로 쓰인 돈 70억이 회사에서 횡령한 돈인 줄 몰랐으며, 이익을 추구하는 주식회사 형태를 띠고 있지만 명칭과 관계없이 주식회사 봉화는 생태마을 사업이라는 공익사업을 하기 위한 것"으로 뇌물이 아니라는 점을 은연중에 강조하고 있다. 자신의 무고함을 주장하는 한편, 온 국민을 상대로 자신과 강 회장과의 인연을 미화하고 그에게 검찰에서 어떻게 진술할 것인지 지침을 제시하고 있는 것 같았다. 심지어 "면목 없는 사람 노무현"이라니, 강 회장이 이 글을 읽으면 가슴이 찡하지 않겠는가.

노 전 대통령은 "강 회장의 경제적 지원으로 이루어진 주식회사 봉화의 생태마을 사업 등은 어떠한 대가도 없이 순수한 마음에서 행해진 것이고, 강 회장은 자신의 임기 5년 동안 사업을 전혀 확장하지 않았으며, 그로부터 어떠한 청탁도 받은 적이 없다"고 감성적인 언어로 강 회장의 금전적 지원을 '아름다운 관계'인 것처럼 미화하고 있다. 물론 자신을 방어하기 위한 말이겠지만, 순진한 주장이다.

강 회장으로부터 아무런 대가 없이 경제적 도움을 받았다고 하더라도 대통령같이 국정에 광범위한 권한을 가진 공무원은 뇌물 수수가 될 수 있다. 대한민국에서 기업을 하는 사람 중에서 아무런 대가를 바라지 않고 정치인을 후원하는 사람이 과연 몇이나 될까? 강 회장 말대로 "나는 고향이 전북 부안으로 김해 출신인 노 전 대통령의 지역주의 타파라는 정치철학에 매료되어 아무런 대가도 바라지 않고 노 전 대통령을 후원했다"고 하자. 대통령의 친구이자 후원자가 경영하는 회사를 어느 국가기관이 함부로 건드리겠는가? 말 안 해도 음으로 양으로 혜택을 받기 마련이다. 그리고 많은 사람들이 대통령의 후원자인 강 회장에게 접근했을 것이다.

강 회장 말마따나 '백수라서' 강 회장으로부터 후원을 받은 정치인 이광재, 안희정 등은 다시 출마하여 국회의원, 도지사 등 선출직 공무원이 되었다. 이들이 강 회장의 부탁을 거절할 수 있을까?

강 회장은 2003년 11월경 언론 인터뷰에서 "연말 청와대·내각 개편에서 장관들을 갈아야 하고, 문재인 수석도 갈릴 것이다. 개편은 중·대폭이 될 것이다"라고 말하는 등 각종 돌출 발언으로 물의를 빚었다. 2003년 11월19일 국회 예결특위에서 허태열 의원이 강 회장의 부적절한 언행을 지적하면서 "대통령께 이런 사람 만나지 말라고 건의하라"고 질의하자 문희상 비서실장이 "저도 동감하는 부분이 있다. 대통령께 그렇게 말씀드리려 한다"고 답변하기도 했다. 강 회장이 그렇게 거침없이 말할 수 있었던 것은 돈으로 노무현 정권 탄생에 기여했다고 생각했기 때문이 아닐까? 세상에 공짜는 없다.

'호남 사람 강금원'이 '영남 사람 노무현'과의 우정과 의리를 지킨 아름다운 관계로만 미화할 수 없는 이유이다.

강 회장은 노 전 대통령 사후(死後) 언론 인터뷰에서 "노 대통령에게 장·차관 인사 및 사면 청탁 등을 했는데 대통령은 부탁을 상당 부분 들어주었다"고 스스로 인정했다. 그 인사 청탁 과정에서 금품 수수 등 어떠한 부정행위가 없었다고 하더라도, 측근의 부탁을 받고 국가 중요 인사

(人事)를 한 것은 국정 농단에 해당할 수 있다.

강 회장은 노 전 대통령이 타계한 지 2년쯤 지난 2011년 5월24일 〈시사저널〉과의 인터뷰에서 노 전 대통령과의 막역한 관계를 술회했다. 인터뷰 기사는 이듬해 8월2일 강 회장이 작고하고 그해 2012년 8월12일자에 실렸다.

내(강금원)가 2003년 12월 배임 등의 혐의로 영등포구치소에 수감되었을 때 12월31일 문재인 민정수석과 이호철(李鎬喆) 민정비서관이 나를 면회하러 왔다. 노 대통령이 내일 면회 온다고 하여 무슨 말이냐고 극구 말리고, 그날 저녁 집사람을 청와대로 보내 대통령의 면회를 강하게 만류한 적도 있었다.

노 대통령은 내가 건의했던 장·차관 인사를 거의 다 들어주셨다. 노 대통령은 2006년 11월 통일부장관으로 386세대 젊은 사람을 기용하려고 했는데, 내가 이재정(李在禎) 씨를 추천했고, 대통령이 이를 수용해 주셨다. 특히 내가 추천했던 호남 출신 법조계 사람도 많이 임명되었다. 2005년에는 이용훈(李容勳) 대법원장(전남 보성), 김종빈(金鍾彬) 검찰총장(전남 여수)을, 2007년에는 이강국(李康國) 헌법재판소장(전북 임실) 등을 추천했는데 실제로 임명되었다.

2007년 2월 사면 때 박지원(朴智元·대북 송금사건), 권노갑(權魯甲·현대 비자금사건), 2008년 1월 사면 때 한화갑(韓和甲·당대표 경선자금 수수), 김우중(金宇中) 회장 등에 대한 사면을 노 대통령에게 건의했고, 이들은 결국 사면되었다. 노 대통령 퇴임 후 김우중 회장과 함께 봉하마을로 케이크를 사 들고 가서 노 전 대통령을 만나 인사하기도 하였다.

이에 대해 한화갑 씨도 언론에 "강금원 회장의 도움으로 사면되었다"고 사실을 밝히기도 했다. 인터뷰 내용이 사실이라면 이는 국정 농단이라고 비난받을 만한 엄청난 사건이다.

끝으로 세계일보·한겨레신문의 사설 등에서도 지적했던 주식회사 봉화의 문제이다. 주식회사 봉화는 노 대통령 재임 중인 2007년 9월경 설립되었고, 노 전 대통령 사저가 있는 봉하마을의 환경을 조성하고 개선하는 사업을 해 왔다. 노 전 대통령을 위한 사업이다. 주식회사 봉화는 후의 박근혜 대통령 국정 농단사건의 미르재단·K스포츠재단·한국동계스포츠영재센터와 무슨 차이가 있는가? 미르재단 등은 박근혜 대통령과 직접 관련이 없는 공익사업을 목적으로 하고 있어 제3자 뇌물수수죄로 의율(擬律)됐지만[대법원 재판 결과 미르재단과 K스포츠재단은 무죄(다만, 신동빈 롯데 회장 K스포츠재단 70억은 유죄), 동계스포츠영재센터는 유죄], 노 전 대통령은 주식회사 봉화가 추진한 사업으로 혜택을 보았다. 국정 농단사건 수사와 재판의 기준을 적용하면 노 전 대통령을 뇌물수수죄로 의율할 수도 있다. 그러나 검찰은 그렇게까지 하지 않았다.

"저는 민주, 진보, 정의를 말할 자격을 잃어버렸습니다"

박연차 변호인의 문제

노무현 전 대통령은 어떻게 검찰 수사 내용을 속속들이 들여다보며 '사람세상' 글로 앞질러 대응할 수 있었을까?

우병우 과장에게 "수사 내용이 봉하마을로 유출되는 것 같으니 확인해 보라"고 지시한 적이 있었다. 우 과장은 "박연차 회장의 변호인인 이○○ 변호사가 정상문 비서관에게 수사 내용을 알려 주고 있었다"고 보고했다. 정상문 전 비서관의 통화 내역에 이 변호사와 수시로 통화한 사실이 있기에 수상해서 정 전 비서관을 추궁했더니, 이미 2008년 12월경부터 이 변호사와 박 회장의 최측근인 정승영 사장을 여러 차례 만났고, 전화로 박 회장의 검찰 진술 내용, 노 전 대통령에 대한 수사 진행 상황 등을 수시로 확인해 주었다는 것이다.

박연차 회장의 변호인이 변호 과정에서 취득한 수사 내용을 다른 피의자인 노무현 전 대통령에게 알려 주다니 있을 수 없는 일이었다. 우 과장에게 이 변호사를 즉시 소환해 조사하라고 지시했다.

생각하면 할수록 괘씸했다. 이○○ 변호사는 검사장 출신으로 나보다 2년 선배였다. 이 변호사의 행위는 범인을 도피시키고 공무 집행을 방해하는 범죄에 해당한다. 하물며 검찰 출신 변호사가 그런 짓을 하다니 황당하기 짝이 없었다.

우병우 과장이 이 변호사를 소환해 조사하는데 박영수 변호사가 급하게 나를 찾아왔다.

"어떻게 하려고?"

"형사 입건해 처벌해야지요."

"그러면 안 돼. 변호사를 이런 이유로 처벌하는 전례도 없고, 검찰 출신 아닌가."

"이번 사건이 보통 사건입니까? 검찰 출신이면 더더욱 그런 행동을 해서는 안 되는 것 아닙니까?"

"그래도 이 변호사가 박 회장을 설득해 수사에 협조하게 했고, 수사가 한창 진행 중에 이런 일이 있으면 좋을 것 없잖나. 앞으로는 이런 일이 없도록 할 테니 불문에 부쳐 주게."

박 변호사의 말도 일리는 있어 일단 이 변호사를 귀가시키고 다음 날 임채진 총장에게 그 사실을 보고했다. 임 총장도 "밖으로 알려져 좋을 게 없으니 불문에 부치라"고 했다.

이 변호사는 왜 수사 내용을 노 전 대통령 측에 알려 주었을까?

이 변호사와 정상문 전 비서관은 특별한 인연이 없다. 이 변호사는 문재인 변호사와 사법시험 22회 동기로, 문재인 변호사가 청와대 민정수석이던 2005년 4월경에 고검 차장검사로 검사장 승진했다. 혹시 그런 인연이 작용한 것은 아닐까?

'문고리' 정상문 구속

2009년 4월18일 검찰은 정상문 전 총무비서관을 다시 소환해서 조사한 후 구속영장을 재청구했다.

영장 재청구 범죄사실에는 1차 영장 청구 시 없었던, 2004년 11월부터 2007년 7월경까지 특수활동비 12억 5000만 원을 횡령한 사실을 추가했다. 매년 쓰고 남은 특수활동비를 현금으로 바꾸어 보관하고 있다가 청와대를 방문한 친구들을 이용해 여행용 가방에 담아 청와대 밖으로 운반하고, 그 돈으로 상가를 사고 금융기관에 예치해 놓은 것이다. 확인된 것만 12억 5000만 원이지 더 있을 것으로 보이는 상황이었다. 정 전 비서관은 자신의 단독 범행이라고 주장하면서도 "노무현 대통령의 퇴임 후를 대비하기 위한 것"이라고 진술했다.

구속영장을 청구할 때 우병우 과장으로 하여금 변호인인 문재인 전비서실장에게 "특수활동비 횡령 사실이 추가로 밝혀져 구속영장을 청구하게 되었다"고 설명해 주라고 지시했다. 우 과장이 문 전 실장에게 그러한 사실을 통보했더니 문 전 실장이 "어떻게 그런 사실까지 밝혀냈느냐?"며 놀라워 하더라는 보고를 받았다.

4월21일 정 전 비서관에 대한 영장이 발부되었다. 정 전 비서관이 횡령했다고 하는 청와대 특수활동비는 청와대 자체 예산에도 들어 있지만, 대통령 통치자금으로 국정원 예산에도 들어 있다. 어찌 되었든 대통령이 영수증 없이 쓰는 돈이다. 부하 직원들로부터 오해를 받을 수 있으므로 투명하게 사용하고 관리에 더 신경을 써야 한다.

강금원 회장은 노 전 대통령 사망 후 〈시사저널〉 기자와의 대담에서 다음과 같이 말한 적이 있는 것으로 보도되었다. 노 대통령이 자신에게 "국정원의 대통령 통치자금이 연간 200억가량 되어서 대통령 임기가 끝날 때까지 1000억은 챙길 수 있다. 그런데 강 회장이 '단 1원도 받지 말라'고 해서 못 챙기겠네"라고 해서 함께 크게 웃은 적이 있었다는 것이다.

정상문 비서관이 대통령 몰래 이를 횡령하는 것은 불가능하다. 더욱이 한 번이 아니라 거의 4년에 걸쳐 12억 5000만 원이나 되는 큰돈을 빼돌리는 것은 더더욱 그렇다. 영수증이 필요 없는 특수활동비는 집행에 엄격한 절차를 거친다. 매달, 적어도 분기마다 정산해서 결재권자의 결재를 받는다. 한편 대통령 입장에서 특수활동비는 언제든지 영수증 없이 쓸 수 있는 돈이다. 비서관이 빼돌리지 않아도 대통령이 자기 주머닛돈처럼 쓸 수 있는 것이다.

"비서관이 대통령 모르게 특수활동비를 횡령해서 '대통령을 위해서' 보관하고 있다"는 것은 그 자체가 논리적으로 말이 되지 않는다. 검찰 예산을 집행해 본 나로서는 가소로울 따름이다. 검찰에도 한해 200억 원 정도 되는 특수활동비 예산이 있다. 검찰총장의 특수활동비는 대검 사무국 운영지원과장이 관리한다. 하지만 실제 돈을 관리하는 것은 담당 실무 직원들이다. 검찰총장은 특수활동비 집행 내역을 자세하게 알고 있다. 어디에 얼마가 집행되었고 현재 얼마가 남아 있는지 파악하고 있다. 운영지원과장이 검찰총장 모르게 특수활동비를 횡령하는 것은 불가능하다. 예산 집행을 조금이라도 아는 사람은 '정 비서관이 노 대통령의 지시로 특수활동비를 빼돌렸구나' 하고 생각할 것이다.

2009년 5월5일 서울중앙지법에 정상문 전 비서관을 기소했다. 박연차 회장으로부터 1억 원 상당 상품권과 3억 원을, 정대근 농협 회장으로부터 3000만 원을 각 뇌물 수수하고, 특수활동비 12억 5000만 원을 횡령한 혐의 등이었다. 법원은 모두 유죄로 인정하고 징역 6년을 선고했다. 정 전 비서관은 항소했으나 기각되어 징역 6년의 판결이 최종 확정되었다.

'사람세상'을 닫다

정상문 전 총무비서관이 구속된 다음 날인 2009년 4월22일 노 전 대통령은 마지막으로 '사람세상' 홈페이지에 '사람세상 홈페이지를 닫아야 할 때가 온 것 같습니다'라는 제목으로 절절한 심정을 담은 장문의 글을 올렸다.

'사람세상' 홈페이지를 닫아야 할 때가 온 것 같습니다. (…)
500만 불, 100만 불, 이야기가 나왔을 때는 저는 아무 말도 할 수 없는 처지가 되었습니다. 제가 알고 모르고를 떠나서 이미 밝혀진 사실만으로도 전직 대통령으로서의 명예도 도덕적 신뢰도 바닥이 나 버렸기 때문입니다.
그러나 저는 말했습니다. "아내가 한 일이다, 나는 몰랐다." 이 말은 저를 더욱 초라하게 만들 뿐이라는 사실을 전들 어찌 모르겠습니까? 그러나 저는 그렇게 말했습니다.
국민들의 실망을 조금이라도 줄여 드리고 싶었습니다. 그리고 저는 이미 정치를 떠난 몸이지만 지금까지 저에 대한 믿음을 버리지 않고 계신 분들에 대한 미안함을 조금이라도 덜고 싶었습니다.
또 하나 제가 생각한 것은 피의자로서의 권리였습니다. 도덕적 파산은 이미 어쩔 수 없는 일이지만, 한 인간으로서 누려야 할 피의자의 권리는 별개라고 생각했습니다. 그래서 '사실'이라도 지키고 싶었습니다. 그래서 앞질러 가는 검찰과 언론의 추측과 단정에 반박도 했습니다.

그런데 정상문 비서관이 '공금 횡령'으로 구속되었습니다. 이제 저는 이 마당에서 더 이상 무슨 말을 할 수가 없습니다. 무슨 말을 하더라도 많은 사람들의 분노와 비웃음을 살 것입니다.

제가 무슨 말을 더 할 면목도 없습니다. 그는 저의 오랜 친구입니다. 저는 그 인연보다 그의 자세와 역량을 더 신뢰했습니다. 그 친구가 저를 위해 한 일입니다. 제가 무슨 변명을 할 수가 있겠습니까? 저를 더욱 초라하게 하고 사람들을 더욱 노엽게만 할 것입니다.

이제 제가 할 일은 국민에게 고개 숙여 사죄하는 일입니다. 사실관계가 어느 정도 정리가 되고 나면 그렇게 할 것입니다. 저는 이제 이 마당에 더 이상 사건에 관한 글을 올리지 않을 것입니다. (…)

저는 이곳에서 정치적 입장이나 도덕적 명예가 아니라 피의자 권리를 말하려고 했습니다. 그러나 이젠 이것도 공감을 얻을 수가 없을 것입니다. 이제 제가 말할 수 있는 공간은 오로지 사법 절차 하나만 남아 있는 것 같습니다. (…)

더 이상 노무현은 여러분이 추구하는 가치의 상징이 될 수 없습니다. 저는 이미 민주주의, 진보, 정의, 이런 말을 할 자격을 잃어버렸습니다. 저는 이미 헤어날 수 없는 수렁에 빠져 있습니다. 여러분은 이 수렁에 함께 빠져서는 안 됩니다. 여러분은 저를 버리셔야 합니다. 적어도 한 발 물러서서 새로운 관점으로 저를 평가해 보는 지혜가 필요합니다. (…)

그래서 이 글을 올립니다. 이제 '사람세상'은 문을 닫는 것이 좋겠습니다.

항복 선언이나 다름없었다. "더 이상 여러분이 추구하는 가치의 상징이 될 수 없으니 헤어날 수 없는 수렁에 빠진 자신을 버려야 한다"고, 절규하듯 자신의 안타까운 처지를 호소하고 있다.

노무현 전 대통령에 대한 조사는 막바지를 향해 달려가고 있었다.

서면 질의

임채진 총장은 수사 초기부터 노무현 전 대통령에 대한 불구속 수사를 지시했다.

검찰청법 시행령에는 '검찰총장 하명사건의 처리'를 중앙수사부의 분장 사무 중 첫째로 규정하고 있다. 위법 부당한 명령이 아닌 한 총장의 지시에 따라야 한다.

나는 임채진 총장의 불구속 지시에 대해 "총장님의 뜻을 따르겠다"고 했다. 그럼에도 임 총장은 기회가 있을 때마다 반복적으로 노 전 대통령을 불구속 수사할 것을 강조했다.

2009년 4월22일 노 전 대통령에게 서면 질의서를 보냈다. 우병우 과장 명의로 된 정중한 편지에 7페이지로 된 질의서를 첨부했다. 가급적 4월25일까지 보내 달라고 요청했다.

서면 질의서는 검찰에서 이미 구체적으로 파악한 내용의 사실 여부를 묻는 형식이 아니라, 수사 대상 사항에 대해 일반적으로 묻고 노 전 대통령이 상세히 답변하도록 질문하는 형식이었다. 주요 내용을 대략 요약하면 다음과 같다.

○ 재산관계에 대해
　－ 공직자윤리법에 따라 신고한 재산 내역 외에 별도로 보유한 적극적·소극적 재산 현황 및 미신고 사유
　－ 미신고 채무의 발생 원인, 변제 여부와 그 사실을 인지한 시점
　－ 재임 중, 퇴임 후 자녀들에게 교부한 재산, 그 경위 및 출처
○ 박연차 회장과의 관계
　－ 재임 중 청와대, 진해 별장 등에서 박연차 회장과 공식 및 비공식으로 면담한 사실 및 그 경위
　－ 퇴임 후 박 회장과 만난 사실 여부(일시, 장소, 만난 이유, 동석자 등)
　－ 재임 중 박 회장과의 전화 통화 횟수 및 통화 내용
　－ 재임 중 박 회장으로부터 금품을 수수하거나 금전거래를 한 사실 유무 및 그 경위
　－ 재임 중 박 회장과 관련된 국내외 사업을 보고받은 사실이 있는지 여부
　－ 재임 중 국내외 순방 시 방문수행단에 박 회장을 포함한 사실 및 그 경위
○ 퇴임 후 구상한 사업
　－ 퇴임 후 환경사업과 관련하여 박연차 회장, 강금원 회장, 정상문 비서관 등 주변 사람들에게 사업 구상을 밝히거나 지원 요청을 한 사실 여부 및 주변 사람들의 반응

- 2007년 여름경 정상문 비서관, 박연차 회장, 강금원 회장이 환경사업 지원과 관련하여 '3자 회동'을 한 사실에 대한 사전 사후 보고 여부
- 퇴임 후 환경사업의 실제 진행 여부(사업 주체, 사업 내용, 소요 비용 및 자금원 기재)

○ 박연차 회장이 제공한 500만 달러
- 박 회장에게 노건호, 연철호의 사업 지원 요청을 한 사실이 있는지 여부
- 500만 달러가 연철호 등에게 제공된 사실을 알게 된 시점 및 경위
- 노건호가 연철호와 함께 사업을 하겠다는 의사를 표시한 시점 및 이에 대한 대통령 내외의 반응 및 조치
- 2009년 4월7일 '사람세상'에 올린 글과 관련하여, "특별히 호의적 동기가 개입한 것"이라는 의미가 무엇인지, "성격상 투자"라고 판단하신 이유가 무엇인지, 실제로 어떤 사업에 투자되었는지 구체적 기재
- 2007년 1월 이후 노건호가 국내외에 회사를 설립, 운영하거나 투자한 사실과 투자액, 자금 조달 경위, 및 직접적 자금 지원 등 조치 사항
- 2007년 12월 설립된 프로그램 개발업체 '오르고스'와 관련하여, 위 업체 설립, 운영에 관여하거나 자금을 지원한 사실이 있는지 여부(자금원 포함) 및 운영 상황에 대해 알고 있는 내용

○ 박연차 회장이 제공한 100만 달러
- 재임 중 박 회장에게 100만 달러를 요청한 사실 유무 및 그 이

유

- 노건호가 미국 유학 중일 때 집을 사 주는 문제에 대해 권양숙 여사 또는 제3자와 의논한 사실 여부, 있다면 매수 자금 조달 계획
- 권 여사는 100만 달러를 자신이 받았다고 주장하는데, 그러한 주장의 사실 여부, 수수 사실을 인지한 시기, 장소, 및 그 경위와 100만 달러에 대한 구체적 사용처 제출(4월7일 언급한 '미처 갚지 못한 빚'의 구체적 내역, 변제 경위, 남아 있다면 그 내역을, 증빙자료와 함께 제출)

○ 박연차 회장으로부터 빌린 15억 원과 관련

- 차용 이유, 차용금 사용처, 향후 변제 계획, 그 밖에 다른 사람으로부터 금원 차용 사실 여부(그러한 사실이 없다면 박연차에게만 요청한 이유)

○ 박연차 회장이 제공한 3억 원과 관련

- 수수 사실을 언제 알게 되었는지 그 경위
- 권 여사가 정 비서관으로부터 3억 원을 수수한 것이 사실인지 여부, 사실이라면 그 사실을 알게 된 일시, 경위 및 동석자
- 4월7일 "정상문 비서관이 금품 수수로 조사받고 있는데 그것은 정 비서관의 것이 아니라 저희들의 것"이라고 밝혔는데, 그 '돈'에 정상문이 받은 본건 3억 원이 포함되는지, 당시 파악한 정 비서관의 혐의가 무엇인지, 및 파악 경위

○ 대통령 특수활동비와 관련하여

- 정 비서관이 관리한 대통령의 특수활동비의 집행 과정, 집행 결과에 대한 사전 및 사후 보고 내용

- 퇴임 후 필요한 경비 조달에 관하여 정상문 총무비서관과 상의하거나 조달을 위임한 사실 여부
- 정 비서관이 특수활동비 중 일부를 지인들에게 맡겨 보관하고 있는 사실 인지 여부 및 그 경위

○ 2009년 4월7일 '사람세상' 홈페이지에 '사과드립니다'라는 글을 게재하게 된 경위

질문 내용에 고가 명품 시계 수수에 관한 질문은 포함시키지 않았다. 시계 수수 사실은 증거가 너무 명확했고, 질문지를 작성할 당시 '시계 수수 사실'이 외부에 노출되지 않아서 그렇게 한 것이다. 그런데 예상치 않게, 질문지를 발송한 4월22일 KBS 9시 뉴스에서 노 대통령 부부의 시가 2억 원 상당 피아제 남녀 시계 수수 사실을 보도했다. 노 전 대통령은 서민적이고 소탈한 이미지에 큰 상처를 입게 되었다. 뒤에 '논두렁 시계의 진실'에서 설명하겠지만 KBS 보도의 배후에는 국가정보원이 있었으며, 검찰에서 취재한 것이 아니었다.

서면 질의에 대해 노 전 대통령이 사실대로 진술할 것이라고 크게 기대하지는 않았다. 검찰 소환 조사 시 시간을 절약하기 위한 목적이 컸었다.

4월25일, 노 전 대통령은 자세한 것은 검찰에 출석해 밝히겠다고 하면서, 간략하게 '사람세상'에서 밝힌 것과 비슷한 취지로 진술서를 보내왔다. 100만 달러는 권양숙 여사가 미국 주택 구입 자금이 아니라 미처 갚지 못한 빚이 있어 빌린 것이고, 500만 달러는 사업자금으로 노건호·연철호 등이 받은 것이며, 자신은 이러한 사실을 알지 못했고 관여한 사실이 없다는 취지였다. 정 비서관의 특수활동비 12억 5000만 원 횡령 혐의

에 대해서는 정 비서관의 단독 범행으로 몰랐다고 부인했다.

노 전 대통령의 서면 질의에 대한 답변은 그 내용이 너무 부실해서 수사에 거의 도움이 되지 않았다.

그간의 수사 결과를 종합해 노 전 대통령에 대한 피의자 신문 사항을 정리했다. 조사를 위한 준비를 모두 마쳤다.

제 5 장

문혀 버린 진실 : "시계는 뺍시다. 쪽팔리잖아"

©cho euihwan

노무현 전 대통령 중수부 출석

굳이 버스로 당일 상경

2009년 4월26일 노무현(盧武鉉) 전 대통령에게 '2009년 4월30일 오전'에 대검 중앙수사부로 출석해 달라고 통보했다.

노 전 대통령이 김해 봉하마을에 거주하고 있어 교통수단이 문제였다. 노 전 대통령에게 전날 서울로 와 호텔 등에서 투숙한 후 당일 아침 일찍 출석해 달라고 요청했으나, 노 전 대통령은 경호상 이유로 곤란하다고 거절했다. 그러면 당일 아침 봉하마을로 헬기를 보내겠다고 제안했으나, 헬기를 탄 전례도 없고 안전상 문제가 있다고 역시 거부하고, 아침 일찍 버스를 타고 올라오겠다고 했다. 검찰이 "김해에서 서울로 오는 동안 취재 차량으로 인해 안전사고가 우려되고, 조사 시간이 부족해 다시 소환할 수도 있다"고 해도 노 전 대통령은 주장을 굽히지 않았다.

달리 방도가 없었다. 결국 노 전 대통령은 청와대 경호실에서 제공하는 버스를 타고 오기로 했다. 조금이라도 늦게 검찰에 출석함으로써 조사 시간을 줄이고자 하는 의도라고밖에 생각할 수 없었다.

2009년 4월30일, 잔인한 4월의 마지막 날.

오전 8시 노 전 대통령이 봉하마을 사저 경비초소 앞 주차장에서 대기하는 대형 버스 앞에 섰다. 이미 방송사 카메라 기자 등 취재진 수십 명이 모여 있었다. 노 전 대통령은 두 손을 공손히 앞으로 모으고 취재진을 향해 "예… 국민 여러분께 면목이 없습니다" 하고 말을 하던 중 고개를 떨궜다. 잠시 후 고개를 들고 "실망시켜 드려서 죄송합니다. … 가서… 잘 다녀오겠습니다" 하고 다시 고개 숙여 인사한 후 버스에 올랐다. 문재인(文在寅) 전 비서실장, 전해철(全海澈) 전 민정수석, 김경수(金慶洙) 전 공보비서관, 그리고 경호원 2명이 함께 차에 올랐다.

버스는 오후 1시19분경 대검찰청 청사 앞에 도착했다. 수행한 문 전 실장 등 5명이 먼저 내리고 노 전 대통령이 마지막으로 내렸다. 포토라인 앞에 서서 좌우로 얼굴을 돌려 사진 촬영에 응했다. 촬영을 마치고 안으로 발걸음을 떼는 순간 한 기자가 물었다.

"왜 국민께 면목 없다고 하셨습니까?"

"면목 없는 일이지요. 자!"

다시 발걸음을 옮기려고 하는데 질문들이 잇따라 터졌다.

"심경을 좀 말씀해 주시죠!"

"다음에 하시죠."

"검찰 수사에 섭섭한 부분이 있습니까?"

"다음에 합시다."

"100만 달러 용처를 못 밝히신다고 하신 이유가 있습니까?"

질문을 뒤로한 채 노 전 대통령은 대검 청사 안으로 들어섰다.

"시계는 뺍시다. 쪽팔리잖아"

대검 사무국장이 출입문 앞에서 노 전 대통령 일행을 영접해 7층에 있는 중앙수사부장 사무실로 안내했다. 나는 중수부장실 앞에 나와 서서 기다리다가 정중하게 노 전 대통령을 맞고, 옆에 서 있는 홍만표(洪滿杓) 수사기획관을 소개했다.

노 전 대통령은 기억할지 모르겠지만, 나는 부산에서 검찰 실무수습(시보)을 할 때 당시 부산에서 변호사로 활동하던 노 전 대통령을 만난 적이 있다. 직접 대면하는 것은 이번이 두 번째였다.

노 전 대통령을 사무실 안으로 안내하고, 사무실 소파에 탁자를 사이에 두고 마주 앉았다. 내 옆에는 홍만표 수사기획관이 앉았고, 노 전 대통령 옆에는 문재인 전 실장과 전해철 전 수석이 나란히 앉았다.

내가 먼저 공손히 말을 꺼냈다.

"먼 길 오시느라고 고생하셨습니다. 이렇게 모시게 되어 안타깝습니다."

여직원이 차를 내왔다.

노 전 대통령에게 부산 시절 인연에 대해 이야기했다.

"1983년 겨울 제가 부산지방검찰청에서 검사직무대리로 수습 중일 때, 대통령님께서 제가 맡은 업무상과실치사사건의 변호인이셨습니다. 대통령님께서 사무실로 찾아와 수사 기록을 열람하고 돌아가신 일이 있었지요. … 건설 현장에서 술을 마시고 자던 인부가 한밤중에 밖으로 나왔다가 220볼트 전선에 걸쳐진 철사줄에 감전되어 사망한 사건이었습니다.

현장소장이 피의자로 입건되었는데, 과실도 경미하고 유족과 합의가 되어 벌금형으로 약식기소했습니다. 혹시 기억이 나십니까?"

"기억나지 않습니다."

그리고는 나를 똑바로 바라보며 말했다.

"이 부장! 시계는 뺍시다. 쪽팔리잖아."

나는 당황했다. 전혀 예상하지 못한 말이었다. 무어라 답변해야 좋을지 난감했다.

사전에 보낸 질문지에 명품 시계 수수 부분이 들어 있지 않아, 검찰의 의도를 파악하기 위해 한 말인지도 모르겠다. 질문지에 넣지 않은 것은 '시계 수수 사실'이 노출되지 않아서일 뿐 다른 의도는 아니었다. 나는 달리 할 말을 찾지 못하고 어색한 표정으로 이 말밖에 하지 못했다.

"수사 협조를 부탁드리겠습니다."

노 전 대통령과의 대화는 이렇게 짧게 끝났다.

노 전 대통령 일행은 홍만표 수사기획관의 안내로 11층에 있는 특별조사실로 올라갔다.

노 전 대통령이 조사를 받는 동안 노사모 수백 명이 대검찰청 정문 앞에서 노란 풍선을 들고 구호를 외치고 노래를 불렀다. 그들은 다음 날 새벽 2시 노 전 대통령이 조사를 마치고 귀가한 후에야 비로소 해산했다. 노 전 대통령도 그들이 외친 구호와 노랫소리를 들었을 것이다.

"아니다, 몰랐다, 버렸다"

"처가 (시계를) 밖에 내다 버렸다고 합니다"

우병우(禹柄宇) 과장이 오후 1시45분경 11층 특별조사실에서 노무현 전 대통령 일행을 맞이했다. 나는 내 사무실 컴퓨터에 연결된 CCTV 화면으로 조사실 안에서 진행되는 상황을 지켜보고 있었다.

우 과장은 노 전 대통령에게 정중하게 인사했다. 조사실에는 조사를 위한 컴퓨터가 놓인 책상 1개와 의자 몇 개가 있고, 옆에는 쉴 수 있는 큰 소파가 마련되어 있었다. 휴식을 취할 수 있는 별도의 방도 있었다.

우 과장이 옆에 있는 김형욱(金亨郁) 검사를 소개했다. 인사를 나눈 뒤 우 과장은 노 전 대통령을 조사 책상 앞에 있는 의자에 앉도록 했다. 우 과장이 편하게 상의를 벗고 조사하자고 해서 노 전 대통령이 상의를 벗었다. 문재인 전 실장과 전해철 전 수석은 번갈아 노 전 대통령의 뒤에 있는 의자에 앉아 피의자 신문 과정을 지켜보았다. 김경수 전 비서관과 경호원들은 별도의 방에서 대기하고 있었다.

조사가 시작됐다. 먼저 노 전 대통령에게 진술 거부권을 고지했다.

우병우 과장을 비롯한 검사들은 신문 과정에서 노 전 대통령을 "대통령님"이라고 호칭했다. 날카롭게 신문하면서도 깍듯이 존댓말을 했다. 검사들이 돌아가면서 우 과장을 보좌했다. 우 과장이 신문하면서 직접 컴퓨터로 조서를 작성했으며, 보좌하는 검사들은 각자 맡은 부분의 신문이 끝나면 별도로 마련된 방에서 조서를 정리했다. 검사들은 신문에 대비해 철저히 준비했고, 심리적으로 노 전 대통령을 압도했다.

나는 모니터로 신문 과정을 지켜보면서, 노 전 대통령의 답변에 따라 추가 신문이 필요할 경우 그 내용을 우 과장에게 메신저로 보내 신문하도록 했다. 내가 보내는 메시지는 우 과장이 신문조서를 작성하는 컴퓨터 창에 바로바로 뜬다.

고가(高價)의 피아제 남녀 시계 수수 혐의에 대해서 노 전 대통령은 이렇게 주장했다.

"아내가 박 회장으로부터 시가 2억 500만 원 상당의 남녀 명품 시계 한 쌍을 받은 것은 사실이나, '나(노무현)의 회갑일인 2006년 9월27일 청와대 관저'가 아니라 퇴임 후 봉하마을 사저에서 형 노건평의 처로부터 받았다. 나는 그 사실을 몰랐으며, (2009년) 4월22일 KBS 9시 뉴스 보도 후 아내로부터 들어 비로소 알게 되었다."

박 회장이 준 회갑 선물을 노건평의 처가 약 1년 5개월 동안 보관하고 있다가 퇴임 후 전해 주었으며, 이 사실을 권양숙(權良淑) 여사가 1년 넘게 노 전 대통령에게 숨겼다는 것이다. 퇴임 후에 받은 것으로 만들어 직무 관련성을 흐려 시계 수수 책임에서 빠져나가기 위한 주장이지만 너무 작위적이어서 전혀 설득력이 없었다. 노 대통령과 박 회장은 시계를 수수

(授受)한 후에도 재직 중 600만 달러를 주고받고 퇴임 후에도 15억 원을 빌리는 등 가까운 사이였다. 그런데 박 회장이 회갑 선물로 시계를 보낸 사실을 권 여사가 2년 6개월 동안 노 전 대통령에게 숨겼다니, 상식에 맞지 않는다. 노 전 대통령 자신도 2009년 4월7일 '사람세상'에서 박 회장과는 "특별히 호의적인 관계"라고 하지 않았던가. 방금 전 나에게 "이 부장! 시계는 뺍시다"라고 했던 노 전 대통령이 그런 주장을 하리라고 전혀 예상하지 못했다.

우 과장이 질문을 계속했다.

"박연차 회장은 '2007년 봄경 대통령 관저 만찬에서 노 대통령으로부터 직접 감사 인사를 받았다'고 진술했고, 형님 노건평도 '박 회장이 준 피아제 남녀 시계 1세트를 권양숙 여사에게 전달하면서 노 대통령에게 박 회장이 회갑 선물을 보냈다고 말했다. 동생이 감사하다고 전해 달라고 해서 박 회장에게 감사 인사를 전했다'고 진술했습니다."

노 전 대통령은 그런 기억이 없다고 부인했다. 문재인 변호사가 거들었다.

"2006년 9월27일 김해공항 검색 직원 등을 조사해 보면 노건평이 시계를 가지고 비행기에 탔는지 알 수 있지 않습니까."

공항 직원을 상대로 2년 7개월 전에 어떤 사람이 비행기를 타면서 손목시계를 가지고 있는 것을 본 적이 있는지 조사하라는 것이었다. 어이가 없었다.

우 과장이 회갑 선물과 똑같은 시계 사진을 노 전 대통령에게 보여 주었다.

"이 시계가 맞습니까?"

"본 적이 없어 모르겠습니다."

이때 뒤에 앉아 있던 문재인 변호사가 앞으로 나와 사진을 보며 "시계가 이렇게 생겼군요"라고 말한 것이 기억난다. 노 전 대통령이 궁색한 변명으로 궁지에 몰리는 상황에서 문 변호사의 뜬금없는 행동에 실소(失笑)가 나왔다.

아무튼 권 여사가 시계를 받았다고는 진술했다. 우 과장이 "시계를 제출해 달라"고 하자 노 전 대통령은 못마땅한 목소리로 대답했다.

"처(권양숙)가 이 사건 수사가 시작된 후 겁이 났던지 밖에 내다 버렸다고 합디다."

모니터로 지켜보던 나는 "밖에 내다 버렸다"고 진술하는 장면에서 '대통령을 지내셨던 분이 저렇게 해도 되는 것인가' 하는 생각이 들었다(노 전 대통령 조사 후 형 노건평을 다시 조사했을 때 노건평은 "회갑일인 2006년 9월27일 청와대 관저에서 권양숙 여사에게 시계를 전달했다"는 기존의 진술을 유지했다. 그 후에도 "면회를 온 처 민○○에게도 확인했다"고 일관되게 진술했다).

"미국에 집을 사면 조중동이 가만히 있겠습니까"

오후 4시부터는 이주형(李朱亨) 검사가 우병우 과장을 보좌했다. 우 과장은 신문을 계속했다.

"박연차(朴淵次) 회장은 '2007년 봄경 청와대 관저 만찬에서 권양숙 여사가 노 대통령과 함께 있는 자리에서 아들 노건호의 미국 주택 구입 문제를 꺼내서, 청와대로 나를 초대한 이유가 미국 주택 구입을 도와달라고 하기 위한 것으로 생각하고 10억 원을 해 드리겠다고 약속했다. 2007년 6월 하순경 노 대통령이 전화로 미국에 건호 집을 사 줘야 하는데 100

만 불만 도와주면 고맙겠다고 부탁했다. 대통령이 과테말라 국제올림픽 위원회(IOC) 총회 참석차 출국하기 3일 전쯤 정상문 비서관이 6월30일 출국 때 가지고 나가야 하니 6월29일까지 보내 달라고 하여, 정산개발 정승영(鄭承榮) 사장이 급히 직원 130명을 동원해 김해 시내 은행 등에서 100만 달러를 환전해서 6월29일 오후 청와대에 가서 정상문(鄭相文) 비서관에게 100만 달러가 든 가방을 전달하였다'고 하는데 사실 아닙니까?"

"처(권양숙)가 박연차 회장으로부터 100만 달러를 받은 것은 사실이나, 미처 갚지 못한 빚이 있어 빌린 것입니다. 나(노무현)는 검찰 수사가 시작된 후에 이러한 사실을 알게 되었습니다. 관저에서 박연차 회장과 만찬을 한 적은 있지만 그에게 주택 구입 자금을 달라고 한 사실은 없습니다."

그런데 왜 노 대통령 부부가 2007년 봄경 청와대 관저로 박 회장을 초청해 만찬을 베풀면서 노건호의 미국 주택 구입 이야기를 꺼냈을까? 노 대통령은 2007년 4월20일 박 회장의 사돈인 김정복 국가보훈처 차장을 처장(장관급)으로 승진, 임명했으며, 형 노건평도 박 회장의 부탁으로 노 대통령에게 김정복의 인사와 관련하여 청탁을 했다. 청와대 만찬과 김정복의 승진 임명이 비슷한 시기에 이루어졌다.

우 과장의 질문이 계속됐다

"김만복(金萬福) 전 국정원장도 정상문 비서관의 부탁으로 샌프란시스코 인근 마운틴뷰 등 3개 지역 주택 10여 채의 위치, 면적, 가격 등을 조사한 리포트를 작성해 청와대에 보고하지 않았습니까?"

"그런 보고를 받지 못했습니다."

"왜 생활비를 달러로 빌렸습니까?"

"빚을 갚았다는 처(권양숙)의 해명을 들었으나 사실이 아닌 것 같고 결국 아들 유학비 등으로 사용한 것으로 보이나, 처의 해명이 계속 바뀌어 나도 믿기 어렵습니다."

"100만 달러를 어디에 사용하였는지 내역을 제출해 주실 수 있습니까?"

"처도 밝히기 어려운 사정이 있는 모양입니다. 처에게 물어 사용처를 제출하겠습니다."

막무가내로 부인하는 노 전 대통령을 보며, 어떻게 하려고 저러는지 이해할 수 없었다. 미국 주택 구입에 들어간 100만 달러를 빚을 갚는 데 사용하였다고 거짓말하고 있으니, 그 용처를 어떻게 밝힐 수 있겠는가?

질문이 이어졌다.

"100만 달러를 출국 전날 받았고, 원화가 아닌 달러로 받은 것으로 보아 빚을 갚기 위해 빌린 것이 아니라 노건호의 미국 주택 구입 자금으로 받은 것 아닙니까?"

"검사님! 저나 저의 가족이 미국에 집을 사면 조중동이 가만히 있겠습니까? 말도 되지 않는 소리입니다."

시종일관 강하게 부인하는 모습을 모니터로 보면서, 미국에서 집을 산 확실한 증거를 확보해야겠다고 생각했다.

저녁 식사 후 오후 7시35분 조사를 재개했다. 우병우 과장이 노 전 대통령에게 물었다.

"야간 조사에 동의하십니까?"

자정 넘어서도 조사를 받겠느냐는 뜻이다.

"싫습니다."

"오늘 조사가 끝나지 않으면 다시 소환해야 할 수도 있습니다."

노 전 대통령은 그래도 야간 조사에 동의할 수 없다고 했다.

이주형 검사가 나가고 새로이 이선봉(李善鳳) 검사가 우 과장을 보좌했다.

500만 달러 문제로 넘어갔다. 이 돈에 대해서는 노 전 대통령이 4월7일 '사람세상' 홈페이지에 "조카사위 연철호가 박연차 회장에게 받은 투자 자금이며, 퇴임 후에 투자 사실을 알았다"는 취지로 주장한 바 있다. 우 과장이 강하게 압박했다.

"박연차 회장은 '2007년 11월14일 농득마인 베트남 당서기장 청와대 환영 만찬에서 노 대통령에게, 농득마인에게 베트남 화력발전소 사업 허가를 부탁해 주면 지난번 약속했던 50억 원(노 대통령 퇴임 후 환경사업 재단 출연)을 해 드리겠다고 말했다. 그날 만찬장에서 노 대통령이 농득마인에게, 박연차 회장이 막역한 친구인데 베트남에서 화력발전 사업을 할 수 있도록 도와달라고 부탁을 해 주었다. 그런데 2007년 12월 초순경 노 대통령이 전화로, 애들이 사업을 한다고 하니 지난번 도와주기로 한 거 지금 도와줄 수 있느냐고 묻기에, 그렇게 하겠다고 했다. 그 후 정상문 비서관이 애들이 찾아갈 테니 도와주라고 해서 노건호와 연철호에게 500만 달러를 주게 된 것이지 투자 자금이 아니다'라고 진술하고, 500만 달러를 송금한 최규성 전무도 '연철호, 노건호는 특별한 투자사업 경험도 없다. 노 대통령이 아니면 박 회장이 500만 달러라는 거액을 애들에게 주지 않았을 것'이라고 같은 취지로 진술했습니다."

"박 회장의 부탁으로 농득마인 서기장에게 박 회장의 베트남 화력발전 사업을 도와달라고 한 것은 사실이나, 이는 대통령으로서 대한민국 기업가를 도운 것이며, 박 회장에게 '애들 사업을 도와 달라'고 부탁한 적은 없습니다."

"제대로 된 투자라면 약정서가 있어야 하는데 없으며, 구두 약정이라고 하더라도 투자 기간, 이익 분배, 투자 회수 방법 등 아무것도 정해진 바 없습니다. 투자라고 볼 수 없지 않습니까."

"나는 관여하지 않았고, 알지 못합니다."

"노건호가 연철호와 함께 베트남으로 가 박 회장을 만나 투자를 요청했고, 받은 500만 달러 중 일부를 사용했으며, 500만 달러를 투자하기 위해 만든 법인인 엘리쉬앤파트너즈의 최대 지분을 노건호가 보유하고 있는 것으로 밝혀졌는데, 4월7일 '사람세상'에 올린 글에서 노건호가 개입한 사실을 왜 숨기셨습니까?"

"노건호, 연철호의 거짓말에 속아 노건호가 개입된 줄 몰랐습니다."

"특히 노건호가 만든 소프트웨어 개발 회사 '오르고스'에서 대통령님이 개발한 '노하우 2000' 인맥 관리 프로그램을 업그레이드하는 작업을 했는데, 500만 달러 중 일부가 그 비용으로 들어갔습니다. 업그레이드 작업을 한 '노하우 2000' 프로그램도 대통령님께서 청와대에서 쓰시던 노트북에 깔려 있던 것입니다. 노건호가 2008년 8월경 봉하마을 사저에서 업그레이드된 '노하우 2000' 초기 프로그램을 시연까지 했고요. 업그레이드에 들어간 비용이 어디서 났다고 생각하셨습니까?"

"알지 못했습니다."

"'특별한 호의적 동기가 개입된 것'이라는 말은 무슨 뜻입니까?"

"나와 박연차 회장 사이의 특별한 인간관계로 인해 호의적 동기가 생긴 것을 말합니다."

노 대통령이 개입하지 않는데도 박 회장이 노 대통령과의 특별한 인간관계 때문에 별다른 사업 경험도 없는 노건호·연철호에게 500만 달러라는 큰돈을 투자했다고 상식에 맞지 않는 주장을 하고 있는 것이다.

"박 회장의 진술에 의하면 '2008년 3월15일 박정규(朴正圭) 전 민정수석과 함께 봉하마을 사저를 방문했을 때 노 전 대통령으로부터 애들 도와줘서 고맙다는 감사 인사를 받았다'고 하는데요?"

"그 무렵 박 회장이 박정규 전 수석과 함께 봉하마을 사저를 방문해 술을 함께 마신 것은 사실이나, 박 회장에게 감사 인사를 한 적은 없습니다."

계속된 정상문 비서관의 특수활동비 횡령과 관련한 질문에 대해서도 노 전 대통령은 서면 질의 답변 내용과 같은 취지로 정 비서관의 횡령 행위를 알지 못했다고 부인했다.

"대통령님! 우짤라고 이러십니까!"

박연차와의 대질 거부

오후 11시경 조사가 거의 끝날 무렵 우병우 과장이 "대통령님과 박연차 회장 두 사람의 진술이 중요 부분에 차이가 있어서 대질하겠다"고 했다.

형사소송법 제245조(참고인과의 대질)는 "검사 또는 사법경찰관이 사실을 발견함에 필요한 때에는 피의자와 다른 피의자 또는 피의자 아닌 자와 대질하게 할 수 있다"고 규정하고 있다. 대질은 임의수사 방식으로, 피의자가 거부하면 강제할 수 없다.

노 전 대통령은 대질을 거부했다. 문재인 변호사도 "전직 대통령에 대한 예우도 아니고, 시간이 너무 늦었다"고 거들었다.

나는 메신저로 우 과장에게 대질할 것을 재차 주문했다. 우 과장은 노 전 대통령에게 "박 회장도 원하니 대질하는 것이 어떻겠느냐"고 했다. 노 전 대통령은 완강히 거부했다.

범행을 부인하는 피의자는 자신의 혐의를 벗기 위해 오히려 대질을 해 달라고 하는 것이 보통이다. 피의자 입장에서는 대질신문을 거부할 경우 수사기관에 무엇인가 숨기고 거짓말하고 있다는 인상을 줄 우려가 있어, 특별히 불리한 상황이 아니라면 대질 거부는 현명한 선택이 아니다.

문재인 변호사는 『운명』에서 "박 회장과 대질을 시키겠다는 검찰의 발상 자체가 전직 대통령에 대한 예의가 아니었다. 대질을 하겠다는 건 대단한 무례였다"(403쪽)고 적고 있다. 대질은 형사소송법에 규정된 조사 방법이다. 어차피 박 회장과 노 전 대통령은 법정에서 마주치게 되어 있다. 법정에서 공개적으로 대질하는 것은 괜찮고, 조사실에서 예의를 갖추어서 대질하는 것은 안 된다는 것이 무슨 논리인가?

뇌물 수수사건에서 공여자와 수수자의 진술이 엇갈릴 때 대질해서 누구의 진술이 진실인지 밝혀내는 것은 검사로서 당연히 해야 할 일이다. 전직 대통령이라고 달라질 이유는 없다. 특히 노 전 대통령은 '사람세상' 홈페이지를 통해 "박 회장이 특별한 사정 때문에 사실과 다른 이야기를 하고 있는데, 그가 검찰과 정부로부터 선처를 받아야 할 일이 아무것도 남지 않은 상황에서 그의 진술을 들어 볼 수 있을 때까지 포기하지 않을 것"이라며 범죄를 부인했었다.

노 전 대통령이 대질을 거부하는 것은 대질이 자신에게 불리하기 때문이었다. 검찰 신문 과정을 통해 박 회장의 진술을 확인한 터에, 박 회장과 대질할 경우 자신만 곤란해질 것이 뻔하기 때문이다.

박 회장의 인생 경력에 비추어 볼 때 그는 과시욕은 있으나 자신이 살기 위해 다른 사람을 거짓으로 모해할 음험한 사람은 아니다. 특별한 사정이 있다고 하여 주지도 않은 금품을 주었다고 전직 대통령을 상대로 거짓 진술을 할 사람은 세상에 없다.

우 과장에게 메신저로 지시했다.

'대질은 무산되었지만, 노 전 대통령과 박 회장을 만나게라도 하라.'

오후 11시30분경 조사가 모두 끝났다. 우 과장이 다시 말했다.

"박 회장이 아침부터 검찰청에 나와 기다리느라 고생했는데 만나서 인사나 하는 것이 어떻습니까?"

노 전 대통령은 이것까지 거절하기는 어려웠는지 그렇게 하자고 동의했다.

잠시 후 박 회장이 변호인인 공창희(孔昌熹) 변호사와 함께 조사실로 들어왔다. 박 회장은 뒷짐을 진 상태로 걸어 들어오면서 원망 섞인 목소리로 노 전 대통령에게 말했다.

"대통령님! 우짤라고 이러십니까!"

"감옥 가면 통방합시다"

"박 회장! 고생이 많습니다. 저도 감옥 가게 생겼어요. 감옥 가면 통방합시다."

"그런 일이 있어서야 되겠습니까."

미안했던지 박 회장이 얼버무리듯이 말했다. 대화가 끊기고 어색한 침묵이 흘렀다. 서로 겸연쩍게 서 있을 뿐이었다.

"더 이상 하실 말씀 없으시면 이제 그만 돌아가시죠."

우 과장의 말에 박 회장은 공창희 변호사와 함께 조사실을 나갔다. 이것이 그날 노 전 대통령과 박 회장이 나눈 대화 전부였다.

이 상황을 문재인 변호사는 『운명』에서 이렇게 묘사했다.

"대통령의 절제력은 조사가 끝난 후 박 회장을 만났을 때 더욱 놀라웠다. 대통령은 따뜻하게 인사를 건넸고, 그 상황에서도 그를 위로했다"(403쪽).

노무현 전 대통령이 소파에 앉아서 조서를 읽기 시작했다. 꼼꼼하게 읽고 고치느라 시간이 많이 걸렸다. 나는 모니터로 지켜보다가 인사를 하기 위해 특별조사실로 갔다.

"고생 많으셨습니다"라고 인사를 했다. 노 전 대통령은 조서를 읽고 수정하느라고 나에겐 거의 신경을 쓰지 않았다. 나는 한참 동안 서서 조서를 읽고 고치는 노 전 대통령을 지켜보았다. 더 이상 그 자리에 서 있는 것이 불편해서 "안녕히 돌아가십시오"라고 고개 숙여 인사하고 조사실을 나왔다.

노 전 대통령은 조서를 고친 후 서명 날인했다. 신문에 참여한 문재인 변호사와 전해철 변호사도 확인 서명했다. 우병우 과장이 작별 인사를 하며 "밖에 기자들이 기다리고 있다"고 귀띔해 주었다.

5월1일 오전 2시10분경 노 전 대통령은 대검 청사를 나섰다. 기자들의 질문이 쏟아졌다.

"검찰 조사를 받은 소회 한마디 해 주십시오!"

"네, 최선을 다해서 받았습니다."

"검찰 수사에 불만 없으십니까?" "혐의를 여전히 부인하시는 겁니까?" "박 회장과의 대질을 거부하신 이유가 뭡니까?" "100만 달러를 받은 사실을 정말 몰랐나요?"

질문이 이어졌지만 노 전 대통령은 대답하지 않고 수행원들과 함께 버스에 올랐다. 아마 그분 인생에서 가장 힘든 하루였을 것이다.

이튿날 2009년 5월1일 〈한겨레〉 김종구 논설위원은 '비굴이냐, 고통이냐'라는 제목의 '아침햇발' 칼럼에서 전날 노 전 대통령의 검찰청사 출석과 관련해 이렇게 썼다.

법치를 포기하는 한이 있더라도 그를 감옥에 보내지 말자는 일부 보수 논객들의 호소는 눈물겹다. (…) 그럴 가능성이 없겠지만 혹시 노 전 대통령이 불기소론자들의 아량과 은총에 감읍해 용기백배한다면 정말로 '바보'다. (…) 재기불능 상태로 만들어 놓고 목숨만 살려 놓는 것이야말로 '적'에게 가하는 최대의 복수임은 누구의 눈에도 분명하다.

그러면서, "노 전 대통령의 앞에는 비굴이냐 고통이냐의 두 갈래 길이 있을 뿐이다. 봉하마을 주변에 가시나무 울타리를 치고 '위리안치'되는 신세나 옥중에 갇히는 생활이나 오십보백보"라고 했다. 노 전 대통령이 자주 말한 '사즉생, 생즉사'를 상기시키며, "'나를 욕되게 하지 말고 깨끗이 목을 베라'고 일갈했던 옛 장수들의 기개를 한번 발휘해 보라"고 주문했다. 그러면서도 노 전 대통령의 정치적 부활 가능성에는 매정하게 선을 그었다.

그의 정치생명은 이미 돌아올 수 없는 강을 건넜다. 하지만 그는 죽더라도 그의 시대가 추구했던 가치와 정책, 우리 사회에 던진 의미 있는 의제들마저 '600만 달러'의 흙탕물에 휩쓸려 '동반사망'하는 비극은 막아야 한다. 그의 '마지막 승부수'는 아직도 남아 있다.

노 전 대통령에 대한 소환 조사 다음 날 "위리안치되는 신세나 옥중에 간히는 생활이나 오십보백보다", "사즉생을 말하는 것은 부활을 뜻하는 것이 아니다", "그는 죽더라도 비극은 막아야 한다. 그의 마지막 승부수는 아직 남아 있다"고 하는 것은 무슨 의미인가? 이미 피의사실을 모두 부인하고 끝까지 법정 투쟁을 벌이겠다고 선언한 노 전 대통령에게 도대체 어떻게 하라는 것인가? 봉하마을 집에 있으나 감옥에 간히거나 다를 게 없다면 대체 어디로 가라는 말인가? 암묵적으로 노 전 대통령으로 하여금 극단적 선택을 하도록 내몰고 있다는 느낌이 드는 것은 나만의 생각일까?

〈경향신문〉 유인화 문화1부장은 사흘 뒤 5월4일자 '아내 핑계 대는 남편들'이라는 칼럼에서 "이 땅의 아내들을 더 이상 피해자로 만들지 말라"며, 연극 대사 형식으로 노 전 대통령을 풍자했다.

여자   당신, 구속 안 되겠지? 다른 대통령들은 2000억 원 넘게 챙기던데. 우린 80억 원도 안 되잖아요. 고생하는 아들에게 엄마가 돈 좀 보낸 건데. 지들은 자식 없나. 지들은 돈 안 받았어!

남자   내가 판사 출신 대통령이야! 고시 보느라 당신에게 가족 생계 떠맡긴 죄밖에 없다고. 15년 전 내가 쓴 책『여보, 나 좀 도와줘』에 고생담이 나오잖소.

여자   그래요. 당신 대통령 될 때 '사랑하는 아내를 버리란 말입니까'로 동정표 좀 얻었잖아. 이번에도 내가 총대 멜게요. 우리 그 돈 어디다 썼는지 끝까지 말하지 맙시다. 우리가 말 안 해도 국민들이 다 알텐데 뭘….

남자   걱정 마. 내가 막무가내로 떼쓰는 초딩 화법의 달인이잖아. 초지일관 당신이 돈 받아서 쓴 걸 몰랐다고 할 테니까. 소나기만 피하자고. 국민들, 금방 잊어버려.

칼럼이 나간 후 "노 전 대통령을 모욕했다", "경향, 너마저"라며 이른바 진보 진영의 거센 비판이 쏟아졌다. 얼마 후 노 전 대통령이 사망하고 나서 보름쯤 뒤 신문은 "표현의 수위가 높은 것도 있었지만, 이는 그만큼 노 전 대통령에 대한 실망이 컸다는 걸 방증한다고 할 수 있다"는 해명 기사까지 내보내야 했다. 현재 위 칼럼을 포함해 유인화 부장의 칼럼 다수는 삭제된 상태다.

며칠 지나 5월7일 권양숙 여사는 2007년 6월29일 박 회장으로부터 받은 100만 달러의 사용처에 관한 답변서를 제출했다. 서면 답변서에서 "미국 집을 구입하기 위해 100만 달러를 빌렸으나 노건호의 반대로 집을 사지 못했다"고 하여, 미처 갚지 못한 빚이 있어 빌렸다던 기존의 진술을 번복했다. 100만 달러의 명목이 미국 주택 구입 자금임을 인정한 것이다. 다만, 용처를 구체적으로 제시하지는 않고 "아이들 유학 비용 때문에 생긴 빚을 갚고(40만 달러), 아이들에게 직접 주기도 했으며(35만 달러), 친인척 등에게 조금씩 사용했다(25만 달러)"고 두루뭉술하게 진술했다.

이는 "노 대통령 부부의 요구로 과테말라 방문 일정에 맞추어 아들 노건호의 미국 주택 구입 자금으로 100만 달러를 주었다"는 박 회장의 진술이 사실임을 강력히 나타내 주는 것이다.

신병 결정 늦어진 이유

검찰총장 "검사장들도 불구속 의견"

노무현 전 대통령이 검찰에 출석해 조사를 받은 2009년 4월30일경부터 임채진 총장은 전국 검사장들에게 전화를 걸어 노 전 대통령의 신병 처리에 대한 의견을 물었다.

범죄정보기획관실에서는 불구속 수사해야 한다는 검토 의견을 작성해 임 총장에게 보고했다. 수사 내용을 제대로 알기나 하고 의견을 낸 것인지 궁금했다. 내가 진작에 임 총장에게 불구속하겠다고 말했는데도 나를 믿지 못하고 있는 것이 아닌가 하는 생각이 들었다.

임 총장이 나에게 "대부분의 검사장 의견도 불구속"이라고 전해 주었다. 임 총장의 이런 행동에 대해 수사팀 검사들은 불만을 표시하기도 했다.

"노 전 대통령의 혐의는 기업가로부터 아들의 미국 주택 구입 자금 및 사업자금으로 뇌물 600만 달러를 받은 것으로 사안이 매우 중하다. 범죄를 자백하지도 않고 있고, 박연차 회장의 변호인을 통해 수사 내용을 빼내는 등 증거 인멸 우려가 농후하다. 이런 피의자를 전직 대통령이라는 이유로 구속 수사하지 않는다면 앞으로 뇌물사건 수사에서 어떤 사람을 구속할 수 있느냐?"

그들의 말은 백번 옳았다. 오히려 전직 대통령의 범죄일수록 더 엄격히 처리하는 것이 정의에 맞다. 더욱이 이명박 대통령의 친구 천신일 세중나모 회장의 신병 처리 문제도 남아 있었다.

"중앙수사부는 검찰총장 하명(下命) 사건을 처리하는 곳이다. 총장이 주임검사다."

나는 원론적인 말로 수사검사들을 다독일 수밖에 없었다.

5월4일 오후 임채진 총장은 대검 차장 및 검사장 7명 전원이 참석한 가운데 우병우 과장으로 하여금 수사 결과를 보고하도록 했다. 수사팀을 믿지 못하고 불구속 수사를 관철하기 위해 이런 자리를 마련한 것이었다. 수사 내용을 다른 검사장들에게 구체적으로 공개하는 것이 마음에 들지 않았지만 총장 지시니 어쩔 수 없었다.

우병우 과장이 15쪽 분량의 수사 요약 보고서를 발표한 후 참석한 검사장들의 의견을 들었다. 보고서에는 범죄 혐의사실로 명품 시계 1세트 및 600만 달러 수수 사실만 기재하고, 3억 원 수수, 특수활동비 횡령, 미국 FinCEN 통보로 한창 수사가 진행 중인 미국 주택 구입 사실 및 40만 달러 수수 내용은 넣지 않았다.

검사장들은 대부분 구속 신중론을 폈다. 특히 김진태(金鎭太) 형사부장이 강하게 의견을 피력하면서, 나아가 수사에 대해 트집을 잡기까지 했다. '생각'이 많은 사람이다.

5월 5일 〈조선일보〉가 "검찰총장이 일선 검사장들에게 '노 전 대통령을 불구속 기소하겠다는 뜻을 내비쳤고, 구속영장을 청구할 경우 검찰 조직 내부가 분열이 되고 큰일이 난다'는 발언을 했다"는 취지로 보도했다. 검찰은 총장이 그러한 발언을 한 사실이 없다고 부인했다.

"검찰총장은 노 전 대통령 수사와 관련하여 검찰 내부의 다양한 견해를 청취하고 있다. 외부 영향을 일절 배제하고 내부 의견 수렴 결과를 토대로 합리적으로 노 전 대통령 처리 방향을 결정할 것이다. 검찰 내부 의견을 수렴하는 과정에서 발생하는 다양한 의견 개진을 마치 검찰 내부에 혼란과 분열이 있는 것처럼 검찰을 희화화하려는 움직임에 거듭 우려를 표시하지 않을 수 없다. 보다 성숙된 사회와 국가로 진입하기 위해 검찰의 수사 진행을 지켜보고 그 결정을 존중하는 분위기가 조성되기를 희망한다. 검찰 역시 그렇게 되도록 자유롭고 허심탄회하게 개진되는 내부 의견을 충분히 수렴하여 검찰 독자적으로 합리적이고 소신 있는 결정을 할 것이다."

5월 5일 그날 모든 조간신문이 일제히 "검찰이 노 전 대통령을 포괄적 뇌물 수수 혐의로 사법처리할 것"이라고 보도했다. "전날 오후 임채진 총장이 대검 차장 및 검사장 7명 전원이 참석한 가운데 우병우 과장의 15쪽 분량 수사 요약 보고서 발표 후 검사장들의 의견을 들었다"고 전하며 사법처리 방침임을 예측 보도한 것이다. 다만, "신병 처리는 1~2주 안에 다양한 의견 수렴을 거쳐 결정될 것"이라는 단서를 붙였다.

5월 7일 〈조선일보〉가 1면 톱기사로 "국가정보원장이 검찰 고위 관계자에게 불구속을 요청했다"고 보도했다. 국정원장이 검찰 고위 관계자에게 직원을 보내 "노 전 대통령의 불구속 의견을 전달했으나, 검찰 고위 관계

국가정보원이 노무현 전 대통령을 불구속 수사하라고 검찰에 영향을 끼치려 한 일을 다룬 2009년 5월8일자 〈조선일보〉 만평.

자가 화를 냈다"는 취지였다.

5월8일에도 "국정원장이 불구속 의견을 전달하기 위해 직원을 보내 만난 사람이 대검 중앙수사부장이고, 중수부장이 이에 대해 불쾌해 했다"고 전하며 국정원의 행태를 비난하는 보도를 했다. '하여간 하라는 일은 안 하고'라는 제목으로 국정원의 행태를 비난하는 신경무(申景武) 화백의 만평을 내보내기까지 했다.

후에 자세히 설명하겠지만 내가 원세훈 국정원장이 보낸 직원들에게 화를 크게 낸 이유는 노 전 대통령에 대한 불구속 요청보다는 "언론에 시계 수수 사실을 흘려 '도덕적 타격'을 가하자"는 말 때문이었다.

〈조선일보〉 보도 직후 홍만표 수사기획관으로부터 "국정원 측에서 〈조선일보〉 보도 내용이 사실이 아니라고 부인해 달라고 요청한다"는 보고를 받았다. 너무 뻔뻔하고 어이가 없어 "보도 내용이 사실이니 부인해 주지 말라"고 지시했다. 그러자 국정원 측에서 법무부에 요청했는지, 김경한(金慶

漢) 법무부장관으로부터 "국가기관끼리 다투지 말고 원만한 관계를 유지하도록 하라"는 주의를 받았다.

법조 출입기자들 사이에 "청와대는 노 전 대통령의 불구속 수사를 바라는데 검찰 수사팀은 구속 수사를 하려고 해 갈등이 있다"는 소문이 퍼졌다.

노무현도 불구속 예상했을 것

5월8일 검찰은 내부통신망 '이프로스(e-pros)'를 통해 조은석(趙垠奭) 대변인 명의로 장문의 공지문을 올렸다.

노무현 전 대통령 수사와 관련하여 그 신병 처리를 놓고 단순한 전망이 아니라 사실관계를 확인한 양 보도가 계속되고 있으므로 검찰 구성원들에게 그 진상을 알리고자 합니다.

검찰총장은 노 전 대통령 소환 조사 후 신병 문제를 신속히 결정하기 위해, 중요 사건의 경우 검찰 내부의 의견 수렴 절차를 거쳐 합리적 결론을 도출한 기존의 예에 따라, 노 전 대통령 소환일인 4월30일부터 검찰 내부의 의견을 수렴하기 시작하였습니다.

그러나 노 전 대통령 측에서 100만 달러의 사용처를 제출하겠다고 함으로써, 제출 자료의 진위를 확인하고, 권양숙 여사를 추가로 조사할 필요성이 발생하였습니다.

수사팀은 5월4일 총장님을 비롯한 대검 간부들에게 수사 결과를 보고하면서 그와 같은 사실을 보고하였고, 총장님과 대검 간부들은 수사팀의 추가 수사 필요성에 공감하였습니다.

이에 따라 총장님은 노 전 대통령 측의 자료 제출 및 권 여사 조사 때까지 내부 의견 수렴을 중단하였습니다.

통상 수사 대상자가 자신의 변소(辯訴)를 입증하겠다면서 자료를 제출할 경우 진위를 확인함은 당연한 것입니다.

위와 같이 노 전 대통령 측 요청에 의한 추가 수사 필요성으로 인하여 신병 문제에 대한 결정이 순연된 것일 뿐입니다. 일부 언론에서 주장하듯이 수사팀의 수사 필요성이 아닌 다른 의도를 가지고 이번 사건 결정을 미루고 있는 것이 아닙니다.

아울러 총장님이 특정 결론을 이미 내려 놓고 있다는 보도 역시 전혀 사실이 아닙니다. 언론마다 총장님이 가지고 있다는 결론 내용이 다릅니다. (…)

5월 4일 정례 확대간부회의에서 "검찰의 분열과 갈등을 조장하는 불순한 움직임에 부화뇌동하지 말라"는 총장님의 당부 말씀을 거듭 강조하면서 이상과 같은 진상을 알려 드립니다.

노 전 대통령에 대한 신병 처리가 늦어진 이유는 4월 30일 미국 FinCEN으로부터 첩보를 입수한 후 미국 주택 구입 사실을 확인하는 데 시일이 많이 소요되었기 때문이다. 문재인 변호사의 주장대로 "노 전 대통령에 대한 4월 30일 조사 후 증거가 없고 공소 유지가 어려워" 결정을 하지 못한 것이 아니다.

노 전 대통령 조사 후 추가 금품 수수와 미국 주택 구입 사실이 새로 드러나는 바람에 불가피하게 이에 대한 추가 수사에 약 3주라는 시일이 더 소요되었다. 그러는 사이에 5월 23일 노 전 대통령이 죽음을 선택한 것이다. 검찰은 노 전 대통령이 극단적 선택을 하리라고는 전혀 예상하지 못했다. 검찰 아니라 그 누구라도 마찬가지였을 것이다.

"검찰이 신병 처리 결정을 늦게 하는 바람에 노 전 대통령의 자살을 막지 못했다"고 주장하는 사람도 있다. 노 전 대통령을 신속하게 구속했더라면 자살에 이르지 않았을 것이라는 주장은 일리가 아주 없지 않다. 그러나 만약 불구속 결정을 늦게 하는 바람에 자살했다는 주장이라면, 이는 받아들이기 어렵다. 임채진 총장은 수사 초기부터 불구속 수사를 지시했고, 당시 청와대는 물론 여야 정치인 대부분도 불구속 수사를 희망했다. 노 전 대통령 측도 여러 경로를 통해 이러한 상황을 잘 알고 있었을 것이고, 검찰이 구속영장을 청구하지 않으리라는 것을 어느 정도 예측하고 있었을 것이다.

노 전 대통령이 왜 극단적 선택을 했는가에 대해서는 뒤에서 자세히 얘기하도록 하겠다.

미국 주택 구입, 사실이었다

"현직에 있을 때 돈을 주지"

노무현 전 대통령이 검찰에 출석해 조사를 받은 2009년 4월30일, 공교롭게도 오후 늦게 미국 FinCEN으로부터 "노 전 대통령의 딸 노정연이 '임웡'에게 현금 5만 달러를 송금했다"는 연락을 받았다. 노 전 대통령이 중수부 조사실에서 범죄 혐의를 완강히 부인하고 있는 그때, 그의 거짓 변명을 무너뜨릴 새로운 증거가 미국으로부터 도착한 것이다.

박연차 회장이 미국 주택 구입 자금 100만 달러를 현금으로 주었기 때문에, 수사팀은 미국 FinCEN에 노건호·노정연 등의 현금 거래 사실이 있는지 확인을 요청했었다. 박 회장은 2007년 9월22일 홍콩 계좌에서 '임웡'에게 40만 달러를 송금한 사실에 대하여, '임웡'이 누구이며 왜 송금했는지 기억나지 않는다며 묵비하고 있었다. 검찰은 중국에서 사업을 하고 있던 박 회장이 사업상 필요해 '임웡'에게 송금한 것으로 파악하고 있었다.

그것은 잘못된 판단이었다. '임웡'이 노정연과 관계된 인물임이 밝혀진 것이다.

미국 FinCEN의 연락을 받고, 노정연과 박 회장으로부터 합계 45만 달러를 송금받은 '임웡'의 인적사항을 요청했더니 "개인적 정보여서 알려 줄 수 없다"고 했다. 수사 진행 상황을 설명해 주고, 다른 여러 경로를 통해서 '임웡'의 인적사항을 알아내기 위해 노력했다. 결국 일주일이 걸려서 '임웡'의 인적사항과 연락처를 확보했다. 중국계 미국인으로 부동산 거래를 빈번하게 한다는 사실도 확인했다.

우병우 과장이 박 회장에게 "2007년 9월22일 홍콩 계좌에서 임웡에게 송금된 40만 달러도 노건호의 미국 주택 구입 자금 아니냐?"고 물었다. 박 회장이 "드디어 찾으셨군요!"라고 탄복했다고 한다. 박 회장의 진술이다.

2007년 9월 중순경 노무현 대통령의 방북(訪北) 수행단 일원으로 뽑혀 서울 동대문구 이문동에 있는 국정원 교육기관에서 필요한 교육을 받고 있었다. 그때 정상문 총무비서관이 국정원 교육기관으로 찾아왔다. "미국에서 집을 사는 데 돈이 부족하니 어른이 40만 달러만 도와주면 좋겠다"고 했다. 청와대에서 대북 경제협력 사업과 특별한 관련이 없는 나(박연차)를 수행원으로 선발해 주어 방북 수행단의 일원으로 교육을 받는 상황에서 거절하기 어려웠다. 정 비서관이 임웡의 홍콩 계좌번호가 적힌 쪽지를 건네주었다. 9월22일 직원을 시켜 나의 홍콩 계좌에서 임웡 계좌로 40만 달러를 송금했다.

5월8일경 오택림(吳澤林) 검사가 임웡과 통화했다. 노정연으로부터 5만 달러를 송금받은 이유를 물었다. 임웡은 2007년 6월 하순경 뉴저지 허드슨카운티 허드슨클럽 400호를 매매하고 받은 돈이라고 했다. 박 회장으로부터 받은 40만 달러도 매매 대금의 일부라고 했다. 모든 것은 자기 친구인 경연희가 처리했으니 자세한 내용은 그녀에게 물어보라고 하였다.

오 검사가 경연희와 통화했다. 중수부 검사 신분을 밝히고 구체적 계약 내용을 물었더니 "왜 그러느냐?"고 해서 "노정연을 수사하고 있다"고 알려 주었다. 노정연과 박 회장으로부터 45만 달러를 송금 받은 이유를 물으니 "노정연에게 아파트를 판 매매 대금"이라고 했다. 계약서를 보내 달라고 요청하니 "노정연과 상의한 후 연락해 주겠다"고 하고는 연락을 끊었다. 노 전 대통령 측에서 경연희에게 검찰의 전화를 받지 말고 계약서도 주지 말라고 한 것으로 보였다.

정상문 전 비서관도 "권양숙 여사의 부탁으로 박 회장에게 40만 달러를 더 도와달라고 했으며, 계좌번호가 적힌 쪽지를 전달했다"고 털어놓았다. 노 전 대통령이 주택 구입 자금 명목으로 받은 돈이 140만 달러로 늘어났다.

5월11일 노 전 대통령의 딸 노정연과 사위 곽상언(郭相彦)을 소환 조사했다. 노정연은 다음과 같이 진술했다.

2007년 5~6월경 어머니(권양숙)로부터 오빠(노건호)가 미국에 살 집을 알아보라는 말을 듣고 집을 알아보던 중, 평소 알고 지내던 경연희의 소개로 임웡을 알게 되었다. 2007년 6월경 임웡과 미국 뉴저지 웨스트뉴욕 포트임피리얼 24(24 Port Imperial, West New York, NJ07093) 아파트 400호를 160만 달러에 매매하는 계약을 체결하고,

계약금으로 6월29일 5만 달러를 임웅의 미국 계좌로 송금하고, 어머니에게 얘기해서 9월22일 임웅의 홍콩 계좌로 40만 달러를 송금했다. 어머니가 "해외에서 40만 달러가 임웅 계좌로 송금될 것"이라고 말해 주었다. 9월 말경 잔금 115만 달러를 1년 후 지급하고 소유권을 넘겨받기로 하는 계약서를 작성했으나 잔금을 이행하지 못해 계약을 포기했다.

약 3년 뒤인 2012년 2월 경연희와 가까웠던 카지노 직원 이○○의 폭로로 재개된 수사에서 노정연의 이 진술은 거짓임이 드러났다. 노정연은 2007년 6월 하순경 경연희의 소개로 임웅으로부터 뉴저지주 허드슨 카운티의 웨스트뉴욕 포트임피리얼 소재 아파트인 '허드슨클럽 400호'를 240만 달러에 매수했다. 하지만 무슨 이유에선지 같은 해 10월5일 임웅과 체결한 계약을 해제하고, 당시 노정연이 거주하고 있던 경연희 소유의 '허드슨클럽 435호'를 대금 220만 달러에 매매하는 계약을 경연희와 다시 체결했다. 그때 "아파트 소유권 명의는 2년간 경연희로 하되, 모든 권리는 노정연이 행사하며, 2008년 10월5일 노정연에게 소유권 증서를 넘겨주기로 한다"는 내용의 이면 약정을 하고 이 이면 약정에 대해 서○○ 변호사에게 공증을 받았다. 2009년 1월10일 경연희가 대금 지급을 독촉한다는 노정연의 연락을 받은 권양숙 여사는 사람을 보내 과천시 과천 전철역 부근 비닐하우스에서 경연희의 부탁을 받은 이○○에게 매매 대금으로 현금 13억 원(100만 달러 상당)이 든 사과박스 7개를 전달했다.

노정연은 현금 13억 원 전달에 대해 외국환관리법 위반으로 기소되어 징역 4개월에 집행유예 1년의 유죄 판결을 받았다. 검찰은 미국 주택 구입을 주도한 장본인인 권양숙 여사는 기소하지 않았으며, 현금 13억 원의 출처도 제대로 밝히지 못했다.

노 대통령 측에서 주택을 매도한 경연희에게 넘어간 돈은 2007년 6월 29일 5만 달러(노정연 송금)와 100만 달러(정상문, 청와대), 같은 해 9월 22일 40만 달러(해외 송금), 2009년 1월10일 13억 원(100만 달러 환치기, 과천), 합계 245만 달러로 추정된다. 그러나 실제 얼마의 돈이 건너갔는지, 매매계약은 어떻게 되었는지는 지금까지도 확실하지 않다.

그런데 왜 미국 서부인 샌프란시스코 지역이 아니라 동부인 뉴저지에 집을 샀을까? 노건호는 2008년 스탠퍼드대 MBA 졸업 후 LG전자에 복직했는데, LG전자 북미법인 사무실이 뉴저지에 있는 것과 관련이 있는 것으로 추정된다.

검사가 노정연에게 노 전 대통령 재직 중 급하게 미국의 주택을 구입한 이유를 묻자, "어머니(권양숙)가 '아버지가 현직에 있을 때 돈을 주지, 그만둔 후에 누가 주겠느냐' 해서 그때 구입하게 된 것"이라는 취지로 대답했다.

검사가 노정연에게 계약서 사본을 제출해 달라고 요구하자 "2009년 초 어머니가 없애자고 해서 파기했다"고 대답했다. 기가 막혔다. "명품 시계는 밖에 내다 버려서 제출 못 하고, 집 계약서는 찢어 버려서 제출 못 하느냐?"고 야단도 치고, "진실은 다 드러나기 마련이다. 미국에 요청하면 모든 자료가 올 것이니 미리 제출하는 것이 유리할 것"이라고 설득도 해보았지만 요지부동이었다.

권양숙 부산지검 출석 하루 전

대다수 언론은 "노 전 대통령을 조사한 지 열흘이 넘었는데 왜 결정을 못 하느냐"고 검찰을 비난하고 있었다. 5월12일 국민의 알 권리를 위해 어쩔 수 없이 결정이 늦어지는 이유를 밝힐 수밖에 없었다.

"노 전 대통령 측이 미국에 주택을 구입했으며, 주택 구입 자금으로 100만 달러 외에 추가로 40만 달러가 건네진 사실을 확인하고 수사 중에 있다. 2007년 9월 홍콩 JS Global UBS은행 계좌에서 40만 달러가 중국계 미국인 계좌로 흘러 들어간 사실이 확인됐다. 40만 달러는 주택 매매 대금 중 일부이다. 이와 관련해 박연차 회장, 정상문 전 비서관을 조사했고, 어제(5월11일) 노정연·곽상언 부부를 소환해 조사했다."

검찰 발표에 대해 노 전 대통령은 "집사람이 겁이 나서 미국 주택 구입에 대해 사실대로 이야기하지 못했다. 그러나 박연차 회장으로부터 받은 돈은 140만 달러가 아니라 100만 달러다. 60만 달러는 2007년 6월29일 현금으로 받고, 40만 달러는 9월22일 해외에서 직접 집 주인에게 송금한 것"이라고 해명했다.

노 전 대통령의 해명에 대한 검찰의 입장을 기자들이 물어 와 설명해 주었다.

"박 회장이 2007년 6월 하순경 노 대통령의 과테말라 방문을 3일 앞둔 때에 청와대 연락을 받고 정승영 사장에게 지시, 급히 김해 경남은행 등에서 정산개발 직원 130명을 동원해 100만 달러를 환전한 것은 확인됐다. 정승영 등은 환전한 100만 달러를 그대로 가방에 담아 정상문 비서관에게 전달했다고 한다. 또한 40만 달러 이야기가 나오기 전에 노 전 대통령 측도 100만 달러를 받았다고 인정했다. 노 전 대통령 측의 주장에 의하면 국내에서 받은 돈이 60만 달러라는 것인데, 왜 거짓말을 했으며 환전한 40만 달러는 어디로 갔나? 박 회장도 2007년 6월29일 100만 달러를 건네주었고, 2007년 9월22일 추가로 40만 달러를 요구해서 송금해준 것이라고 한다."

대부분의 언론이 40만 달러를 추가로 받은 것을 사실로 받아들였다.

이번에는 문재인 변호사가 해명에 나섰다.

"박 회장이나 권 여사가 앞서 100만 달러를 모두 국내에서 받았다고 했기 때문에 40만 달러 부분을 추가 수수라고 의심할 만합니다. 하지만 박 회장이 검찰에서 100만 달러를 모두 국내에서 전달한 것처럼 진술한 뒤라서 권 여사도 해외 송금 부분을 먼저 말할 수 없는 처지였습니다. 해외 송금 건에 딸까지 관련돼 있어 더욱 밝히기 어려웠던 것 같습니다."

그러나 이러한 설명은 2007년 6월 김해 시내 은행에서 100만 달러가 환전되었고, 송금된 40만 달러가 노정연이 미국에서 주택을 구입하는 데 들어간 사실이 확인된 마당에 설득력이 없었다. 100만 달러는 빚을 갚는 데 사용했으며 미국에 주택을 구입한 사실이 없다고 주장해 왔으나 미국에 주택을 구입한 사실이 밝혀지니 스텝이 꼬여도 단단히 꼬인 것이다. 노 전 대통령 측에서 또다시 거짓말을 하고 있다는 인상을 주기에 충분했다.

정상문 전 비서관도 노 전 대통령 측의 주장에 맞추어 "노 대통령이 과테말라 IOC 총회 참석을 위해 출국하기 전날인 2007년 6월29일 60만 달러를 받았고, 임웡에게 송금된 40만 달러를 합쳐 모두 100만 달러를 받은 것"이라고 기존의 진술을 뒤집었다가, 진술의 모순점과 시기의 차이 등을 지적하자 원래 진술대로 "2007년 6월29일 100만 달러를 받았고, 40만 달러는 추가로 받은 것"이라고 인정했다.

5월14일 언론에서 허드슨클럽 전경 사진과 함께 노정연이 구입한 미국 주택이 '뉴저지 허드슨카운티 웨스트뉴욕에 있는 허드슨클럽 400호'라고 보도했다. 뉴욕 맨해튼 마천루 빌딩이 마주 보이는 허드슨강가에 있는 방 3개짜리 호화 콘도라는 설명을 덧붙였다. 노 전 대통령은 더 이상 항변할 수 없었다.

검찰은 그 뒤에도 여러 차례 노정연을 소환해 조사했다. 노정연에게 미국에 연락해 매도인이 가지고 있는 계약서 사본이라도 제출하라고 했으나 불응했다.

그 무렵 노정연과 임윙 사이에 위 아파트 매매와 관련해 서○○ 변호사 사무실에서 공증(실제 공증은 노정연과 경연희 사이의 매매계약에 관해 이루어졌음)을 했다는 첩보를 입수했다. 미국 법무부에 형사사법공조를 신청해 임윙, 경연희 등 관련자 조사 및 계약서 사본, 공증 내용 등을 요청하기로 했다. 모든 사실이 밝혀지는 것은 시간문제였다.

2009년 5월20일경 140만 달러 수수 경위 및 미국 주택 구입 경위를 조사하기 위해 권양숙 여사에게 "5월24일 부산지방검찰청으로 출석하라"고 통보했다.

권양숙 여사의 부산지검 출석 하루 전인 2009년 5월23일, 노무현 전 대통령은 김해 봉하마을 부엉이바위에서 투신해 생을 마감했다.

노 전 대통령 비자금 논란

경찰청장의 주장

시계를 거꾸로 돌려, 노무현 대통령의 당선 축하금에 관한 이야기다.

노무현 대통령 재임 중인 2004년 1월경 대검 중수부는 16대 대선 불법 자금 수사 과정에서 삼성그룹이 16대 대통령 선거 기간 중 800여억 원 상당의 무기명채권을 구입했고, 그중 300억 원 상당을 한나라당에, 15억 원 상당을 민주당에 준 것을 밝혀냈다. 그리고 나머지 약 450억 원 상당의 무기명채권의 행방을 추적하면서, 가지고 있는 채권을 모두 제출해 달라고 삼성 측에 요구했다. 삼성은 나머지 채권을 가지고 있다고 하면서도 이를 제출하지 못했다. 검찰은 삼성이 나머지 채권 중 상당한 액수를 노 대통령의 당선 축하금으로 주었기 때문에 이를 회수하는 데 시간이 걸려 제출하지 못하는 것으로 의심하고 있었다. 채권을 구입한 삼성증권 직원 두 명은 이미 해외로 도피한 상태였다. 논의 끝에 해외로 도피한 삼성증권 직원 두 명에 대해 내사중지 처분을 하고 사건을 일단락 지었다. 그 후 검찰 인사로 검찰총장, 중앙수사부장, 중수부 과장 등 수사 라인이 모두 바뀌었다.

삼성그룹은 1년 6개월이 지난 2005년 9월경 중앙수사부(부장 박영수 검사장)에 채권 443억 원 상당을 제출했다. 중수부는 같은 해 12월경 삼성이 제출한 채권의 일련번호가 검찰이 파악한 채권과 일치하고 배서 등 사용한 흔적이 없다는 이유로 무혐의 처분했다. 그러나 채권을 가지고 있다면서 제출하는 데 왜 그렇게 오랜 시간이 걸렸는지는 의문이다.

삼성 비자금 특별검사 조준웅(趙俊雄)도 김용철 변호사의 폭로에 따라 443억 원 상당의 채권이 노무현 대통령 측에 일단 전달되었다가 반환되었는지 여부를 확인하기 위해 대검 과학수사운용과에 채권에 남아 있는 지문의 채취를 의뢰했다. 그러나 2008년 4월17일 지문 채취가 불가능하고 이건희(李健熙) 회장 등 삼성그룹 관계자도 당선 축하금을 준 사실이 없다고 부인한다는 이유로 무혐의 처분을 내렸다.

그런데 노 전 대통령의 뇌물 수수 혐의에 대한 수사가 한창이던 2009년 5월경 새로운 첩보를 입수했다. "삼성이 2003년경 천신일(千信一) 세중나모 회장을 통해 노무현 대통령에게 당선 축하금으로 거액의 채권을 전달했으며, 검찰의 불법 대선자금 수사에서 채권 제공 사실이 드러날 위험에 처하자 노 대통령 측으로부터 채권을 회수하고 대신 현금을 주었다"는 취지의 삼성그룹 전략기획실 직원 대화 내용 녹취록이었다. 대화 내용에는 당선 축하금 전달 과정에 박연차 회장이 관여되어 있다는 사실도 포함되어 있었다. 직접 관여한 사람이 아니면 알 수 없는 사실들이 들어 있는 등 상당히 신빙성이 있었다. 그러나 5월23일 노 전 대통령의 사망으로 더 이상의 수사를 진행할 수 없어 사실 여부는 확인되지 않았다.

그 후 2010년 3월31일, 조현오(趙顯五) 경찰청장이 경찰청 직원을 상대로 한 내부 강연에서 "2009년 노 전 대통령이 자살한 것은 사망 전날 10만 원권 수표가 입금된 거액의 차명 계좌가 발견되었기 때문이다"라는 취지의 발언을 했다. 조 청장의 발언으로 '노 전 대통령의 차명 계좌 존재 여부'가 세간의 관심으로 떠올랐다.

결론적으로 말하면, 정상문 총무비서관이 노 대통령을 위해 관리하던 차명 계좌를 제외하고는, 2009년 검찰 수사 중 새로 발견된 '거액의 차명 계좌'는 없다.

10만 원권 헌 수표 20장

다만, 수사 과정에서 노 대통령 퇴임 후 2008년 여름경 권양숙 여사의 부속실 여직원(퇴임 전에도 청와대 부속실에서 근무)의 계좌에 10만 원권 헌 수표(한 번 이상 사용된 것) 20장이 입금된 사실을 확인했다. 실물을 확인해 보니 2004년경 발행된 것으로 20장 모두 각기 다른 은행 지점에서 다른 시기에 발행된 것들이었다. 완벽하게 세탁된 헌 수표들이었다. 그 여직원을 소환해 물어보니, "10만 원권 수표 20장은 노무현 대통령 퇴임 후 2008년 여름경 봉하마을에서 권양숙 여사가 준 것이다. 권 여사가 장을 보라고 주었는데, 장을 보는 데는 내 신용카드를 사용하고 권 여사가 준 수표 스무 장을 내 계좌에 입금한 것"이라고 답변했다.

권 여사가 노 대통령 재임 시절 누군가로부터 2004년경 발행되어 세탁된 10만 원권 헌 수표 20장을 받아서 소지하고 있다가 2008년 퇴임 후에 사용했다는 것이다.

발견된 것은 20장이지만 추가로 더 많은 수표가 있을 것으로 추정됐다. 왜냐하면 수수 금액이 200만 원 정도라면 현금으로 주고받으면 되지 굳이 세탁된 수표를 이용할 필요가 없기 때문이다. 그와 같이 세탁된 10만 원권 헌 수표를 수집할 수 있는 사람은 보통 사람이 아니다. 그런 수표들은 일반적으로 카지노, 경마장, 복권 업체, 거대 종교단체 등에서만 수집할 수 있기 때문이다.

참고로 '6공의 황태자'라고 불린 박철언(朴哲彦) 의원은 1993년 5월 슬롯머신 업자 정덕일로부터 뇌물 5억 원을 수수한 혐의로 구속되었다. 그때 정덕일은 1990년 추석 무렵 자신이 경영한 슬롯머신 업소에서 손님으로부터 받은 10만 원권 헌 수표들을 모아 007 가방에 담아 박 의원에게 준 것으로 확인됐다.

2008년 김용철(金勇澈) 변호사의 삼성 비자금 폭로에도 10만 원짜리 헌 수표가 등장한다. 삼성그룹에서 10만 원짜리 헌 수표를 뇌물로 주었다는 것이다.

권양숙 여사가 사용한 세탁된 헌 수표 20장의 추적은 많은 시간과 인력이 필요한 지난한 작업이다. 추적하던 중 노 전 대통령의 사망으로 중단되었다. 권양숙 여사가 실제 가지고 있던 세탁된 10만 원권 수표는 전부 얼마나 될까?

조현오 청장의 '거액의 차명 계좌' 발언은 부적절했고, 전체적으로 볼 때 과장된 측면이 있어 사실로 보기 어렵다. 조 청장은 2010년 8월 노무현 전 대통령의 유족으로부터 사자(死者)명예훼손죄로 고소당해 1심에서 징역 10월을 선고받고 구속되었다가 8일 만에 보석으로 석방되었으나, 2013년 9월26일 항소심에서 최종적으로 징역 8월을 선고받고 다시 법정 구속되었다.

조현오 청장이 '부속실 직원 계좌에 입금된 세탁된 수표 10만 원권 20

장'을 언급한 것으로 보아, 누군가로부터 관련 정보를 들은 것으로 추정된다. 그리고 확인 없이 그 말을 믿고 일부 사실을 과장해 발언한 것으로 보인다.

또한 앞서 언급한 2012년 검찰 수사에서 드러났듯이 권양숙 여사는 노 대통령 퇴임 후인 2009년 1월경 과천에서 미국 주택 매매 대금의 일부로 현금 13억 원이 들어 있는 사과박스 7개를 미국 주택 매도인 경연희가 보낸 사람에게 건네주었다. 이 돈의 출처는 확인되지 않았다.

이러한 사실을 종합해 볼 때, 조현오 전 경찰청장에 대해 유죄를 선고하더라도 징역 8개월은 가혹하다고 생각한다. 2020년 국회의원 총선거를 앞두고 2019년 12월 유시민(柳時敏) 노무현재단 이사장이 아무런 근거 없이 "한동훈(韓東勳) 대검 반부패강력부장이 나(유시민)와 노무현재단의 계좌를 들여다보았다"고 허위 사실로 韓 부장의 명예를 훼손한 사건에 대해 2022년 6월 1심 법원이 유죄로 인정하면서 불과 벌금 500만 원을 선고한 것에 비추어 보면 더욱 그렇다. 유시민 이사장의 거짓 주장은 제21대 총선에서 민주당이 승리하는 데 상당히 기여한 것으로 분석된다.

박근혜(朴槿惠) 대통령 탄핵 후인 2017년 7월 안민석(安敏錫) 더불어민주당 의원은 "박정희(朴正熙) 대통령의 통치자금이 지금 돈으로 환산하면 300조가 넘는 돈이며, 이에 비롯된 최서원(최순실)의 해외 비자금이 수조 원에 이른다"고 주장했다. 그의 주장은 아무런 근거가 없다. 복역 중인 최서원은 2019년 9월 안 의원을 명예훼손으로 고소했다. 그 사건 처리가 어떻게 될 것인지 지켜볼 일이다.

"도덕적 타격 주라" 압력

"불구속하되 도덕적 타격"

이명박(李明博) 정권은 노무현 전 대통령 수사를 정치적으로 이용하려고 했다.

2009년 3월 하순경 청와대 정동기(鄭東基) 민정수석이 전화를 했다. 정 수석은 나의 고등학교 4년 선배로 1995년경 법무부 국제법무심의관실에서 근무할 때 심의관으로 모신 적이 있다. 정 수석은 "수사에 고생이 많다"고 의례적인 인사를 한 후 "박연차 회장으로부터 돈을 받은 사람들 중에 친박(親朴) 의원은 없느냐?"고 물었다. 친박 의원들 때문에 골치 아파 죽겠다는 취지였다. 청와대는 야당인 민주당 의원보다 친박 의원이 더 싫었던 것이다. 정치의 이면은 이렇게 복잡하다. 권모술수가 난무하는 세계다.

이미 돈 받은 사람들의 명단이 완성되었고 소환 순서 등 수사 계획도

다 짜여 있을 때였다. 정 수석에게는 "참고로 하겠습니다"라고만 대답했다.

4월10일경 다시 정 수석으로부터 전화가 왔다.

"노무현 전 대통령을 불구속하되, 피아제 명품 시계 수수 사실을 언론에 흘려 '도덕적 타격'을 가하는 것이 어떠냐?"

나는 청와대에서 검찰을 정권의 하수인 정도로 보는 것 같아 기분이 언짢았다. 노 전 대통령을 불구속 수사하는 것이 좋겠다는 의견을 표시하는 정도는 받아들일 수 있으나, "명품 시계 수수 사실을 언론에 흘려 도덕적 타격을 가하라"는 대목은 몹시 귀에 거슬렸다.

"수석님! 수사에 간섭하지 마십시오. 저희가 알아서 하겠습니다."

정 수석은 나의 말에 놀랐던지 "참고하라고 한 말이니 너무 언짢게 생각하지 말라"면서 전화를 끊었다.

그 무렵 이명박 대통령 측근으로부터 "청와대가 노 전 대통령을 불구속하되 망신을 주기로 방침을 정했다"는 말을 전해 들었다.

4월14일 퇴근 무렵, 국가정보원에서 검찰을 담당하는 강기옥 국장과 대검찰청을 출입하는 권재표 요원 등 2명이 나를 찾아왔다. 강 국장은 처음 본 사람이고, 권 요원은 안면은 있으나 가까운 사이는 아니었다. 나는 평소 국정원 직원이 검찰에 출입하는 것이 못마땅했다. 그들을 가까이하지 않음은 물론 잘 만나 주지도 않았다. 강 국장이 이런 취지의 말을 했다.

"원세훈(元世勳) 국정원장은 국정 현안에 관해 대통령(이명박)과 자주 의논하는 가까운 사이다. 부정부패 척결이 좌파 결집의 결과로 이어져서는 안 된다. 노무현 전 대통령을 구속하면 노사모가 결집하고 동정 여론도 생길 것이다. 노 전 대통령을 방문 조사하고, 불구속하는 것이 바람직하다. 또한 영장이 기각될 경우 현직 대통령이 전직 대통령을 탄압하는 것으로 비칠 수 있다. 다만, 명품 시계 수수 사실은 언론에 공개해 '도덕적 타격'을 가하는 것이 좋겠다."

국정원이 검찰 수사에 감 놔라 배 놔라 하는 것에 어처구니가 없었다. 공교롭게도 정동기 수석과 똑같이 '도덕적 타격'이란 단어가 등장했다. 국정원이 검찰 수사에 개입하는 것도 심히 불쾌했지만, 심지어 명품 시계 수수 사실을 공개해 '도덕적 타격'을 주라니, 검찰을 자기들처럼 공작이나 하는 기관으로 생각하는 것 같아 모욕적으로 느껴졌다.

"원장님께서 검찰 수사에 많은 관심을 가져 주셔서 감사합니다. 내일 오전 기자 브리핑에서 이러한 사실을 알려 감사한 마음을 표시하겠습니다. 원장님께도 그리 전해 주십시오."

정색하고 말하니 강 국장 등이 크게 놀라면서 "왜 이러시냐?"고 했다. 나는 화를 내며 큰소리로 질책했다.

"국정원이 검찰 수사에 쓸데없이 개입이나 하고, 이렇게 해도 되는 겁니까?"

"저희가 실수한 것 같습니다. 오지 않은 것으로 해 주십시오."

그러고서 황급히 돌아갔다. 업무일지에 강 국장으로부터 받은 명함을 붙인 뒤, 그 아래 강 국장과 나눈 대화 내용을 메모해 두었다.

다음 날 이러한 사실을 임채진 검찰총장에게 보고했다. 임 총장은 특별한 말이 없었다.

강 국장 등은 그날 대화 내용에 대해 복명서(復命書)를 작성해 원세훈 국정원장에게 보고했다고 한다. 며칠 뒤 국정원에서 근무하는 친구로부터 "원 원장이 자네를 이상한 놈이라고 욕하더라"는 이야기를 전해 들었다.

이와 관련하여 원세훈 전 국정원장은 2018년 4월10일 서울중앙지법

형사합의24부 법정에서 변호인의 피고인 신문 도중 다음과 같은 취지로 진술했다.

2009년 4월경 이명박 대통령으로부터 "전직 대통령을 수사하는 게 부담스럽다. 노 전 대통령을 봉하마을로 방문 조사하는 것이 좋겠다고 검찰총장에 전하라"는 지시를 받았다. 그런 지시를 왜 나에게 하느냐고 물었더니 "검찰총장이 학교 후배 아니냐"고 했다. 안가에서 임채진 검찰총장을 만나 대통령의 뜻을 전달했더니 임 총장이 "중수부장이 내 말을 전혀 안 듣는다"고 했다. 그래서 이인규(李仁圭) 중수부장에게 법조 출입을 20여 년 한 강기옥 단장을 보내 위 내용을 전달하라고 한 사실이 있을 뿐이다.

노 전 대통령을 불구속 수사하되 명품 시계 수수 사실은 언론에 흘려 '도덕적 타격'을 가하자고 한 말은 숨겼다. 문재인 정권에 잘 보이기 위한 것이었겠지만 당시 진행 중인 자신의 재판과는 아무런 상관이 없는 이야기를 왜 법정에서 하는지, 원 전 원장의 처지에 권력의 무상함을 새삼 느낀다.

처음부터 "방문 조사하라" 압력

2009년 4월 중순경 또다시 정동기 수석으로부터 전화가 왔다. 대통령의 뜻이라며 "노 전 대통령을 대검찰청으로 소환하지 말고 봉하마을 사저로 내려가서 조사하라"는 주문이었다.

그러나 검찰 입장에서 봉하마을 사저로 내려가 노 전 대통령을 조사할 수는 없는 일이었다. 대통령의 지시라고 "일단 검토해 보겠다"고 대답했다간 나중에 거절하기가 더욱 어려워질 것으로 판단해 일언지하에 거절했다.

"수석님! 600만 달러 뇌물 수수 혐의를 받고 있는 사람을 전직 대통령이라는 이유로 자기 집에서 조사한다는 것이 말이 됩니까? 더욱이 범행을 부인하고 있는 사람을 자기 집에서 조사하면 조사가 제대로 되겠습니까? 국민이 검찰 수사에 대해 어떻게 생각하겠습니까? 대통령을 그렇게 모셔서는 안 됩니다."

정 수석과 통화를 마친 후 바로 임채진 총장실로 갔다. 임 총장에게 정 수석과의 통화 내용을 이야기하고, "노 전 대통령에 대한 방문 조사 요구를 거절했다"고 보고했다. 혹시라도 임 총장이 청와대 연락을 받고 상황을 어렵게 만들 경우를 대비하기 위한 것이었다. 실제로 정 수석이 나와 통화한 후 임채진 총장에게도 같은 취지로 전화했다는 말을 임 총장으로부터 전해 들었다.

다음 날 또 정 수석으로부터 전화를 받았다. 대통령께 전날 일에 대해 보고를 드렸더니 나를 "오만하다"고 하더라는 전언이었다. 아무런 반응을 보이지 않았더니 "대통령께서 '그래도 이인규 중수부장 같은 사람이 있어 오늘날 검찰이 있는 것이 아니겠느냐'고 하셨다"고 덧붙였다. 속으로 신경이 쓰였지만 어쩔 수 없는 일이라고 생각했다. 정 수석에게 "대통령님께 오해 없으시도록 잘 말씀드려 주십시오"라고 부탁했다.

이와 관련, 이명박 대통령은 퇴임 직전인 2013년 2월5일 〈조선일보〉와 가진 인터뷰에서 이렇게 변명했다.

노무현 전 대통령을 서울로 불러서 조사한다고 해서 내가 민정수석(정동기)에게 "(봉하마을로) 방문 조사를 하면 좋겠다"고 얘기했다. 내가 검찰에 명령할 수는 없지 않은가. 그때는 전임(노무현)이 임명한 검찰

총장이었다. 내가 수사를 중지하라고 하면 자칫 대통령이 초법적으로 한다는 소리를 들을 수 있어서 못 했다. 전날까지 (그런 권유를) 했는데 나중에 보니 노 전 대통령 본인이 서울로 오겠다고 했다. 그래서 교통 편의를 제공하기 위해 (대통령) 전용 기차를 쓰라고 했더니 (노 전 대통령이) 버스를 타겠다고 해서 청와대 버스를 보내 줬다.

이명박 정권은 왜 '노무현 전 대통령에게 도덕적 타격을 가하기 위해' 피아제 명품 시계 수수 사실을 언론에 공개하라고 요구하면서, 다른 한편으로는 노 전 대통령을 대검으로 소환하지 말고 봉하마을 사저에서 방문 조사하고, 불구속 수사하라고 했을까?

노무현 전 대통령은 권양숙 여사 등 가족이 박연차 회장으로부터 돈을 받았다는 사실을 인정한 순간 도덕적으로나 정치적으로 파산한 것이나 다름없었다. 대통령 선거 기간은 물론 재임 기간 내내 "특권과 반칙이 없는 세상을 만들겠다"고 큰소리친 노 전 대통령이다. 그런 대통령의 가족이 기업가로부터 600만 달러라는 거액을 받았다. 어떠한 변명도 통하지 않는다. 이명박 정권은 박연차 회장 수사를 통해 본래 얻고자 한 목적을 달성했다. 겉으로는 현직 대통령이 전직 대통령을 배려한다는 제스처를 보여 주고, 속으로는 노 전 대통령에게 망신을 주고 정치적 입지를 어렵게 만들어 그의 영향력을 없애려고 한 것이다.

또한 앞서 본 바와 같이 '영일대군' 이상득과 '봉하대군' 노건평은 2007년 12월 하순경 당시 이명박 대통령 당선인 조사를 위한 BBK 특별검사 임명을 둘러싸고 "노무현 대통령이 특별검사로 이 당선인이 원하는 사람을 임명해 주면 (이명박) 대통령 취임 후 노 대통령의 패밀리는 건드리지 않겠다"는 밀약을 했다. 이것과도 관련이 있었을 것이다.

'논두렁 시계'의 진실

"밖에 내다 버렸다"가 '논두렁' 둔갑

노무현 전 대통령 수사가 한창이던 2009년 4월22일 KBS 9시 뉴스에서 "박연차 회장이 검찰에서 '2006년 9월 노무현 대통령 회갑에 시가 2억 원 상당의 피아제 남녀 시계 한 세트를 대통령 부부에게 선물했다'고 진술했다"고 보도했다.

2억 원짜리 피아제 명품 시계라니, 밀짚모자를 쓴 시골 할아버지 같은 노 전 대통령의 서민적인 이미지에 치명적 상처를 입히는 보도였다.

나는 그날 저녁 종로구 자하문 밖에 있는 중국음식점 '하림각'에서 워싱턴 주미(駐美) 대사관 법무협력관 시절 같이 근무했던 다른 부처 주재관들과 식사를 하고 있었다. 정순영(鄭順泳) 국회 전문위원, 김영호(金榮浩) 행정안전부 차관, 한○○ 국토건설부 차관, 양○○ 통일부 차관 등이 참석한 모임이었다. 식사 도중 홍만표 수사기획관으로부터 "KBS 9시 뉴스에서 노 전 대통령 시계 수수 사실을 보도했다"는 보고를 받았다. 순간 원세훈 국정원장의 소행이라는 생각이 들었다. 그동안의 국정원의 행태가 생각나 도저히 화를 참을 수 없었다. 마침 그 자리에 있던 원 원장의 서울고등학교 후배인 김영호 차관에게 말했다.

"KBS에서 노 전 대통령 시계 수수 사실을 보도했는데 이는 원세훈 국정원장이 한 짓이다. 원 원장이 사람을 보내 '노 전 대통령이 박 회장으로부터 시가 2억 원 상당의 피아제 남녀 손목시계 세트를 수수한 사실을 언론에 흘려 망신을 주자'고 하더라. 이를 거절하고 야단쳐서 돌려보냈는데도 결국 이런 파렴치한 짓을 꾸몄다. 정말 나쁜 ×이다. 원 원장은 차관님 고등학교 선배 아니냐. 원세훈 원장에게 내가 정말 ×××이라고 하더라고 전해 달라."

김 차관은 "내가 왜 그런 말을 전하느냐"면서 곤혹스러워했다. 그 자리에 있던 정순영 전문위원 등 다른 사람들이 "원세훈 원장을 비난하는 심정을 이해할 수 있다"면서 나를 진정시켰다. 나도 순간적으로 자제심을 잃고 아무 관련 없는 다른 부처 공무원들에게 결례를 한 것을 깨닫고, 화를 추스르고 사과했다.

홍만표 기획관은 다음 날 언론에 대해 "'나쁜 빨대'를 색출하겠다"며 화를 냈지만, 이는 시계 수수 사실을 확인해 주는 결과가 되었다.

그 후 5월13일 SBS 8시 뉴스에서 "노무현 전 대통령이 검찰 조사에서 박연차 회장으로부터 회갑 선물로 받았다는 2억 원짜리 명품 시계에 대해 '집사람(권양숙)이 봉하마을 논두렁에 내다 버렸다'고 진술했다"고 보도했다. 홍 기획관이 다른 기자들로부터 확인 요청이 있다는 보고를 해왔다.

"노 전 대통령이 '봉하마을 논두렁'이 아니라 '밖에 내다 버렸다'고 진술하지 않았나?”

“정정해서 확인해 줄까요?”

'봉하마을 논두렁'이라는 표현이 문제였으나 어차피 봉하마을 사저 밖에 논이 있기 때문에, “밖에 내다 버렸다고 진술하였다”라고 굳이 정정해 줄 경우 시계 수수 사실만 확인시키고 오히려 더 희화화될 것 같아 어떠한 확인도 해 줄 수 없었다.

보도가 나가자 일부 네티즌들은 “주말에 보석 박힌 시계 찾으러 봉하마을에나 가자”는 식의 조롱하는 글들을 올렸다. 인터넷에 '봉하마을 시계 원정대' 같은 패러디물이 등장했다.

4월22일 KBS 9시 뉴스와 5월13일 SBS 8시 뉴스의 보도 내용은 검찰 수사 내용에 관련된 것이어서 검찰이 흘렸다는 오해를 받을 수밖에 없었다. 오해를 해소하기 위해 보도 경위를 확인해 보기로 했다.

취재원 밝히지 않는 SBS

예기치 않은 노무현 전 대통령 사망으로 수사가 종료된 후 6월30일 저녁에 종로구 인사동에 있는 '선천'이라는 한식집에서 경동고등학교 출신 공직자 모임이 있었다. 그곳에서 고등학교 1년 선배인 KBS 고대영(高大榮) 보도국장을 처음 만났다. 술잔이 많이 돌아 취기가 오른 상태에서 고 국장에게 말했다.

“시시하게 시계 수수 사실을 보도해서 전직 대통령에게 망신을 줍니까?”

“국정원 대변인 이종태가 우리 고등학교 친구잖아. 국정원에서 하라는데 국영방송이 어떻게 하겠어.”

돌아와서 고 국장과 나눈 대화 내용을 업무일지에 메모해 놓았다.

그로부터 8년여 지나 2017년 12월4일, SBS의 '논두렁 시계 보도 진상 조사위원회'가 자체 조사 결과를 발표했다. 결론은 "취재원을 밝힐 수 없지만 논두렁 시계 보도는 검찰에서 취재한 것"이라는 것이었다. 그러나 나는 이것이 거짓이며, 논두렁 시계 보도에 국정원이 개입했다고 확신한다.

SBS 진상조사위원회 조사 결과에 따르면, 이승재 기자는 2009년 5월 13일 점심 식사 후 오후 1시경 대검 청사 외부 휴게 공간에서 중수부 관계자를 '우연히' 만났다고 한다. 그 관계자는 직접 수사에 참여한 것도 아니고 노 전 대통령의 조서를 '잠깐' 읽은 적이 있다고 한다. SBS 측은, 중수부 관계자에게 KBS에서 보도한 노 전 대통령의 시계 수수에 관한 검찰 진술 내용에 대해 물었더니, 그가 "조서에 노 전 대통령이 '집사람이 갖고 있다가 박연차 회장이 구속된 후 봉하마을 논두렁에 버렸다고 한다'고 진술한 것으로 되어 있다"고 해서 이를 보도한 것이라고 주장하고 있다.

그러나 이승재 기자의 주장은 다음과 같은 점에 비추어 믿기 어렵다.

우선 '봉하마을 논두렁'이라는 표현은 노 전 대통령에 대한 수사 기록 그 어디에도 없다. 노 전 대통령이 "집사람이 수사가 시작된 후 밖에 내다 버렸다"고 진술한 것은 명품 시계를 제출해 달라는 검사의 요청을 거절하기 위해 한 답변이다. 그런데 SBS 8뉴스의 보도 내용은 노 전 대통령이 '밖'이 아니라 구체적인 장소인 '봉하마을 논두렁'에 버렸다고 답변한 것처럼 꾸밈으로써 마치 권 여사가 실제로 명품 시계 2개를 봉하마을 논두렁에 버린 것처럼 보이게 하고 있다.

더욱이 이승재 기자는 보도에서 "검찰은 '비싼 시계를 논두렁에 버린 이유에 대해 집에 가서 물어보겠다며 노 전 대통령이 답변을 피했다'고 밝했다"는 내용을 추가했다. 노 전 대통령이 그런 말을 한 적도 없고 검찰이 이를 확인해 준 적도 없다. 소위 '작문'을 한 것이다.

SBS는 보도 마지막에 "검찰이 권양숙 여사를 재소환해 시계를 버린 이유를 조사할 계획"이라고 덧붙여서, 권 여사가 봉하마을 논두렁에 명품 시계를 버린 것이 사실인 것처럼 만들었다(이상 2009년 5월13일 SBS 8 뉴스).

위 취재원이 노 전 대통령의 조서를 실제로 읽은 중수부 관계자였다면 '봉하마을 논두렁'이라는 구체적 장소는 나올 수가 없다. 만약 취재기자가 '봉하마을 논두렁'이란 말을 들은 것이 사실이라면, 그 취재원은 대검 중수부 관계자가 아니라 노 전 대통령을 망신시키고 도덕적 타격을 가하려고 음모를 꾸민 사람일 수밖에 없다.

검찰 출입 기자가 직접 수사에 참여한 것이 아니라 잠깐 조서를 읽은 것에 불과한 중수부 직원으로부터 "권양숙 여사가 봉하마을 논두렁에 시계를 버렸다"는 충격적인 내용의 취재를 했다면, SBS 보도 관련 국장이나 부장 등 간부들은 이를 보도하기 전에 대검 공보관이나 수사기획관 등에게 사실 여부를 확인했어야 한다. 다른 언론사라면 당연히 그렇게 했을 것이다. SBS는 전직 대통령을 곤경에 빠뜨릴 수 있는 매우 자극적인 뉴스임에도 기자가 당일 오후 취재한 것을 확인 없이 그날 저녁 뉴스에 보도했다. 언론사 취재 관행에 비추어 보아도 SBS 자체 조사 결과를 믿기 어렵다.

더욱이 보안 유지를 위해 노 전 대통령 수사는 주로 검사들에 의해 진행되었으며, 관련 수사 기록도 검사들이 직접 관리하고 있었다. 특히 노 전 대통령의 피의자신문조서는 철저한 보안이 필요한 서류이다. 수사에 직접 참여하지도 않은 수사관이 100페이지나 되는 노 전 대통령의 피의

자신문조서를 읽는다는 것은 도저히 있을 수 없는 일이다. 설령 '잠깐' 읽었다고 가정하더라도 하필이면 명품 시계 관련 부분을 읽어서 조서에 없는 '봉하마을 논두렁'에 시계를 버렸다고 말했다는 이승재 기자의 주장은 더욱 믿기 어렵다.

SBS는 취재원 보호를 이유로 '대검 중수부 관계자'가 누구인지 밝히지 않고 있다. SBS의 주장이 진실이라면 그 '관계자'는 전직 대통령과 관련해 "봉하마을 논두렁에 시계를 내다 버렸다"고 거짓말을 꾸며내 전직 대통령에게 망신을 준 파렴치한 사람이다. SBS는 거짓말을 한 취재원을 보호해야 할 의무가 없다. 오히려 거짓말을 한 취재원을 공개하는 것이 옳은 처사이다. 이 보도로 인해 13년 이상 지난 지금까지도 검찰은 노 전 대통령 지지자들로부터 "노 전 대통령에게 모욕을 주어 자살하게 만들었다"고 매도당하고 있다.

'논두렁 시계' 보도는 공소시효는 물론 징계시효도 다 지났음에도 SBS는 취재원을 밝히지 않고 있다. 이는 취재원에 관한 주장이 사실이 아니거나, 다른 말 못 할 사정이 있기 때문 아닐까.

'논두렁'은 국정원 작품

한편 2017년 10월23일 국정원 개혁발전위원회의 '노무현 전 대통령 수사 관여사건' 조사 결과에 따르면, 2009년 노 전 대통령 수사 당시 국정원의 언론 담당 팀장 등 국정원 직원 4명이 SBS 사장을 접촉해 '노 전 대통령 수사 상황을 적극 보도해 줄 것'을 요청한 사실이 확인되었다. 당시 SBS 사주(社主)와 원세훈 국정원장은 고등학교 동문으로 아주 가까운 사이다. 하금열(河今烈) 당시 SBS 사장은 그 후 이명박 대통령실 실장으로, 최금락(崔今洛) 보도국장은 홍보수석으로 발탁되었다. 논두렁 시계 이야기를 "중수부 관계자로부터 들었다"는 SBS의 자체 조사 결과를 액면 그대로 받아들이기 어렵다.

당일 이승재 기자가 SBS 보도국 내부보고망에 올린 글 중 SBS가 자체 조사 결과 발표 때 공개한 부분은 다음과 같다.

> 대검 중수부 관계자 면담 내용
> = 노무현 전 대통령의 피의자진술조서를 잠깐 봤는데,
> = 우병우 중수1과장 검사가 노 전 대통령에게,
> "명품 시계 받아서 어떻게 했나요"라고 물었는데
> 노 전 대통령이 "제가 아니라 저의 집(권양숙)이 받았습니다"라고
> 답변한 것으로 적혀 있더라.
> = 우 과장이 또,
> "시계를 어떻게 하셨습니까?"라고 물었는데
> 노 전 대통령이 "저의 집사람이 갖고 있다가,
> 박연차 전 태광실업 회장이 구속되자,
> 봉하마을 논두렁에 버렸다고 합니다"라고 말했다고 한다.

우선 검찰 직원은 '우병우 부장(검사)', '우병우 검사', '우병우 과장'이라고 말하지 '우병우 중수1과장 검사'라는 표현은 쓰지 않는다. 검찰이 아닌 외부 사람이 한 것 같은 느낌이 든다.

"제가 아니라 '저의 집'이 받았습니다"에서는 '저의 집'이란 표현이 눈에 띈다. 이는 잘 쓰지 않는 표현이다. 수사 기록에 실제로 그렇게 되어 있는지 기억나지 않는다. 이승재 기자가 만난 중수부 관계자가 과연 그렇게 말

했을까? 노무현 전 대통령은 2009년 4월7일 '사람세상' 홈페이지에 올린 '사과드립니다'라는 제목의 글에서 "'저의 집'에서 부탁하고 그 돈을 받아서 사용한 것입니다"라는 표현을 쓰고 있다. 무언가 수상한 냄새가 나지 않는가? 의도적으로 취재원의 신뢰성을 높이기 위해 노 전 대통령이 실제로 그런 말을 한 것처럼 꾸미려고 한다는 인상을 주기에 충분하다.

한편, 이승재 기자가 보도 당일 SBS 보도국 내부보고망에 올린 글에는 '논두렁 시계' 제보자를 특정할 수 있는 대화 내용이 들어 있었다. 그런데 SBS 자체 진상 조사 결과 발표에는 이 부분이 빠져 있다. 무슨 이유일까?

빠진 부분은 "중수부 관계자인 취재원이 김정복 전 국가보훈처장을 조사했다"는 내용이다. 이 부분이 공개될 경우 취재원이 특정되고, 두 사람을 대질하면 그 취재원이 이 기자에게 실제로 그러한 제보를 했는지, 조서에도 없는 '논두렁'이란 단어가 어디서 나왔는지 진실이 밝혀질 것이다. 이것이 두려워 위 내용을 숨겼다고 판단된다.

내가 미국에 거주하고 있던 2018년 6월25일경, 일부 언론이 제기한 나의 '해외 도피' 의혹을 해명하기 위해 '논두렁 시계' 보도의 진상을 설명하면서 "SBS '논두렁 시계' 보도 배후에 국정원이 있다는 강한 심증을 가지고 있다"는 내용으로 보도자료를 배포했다. SBS는 같은 해 11월 서울중앙지검에 나를 명예훼손죄로 고발했다. 즉시 고발한 것이 아니라 5개월이나 지난 후에 갑자기 고발한 것이다. 나를 고발하면서 시계를 논두렁에 버렸다고 거짓말을 한 취재원이 누군지도 밝히지 않았다. 적반하장도 유분수지, 어처구니없는 일이 아닐 수 없다.

나와 검찰의 무고함을 밝히기 위해 2019년 11월 하순경 고대영 전

KBS 사장으로부터 "2009년 4월22일 KBS 9시 뉴스 보도는 국정원에서 취재한 것"이라는 확인서를 받아서 검찰에 제출했다. 앞에서 언급한 바와 같이 고 전 사장은 2009년 6월30일경 인사동 '선천' 한정식집에서 나에게 "9시 뉴스에서 보도한 노 전 대통령 부부의 시계 수수 사실은 국정원에서 준 것"이라고 말했었다.

그 후 SBS '논두렁 시계' 보도 경위를 확인하기 위해 2022년 1월14일 오후 6시경 같은 '선천' 한정식집에서 경동고등학교 친구로 국정원 출신인 신○○와 함께 고등학교 2년 선배인 국정원 전 대변인 이종태를 만났다. 나와 이종태 선배는 일면식도 없었다. 술을 상당히 마셔 취기가 오른 후 내가 이종태 선배에게 "고대영 선배가 2009년 4월22일 KBS 9시 노 전 대통령 시계 보도는 선배님이 시켜서 한 것이라고 하는데 사실이냐?"고 물었다. 이 선배는 겸연쩍게 웃으면서 "맞다"고 순순히 시인했다. 이종태 선배가 그렇게 쉽게 시인할 것이라고는 전혀 예상하지 못했다. 그래서 옆방을 가리키며 "사실 2009년 6월에 이 옆방에서 고대영 선배를 만난 적이 있는데, 그때 고 선배가 '고등학교 동기인 이종태가 시켜서 한 거야. 국정원에서 하라고 하는데 국영방송이 어떻게 거부'라고 말했다"고 했더니 이 선배는 사실이라고 했다.

내친김에 "2009년 5월13일 SBS 논두렁 시계 보도도 선배님이 하신 거냐?"고 물었다. 이 선배는 대답을 하지 않았지만 무언가 알고 있는 듯이 보였다. 나는 재차 물었다.

"노 전 대통령은 검찰 조사에서 '박연차 회장으로부터 받은 시계를 밖에 내다 버렸다'고 진술했는데 그것이 '논두렁에 내다 버렸다'로 바뀌었습니다. '논두렁'이란 단어는 상당이 자극적입니다. 누가 그런 말을 만들어

냈는지 정말 궁금합니다. 선배님이 SBS 최금락 보도국장과 하금열 사장 등과 짜고 한 것 아닙니까?"

"최금락, 하금열 등은 알고 있지만 내가 논두렁이란 단어를 만든 건 아니야."

"그럼 누굽니까?"

이 선배가 망설이다가 말했다.

"국정원에도 검찰과 같이 원장 측근에서 정보를 다루는 '정보비서관'이라는 직책이 있어. 그 당시 정보비서관이 고○○이란 사람인데 그 친구 작품이야."

고○○은 정권에 따라 부침(浮沈)이 많았는데, 원세훈 원장 시절 최측근으로 일했다고 한다. 그런데 문재인 정권이 들어선 후 국정원 적폐 청산 수사에서 구속되어 처벌을 받았으며, 전과로 인해 퇴직금도 받지 못하고 힘든 생활을 하고 있다고 했다.

이종태 선배가 "고○○과 통화해 보라"고 하면서 그 자리에서 전화를 걸었다. 고○○이 전화를 받자 "노무현 수사 책임자와 함께 있는데 전화를 바꿔 줄까?"라고 하니 상대가 잘못 들었는지 "누구?"라고 재차 묻는 것 같았다. "이인규 중수부장 있잖아?"라고 하자 고○○이 싫다고 하는 바람에 통화는 하지 못했다.

이로써 2009년 5월13일 SBS 8시 뉴스의 '논두렁 시계' 보도에 국정원이 개입했다는 것이 확실해졌다. 그날 함께 있었던 고등학교 동창 신○○로부터 확인서를 받아 검찰에 제출했다. "너무 힘들었겠다"며 선뜻 확인서를 써 준 친구가 무척 고마웠다.

SBS가 2018년 11월 나를 명예훼손으로 고소한 6월25일 보도자료는 내용이 사실일 뿐 아니라, '의견을 표명한 것'에 불과해 범죄를 구성하지 않는다. 나는 검찰에 여러 차례 진술서를 제출하는 등 사건을 신속하게 처리해 줄 것을 요청했다. 하지만 서울중앙지검은 4년이나 사건을 방치하다가 윤석열 정권이 들어선 후 2022년 10월28일에야 나에 대한 소환 조사 없이 '혐의 없음' 처분을 했다. 무혐의 이유는 내가 '논두렁 시계' 보도에 관여한 사실이 없고, 사실을 적시한 것이 아니라 의견을 표명한 것이라는 이유였다. 소환도 하지 않고 무혐의 처분할 사안을 4년이나 끈 이유는 무엇일까? 더불어민주당 등 좌파 사람들은 내가 노무현 전 대통령을 '논두렁 시계' 등으로 모욕을 주어 죽음으로 내몰았다고 주장해 왔는데, 나에 대해 무혐의 처분을 할 경우 그러한 주장의 근거가 없어지기 때문이었을 것이다. 검찰의 정치적인 태도에 실망을 금할 수 없다.

2018년 6월21일과 23일 〈노컷뉴스〉는 내가 미국의 한 식당에서 가족과 함께 식사하는 사진을 올리고, '이인규 미국 주거지 확인됐다. 소환 불가피', '이인규는 돌아와 진실을 밝혀야 한다'라는 제목으로 "국가정보원이 노무현 전 대통령에 대한 부정적인 여론을 키우기 위해 시계 수수 의혹을 언론에 흘리는 데 이인규가 개입했고, 검찰이 국정원의 요청에 따라 노 전 대통령이 고가 명품 시계를 논두렁에 버렸다는 의혹을 언론에 흘린 사실이 확인되었으며, 이인규가 이를 시인했다"고 허위 사실을 보도했다. 나는 2018월 9월17일경 〈노컷뉴스〉와 이를 보도한 기자들을 상대로 정정보도 및 손해배상 청구 소송을 제기했다.

2021년 8월19일 서울고등법원은 〈노컷뉴스〉의 보도 내용은 허위라고 판결하면서, "피고 〈노컷뉴스〉와 이를 보도한 기자들은 '이인규가 국정원이 노 전 대통령에 대한 시계 수수 의혹을 언론에 흘리는 데 개입한 사실이 없고, 검찰이 국정원의 요청에 따라 언론에 노 전 대통령이 고가 명품 시계를 논두렁에 버렸다는 내용을 흘린 사실이 없으며, 이인규가 이를 시인한 사실도 없다'고 정정 보도하고, 연대하여 원고(나)에게 4000만 원을 배상하라"고 판결했다. 사건은 피고 측이 상고해 현재 대법원에 계속 중이다.

문재인·전해철·유시민의 '대안적 진실'

당시 노무현 전 대통령의 변호인인 문재인 전 비서실장도 소위 '논두렁 시계'의 진실에 대해서 잘 알고 있다. 그런데 『운명』에서 "뇌물로 받은 1억 원짜리 시계를 논두렁에 갖다 버렸다는 논두렁 시계 소설이 단적인 예이다. 사법 처리가 여의치 않으니 언론을 통한 망신 주기 압박으로 굴복을 받아 내려는 것 같았다"(400쪽)고 적고 있다. 노 대통령 내외가 박연차 회장으로부터 2억 원이 넘는 피아제 남녀 명품 시계를 받은 사실은 감추고, "밖에 내다 버렸다"고 한 노 전 대통령의 검찰 진술이 "논두렁에 내다 버렸다"고 보도된 것을 빌미로 '논두렁에 버리지 않았다'는 것이 마치 시계 및 금품을 받지 않은 근거인 양 교묘하게 논리를 조작하고, 검찰이 허위 사실로 죄 없는 노 전 대통령을 죽음으로 내몰았다는 등 '논두렁 시계' 프레임으로 국민을 속이고 있는 것이다. 검찰은 '논두렁 시계' 관련 보도에 개입한 사실이 없다. 문 변호사는 그저 '논두렁 시계', '망신 주기'라는 말로 노 전 대통령이 저지른 비리의 실체를 은폐하고 검찰을 악마화해 없애야 할 대상으로 만들고 있는 것이다.

"검찰이 '논두렁 시계'로 모욕을 주고 '피의사실 공표'로 망신을 주어 노 대통령을 자살하게 했다"는 프레임이 지지자들을 결집시키는 데 도움을 줄지는 모르겠다. 하지만 거짓 프레임을 씌운다고 하여 진실이 사라지지는 않는다. 더욱이 이는 민주화 투쟁을 해 온 노무현 전 대통령의 삶 자체를 부정하는 것으로, 노 전 대통령을 위하는 길이 아니다.

역시 노 전 대통령의 변호인으로 검찰 조사에 참여했던 전해철 전 행정안전부장관은 2018년 6월26일 JTBC '뉴스룸'에 패널로 초청되어 손석희 앵커와 문답을 나누었다.

> 손석희 피의사실 공표 문제에 있어서 여태까지 많은 논란이 됐던 부분은, 그렇다면 그 피의사실이 사실이냐 하는 문제가 됩니다. 이인규 전 중수부장이 "시계를 받은 것은 사실이지만 노 전 대통령은 'KBS 보도 이후에 알았고 버린 것은 그 이후'라는 내용으로 진술했다" 이렇게 주장을 한 겁니다. 논두렁 시계 의혹은 소설이냐, 아니면 소설이 아니냐? 어떻게 말씀하시겠습니까? 여태까지는 그것이 소설이라는 것이 노 전 대통령 측의 주장이었는데, 이인규 전 중수부장은 그걸 다시 또 뒤집는 얘기를 계속 지금 하고 있다는 얘기죠.
>
> 전해철 제가 알기로는 이인규 전 중수부장은 논두렁 시계에 대해서는 실제적인 것을 정확히 얘기하고 있지는 않은 것 같고요. 일단은 논두렁에 버렸냐, 안 버렸냐라는 것이 이 사건의 본질이 아닙니다. 그리고 본질이 아님에도 불구하고 제가 확인해 드릴 수 있는 것은 적어도 그런 진술이 있지 않은 것으로 저는 알고 있고요.

전해철 전 장관 역시 당시 변호인으로 참여했기 때문에 노 전 대통령이 검찰 조사에서 "아내(권양숙)가 시계를 받았고, KBS 보도 후 밖에 내다 버렸다"고 진술한 사실을 잘 알고 있다. 그럼에도 손석희 앵커의 질문에 솔직하게 대답하지 않고, 내 말을 에둘러 부인하면서 또다시 "논두렁에 버렸다는 진술이 없었다"고 강조함으로써 청취자로 하여금 '노 전 대통령의 시계 수수'가 사실이 아닌 소설로 비치게 만들었다.

유시민 노무현재단 이사장은 2019년 5월26일 KBS에 출연해 "노 전 대통령으로부터 직접 들었다"며 다음과 같이 말했다.

박연차 회장으로부터 환갑 기념품으로 시계 세트를 전달받은 노건평이 (노무현 대통령) 재임 중에는 전달하지 못하고 가지고 있다가 퇴임 후 권양숙 여사에게 전달했으며, 권양숙 여사는 이를 노 전 대통령에게 알리지 못하고 숨겨 놓고 있었는데 나중에 노 전 대통령이 이를 알고 화가 나 직접 망치로 시계를 깨부수었다.

유시민 이사장이 지지자를 결집시키기 위해 그런 말을 한 것이라고 추측되나, 거짓으로 국민을 속여서는 안 된다. 자신의 정치적 목적을 달성하기 위해 노 전 대통령을 이용하는 것이나 다름없다.

2019년 조국(曺國) 사태 때 정경심(鄭慶心) 전 동양대 교수(조 전 장관 아내)가 검찰 수사에 대비, 자신의 연구실에서 컴퓨터를 반출했다. 이 장면이 CCTV에 찍힌 것을 보고 유시민 이사장은 "증거 인멸이 아니라 검찰의 증거 조작에 대비한 증거 보전"이라고 궤변을 늘어놓았다. 검찰을 증거나 조작하는 기관으로 악마화하고 진실을 왜곡하는 것이다.

진중권(陳重權) 교수는 2020년, 자신이 유 이사장에게 동양대 표창장이 가짜라는 사실을 알려 주었을 때 유 이사장이 보인 반응을 털어놓았다. 유 이사장이 바로 "'대안적 사실'을 제작해 현실에 등록하면 그것이 곧 새로운 사실이 되니 걱정하지 말라"고 했다는 것이다. 도대체 유시민 작가에게 진실이라는 게 존재하기는 하는가? 강금원 회장이 유시민에게 "쥐××처럼 정치하지 마라"며 화를 냈다던 2012년 8월12일자 〈시사저널〉 보도가 떠오른다.

진실과 탈(脫)진실이 투쟁하고 지성과 반(反)지성이 충돌하고 있다. 밝고 자유로운 세상을 위해 거짓에 침묵하지 않고 진실을 말하는 것이 우리 모두에게 절실히 요구된다. 내가 이 글을 쓰고 있는 이유이기도 하다.

수사 때 예우 다했다

"대통령님"

2009년 4월30일 노무현 전 대통령을 소환해 조사하면서 검찰은 전직
대통령으로서 예우에 최선을 다했다.

법무부장관과 검찰총장은 수사팀에 노 전 대통령 소환 조사 시(時) 전
직 대통령으로서 예우에 소홀함이 없도록 하라고 지시했다. 노 전 대통령
의 검찰청 도착 이후 조사를 마치고 떠날 때까지 그의 동선(動線)을 따라
소홀함이 없도록 계획을 세우고 예행연습까지 마쳤다. 소환 당일 경찰청
과 협조해 버스로 봉하마을에서 대검찰청으로 이동하는 과정에서 철저하
게 경호했고, 도착 직후 변호인들까지 함께 중수부장실로 안내해 차를 대
접했다. 환담하는 동안에도 중수부장인 나는 노 전 대통령의 긴장을 풀
어 주기 위해 "멀리 오시느라 수고하셨다"고 인사를 하고, 1983년 겨울
부산지검 시보 때 당시 노무현 변호사와의 인연을 이야기하는 등 최선을

다했다.

조사 시 호칭은 일관되게 "대통령님"으로 했고 질문을 할 때도 "대통령님께서는"이라고 존칭을 사용했다. 조사를 마친 후에도 내가 조사실로 올라가 조서를 읽고 있는 노 전 대통령에게 "고생하셨습니다"라고 위로하고 소파 옆에 서서 한참 동안 지켜보다가 "안녕히 돌아가십시오"라고 인사를 하는 등 예의를 다했다.

그런데도 인터넷에는 우병우 과장이 피의자 신문을 시작할 때 "노무현 씨, 당신은 더 이상 대통령도 사법시험 선배도 아닌 그저 뇌물 수수 혐의를 받고 있는 피의자로서 이 자리에 앉아 있는 것이오"라고 모욕적인 발언을 했다는 등 출처불명의 이야기가 돌아다니고 있다. 손혜원(孫惠園) 더불어민주당 의원은 최순실 국정농단 국회 청문회 증인으로 출석한 우병우 전 민정수석에게 위 인터넷 글을 읽게 했다. 우 전 수석이 "변호인도 앉아 있었는데 그런 말을 한 사실이 없다"고 강력히 부인하자 "기록에 있는데도 막무가내로 부인한다. 우병우 씨, 당신은 더 이상 민정수석도 아니고 검사도 아니고 그저 최순실 국정농단의 조연으로 검찰 농단의 역을 맡아 사욕을 채운 증인으로 이 자리에 앉아 있습니다"라고 온 국민 앞에서 허위 사실로 우 수석을 모욕했다.

노 전 대통령의 변호인이었던 문재인 전 비서실장도 2017년 1월17일 『대한민국이 묻는다』 출간 기념 기자간담회에서 "우병우, 뇌물 수사 당시 '노무현 당신은 더 이상 대통령 아니다'라고 발언한 적 없다"고 확인해 주었다. 그럼에도 문재인 정부 청와대 대변인이었던 고민정 민주당 의원은 2022년 2월24일 MBC 라디오 '표창원의 뉴스하이킥'에 출연해 "우병우 씨가 그랬죠. 노무현 대통령님 그때 수사하고 이럴 때 '노무현 씨, 당신은 더 이상 대통령도, 사법고시 선배도 아닌 그저 뇌물 수수 혐의자로 이 자리에 앉아 있는 거다'라는 말을 했던 것을 기억하십니까?"라고 또다시 허위 발언을 했다. 고 의원의 머릿속에는 무엇이 들어 있을까?

인터넷에는 소환 당일 '대검찰청에 도착하는 노 전 대통령을 내려다보며 웃고 있는 사진'이라며 우병우 중수1과장과 홍만표 수사기획관이 함께 웃고 있는 사진과 내가 미소를 띤 듯한 표정으로 창밖을 내다보고 있는 사진이 올라와 있다. 이 또한 거짓 사진이다. 그 사진이 언제 어디서 찍은 사진인지 알 수 없으나, 소환 당일 찍은 사진은 확실히 아니라고 생각한다. 소환 당일 우병우 과장은 피의자 신문을 준비하느라 11층 특별조사실에서 내려온 적이 거의 없다.

홍만표 수사기획관 역시 아침부터 언론에 당일 과정을 브리핑하느라 기자실과 자신의 방을 오가며 바쁜 일정을 보냈고, 노 전 대통령이 도착하는 순간에는 나와 함께 중수부장실에서 노무현 전 대통령이 올라오기를 기다리고 있었다. 그 후 그는 노 전 대통령, 문재인·전해철 변호사와 함께 차를 마신 후 그들을 11층 특별조사실로 안내했을 뿐이다. 누군가 악의적으로 수사팀이 마치 노 전 대통령을 조롱하는 것처럼 사진을 인터넷에 유포한 것이다. 내 사진도 마찬가지다. 그 사진이 중수부장실에서 창밖을 내다보고 있는 나를 찍은 것인지도 확실하지 않다. 만약 그날 찍은 것이 맞다면, 대검 정문 앞에서 노무현 전 대통령 지지자 수백 명이 노란 풍선을 들고 구호를 외치고 노래를 부르는 등 시위를 했는데 그 소리를 듣고 창밖을 내다본 것이 전부이다. 왜 이러한 거짓 사진을 유포해 검찰을 악마화하고 사람들을 선동하는지, 그 이유는 말할 필요도 없을 것이다.

문재인도 "예우했다" 인정

"노 전 대통령에게 압박을 가하기 위해 부인 권양숙 여사를 포함해 아들·딸·사위·형·조카사위 등 가족 모두를 전방위적으로 조사했으며, 그것도 반복해서 소환해 조사했다"고 비난하는 사람들도 있다. 검찰이 권 여사, 아들 노건호, 딸 노정연, 사위 곽상언, 조카사위 연철호, 형 노건평 등을 조사하고 그중 몇몇 사람은 여러 차례 불러 조사한 것은 사실이다. 그러나 이렇게 가족 모두를 조사한 것은 이들 모두가 노 전 대통령의 범죄에 가담했거나 관련이 있는 사람들이기 때문이다. 별건으로 조사를 한 것이 아니다. 그들이 허위 진술을 하고 "시계를 밖에 내다 버렸다", "계약서를 찢어 버렸다"는 등 수사에 협조하지 않았기 때문에 여러 차례 소환 조사할 수밖에 없었다. 그렇지만 검찰은 노 전 대통령만 피의자로 입건했으며, 범행에 가담한 권 여사·노건호·노정연·연철호 등 가족 누구도 피의자로 입건하지 않았다.

인터넷에는 "검찰이 노 전 대통령을 압박하기 위해 노 전 대통령과 술자리를 같이한 사람은 물론 편의점 점장까지 조사했다"는 글도 올라와 있다. 그런 사실이 전혀 없었음을 명백히 밝힌다.

박연차 회장으로부터 받은 명품 시계, 달러, 현금 등과 미국 주택 매매계약서 등 각종 증거를 확보하기 위해 봉하마을 노 전 대통령 사저에 대한 압수 수색이 필요했지만 하지 않았다. 노 전 대통령과 권 여사의 금융 계좌도 추적하지 않았는데, 계좌 추적의 실익이 없다는 판단도 했지만 무엇보다 전직 대통령에 대한 예우를 고려한 것이었다.

변호인으로 참여한 문재인 변호사도 2009년 6월1일 〈한겨레〉 인터뷰에서 "검찰 수사에 관한 여러 문제점을 말했지만 저는 개인적으로 이번 사건을 놓고 검찰을 원망하거나 비난하고 싶지 않다. 조사 과정에서는 대통령이 성의 있게 임하셨고, 예의도 다 차리셨다. 조사하는 검사들도 대통령에 대한 예우를 충분히 했다"고 말했다.

그랬던 문재인 변호사가 2년 뒤 『운명』에서는 노 전 대통령 소환 조사 당일 중수부장실에서의 만남에 대해 "이인규 중수부장이 대통령을 맞이하고 차를 한 잔 내놓았다. 그는 대단히 건방졌다. 말투는 공손했지만 태도엔 오만함과 거만함이 가득 묻어 있었다"(403쪽)고 적었다. "조사하는 검사들도 대통령에 대한 예우를 충분히 했다"던 2009년 〈한겨레〉 인터뷰 내용과 어긋난다.

노 전 대통령은 나를 검사장으로 승진시켰으며, 임지도 희망대로 대전고검 차장으로 보내 준 분이다. 그런 내가 노 전 대통령에게 건방지고 오만한 태도를 보였다니 말도 되지 않는 억지다. 노 전 대통령도 나의 태도가 마음에 들지 않았다면 "이 부장! 시계는 뺍시다. 쪽팔리잖아"라고 스스럼없이 말했겠는가?

부엉이바위

"운명이다"

노 전 대통령의 죽음은 안타까운 일이다. 그러나 전직 대통령으로서 절대로 해서는 안 될 선택이었다. 국민의 가슴에 지울 수 없는 상처를 남겼다. 잘못이 있으면 법정에서 당당히 재판을 받고 책임을 지는 모습을 보였어야 한다. 건전한 사회라면 후세를 위해서도 그의 죽음을 미화해서는 안 된다. 스스로 목숨을 끊는 것은 책임을 지는 것이 아니라 회피하는 것이다.

선진국에서는 수사받던 피의자가 자살하면 자신의 죄를 인정하고 죽음을 택한 것으로 생각하는 데 반해, 우리나라에서는 유무죄와 상관없이 극단적 선택을 한 피의자를 일단 동정부터 하고 보는 경향이 있다.

노 전 대통령은 왜 스스로 부엉이바위에서 뛰어내려 생을 마감하는 선택을 했을까? 그는 다음과 같은 유서를 남겼다.

너무 많은 사람들에게 신세를 졌다.

나로 말미암아 여러 사람이 받은 고통이 너무 크다.

앞으로 받을 고통도 헤아릴 수가 없다.

여생도 남에게 짐이 될 일밖에 없다.

건강이 좋지 않아서 아무것도 할 수 없다.

책을 읽을 수도 쓸 수도 없다.

너무 슬퍼하지 마라.

삶과 죽음이 모두 자연의 한 조각 아니겠는가?

미안해하지 마라.

누구도 원망하지 마라.

운명이다.

화장해라.

그리고 집 가까운 곳에 아주 작은 비석 하나만 남겨라.

오래된 생각이다.

유서에 "미안해하지 마라. 누구도 원망하지 마라. 운명이다"라고 적은 것으로 보아 '주변 사람들에 대한 원망이나 검찰 수사에 대한 억울함, 분노'보다는 '검찰 수사 시작 후 측근들이 겪고 있는 고통에 대한 미안함, 재판 등 앞으로 자신에게 다가올 고통, 나쁜 건강 상태, 미래에 대한 희망 없음' 등으로 스스로 삶을 마감한 것으로 보인다. 그러나 유서 내용만으로는 극단적 선택을 한 구체적인 이유를 알 수 없다.

헤어나올 수 없는 수렁

극단적 선택을 할 당시 노무현 전 대통령이 처했던 상황을 되돌아보자.

명품 시계, 100만 달러, 500만 달러, 40만 달러에 대해서 박연차 회장은 "노 대통령이 알고 있었거나, 직접 요구해서 주었다"고 진술하고, 노 전 대통령은 "아내가 한 일이다", "조카사위가 받은 투자금이다", "친구가 한 일이다", "나는 몰랐다"고 상반된 주장을 했다. 홈페이지에는 "참 구차하고 민망한 일이지만 사실대로 몰랐던 일은 몰랐다고 말하기로 했다"고 올렸다. 그러면서 "제가 알고 있는 진실과 검찰이 의심하고 있는 프레임이 같지 않다. 박 회장이 사실과 다른 이야기를 하고 있으며, 박 회장이 검찰과 정부로부터 선처를 받아야 할 일이 아무것도 남지 않은 상황에서 그의 진술을 들어 볼 수 있을 때까지 포기하지 않겠다"며 끝까지 법적 투쟁을 할 것을 선언했다.

이미 도덕적으로 정치적으로는 파산한 것과 다름없었다. 온갖 비난과 모욕을 참아 내고 지지자들에게 "나를 버리셔야 한다"고 절규하면서도 재판에서 무죄를 받아 보겠다는 마지막 희망 하나로 버텨 왔다.

그런데 아들 노건호가 처음부터 500만 달러를 받는 데 개입했고 500만 달러에 대한 지분이 가장 많은 사실이 밝혀졌으며, 미국에 주택을 구입한 사실도 드러났다. 박연차 회장의 말은 진실이고, 노 전 대통령은 전 국민을 상대로 거짓말을 한 사람이 되어 버렸다. 노 전 대통령의 몰랐다는 주장은 설득력을 잃고 피의자가 으레 하는 소리가 되어 버렸다. 법정에서 박연차 회장이 검찰의 압박에 못 이겨 허위 진술을 하고 있다고 다투어 무죄를 받아 보겠다는 마지막 희망마저 사라질 위험에 처했다.

더욱이 500만 달러 수수에 노건호가 개입된 사실을 숨기기 위해 컴퓨터 기록을 삭제하기도 하고, 투자인 것처럼 꾸미기 위해 소급해서 가짜 투자계약서도 만들었다. 수사 초기부터 정상문 전 비서관은 박 회장의 변호인을 접촉, 수사 내용을 파악해 노 전 대통령에게 보고했다. 증거 인멸을 하려고 했다는 의심을 받기에 충분하다. 이는 구속 사유이다. 설사 구속되지 않더라도 이제 노 전 대통령에게 마지막 남은 것은 법정에서 날카롭고 집요한 검찰의 공격에 구차한 변명을 하는 것뿐이다.

만약 유죄 판결이 날 경우 최소 10년 이상의 징역을 사는 것 외에 뇌물로 받은 640만 달러를 몰수·추징당하고, 동시에 뇌물 수수액 640만 달러의 2배 이상 5배 이하의 벌금이 부과될 수도 있다. 경제적으로도 파탄이 날 지경이다.

노 전 대통령이 4월22일 '사람세상'에서 스스로 밝혔듯이, 비극적 선택을 하기 직전 노 전 대통령은 헤어나올 수 없는 수렁에 빠진 형국이었다.

주변에 아무도, 문재인도 없었다

무엇보다도, 극단적 선택을 할 당시 노 전 대통령은 주위에 아무도 없었다.

강금원(姜錦遠) 회장은 2012년 8월12일 공개된 2011년 5월24일 〈시사저널〉 인터뷰에서 "검찰의 '박연차 게이트' 수사 당시 노 대통령은 상당히 외로웠다. 문재인이든 그 누구든 봉하마을에 찾아오지 않았다. 정치인들은 자신들한테 불똥이 튈까 봐 오지 않았다. 사저에는 나와 비서관들만 남았다"고 말했다. 특히 강 회장은 인터뷰 당시 문재인 전 비서실장에 대해 "친노는 무슨 친노냐"고 욕설에 가까운 어조로 비난하기도 했다고 한다.

문재인 변호사는 단순히 변호인이 아니라 노 전 대통령의 정치적 동지이자 친구였다. 그럼에도 검찰 수사로 고통받는 노 전 대통령의 마음을 제대로 헤아리지 못하고 극단적 선택을 막지 못했다는 비판에서 자유로울 수 없다.

노 전 대통령은 자신을 지지했던 〈한겨레〉, 〈경향신문〉 등 이른바 진보 언론으로부터 혹독하게 비판을 받았다. 적에게 받는 것보다 자신을 사랑하고 지지했던 사람들에게서 받는 비난이 더욱 가슴 아픈 법이다. 이들의 언사는 비판을 넘어 인격 모독이요, 저주였다. "노무현 당신 때문에 우리(진보 세력)가 망하게 생겼으니 죽어 달라"는 말이나 다름없었다. 문재인 변호사도 『운명』에서 "무엇보다 아팠던 것은 진보라는 언론들이었다. 기사는 보수 언론과 별 차이가 없었지만 칼럼이나 사설이 어찌 그리 사람의 살점을 후벼 파는지, 무서울 정도였다"(400쪽)라고 적고 있다.

누구보다도 그 상황을 잘 알고 있었던 문재인 변호사는 노 전 대통령이 극단적 선택을 하기 전 일주일 동안 노 전 대통령의 곁을 지키지 않았다. 그가 노 전 대통령의 곁에서 "다 지나간다. 옛 이야기하며 살 수 있는 날이 반드시 올 것이다"라며 고통의 시간을 함께했다면?

『운명』에서 문재인 변호사는 "대통령의 비보를 접하고 한편으로 견딜 수 없는 자책이 밀려왔다. 대통령이 서거하기 전 일주일간 따로 봉하에 가지 않았다"(410쪽), "홈페이지에 '여러분은 나를 버리셔야 합니다'라는 글을 올리셨는데도 나는 대통령의 마음을 다 헤아리지 못했다. 얼마나 외로우셨을까"(412쪽)라고 기술하고 있다.

문 변호사는 "다른 일정이 없었지만 굳이 가야 할 현안이 없었다. 검찰이 아무 결정을 못 하는 기간이 길어지면서 오히려 대통령이 신경 안

쓰고 쉬시는 게 좋겠다고 생각했다. 게다가 대통령은 나를 보는 것조차 면목 없어 하셨다"(410쪽)고 말하고 있다. 그러나 노 대통령이 검찰에 출석해 조사받은 그날 검찰은 노 전 대통령이 미국에 주택을 구입한 사실을 확인하고, 이후 법정에서 노 전 대통령을 제압할 증거들을 찾기 위해 수사를 계속하고 있었다. 2009년 5월11일부터 주택 매매계약서조차 제출하지 않고 있는 노정연을 여러 차례 소환해 앞뒤가 맞지 않는 주택 구입 경위와 구입 자금의 출처를 밝히기 위한 수사를 계속하는 중이었다. 권양숙 여사가 2009년 4월11일 부산지검에서 한 진술 중 상당 부분이 거짓으로 드러나, 이를 해명해야 할 어려운 숙제가 남아 있었다. 미국 주택 구입 사실, 40만 달러 추가 송금 경위 등을 밝히기 위해 5월24일 부산지검으로 권양숙 여사를 다시 불러 조사할 예정이었다. 이렇게 검찰 수사가 계속되고 있는데 문 변호사는 "현안이 없어서" 봉하마을에 가지 않았다는 말도 되지 않는 변명을 하고 있는 것이다.

노 전 대통령은 문재인 변호사에게도 미국 주택 구입 사실을 숨긴 것으로 보인다.

노 전 대통령은 4월30일 문재인 변호사도 참여한 검찰 조사에서 "나와 내 가족이 미국에 주택을 구입하면 조중동이 가만히 있겠습니까? 말도 되지 않는 소리입니다"라고 강하게 부인했다. 문재인 변호사는 이 말을 믿었을 것이다. 그런데 미국에 주택을 구입한 사실이 밝혀졌다. 문 변호사는 친구로서 노 전 대통령에게 섭섭한 마음이 들었을 것이고, 변호인으로서도 깊은 실망과 좌절을 느꼈을 것이다. 노 전 대통령도 문재인 전 실장에게 거짓말한 점에 대해 미안했을 것이다. 문 변호사가 『운명』에서 "게다가 대통령은 나를 보는 것조차 면목 없어 하셨다"고 쓴 행간에서 이런 사정들이 읽힌다.

나도 형사사건을 많이 변호해 보았지만, 의뢰인인 피의자가 자기에게 불리한 이야기는 변호인에게조차 하지 않으려고 하는 것은 흔히 있는 일이다. 그래도 변호인은 자신의 감정을 추스르고 수사가 끝날 때까지 변호에 충실해야 한다. 그런데도 문 변호사는 노 전 대통령이 극단적 선택을 한 5월23일까지 일주일 동안 아무런 변호 활동을 하지 않았고, 그의 곁을 지키지 않았다. 하물며 그다음 날 24일에는 권양숙 여사가 부산지검에 출석해 조사를 받기로 되어 있었는데도 "현안이 없었다"면서 말이다.

잘못 끼워진 첫 단추

권양숙 여사 등 가족이 박연차 회장으로부터 돈을 받는 바람에 노 전 대통령이 극단적 선택을 한 것이라고 생각하는 사람도 많다. 노 전 대통령도 공식 홈페이지에 올린 글과 검찰 조사에서 박 회장으로부터 명품 시계와 돈을 받은 것은 권 여사이고 자신은 몰랐다고 주장했다.

뇌물 수수사건에서 피의자가 법률적 책임을 회피하기 위해 배우자 핑계를 대는 것은 흔히 있는 일이다. 그러나 박 회장은 노 전 대통령이 직접 요구해서 준 것이라고 그 과정을 구체적으로 진술했다. 박 회장의 진술은 일관되었고, 실제 경험한 일이 아니면 말할 수 없을 정도로 구체적이었다. 앞서 말했지만 박 회장의 진술을 뒷받침하는 증거도 충분히 있다. 박 회장이 640만 달러라는 거액을 노 전 대통령의 개입 없이 권양숙, 노건호 등 가족에게 주었다는 주장은 상식에도 맞지 않는다. 노 전 대통령과 상관없이 거액을 줄 사람이 아니다. 퇴임 후에 박 회장이 노 전 대통령에게 15억 원을 빌려주면서 차용증을 받은 사실을 보아도 알 수 있다.

박 회장으로부터 돈을 받은 것을 권양숙 여사의 탓으로 돌리는 것은 사실도 아닐뿐더러 권 여사에게 "남편을 죽음으로 내몰았다"는 멍에를 씌우는 것이다. 노 전 대통령도 바라는 바가 아닐 것이라고 생각한다.

노 전 대통령은 '진실'이 아닌 '피의자 방어권'을 선택했다. 2009년 4월 7일 '사람세상'을 통해서 "저의 집에서 부탁하고 그 돈을 받아서 사용한 것입니다"라고 권양숙 여사 뒤에 숨는 선택을 하는 등 첫 단추를 잘못 끼움으로써 헤어나올 수 없는 수렁에 빠진 것이다.

극단적 선택을 할 당시 노 전 대통령은 미국 주택 구입 사실이 밝혀짐으로써 자신의 거짓말이 드러나는 등 스스로 '헤어 나올 수 없는 수렁에 빠졌다'고 하소연할 만큼 궁지에 몰리고 있었다. 책을 읽을 수 없을 정도로 건강이 좋지 않았고, 극심한 정신적 고통을 겪고 있었다. 〈한겨레〉, 〈경향신문〉 등 진보언론은 그를 가혹하게 비판, 아니 저주했다. 주위를 둘러봐도 가까운 사람들 모두 등을 돌리고, 믿었던 친구이자 동지인 문재인 변호사마저 곁에 없었다. 이것이 노 전 대통령이 극단적 선택을 한 이유라고 생각한다.

박 회장이 중앙수사부 특별조사실에서 노 전 대통령을 만났을 때 "대통령님! 우짤라고 이러십니까!"라고 하던 말이 아직도 귀에 쟁쟁하다.

변호인 문재인의 책임

전직 대통령, 당당함 잃었다

문재인 변호사는 변호인으로서 무능했다.

부인하는 것만이 능사가 아니다. 더욱이 그가 변호하고 있는 사람은 일반 피의자가 아니라 전직 대통령이다. 전직 대통령으로서 당당함을 잃지 않도록 보호했어야 한다.

500만 달러는 조카사위가 받았고, 100만 달러는 미국 주택 구입 자금이 아니라 미처 갚지 못한 빚이 있어 빌린 것이라고 전 국민을 상대로 거짓말하는 피의자로 만들었다. 시계는 밖에 내다 버렸고, 주택 매매계약서는 찢어 버렸다고 주장하는 피의자로 만들었다. 노 전 대통령을 대통령답지 않게 만들었다. 노 전 대통령은 국민 앞에 고개를 들 수 없게 되어 버렸다.

박근혜 대통령이 탄핵 소추되어 나라가 어수선하던 2016년 12월경,

김종덕(金鍾德) 전 문화체육관광부장관이 나를 찾아왔다. 김 전 장관은 고등학교 동기로 당시 '문화계 블랙리스트'와 관련해 박영수(朴英洙) 특별 검사에게 수사를 받고 있었다. 수사에 어떻게 대처해야 할지 친구로서 자문을 구하기 위해 찾아온 것이었다.

문화계 블랙리스트는 좌파 성향의 문화·예술계 인사들에 대해 한국 문화예술위원회 등 정부의 지원을 하지 않기 위해 만든 명단이라고 한다. 특정 정치적 성향을 가진 인사들에 대해 정부의 지원을 하지 않기 위해 관리 명단을 만든 것은 문제가 될 수 있다는 생각은 들었다. 그러나 어떤 정부든 추구하는 정책 방향과 목표가 있는 것이다. 정치인이 정권을 잡으려고 하는 것은 자신의 정치적 이념을 실현하기 위한 것이다. 박근혜 정부의 정책 목표가 문재인 정부의 방향과 같을 수 없다. 박근혜 정부가 정책 방향을 정하고 이를 실행하기 위한 방법의 일환으로 리스트를 만든 것을 직권남용죄로 처벌할 수 있을까?

나는 김 전 장관에게 "그런 리스트를 왜 만들었느냐?"고 물었다. 그는 "좌파 지원을 차단하라는 청와대 지시를 받고 한 것"이라고 했다. 일부 좌파 성향의 문화예술계 인사들이 대한민국의 정통성을 부정하거나 자본주의 시장경제 체제를 부인하고 친북적인 활동을 해서 문제를 일으키는 것도 사실이라고 했다. 나는 그에게 이렇게 조언했다.

"설사 죄가 된다고 할지라도 장관으로서 너의 행위는 사리사욕을 채우기 위한 파렴치한 범죄가 아니다. 더욱이 너는 대한민국의 장관이었다. 떳떳하고 당당하게 자신의 행위를 밝히고 정당성을 주장하라. 설사 유죄가 된다고 할지라도 그렇게 당당하게 밝히는 것이 후일을 도모할 수 있고, 형(刑)을 적게 받을 수 있을 것이다."

한 나라의 장관이라면 도둑질한 것처럼 숨지 말고 당당하게 사실을 밝히는 것이 국민에 대한 도리이다. 그렇게 해야 국민이 공직자를 신뢰하게 된다. 일개 부처의 장관도 그럴진대 일국의 대통령의 처신이 어떠해야 하는지는 말할 것도 없다.

의견서 한 장 내지 않았다

피의자와 검찰이 언론을 사이에 두고 공방을 주고받는 것이 변호에 도움이 되지 않는다는 것은 상식이다. 그럼에도 문재인 변호사는 노 전 대통령이 '사람세상'을 통해 사실이 아닌 주장을 하면서 혐의를 부인하고 검찰을 공격하는 것을 막지 않았다. 노 전 대통령으로부터 공격을 받은 검찰은 물러설 곳이 없었다. 오보를 막고 국민의 알 권리를 위해 언론에 노 전 대통령에 대한 일부 수사 내용을 확인해 줄 수밖에 없었다. 이로 인해 검찰도 피의사실 공표 논란에 휘말리게 되었다. 이러한 공방 과정에서 검찰은 수사의 동력을 잃지 않기 위해 온 힘을 다해 더욱 철저하게 수사해 나갔다.

형사사건 변호인은 수사검사를 방문해 수사 내용을 파악하고 이에 대한 대처 방법 등 변호 전략을 수립하는 것이 기본이다. 노 전 대통령에게 문재인 전 비서실장, 전해철 전 민정수석, 김진국(金晉局) 전 법무비서관 이외에 사선(私選) 변호인은 없었던 것으로 기억한다. 그럼에도 문재인 변호사는 수사 책임자인 나는 물론 수사팀 누구도 찾아오거나 연락을 해 온 적이 없다. 언론에 검찰 수사에 대해 비난만 했다. 노 전 대통령에게 유리한 사실을 주장하고 수사의 문제점을 지적하는 의견서 한 장 제출한 적 없다.

문재인 변호사는 『운명』에서 이러한 자신의 잘못을 호도하고 있다.

검찰 조사를 지켜보면서 검찰이 아무런 증거가 없다는 것을 거듭 확인할 수 있었다. 검찰 조사가 끝난 이후에도 아무 처리를 못 한 채 질질 끌었다. 이유는 간단했다. 검찰도 공소 유지가 될지에 대한 판단을 해봤을 것이다. 그 상태에서 영장을 청구하는 것은 물론 어렵다. 불구속 기소를 하더라도 공소 유지가 쉽지 않다고 판단한 것이다. 어쩔 수 없이 아무 처리도 못하고 끌기만 한 것이다. 언론을 통한 모욕 주기와 압박 외엔 방법이 없었던 것이다." (403~404쪽)

노무현 전 대통령 장례식 직후인 2009년 6월1일 문 변호사가 〈한겨레〉와의 인터뷰에서 검찰 수사에 대한 질문을 받고 "피의사실 공표 등 문제점은 있었으나 개인적으로는 검찰 수사를 원망하거나 비난하고 싶지 않다"는 취지로 대답한 것은 앞에 소개했다. 2년 후 『운명』에 쓴 이야기가 진실이라면, 당시 〈한겨레〉와의 인터뷰에서는 왜 검찰 수사를 강력하게 비난하지 않고 "개인적으로 검찰 수사를 원망하거나 비난하고 싶지 않다"고 했는가? 어느 것이 진실인가?

『운명』에서 문재인 변호사는 "검찰의 조사를 지켜보면서 검찰이 아무 증거가 없다는 것을 거듭 확인할 수 있었다. 박 회장의 진술 말고는 증거가 없었다. 대통령과 박 회장의 말이 서로 다른데, 박 회장의 말이 진실이라고 뒷받침할 증거를 전혀 갖고 있지 않았다"고 반복해서 주장하고 있다(403쪽 등). 검찰 수사 기록을 보지도 못했고, 검찰을 접촉해 수사 내용을 파악하려는 시도조차 하지 않았으며, 의견서 한 장 낸 적이 없는 문 변호사가 무슨 근거로 그와 같은 주장을 하는지 이해할 수 없다. 아무런 증거도 없고 무죄가 확실한데 언론을 통한 모욕과 압박으로 노 전 대통령이 극단적 선택을 했다는 말인가? 어이가 없다. 이는 5년 동안 우리나라를 이끌었던 노 전 대통령을 또다시 욕되게 하는 것이다.

노 전 대통령과 박 회장의 말이 다를 경우, 노 전 대통령의 변호인으로서는 "박 회장이 거짓말을 하고 있다"고 하는 것이 보통이다. 그런데 문재인 변호사는 "박 회장의 말을 뒷받침할 증거가 없다"고만 할 뿐, 직설적으로 "박 회장이 거짓말하고 있다"고 하지는 않고 있다. 왜일까?

앞에서 보았듯이 박 회장은 노 대통령이 요구해서 640만 달러를 주었다고 구체적이고 일관되게 진술하고 있다. 반면에 노 전 대통령은 계속해서 말을 바꾸고, 심지어 온 국민을 상대로 거짓말까지 했다. 재판 과정에서 박 회장의 진술은 강력한 직접 증거로 받아들여질 것이고, 노 전 대통령의 주장은 피의자가 으레 하는 주장으로 배척될 것이다. 문재인 변호사도 이 정도는 알고 있었을 것이다. 그래서 박 회장이 거짓말하고 있다고는 못 하고 자꾸만 증거 운운하는 것이다.

문 변호사는 검찰이 아무런 증거를 가지고 있지 않다고 하면서 이를 뒷받침할 근거로 통화 기록을 언급하고 있다. "심지어 통화 기록조차 없었다. 통화 기록이 없다는 것은 통화한 사실이 없다는 것이다"라고 한다. 한마디로 웃기는 소리다. 노 대통령은 보안을 위해 차명폰 등 추적과 감청이 어려운 통신수단을 사용했을 것이다. 이러한 사실을 민정수석과 비서실장을 지낸 그가 몰랐을 리가 없다. 특검 수사 결과 박근혜 대통령도 차명폰을 사용한 것으로 확인됐다. 우리나라 정치인 상당수가 차명폰을 이용하는 것이 현실이다. 검찰이 노 대통령의 통화 사실을 확인하기 어렵다는 것을 알고 '통화 기록 운운'하는 것이라고 생각된다.

뿐만 아니라 노 전 대통령이 박 회장에게 돈을 달라고 전화를 한 때는 검찰이 수사에 착수하기 1년 훨씬 전이다. 통화 기록은 6개월이 넘으면 삭제되어 확인이 불가능하다. 수사팀은 청와대 경호처에도 대통령의 통화 기록이 남아 있는지 문의했다. 그 결과 "보존 기간 1년이 지나서 확인이 어렵다"는 통보를 받았다.

문재인 변호사의 이러한 주장들이 진실이 아님을 밝히기 위해 노 전 대통령의 혐의사실과 증거관계 등을 책 말미에 부록으로 정리했다. 검사가 수사한 내용을 외부에 공개했다고 비난하지나 말기 바란다.

형사사건 변론의 ABC도 몰랐다

문재인 변호사는 2009년 6월1일 〈한겨레〉 인터뷰에서 "노 전 대통령이 금품 수수 사실을 여러 차례 시인하려고 했었다"고 말했다. 하지도 않은 일을 했다고 시인하겠다고 하는 피의자는 본 적이 없다. 왜 시인을 하려고 했는지, 노 전 대통령의 의중(意中)과 사건의 진실을 파악했어야 한다. 그리고 나서 검찰 수사 내용, 특히 증거관계 등을 파악해 변호 전략을 수립하고, 노 전 대통령이 전직 대통령으로서 품위를 잃지 않도록 했어야 한다. 정상문 전 비서관은 노 전 대통령이 극단적 선택을 하기 전 검찰에서 "이렇게 부인해서 될 일이 아니다. 변호사를 통해 노 전 대통령에게 모든 사실을 인정하고 대(對)국민 사과를 하는 방안을 건의하겠다"고 말했다. 노 전 대통령이 죽음을 선택한 후 정 전 비서관은 진작 그러지 못한 자신을 책망하면서 정신적 공황 상태에 빠질 정도로 몹시 힘들어 했다.

형사사건 경험이 많은 변호인이라면 노 전 대통령에 대해 다음과 같이 변호했을 것이다.

우선 첫째로, 노 전 대통령의 오랜 후원자였던 박연차 회장을 사실과 다른 말을 한다고 비난하고, 검찰과 정부로부터 선처를 받을 여지가 전혀 남지 않은 상황에서 "그(박연차)의 진술을 들어 볼 수 있을 때까지 포기하지 않겠다"고 공격하는 어리석은 일은 하지 않았을 것이다. 오히려 "오랜 기간 노 전 대통령을 물심양면으로 후원해 준 박 회장이 노 전 대통령으로 인해 고초를 겪고 있는 것 같아 안타깝다"고 감쌌을 것이다. 이는 박 회장에게 인간적으로 미안함을 느끼게 함으로써, 재판에서 노 전 대통령에게 조금이나마 유리한 진술을 하게 하는 효과가 있을 것이다.

둘째, 명품 시계 수수에 대해서는 증거가 명확하다. 형인 노건평까지도 박연차 회장의 진술에 부합하는 진술을 했다. 심지어 노 전 대통령이 검찰 조사에서 부인했다는 사실을 듣고도 다시 한 번 자신(노건평)의 진술이 맞다고 확인하는 진술을 했다. 노건평의 처가 박 회장이 보낸 시계를 약 1년 6개월 동안 보관하고 있다가 퇴임 후에 권양숙 여사에게 주었으며, 권 여사가 이 사실을 숨겨 자신(노무현)은 몰랐다고 부인하는 것은 말이 되지 않는다. 권 여사가 노 대통령을 오랫동안 후원해 온 박 회장의 회갑 선물을 숨길 이유가 없다.

"오랜 후원자인 박 회장이 회갑 선물로 남녀 명품 시계를 보내왔는데 다이아몬드가 박힌 시계로 비싸 보였지만 박 회장과의 인간관계 상 돌려보낼 수가 없었다. 너무 번쩍거려 차고 다닐 수도 없어 집구석에 보관해 두었는데 검찰이 요구하면 제출하겠다. 그렇게 고가인 줄은 알지 못했다. 회갑 선물임을 감안해 주기 바란다"고 했더라면 죄책(罪責)이 훨씬 가벼워졌을 것이다. 검찰은 회갑 선물을 기소할 것인지 고민했을 것이다.

셋째, 미국 주택 구입 자금 명목 100만 달러 수수는 노 전 대통령의 범죄 혐의 중 가장 부끄러운 내용이다. 그렇다고 100만 달러를 미처 갚지 못한 빚이 있어 빌렸다고 주장하는 것은 어리석었다. 빚을 갚기 위해 외화인 달러를 빌리는 사람이 어디 있는가? 국내에서 외화를 사용하면 그 흔적이 남아야 하는데 용처를 어떻게 설명할 수 있는가? 더욱이 박 회장으로부터 미국 주택 구입 자금으로 40만 달러를 더 받았다. 그것도 온라인 송금으로 받았다. 만약 박 회장이 이 사실을 밝히면 거짓말이 드러나게 된다. 박 회장의 진술에 자신의 운명을 맡기는 것이나 다름없었다.

노 전 대통령 측은 검찰 조사 후 "미국 주택 구입 자금으로 100만 달러를 빌렸는데, (노)건호가 반대하는 바람에 실제로 미국에 주택을 구입하지는 못했다"고 말을 바꾸었다. 이럴 거라면 노 전 대통령은 처음부터 미국 주택 구입 자금임을 인정했어야 한다. 그랬다면 검찰은 미국 주택 구입 여부에 대해 크게 신경 쓰지 않았을 것이며, 미국 주택 구입 사실은 물론 추가로 40만 달러를 받은 사실도 드러나지 않았을지 모른다.

넷째, 500만 달러에 대해서는 "박 회장이 강금원 회장 등과 퇴임 후 김해 화포천 환경사업을 위한 재단에 50억 원을 기부하기로 약속한 적이 있었다. 그런데 아들 건호가 사업을 해 보겠다며 돈을 마련해 달라고 했다. 그동안 아버지로서 제대로 해 주지 못해 미안하던 차에 박 회장이 재단에 50억 원을 기부하겠다고 약속한 것이 생각났다. 박 회장에게 '아들이 사업을 한다고 하는데 재단에 기부하기로 한 돈 50억 원을 사업자금으로 줄 수 없느냐'고 요청을 해서 받게 된 것이다. 부적절하다고 생각했지만 애들이 박 회장을 삼촌이라고 부르는 등 가족 같은 사이여서 부탁하게 된 것이다. 부끄럽고 죄송하다"라고 하는 것이다. 이미 노 전 대통령을 위한 환경재단에 기부하기로 했던 돈을 개인적으로 받은 것임을 강조해 죄질이 나쁘지 않게 보이도록 하는 전략이다.

정 비서관의 특수활동비 횡령 행위에 대해 몰랐으며, 정 비서관의 단독 범행이라고 주장하는 것은 경험칙에 반한다. 차라리 깨끗이 인정하고, 형편이 넉넉하지 못해 퇴임 후 전직 대통령으로서의 활동에 사용하기 위해 쓰다 남은 특수활동비를 반환하지 않고 가지고 나오게 된 것이라고 했으면 어땠을까? 적어도 노 전 대통령을 위해 희생한 정상문 비서관의 형사 책임은 가볍게 해 줄 수 있었을 것이다.

이렇게 변호했다면, 사실을 대체로 인정한 것이 되어, 무조건 부인하는 것보다 형사처벌 수위가 확실히 낮아졌을 것이며, 사람들로부터 그렇게까지 혹독한 비판도 받지 않았을 것이다. 적어도 전직 대통령으로서 체면을 잃지 않았을 것이고, 처 핑계나 대는 남편이 되지도 않았을 것이다. 시계를 제출했다면 '논두렁 시계' 같은 어처구니없는 해프닝도 일어나지 않았을 것이다. "시계를 밖에 내다 버렸다", "계약서를 찢어 버렸다"는 등의 변명을 할 필요가 애당초 없었을 것이다. 무엇보다도, 검찰과 사실관계를 두고 치열하게 다투는 일은 일어나지 않았을 것이며, 검찰도 부담을 덜고 신속하게 수사를 마무리할 수 있었을 것이다.

노 전 대통령이 모든 범죄사실을 막무가내로 부인함으로써 검찰은 이를 입증하기 위해 미국 FinCEN에 금융 자료를 요청하는 등 보다 철저하게 수사할 수밖에 없었다. 결국 미국 주택 구입 사실과 40만 달러 추가 수수 사실이 밝혀지는 바람에 노 전 대통령이 막다른 골목에 몰리게 된 것이라고 생각한다.

누구의 조언을 받았는지 몰라도(물론 그 자신 변호사이기도 했지만), 노 전 대통령은 '피의자 방어권'이라는 방패 뒤에 숨어 구차하게 법망을 빠져나가려고 안간힘을 썼다. 하지도 않은 일을 했다고 시인하라는 것이 아니다. 피의자의 방어권을 포기하라는 것도 아니다. 부인하는 것만이 능사가 아니라는 말이다. 검찰의 수사 내용을 정확히 파악하고, 사즉생(死即生)의 각오로 인정할 것은 인정했어야 한다. 국민 앞에 자신의 잘못을 솔직하게 고백했어야 한다. 형사처벌을 받게 될 위험에 처할 수 있었을 것이나 적어도 비굴해지지는 않았을 것이다.

도대체 문재인 변호사는 노무현 전 대통령의 변호인으로서 무엇을 했는지 묻지 않을 수 없다. 노 전 대통령 개인을 위한 제대로 된 변호 전략도 없이 검찰을 비난하고 막무가내로 범죄를 부인한 것밖에 없다. 문 변호사가 변호인으로서 검찰을 찾아와 검찰의 솔직한 입장을 묻고 증거관계에 대한 대화를 통해 사실을 정리해 나갔더라면 노 전 대통령이 죽음으로 내몰리지는 않았을 것이라고 생각한다. 수사팀은 잘 훈련된 로마 군단이었고, 노 전 대통령의 변호인들은 전혀 훈련이 안 된 바바리안 군대 같았다고 하면 지나친 말일까?

문재인 변호사의 당시와 그 직후 말과 행동에서는 검찰에 대한 증오심과 편견이 느껴진다. 그렇다면 그는 노 전 대통령의 변호를 맡지 말았어야 한다. 어떻게 증오하는 대상과 노 전 대통령의 수사 관련 문제를 논의하고 선처를 부탁할 수 있겠는가?

2년 뒤 말 바꾼 문재인

노 전 대통령에 대한 검찰 수사가 없었다면 노 전 대통령이 자살하는 일은 없었을 테지만 검찰 수사가 노 전 대통령의 자살의 원인이라고 주장하는 것은 어불성설(語不成說)이다. 검사는 범죄 혐의가 있으면 그 사람이 누구든 수사해야 한다. 그것이 검사의 소명이다.

문재인 변호사는 2009년 6월1일 〈한겨레〉 인터뷰에서 "노 전 대통령의 자살이 정치보복에 의한 타살이 아니었느냐"는 기자의 질문에 "그분을 스스로 목숨을 버리도록 몰고 간 측면은 분명히 있으니 타살적 요소는 있으나, 정치보복에 의한 타살이라고까지 말하고 싶지는 않다"고 대답했다. 노 전 대통령 자살 직후여서 앞뒤 잴 겨를이 없었을 테니 이 말은 그의 진심에 가까웠을 것으로 보인다. 그런데 2년 후인 2011년 발간된 『운명』에서는 "대통령의 죽음은 정치적 타살이나 진배없었다"(417쪽)고 말을 바꾸고 있다.

앞에서 자세히 설명했듯이 검찰은 청와대 등 정치권의 지시나 부탁을 받고 노 전 대통령을 수사한 것이 아니다. 불과 2년 만에 문재인 변호사의 입장이 이렇게 바뀐 이유는 무엇일까? 문재인 변호사가 대통령 출마를 결심하고 지지자들을 결집시키기 위해 노 전 대통령의 안타까운 죽음을 정치적으로 이용한 것이라고밖에 말할 수 없다.

정치적 동지요 오랜 친구의 심정조차 헤아리지 못해 마지막 순간을 함께하지 못한 문재인 변호사가 노무현 전 대통령의 죽음을 검찰의 책임으로 돌리는 것은 염치가 없는 일이다. 아무리 정치인이라고 하지만 자신의 부족함에 대해 반성은 하지 않고 과거에 한 말을 뒤집어 가면서 수사한 검찰에 대해 정치적 타살이라고 비난하는 것은 인간으로서 도리가 아니다.

나는 2003년 불법 대선자금 수사 과정에서 최도술(崔導術) 총무비서관의 12억 원 상당 양도성예금증서 수수 등 노무현 대통령이 관련된 범죄 혐의사실을 많이 파악하고 있었다. 다만 대통령이라는 신분으로 인한 헌법상 특권으로 제대로 된 수사가 이루어지지 않았을 뿐이다. 봉하마을 사저 주변 환경 조성 및 개선 사업을 위해 노 대통령 재임 중인 2007년 9월경 설립된 주식회사 봉화의 문제도 있었다. 노 대통령 퇴임 후 정치보복을 하려고 했다면 검찰은 그러한 사실들도 모두 수사했을 것이다.

문재인의 『운명』은 노무현 전 대통령이 유서 마지막에 쓴 "누구도 원망하지 마라. 운명이다"의 '운명'과 전혀 다르게 느껴진다. 노 전 대통령의 안타까운 죽음을 자신의 정치적 목적을 달성하기 위한 수단으로 이용하는 것처럼 보인다. 노 전 대통령의 주검 위에 거짓의 제단을 쌓고 슬픔과 원망과 죄책감을 부추기는 의식(문재인의 『운명』 발간)을 통해 검찰을 악마화하고 지지자들을 선동하고 있는 것이다.

문 변호사의 『운명』은 노 전 대통령이 극단적 선택을 한 2009년 5월23일 '그날 아침'(16~22쪽)에서 시작해서, 노 전 대통령이 검찰 조사를 받던 2009년 4월30일 '치욕의 날'(402~407쪽)을 거쳐, 다시 '상주 문재인', '그를 떠나보내며', '눈물의 바다', '그가 떠난 자리' 등의 감상적(感傷的)인 제목 아래, 노 전 대통령의 장례식 과정을 상세히 설명했다(410~441쪽). 그러면서 대규모 군중이 모이는 장례식의 안전을 고려하고, 장례식 참가자들의 감정이 격해져 사고가 생길 것을 우려한 정부의 의견 개진과 조치에 대해 "협량하다", "매사를 계산하고 저울질한다", "추모를 가급적 막으려는 듯하다"는 등의 표현을 사용하며 "대통령의 서거로 인해 격앙된 민심 앞에 벌벌 떠는 게 눈에 보였다"고 이명박 정권을 폄훼했다. 자신의 정치적 목적을 위해 지지자들의 분노를 부추기고, 이명박 정권을 타도해야 할 대상으로 선동하고 있는 것이다(이명박 정부는 수사를 받던 중 자살한 전직 대통령에 대해 국민장을 결정했다. 이해가 되지 않는 정치적 결정이었다. 애초 노 전 대통령의 유가족은 국민장을 반대했으며 "봉하에 작은 비석 하나만 남겨라"라는 노 전 대통령의 유지를 생각해 가족장을 고집했다. 김대중 전 대통령 등의 설득으로 마음을 돌렸다고 한다). 끝으로 문 변호사는 대통령 출마 등 앞으로의 행적을 암시한 '운명이다'(462~467쪽)에서 "당신은 이제 운명에서 해방됐지만, 나는 당신이 남긴 숙제에서 꼼짝하지 못하게 됐다"고 책을 마무리한다.

문재인 변호사가 『운명』을 쓴 속내가 무엇인지 고스란히 드러나고 있지 않은가. 자신의 정치적 목적을 위해 동지요 친구인 노무현의 안타까운 죽음을 이용하고 있는 것이다.

친구 문재인에게 "정치 하지 말라"고 했다던 노무현 전 대통령의 말이 떠오른다. 노 전 대통령은 자신의 죽음으로 문재인 변호사가 후에 대통령이 될 것이라고는 상상조차 하지 못했을 것이다.

"노무현 공소권 없음, 수사 기록 영구보존"

노무현 死後 수사 동력 상실

노무현 전 대통령이 극단적 선택을 한 직후 임채진 검찰총장은 사직하겠다는 의사를 밝혔다. 나는 그러면 안 된다고 강하게 반대했다.

"노 전 대통령이 검찰청에서 수사를 받다가 사망한 것이 아니라 봉하마을 뒷산에서 투신해 스스로 목숨을 끊은 것입니다. 우리가 책임질 일이 아닙니다. 총장께서 사직하면 잘못을 인정하는 것으로 비칠 것이고, 노 전 대통령에 대한 지금까지의 수사가 정당치 못한 것이 되어 버립니다. 전직 대통령에 대해 정치적인 보복수사를 해 자살하게 만들었다고 프레임을 씌울 것입니다. 이는 검찰은 물론 정권에도 크나큰 부담이 될 것입니다. 청와대에서도 총장님의 사직을 원하지 않을 것입니다."

나의 만류에도 불구하고 임 총장은 김경한 법무부장관를 통해 사표를 제출했다. 청와대는 나의 예상대로 즉시 사표를 반려했다.

임 총장은 장례 기간 중 우면산에 있는 절에 가서 노 전 대통령의 명복을 빌었다. 두 사람 사이에 내가 모르는 개인적인 인연이 있는 것 같았다.

그 뒤에도 임 총장은 노 전 대통령과의 개인적 인연을 강조하며 "이렇게 자리를 지키는 것이 불편하다"고 사직 의사를 보이곤 했다. 그럴 때마다 나는 만류했다.

"이렇게 어려운 상황일수록 총장님께서 수사팀의 울타리가 되어 주셔야지, 흔들리시면 안 됩니다. 총장께서 그만두시면 수사는 동력을 잃고 수사팀은 해체될 것입니다. 저도 그만둘 수밖에 없습니다."

그 무렵 김경한 법무부장관이 나에게 전화를 했다. 법무실장인 채동욱(蔡東旭)과 나를 맞교환하는 인사를 하면 어떻겠느냐고 물었다. 나를 아껴서 하는 제안이라는 것을 알고 있었다. 그러나 나는 관련 수사를 마친 후 검찰을 떠나기로 이미 마음먹고 있었다. 검찰 조직에 짐이 되고 싶지 않았다. 단호하게 말씀드렸다.

"그것은 저를 두 번 죽이는 일입니다."

노무현 전 대통령 장례 기간중이던 2009년 5월 말경 대검찰청 중회의실에서 임채진 총장 주재로 간부회의가 열렸다. 대검 차장, 각부 부장, 과장 이상 간부 및 연구관들이 참석했다. 노 전 대통령의 자살이라는 뜻하지 않은 사태를 맞이해 흔들릴 수 있는 검찰 조직을 추스르기 위한 회의였다.

임 총장은 훈시를 통해 지시했다.

"노 전 대통령의 자살은 안타까운 일이나 검찰 수사가 중단되거나 영향을 받아서는 안 된다. 검찰 직원들도 쓸데없는 언동을 자제하고, 힘들게 수사하고 있는 중수부 수사팀이 제대로 수사를 할 수 있도록 성원하라.”

남아 있는 검찰의 수사 대상 가운데 천신일 세중나모 회장이 가장 중요하고 시급히 처리해야 할 대상이었다.

천신일과 이명박

천신일 회장은 이명박 대통령과 고려대학교 61학번 동기로 6·3동지회 회원이며 친구이자 후원자이다. 제17대 대통령 선거 때 고려대 교우회 회장으로서 고려대 동문들의 절대적인 지지를 이끌어내 당선에 큰 공을 세웠다. 천 회장은 박연차 회장과는 같은 경남 밀양 출신으로 박 회장이 1970년대 초 부산에서 신발 공장을 시작할 때 인연을 맺어 대한레슬링협회 회장·부회장으로 함께 활동하는 등 가까운 사이로 지내 왔다.

박연차 회장은 노건평·김정복(국가보훈처장) 등을 통한 세무조사 무마 로비가 통하지 않자 천신일 회장에게 로비를 부탁했다. 이러한 청탁을 하면서 천 회장에게 약 3000만 원을 주었고, 박 회장이 받아야 할 투자 정산금 7억 원 상당을 포기하는 등 이익을 제공했다.

박 회장은 검찰 조사에서 “천신일 회장이 청와대에 들어가 이명박 대통령을 만나 나(박연차)에 대한 세무조사를 중단시켜 줄 것을 간청했으나 효과가 없었다. 그 후 천 회장이 나에게 ‘일단 구속되어 들어가 있으면 집행유예로 빼내 주겠다’고 했다”고 진술했다. 천 회장의 이러한 행동은 여느 법조 브로커의 행태와 별반 다르지 않았다.

그 외에도 천 회장은 임직원 명의로 보유하고 있던 수백억 원 상당의 세중나모여행 주식을 자녀들에게 넘겨주는 과정에서 100억 원 상당의 증여세를 포탈하고, 세중나모여행의 주가에 대해 시세 조정을 한 혐의를 받고 있었다.

검찰은 천 회장의 범죄 혐의를 밝히기 위해 모든 노력을 다했다.

2009년 5월6일 박연차 회장에 대해 세무조사를 실시한 국세청 법인 납세국장실, 서울지방국세청 조사4국 등을 압수 수색했다. 서울지방국세청 조사4국은 '국세청의 중수부'라고 하는 곳이다. 사전 통보 없이 조사4국이 압수 수색을 당한 것은 역사상 처음 있는 일이었다. 국세청이 발칵 뒤집혔다는 얘기가 들려왔다. 압수 수색에서 천 회장의 금품 수수 관련 자료는 발견하지 못했으나, CJ그룹 이재현(李在賢) 회장의 비자금 조성에 관한 의미 있는 자료를 확보했다. 그는 천 회장이 회장으로 있는 고려대학교 교우회 부회장이었다. 이재현 회장을 2차례 비공개 소환해 천 회장에 대한 금품 제공 여부에 대해 추궁했으나 별다른 소득을 얻지 못했다.

5월12일에는 천 회장의 차명 주식 자녀 이전과 관련해 서울지방국세청 조사3국, 서초세무서, 성북세무서를 압수 수색했다.

검찰은 5월22일 천 회장에 대해 여러 차례에 걸친 조사를 마치고 23일 사전구속영장을 청구할 예정이었다. 그런데 노무현 전 대통령이 5월23일 새벽 극단적 선택을 하는 바람에 청구가 미루어졌다.

천신일 회장은 검찰 조사에 비협조적이었다. 건강과 고령을 핑계로 소환을 거부하는가 하면, 신문 도중 검찰의 추궁이 자신에게 불리하다고 느끼면 몸이 불편하다며 조사를 거부하기도 했다. 언론에 노출되는 것을 막아 달라며 지하주차장을 이용해 출석하게 해 달라는 요구를 하기도 했다.

더욱 참기 어려운 것은, 변호인이 참여한 가운데 조사를 받았음에도 청와대에 근거 없는 불만을 제기해서 귀찮게 한다는 것이었다. 그때마다 청와대 정동기 수석이 전화를 걸어서 "검찰이 대통령의 친구라는 이유로 봐주어서도 안 되지만, 더 가혹하게 처벌하는 것도 옳지 않다"고 항의하기도 했다. 검찰 수사 과정에서 혜택을 받았으면 받았지 무슨 억울한 일을 당했다는 말인가? 검찰에는 한마디로 '진상'이었다. 도대체 천 회장이 무엇이기에 청와대 민정수석이 전화를 하는지 이해가 되지 않았다. 민정수석이 천 회장의 변호인이란 말인가? 대통령을 등에 업고 호가호위하며 개인적 이득을 취하는 등 못된 행동을 하는 이런 사람은 더욱 엄격하게 처벌해야 한다. 천 회장의 이해하기 어려운 행태에 대해 양형 자료로 자세하게 수사 기록에 남기도록 했다.

청와대와 법무부는 노무현 전 대통령의 자살 후 수사를 조속히 마무리할 것을 주문했다. 구속영장 청구가 예정된 천 회장에 대해 불구속으로 정리하라는 것이다.

노 전 대통령 장례식이 끝난 다음 날인 5월30일 천신일 회장을 다시 소환해 마지막 조사를 하고 5월31일 사전구속영장을 청구했다. 6월2일 서울중앙지법 김형두(金炯枓) 판사는 "범죄 혐의에 대해 다툴 여지가 있으며 도주 및 증거 인멸 우려가 없다"는 이유로 구속영장을 기각했다. 김 판사는 정상문 전 총무비서관의 1차 구속영장 청구를 기각한 사람이다. 박연차 불법 로비사건 수사 중 구속영장 청구 기각이 딱 두 번 있었는데 모두 김형두 판사가 한 것이었다. 영장 기각 이유가 그렇게 긴 것도 처음 보았다. 청와대 기류가 심상치 않아 설마 했지만 구속영장이 기각될 것이라고는 전혀 예상하지 못했다. 사안도 중하고, 일부 혐의도 부인하는 등 증거 인멸의 우려가 충분했기 때문이다. 법원도 청와대 심중을 헤아리고, 아니, 청와대 부탁을 받고 영장을 기각한 것은 아닐까?

김형두 판사의 천신일에 대한 구속영장 기각으로 검찰 수사는 심각한 상처를 입었다. 수사의 동력을 잃었고, 이를 회복하는 것도 쉽지 않았다.

추후 천 회장은 불구속 기소되었지만, 기소된 혐의 사실에 대해 재판에서 모두 유죄가 선고됐다. 다만, 모든 공소사실을 유죄로 인정하면서도 집행유예와 벌금형을 선고한 것은 과거 다른 사례와 비교해 너무 가벼운 처벌이었다. 이해하기 어렵다. 100억 원 상당의 세금을 포탈하고, 세종나모의 주가를 조작했으며, 대통령에게 청탁하는 대가로 7억 원 상당의 이익을 취한 엄중한 사안이었다.

천 회장은 중수부 수사를 받는 기간에도 불법 로비 청탁 명목으로 금품을 받는 범죄를 저질렀다. 대우조선해양 관련 업체인 임천공업으로부터 45억 원 상당의 불법 로비 자금을 받은 혐의로 2010년 12월7일 결국 서울중앙지검 특수부에 구속되었다. 그는 1심에서 징역 2년 6월을 선고받았으나 지병을 이유로 보석으로 석방되었고, 불구속 상태에서 재판을 받아 최종적으로 2012년 12월 항소심에서 징역 2년을 선고받고 상고를 포기해 확정되었다. 상고 포기는 이명박 대통령의 사면을 기대한 행위였다.

예상대로 2013년 1월 이명박 대통령은 퇴임을 불과 40여 일 남긴 시점에서 천 회장을 사면해 풀어 주었다. 이 대통령에게 정의란 무엇이었을까?

수사 조기 종결하고 사의

언론에서 "검찰이 노무현 전 대통령을 가혹하게 수사해 죽음으로 내몰고, 천신일은 봐주기 부실 수사를 했다"는 비난이 쏟아졌다. 상처 입은 사자에 대한 하이에나들의 사냥이 시작된 것이다. 노 전 대통령 살아생전에는 "노무현 당신이 죽어야"라는 둥 저주를 퍼붓더니, 이제는 그 화살을 검찰로 돌리고 있는 것이었다.

임채진 총장은 "그만둘 때가 된 것 같다"고 사직 의사를 밝혔다. 더 이상 말리기 어려웠다. 임 총장은 2009년 6월5일 사임했다.

임 총장은 문재인 정권이 들어선 후에 과거사 진상 규명 및 적폐 청산 수사 과정에서 조사를 받는 등 고초를 겪었다. 미안하고 송구스럽다는 마음을 전한다.

청와대와 법무부에서 박연차 사건을 신속하게 마무리하라고 채근했다. 수사 대상 100여 명 중 불과 21명을 기소했고 아직 수사할 것이 많이 남아 있는데 수사를 종결하라고 압박한 것이다. 나머지 사람들은 노 전 대통령의 죽음에 안도하고 있을 것이었다. 노 전 대통령이 받은 640만 달러에 대한 몰수, 추징 등 처리 문제도 남아 있었다.

중수부 부하들도 풀이 죽은 모습이었다. 운이 없는 상사를 만난 죄다. 노 전 대통령이 사망한 뒤에는 박연차 회장도 더 이상 수사에 협조하지 않고 있었다. 어쩔 수 없이 나머지 80여 명 중 공소시효 완성, 박연차 회장의 비협조 등으로 수사 진행이 불가능한 20여 명은 내사 종결하고, 나머지 60여 명은 자료로 존안하기로 했다.

2009년 6월12일 박연차 불법 로비사건 수사 결과를 발표했다.

"노무현 전 대통령은 혐의는 인정되지만 사망하여 공소권 없음 결정을 하였고, 수사 기록은 영구보존 기록으로 지정하여 보존하겠다."

노 전 대통령 검찰 조사 장면을 녹화한 CD를 수사 기록 끝에 첨부했다.

수사 결과 발표 후, 기소한 사람들에 대해 공소 유지에 차질이 없도록 마무리 수사를 했다. 개인적으로 검찰을 떠나기 전에 마지막 주변 정리도 했다. 이명박 대통령은 6월21일 천성관(千成寬) 서울지검장을 신임 검찰 총장 후보자로 내정했다.

박연차 불법 로비사건 수사를 조기 종결하고 2009년 6월12일 서초구 대검찰청 기자실에서 수사 결과를 발표했다. 왼쪽부터 이동열 첨단범죄수사과장, 우병우 중수1과장, 필자, 홍만표 수사기획관, 이석환 중수2과장.

정동기 민정수석에게 전화를 걸었다.

"내가 모든 책임을 지고 그만두겠습니다. 다만, 수사하느라 고생만 한 부하들은 잘못이 없으니 챙겨 주시기 부탁드립니다. 곧 있을 인사에서 홍만표 수사기획관은 검사장으로 승진시켜 주고, 우병우·이석환·이동열 과장 등도 섭섭하지 않게 해 주십시오. 인사에서 그들을 좌천시키면 노무현 전 대통령 수사가 잘못된 것이라는 메시지를 주어서 이명박 정권에도 부담이 될 것입니다."

바로 다음 인사에서 홍만표 수사기획관은 검사장으로 승진했고, 우병우 과장은 대검 범죄정보기획관으로, 이석환 과장은 서울중앙지검 금융증권조사부장으로, 이동열 과장은 대검 범죄정보1담당관으로 영전(榮轉)했다.

나는 대한민국 검사였다

모든 정리를 마친 후 7월7일 사표를 법무부로 보냈다. 7월13일 천성관 신임 검찰총장 청문회가 예정되어 있었다. 총장 취임 후 검찰 고위 간부 인사가 있을 터였다. 더 이상 검찰에 남아서 할 일은 없었다. 검사로서 내 역할은 끝났다. 검찰 조직에 부담만 줄 것이다.

내가 사표를 제출했다는 소식이 금세 기자들 사이에 퍼졌다. 조은석 대변인이 중수부장실로 나를 찾아왔다. 기자들이 마지막 소감을 묻는다는 것이었다. 퇴임식이 있으면 그때 하겠지만, 퇴임식이 있을지 어떨지 모르겠어서 대신 기자들에게 전해 달라고 했다.

"검사로서 소임을 다했다."

사표를 제출하고 집에 있는 나에게 김경한 법무부장관이 연락을 했다. 점심이나 하자는 것이었다.

2009년 7월10일경 점심에 그를 만났다.

"이명박 대통령께서 '고생했다'고 위로의 말을 전해 달라고 하셨다."

"감사합니다."

"예기치 못하게 그만두었는데 섭섭하지 않은가?"

"다 저로 인해 벌어진 일입니다. 섭섭하거나 원망스러운 것은 없습니다."

"이 부장은 대인이야, 대인."

김 장관을 만난 후 얼마 지나지 않아 문성우(文晟祐) 대검 차장으로부터 연락이 왔다. 퇴임식도 없이 그만두어서야 되겠느냐며, 7월14일 정식으로 사표가 수리될 테니 그날 퇴임식을 하라고 했다. 쫓기듯 그만두는 것이 내심 아쉬웠는데 고마웠다.

2009년 7월14일, 24년 6개월 동안 온몸을 바쳐 사랑한 검찰과 이별했다. 퇴임식 때 눈물을 참느라고 고생했다.

퇴임사 요지는 다음과 같다.

수뢰사건 수사 중 예기치 못한 불행한 일이 발생하였다고 하여 수사팀에 대해 사리에 맞지 않는 비난과 책임을 제기하는 것은 매우 걱정스러운 일이 아닐 수 없습니다. 더욱이 중수부 폐지까지 거론되는 것은 도저히 수긍할 수 없습니다.

어려운 시기일수록 사태의 원인과 본질에 대해 냉철한 분석을 통해 올바른 대책을 수립해야 합니다. 시시각각 변하는 세평에 휘둘리거나 원칙에 벗어난 임기응변으로 대처하는 것은 지혜로운 사람들이 취할 태도가 아닙니다.

부정부패 척결은 당위의 문제일 뿐 이념의 문제가 아닙니다. 부정부패 척결에 있어서 보수와 진보의 목소리가 다를 수 없습니다. 부정부패에 관대한 사회는 문명사회라고 할 수 없으며, 미개 사회나 다름없기 때문입니다. 안타깝게도 아직 우리 사회에는 이런 근본적인 문제에 대한 신념이 확고하게 자리 잡지 못한 것 같습니다.

검찰의 역사는 불의와의 투쟁의 역사입니다. 지금 이 순간에도 사리사욕을 위해 정의를 짓밟는 범죄자들과 이들이 저지른 불의로 고통을 받는 선량한 피해자들이 우리 검찰을 기다리고 있습니다. 불의와 부정부패에 대한 투쟁은 계속되어야 합니다. 이것이 국민이 우리 검찰에게 부여한 사명이요, 검찰의 존재 이유입니다.

내가 떠난 후 힘든 여건 속에서도 우병우 검사는 박연차 회장의 불법 금품 로비로 기소된 사람들에 대한 공소 유지에 최선을 다했다. 기소된 21명 중 19명에 대해 유죄가 확정되었다.

내가 검찰을 떠나고 3년 뒤인 2012년 7월경 검사장 승진 인사가 예정되어 있었다. 우병우 부천지청장을 포함한 사법연수원 19기 출신 검사들이 검사장 승진 대상이었다. 우병우 검사는 19기 중에서도 다섯 손가락 안에 드는 아주 우수한 검사였다. 능력, 경력, 실적 등 모든 면에서 승진시키는 것이 당연했다. 검찰 내부에서 노무현 전 대통령 수사와 관련해 트집을 잡는다는 소리가 들려왔다. 걱정이 되었다. 우병우 검사의 검사장 승진은 노 전 대통령 수사의 평가와도 관련이 있는 문제였다.

6월 하순경 장다사로 민정1비서관에게 전화를 걸었다. 장 비서관은 고등학교 동창으로 가까운 사이였다. 우병우 검사를 검사장으로 승진시켜야 하는 이유를 자세히 설명하고, "대통령께도 말씀드려 달라"고 부탁했다. 법무부장관은 우 검사와 같은 경북 출신인 권재진(權在珍)이었다. 노 전

2009년 7월14일 대검찰청 중앙수사부장 퇴임식을 끝으로 24년 6개월간 몸담아 온 검찰을 떠났다(맨 앞줄 왼쪽부터 한명관 기획조정부장, 필자, 문성우 대검 차장, 김홍일 마약조직범죄부장, 김진태 형사부장).

대통령을 수사한 우 검사를 검사장 승진시킬 경우 야당의 비난 공세가 두려워서였을까? 우 검사는 검사장 인사에서 탈락하고 법무연수원 연구위원으로 좌천되었다. 그 후 나는 이명박 정권에 대한 기대를 완전히 접었다.

2013년 3월 박근혜 정권 출범 후 황교안(黃敎安) 법무부장관이 취임했다. 검사장 승진 인사가 있을 예정이었다. 황 장관에게 편지를 보냈다. 노 전 대통령을 수사한 우 검사를 검사장으로 승진시켜 달라는 옛 상사로서의 청원 편지였다. 그러나 우 검사는 또다시 검사장 승진에 실패하고 검찰을 떠났다. 검찰은 아까운 인재를 잃었다.

그 후 우 검사는 2014년 5월 청와대 민정비서관이 되었고, 채 1년도안 되어 2015년 1월 민정수석으로 발탁되었다. 민정비서관에서 바로 민정수석으로 발탁되는 것은 이례적인 일이었다. 박근혜 대통령이 우 검사의 능력을 알아본 것이다.

2016년 12월22일 박근혜 대통령 국정농단 국정조사 5차 청문회에서 우병우 전 민정수석이 "박근혜 대통령을 어떻게 생각하느냐?"는 야당 의원의 질문에 "존경한다. 훌륭한 분"이라고 거침없이 대답하는 것을 보았다. 청문회에 불려나온 다른 고위 관료들의 비겁하고 초라한 모습과는 달랐다. 대통령 탄핵이라는 광풍 속에서도 의연함을 잃지 않고 있었다.

그 후 우 검사는 민정수석으로 근무할 당시 있었던 일로 직권남용죄로 구속되어 징역 1년의 실형까지 살았다. 나 때문에 겪지 않아도 될 고초를 겪은 것 같아 미안한 마음뿐이다.

대한민국의 법치주의가 위기에 처했다. 극단적 지지 세력에 휘둘린 정치인들이 본분을 잊고 법과 절차, 상식을 무시하는 것이 일상이 되었다. 파렴치한 범죄자들이 적법절차에 따른 검찰 수사를 '조작수사', '보복수사', '편파수사', '검찰독재'라고 선동하면서 검찰을 악마화한다. 자신들을 수사하는 검사들의 인적사항을 공개하여 소위 '좌표'를 찍는다. "법원에서 진실을 밝히겠다"던 범죄자들은 유죄 판결이 선고되면, 판사의 신상을 털고 인신공격을 하는 등 사법부의 독립을 위협한다. 한명숙 전 국무총리 불법 정치자금 수수 사건 등 대법원에서 유죄가 확정된 판결조차 승복하지 않고, 이를 뒤집기 위해 끊임없이 조작을 시도하고 있다. 그 근저(根底)에 '왜곡된 노무현의 유산'이 있다. 우리 모두 대한민국의 법과 질서를 지키기 위해 '하늘이 무너져도 정의는 세운다'는 각오를 다져야 할 때이다.

노 전 대통령 수사는 대한민국의 정의와 법질서 수호라는 사명을 부여받은 검사로서 마땅히 해야 할 일이었다. 나는 대한민국 검사였다.

사실보다 위대한 진실은 없다

지인(知人)들은 나에게 "노 전 대통령의 극단적인 선택으로 검사로서의 꿈을 더 펼치지 못한 것에 대해 섭섭하지 않으냐?"고 묻는다.

개인적으로 좌절된 나의 꿈에 대해 왜 아쉬운 마음이 없겠는가? 솔직히 말하면 억울한 생각이 문득 울컥 솟기도 한다.

하지만 그분을 원망하거나 미워하지 않았고, 지금도 마찬가지다. 자신의 잘못으로 인해 생긴 일이지만 노 전 대통령은 극단적 선택으로 생을 마감했고, 어쨌든 나는 이렇게 살아가고 있지 않은가.

노 전 대통령의 명복을 빌며 함석헌 선생의 시 「그 사람을 가졌는가」를 생각한다.

온 세상 다 나를 버려 마음이 외로울 때에도 '저 맘이야' 하고 믿어지는 그 사람을 그대는 가졌는가.

잊지 못할 이 세상을 놓고 떠나려 할 때 '저 하나 있으니' 하며 빙긋이 웃고 눈을 감을 그 사람을 그대는 가졌는가.

사람은 반대 세력으로부터 공격을 받을 때보다 내 편이라고 믿었던 동지에게 비난받고 이해받지 못할 때 더 외로운 법이다. 노 전 대통령도 그랬을 것이다.

노 전 대통령의 동지이고 친구이며 변호인이었던 문재인 변호사는 그가 가기 전 마지막 일주일 그의 곁을 지키지 않았다. 노 전 대통령의 심정을 헤아리지 못하고 그의 자살을 막지 못한 문 변호사가 『운명』에서 과거에 한 말을 뒤집고 사실을 왜곡하여 검찰을 비난하고, 공격했다.

문재인 변호사는 노 전 대통령의 안타까운 죽음을 이용해 "노무현 정신을 계승하고 못다 한 뜻을 이루겠다"는 명분을 내세우며 2017년 5월9일 제19대 대통령으로 당선되었다. 문재인 대통령은 취임 연설에서 "기회는 공평하고, 과정은 공정하며, 결과는 정의롭게 될 것이고, 대한민국을 한 번도 경험해 보지 못한 나라로 만들겠다"고 포부를 밝혔다.

그러나 문재인 전 대통령은 재임 기간 내내 국민을 내 편 네 편으로 갈라치기했다. 그 결과 국민은 갈라져 서로 미워하고 갈등하며 반목했다. 많은 국민들이 이웃과 친구를 잃고, 심지어는 부부간, 부모자식간에도 불화가 생기는 아픔을 겪었다. 〈뉴욕 타임스〉가 한국의 사회상을 설명하는 기사에 'naeronambul(내로남불)'이라는 단어가 등장할 정도로 부끄럽고 뻔뻔한 사회가 되었다. 부동산 폭등, 전월세 급등, 양극화 심화, 청년 실업 등 서민 경제는 파탄 났다. 집 있는 사람은 높은 세금에 신음하고, 집 없는 사람은 평생 내 집을 가질 수 없다는 두려움에 좌절하면서 불합리한 경제 정책들로 고통받았다.

또한 정치적 중립과 공정성이 생명인 검찰의 인사를 정권의 입맛대로 했다. '능력에 따른 적재적소 배치'라는 기본 원칙을 저버리고 소위 '빅4'라는 검찰 핵심 보직인 서울중앙지검장, 대검 반부패수사부장, 공안부장, 법무부 검찰국장을 2년 동안이나 경력과 능력에 상관없이 모두 특정 지역, 코드 인사로 채웠다. 그들은 자신들에게 분에 넘치는 자리를 준 문재인 정권에 보은하려고 했으나 역부족이었다. 말을 타고 풍차에 달려드는 돈키호테라고나 할까? 그 결과는 다 아는 대로다.

종북적인 유화정책으로 북핵 위기를 해결하기는커녕 북의 핵무기 능력만 고도화시켜 국가안보를 위태롭게 만들었다. 우리도 핵무장을 해야 할지도 모르는 위험한 상황이 되었다. 친중 사대주의 외교와 북한에 대한 굴종적 처신으로 국민의 자존심에 상처를 주었다. 진정 그는 '한 번도 경험해 보지 못한 나라'를 만들었다.

그중에서도 갈라치기 행태야말로 문재인 전 대통령이 국민에게 저지른 가장 큰 잘못이며 엄청난 국력 손실을 가져온 용서받지 못할 일이었다. 갈라치기 효과로 인한 것임에도 "퇴임 시 지지율이 40퍼센트대를 유지한 대통령은 없었다"고 자랑했다. 자신은 아무런 책임이 없는 양 "국민통합이 윤석열(尹錫悅) 정부의 첫 번째 과제"라고 했다.

문재인 정권은 나의 인생에도 검은 그림자를 드리웠다.

나는 검찰을 떠난 후 법무법인 바른에서 변호사로 제2의 인생을 시작했다. 제19대 대통령 선거에서 문재인 후보의 당선이 확정된 2017년 5월 10일 아침 출근 직후, 대표변호사가 내 사무실로 찾아왔다. "세상이 바뀌었으니 로펌을 나가 달라"는 것이었다.

다짜고짜 로펌을 나가 달라는 말이 황당하기 짝이 없었다. "내가 무슨 잘못이 있어 로펌을 그만두느냐"고 거절했다.

다음 날 아침 대표가 다시 찾아왔다.

"어제 한 말 생각해 보았습니까?"

"못 나간다고 하지 않았습니까."

"문재인 캠프 핵심 인사에게 들었는데, 당신은 꼭 손을 보겠다고 합니다. 같이 죽자는 말이오?"

말문이 막혔다. 로펌을 그만둘 수밖에 없었다. 문재인 정권에 찍혀 로펌에서 쫓겨났다는 소문이 돌아 더 이상 국내에서 변호사 활동을 계속하기도 어려워졌다.

나는 중소기업중앙회 법률고문으로 홈앤쇼핑의 주식회사 설립에 관여한 적이 있다. 이러한 인연으로 홈앤쇼핑의 사외(社外)이사를 지내기도 했다. 어느 날 중소기업중앙회 간부로부터 "청와대 민정수석실에서 '이인규 변호사와 관련된 홈앤쇼핑 자료를 모두 제출해 달라'고 한다"는 말을 전해 들었다. "문재인 정권에는 민간인 사찰의 DNA가 없다"더니….

홈앤쇼핑 대표이사 강남훈(姜南焄)은 고등학교 동기동창으로 둘도 없는 친구다. 민주당 국회의원들은 강남훈 대표를 국회에 출석시킨 가운데 나에 대해 근거 없는 의혹을 제기하고, 안건과는 아무런 관계도 없는 음해성 질문을 해 댔다. 결국 강 대표는 경찰 수사를 받는 등 핍박을 받다가 탁월한 경영 실적에도 불구하고 정당한 사유 없이 회사에서 쫓겨났다. 검찰·경찰은 홈앤쇼핑을 수사해서 나와 관련된 비리를 찾으려고 했으나 아무런 소득이 없자, 별건수사로 강 대표를 취업 비리 혐의로 기소했다. 그는 1심에서 징역 8월을 선고받고 법정 구속까지 되었다. 그러나 2020년 10월 항소심에서 무죄 판결을 받은 데 이어 2021년 4월29일 대법원에서 최종적으로 무죄가 확정되었다. 강 대표는 그때 받은 스트레스로 병을 얻어 생사를 넘나드는 힘든 나날을 보내고 있다.

무고한 사람들이 나와 가깝다는 이유로 고초를 겪는 것을 지켜보며, 이러한 사태를 막기 위해 당분간 해외에 나가 있는 것이 좋을 것 같다고 판단해 2017년 8월25일 2년 예정으로 미국으로 출국했다.

내가 출국하자 좌파 인사들은 나에게 '도망자' 프레임을 씌웠다. 대한민국 어떤 기관에서도 나를 피의자로 입건한 사실이 없으며 피의자나 참고인으로 출석을 요구한 사실도 없었다. 그럼에도 그들은 인터넷에 수배 전단을 만들어 뿌리는 등 온갖 모욕을 주었다. 미국에 사는 좌파 인사들은 내가 식당에서 가족과 식사하는 장면을 몰래 찍어 한국 언론에 제보하고, 국내 좌파 언론 매체는 물론 민주당 국회의원까지 나서서 나를 도망자로 몰아갔다. 일부 미국 내 극렬 좌파들은 내가 살고 있는 아파트 안 현관문 앞까지 들어와 인증샷을 찍어 인터넷에 올리거나, 아파트 앞에서 "'논두렁 시계'로 노무현을 죽음으로 내몰았다, 한국으로 돌아가서 수사를 받으라"는 피켓을 들고 시위를 벌였다. 나 하나로 모자랐던지 미국에 유학 중인 딸의 신상털이를 하고 페이스북에 "살인자의 딸, 노 전 대통령을 죽인 대가로 번 돈으로 공부하는 것임을 명심하라"는 댓글을 남기기도 했다.

MBC '스트레이트' 기자들은 나를 '해외로 도주한 인물들' 제1탄으로 방송하기 위해 미국까지 쫓아왔다. 미국으로 '도피한' 나의 소재지를 찾았다며 내가 아파트 운동실에서 운동하는 장면, 인근 골프장에서 골프를 치는 장면 등을 몰래 촬영해 방송하는 불법을 저질렀다. 내가 귀국해서 집에 거주하고 있음에도 해외로 도피한 것처럼 방송하려고 하다가 나의 항의를 받고 중단하기도 했다. 그 후에도 집으로 찾아와 카메라를 들이대고 집요하게 '답정너' 식 질문을 하는 등 괴롭혔다.

이러한 광기에 찬 행동들은, 문재인 변호사가 『운명』에서 "말투는 공손했으나 태도엔 오만함과 거만함이 가득 묻어 있었다"고 나에 대해 소위 '좌표'를 찍은 것과 무관하지 않다고 생각한다.

나는 그들을 증오하지 않는다. 다만 측은할 따름이다. 선전과 선동으로 집단주의적 사고에 빠져 자신들이 무슨 짓을 하고 있는지도 모르는 불쌍한 중생들이다. 노무현 전 대통령 수사와 관련된 팩트들을 낱낱이 밝혔음에도 그들은 확증 편향에 사로잡혀, 사실을 믿지 못하고 자신들이 '원하는 진실'이 나올 때까지 끊임없이 의혹을 제기할 것임을 잘 알고 있다.

퇴임 직후 문재인 전 대통령 내외는 양산 사저에서 보수 유투버들의 시위로 곤욕을 치렀다. 권력이란 것이 그런 것이다. 권좌에 있을 때는 잘 보이기 위해 아첨하는 사람들로 문전성시를 이루지만, 권좌에서 물러나면 상처를 받은 사람들의 원성과 욕설로 시끄러운 법이다.

김대중 대통령이나 노무현 대통령 퇴임 후에는 그러한 일이 없었는데 왜 유독 문 전 대통령 사저 앞에는 극렬 시위자가 넘쳐 날까? 적폐 청산이란 미명으로 무고한 전(前) 정권 사람들을 탄압하고, 집권하는 동안 내내 국민을 갈라치기한 업보 아닐까?

문 전 대통령은 북한으로부터 "삶은 소대가리, 특등 머저리, 태생적 바보 떼떼(말더듬는 사람을 비하하는 말)"라는 말을 듣고서도 아무 대꾸도 하지 못해 국민의 자존심에 상처를 준 사람이다. 그런데 대통령직에서 물러난 후 국민으로부터 욕설을 들었다고 형사 고소를 했다. 하기야 대통령 재임 중에도 "북조선의 개"라고 비판한 시민단체 대표를 모욕죄로 고소한 전력이 있긴 하다.

문 대통령님! 이것도 당신이 말한 '민주주의의 양념' 아니겠습니까?

2022년 10월부터 〈중앙일보〉에서 '특수부 비망록'이라는 제목으로 기획기사를 연재하여, 박연차 게이트와 16대 대선 불법 자금 수사를 심층적으로 다루었다. 모두 내가 핵심적인 역할을 했던 수사였다. 수사에 참여했던 사람들에 대한 취재를 통해 지금까지 잘 알려지지 않은 수사 내용들을 정리·분석한 훌륭한 기획기사이지만 일부 정확하지 않은 내용도 군데군데 있었다. 이 책을 집필하면서 검사가 자신이 수사한 사건의 수사 내용을 공개하는 것이 위법은 아니라도 마음이 무거웠는데, 〈중앙일보〉의 기획기사로 마음의 짐을 덜었다.

책 한 권을 내는 데 너무나 많은 분들의 도움을 받았다.

1차 편집자로 고등학교와 법대 후배인 김세중 교수를 뜻하지 않게 30여 년 만에 재회한 것은 놀라웠고, 행운이었다. 덕분에 공소장처럼 딱딱했던 초고가 이만큼이라도 개선되었다.

출판을 흔쾌히 수락해 주신 조갑제닷컴의 조갑제 대표님께 감사드린다. 조 대표는 평생 언론인답게 원고와 교정지를 읽으며 사실관계를 거듭 확인하고 일관된 문체로 다듬어 주었다. 10여 년 전 조 대표의 출판 제의를 받았을 때 내가 마음의 준비가 되지 않아 고사한 것이 내내 마음의 짐이었는데, 이번에 책을 내면서 그 빚을 갚긴커녕 더 많은 노고를 끼친 것 같아 송구한 마음이다.

노 전 대통령 수사 내용에 대해 내 기록이 불비(不備)하거나 기억이 불분명한 것을 바로잡고 보충해 준 우병우 변호사께 감사한다. 초고를 다 읽고 법률관계를 검토해 준 동문 선배, 그 밖에 기억을 함께 더듬고 내가 몰랐던 사실들을 확인해 준 선후배와 동료들의 이름을 일일이 밝히며 감사를 표하지 못함을 죄송하게 생각한다.

이 책이야말로 팔할 이상이 아내 덕이다. 아내와 초고부터 탈고, 교정지까지 몇 번이고 읽으며 함께 고쳐 썼다. 행여 읽는 분들이 불편해할지 모르는 미세한 표현들에 조언을 아끼지 않은 가족들과 여동생 내외에게도 감사한다. 그럼에도 남았을 오류나 덜 정제된 표현들은 오롯이 내 부덕의 소치다.

노무현 前 대통령 수사 개요

©cho euihwan

서언

2009년 6월12일 검찰은 고 노무현 전 대통령에 대한 수사 결과를 발표하면서, "혐의는 인정되지만 피의자 사망으로 공소권 없음" 결정을 했다. 역사적 평가를 위해 수사 기록은 영구히 보존되도록 조치했다.

문재인 변호사는 2011년 6월 발간된 회고록『운명』에서 노 전 대통령의 검찰 조사에 대해 다음과 같이 적고 있다.

> 막상 검찰이 기소를 하고 나면 법원에서의 승부는 자신을 했다. 검찰과 언론이 아무리 '여론재판'이나 '정치재판'을 해도 법은 법이다. 수사 기록의 부실함을 덮을 수는 없는 법이다. '사실'이 갖고 있는 힘이 있기 때문에 무리한 수사나 조작은 한계가 있다. 그 사건이 그랬다. 이길 수 있었다. 대통령도 그런 차원에서 '진실의 힘', '명백한 사실이 갖고 있는 힘'을 믿었다.
>
> 검찰의 대통령 소환 조사는 마지막 수순이었다. 그러면 곧바로 신병 처리를 하든가, 불구속 기소라도 하든가, 아니면 무혐의 처리라도 하는 게 정상이다. 그런데 그렇게 하지 못했다. 검찰 조사가 끝난 이후에도 아무 처리를 못 한 채 질질 끌었다. 그 이유는 간단했다. 검찰도 공소 유지가 될지에 대한 판단을 해 봤을 것이다. 그 상태에서 영장을 청구하는 것은 물론 어렵다. 영장이 기각되면 검찰이 그동안 해왔던 수사가 무너지는 셈이다. 불구속 기소를 하더라도 공소 유지가 쉽지 않다고 판단한 것이다. 어쩔 수 없이, 아무 처리도 못하고 끌기만 한 것이다. 언론을 통한 모욕 주기와 압박 외엔 방법이 없었던 것이다(404~405쪽).

지지자를 결집시켜 대통령이 되어 보겠다는 정치적 목적으로 한 말이겠지만, 수사 책임자였던 나에게는 너무 모욕적으로 느껴진다.

노무현 전 대통령 수사팀. 사진 앞줄 중앙이 필자. 필자 좌측이 홍만표 수사기획관, 필자 우측이 우병우 중수1과장.

　『운명』에서 밝힌 내용과는 달리, 노 전 대통령 장례식 직후인 2009년 6월 1일 〈한겨레〉와의 인터뷰에서 문재인 변호사는 검찰 수사에 대한 견해를 묻는 기자의 질문에 "검찰 수사의 여러 문제점(언론 브리핑, 소환 시 포토라인에 세우는 관행 등)을 말했지만, 저는 개인적으로 이번 사건을 놓고 검찰을 원망하거나 비난하고 싶진 않다"고 말했다.

　어느 쪽이 진실인가?

　노 전 대통령이 타계한 지 14년이 다 되어 간다. 10년이면 강산도 바뀐다는데, 민주당 정치인들은 지금도 '논두렁 시계' 운운하며 노 전 대통령의 안타까운 죽음을 정치적으로 이용하고 있다.

　2023년 2월21일로 노 전 대통령에 관련된 모든 사건의 공소시효가 완성되었다. 이제 국민들께 노 전 대통령의 수사 내용이 무엇인지 알려야 할 때가 되었다고 생각한다. 문재인 변호사가 『운명』에서 위와 같은 주장을 하고 있어, 역사에 올바른 기록을 남기기 위해서라도 더욱 진실을 밝혀야 한다.

이하에서는 노 전 대통령의 뇌물 수수 직무 관련성을 설명한 후, 피의사실을 여섯 가지로 나누어 각 피의사실별로 (가) 다툼 없는 사실, (나) 박연차 회장의 진술과 이에 대한 (다) 노 전 대통령의 입장을 살펴보고, (라) 검찰의 수사 결과를 설명하도록 하겠다.

다만, 업무일지 등 수첩과 각종 보고 자료 등을 토대로 기억에 의존하여 작성한 것임을 밝혀 둔다.

1. 노 전 대통령의 뇌물 수수 직무 관련성

대법원은 대통령의 직무 관련성에 관해 "대통령은 정부의 수반으로서 중앙행정기관의 장을 지휘·감독하여 정부의 중요 정책을 수립·추진하는 등 모든 행정업무를 총괄하는 직무를 수행하고, 대형 건설사업 및 국토개발에 관한 정책, 통화·금융·조세에 관한 정책 및 기업 활동에 관한 정책 등 각종 재정·경제 정책의 수립 및 시행을 최종 결정하며, 소관 행정 각 부의 장들에게 위임된 사업자 선정, 신규 사업의 인·허가, 금융 지원, 세무조사 등 구체적 사항에 대하여 직접 또는 간접적인 권한을 행사함으로써 기업체들의 활동에 있어 직무상 또는 사실상의 영향력을 행사할 수 있는 지위에 있고, 국책사업의 사업자 선정도 역시 대통령의 직무 범위에 속하거나 그 직무와 밀접한 관계가 있는 행위이므로 이에 관하여 대통령에게 금품을 공여하면 바로 뇌물공여죄가 성립하고, 대통령이 실제로 영향력을 행사하였는지 여부는 범죄의 성립에 영향을 미치지 않는다. 또한 뇌물죄는 직무 집행의 공정과 이에 대한 사회의 신뢰에 기하여 직무행위의 불가매수성을 그 직접의 보호법익으로 하고 있고, 뇌물성을 인정하는 데에는 특별히 의무 위반 행위의 유무나 청탁의 유무 등을 고려할 필요가 없는 것이므로, 뇌물은 대통령의 직무에 관하여 공여되거나 수수(收受)된 것으로 족하고 개개의 직무행위와 대가적 관계에 있을 필요가 없으며, 그 직무행위가 특정된 것일 필요도 없다" [전두환·노태우 전 대통령에 대한 대법원 1997. 4.17. 선고 96도3377 특정범죄 가중처벌 등에 관한 법률 위반(뇌물) 등 전원합의체 판결]고 판시한 바 있다.

따라서 노무현 대통령이 실제로 어떠한 영향력을 행사했는지 여부는 범죄의 성립에 영향을 미치지 않으며, 뇌물은 대통령의 직무에 관하여 수수된 것으로 족하고 개개의 직무행위와 대가적 관계에 있을 필요가 없으며, 그 직무행위가 특정된 것일 필요도 없으므로, 위와 같은 권한을 가지고 있는 노 대통령이 기업인 박연차 회장으로부터 금품 등을 수수함으로써 직무 관련성이 인정되어 뇌물죄가 성립한다.

나아가 이 사건에서는 이와 같은 포괄적 직무 관련성 외에 아래와 같은 구체적 직무 관련성도 있었다.

(ㄱ) 태광실업(주) 베트남 화력발전소 사업 승인 관련

박연차 회장은 기존 영위하던 신발제조업이 나이키(Nike)사에 종속되어 이익 규모조차도 나이키사에 의해 통제될 뿐만 아니라, 베트남 및 중국의 인건비 증가로 인해 향후 수익 구조가 악화될 것을 예상하고 업종 전환을 모색하는 과정에서 베트남 화력발전소를 추진하게 되었다.

2006년 12월경부터 2007년 5월경까지 베트남 정부에 화력발전소(동나이성 푸억안 지역) 사업 신청을 하였으나 환경 문제로 부적합 판단을 받게 되었고, 2007년 7월18일경 또다시 화력발전소(남부 빈투이언성 지역) 사업 승인을 신청하였으나 같은 해 10월 하순경 베트남 총리실은 태광실업(주) 측에 빈투이언성 지역은 이미 프랑스 기업이 진출하여 곤란하다고 통보하면서 북부 타이빈성 지역을 추천하였다.

이에 2007년 11월경 휴켐스주식회사 감사 박용택은 이승우 청와대 경제비서관과 정상문 청와대 총무비서관에게 "태광이 베트남에서 화력발전소 사업을 할 수 있도록 도와달라"고 구체적으로 청탁했다.

2007년 11월14일 노무현 대통령과 베트남 당서기장의 만찬 전에 정상문 비서관은 박 회장에게 "대통령에게 보고했다"고 말해 주었다. 같은 날 청와대 영빈관에서 만찬이 있었다. 원래 외교부에서 작성한 만찬 좌석 배치도상으로 는 박 회장이 헤드테이블이 아니었으나, 최종적으로는 헤드테이블에 배치되 었다. 이 자리에서 박 회장은 노 대통령에게 "제가 베트남에서 화력발전 사업 을 할 수 있도록 농득마인 서기장에게 잘 이야기해 주십시오. 지난번 약속한 것은 꼭 지키겠습니다"라고 구체적으로 부탁하고, 노 대통령은 농득마인에게 "박 회장이 베트남을 위해서 화력발전 사업을 추진하는데 적극적으로 지원 해 달라"고 요청했다.

다음 날인 11월15일 신라호텔 2229호에서 박 회장, 정승영 사장, 박용택 등 이 농득마인을 면담했는데 당시 농득마인은 박 회장에게 "노 대통령이 당신을 절친한 친구라고 이야기하더라. 노 대통령이 태광실업의 화력발전소 사업을 잘 도와주라고 부탁했다"고 말했고, 박 회장은 농득마인에게 "베트남에서 화력발 전소 사업을 추진하고 있는데 적극 지원을 부탁드립니다"라고 했다.

같은 해 12월11일 베트남 공업부는 태광 측에 화력발전소 부지로 타이빈, 남딘, 끼엔양 등 3곳을 추천했는데 결국 2008년 2월 박 회장은 남딘성에 화 력발전소 건설 투자를 하기로 했고, 2007년 12월 초순경 노 대통령이 박 회 장에게 "우리 애들이 사업을 한다고 하는데 지난번 도와주기로 한 거 지금 도와줄 수 있습니까?"라고 요구하여, 2008년 2월22일 박 회장은 노 대통령 측에 500만 달러를 교부했다.

2009년 2월27일 베트남 공업부는 최종적으로 태광의 투자를 승인했다.

(ㄴ) 태광실업(주)의 휴켐스 인수 관련

2004년 7월경 세종캐피탈은 금융감독위원회의 '금융지주회사 인가 취소 및 자회사(세종증권) 주식 처분명령' 행정소송에서 패소함으로써 세종증권을 매각해야 할 상황이 발생했다.

2005년 12월6일 농협은 세종캐피탈과 세종증권 매각 관련 기본합의서를 체결하고 인수를 추진했고, 2006년 1월경 농림부는 농협의 세종증권 인수를 승인했다.

한편, 농협은 세종증권 인수 자금을 마련하기 위해 자회사인 휴켐스를 매각하기로 하고 2006년 3월31일 매각 공고를 냈고, 같은 해 5월12일 태광실업(주) 컨소시엄을 우선협상 대상자로 선정한 후, 같은 해 6월30일 주식 양수도(讓受渡) 계약을 체결했다.

농협이 세종증권을 인수하고 휴켐스를 매각하기 위해서는 농림부장관의 승인이 필요하고, 대통령은 농림부장관을 지휘·감독한다.

그 직후인 같은 해 8월경 박연차 회장은 정상문 비서관에게 3억 원을 건네주었고, 같은 해 9월경에는 노 대통령에게 2억여 원 상당의 시계를 선물했다.

(ㄷ) 박연차 회장의 사돈 김정복 인사 관련

노 대통령은 2005년 6월28일 박 회장의 사돈인 김정복 중부지방국세청장을 국가보훈처 차장에 임명했으며, 2007년 4월20일 그를 국가보훈처장(장관급)으로 승진 임명했다.

노 대통령의 형 노건평도 "김정복의 인사와 관련하여 노 대통령에게 청탁을 했다"고 진술했다.

2007년 봄경 노 대통령 부부가 박 회장에게 아들 노건호의 미국 주택 구입 자금 문제를 거론했고, 김정복의 국가보훈처장 임명 후인 같은 해 6월29일 노 대통령의 요구로 미화 100만 달러 수수가 이루어졌다. 노 대통령은 박 회장의 사돈 김정복의 임명권자이므로 인사와 관련한 직무 관련성이 인정된다.

(ㄹ) 박연차 회장, 대통령 남북정상회담 특별수행

2007년 9월경 통일부 남북정상회담본부는 박 회장을 남북정상회담 특별수행원으로 선정했는데, 형식상 통일부에서 선정했으나 실질은 청와대 남북정상회담대책단에서 박 회장을 특별수행원으로 선정한 것이다(청와대 남북정상회담대책단→청와대 시민사회수석실→청와대 의전비서관실→통일부 남북정상회담본부 순으로 이루어짐). 박 회장은 대북 경제협력 사업과 특별한 관련이 없었다. 박 회장은 같은 해 9월 중순경 정상회담 특별수행원 방북 안내 교육에 참석한 다음, 10월2일부터 4일까지 대통령과 함께 북한을 방문했다.

노 대통령은 정상문 비서관을 통해 방북 안내 교육을 받고 있던 박 회장에게 40만 달러를 요구하여, 2007년 9월22일 박 회장으로부터 40만 달러를 미국 주택 구입 자금으로 수수했다.

2. 피아제 남녀 시계 1세트 수수

가. 다툼 없는 사실

권양숙 여사가 박연차 회장이 회갑 선물로 보낸 피아제 남녀 시계 1세트 시가 2억 550만 원 상당을 받은 사실은 다툼이 없다.

나. 박연차의 진술

(1) 박 회장은 2006년 9월 하순경 노 전 대통령의 회갑을 맞이하여 회갑 선물로 부산에 있는 명보사에서 스위스 피아제 남녀 시계 1세트를 2억 550만 원에 구입하였다.

(2) 노 전 대통령은 별도의 회갑 잔치를 하지 않고 청와대에서 가까운 가족들과 함께 조촐하게 보내기로 하였기 때문에 박 회장은 노 전 대통령의 형인 노건평에게 자신이 구입한 피아제 남녀 시계 1세트를 전달해 달라고 부탁

하였다.

(3) 노건평은 2006년 9월27일 청와대 관저에서 있었던 노 전 대통령의 회갑 기념 가족 모임에 참석하여 피아제 남녀 시계 1세트를 전달하였으며, 행사를 마치고 돌아와 자신에게 이와 같은 사실과 노 전 대통령 부부의 감사 인사를 전해 주었다.

(4) 2007년 봄경 노 전 대통령 부부가 초대하여 청와대 관저에서 저녁 식사를 하였는데 식사 도중 노 전 대통령으로부터 시계 선물에 대한 감사 인사를 받았다. 노 전 대통령은 "박 회장! 시계가 번쩍거리고 광채가 난다. 좋은 시계다"라고 고마움을 표시하였다. 노 전 대통령은 마치 시계를 차고 있는 것처럼 왼손을 들어 보이면서 "군대(로스케)가 쳐들어오면 어떡하나?"라고 농담을 하였다.

다. 노무현 전 대통령의 주장

(1) 2009년 4월22일 KBS 9시 뉴스 보도 전에는 처 권양숙이 박연차 회장으로부터 회갑 선물로 피아제 남녀 시계 1세트를 받은 사실을 모르고 있었으며, 보도 후에 권양숙에게 확인하여 사실을 알게 되었다.

(2) 권양숙이 시가 2억 550만 원 상당의 남녀 명품 시계 1세트를 받은 것은 사실이나, 자신의 회갑일인 2006년 9월27일 청와대 관저가 아니라 퇴임 후 봉하마을 사저에서 형 노건평의 처 민○○으로부터 받았다.

(3) 4월30일 검찰 조사 시 피아제 시계를 제출해 달라는 검사의 요구에 노 전 대통령은 "처(권양숙 여사)가 검찰 수사가 시작된 후에 밖에 내다 버렸다"고 진술하였다.

라. 수사 결과

(1) 시가 2억 원 상당의 피아제 명품 남녀 시계 수수행위는 유죄로 인정될

경우 10년 이상의 징역 또는 무기징역에 처해질 수 있는 중대한 범죄이다.

(2) 박연차 비서의 수첩 기재 내용, 명보사 대표 등의 조사를 통하여 박 회장이 2006년 9월 하순경 부산에 있는 명품 시계 전문점 명보사에서 다이아몬드가 박힌 피아제 남녀 시계 1세트를 2억 550만 원에 구입한 사실을 확인하였다.

(3) 노건평은

- "같은 달 26일 박연차 회장으로부터 '노 전 대통령 회갑 선물로 남녀 시계 1세트를 준비하였으니 노 전 대통령 부부에게 전달해 달라'는 부탁을 받고, 다음 날 청와대 대통령 관저에서 있었던 노 전 대통령 회갑 기념 가족 모임에 가서 위 시계를 권양숙 여사에게 전달했으며, 노 전 대통령에게도 박 회장이 회갑 선물을 보냈다고 말했다. 노 전 대통령 부부가 박 회장에게 감사 인사를 전해 달라고 하여 돌아와 박 회장에게 감사 인사를 전했다"고 박연차의 진술과 부합되는 취지로 진술하였다.

- 노 전 대통령이 검찰 조사에서 권양숙 여사가 퇴임 후 봉하마을 사저에서 노건평의 처 민○○으로부터 시계를 받았다고 주장한 후 이루어진 조사에서도 노건평은 기존 진술을 유지하였으며, 처 민○○에게도 확인한 사실이라고 하였다.

(4) 시계 수수 후에도 노 전 대통령은 계속하여 아래와 같이 부동산 거래, 금전 수수를 하는 등 친밀하고 가까운 사이였다.

- 2006년 11월22일 박 회장으로부터 노 전 대통령의 고향인 봉하마을 진영읍 본산리 산9 소재 임야 5400여 평 중 1297평(본산리 산9-1)을 사저 부지로 약 2억 원에 매수하였다.

- 2007년 봄경 청와대 관저로 박 회장 한 사람만 초대하여 저녁 식사를 같이 하였다.

- 2007년 6월과 9월경 박 회장으로부터 노건호 미국 주택 구입 자금 명목으로 140만 달러를 수수하였다.
- 2007년 10월 초 대통령 북한 방문 시 대북 사업과는 아무런 관련이 없는 박 회장을 특별수행원으로 동행시켰다.
- 2007년 11월14일 베트남 당서기장 농득마인 환영 청와대 만찬에서 박 회장을 초대하여 헤드테이블에 앉히고, 그의 부탁으로 농득마인에게 "박 회장은 절친한 친구인데 그가 베트남을 위해서 화력발전 사업을 추진하는 데 적극적으로 지원해 달라"고 부탁하였다.
- 2008년 2월22일 노 대통령의 아들 노건호, 조카사위 연철호가 박 회장으로부터 500만 달러를 수수하였다.
- 퇴임 후인 2008년 3월20일 박 회장으로부터 15억 원을 직접 차용했다.
- 노 전 대통령도 검찰 조사에서 박 회장과는 특별한 호의적 관계임을 인정했다.

(5) 이러한 정황에 비추어 노건평이나 권양숙이 노 전 대통령에게 특별히 박 회장의 회갑 선물 사실을 알리지 않거나 숨길 이유가 없으며, 박 회장과 노건평의 진술이 일관될 뿐만 아니라 신빙성이 있으므로 피아제 시계는 노 전 대통령에게 전달되었다고 봄이 상당하다.

3. 미국 주택 구입 자금 명목 140만 달러 수수

가. 다툼 없는 사실

2007년 6월29일 청와대에서 권양숙 여사가 정상문 총무비서관을 통하여 박 회장으로부터 100만 달러를 받았고, 같은 해 9월22일 추가로 홍콩에 있는 임원 계좌로 40만 달러를 송금받은 사실은 다툼이 없다(정상문 비서관도 두 차례에 걸쳐 140만 달러를 받은 사실을 인정했다. 다만, 노 전 대통령 측은 추가로 40만 달러를 송금받은 사실이 드러나자, 언론을 통해 기존 진술을 번복하고 6월29일 60만 달러를 받았으며, 9월22일 40만 달러를 송금받아 총 수령 액수는 변함없이 100만 달러라고 주장하는 것으로 알려졌으나, 노 전 대통령의 죽음으로 조사하지 못하였다).

나. 박연차의 진술

(1) 2007년 봄경 청와대 대통령 관저에서 대통령 부부와 정상문 총무비서관 등 4명이 저녁 식사를 하였다.

(2) 식사 도중 권양숙 여사가 "아들 노건호가 미국 샌프란시스코에서 유학 중인데 낡은 아파트에서 월세로 산다. 대통령의 아들이 세를 얻어 사는 것도 뭣한데 아래층에 사는 사람의 항의 때문에 아이들이 제대로 뛰어다니지도 못한다. 집을 사 주려면 10억 원 정도 든다는데 걱정이다"라는 취지로 말하였다.

(3) 청와대 관저로 자신만을 초대하여 저녁 식사를 대접하는 이유가 미국에 유학 중인 아들을 위해 집을 사는 데 도와달라고 하기 위한 것이라고 생각했다. 그래서 권양숙에게 "제가 해 드리겠습니다. 10억 원이면 되겠습니까?"라고 말했다. 이 말을 들은 권양숙은 "그래도 되나요. 정말 고맙습니다"라고 했고, 이때 노 전 대통령은 옆에서 우리의 대화를 들으면서 겸연쩍게 웃으며 몇 차례 고개를 끄덕였다.

(4) 2007년 6월 하순경 노 전 대통령이 전화로 "미국에 건호 집을 사 줘야 하는데 100만 불만 도와주면 고맙겠다. 정상문 총무비서관과 상의해서 처리해 달라"는 취지로 말했다.

(5) 정상문이 전화로 "어른께 얘기 들었는데, 도와주신다니 고맙습니다. 6월30일 출국 예정이니 날짜를 꼭 지켜 달라"고 하였다. 시간이 촉박하여 정산개발 정승영이 골프장 직원 130여 명을 동원하여 김해 시내 경남은행 등에

서 100만 달러를 환전하였다. 정승영이 6월29일 오후 청와대에 가서 정상문에게 100만 달러가 든 가방을 전달하였다.

(6) 2007년 9월 중순경 서울 동대문구 이문동에 있는 국정원 부속기관에서 10월 대통령 북한 방문 시 특별수행원으로 따라가기 위해 교육을 받고 있었다. 그때 정상문이 그곳으로 찾아와 "어른이 미국에 집 사는 데 돈이 부족하니 40만 달러만 더 보내 주면 고맙겠다고 하신다"고 하면서 임웡의 홍콩 계좌번호가 적힌 쪽지를 건네주었다.

(7) 청와대에서 대북 경협과는 특별한 관련이 없는 나를 수행원으로 선발해 주어 요구를 거절하기 어려웠다.

(8) 같은 달 22일 홍콩 JS Global 계좌에서 정상문이 준 임웡의 홍콩 계좌로 40만 달러를 송금하였다.

※박 회장은 처음에는 "미국 주택 구입과 관련하여 노 전 대통령에게 100만 달러를 주었으며, 미국에 주택을 실제로 구입하였는지는 모른다"고 진술하였으나, 2009년 4월30일 노 전 대통령의 검찰 소환 조사 후 검찰이 미국 FinCEN과 공조하여 홍콩 JS Global 계좌에서 홍콩 임웡 계좌로 40만 달러를 추가 송금한 사실을 확인하여 추궁하자 노 전 대통령의 요구로 미국 주택 구입 자금으로 40만 달러를 추가로 송금한 사실을 시인했다.

다. 노무현 전 대통령의 주장

(1) 2009년 4월7일 노 전 대통령이 운영하는 '사람세상' 홈페이지에 '사과드립니다'라는 제목으로 "지금 정상문 전 비서관이 박연차 회장으로부터 돈을 받은 혐의로 조사를 받고 있습니다. 그 혐의는 정 비서관의 것이 아니고 저희들의 것입니다. 저의 집에서 부탁하고 그 돈을 받아서 사용한 것입니다. 미처 갚지 못한 빚이 남아 있기 때문입니다"라고 발표하였다.

(2) 2009년 4월30일 검찰 조사에서 노 전 대통령은 다음과 같이 강력하

게 부인하였다.

- 검찰 수사가 시작된 후에 권양숙이 정상문을 통하여 박 회장으로부터 100만 달러를 빌린 사실을 알게 되었다.
- 권양숙에게 물어보니 "미처 갚지 못한 채무가 남아 있어 박 회장으로부터 생활비로 100만 달러를 빌렸다"라고 하였다.
- 사용처에 대해 질문하자 "권양숙이 빚을 갚았다고 하였으나 사실이 아닌 것 같고, 결국 아들 유학비로 사용한 것으로 보이나 권양숙의 해명이 계속 바뀌어 믿기 어렵다"고 하였다.
- 2007년 봄경 청와대 대통령 관저로 박 회장을 초대하여 저녁 식사를 함께 한 기억은 있으나 그 자리에서 박 회장과 미국에 유학 중인 아들 노건호 주택 구입 문제를 논의하거나 집을 사는 데 도와달라고 부탁한 사실은 없었다.
- 정상문, 김만복 등으로부터 아들 집 문제에 대해 보고받은 바 없었다.
- 미국에 집을 사는 데 돈이 들어가 사용처를 밝히지 못하는 것이 아니냐고 질문하자 "가족이나 내가 미국에 주택을 구입하면 조중동이 가만히 있겠습니까? 말도 안 됩니다"라고 강하게 부인하였다. 권양숙으로 하여금 100만 달러의 구체적 사용처를 제출하도록 하겠다고 하였다.

(3) 권양숙 여사는

- 노 전 대통령 소환 조사 전 4월11일 검찰 조사에서 다음과 같이 진술하였다.

  • 2007년 6월29일 정상문 총무비서관을 통하여 박 회장으로부터 100만 달러를 빌렸다.

  • 빌린 이유는 미국에 주택을 구입하기 위한 것이 아니라 미처 갚지 못한 채무가 있어서 이를 변제하기 위한 것이었다. 다만, 개인적으로 사용한 것으로 구체적인 사용처는 확인하기 어렵다.

- 돈을 빌릴 때 노 전 대통령과 상의한 사실은 없으며, 노 전 대통령은 검찰 수사가 시작된 후 이러한 사실을 알게 되었다.
- 2007년 봄경 청와대 관저에서 박 회장과 만찬을 한 것은 사실이나, 미국에 유학 중인 아들 노건호 주택 구입 문제를 논의하거나 집을 사는 데 도와달라고 부탁한 사실은 없다.
- 노 전 대통령 조사 후 5월7일 제출한 서면 답변서에서는 다음과 같이 기존의 진술을 바꾸었다.
  - 미국 집을 구입하기 위해 100만 달러를 빌렸으나 노건호의 반대로 집을 사지 못하였다.
  - 100만 달러의 용처에 대해 구체적 근거를 제시하지 못한 채 "아이들 유학 비용 때문에 생긴 빚을 갚고(40만 달러), 아이들에게 직접 주기도 했으며(35만 달러), 친인척 등에게 조금씩 사용했다(25만 달러)"고 두루뭉술하게 진술하였다.

라. 수사 결과

(1) 정상문 총무비서관은 다음과 같이 진술하였다.

- 2007년 2월 초순경 권양숙 여사의 요청으로 김만복 전 국정원장에게 미국에 유학 중인 노건호가 살 집을 구입하려고 하는데 샌프란시스코 인근에 적당한 집이 있는지 알아봐 달라고 부탁하였다.
- 같은 달 하순경 김 전 국정원장이 샌프란시스코 부근 3개 지역 주택 10여 채의 위치, 크기, 가격 등에 대한 조사 결과 보고서를 보내와 이를 권양숙 여사에게 전달했다.
- 2007년 봄경 청와대 대통령 관저에서 노 전 대통령 부부, 박연차 회장과 함께 4명이 저녁 식사를 한 것은 사실이다. 하지만 그 자리에서 박 회장에게 집을 사는 데 도와달라고 부탁한 기억은 나지 않는다.

- 2007년 6월 하순경 권양숙 여사가 "빚을 해결해야 하겠는데 박 회장에게 100만 달러만 빌려 달라고 부탁을 해 보라"는 요청을 받고, 박 회장에게 이를 전달하였다.
- 같은 달 29일 청와대에서 박 회장의 지시를 받은 정산개발 정승영 대표로부터 100만 달러가 들어 있는 가방을 받아 권양숙 여사에게 전달하였다.
- 2007년 9월 중순경 권양숙 여사가 임웡의 외국 은행 계좌번호가 적힌 메모지를 건네주면서 "박 회장에게 이 계좌로 40만 달러를 송금해 달라고 부탁해 보라"고 하기에, 동대문구 이문동 소재 국정원 소속기관에서 대통령 방북 시 특별수행원으로 필요한 교육을 받고 있던 박 회장을 찾아가 권양숙의 부탁을 전달하고 임웡의 계좌번호가 기재된 메모지를 건네주었다.
- 임웡에게 송금한 40만 달러는 2007년 6월29일 받은 100만 달러와는 별개의 돈이다.

(2) 김만복 전 국정원장은 "2007년 2월 초순경 정 비서관으로부터 미국에 유학 중인 노건호가 살 샌프란시스코 인근 주택을 알아봐 달라는 부탁을 받았다. 국정원 직원 김○○을 미국으로 보내 샌프란시스코 인근 3개 지역 주택 10여 채의 위치, 크기, 가격 등을 조사한 결과를 보고서로 작성하여 정 비서관에게 전달한 사실이 있다. 대통령 보고를 위해 한 장짜리 요약본을 첨부했다"고 진술하였다.

(3) 정승영 정산개발 대표는 다음과 같이 진술하였다.
- 2007년 6월 하순경 박 회장의 지시로 직원 130여 명을 동원하여 김해 시내 경남은행 등에서 100만 달러를 환전하여, 같은 달 6월29일 청와대에서 100만 달러가 든 가방을 평소 잘 알고 있는 정 비서관에게 전달하였다.

- 박 회장은 그 당시 6월30일 출국한다고 하니 늦어도 6월29일까지는 100만 달러를 마련하여 가져다주라고 지시하였으며, 당시 보유한 달러도 없고 시일이 촉박하여 직원 130여 명을 동원하여 환전했다.

(4) 미국 FinCEN은 노 전 대통령 소환 조사 당일인 2009년 4월30일 오후, 노정연이 의심스러운 거래를 한 혐의를 받고 있는 임웡에게 2007년 6월29일 5만 달러를 송금한 사실이 있다고 통보해 왔다. 임웡은 2007년 9월22일 박 회장의 홍콩 계좌에서 40만 달러를 송금받은 사람으로 이를 계기로 임웡과 노정연 사이의 뉴저지 허드슨 카운티 포트임피리얼 아파트 400호 매매계약 사실이 밝혀졌다.

(5) 노 전 대통령의 딸 노정연은 다음과 같이 진술하였다.

- 2007년 5월경 어머니 권양숙으로부터 미국 뉴저지에 오빠 노건호가 살 집을 알아보라는 말을 듣고 집을 알아보던 중 평소 알고 지내던 경연희의 소개로 임웡을 알게 되었다.

- 2007년 6월경 임웡과 미국 뉴저지 웨스트뉴욕 포트임피리얼 24(24 Port Imperial, West New York, NJ07093) 아파트 400호를 160만 달러에 매매하는 계약을 체결하고, 계약금으로 같은 달 29일 5만 달러를 임웡의 미국 계좌로 송금하고, 2007년 9월22일 임웡의 홍콩 계좌로 40만 달러를 송금하였다.

- 2007년 7월경 경연희에게 5만 달러를 지급하고 위 아파트 435호를 빌렸다.

- 같은 해 9월 말경 잔금 115만 달러를 1년 후 지급하고 소유권을 넘겨받기로 하는 계약서를 작성하였으나 잔금을 이행하지 못해 계약을 포기하였으며, 위 계약서는 2009년 초 모친 권양숙이 없애자고 하여 파기하였다.

- 어머니 권양숙으로부터 해외에서 해외로 대금이 지급될 것이라는 얘기

를 듣고서, 임웡에게 해외 계좌가 있는지를 확인한 다음, 임웡의 홍콩 계좌 정보를 어머니에게 알려 주어 송금이 이루어진 것이다.

- 노 전 대통령도 2009년 3월경 미국 집 구입 사실을 알았다.
- 노 전 대통령 재직 중에 미국의 주택을 구입한 이유에 대한 질문에 "어머니 권양숙이 '아버지가 현직에 있을 때 돈을 주지 그만둔 후에 누가 돈을 주겠느냐' 하여 서둘러 주택을 구입하게 된 것이다"라는 취지로 대답하였다.

※후에 노정연이 2007년 10월5일 경연희와 위 400호에 대한 매매계약을 해제한 후, 위 아파트 435호를 대금 220만 달러에 매매하면서 "아파트 소유권 명의는 2년간 경연희로 하되, 모든 권리는 노정연이 행사하며, 2008년 10월5일 노정연에게 소유권 증서를 넘겨주기로 한다"는 내용의 이면계약을 체결하고 이를 공증한 사실이 확인됨에 따라 검찰에서의 위 진술은 거짓으로 밝혀졌다.

※2012년 검찰 수사에서 권양숙 여사는 2009년 1월10일 사람을 보내 과천시 과천 전철역 부근 비닐하우스에서 경연희의 부탁을 받은 이○○에게 미국 주택 매매 대금으로 현금 13억 원(100만 달러 상당)이 든 사과박스 7개를 전달한 사실이 밝혀졌다. 박연차 회장으로부터 받은 140만 달러와는 별도로 매매 대금 13억 원이 건네진 것이다. 13억 원의 출처는 확인되지 않았다.

(6) 노건호는 어머니 권양숙이 미국에 주택을 사라고 여러 차례 권유했으나 부동산 버블 우려로 집을 사지 않았고, 어머니가 챙겨 준 돈을 사업자금으로 사용하였다고 진술하였다.

(7) 경연희는 2009년 5월12일 전화로 다음과 같이 진술하였다.

- 노정연이 2007년 6월 임웡으로부터 위 아파트 400호를 매입하고 40만 달러를 해외에서 지급하였으나 이후 잔금 지급을 미룬 것으로 알고 있다.

– 노정연과 임웅 사이에 체결된 매매계약 내용은 자세히 알지 못하며, 노
   정연에게 위 아파트 435호를 임대하고, 자신은 임웅과 위 아파트 400
   호에 같이 거주하고 있다.

※경연희의 진술 역시 노정연과의 이면계약과 환치기 수법으로 13억 원을
수령한 사실이 밝혀짐에 따라 거짓으로 드러났다.

(8) 경연희, 임웅, 권양숙 여사, 매매계약을 공증한 서○○ 변호사 등에
대하여 조사하려고 하였으나, 2009년 5월23일 노 전 대통령이 사망하여 더
이상의 조사는 진행하지 못하였다.

(9) 노 전 대통령 측은 추가로 임웅에게 40만 달러가 송금된 사실이 드러나
자, 미국에 주택을 구입한 사실은 인정하였다. 다만, 언론을 통해 박 회장으로
부터 주택 자금으로 빌린 돈은 모두 100만 달러로, 2007년 6월29일 60만 달
러를 빌렸고, 9월22일 40만 달러를 추가로 빌린 것이라고 주장하였다. 이러한
주장은 2007년 6월 하순경 김해 시내 은행에서 정승영이 직원들 130여 명의
이름으로 100만 달러를 환전한 사실과 환전한 100만 달러를 가방에 담아 청
와대에서 정상문 총무비서관에게 전달했다는 정승영, 박연차의 진술 등과도
배치된다. 정 비서관도 100만 달러와 40만 달러는 별개라며 140만 달러를 받
은 사실을 인정하였다.

(10) 노 전 대통령의 140만 달러 수수 개입 여부에 관하여

– 권양숙 여사가 노 전 대통령 앞에서 미국 주택 구입 자금을 요구한 사
   실에 관한 박 회장의 진술은 실제로 경험하지 않으면 알 수 없는 내용
   으로 매우 구체적이며, 신빙성이 있다. 박연차 회장은 "노 전 대통령이
   요구하여 두 차례에 걸쳐 미국 주택 구입 자금으로 140만 달러를 주었
   다"고 일관되게 진술하였다.

– 노 전 대통령은 검찰 조사에서 100만 달러는 미처 갚지 못한 빚이 있
   어 빌린 것이며, 미국에 주택을 구입한 사실이 없다고 강력히 부인하였

으나 미국에 주택을 구입한 사실이 드러났다. 권양숙 여사는 노 전 대통령 조사 후 서면 진술서에서 "미국에 집을 사기 위해 100만 달러를 빌렸으나 노건호의 반대로 집을 사지 못했다"고 기존의 진술을 번복했다. 더욱이 노정연은 "노 전 대통령이 2009년 3월경 미국 주택 구입 사실을 알았다"고 인정했다. 그렇다면 노 전 대통령은 100만 달러가 미국 주택 구입 자금이라는 사실을 알면서도 2009년 4월7일 '사람세상'에 "미처 갚지 못한 빚이 있어 100만 달러를 빌린 것"이라고 온 국민을 상대로 거짓말한 것이다.

 ※문재인 전 비서실장은 2009년 6월1일 노 전 대통령 장례식을 마친 후 〈한겨레〉와 인터뷰에서 "노 전 대통령은 2009년 2~3월경 권양숙, 정상문 비서관으로부터 이 돈이 미국에 집 사는 데 쓰인 것을 알고 충격이 굉장히 크셨다"고 했다.

 - 40년 지기 친구인 정상문과 아내인 권양숙이 해외에서 주택을 구입한 사실 및 140만 달러라는 거액을 수수한 사실에 대해 노 전 대통령에게 얘기하지 않았다는 주장은 상식에 반하여 납득하기 어렵다. 권양숙, 노건호, 노정연, 정상문, 김만복, 박연차 등 노 전 대통령 주변 인물은 모두 미국 주택 구입 문제를 알고 있었는데 노 전 대통령만 모른다는 것 역시 어불성설이다.

 - 이러한 사실을 종합하면 "박 회장이 노 전 대통령의 요구로 적어도 노 전 대통령의 묵인 하에 미국 주택 구입 자금으로 140만 달러를 주었다"고 인정할 수 있다.

 (11) 140만 달러는 빌린 것인가 뇌물인가?

 - 박 회장은 일관되게 미국 주택 구입 자금으로 대가 없이 준 것이라고 진술하였다.

 - 노 전 대통령, 권양숙 여사, 정 비서관의 진술은 일관성이 없다. 미처

갚지 못한 빚이 있어 빌린 것이라고 주장했다가 미국 주택 구입 자금으로 빌린 것이라고 진술을 번복하였다. 미국 주택 구입 사실이 없다고 강력히 부인했으나 이 또한 거짓말이었다. '사람세상' 홈페이지에 글을 올려 온 국민을 상대로 거짓말을 하였다. 노 전 대통령 측의 진술을 믿기 어렵다.

- 140만 달러에 대한 차용증도 없으며, 노 전 대통령 공직자 재산등록 신고 시 채무로 신고된 사실도 없다. 더욱이 노정연은 "어머니 권양숙이 '아버지가 현직에 있을 때 돈을 주지, 그만둔 후에 누가 주겠느냐'고 하여 서둘러 주택을 구입한 것"이라는 취지로 진술했다. 그렇다면 빌린 것이 아니라 대가 없이 수수한 것으로 인정함이 타당하다.

(12) 종합하면, 노 전 대통령이 권양숙 여사와 공모하여 박 회장으로부터 아들 노건호의 미국 주택 구입 자금 명목으로 140만 달러를 수수한 것으로 봄이 상당하다.

※샌프란시스코가 아니라 뉴저지에 집을 구입한 것은 노건호가 스탠퍼드대학에서 MBA를 마친 후 회사에 복귀하기로 되어 있었는데, LG전자 북미법인이 뉴욕 근처 뉴저지주에 위치하고 있기 때문인 것으로 보인다. 노 전 대통령은 퇴임 무렵 구본무 LG그룹 회장에게 LG에 다니고 있던 아들 노건호를 잘 돌봐 달라고 부탁했다고 한다.

4. 사업자금 명목 500만 달러 수수

가. 다툼 없는 사실

2008년 2월22일 아들 노건호, 조카사위 연철호가 박 회장으로부터 HSBC Tanado Investment Ltd. 계좌로 500만 달러를 송금받았으며, 노건호 등이 이를 사용한 것은 다툼이 없다.

나. 박연차의 진술

(1) 노무현 대통령 퇴임 이후 그가 평소 생각해 왔던 김해 화포천 환경사업 등을 위해 50억 원을 지원하기로 하고 이를 어떻게 도울 것인가에 관해 정상문 총무비서관, 강금원 창신섬유 회장 등과 논의해 왔다.

(2) 2007년 8월 하순경 신라호텔 중식당에서 정승영과 함께 정 비서관, 강 회장을 만나 노 대통령이 퇴임한 후를 대비하여 환경사업을 위한 재단을 설립하는 문제를 논의하였다.

- 강 회장이 "자신이 50억 원을 낼 터이니 박 회장도 50억 원을 내서 100억 원으로 재단을 설립하여 퇴임 후 노 대통령의 환경사업을 돕자"고 제안하기에 "재단 설립에는 찬성하나 공식적으로 드러나게 지원하는 것은 곤란하니 홍콩에 있는 500만 달러를 가져가라"고 하였다. 강 회장이 부정한 돈은 싫다고 거절하여 모임이 무산되었다.

(3) 2006년 9월경부터 베트남에서 화력발전 사업을 하기 위한 허가를 받기 위해 많은 노력을 기울였으나 환경 문제 등으로 사업 제안이 두 번씩이나 거부당하는 등 베트남 정부의 허가를 받지 못하고 있었다.

(4) 2007년 11월14~16일 베트남 공산당 서기장 농득마인이 우리나라를 방문한다는 사실을 알고, 정 비서관 등 여러 경로를 통하여 한·베트남 정상회담 자료에 태광실업의 베트남 화력발전 사업 진출 건을 추가하였으며, 정 비서관에게 대통령께 보고해 달라고 부탁하였다.

(5) 2007년 11월14일 저녁 청와대 영빈관에서 농득마인 베트남 서기장 환영 만찬에 참석하였는데 만찬 직전 정 비서관으로부터 "대통령께 보고하였다"라는 말을 들었으며, 만찬 도중 노 대통령에게 다가가 귓속말로 "제가 베트남에서 화력발전 사업을 할 수 있도록 당서기장에게 잘 말씀해 주십시오. 지난번 약속한 것은 꼭 지키겠습니다"라고 부탁하였다.

(6) 다음 날인 11월15일 오후에 농득마인 서기장이 묵고 있던 신라호텔

2229호에서 농득마인을 만났는데 그로부터 "대통령이 당신을 절친한 친구라고 하면서, 태광실업의 화력발전소 사업을 잘 도와달라고 부탁하더라"라는 취지의 말을 들었다. 그 후 2008년 2월경 베트남 총리로부터 "태광이 남딘성에 화력발전소를 건설할 수 있도록 지원해 주겠다"고 약속받았다.

(7) 2007년 12월 초순경 노 대통령으로부터 "우리 애들이 사업을 한다고 하는데 지난번 도와주기로 한 거 지금 도와줄 수 있겠습니까? 정 비서관과 상의해서 처리해 달라"는 취지의 전화를 받았다. 그 직후 정 비서관으로부터 "애들을 보낼 터이니 도와달라"는 전화를 받았다.

(8) 그 후 노 대통령의 조카사위인 연철호가 친구 정○○과 함께 정 비서관이 가 보라고 해서 왔다면서 찾아왔다. 노건호가 함께 오지 않은 것이 의아했다.

- 연철호가 사업을 하려고 하는데 투자 자금이 필요하다고 하여, 최규성 전무에게 그들이 가져온 사업 계획의 검토를 지시하였다.

- 최 전무가 사업 계획에 문제가 많다는 보고를 하여, 다시 오라고 하고 그들을 일단 돌려보냈다.

(9) 2008년 1월 초순경 베트남으로 노건호, 연철호, 정○○이 다시 찾아와 사업 이야기를 하면서 50억 원 정도가 필요하다고 하기에 "최규성 전무와 이야기하라"고 하였는데, 그 후 최 전무로부터 "애들이 하려는 사업이 그리 탐탁지 않다"는 이야기를 들었다.

(10) 2008년 2월 중순경 최 전무가 "노건호 등이 사업자금을 송금해 달라고 하는데 어떻게 할까요?"라고 묻기에 "어차피 주기로 한 돈인데 따지지 말고 송금해 주라"고 지시하였으며, 같은 달 22일 홍콩 계좌에서 HSBC Tanado Investment Ltd. 계좌로 500만 달러를 이체 송금하였다.

(11) 노건호 등과 사업 내용, 투자 금액, 이윤 분배, 투자 회수 방법을 정하는 등 투자계약을 맺은 사실은 없으며, 노 대통령의 부탁을 받고 노건호 등

의 사업자금으로 500만 달러를 대가 없이 준 것이다.

(12) 2008년 3월 중순경 정산CC에서 박정규 전 민정수석과 골프를 친 후 저녁 늦게 봉하마을 사저에 놀러 가 노 전 대통령을 만났는데 그로부터 "우리 애들을 도와줘서 고맙다"는 인사를 받았다.

다. 노무현 전 대통령의 주장

(1) 2009년 4월7일 노 전 대통령이 운영하는 '사람세상' 홈페이지에 '사과 드립니다'라는 제목으로 "조카사위 연철호가 박연차 회장으로부터 받은 돈에 관하여도 해명을 드립니다. 역시 송구스럽습니다. 저는 퇴임 후에 이 사실을 알았습니다. 그러나 특별한 조치를 하지는 않았습니다. 특별한 호의적인 동기가 개입한 것으로 보였습니다만, 성격상 투자이고, 저의 직무가 끝난 후의 일이었기 때문입니다. 사업을 설명하고 투자를 받았고, 실제로 사업에 투자가 이루진 것으로 알고 있습니다"라고 발표하였다.

(2) 2009년 4월30일 검찰 조사에서 노 전 대통령은 다음과 같이 부인하였다.

- 노건호, 연철호가 박연차 회장으로부터 투자 자금으로 500만 달러를 받은 사실을 퇴임 후 알게 되었으며, 그 과정에 개입한 사실이 없다.
- 연철호와 노건호가 거짓말하는 바람에 노건호가 개입되어 있는 사실은 나중에 알게 되었다. 연철호, 노건호 등이 정상문 비서관의 소개로 박연차 회장을 찾아가 그에게 사업을 설명하고 투자를 받았고, 실제로 사업에 투자가 이루어진 것이다.
- 2007년 11월14일 청와대 영빈관에서 있었던 농득마인 베트남 공산당 서기장 환영 만찬에서 박 회장의 부탁으로 농득마인에게 "박 회장이 베트남을 위해서 화력발전 사업을 추진하는 데 적극적으로 지원해 달라"고 요청한 사실은 있다. 이는 대통령으로서 당연히 해야 할 직무이다.

– 그러나 만찬장에서 박 회장으로부터 "지난번 약속은 지키겠습니다. 제가 베트남에서 화력발전 사업을 할 수 있도록 당서기장에게 잘 이야기해 달라"는 말을 들은 적은 없으며, 12월 초순경 박 회장에게 전화로 "우리 애들 사업을 도와달라"고 부탁한 사실도 없다.

– '특별한 호의적 동기'의 의미와 관련하여, 노 전 대통령과 박 회장 사이의 특별한 인간관계로 인해 호의적 동기가 생긴 것이라고 진술하였다.

라. 수사 결과

(1) 2008년 2월22일 박연차 회장의 UBS 홍콩 PB센터 JS Global Investment Ltd. 계좌에서 연철호가 개설한 HSBC Tanado Investment Ltd. 계좌로 500만 달러가 이체 송금되었다.

(2) 그 후 Tanado 계좌에서 같은 달 하순경 엘리쉬앤파트너즈(지분 노건호 5 대 연철호 4 대 정○○ 1) 계좌로 150만 달러, 같은 해 3월3일 맥스앤마이티(타일랜드) 계좌로 111만 1111달러, 같은 달 12일 맥스앤마이티 대표 김인엽에게 4만 달러, 같은 달 3일부터 9월 10일까지 사이에 태국 톤에게 14만 달러 등이 각 송금되었으며, Tanado 계좌에는 200여만 달러가 남아 있었다.

(3) 엘리쉬앤파트너즈 계좌로 송금된 돈은 2008년 5월 필리핀 BXT Corp. 리조트 콘도 분양 대금으로 27만 달러가 사용되었고, 노건호가 노 전 대통령이 개발한 프로그램 '노하우 2000'을 업그레이드하기 위해 만든 회사인 오르고스에 25만 달러, 그밖에 노건호가 실제 소유하고 있는 팔브릿지 등에 수십만 달러가 투자되었다.

(4) 박 회장이 농협으로부터 인수한 휴켐스주식회사의 감사 박용택(전 한국전력 부사장)은 다음과 같이 진술하였다.

– 2006년 9월경 박 회장에게 '베트남 전력사업 진출 검토' 문건을 작성하여 보고하였으며, 같은 해 11월경 박 회장으로부터 베트남에서 화력발

전소 사업을 추진하라는 지시를 받았다.

– 2006년 12월19일 베트남 총리실에 석탄 화력발전소(동나이성 푸억안 지역) 사업 승인 신청을 하였으나, 2007년 5월 환경 문제로 부적합하다는 통보를 받았다.

– 2007년 7월18일 베트남 총리실에 다시 화력발전소(남부 빈투이언성 지역) 사업 승인 신청을 하였으나, 같은 해 10월23일 빈투이언성 지역은 프랑스 기업이 이미 진출하여 곤란하다고 통보하면서 대안으로 '북부 타이빈성 지역'을 추천하였다.

– 박 회장은 베트남 석탄 화력발전 사업 진출에 많은 노력을 기울였으나 계속 실패하여 매우 실망하던 차에 베트남 공산당 서기장 농득마인이 2007년 11월14일부터 16일까지 우리나라를 방문한다는 소식을 듣고 이를 베트남 화력발전 사업 진출의 기회로 활용하기로 하였다.

– 같은 해 11월 초순경 박 회장의 지시로 '태광 컨소시엄의 화력발전소 투자사업 내용'이라는 보고서를 작성하여 청와대로 정 비서관을 찾아가 사업을 설명하고 보고서를 전달하였다.

– 박 회장은 외교통상부 담당 국장 등에 부탁하여 한·베트남 정상회담 자료에 태광의 베트남 화력발전 사업 투자 건을 포함시켰다.

– 11월14일 한·베트남 정상회담 당일 오후에 청와대 경제정책비서관 이승우로부터 전화가 와 "태광의 베트남 화력발전소 사업과 관련하여 대통령이 농득마인 서기장에게 부탁드릴 말씀의 요지가 무엇이냐?"고 묻기에 "동나이성 푸억안 지역에서 화력발전 사업을 하려고 하는데 베트남 정부가 승인을 해 주지 않고 있으니 승인을 받을 수 있도록 서기장에게 부탁해 주셨으면 한다"고 말해 주었다.

– 다음 날인 11월15일 오후에 서울 중구 장충동 소재 신라호텔 2229호에서 박 회장, 정승영 정산실업 대표 등과 함께 농득마인 서기장을 만났

다. 농득마인 서기장이 박 회장에게 "대통령이 당신을 절친한 친구라고 하면서, 태광실업의 화력발전소 사업을 잘 도와달라고 부탁하더라"라는 취지로 말했으며, 박 회장은 농득마인에게 "베트남에서 화력발전소 사업을 추진하고 있는데 적극 지원을 부탁드립니다"라고 말하였다. 나(박용택)는 옆에서 메모지에 대화 내용을 메모하였는데, 검찰에 그 메모지를 제출하였다.

(5) 정상문 총무비서관은 다음과 같이 진술하였다.

- 박 회장과 강금원 회장이 노무현 대통령 퇴임 이후 그가 평소 생각해 왔던 김해 화포천 환경사업 등을 지원하기로 하고 이를 어떻게 도울 것인가에 관해 논의를 해 왔다.

- 2007년 8월 하순경 신라호텔 중식당에서 박 회장, 강 회장을 만나 노 대통령이 퇴임한 후를 대비, 환경사업을 위한 재단을 설립하는 문제를 논의했다.

- 그때 강 회장이 박 회장에게 "자신이 50억 원을 낼 터이니 박 회장도 50억 원을 내서 100억 원으로 재단을 설립하여 퇴임 후 노 대통령의 환경사업을 돕자"고 제안하였다.

- 이에 박 회장이 "재단 설립에는 찬성하나 공식적으로 드러나게 지원하는 것은 곤란하니 홍콩에 있는 500만 달러를 가져가라"고 하였으나 강 회장이 부정한 돈은 싫다고 거절하여 모임이 무산되었다.

- 2007년 11월 초순경 박 회장으로부터 "태광이 베트남에서 화력발전 사업을 추진하고 있는데 베트남 정부로부터 허가를 받지 못하고 있으니, 대통령께 11월14일 방한하는 베트남 서기장 농득마인에게 잘 이야기해서 허가받을 수 있도록 도와달라고 말씀드려 달라"는 취지의 부탁을 받았다.

- 그 후 박 회장의 지시를 받은 휴켐스 감사 박용택이 '태광 컨소시엄의

화력발전소 투자사업 내용'이라는 보고서를 들고 청와대 사무실로 나를 찾아와 사업 설명을 하고 돌아갔다.

- 청와대에서 베트남 농득마인 서기장과 정상회담을 준비하는 비서관들에게 태광의 베트남 화력발전 사업 진출이 회담 내용에 포함될 수 있도록 부탁을 하여 안건으로 포함되었다.

- 2007년 12월 초순경 노 대통령 조카사위 연철호가 "박 회장을 만날 수 있게 해 달라"고 하기에 박 회장에게 연락을 해서 만날 수 있게 주선해 준 것은 사실이다. 연철호 등이 어떻게 박 회장으로부터 500만 달러를 받게 되었는지 자세한 과정은 알지 못한다.

(6) 강금원 창신섬유 회장은 다음과 같이 진술하였다.

- 노 대통령 퇴임 이후 그가 평소 생각해 왔던 김해 화포천 환경사업 등을 지원하기로 하고 이를 어떻게 도울 것인가에 관해 정 비서관, 박 회장 등과 논의를 해 왔다.

- 2007년 8월 하순경 신라호텔 중식당에서 박 회장, 정 비서관을 만나 다시 재단 설립 문제를 논의하였다.

- 그때 박 회장에게 "내가 50억 원을 낼 터이니 박 회장도 50억 원을 내서 100억 원으로 재단을 설립하여 퇴임 후 노 대통령의 환경사업을 돕자"고 제안하였다.

- 이에 박 회장이 "재단 설립에는 찬성하나 공식적으로 드러나게 지원하는 것은 곤란하니 홍콩에 있는 500만 달러를 가져가라"고 하였다. 부정한 돈은 싫다고 거절하고, 2007년 9월 70억 원을 마련하여 주식회사 봉화를 설립하였다.

(7) 태광실업 전무 최규성은 다음과 같이 진술하였다.

- 2007년 12월 초순경 김해 태광실업 본사에서 박 회장의 부름을 받고 회장실로 갔더니 그곳에 대통령 조카사위 연철호, 친구 정○○이 함께

있었다.

- 그때 박 회장이 "연철호 등이 사업 계획을 가져와 투자해 달라고 하는데 검토해 보라"고 지시하였다.

- 전에 이런 일이 한 번도 없어 이상한 생각이 들었다. 연철호 등과 함께 사무실로 돌아와 사업 계획을 살펴보니 너무 허술하여 박 회장에게 그러한 사실을 보고했다. 박 회장은 연철호 등에게 사업 계획을 다시 세워서 오라고 하면서 돌려보냈으며, 다시 찾아오면 검토해 보고하라고 지시하였다.

- 2008년 1월 초순경 노건호, 연철호, 정승영 등이 찾아와 사업 계획을 설명하였다. 직접 해외에 나가서 현장을 보자고 하기에 일단 노건호 등과 함께 베트남으로 가서 박 회장을 만났다. 그들과 함께 태국 등 사업 대상지를 둘러보았으나 믿음이 가지 않았다. 이러한 사실을 박 회장에게 보고하였다.

- 그 후 2008년 2월 중순경 노건호, 연철호 등이 투자를 해 달라고 독촉했다. 박 회장에게 이러한 사실을 보고하고 어떻게 하느냐고 물었더니 "어차피 줄 돈인데 따지지 말고 500만 달러를 송금해 주라"고 하여 같은 달 22일 UBS 홍콩 PB센터 JS Global Investment Ltd. 계좌에서 연철호가 요구하는 HSBC Tanado Investment Ltd. 계좌로 500만 달러를 송금하였다.

- 노건호 등은 500만 달러를 투자금이라고 주장하고 있으나, 투자 대상, 지분 배분, 이익 배분, 투자 기간, 투자 회수 방법 등도 정하지 않아 투자라고 할 수 없다. 계약서도 없다. 노건호 등에게 투자금 명목으로 대가 없이 준 것이다. 노 대통령이 아니면 박 회장이 사업경험도 없는 노건호, 연철호에게 500만 달러라는 거액을 줄 이유가 없다. '대통령과 무슨 이야기가 있어 돈을 송금하는구나'라고 생각했다.

(8) 노건호는 다음과 같이 진술하였다.

– 노건호는 처음에는 박 회장으로부터 500만 달러를 받은 것은 사촌 매제인 연철호이고 자신은 이에 관여한 바가 없다고 주장하였다.

– 연철호와 함께 베트남으로 박 회장을 찾아가 만난 사실과 연철호와 함께 엘리쉬앤파트너즈(500만 달러 중 150만 달러가 송금된 회사)를 세웠고, 노건호 지분이 50%로 가장 많은 사실, 500만 달러 중 일부가 자신이 세운 오르고스·팔브릿지 등에 투자된 사실이 드러나자, 종전 주장을 번복하고, "2007년 12월 초순경 연철호와 함께 사업을 하기로 하고, 정 비서관의 소개로 박 회장에게 사업 계획을 설명한 후 투자를 부탁하였고, 그 후 박 회장을 베트남으로 찾아가 새로운 투자 계획을 설명하고 투자를 부탁하였으며, 태광실업 전무 최규성과 태국 등 사업 현지까지 가서 확인시켜 주는 등 노력을 해서 같은 해 2월22일 500만 달러를 투자받은 것이다"라고 진술하였다.

– 2007년 12월20일 정조균과 함께 프로그램 개발 회사인 '오르고스'를 설립하였으며, 2008년 1월초 백광현 등과 함께 '팔브릿지'를 설립한 사실이 있다. 초기 투자금은 주로 어머니 권양숙으로부터 받은 돈이다. 그 후 노 전 대통령이 개발한 '노하우 2000' 프로그램을 업그레이드하는 사업을 진행하기 위해 박 회장으로부터 받은 돈 중 25만 달러를 '오르고스'에 투자했다. '팔브릿지'에도 수십만 달러를 투자했다.

– 2008년 1월 초순경 청와대에서 1994년경 노 전 대통령이 개발한 인맥관리 프로그램 '노하우 2000'이 깔려 있는 노트북을 가져다 '오르고스' 대표 정조균에게 건네주었으며, 정조균으로 하여금 '노하우 2000'을 업그레이드하는 작업을 진행하게 했다.

– 2008년 여름경 '노하우 2000' 업그레이드 초기 작업이 완료된 후 봉하마을 사저를 방문하여 노 전 대통령에게 '노하우 2000' 초기 프로그램

을 시연한 적이 있다.

- 500만 달러를 투자받는 데 노 대통령이 관여한 사실은 없으나, 자신이 대통령 아들이 아니었으면 박 회장이 500만 달러를 투자하지 않았을 것이다.

(9) 오르고스 대표 정조균은 다음과 같이 진술하였다.

- 2008년 1월 초순경 노건호가 직접 '노하우 2000'이 깔려 있는 청와대 노트북을 사무실로 가지고 왔다. 노트북에는 '청와대' 문자가 찍혀 있었고, ID 'mrroh', password 'qwer'이 적혀 있는 메모지가 붙어 있었다.

- 노건호의 지시로 위 노트북에서 노 전 대통령이 개발한 '노하우 2000' 프로그램을 다운받아 업그레이드 작업을 하였다.

- 위 노트북은 그해 2월 초순경 퀵서비스를 이용하여 청와대로 배송하였다.

- 같은 해 8월 중순경 노 전 대통령에게 보여 주기 위해 노건호의 지시로 삼성동 오크우드호텔에 있는 엘리쉬앤파트너즈 사무실로 '노하우 2000' 초기 업그레이드 프로그램을 보냈다.

(10) 연철호도 노건호와 비슷한 취지로 진술하였다.

- 2007년 12월 초순경 노건호와 함께 사업을 하기로 하고, 정 비서관의 소개로 박 회장을 만나 사업 계획을 설명한 후 투자를 부탁하였고, 태광실업 전무 최규성과 태국 등 사업 현지까지 가서 확인시켜 주는 등 노력을 해서 2008년 2월22일 500만 달러를 투자받은 것이다.

- 2008년 8월 태광실업 세무조사 착수 후 노건호의 개입 사실을 은폐하기로 모의하고 노건호 관련 자료를 폐기하였으며, 검찰에 "노건호가 개입한 사실이 없다"고 거짓말했다.

- 정재성 변호사를 통해 당시 작성된 투자계약서 초안을 제출했으나 이

는 수사 대비용으로 최근에 소급하여 작성된 것이다.

(11) 인터넷 게시물, 이메일 등에 의하면 노건호가 처음부터 개입하였으며, 노건호의 지분이 50%로 가장 많고, 잉여지분이 생기면 노건호에게 귀속시키기로 약정하였으며, 박연차의 지분은 0%인 사실이 인정된다.

(12) 연철호의 친구 정○○은 "노건호가 대통령 아들이 아니면 이루어지기 어려운 투자였다"고 진술하였다. 또한 정○○은 노건호의 개입 사실을 숨기기 위해 하드디스크 등 관련 자료를 청계천 등 여러 곳에 분산해서 은닉하였다가 압수되었다.

(13) 박정규 전 민정수석은 "2008년 3월 중순경 김해 정산CC에서 박 회장과 골프를 친 후 함께 봉하마을 사저에 놀러 가 노 전 대통령과 술을 마신 것은 사실이나 그날 자신은 술이 너무 취해 잠이 들어 노 전 대통령이 박 회장에게 하는 대화 내용을 듣지 못했다"고 진술하였다.

(14) 정상적인 방법이 아니라 페이퍼컴퍼니인 Tanado Investment Ltd. 계좌로 500만 달러를 받았고, 계약서도 없을 뿐 아니라 투자 대상, 투자 기간, 지분 및 이익 배분, 투자 회수 방법 등도 정하지 않는 등 도저히 정상적인 투자라고 보기 힘들다. 노건호 등의 투자는 대부분 실패로 끝나거나 지지부진한 상태였다.

(15) 노 전 대통령은 2009년 4월7일 '사람세상' 홈페이지에 500만 달러에 대해 "특별한 호의적인 동기가 개입한 것으로 보였습니다만 조카사위 연철호가 박연차 회장으로부터 받은 투자 자금"이라고 주장하였다. '특별한 호의적인 동기'에 대해서 "나(노무현)와 박 회장 사이의 특별한 인간관계에서 생긴 것"이라고 진술하였다. 하지만 노 대통령이 개입하지 않았다면 노 대통령과의 특별한 인간관계만으로 박 회장이 잘 알지도 못하는 대통령 조카사위 연철호에게 500만 달러라는 큰돈을 투자한다는 것은 상식에 맞지 않는다. 또한 노 전 대통령은 아들 노건호가 개입되어 있는 사실은 숨겼다. 온 국민에게 거짓

말을 한 것이다. 노건호가 개입된 사실이 밝혀지면 '특별한 호의적 동기'라는 말이 궁색해지기 때문이었을 것이다.

(16) 박 회장, 최규성 등 관련자들의 진술 및 압수물 등에 의해 500만 달러는 투자가 아니라 대가 없이 준 것으로 확인되었다. 권양숙 여사, 노건평, 정상문 등은 박 회장에게 500만 달러 지원 요청을 하거나 이 문제를 논의한 사실도 없다고 진술하고 있다. 단순히 정 비서관의 소개로 박 회장이 노건호, 연철호에게 500만 달러를 대가 없이 주었다는 것은 말이 되지 않는다. 노 전 대통령이 아니면 박 회장이 노건호, 연철호에게 500만 달러라는 큰돈을 줄 이유가 전혀 없다. 더욱이 500만 달러 중 일부가 노 전 대통령이 개발한 프로그램 '노하우 2000'을 업그레이드하는 데 사용되었다.

(17) 이러한 사실들을 종합하면 500만 달러는 박 회장이 노 전 대통령에게 주기로 약속한 김해 봉하마을 환경사업 재단을 위한 출연금 50억 원을 노 전 대통령의 요구에 따라 500만 달러로 쳐서 노건호 등의 사업자금 명목으로 준 뇌물이라고 봄이 타당하다.

5. 생활비 명목 3억 원 수수

가. 다툼 없는 사실
2006년 8월경 정상문 총무비서관이 박 회장으로부터 현금 3억 원을 받은 사실은 다툼이 없다.

나. 박연차의 진술
(1) 2006년 8월경 정 비서관이 전화로 "청와대 살림살이에 필요한데 3억 원만 해 줄 수 있느냐"고 요청해서 이를 승낙했다.
(2) 그 무렵 서울역 공영주차장에서 정산개발 정승영 사장으로 하여금 현

금 3억 원이 들어 있는 가방 2개를 정 비서관에게 전달하도록 했다.

(3) 3억 원은 청와대 살림살이에 보태라고 대가 없이 준 것이지 빌려준 것이 아니다.

다. 노무현 전 대통령의 주장

(1) 2009년 4월7일 노 전 대통령이 운영하는 '사람세상' 홈페이지에 '사과드립니다'라는 제목으로 "지금 정상문 전 비서관이 박연차 회장으로부터 돈을 받은 혐의로 조사를 받고 있습니다. 그 혐의는 정 비서관의 것이 아니고 저희들의 것입니다. 저의 집에서 부탁하고 그 돈을 받아서 사용한 것입니다. 미처 갚지 못한 빚이 남아 있기 때문입니다"라고 발표하였다.

(2) 노 전 대통령은 검찰 조사에서 정 전 비서관이 2006년 8월경 박 회장으로부터 3억 원을 받는 것에 관여한 사실이 없으며, 수사가 시작된 후 비로서 권양숙·정상문으로부터 들어서 그 사실을 알게 되었다는 취지로 주장하였다.

라. 수사 결과

(1) 정산개발 정승영 사장은 2006년 8월경 서울역 공영주차장에서 박 회장의 지시로 현금 3억 원이 든 가방 2개를 정 비서관에게 전달하였다.

(2) 정 전 비서관은 2009년 4월7일 검찰에 출석하여 처음에는 '자신이 2006년 8월경 박 회장으로부터 3억 원을 받아썼다'고 하였으나, 같은 날 오후 노 전 대통령의 '사람세상' 발표 후에는 다음과 같이 진술을 변경하였다.

- 2006년 8월경 권양숙 여사가 "돈이 필요한데, 돈을 구할 곳이 없겠느냐"고 하여 "박 회장에게 부탁해 보겠다"고 했더니 "3억 원만 빌려 보라"고 하였다.
- 이에 박 회장에게 전화로 "청와대 살림살이에 필요하니 3억 원만 빌려달라"고 요청하였다.

－그 무렵 서울역 공영주차장에서 박 회장이 보낸 정승영 사장으로부터 현금 3억 원이 들어 있는 가방 2개를 받아 청와대로 가지고 와서 권양숙 여사에게 전달하였다.

※그러나 나중에 특수활동비 횡령 사실이 밝혀진 후에 보관하고 있던 돈의 출처를 밝히는 과정에서, 권양숙 여사에게 3억 원을 전달한 것이 아니라 자신이 보관하고 있다고 진술을 또 다시 바꾸었다.

(3) 권 여사는 4월11일 검찰 조사에서 "2006년 8월경 생활비가 모자라서 정상문 비서관을 통해 박연차 회장으로부터 현금 3억 원을 빌려 쓴 사실이 있으며, 아직까지 갚지 못하고 있다. 노 전 대통령은 수사가 시작된 후에 이 사실을 알았으며, 3억 원을 빌리는 과정에 개입한 사실이 없다"는 취지로 진술하였다.

(4) 정상문은 2009년 5월5일 3억 원 수수 혐의에 대해서 특가법 위반(뇌물)으로 기소되어 법원에서 유죄로 인정되었고, 다른 범죄 혐의들과 함께 징역 6년을 선고받아 확정되었다.

(5) 권양숙, 정상문의 진술을 뒤집고 박 회장으로부터 3억 원을 수수하는데 노 전 대통령이 관여했다는 사실을 입증할 증거는 찾지 못하였다. 5월24일 권양숙 여사를 소환해 추가 조사를 하려고 했으나 노 전 대통령 사망으로 더 이상 조사하지 못하였다.

6. 특수활동비 12억 5000만 원 횡령

가. 다툼 없는 사실

정상문 전 총무비서관은 2009년 5월5일 서울중앙지방법원에 2004년 11월경부터 2007년 7월경까지 사이에 자신이 관리하던 대통령의 특수활동비 12억 5000만 원을 횡령하고 국고를 손실한 혐의로 기소되었고, 그 후 뇌물

수수 등 다른 범죄 혐의를 포함하여 징역 6년의 유죄가 확정되었다.

나. (박연차 무관)

다. 노 전 대통령의 주장

(1) 2009년 4월22일 '사람세상' 홈페이지에 '사람세상 홈페이지를 닫아야 할 때가 온 것 같습니다'라는 제목으로 "정상문 비서관이 공금 횡령으로 구속되었습니다. 이제 저는 이 마당에서 더 이상 무슨 말을 할 수가 없습니다. 무슨 말을 하더라도 많은 사람들의 분노와 비웃음을 살 것입니다. 제가 무슨 말을 더 할 면목도 없습니다. 그는 저의 오랜 친구입니다. 저는 그 인연보다 그의 자세와 역량을 신뢰했습니다. 그 친구가 저를 위해 한 일입니다. 제가 무슨 변명을 할 수 있겠습니까? 저를 더욱 초라하게 하고 사람들을 더욱 노엽게 만들 것입니다"라고 발표하였다.

(2) 검찰 조사에서 정 비서관과 특수활동비를 횡령하기로 공모한 사실이 없으며, 그가 특수활동비를 횡령하고 있다는 사실을 전혀 알지 못했다고 진술하였다.

라. 수사 결과

(1) 정상문 비서관은 노 대통령의 퇴임 이후를 대비하여 특수활동비 12억 5000만 원을 횡령해 보관하고 있었다고 하면서도, 이는 단독 범행으로 노 대통령은 알지 못했다고 주장하였다.

(2) 기획재정부의 '예산 및 기금 운영계획 지침'에 따르면 특수활동비는 정보 및 사건 수사 그 밖에 이에 준하는 국정 수행 활동에 직접 소요되는 경비로 중앙관서의 장은 당초 편성된 목적에 맞게 집행하여 부적절한 집행이 발생하지 않도록 하여야 한다. 또한 특수활동비의 구체적 지급 대상과 지급 방법

및 시기는 각 중앙관서의 장이 개별 업무의 특성을 감안하여 집행하도록 되어 있다.

(3) 감사원의 '특수활동비에 대한 계산증명 지침'에 따르면 지급한 상대방에게 영수증의 교부를 요구하는 것이 적절하지 않은 경우에는 그 사유와 지급 일자, 지급 목적, 지급 상대방, 지급액을 명시한 관계 공무원의 영수증서로 대신할 수 있으며, 현금으로 미리 지급한 뒤 나중에 집행 내용 확인서만 붙일 수도 있고 이마저도 생략할 수 있다. 이렇게 특수활동비는 수령자가 서명만 하면 사용처를 보고하지 않아도 되고 영수증 없이도 사용할 수 있어 '국정원 특수활동비의 청와대 상납사건'과 같은 많은 문제점을 야기해 왔다.

(4) 대통령 특수활동비는 국정 수행을 원활하게 뒷받침하기 위한 경비로 각종 행사 격려금과 각계각층에 대한 경조사비, 각급 기관 또는 현장 순시에 수반되는 경비로 집행되는 예산이다.

(5) 대통령 특수활동비가 총무비서관실 담당 공무원에게 인계되면, 담당 공무원이 사용 내역을 기재하고 집행하는데 매달 대통령을 포함하여 비서실 부서별로 일정액이 배정되고, 나머지는 필요할 때마다 집행된다.

(6) 특수활동비는 영수증 등 증빙서류가 필요 없어 유용될 위험성이 많기 때문에 집행 시 관서장의 결재 등 내부적으로 철저한 절차를 거치게 된다. 담당 공무원은 영수증 등 증빙서류가 없어 나중에 책임 문제가 생길 수 있기 때문에 보다 철저하게 예산을 관리한다. 적어도 지급 일자, 지급 목적, 지급액은 반드시 기재해 놓는 것이 보통이다. 담당 공무원은 영수증 등 증빙서류가 없다고 하더라도 집행에 특별한 주의를 기울이기 때문에 그것이 어디에 어떻게 사용되는지 알고 있는 것이 보통이다.

(7) 또한 중앙관서의 장은 영수증 등 증빙서류가 필요 없는 특수활동비 집행에 대하여 각별한 관심을 가지게 되며, 집행할 때마다 결재를 하거나 적어도 구두 보고를 받는 것이 보통이다. 또한 연말에는 담당 공무원으로부터

그해 특수활동비가 어떻게 집행되었는지 종합적인 보고를 받게 된다. 따라서 총무비서관이 특수활동비를 직접 관리하는 공무원이나 최고 결재권자인 대통령 모르게 단독으로 거의 3년이라는 장기간에 걸쳐 그것도 12억 5000만 원이라는 큰 금액의 특수활동비를 횡령한다는 것은 사실상 불가능에 가까운 일이다.

(8) 노 전 대통령은 "친구가 자신(노무현)을 위해서 한 일이다"라고 말하였고, 정 비서관은 "노 대통령의 퇴임 후를 대비해 특수활동비를 횡령하여 보관하고 있었다"고 진술하였다. 노 대통령의 죽마고우인 정 비서관이 그의 퇴임 후를 대비하여 장기간에 걸쳐 특수활동비를 횡령하면서 친구인 노 대통령에게 말하지 않았다는 것은 믿기 어렵다.

(9) 더욱이 대통령의 특수활동비는 노 대통령이 언제든지 영수증 없이 쓸 수 있는 돈이다. 정 비서관이 빼돌리지 않아도 노 대통령이 자기 주머닛돈처럼 쓸 수 있다. 정 비서관이 노 대통령과 상의 없이 퇴임 후를 대비해 노 대통령이 영수증 없이 쓸 수 있는 특수활동비를 횡령하여 그를 위해 보관하였다는 것은 말이 되지 않는다. 정 비서관이 노 대통령과 공모하여 노 대통령 퇴임 후에 사용하기 위해 노 대통령이 쓰고 남은 특수활동비를 국가에 반환하지 않고 가지고 나온 것이다. 단독 범행 주장에도 불구하고 노 대통령과 정 비서관의 공모 범죄로 보는 것이 합리적이다.

※2012년 8월12일 〈시사저널〉은 강금원 회장이 인터뷰에서 "노 대통령이 한번은 '국정원의 통치자금이 연간 200억 가량 되어서 대통령 임기가 끝날 때까지 1000억은 챙길 수 있다. 그런데 강 회장이 단 1원도 받지 말라고 해서 못 챙기겠네'라고 농담을 해서 함께 크게 웃은 적도 있었다"고 말했다고 보도했다. 농담으로 보이지만 노 대통령이 개인적으로 특수활동비(통치자금)를 챙길 수 있음을 말하고 있는 것이다.

7. 차용금 명목 15억 원 수수

가. 다툼 없는 사실

노 전 대통령이 퇴임 직후인 2008년 3월20일 박 회장으로부터 이자 연 7%, 변제기 2009년 3월19일로 하여 15억 원을 빌린 사실은 다툼이 없다.

나. 박연차의 진술

(1) 2008년 3월17일경 정승영으로부터 정 비서관이 찾아와 "봉하마을 사저 건축에 돈이 많이 들어갔다면서 노 전 대통령이 15억 원을 빌려 달라고 한다"는 말을 듣고, "또 뭐가 그렇게 필요하노, 참 체면 없는 사람 아이가, 그거는 정확하게 차용증 받고 빌려주라"고 지시하였다.

(2) 같은 달 20일 정상문으로부터 노 전 대통령의 차용증을 받고 노 전 대통령에게 15억 원을 송금하였다.

(3) 차용증에는 이자 연 7%, 변제기는 2009년 3월19일로 되어 있으나 원금과 이자를 받은 적은 없다.

다. 노 전 대통령의 주장

(1) 2008년 3월20일 박 회장으로부터 15억 원을 이자 연 7%, 변제기 2009년 3월19일로 된 차용증을 작성해 주고 빌린 것은 사실이다.

(2) 사저를 짓는 데 생각보다 많은 돈이 들어가고 쓸 곳도 많아 생활비가 부족하여 빌리게 된 것으로 아직까지 변제하지 못하고 있다.

라. 수사 결과

(1) 정승영은 다음과 같이 진술하였다.

- 2008년 3월17일경 정상문이 찾아와 "어른이 고향에 집 짓고 쓸 곳이 많은데, 다른 데 말할 곳도 없고, 참 염치없지만, 15개 정도 빌려주면

안 되겠나. 이건 꼭 갚도록 하겠다. 대학원에서 강의를 하든지"라고 하기에 박 회장에게 이를 보고하였다.

- 박 회장이 염치없는 사람들이라고 하면서 차용증을 받고 빌려주라고 지시하여 같은 달 20일 노 전 대통령의 차용증을 받고 15억 원을 송금해 주었다.

(2) 정 비서관은 박 회장, 정승영과 같은 취지로 진술하였다.

(3) 차용증 작성 사실에 비추어 범죄를 구성하지 않는다고 판단하였다.

※박연차 회장은 노 대통령 재임 기간 동안 노 대통령 측에게 640만 달러와 현금 3억 원을 아무런 조건 없이 제공했으나, 퇴임 후에는 차용증을 요구하였다. 노 전 대통령은 차용증을 쓰고 15억 원을 빌렸다. 두 사람 사이의 금전 관계에 대해 시사하는 바가 적지 않다.

※문재인 전 비서실장의 『운명』(407쪽)에 의하면 "노 대통령 서거 후 상속신고를 하면서 보니 부채가 재산보다 4억 원가량 많았다"고 한다. 그 말이 사실이라면, 노 전 대통령은 15억 원을 어떻게 변제하려고 하였을까? 변제 기한인 2009년 3월19일은 노 전 대통령 수사 당시 이미 도과(徒過·그냥 지나침)했으며, 노 전 대통령 사후 변제 여부는 확인되지 않았다.

※또한, 노 전 대통령 측은 박 회장으로부터 받은 640만 달러 등에 대해서도 빌린 것이거나 투자 자금이라고 주장하였다. 과연 노 전 대통령 사후 현재까지 빌린 돈을 갚았거나 투자 자금에 대해 정산한 적이 있는지 궁금하다.

결어

박연차 회장의 정·관계 불법 로비 관련 수사 결과 모두 21명을 기소했다. 정상문 전 비서관 등 8명에게는 실형이 선고되었고, 천신일 세중나모 회장과 이광재 의원 등 11명에 대해서는 집행유예나 벌금형이 선고되었다. 물적 증거를 거의 남기지 않아 입증이 어려운 뇌물, 정치자금법 위반사건에서 대부분 유죄가 선고되었다는 것은 수사가 아주 탄탄하게 되었음을 의미한다.

위에서 본 바와 같이 검찰은 노무현 전 대통령을 기소해서 유죄를 받을 수 있는 충분한 증거를 확보했다. 그리고 피의자를 소환 조사한 뒤 추가 조사할 사항이 있으면 다시 소환해 조사하는 것이 당연하다. 전직 대통령이라고 하여 예외가 아니다. 실제로 노태우 전 대통령의 수사 시 구속영장을 청구하기 전에 두 차례 소환 조사한 전례도 있다. 노무현 전 대통령의 급작스러운 사망으로 이루어지지 못했지만, 이미 2009년 5월24일 권양숙 여사에 대한 소환 조사가 예정되어 있었다. 권양숙 여사를 조사한 후 노 전 대통령에 대한 신병 처리를 할 예정이었다. 하지만 권양숙 여사의 조사 결과에 따라서는 노 전 대통령에 대한 추가 조사가 필요할 수도 있는 상황이었다.

지금까지 검찰의 노무현 전 대통령 수사 내용을 간략하게 정리했다. 수사 기록을 읽어 본 적도 없는 문재인 전 비서실장이 무슨 근거로 "수사 기록이 부실하다"고 단정하는지 어이가 없다. 영구보존 중인 기록은 훨씬 더 구체적이고 적나라하다. 이것으로 성에 안 찬다면, 수사 기록을 공개하는 길밖에 없다.

나는 대한민국 검사였다

누가 노무현을 죽였나

지은이 | 이인규
펴낸이 | 趙甲濟
펴낸곳 | 조갑제닷컴
초판 1쇄 | 2023년 3월 24일
초판 2쇄 | 2023년 3월 27일
재판 1쇄 | 2023년 4월 4일

주소 | 서울 종로구 새문안로3길 36, 1423호
전화 | 02-722-9411~3
팩스 | 02-722-9414
이메일 | webmaster@chogabje.com
홈페이지 | chogabje.com

등록번호 | 2005년 12월2일(제300-2005-202호)
ISBN 979-11-85701-75-2 03800

값 20,000원

*파손된 책은 교환해 드립니다.